フランス・ルネサンス
文学集

1

学問と信仰と

宮下志朗　伊藤 進　平野隆文
編訳

江口 修　小島久和　菅波和子
高橋 薫　二宮 敬
訳

白水社

フランス・ルネサンス文学集 1

学問と信仰と

凡例

一、『フランス・ルネサンス文学集』は、とくに本邦未紹介の十六世紀フランス文学作品を訳出することをめざす。したがって、ほとんどが今回新たに訳出されたものである。

二、訳出に用いた底本は、「解題」に明記した。そのほかに参照した版本等については、巻末の「書誌」にあたられたい。

三、各巻は全訳のものと紙幅の都合でやむをえず抄訳としたものを収める。抄訳の場合は、テーマのまとまりを重視し、読みやすくなるよう抜粋箇所に配慮した。

四、本文中の改行は、読者の便をはかるため、必ずしも底本に従わない。本文・訳注などにおける『　』は書名を、「　」は章題、引用文および強調したい語句を表す。割注はすべて訳者による補注である。本文における（　）は特記されないかぎり原文どおりである。

五、訳注および割注における引用書目は簡略に示すに留めた。詳しくは「書誌」を参照されたい。なお、巻・章などは原則として以下のように略記した。ラブレー『ガルガンチュア』第三四章→ラブレー『ガルガンチュア』三四、モンテーニュ『エセー』第三巻第二章→モンテーニュ『エセー』三・二。

六、人名・地名などの固有名詞は原則として原音を尊重したが、慣例が定着している場合はそのかぎりではない。ギリシア語・ラテン語の音引きは原則として省略した。聖書の引用と書名は原則として日本聖書協会新共同訳に準拠した。

七、挿入されている図版はすべて底本から抜粋したものである。

まえがき

フランス文学がわが国において親しい存在になってからすでに久しい。この間、フランス文学の翻訳は、ジャンルを問わず数多くなされてきたし、研究も、高度かつ精緻なものへと向かい、本国で高く評価されている業績も少なからずある。とはいえ、翻訳・紹介に関するかぎり、フランス十六世紀文学は等閑視されてきた感も否めない。なるほどラブレーやモンテーニュは、渡辺一夫、関根秀雄といった偉大な先達の努力によって早くからわが国に紹介され、一般読者にも馴染み深いものとなってきたし、新訳の出現によって、新たな読者を開拓しつつあるかに思われる。しかしながら、十六世紀フランスの大多数の著作家や詩人たちは、ほとんど未知のままというのが現状ではなかろうか。例外は、この世紀最大の詩人ロンサール、そして宗教改革者のカルヴァンぐらいであろうか。フランスの十六世紀が生み出した豊かな文学的成果は、かなり偏った紹介をされてきたというしかない。

いわゆる「ルネサンス」は十四世紀イタリアに始まったとされるが、フランスでは十六世紀が「ルネサンス」の時代に相当する。世紀前半は、西欧の知の淵源としての古典古代への回帰を朗々と唱えるところの人文主義（ユマニスム）に明るく彩られたこの国も、世紀の後半を迎えると、宗教戦争という暗澹たる流血の時代に突入していく。この十六世紀とは、人間の尊厳と「自由検討」の精神を求めた闘いの時代として記憶される一方で、カトリックとプロテスタントの激しい対立抗争の時代であり、そしてまた、「新大陸」の先住民との遭遇の結果として、「文明」が「野蛮」を圧殺した時代でもあった。また言語的観点からいうならば、近代フランス語成立のための陣痛の時期でもあって、豊穣かつ混沌としたことばの世界が揺れ動いていた。

このような状況にあって、フランスの文学は矛盾と対立に引き裂かれつつ、その表現を模索していたわけで、それはラブレーやモンテーニュに限られたことではない。互いに矛盾・背馳するがゆえに、きわめて多様にして錯綜した文学のありようといえようか――『フランス・ルネサンス文学集』を編むにあたって、われわれが示したいと考えたのは、このような文学的表出の総体であった。全三巻は次のような構成となっている。

第1巻「学問と信仰と」は、思想、宗教、科学、芸術に関わる作品を収めることによって、この時代の知的・宗教的位相を浮き彫りにしている。

第2巻「笑いと涙と」には、物語や対話篇などのフィクションと、恋愛詩、宗教詩などの韻文を収録して、哄笑、悲嘆、愛情から、憤怒に至るまでの、豊かな情感の表出を味読できるように努めた。

第3巻「旅と日常と」では、同時代の人々の暮らしや、他者・外部への眼差しのディスクールに注目してみた。激動の時代としてのフランス十六世紀には、回想録や日記が、さらには大航海時代を反映して、旅行記の類いも数多く遺されているのである。

とはいえ、汲めども尽きせぬこの世紀の文学世界の全貌をわずか三巻で紹介できるものではない。したがって、既訳が存在して、比較的容易に手に取れる作品は収録してはいない（たとえば、ラブレーとモンテーニュの主要作品、マルグリット・ド・ナヴァールの『エプタメロン』、セーヴの詩集『デリー』、カルヴァン、ジャン・ド・レリーやアンドレ・テヴェの旅行記など）。また、演劇やラテン語詩など、残念ながら今回は紹介を見送った作品も少なからずある。

こうして収録した作品のほとんどは本邦初訳であり（一部のみ改訳）、最新の研究成果を極力踏まえながら、読みやすい日本語とすることに努めた。主要な作品は全訳を基本方針としたものの、やむをえず抄訳にとどめざるを得なかった作品についても、部分としてのまとまりを重視した。また、当時のテクストに添えられた挿絵も豊富に掲載した。

本企画は、『フランス中世文学集』（全四巻と「名作選」一巻）の驥尾に付したかたちでの挑戦となる。この試みがどこまで成功しているかは、読者諸賢の判断に委ねるしかないものの、本集成が、日本におけるフランス・ルネサンス文学の新たな再生の契機となれば、編者としては望外の幸せである。

二〇一五年一月

宮下志朗
伊藤　進
平野隆文

目次

ボナヴァンテュール・デ・ペリエ

キュンバルム・ムンディ

宮下志朗訳

Cymbalū mūdi

EN FRANCOYS,

Contenant quatre Dialogues Poetiques, fort antiques, ioyeux, & facetieux.

Probitas laudatur, & alget.

M.D.XXXVII

『キュンバルム・ムンディ』タイトルページ

〈タイトルページの図版について〉

ずたずたになった衣裳――右の乳がはみ出ている――をまとった女性が、市壁の外に立っている。右手には、勝利・栄光の象徴である棕櫚《しゅろ》の葉を、左手には杖を持っている。彼女の左肩のうしろには、ロバの耳のようなものが見えるのだが？　背後には、智天使（ケルビム）に見立てたのか、人間の頭部が雲上に浮かんで、EUGE と ΣΟΦΟΣ と書かれている。「がんばれ、賢き者よ」とでも訳すのだろうか？　下段左右のIとMは、版元 Iean（Jean）Morin のイニシャルである。その下の《Probitas laudatur et alget》（誠実さは賞賛されるが、それゆえに冷たく扱われる）は、ユウェナリス『風刺詩集』（一・七四）が典拠だという。以上の要素から、作品との関係性を導き出そうとする考察もなされてきたが、詳細は省く。なお、この図版は、『キュンバルム・ムンディ』以外にも、同じ版元が翌年刊行した『薔薇物語』（一五三八年）にも使われている。しかし、この事実をもって、『キュンバルム・ムンディ』とは無関係な図像だと決めつけるのは早計であろう。『キュンバルム・ムンディ』用に作成した版木を、『薔薇物語』に再利用したのかもしれないのだから。いずれにせよ、謎めいた図像だといえよう。

解題

『キュンバルム・ムンディ』という匿名のテクストは、「危険な書物」として焚書となったのか、初版本は世界で一冊しか残っていない（ヴェルサイユ市立図書館）。その経緯に関しては謎が多いが、略述しておく。一五三八年、異端追及に情熱を燃やすパリ高等法院長のピエール・リゼは、『キュンバルム・ムンディ』を受け取ったが、それには「本書には大いなる誤謬と異端的な言辞が含まれているから」、善処せよという国王フランソワ一世の書簡が添えられていた。版元のモランが逮捕されて「著者の名を明らかにした」が、自分は無知で、異端書を出版した意識はなかったと情状酌量を申し出る。その後、公開謝罪・晒し刑の後に王国からの永久追放が命じられて、モランは上訴したらしいが、その後の運命はわかっていない。ところがこの間、奇妙なことに、モランから『キュンバルム・ムンディ』を仕入れた書籍商ジャン・ド・ラ・ガルドが、火刑となっているのだ。ほぼ同じ頃、リヨンで本書を上梓したブノワ・ボナン（この刊本は二部残る）には、司直の手が及んだ形跡はない。本書の異端性を審査したパリ大学神学部は、「異端表現は見いだせないが、危険な書物であるから、発禁処分に相当する」と結論づけている。かくして『キュンバルム・ムンディ』は発禁処分となり、一五四四年の『禁書目録』（五九頁の図版を参照）にも掲載された。

「匿名」の作品ではあるが、同時代の証言等から、Bonaventure Des Périers（1504?-1544）が作者だとされている。デ・ペリエはブルゴーニュ出身、スイスでオリヴェタンの仏訳聖書（一五三五年）の手伝いをしたり、リヨンではドレ『ラテン語考』の出版に助力したりしている。代表作は死後出版の『新笑話集』（一五五八年）。『キュンバルム・ムンディ』は社会への痛烈な風刺にみちてはいるが、作品全体の解釈はむずかしい。作品を貫く思想も、無神論なのか、むしろ福音主義的なのか等々、意見は分かれている。このテクストは、あらゆる点で謎めいた作品として、研究者たちを魅了し続けているのである。次のファクシミレ版を底本としたが、その他の校訂版に関しては、巻末の書誌に譲る。読みやすさを考慮して、適宜改行を施した。

Cymbalum mundi, Paris, Jehan Morin, 1537（fac-similé, éd. P.P. Plan, Paris, Société des Anciens Livres, 1914）〔渡辺一夫旧蔵本で、一九三三年一月四日にパリで購入したと記されている〕

キュンバルム・ムンディ(1)、フランス語によるとても大昔の(2)、愉しくて、ふざけた、詩的な対話四篇を収めるものなり

トマ・デュ・クルヴィエより

友人のピエール・トリオカンへ挨拶を(3)

四つの詩的な対話で構成された『キュンバルム・ムンディ』というタイトルの小品を、いまからお目にかけるつもりなのだけれど、「これをフランス語に翻訳するからね」ときみに約束したのは、かれこれ八年ほど前のことだった。ぼくはこの本を、ダバスの町の近くにある修道院の古い書庫で発見したんだ(4)。そして約束をはたそうと、ずいぶんとがんばって、自分としてはできるだけましなものに仕上げたつもりなんだ。

原文のラテン語を逐語的には訳さなかった。ぼくたちのフランス語の話し方にできるだけ即したものにしたいと思って、わざわざそうしたんだ。このことを理解してほしい。本文中に出てくる、たとえば**Me Hercule**〔「ヘラクレスにかけて」〕、**Per Jovem**〔「ヨブに誓って」〕、**Dispeream**〔「われ、滅びんことを」〕、**Aedepol**〔「ポリュックスにかけて」〕、**Per Styga**〔「三途《さんず》の川にかけて」〕、**Proh Jupiter**〔「ユピテルのために」〕等々の誓いのことばを、**Morbieu, Sambieu, Je puisse mourir**〔いずれも、「くそっ」「畜生」といったニュアンスの罵言〕など、わが国の連中が使っているいい方に置き換えたことからもわかるように、そのことば自体よりも、話し手の気持ちを汲みとって、これを移し替えたいと思ったからなんだ。これと同じ理屈で、「ファレルノのワイン」〔イタリアはカンパーニャ

地方の銘酒で、ローマ時代から有名〕とあれば、「ボーヌのワイン」〔ブルゴーニュの銘酒〕に直して、きみに親しみ深く、わかりやすいようにしておいた。またプロテウス〔海神で、変身・予言能力に優れる〕という名前にも、プロテウスだとうまく説明するために、わざとゴナン親方〔巧みな奇術師・魔術師の代名詞。「第二の対話」を参照〕と付け加えてある。第三の対話でクピドが歌うのは、原典だと恋愛叙情詩になっていたのだが、その代りに、現代のシャンソンを拝借することにした。古典叙情詩にもひけをとることなく、ぴったりくるし、もしもその叙情詩を翻訳したとしても、このシャンソンほどの魅力はないように思うんだ。

ところで、きみにこの作品を謹呈するについては、ひとつ条件がある。写しを作成して、それを他人に渡すなどということは、絶対にしないでほしい。それがいつの間にか、印刷業に従事する人間の手に落ちたりすると困るからね。[5] 印刷という技術は、かつては学芸に多くの利点をもたらしていたものの、昨今ではあまりにもありふれたものとなってしまい、活字になったものには、よほど印刷が鮮明で、誤植が少ないならば話は別だけれど、そうでなければ、写本のままのものほどの魅力もないので、高く評価されることもなくなってしまったからね。

この本を読んで、きみがまんざらでもないと思ってくれるなら、ほかにもいい作品があるから、あれこれ送るつもりだ。ではさらば、わが親愛なる友よ。神のお恵みが、きみにあらんことを、はたまた、きみの小さな心の願いが叶えられんことを。

第一の対話

登場人物——メルクリウス、[6]ビュルファネス、[7]クルタリウス、[8]宿屋〔後出、《白炭亭》のこと〕のおかみ

メルクリウス　たしかにあの方〔ユピテル〕は、この本をすっかり新しく製本し直してくるようにと、ぼくに命じられた。でも、製本といっても、表紙の芯を木にするのか紙にするのかがわからないし、表紙を子牛革にするのか、ビロードにするのかもいってくれなかった。

あの方が、金箔押しにして、留め金などを使う方法とは趣向を変えて、現代風の装釘にしようと思われているのかどうかも、よくわからない。とにかく、お気に召すものになるかどうか、とても心配だなあ。なにせ、すごくせかされたし、あれこれ一度にいわれたものだから、ひとつ覚えても、ほかのひとつを忘れちゃうよな。

それから、ウェヌスが、なんだかキプロス島の女の子たちに、お肌がきれいだとかなんとか、ぼくからいっておいてちょうだいねなんて話してたな。ユノー〔ユピテルの妻〕からは、ついでだから、なにか下界にあれば、金銀細工とか、首飾りとか、最新流行のベルトかなんかを持ち帰ってちょうだいねと、頼まれたし。それにパラス〔別名アテナ〕は、きっとあとで、下界では詩人たちがなにか新作でも発表したのではと聞きにくるに決まってる。それから今日は、行き倒れになった乞食を二七人、酒場で殺しあって相討ちとなった一三人、売春宿で死んじまった一八人、無垢の乙女のはずの尼さんたちが首を絞めて殺しちまった八人のいたいけない赤ん坊、それに発狂して、ひどく激怒したあげくに勝手に死んじまった坊さんが五人と、こういった連中の霊魂をカロン〔冥府の渡し守〕のところまで運んでいかなくちゃいけないんだ。まったく、こんなにたくさん用事があると、いつになったら終わるんだかわかりゃしないよ。

さてと、製本がいちばん上手なのはどの町かな？　アテネかな、ドイツかな、それともヴェネツィアとかローマだろうか？　どうもアテネらしいから、そこに降りてみるのが得策だな。まずは、金銀細工通り

と小間物横町[9]を通って、ユノー奥さまのご所望の品がなにかないか探してから、次に本屋街をまわって、パラス[10]のために新作でも見つくろうとしよう。[11]だがなにより肝心なのは、ぼくの家柄を知られないように、用心することだ。アテネの連中は、ほかの奴の場合ならば、まあせいぜい二倍ぐらいしかふっかけないだろうが、ぼくの正体がわかれば、その四倍は高く売りつけようとするからな。

ビュルファネス　おい、なにを見ているんだい？

クルタリウス　なにを見てるかって？　本のなかでは何度も出会ってはいたけれど、とても信じられなかったものをだよ。[12]

ビュルファネス　一体全体、なんだというんだ？

クルタリウス　神々の使者のメルクリウスだよ。天空から地上に降り立つのが見えたんだぜ。

ビュルファネス　寝ぼけたことというなよ。気のせいに決まってらあ。いいか、おまえはな、白日夢でも見たんだよ。ほらほら、飲みに行こうぜ。そんな幻のことなんか、もう忘れてさ。

クルタリウス　こんちくしょうめ、誓って本当のことなんだから。冗談でもなんでもないぜ。あそこに降りたんだから、もうすぐ、この辺を通るんじゃないかな。ちょっと、待とうじゃねえか。ほら、ほら、あそこに姿が見えないかい？

ビュルファネス　なるほど、この目で現物を拝んでみると、なんだかおまえさんのいってることを信じたくなりそうだな。たしかに、詩人たちが描いてるメルクリウスにそっくりな姿かっこうをしてるじゃないか。でもな、はたしてメルクリウスだと信じていいものやら？

クルタリウス　シーッ、黙れ！　どうなるか、様子を見てみようじゃないか。あいつ、こっちに向かってくるぞ。

メルクリウス　やあ、どうも。この店では、うまい酒が飲めますかね？　とにかくもう、のどがからからでね。

クルタリウス　アテネ中探したって、ここよりうまい酒は飲めませんよ。ところで、あなた、なにか目新しい話題でもありませんか?

メルクリウス　いやあ、全然耳にしてないよ。ぼくだって、なにか耳寄りな話がないかと思って、やってきたんだから。おかみさん、お酒をお願いします。

クルタリウス　まちがいない、あれはメルクリウス本人だ。あの様子からわかるよ。それにほら、あそこに天国から持ってきたものがあるじゃないか。いいか、おれたちだってそんじょそこらの雑魚《ざこ》じゃないんだから、あの荷物を調べて、失敬しちまおうじゃないか。いいよな。

ビュルファネス　へへえ、そこらのこそ泥からじゃなくて、メルクリウスっていう、すべての泥棒の生みの親から盗んじまおうとは、こりゃまた、おれさまたちのど根性を示す大手柄ってことさな。

クルタリウス　いいか、あいつはな、自分の荷物をあそこの寝床に置いてから、すぐにも、なにかうっかり置きっぱなしのものでもあったら、くすねて懐に入れようという魂胆で、家の中を見てまわるにきまってらあ。こちとら、そのあいだに、あいつの持ち物を頂戴しようじゃねえか。

ビュルファネス　そいつは妙案だ。

メルクリウス　酒はまだかい?　さあ諸君、そっちの部屋にでも場を移して、聞き酒といこうか。

クルタリウス　おれたちは、ちょうどいま飲み終わったところなんですがね。でも、よござんす。喜んでお仲間に入れてもらいますよ。いっしょに、もっとたくさん飲みましょう。

メルクリウス　いいかい、きみたち、ぼくはね、酒がくるまでのあいだ、少しばかり羽を伸ばしてくるよ。グラスを洗わせて、なにかつまみでも持ってこさせておいてくれ。

クルタリウス　ほら、わかっただろ。あいつの手口はお見通しだぜ。おれさまの首をかけてもいいけど、あいつは家中を探しまわって、とにかくなにかをくすねてから、戻ってくるつもりなんだ。絶対に、当分戻ってなんかこないぜ。だからさ、あいつがいないうちにな、何を置いていったかたしかめて、できれば盗んじまおうぜ。

ビュルファネス　悪は急げだな、やつに見つからないうちに片づけちまおう。

クルタリウス　おい、こいつは本だぜ。

ビュルファネス　ええっ、なんの本なんだ？

クルタリウス　『本書ノ内容。ユピテルが存在スル以前ニ、ユピテルニヨッテ行ナワレタ、数々ノ注目スベキ事績ノ年代記。運命ノ規定、アルイハ将来ノ出来事ノ確カナル配置。ユピテルトトモニ永劫不朽ノ生ヲ生キルベキ、不滅ノ英雄タチノ一覧表』だとよ。(13)

おいおい、これはものすごい本だぞ。こいつは、アテネの町を探しまわっても、売っているはずもない大変な代物だ。どうすりゃいいか、わかってるよな。ほら、あそこにこれと同じ厚さで、大きさも似たような本があるじゃないか。そいつを取ってくるんだ。そして、こいつの代わりに袋のなかにいれて、元のように口をしめておけば、ばれる心配なんかあるもんかい。

ビュルファネス　へへえ、わしらは金持ちだもんね。どこかの版元を見つけて、この本を一万エキュ(14)で買い取ってもらえばいいわけよ。ユピテルさまが書かれた本を、メルクリウスが製本しに持参したのが、ことの真相に決まってる。なにしろ、古ぼけて、すっかりばらばらだもんね。

ほらよっと、これがおまえさんがいった身代わりの本よ。こいつも、似たようなぼろさかげんだからさ、見たところ大差ないもんね。平気の平左だよ。

クルタリウス　なにもかもすべてぬかりなし。包みの具合も元のまま、気づかれるわけありませんよね。

メルクリウス　さあ、さあ諸君、飲みましょう。この宿屋をぐるっと見回ってきたけど、なかなかに立派なものではないですか。

ビュルファネス　この宿屋はね、部屋のなかにあるもののおかげで立派なんでさあ。

メルクリウス　さて、ところでなにか目新しい話でも聞いてませんか？
クルタリウス　なにも知りませんぜ。旦那のほうから教えてくれなきゃ。
メルクリウス　そうですか、では諸君の健康を祝して、乾杯！
ビュルファネス　旦那も、よくいらっしゃいました。乾杯！
メルクリウス　これはどこのワインですか？
クルタリウス　ボーヌの酒でさあ。
メルクリウス　ボーヌ・ワインだって？　これはまた、ユピテルだって、これほどうまいお神酒《みき》は飲んでませんよね。
ビュルファネス　たしかにうまい酒でさあ。でもね、この浮き世の酒を、ユピテルさまの神の酒といっしょくたにしちゃだめですよ。(15)
メルクリウス　神も仏もあるもんか《ジュ・ルニビユ》い！　ユピテルの御前にも、これほどうまいお神酒《みき》は出てこないんだよ。
クルタリウス　口は災いのもと、気をつけて話してくださいよ、旦那。神をおそろしく冒瀆することばを吐いてますぜ。そんなことを言い張るとは、こんちくしょうめ、あんたは有徳の人じゃござんせんね。
メルクリウス　おいおい、そんなに怒らないでくれたまえ。ぼくはね、両方とも味わった上で、ボーヌのほうが美味だといってるんだから。
クルタリウス　いや、怒ってなんかいませんぜ。それに、あんたは神の酒を飲んだことがあるというけんど、こっちなんかそんなものは飲んだ例《ためし》はないんだ。物の本に書いてあることとか、人の話なんかを信じてるだけでね。とにかく、この世のどこで作られたお酒だって、ユピテルさまのお神酒《みき》と比較するなんてことは禁物でっせ。この件についちゃ、だれも旦那の味方なんかしちゃあくれませんからね。
メルクリウス　どうして諸君が、そんな風に信じているのかは知らないけど、事実としては、今いったとおりなんだから。

クルタリウス　お気を悪くしないでくださいね。こちとら、命にかけてもいわしてもらうけど、よござんすか、そんな意見を押し通そうっていうなら、あんたを、自分の足元も見えない場所に三か月ばかりぶちこんだっていいんですぜ。このことだけじゃなくて、別の件だって、こっちはお見通しなんだから——まさか、そんなこと知るまいと思うでしょうが。

おい相棒、この野郎は、上の部屋からなにやら盗んだんだ。こんにゃろ、絶対そうに決まってるよな。あんたがどこのどなたかは知りませんがね、さっきのようなことを口に出すのはいけませんや。さだめし後悔することになりますぜ。それに、今しがた、あんたがしちまったこともね。さあ、即刻ここから立ち去るんですな。だって、このあっしが先に出ていっちまうと、あんたはとんでもないことになりますよ。いちばんの雑魚《ざこ》を相手にした場合でも、地獄の悪魔軍団を相手にしたほうがまだましな、とんでもない連中を、このあっしが連れて来ちゃいますからね。

ビュルファネス　旦那、こいつの話していることは本当でさあ。あんな風にあしざまに神さまを罵ってはいけませんや。あっしの相棒には、十分に用心してやってくださいよ。よござんすか、こいつは有言実行、怒らせると大変なことになりますぜ。

メルクリウス　まったく人間どもを相手にするのも、われながら、哀れなことだ！　人間たちと交わって、あれこれ取引するという役目を、わが父ユピテルはぼくに与えたけれど正気の沙汰とは思えないよ、まったく！　おかみさん、ほらお勘定を取っておくれ。好きなだけ取っていいよ。おや、これだけでいいのかい？

おかみ　はい、これでけっこうです。

メルクリウス　ところで、おかみ、ちょっとばかり耳を貸してくれないか。今まで、ぼくといっしょに飲んでいたふたり連れの名前を知らないかい？

おかみ　ひとりはビュルファネス、もうひとりがクルタリウスですよ。
メルクリウス　それだけ聞けば十分だ。では、さようなら。でも、こんなにうまいワインを出してくれたばかりか、あの悪党どもの名前を教えてくれたのだから、感謝のしるしに、あんたの寿命をね、ぼくのいとこの運命の女神《デスチネ》たちが定めたのよりも、五〇年延ばすことを約束するよ。その分だけ余計に、健康で、愉快で気ままな人生を楽しむがいいさ。
おかみ　どうでもいいことなのに、お客さんは、驚くようなことを約束なさるんですね。でもね、わたしにはそんなこと信じられません。そんなことが絶対に起こるはずがないと、このわたしは確信しておりますから。あなたがそう願ってくださることはわかりますし、わたしだって、できればそう願いたいものです。健康に、楽しく、そんなに長い人生を送れたら、それはそれはとても幸福でしょうから。でもね、そんな風になるはずがありませんものね。
メルクリウス　ええ、なんだって？　せっかく約束してやったのに、ばかにして、一笑に付そうっていう気なのかい？　なら、おまえさんは長生きなんかできないだろうさ。このまま一生ずっと隷属状態で、毎月血を流しながら生きることになるんだ。邪悪さでは、女が男を上まわることがよくわかったよ。おまえは信じようとしなかったのだから、絶対にそうなりっこない。この先、いくら客を喜ばせても、ぼくみたいにすばらしい約束をしてくれる客なんか絶対に現れるはずがないんだからな。
　おやっ、あそこにいるのは例の危険なごろつきじゃないか。こんちくしょうめ、これほど肝を冷やしたこともないよ。あいつらは、ぼくが二階の飾り戸棚の上から小さな銀のイコンを盗んだのを見ていたんだ。いとこのガニュメデス[16]にプレゼントしようと思って失敬したのに。ユピテルがお神酒《みき》を飲むと、彼がいつもグラスに入った飲み残しを取っておいてくれるから、そのお返しだったのに。やつらは、このことをなにやら話していたんだな。もしもぼくが捕まったりしていたら、ぼくだけじゃなくて、天上界の一族全体にとっても不名誉きわまりないところだった。いつか、あのふたりを捕まえたら、カロン〔冥界の渡し守〕の手中にゆだねて、岸辺に少しばかり引きとめてやるからな。三千年ばかりは向こう岸に渡してやらないように頼むつもりだ。いいかい、ビュルファネス君とクルタリウス君、もうひとつ、いい目に会わせてやろうじゃないか。これからこの不死の書を製本しに行くんだけれど、これをユピテルに返却する前に、おまえたちの名前なんか、もしもそこに書かれていても、消してやるからな。それに、あの美人のおかみの名前だって、消しちまおう。こっちのいうことをすっかりばかにして、せっかくいいことをしてやろうといってるのに、てんで信じようとしないんだから。

クルタリウス　あの野郎めに、一杯食わせてやったぜ。ビュルファネス、いいかい、あいつを追っ払うには、こうやらなきゃいけなかったのよな。なにしろ、あいつがメルクリウス本人だってことは確実なんだからな。

ビュルファネス　まちがいない、正真正銘やつだ。おれたち、前代未聞の、あっぱれな盗みをやってのけたぜ。なんてたって、メルクリウスという泥棒たちの王者にして守護神から盗んじまったんだから、こいつは永遠に記憶されるべき偉業だよ。おまけに、おれたちが手に入れた本というのが、天下に並ぶものなき逸品なんだから。

クルタリウス　首尾は上々よな。あいつが持ってきた本を、まったく別の内容の本とすりかえたというわけだ。でもな、ひとつだけ心配なことがある。戻ってきた本をユピテルが見て、自分の本がなくなったと知ったら、おれたちの悪事を罰するために、雷電を放って、なんの罪もないこのかわいそうな世界を全滅させてしまわないだろうか？　そうなったら、どうしようもないよな。なにしろあの天帝が怒ると、激しい嵐のように手がつけられなくなるからな。だけど、こうしようじゃないか。いいか考えてもみろよ、将来起こらない事件は、この本には書き記されていないということはだな、この本に含まれていないことは発生しないという理屈になりゃしないか。だからさ、いまのうちに本をのぞいて、おれたちの盗みのことがちゃんと予言されているかどうか、そしてその後、いつの日か、おれたちがその本を返すことになっているかどうか、確かめてみようぜ。そうすれば、こっちだってずっと安心できるからな。

ビュルファネス　書いてあるとすれば、この場所だな。だって、『その年の運勢とできごと』という題になってるぜ。

クルタリウス　シッ、シッ、静かに！　本を隠せよ。ほら、アルデリオ〔第二の対話に登場する〕がやってくるぞ。あいつは、この本を見たがるにちがいないからな。おれたちは、いずれあとでゆっくり落ち着いて見させていただくとしようじゃないか。

第二の対話

登場人物——トリガブス[17]、メルクリウス、レトゥルス[18]、クベルクス[19]、ドラリーグ[20]

トリガブス　天地神明に誓っていわせてもらうけどね、メルクリウス、たとえきみがユピテルの息子だとしたって、きみはペテン師じゃないか。とにかく、ずるがしこい奴だよな。自分がしでかしたいたずらのこと、覚えているかい？　ここに来るのは、それ以来なのかい？　きみったら、当世の夢想家の哲学者たちを、まんまと騙したんだからね。

メルクリウス　えっ、どうやって騙したというんだい？

トリガブス　どうやってだって？　きみは賢者の石[21]を持っているといって、連中に見せたよね。とにかく、彼らは今でも賢者の石にご執心なんだけどね、くれくれといって、あまりしつこくせがむものだから、きみもはたしてだれに石をやればいいのか迷ったあげく、結局、どうしたか覚えているかい？　少しでもいいからみんなに分けてやろうと思って、賢者の石を粉々に砕いて、連中が例によっていつも議論を交わしていた円形闘技場《アレーヌ》の砂地にまき散らしたじゃないか。そして、「よく探しなさいよ。どんなに小さな粒でも、破片を見つければ、驚異のわざを行なうことができますよ。それは、もろもろの金属を変質させ、開いている扉のかんぬきを壊し、病気でもなんでもない者を治癒し、鳥たちのことばを理解させてくれ、神々に願いごとをすれば、簡単にかなえてくれますし――もっともそれは、天気続きの後には雨だとか、春にはうららかな陽気で、花が咲き乱れ、夏は暑くて、土ぼこりが立ち、そして実りの秋を迎え、冬は寒くて、道がぬかるんでといった、当然そうなるに決まっていることがらにかぎった話なのですが――、要するに、なんでも、いやそれ以上のことができるようになりますよ」なんて、いいまくったのだから[22]。

　まったく、それからというもの、哲学者たちときたら、年がら年中、円形闘技場の砂地をほじくったり、引っかき回したりしているじゃないか。連中がそうやって砂をより分けているのを眺めるのは、いい暇つぶしになるけどね。時には殴り合いになったりするけれど、それを除けば、まるで子供たちが砂場で遊んでるみたいなものだからね。

メルクリウス　ところで、賢者の石の破片を発見した者はいないのかい？

トリガブス　とんでもない、だれひとりいないさ。ところがどいつもこいつも、自分はたくさん集めたぞと豪語するものだから、どうなるかといえば、もしも連中の手持ちのものを全部集めたら、元々の賢者の石の十倍の大きさになりかねないといった有様なんだから。

メルクリウス　賢者の石の代わりに、砂地から砂ばかり拾い集めているのかもしれないな。これだと、きりがないのでは？　なにしろ、砂と区別するのが非常にむずかしいからね——両方とも、似たり寄ったりなんだから。

トリガブス　そうかなあ？　たしかに本物を見つけたぞなんて啖呵《たんか》を切っても、じきに怪しくなってきて、結局は集めたのを全部捨てて、別のを探し始めるといった連中を、何人も見てきたぞ。そしてまた、ずいぶんと集めるのだけれど、本物かどうかどうにも確信できずにいるんだ。まったく、これほど愉快な大騒ぎやお笑いぐさになど、これまでお目にかかったことがないよ。ほんとにもう、きみときたら、あの間抜けな哲学者の連中に、大層なことをしてくれたもんだよ。

メルクリウス　してやったりかな？

トリガブス　まったくもう、連中が地面をはいずるようにしてとっくみあい、だれかが見つけた砂粒をかっさらい、あるいはまた、見つけた粒や破片を顔をしかめながら比較するという茶番を、きみにも見てほしかったよな。ひとりが仲間に、自分はたくさん持ってるぞと自慢すると、相手は、それは偽物じゃないかと言い返す。ある者は、どうやって見つければいいのか他人に教えようとするけれど、自分では見つけられずにいる。だから相手に、「そんなこと、こっちだって同じように、いやもっとわかってるんだから」と言い返されてしまう。ある者が、石のかけらを見つけるには、赤と緑の服を着るべきだといえば、他の者は、いや黄色と青のほうがいいという。ある者は、ダイエット療法に従って、食事は日に六回だけに制限せよといえば、別の者は、女と寝るのがよくないんだという。真っ昼間もロウソクをともすべきだとある者がいうと、別の者がこれに反対する。(23)こうやって連中は大声でわめき、暴れまわり、ののしりあう。こうして、なにやら派手な訴訟沙汰がいくつも生まれることになってしまってね、裁判所も、街頭も、神殿《タンプル》も、噴水のあたりも、パン焼き窯のまわりも、水車も、広場も、居酒屋も、売春宿も、どこもかしこも連中の舌戦、おしゃべり、論争、さらには謀反や怨嗟《えんさ》でもってあふれかえっているのが現状なんだ。なかには自信満々で、とにかく自説を押し通す連中もいて、自分たちがよりわけた砂は賢者の石なのだとすっかり信じこんでしまい、天上界、極楽浄土、悪徳や美徳、生と死、平和と戦争、過去と未来など、いかなることであっても、ばっちり説明して、判断してやると約束する輩までいる。坊主の援助交際相手の娘っこが飼っている子犬とか、できちゃった子供用のお人形とかに関するまで、とにかく連中が口をはさまないことは、この世になにもないという有様なんだよ。

　まあ、ぼくが聞いたかぎりでは、本物のかけらを見つけたと目されている連中も、たしかに何人かはいるらしい。でも、そうした破片にだって、功徳や超能力なんか全然ないんだよ。せいぜいが、人間をだね、死ぬまでミンミンとわめくしか能のないセミや[24]、自分がなにをしゃべっているのか少しも理解していない、たちの悪いオウム、それに頑固だから、いくら棒でぶたれても耐え続け、重い荷物を背負うのにはうってつけのロバなんかに変身させるのが関の山であるらしい。要するにだね、連中のしていることを眺めたり、聞いたりするのは、神武《じんむ》以来の、この上なく愉快な暇つぶしだし、抱腹絶倒もののお笑いぐさなんだ。

メルクリウス　えっ、本気でそういってるのかい?

トリガブス　あたりまえに決まってるじゃないか。うそだと思うなら、おいでよ、円形闘技場に連れていくから。世にも不思議な光景《ミステール》に[25]、きみだって、腹を抱えて笑いころげるはずだよ。

メルクリウス　それはいいね、行こうじゃないか。でも、連中にぼくの正体がばれないかな?

トリガブス　なら、きみの魔法の杖と、翼付きのサンダルと、翼付きの帽子を置いていけばいい[26]。そうすれば、きみだなんて絶対にわかりっこないから。

メルクリウス　いや、それだけじゃなくて、もっといい方法があるんだ。今から顔を変えてみせるから、ぼくがどうなっていくか、顔をよく見ていてくれ。

トリガブス　あれ、あれ、これは一体どういうことなんだ?　きみの変身能力は、プロテウスとかゴナン親方なみじゃないか。どうやれば、こんなにすばやく顔を変えられるんだい？　今さっきまでハンサムな青年だったのに、いつのまにか白髪の老人になっているじゃないか。ははあ、変身方法がわかったぞ。さっきまで口のなかでもぐもぐいってたけど、さては、その呪文の力で顔を変えたんだな。こんちくしょうめ！　そのおまじないをぼくにも教えてくれないと、もう絶交だからな。いや、いくらでも謝礼は払うからさ。呪文をマスターして、好きな顔に変えられるようになったら、変装しまくるぞ。さぞかし、みんなの評判になるだろうな。ぼくに魔法を教えてくれるまでは、絶対にきみを放さないぞ。頼むよ、メルクリウス、どんな呪文を唱えればいいのか教えておくれよ。変身の魔法を伝授してほしいんだよ。

メルクリウス　じゃあ、そのようにするよ。きみはいい相棒だからね。あとできみと別れる前にでも、ちゃんと教えるよ。その前にとにかく、円形闘技場に行こう。そのあとで教えるから。

トリガブス　わかった、きみのことばを信じるよ。

ほら、あそこをずいぶんとせかせか歩きまわっている男がいるじゃないか。あいつが理屈をこねるのを、少しばかり聞いてみるといい。これまでお目にかかったことのないほど、お笑いぐさの哲学者なんだから。なにやら小さな砂粒を見せては、「これこそは、紛《まご》う方なき賢者の石なり。賢者の石の中心の精髄なり」なんて話している。ほら、なにやら見得を切ってますよ。すっかりご満悦の体というところではないですか。このおれさまに比べたら、世間なんぞは屁でもありゃしないっていう顔しちゃってさ。

メルクリウス　こいつに負けないほど、とりつく島のなさそうな奴が、あっちにいますよ。ちょっとばかり近づいていって、連中がどんな顔して、おたがいにしゃべくりまくっているのか見てやろうよ。

トリガブス　よし、そうしよう。

レトゥルス　みなさんがた、いくら探してもむだですよ。お宝を見つけたのは[27]、このわたしなんだから。

クベルクス　いいかい、そんなに天狗になったらだめだよ。賢者の石っていうのはね、そのかけらを見つけても、あまりに自信過剰になると、その効力が失われるんだから。たしかに、きみは破片をいくつか見つけたとは思うけどね、ほかの人々だってこれを探して、可能ならば、手に入れることを認めてやらないといけないよ。賢者の石をわれわれ人間に与えてくれたメルクリウスは、われわれがこんな風におたがいに言い争うことを意図したのではなく、みんなが兄弟のように愛し合うことを望んでいるんだ。これほど高貴にして神聖な物質の探索へとわれわれを志向させたのは、不和を生じさせるためではなくて、隣人愛をはぐくむためなんだよ。ところが、ぼくが見るところ、われわれはまったく逆のふるまいに明け暮れているではないか。

レトゥルス　おまえたちが、いくらほざいても詮ないことよ。おまえたちが集めたものはだな、ただの砂粒にすぎんのじゃ。

ドラリーグ　恥知らずなうそを申すでないぞ。ほれ、ここにあるかけらこそは正真正銘の賢者の石、おぬしのよりもはるかに上等なる代物であるぞよ。

レトゥルス　そのような代物をば、賢者の石だとして見せびらかすとは、なんたる恥知らずよ。それがただの砂粒にすぎないのに、まったく知らぬが仏とはこのことよ。ほれ、捨てなはれ！　ぽん、ぽんとな。

ドラリーグ　おのれ、なぜかけらをたたき落としたんだ？　どこかにいっちまったではないか。怒り心頭とはこのことよ。拙者が軍人であったなら、あるいは帯刀しておったならば、この場で即刻に、貴様を一刀のもとに斬り捨ててくれようぞ！　賢者の石のかけらは、もう見つけようがないではないか。これほど苦労して探し出したのに、このいまいましい邪悪な奴ばらのせいで、なくなってしまった。

レトゥルス　大したものを失ったわけではないわい。くよくよするには及ばぬわい。

ドラリーグ　大したものではないだと！　この世には、あれに代わる宝物などありはせんわ。貴様なんぞ、精神錯乱して苦しむがいい。なんと陰険で、ねたみ深い奴だ。拙者のこの三〇年間の苦労も一瞬にして水の泡ではないか。すべて台無しだわい。おのれ、この恨み、きっといつの日にか晴らさずにはおかぬから、覚悟しておけよ[28]！

クベルクス　ぼくは一五、六個持っているけれど、そのうちで少なくとも四つ[29]は、入手可能なもののなかでも、もっとも真正なかけらだと確信しているよ。

トリガブス　みなさーん、教えてくださいな。あなた方哲学者は、この円形闘技場の砂地で、毎日、毎日、いったいなにを探しているのですか？

クベルクス　そんなこと聞いて、どうするんです？　賢者の石を探しているのに決まってますよ。メルクリウスが以前、粉々にくだいて、この場所にまき散らしたやつですよ。

トリガブス　で、そのかけらをどうするのです？

クベルクス　どうするだって？　金属を別のものに変えたり、われわれが望むことをなんでもしたり、神さまに願いを聞き届けていただいたりするために決まってますよ。

メルクリウス　はたして、そんなことが可能なんですか？

クベルクス　可能かだって？　あんた、疑っておるのかい？

メルクリウス　もちろん、疑っておりますよ。だって、あなたはさっき、本物の破片を少なくとも四つは所持していると明言していましたよね。だったら、まあ全部使うのはいやでしょうから、そのうちの一つを活用すれば、お仲間の失せ物だって簡単に探し出せるのではないでしょうか？　ほら、自分のをなくされてしまって、半狂乱になっている御仁がおられますけど、その方のかけらをね。それとですね、このわたくし、金欠病で困っているのですが、わが財布のなかにある、高々一五リーヴルばかりの小銭をエキュ金貨に変えていただけませんか？　そちらが損することは全然ないわけですよね。だって、あなたの所有するかけらに、豪語なさるような効能が備わっているならば、ちちんぷいぷいといって念じるだけで、願いがかなうわけでしょうから。

クベルクス　いっときますけどね、あなた、ものごとをそんな風に考えてはいけませんよ。賢者の石が、かつての効能を保持していることなどありえないことを、あなたも理解すべきなんです。だって、それはメルクリウスによって新たに粉砕されて、この円形闘技場にまき散らされて以来、ずっと吹きっさらしなんですから。それにですね、ひとつだけいわせてもらいますけどね、石の破片が仮に神通力を依然として持ち続けているとしても、それを発揮する必要など、もうありません。しかもですよ、メルクリウスは、自分で好きなようにその効力を奪ったり、再生したりできるんですからね。

メルクリウス　神通力を確かめることなど、もはや不必要ですって？　では、なぜまた、頭や、目や、腰をそんなに酷使して、いつまでも性懲りもなく石を探すのですか？

レトゥルス　いやいや、そのようなことを口に出すのは禁物じゃ。おぬしがいうように、風に吹きさらしであっても、賢者の石は、かつてと同じく効験あらたかなのじゃからな。それに、あんたの持っているかけらが、実際にその結果としていかなる効力も示さないなら、そいつが本物ではないというなによりの証拠ということになるわな。拙者の所持している石のかけらはどうかといえばじゃ、これを使って望みどおりのことができることは、いくらでも教えてやるわい。拙者なんぞは、金を鉛に——もとい、鉛を金にじゃった——、とにかく金属を変質させるのみならず、人間どもの変質までもしてのけるんじゃぞ。いかなる金属よりも硬い彼らの考え方を、錬金の術により変質させてな、それまでとは別の生き方をさせるのよ。たとえばじゃな、ほんの少し前までは尼さんたち《ヴェスタル》を見る勇気もなかった連中をじゃな、いっしょに寝るのもいいものだと思わせたり、[30]ボヘミア風の服装をしていた連中を、トルコ風に変身させたり、以前はもっぱら馬に乗っていた連中を、すたすたと徒歩で歩かせたりしておるのじゃ。そしてな、それまでは喜捨することをならわしとしていた連中は、逆にな、物乞いせざるをえない羽目に陥らせてやったんじゃなもし。拙者はな、もっとすごい功績も残しておるのよ。というのも、拙者のことをギリシア全土に言いふらしたものだからして、(31) 拙者が本物の賢者の石を所有しておるということをじゃな、だれが反論しようとも、命をかけてでも主張する所存なりという手合いまでも出現しているのじゃからな。まあ、これ以外にも、拙者がじゃな、賢者の石のかけらの功徳によってなしとげたことはたくさんあるのじゃが、話せば長くなってきりがないので、このへんにしておくかの。どうかな、あんたは、われわれ哲学者たちのことをどう思っておるのじゃ？

メルクリウス　さほど賢いとも思えませんけど、あなたも含めて。

レトゥルス　そりゃまた、どうして？

メルクリウス　粉々になった石の破片を砂場で探そうとして、苦心惨憺《さんたん》、粉骨砕身して、もしかすると見つかるはずもなくて、そもそも存在しないようなものを、ひたすら探索することだけに、現世での貴重な時間を費やしているではありませんか。それから、賢者の石を粉砕して、円形闘技場にばらまいたのはメルクリウスだとかおっしゃいませんでしたっけ？

レトゥルス　そのとおり、メルクリウスじゃよ。

メルクリウス　ああ、なんと憐れな人たちなのか。みなさんは、あらゆる詐欺やペテンの張本人であるメルクリウスを信じているのですか？　彼が単なる口先だけの男で、(32) ことば巧みな理屈と説得力でもって、膀胱を提灯《ちょうちん》だと、雲を青銅のフライパンだと思わせていることを知らないのですか？　彼が、そこらの野原の石ころとか、あるいは当の闘技場の砂場の砂を、みなさんの手に委ねて、これぞ賢者の石なりと思いこませているのではと疑ったことはないのですか？　みなさんがありもしないものを探そうとして、骨身をけずり、怒ったり、争ったりしている姿を見て、これを笑いものにして気晴らしにしているのではと思わないのですか？

レトゥルス　おぬし、そのようなことを申してはなりませんぞ。あれは紛《まが》う方なく賢者の石だったのじゃから。

かけらが発見されて、その効験のほども何回か目撃されているのじゃよ。

メルクリウス　いや、そうはおっしゃいますけど、怪しいものですよ。だって、もしもそれが本物の石ならば、みなさんがいわれている石の効能からして、もっと驚くようなことだってできるのではないでしょうか？　みなさんは善意の人々なのでありますから、貧乏人を全員金持ちに、いや、せめて、生活必需品ぐらい与えてやって、彼らが物乞いなどしなくて平気なように、してやってもいいはずです。

レトゥルス　貧民や乞食こそ、世界の必需品なんじゃ。みんな豊かになってしまったら、喜捨という美徳をほどこすにも、その相手が見つからなくなってしまうじゃないか。

メルクリウス　みなさんならば、失せ物だって容易に見つけられるでしょうし、世間の人々が定かではないと感じていることがらについても、これを真理に照らして解決できるのではないでしょうか。真理を十分に知っておられるわけですから。

レトゥルス　だがそうなると、裁判官、弁護士、検事といった連中がなにをいいだすやらわからんぞ。連中からすれば、法典や、ローマ法の法令集、学説集など、りっぱで有用なものの使い道がなくなってしまうじゃろに。

メルクリウス　だれかが病気になっても、あなたのところに連れてくれれば、その賢者の石のひとかけらを患者にかざすだけで、たちまち全快ということになりそうですけどね。

レトゥルス　そうなると、医者も薬剤師も、それに連中が高い金を払って手に入れた、ガレノス、アウィケンナ、ヒポクラテス、アエギナタ(33)といったりっぱな書物も役立たずになるじゃろに。それに、だれもかれもが四百四病《しひゃくしびょう》を治してもらいたがり、死にたがる奴もいなくなってしまうぞ。こいつは、いくらなんでも常軌を逸した話ではないじゃろか。

トリガブス　あれ、あそこになにやら発見したらしい男がいますよ。ほらほら、ほかの連中がうらやましがって駆けつけて、同じ場所を探し始めたぞ。

レトゥルス　がんばって探すがいいんじゃ。見つからなかったものは見つかるものなのじゃ。

メルクリウス　なるほどね。でも、みなさんが探索を開始してから、賢者の石にふさわしいわざがなされたといううわさは、とんと聞いたことがありません。ですからどうも、見つかったのも賢者の石ではないのではないか、あるいはですね、もしもそれが賢者の石だとしても、世人がいうような神通力などなくて、そんなのは口先だけのことで、賢者の石の御利益《ごりやく》とは、ほら話に役立つことだけではないのでしょうか？

レトゥルス　いや、拙者が所持せし石の御利益《ごりやく》の数々について、先刻話してやったじゃろうに。

メルクリウス　それがなんだというのです。だって、あなたがべちゃくちゃと大声でしゃべりまくったせいで、御利益《ごりやく》とやらが出てきたのであって、砂粒の功徳などではありませんよ。あなたがメルクリウスからもらったのは、結局のところ、おしゃべりという御利益《ごりやく》だけなのです。メルクリウスがみなさんを口先でまるめこんで、それが賢者の石だと信じこませているのと、まったく同様に、みなさんは巧言や空言をならべたてて、世間を満足させているにすぎないのです。メルクリウス譲りなのは、そこですよ――ぼくが思うに。

トリガブス　こんちくしょうめ、もしもぼくが元老院議員ならば、あんたら全員を農園やブドウ畑に下放《かほう》させるか、ガレー船送りにしてやるのだが。いい大人が間抜けづらして、まるで子供みたいに、小石を探しまわって、あたら時間をむだにするなんて、みっともなくて見ちゃいられない。それでも、仮になにかの役にでも立つというのなら、文句はいわないよ。ところが連中ときたら、自分たちが信じて、夢見て、約束していることを、なにひとつ実行してはいないんだ。まったくもって、子供たちよりもよほど幼稚なんだから。子供たちだって、使いようで、ちゃんとなにかに役だってくれるのだし、たとえ遊びに夢中になっていたって、なにか用事でもいいつけてやれば、簡単に遊びをやめさせることができる。ところが、愚かで、空想にふけりがちな哲学者たちときたら、美しき賢者の石のひとかけらなりとも発見しようと思って、ひとたび、円形闘技場の砂地をかきまわし始めたならば、いつまでたっても子供同然、このばかげた宝探しの遊びから引き離すことはできやしない。連中は、こうして砂場遊びをしながら年老いて、死んでいくだけなんだ。まったく、摩訶不思議なことをしてくださる予定だという方々に、はたして何人お目にかかったことか！　本当にもう、うんざりだ！　賢者の石とは、大した御《お》筆先《ふでさき》だよ！

レトゥルス　いやはや、石のかけらは思うようにはみつからんでの。それにな、メルクリウスは、万人に対していつも好意的とはかぎらんのじゃて。

メルクリウス　もちろんですとも。

レトゥルス　ところで諸君、失礼じゃが、お別れせねばならんぞな。元老院議員のウェヌルス氏がおいでなのでな。いっしょに夕食をする約束をしたもんで、召使いが拙者を呼びにまいったものでな。[34]

メルクリウス　では、さようなら。

トリガブス　連中なんて、こんなものですよ。食卓の上座にすわって、料理のいちばんおいしいところをふるまわれ、その発言権を行使して、自分ひとりでしゃべりまくるに決まってる。それにしても、どれほどごりっぱな演説になるものやら。

メルクリウス　おまけに、すべてがぼくの賢者の石のおかげだというつもりなんだから。

トリガブス　だけど、それがどうしたというんだい？　だって、連中からすればだね、無銭飽食《ルピュ・フランシュ》[35]にありつけるだけでも、それはもう、メルクリウス、大いにきみのおかげなんだから。

メルクリウス　ぼくの腕前のほどがわかったよね、きみも。さて今度は、アポロン神殿の近所に住んでいるとある貴婦人に、わが父ユピテルからの、なにやら秘密のことづてを伝えにいかなくては。それから、天上界に帰還する前に、ぼくの恋人にほんのちょっとだけ会わないとね。じゃあ、さよなら。

トリガブス　きみはぼくとの約束を守らないつもりかい？

メルクリウス　なんの約束だい？
トリガブス　顔かたちを望みのままに変えるためのおまじないを、ぼくに教えるっていったじゃないか。
メルクリウス　ああ、そうだった。注意して聞けよ……
トリガブス　ええ、なんだって？　聞こえないよ、なにをいってるのかわからないよ。もっと大きな声で話してくれよ。
メルクリウス　呪文のことばはこれですべて、忘れないようにね。
トリガブス　まったく、なんていったんだろう？　くそっ、全然聞こえなかったじゃないか。あいつめ、なにもいわなかったんじゃないか。だって、さっぱり耳に入ってこなかったぞ。メルクリウスがぼくに呪文を教える気があったならば、縦横無尽にあれこれできたのになあ。それに、これからは手元不如意の心配も無用になったのに。だって、もしも金が必要になったら、金を預けている人間に化けて、金庫番のところに行って、自分の預金を受け取ればいいんだから。またぼくの恋人の家に、危険を冒さず入っていって、大いに愛の快楽を味わうためとあらば、ぼくはしょっちゅう、その近所の女性に変身するだろうな。そうすれば、ぼくだとばれる恐れはないもんな。そのほかにも、たくさん芸当ができたはずなのに！　メルクリウスがぼくをだまさずに、呪文を伝授してくれたなら、どれほど見事な変装をやってのけたことか！
だけど、こうやって正気に返って、じっくり考えてみると、そもそも存在しないものを手にしようと期待する人間は、頭がおかしいんだし、不可能なものごとを期待する人間は、それ以上に不幸なんだということが、よくわかったよ。

第三の対話

登場人物――メルクリウス、クピド、ケリア[36]、フレゴン[37]、スタティウス[38]、アルデリオ[39]

メルクリウス　あの方〔ユピテル〕はまたどうして、これほど辛抱強いのだろう？　ぼくには不思議でしかたがない。かつて彼は地上に大洪水を出現させたわけだけれど、その原因となったリュカオンの悪行にしても[40]、これほどおぞましいものではなかったはずだ。一体全体なぜ彼は、この呪われた地上世界を雷電でもってすっかり滅ぼしてしまわないのだろうか？　なにしろ、この卑劣な人間どもときたら、彼による予知予見のすべてが記されている書物を、大胆不届きにも盗んだばかりか、あたかも彼を侮辱し、嘲笑するかのように、その書物の代わりに、ユノーにも、神々や人間たちにも知られずにやりとげたと思っている、若気のいたりの恋愛遊戯の数々が書き記された本を本人に送りつけた形になったではないか。エウロペをかどわかすためには牡牛に化け、白鳥に変身してレダ〔スパルタ王テュンダレオスの妻〕のところに馳せさんじ、アルクメネと寝るためには夫のアンピトリュオンに化け、ダナエと交わろうとして黄金の雨に姿を変えた〔ペルセウスが生まれる〕のだし、そのほかにも、ディアナ、羊飼い、火、ワシ、ヘビなどさまざまに変身して、ちょっとしたご乱行をくり広げたのだけれど、人間にはそれを知る権利などないし、ましてや書き記すなどは言語道断ではないか。考えてみるがいい、いつの日かユノーがこの本を見つけて、ユピテルの輝かしい戦果を読んだなら、夫をどれほどひどい目に会わせることやら！

なぜ彼はこのぼくを、かつてウルカヌスにしたみたいに、天空から地上に墜落させてしまわなかったのか？　ウルカヌスなどはそのときのけがで、いまでも足をひきずっているし、それは一生涯治りそうにもない[41]。ぼくだって、首の骨かなんかを折ってしまったにちがいない。だって、翼付きのサンダルをはいていなかったわけだから〔第二の対話を参照〕、飛べなくて、墜落を避けようがなかったもんな。とにかく、ぼくにも罪の一半があることにまちがいない。製本屋から本を持ち帰る際に、きちんと注意しなくてはいけなかったんだ。まったく、ぼくとしたことが！　だけど、はたしてなにができただろうか？　あれはバッコス祭り[42]の前日のことで、ほとんど暗くなっていた。それに、まだはたすべき用事が山ほどあったから、頭がすっかり混乱していて、自分でもなにをしているのか要領を得ないほどだった。第一、製本屋のことをすっかり信じきっていた。いかにも実直そうな男だったし、実際にそうであることは、彼が毎日のように手にとって製本している、みごとな書物の数々を見ただけでも、はっきりしている。あれから彼の工房にも足を運んでみたけれど、「お預かりしたものと同じ本をお渡ししたことにまちがいありません」と、強く誓っていたもんな。彼が本をすり替えたのではないことはたしかだ。あの日、ぼくはどこに行ったんだっけ？　よく考えてみないと。そういえば、旅籠《白炭亭》でいっしょに飲んだ与太者が、あの本を盗み出して、別の本とすりかえたのかもしれないぞ。どうやらその可能性が高いぞ。だってぼくは、店の者が樽からワインを出しに行っているあいだ、しばらく奴らから離れていたもんな。まったくそれにしても、あのもうろく親父も、どうして恥というものを知らないのか。あの本ですべてわかるのだから、ずっと前に当の本がいずれこういう運命に会うことだって承知していてしかるべきじゃないか。思うに、彼は自分の光で目がくらんでしまったんだ。この事件も、他の事件と同様に、本のなかで予告されていなければ、おかしいよ。さもないと、本自体がいんちきということになってしまう。まあ、親父がかんかんに怒ろうと、どうしようと知ったことか。ぼくにはなすすべがないのだし。

　ところで、親父から渡された心覚えには、なにが書かれているんだろう？

《空の高みより雷鳴をとどろかす大神ユピテルの名によって、アテネ市のあらゆる四つ辻に、さらに必要とあらば、世界のすみずみにまで、以下の告知をあまねくおこなうこと。

表題に、『本書ノ内容。ユピテルが存在スル以前ニ、ユピテルニヨッテ行ナワレタ、数々ノ注目スベキ事績ノ年代記。運命ノ規定、アルイハ将来ノ出来事ノ確カナル配置。ユピテルトトモニ永劫不朽ノ生ヲ生キルベキ、不滅ノ英雄タチノ一覧表』と記された書物を発見した者、あるいは、この書物の消息に関するうわさを聞いた者に告げる。本書はユピテルの所有になるものであるから、これをメルクリウスに返却すること。メルクリウスは毎日、アカデメイア学園ないし大広場にいるはずであるから、返却の報酬として、最初の願いごとを必ずかなえてくれよう。

なお、告示後、一週間をへても返却がなされない場合には、ユピテルは黄道十二宮におもむくことを決めている。さすれば、占星術師と同じく、だれが当該の書物を所持しているのかを占うことが可能となろうし、所持者は返却を余儀なくされるばかりか、大いなる災難と処罰とを受けることは必定である》

こんなのもあるぞ、なんだろう?

《ユノーよりメルクリウスへことづける。折りたたまれたこの紙には、子供の作り方、そして受胎時と同様の大きな快感とともに分娩をおこなう秘訣が書かれているから[43]、これをクレオパトラに渡すこと。そして次のものを持って帰ってくること》だって。

ええっ、持って帰ってこいだって！　まあ、いずれそうしますから、待っててちょうだいねと。

《まずはホメロスの『イリアス』を全巻歌えるオウム。なにごとであっても話題にして、演説できるカラス。あらゆる哲学の教えを暗記しているカササギ。九柱戯《キャール》のできる牝のサル。毎朝、化粧をするときに鏡を持っていてくれる牝のサル。ヴェネツィアの鋼鉄製の鏡でいちばん大きなもの。麝香《シヴェット》、鉛白、眼鏡を一二ダース、香料入り手袋、特別あつらえの宝飾ネックレス。『サン・ヌーヴェル・ヌーヴェル』[44]。オウィディウスの『アルス・アマトリア』。それから黒檀製の松葉杖を六対お願いね》

こんな用事まで全部こなせっていうのなら、もう天上界になんか戻れなくていいや。こんな買い物メモや出産の秘訣なんか、びりびりに破いてしまえ。こんにゃろめ、ユノーはだれか別の使いっ走りでも探せばいいんだ。こんなものを全部、天空に持ち帰るなんて無理だよ。この手の女たちときたら、人はみんな自分に恩義があるのだからとでもいわんばかりに、とにかく、あれこれと奉仕させたがるからな。「ねえメルクリウス、はいこれはフエルトの帽子を買うお金よ」なんてぬかす女は、くそくらえだ！　さて、次のメッセージはなにかな？

《メルクリウスへ。クピドに渡してください。母ウェヌスより》だって。ははあ、ウェヌス、あなたでしたか。ならば、ちゃんと承りましょう。《クピドよ、自分たちは賢くて思慮深いのよと思いこんでいる修道女たちを、なるべく早くだまして、たぶらかし、そのろくでもない痴愚と軽率さを少しばかり思い知らせてやるのです。そのためにはソムヌス〔眠りの神〕に手助けを頼んで、その息子たち〔「夢」のこと〕を貸してもらいなさい。そして、彼らといっしょに夜陰に乗じて修道女たちのところに忍びこみ、目覚めているときには彼女たちが非難し続けていることを、眠っているあいだにたっぷりと味わわせて、気持ちのいいものだとわからせてやりなさい。そして、各人がひとりでこっそりともらす、後悔や悔悟のことばをしっかり聞いて、その詳細をわたしに報告すること――なるべく早くね。同じく、貴婦人や令嬢たちには、町に出かける際には、忘れずにお忍び用の仮面をかぶるように、忠告してやってね。そうすれば、さまざまなことを目撃しても、他人には知られずに、くすくす笑ったり、嘲笑したりするのに都合がいいのですからね。同じく、若い娘たちには、空気が乾燥している日には、夕方、わが家のスミレに必ず水をやるように、また、恋人を招いたり、よろしくと言付けたりしないで、早々とベッドに入ったりしないように、教えてやってちょうだい。そして、以下のこともね。鏡も見ないで髪を結ったりしないこと、しょっちゅう気をつけていて新しいシャンソンを習って覚えること。恋人には、見目麗しく、丁重に、しかも愛想よくふるまうこと。目では何度も「いいわ」とほのめかしながら、口では「だめよ、いけませんわ」と言い続けること。

そして、なによりも男たちに求愛させるようにし向けて、少なくとも、自分の方からは胸中をすぐに明かすようなことはしないで、できるかぎり自分の恋心は隠すようにすること。これが肝心なのよ。ことばが、恋の勝負を決めるのよ》

よし、クピドに会ったなら、ちゃんと伝えましょう。あれっ、まだ用事があるのかい？　ははあ、これはミネルウァさまだ、筆跡ですぐわかる。このぼくの不死の命が失われることになっても、彼女の頼みごとに背くわけにはいかないな。

《ミネルウァよりメルクリウスへ。詩人たちへのことづてです。詩人たちは、おたがいの中傷合戦をやめること[45]。さもないと、ミネルウァはこの種の手口は嫌いであるからして、彼らを認めないこととする。また、空しいうそっぱちのことばを弄することに時間をあたら費やして、沈黙する真理の有効性を忘れてはならないこと。恋愛詩を書く場合には、ミネルウァにならって、できるかぎり誠実に、清らかに、崇高なものとなるように努めること。また、詩人ピンダロスが新たに世に問うた詩編があるかどうかを調べて、彼の作品をすべて入手すること。また、アペレウス、ゼクシウス、パラシオス〔いずれも、ギリシアの著名な画家〕等、当代の画家たちの作品を見つかるかぎりすべて、そして、刺繍やタピスリーの類、裁縫・手芸の型紙なども持ち帰ること。九人のムーサイたちには、彼女たちに仕えて、愛しているふりを装って言い寄ってくる連中には十分に注意するようにと忠告すること。なぜならば、こうした手合いは、ムーサイたちの威光を借りて——彼らは、自分に役立つものならば、なんであれ利用するのだけれど——、詩人としての名声を獲得して、プルトゥス〔富・収穫の神〕の富に近づくために、束の間、阿諛追従《あゆついしょう》するだけなのだから。そしてひとたび富を手にするや、ムーサイたちは軽蔑され、見捨てられるのがしばしばなのであるわけで、この点で彼女たちは、今後は十分に賢明でなくてはいけないのです》

本当ですよね、ミネルウァさま、おっしゃるとおりにいたしますから。あれっ！　あそこを飛んでいるのはだれだ？　おやっ、クピドじゃないか。おおい、クピド！

クピド　だれだい？　あれれ、メルクリウスじゃないか。こんにちは。なにかニュースはあるかい？　きみたちの天空の宮殿では、なにかいい話はあるのかい？　ユピテルは、前にもまして色事に励んでいるのかい？

メルクリウス　ええっ、色事に励むだって？　最近は、それどころじゃないよ。以前の色恋沙汰の記憶や思い出が、今では彼を大いに悩み苦しませているんだ。

クピド　それはまた、どうして？

メルクリウス　ユピテルの色恋の遍歴を種にして、助平な人間どもが本を書いてね、あいにくなことに、ぼくは彼にその本を手渡してしまったという次第――どのような天候にすべきなのかと、彼が毎日参照している、例の本の代わりにね。その本を製本させに下界まで行ったんだけど、うかつにも、すり替えられてしまったんだよ。で、これから、その本を持っている者は即刻返すようにと、鳴り物入りで告示をおこないに行くところなんだ。ユピテルときたら、とにかくものすごい剣幕で、とって食われちゃうかと思ったよ。

クピド　そういえば、古今未曾有の不思議な本のうわさは、聞いた気がするよ。ふたり組の連中が所有していて、どうやらその本を使って、各人の吉凶を占い、未来を予言するらしい――その昔の、テイレシアスや、ドドナの神託所の樫の木みたいにね[46]。そこで、何人もの占星術師たちが、この本を、あるいはその写しを手に入れようとして、あれこれ画策しているみたいだ。そうすれば彼らの出来事一覧表や、予言や暦を、はるかに正確で本物らしくできるというのでね。おまけにこのふたり組はだね、大金をはずんだ連中には、その名前を不死の人間のリストに書き加えてやるとも約束しているらしい[47]。

メルクリウス　本当かい？　くそっ、あの本にまちがいないぞ。高利貸し、貧乏人を食い物にする連中、おかま野郎、泥棒ばっかり名簿に書きこんで、金を出さないという口実で、善良な人々をリストから消してしまう危険がすごくあるじゃないか。ちくしょう、そうなったら親父のユピテルも、さぞかしごきげんななめになるだろうさ。で、奴らはどこにいるんだい？

クピド　いやあ、いえといわれても、そこまでは知らないよ。そもそもぼくは、そうしたことには食指が動かないのでね。ぼくが興味あるのは、ちょっとしたお遊び、ささやかな快楽、楽しいおふざけといったことだけでね。若いご婦人方とねんごろになって、その小さなハートにぼくの軽い矢をちくりと突き刺しておいて、彼女たちの心のなかでかくれんぼうをしたり、その頭のなかをあちこち飛びまわったり、その柔らかな骨髄やデリケートな胎内をくすぐったり、そのにこやかな眼差しのなかに姿を見せて、まるで美しい回廊でも歩くように、散策したり、その真っ赤なくちびるにキスして、強く吸ったり、その固くしまった乳房のあいだにすっと滑りこんで、今度はそこからこっそり立ち去って、青春の泉がある快楽の谷間のほうに降りていって、そこで軽やかにたわむれて、気分をすっきりとさせて、骨休めをして、幸せな気持ちでそこに滞在したりするのさ。

メルクリウス　きみの母さんからのことづてを頼まれんだ。はいよ、後でゆっくり読んで、実行するんだね。ぼくはとても急いでるもので。じゃあな。

クピド　まあまあ、落ち着いて、落ち着いて、メルクリウスの大将！

メルクリウス　こらっ、翼付きのサンダルが脱げちゃうじゃないか。放してくれよ、クピド、お願いだ。ぼくには、きみみたいに、遊ぶ気なんか、あまりないんだから。

クピド　「わたしはたしかに小娘よ、
　でも、あなた、心配しないでね。
　年増女にもまけないぐらい、
　じょうずにやって見せますわ(48)」

メルクリウス　へへえ、きみは楽しくやっているんだね。ユピテルみたいに、雨が降る予定か、雪が降る予定かなんて、気にしてないんだね。ユピテルは、それが書いてある本をなくしちゃったわけだけどね。

クピド　「だって恋人たちは、
　いつだって上天気、
　いつも、どんな天気の日でも
　恋人たちには、楽しい時間」

メルクリウス　わかった、わかった、ありがとさんよ。

クピド　「ほらほら、お嬢さん、
　なにやら向こうに……」

　向こうの果樹園にぽつんとひとりでいる美しい娘は、だれだろう？　まだ恋をしたことがないのかな？　顔をちゃんと見てみないとな。ううん、まだだな、これは。でも、この娘に恋をして、悶々としている若者がいることぐらい、ぼくにはわかるんだ。さてさて、つれない美女さんよ、きみは、三歩も歩かないうちに、恋することになるんだよ。

ケリア　人の心がわからないなんて、わたしはなんて薄情な女なのかしら！　あの人は、わたしに恋いこがれて、今ごろはどれほど苦しんでいることでしょう？　やっとわかったわ——悲しいことに、遅すぎるのだけれど——、愛の力はとても大きなもので、愛の神の仕打ちを避けることなんかできないんだと。わたしをこんなにも愛してくれた人を、自分のことよりももっと愛してくれた人を、あんな風に軽蔑し、ひじ鉄砲を食らわせてきたなんて、とんでもない間違いだったのではないのかしら？　いつまでも、大理石の彫像のように、つれなく冷淡な女でいるつもりなの？　いつまでも、ひとりぼっちで暮らしていくつもりなの？　それもすべて、わたしだけのせいなのよね。まったく、なんて愚かな、思いちがいをしていたのでしょう。ああ、かわいい小鳥たちよ、おまえたちはその歌で、わたしに言い聞かせてくれるのね。おまえたちの声楽《モテ》や恋のたわむれによって、生きとし生けるものは、連れ合いなしではやっていけないことを教えてくれるなんて、大自然とは、なんと優しい母なのでしょう！　でもね、おまえたちにぜひともお願いしたいのよ。そのかわいらしいさえずりで、これ以上わたしを悩まさないでほしいの。いいたいことはもう、十分にわかったから、おまえたちの愛の結びつきを、もう見せつけないでちょうだいな。その光景を見ていると、このわたしは、楽しくなるどころか、自分がこの世でいちばん不幸な人間なのだと、思い知らされてしまうのですもの。

ああ、わたしの恋する人は、いつ戻ってくるのかしら？　わたしがあまりにすげなくしてしまったものだから、彼はもう二度と戻らないかもしれない。とても心配だわ。でも、今わたしが彼を愛しているのと同じくらい、彼が今も昔と変わらずにわたしを愛してくれているならば、戻ってきてくれるのではないかしら。ああ、あの人に早く会いたくてたまらないわ。もし戻ってきてくれたら、これまでのひどい仕打ちを帳消しにしてもお釣りがくるほど、愛想よくして、優しく迎えてあげなくっちゃ[49]。

クピド　「さあさあ、さあさあ、お願いよと、

娘はいうよ、か。

なにしろ、恋につける薬はないからね」

さあて、あの娘さんは、これでよしと。足りないものは、ちゃんと手に入りますからね。

メルクリウス　まったく悲しくなるよ。地上に降りてきても、天空に帰っていっても、人間も神々も、なにか新しいことはないか、なにかニュースを知らないかと、いつでも聞きたがる。いやはや、毎日のように彼らのために、新鮮なネタを釣り上げてやるためには、大海原ほどのニュースが必要だろうに。

さてと。では、世間がニュースをでっち上げて、ぼくがそれを天上界に運んでいくためにも、これから、

あそこにいる馬が、背中に乗っている馬丁に話しかけるように仕組んでやることにしよう。馬丁がどう反応するか見物だよ。とにかく、馬が話せば、ニュースにはなるだろうし。ガルガバナド・ポルバンタス・サルモトラゴス！(50) おやおや、このぼくとしたことが。動物たちに口をきかせるための呪文を、ついつい大声で唱えてしまうところだった。危うし、危うし。まったくどうかしてるよな。呪文を全部大声で唱えて、だれかに聞かれたら、そいつにこの魔法を覚えられてしまうところだった。

馬のフレゴン　その昔には、動物たちも口をきいておりました。ですから、もしもぼくたちが発話能力を奪われずに、みなさまと同じように口をきけたのならば、みなさまも、今みたいにぼくたち動物のことをばかだとは思いませんでしょうね。

スタティウス　こりゃ、一体どうしたことだっぺ？　驚き、桃の木、山椒の木！　おいらの馬が口をきいたぞな！

馬のフレゴン　そうなのであります。わたしが口をきいてはいけませんでしょうか？　発話というものが、人間にだけ残されて、われわれ哀れな動物たちは、口をきけないがために、相互理解ができなくなりました、ご承知のごとく、あなたがたは、われわれからすべての力を巧みに奪いとったのです。そして、われわれについて勝手放題のことをおっしゃるばかりか、われわれを乗りまわし、拍車で駆り立てたり、叩いたりしているのです。われわれは、みなさんを運び、みなさんの衣服や食料とならなくてはならず、みなさんは、われわれを売り払い、殺し、食べています。いかなる理由によるものでしょうか？　それはですね、われわれが口をきけないせいなのです。もしも口をきけて、こちらの理屈や言い分を伝えることができますならば、みなさんはこれほど人間的で、というか人間的であらねばならないわけですから、われわれの話を聞いた上で、これまでとは別な風に処遇してくださるのではと、拝察いたします。

スタティウス　こりゃ、ぶったまげた！　こんな不思議なことは聞いたことがないぞ。みなの衆よ、お願いじゃ、来てくんろ。おいらの馬の摩訶不思議な話を聞いてくんろ。さもないと、信じてくれないずら。まんず、ほら、おいらの馬が口さきくんだよ。
アルデリオ　あっ、一体なにごとだ？　大勢の人びとが押し寄せて、黒山の人だかりになってるじゃないか。こいつは、たしかめないとな。
スタティウス　アルデリオさんやい、ぶったまげるなよ。おいらの馬がさ、口さきくんだ。
アルデリオ　なんだって？　そりゃあまた、びっくり仰天の事件じゃないか。で、なんて話しているんだい？
スタティウス　それがわからんのよ。なんせ、馬の口から人間のことばが出てきたもんで、びっくりしちまっての、なにをいっとんだか全然聞いとらんかったもんでな。
アルデリオ　とにかく馬から降りろや。そして、この馬っ子がどんな理屈をいうのか、ちっとばかし聞こうじゃないかい。さあさ、みなさん、どいてくださいな。場所をあけてくださいよ。そんなに近寄らなくても、遠くからだって、ちゃんと見えますから。
スタティウス　おい、おらが馬っ子よ、おめえ一体、なにを話したいんだ？　いってみろや。
馬のフレゴン　有徳善良なるみなさま、かのメルクリウスさまの思し召しにより、このわたくしに発話能力がふたたび与えられたのであります。そして、みなさまにおかれましては、ご多用中のところをわざわざお運びくださいまして、このわたくしめのごとき哀れなる動物の言い分に、お耳をかたむけてくださるとのこと、かたじけのうございます。実は、この馬丁はですね、わたくしに虐待のかぎりをつくしているのでありまして、わたくしを殴打し、足蹴にし、餓死せんばかりにするのみならずですね……
スタティウス　おいらがおまえを餓死させるだって？
馬のフレゴン　本当ですよ。飢え死にしそうなほど、放りっぱなしでございましたよ。
スタティウス　こんにゃろめ、うそつくない。そんなことさ、いってたらな、おまえの喉をかき切っちまうぞ。

アルデリオ　だめだめ、そんなことしちゃだめだよ！　口をきく馬を殺すなんて、おまえさんも無茶だね。前代未聞の珍獣として、プトレマイオス王[51]に献上するのにうってつけではないか。いっておくけれどな、あのクロイソス王[52]の全財産をもってても、このような馬は買えるものではないんだぞ。だから、これからどうするかよく考えな。おまえが賢い男だというなら、この馬には指一本ふれないこった。

スタティウス　んならば、なぜこの馬っ子は、うそさつくべえか？

馬のフレゴン　ついこの前のことですが、わたくしども四頭の馬のまぐさ代としてお金を受け取った際に、次のような胸算用をしたことを、もうお忘れですか？　「おまえたちにはまぐさはたっぷりやってあるのだから、せいぜい食べるがいい。でもな、これからは毎日、カラスムギ[53]だけしかやらないぞ。残りの金で、おいらのかわい子ちゃんと、ごちそうでも食べに行くでな」っていう、腹づもりだったじゃありませんか。

スタティウス　おまえなんか、ずっと口をきけなければよかったんだ！　わかったよ、心配するなって。

馬のフレゴン　わたくしは、そんなことはどうでもいいのです。しかしながら、われわれが恋の季節を迎えます月に――なにしろ、われわれの場合は、年に一度きりのことなのですからね――、一頭の牝馬と出会ったわけでありますが、この方は、わたくしが彼女に乗りかかるのを許してはくれませんでした。こちらが日に何度も、乗せてさしあげておりますのに。そもそも、あなたがた人間は、自分たちにとっての権利と、その周辺の者どもの権利とを、別個のものとみなしておられる。自分たちは、本能的な快楽を十分に堪能しておきながら、他者、とりわけわれわれ動物が快楽を味わうことを許そうとはしないではありませんか。わたくし、あなたが若い女の子を馬小屋にひきずりこんでは、しこしことお楽しみになっている姿を、何度も拝見いたしましたよ。あなたの不埒なるふるまいの現場に、幾度立ち会ったことか。いや、あなたが何人もの娘っ子たちをとっかえひっかえ引きずりこむからといって、このわたくしにも、牝馬を次々と厩舎に連れこませていただきたいなどと要求するつもりはございません。せめてですね、こちらが発情しております季節には、田園をば歩きまわっております折などに、一度なりとも、牝馬に乗っからせていただけないものでしょうか？　なにしろ、この馬丁さんは、わたしを六年間も乗りまわしておきながら、いまだにたったの一発も許してくださりませんのですから。

アルデリオ　それは、きみの言い分が正しい。きみは、ぼくがこれまで見てきたうちで、もっとも品がよく、高貴な馬だ。うちにはきみの好みの牝馬がいるから、がんばりな。喜んで貸してやるから。きみはいい奴だし、そのきみが望んでいるんだからね。大いに楽しみなよ。それにだね、ぼくの方としても、きみに種付けしてもらえれば、大満足だ。「ほら、これが、例の口をきく馬の血統さ」って吹聴できるからね。

スタティウス　こんちくしょうめ、おいらは、そんなことはさせんでな。まったく、あることないこと、べらべらしゃべりやがって。さあさあ、歩いた、歩いた、おまえはな、しっかりとだくを踏むことだけかんがえてりゃええのよ。いい子だから、妙なことはしないこった。さもないと、この棒のお出ましっていうことになるでな。

アルデリオ　仕方ないか、じゃあ、お別れだ。さよなら。おまえさん、自分の馬がこんなにりっぱな口をきくものだから、むかっ腹立てたんだね。

スタティウス　ちくしょう、いくらこいつが口先上手でも、馬小屋に帰ったら、ちゃんとお仕置きしてやるで。

アルデリオ　さてと。でもぼくだって、自分の目で見て、聞かなかったら、まさか馬が話をするなんて、とても信じられるわけなかったよな。あの馬は、どう見ても一億エキュの値打ちはある。一億エキュだって？　いやいや、いくら高く見積もってもおかしくなんかないぞ。今からこの話を、ケルドニウス先生(54)にお伝えしに行くとしよう。そうすれば先生が、年代記に書きこんでくれるはずだ。

メルクリウス　さてさて、これでなんとか目新しいネタができあがった。けっこうたくさんの連中がいあわせて、この珍事を見聞きしていたから、ほっとしたよ。ありがたや、ありがたやと。うわさはたちまち町中にひろがって、だれかが文字にするだろうし、この話に尾ひれを付けてふくらませる連中だって、きっと出てくるぞ。そして、じきにそこらの本屋で、売り出されるに決まっている。

なにか別の事件が起こる前に、用事を片づけてしまわないと。この町の触れ役人を探して、例の本を見かけた者がいないかどうか、町中を触れ回ってもらわないといけないからな。

第四の対話

ヒュラクトールとパンファグス[55]という、二匹の犬による

ヒュラクトール　アヌビス神[56]の思し召しによって、ぼくみたいに、口がきけて、おたがいに話ができるような相手が見つかれば、なんてうれしいことか。だってぼくは、わが同類にしか、自分から話しかける気にはならないんだもの。でも、もしも人間たちの前で、ほんの二言でも三言でも話すつもりになったら、希代の幸福な犬になれることは確実なんだけどな。その場合に、ぼくにはこの上なく高い評価がなされるのだから、世界のどの王様や君主にしても、このぼくを飼うに値するとは思えない。いま、こうやってしゃべったことだって、もしも人々が集まっている場所で口にしようものなら、その評判はあっという間にインドのあたりにまで伝わって、人びとは各地で、「かくかくしかじかの場所には、口をきく犬がいるらしいぞ」と、うわさし合うことだろう。世界のすみずみから人々がぼくのところを訪れて、ぼくを見たり、ぼくの話を聞くために、お金を払うにちがいない。おまけに、ぼくがしゃべるのをわざわざ見に来た連中は、遠国の

異邦人たちに、ぼくの話し方やその内容について話をすれば、元が取れるんじゃないか。なにしろ、これほど不思議で、希有で、味わい深いことがらは、前代未聞なのだからね。だけども、ぼくと同じように口がきける犬を見つけるまでは——そういう犬が、ほかにもいないわけがないと思うんだよな——、とにかく、人間たちの前では話さないように気をつけることにしようっと。もしもだれかの前でひとことでも口をきいたりしたら、たちまちみんなが駆け寄ってきて、もっともっと聞こうとするに決まってるんだ。そして、エジプトでアヌビス神が崇められているみたいに、ギリシアではこのぼくが崇拝されることになる。なにしろ人間さまというのは、目新しいことに飢えているんだから。ぼくはこれまで、人間たちのところではなにもしゃべらなかったし、ぼくに話しかけてくる犬が見つからないかぎり、これからもそうするつもりなんだ。

だけどな、沈黙を守るのもずいぶんつらいよな——特に、ぼくみたいな、話したいことをたくさん抱えている者にはね。だからぼくは、自分がひとりぼっちで、だれにも聞かれていないとわかっているときには、心のなかで思っていることを、自分に向かってすべて吐露して、腹にたまっているものを——いや、そうじゃないな、舌先にたまっているものだ——、世間さまにはそのしぶきがかからないようにして、きれいさっぱり吐き出してしまうんだ。あるいはまた、人びとがみな寝静まった頃合いを見はからって、街を歩きまわり、暇つぶしに近所の人の名前を呼んでやるんだ。そうすると、ご当人が窓から顔を出して、一時間ばかり、「一体だれだ?」なんて叫んだりしている。さんざっぱら叫んで、だれも返事をしないので、やっこさんが怒り出すと、このぼくは笑いころげるという次第。また、相棒の犬たちが集まって、街をほっつく歩くときには、ぼくも仲間に加わって、好き勝手にしゃべったりする。ぼくのいってることがわかって、口をきける犬がひょっとしていないかどうか、たしかめるためにね。だって、それがぼくにとってこの世で最大の願いだし、それが大きな慰めになるんだから。そこで、みんなで軽く嚙み合って、遊んだりしている際に、いつも耳元になにかささやいてやるんだ。そいつの名前やニックネームを呼んで、口がきけるかどうか聞いてみるんだ。すると相手は、自分に角かなんかが生えたみたいに、びっくり仰天する。だって、このような事実を目にしても、ぼくが犬に化けた人間なのか、あるいは口をきく犬なのか、さっぱりわからないから、面食らってしまうんだよね。あるいはまた、黙ってなどいられず、まだまだしゃべっていたいときなんかは、近所に向かって、「人殺し！　みなさん、人殺しですよ！」なんて叫んでみる。すると界隈の連中が目を覚まして、窓から顔を出すのだけど、いたずらとわかって、また寝床に戻っていく。そこで今度は、別の通りに行って、「泥棒、泥棒！　店の入口が開いてるぞ！」と、大声で叫ぶんだ。そしてみんなが起き出してくる前に、もっと先まで歩いていって、街角をすぎたあたりで、「火事だ！　火事だぞ！　お宅が燃えてますよ！」って叫ぶんだ。すると、あっというまに全員が外に飛び出してくるんだから。下着姿の者もいれば、素っ裸の連中もいる。女たちは髪の毛をふりみだして、「どこ？　どこなの、火事は？」なんて叫んでいる。そしてさんざっぱら汗をかいて、あちこち探しまわって、結局なんでもなかったと判明すると、家に戻って、やりかけだった夜のお仕事に励んだり、安心して眠ったりするわけ。

　こうして、『アッティカの夜』のばか騒ぎを、自分流に「軽薄で、うるさい口先男たち」の章までやりつくしても、[57]まだまだ残っている酔狂な気持ちを満たすために、夜明け前にヒツジたちのいる牧場くんだりまで出かけていって、黙ってじっとしていたり、きちんと植わってない木を根こそぎにしたり、[58]漁師たちが仕掛けた網をもつれさせたり〔cf.「マタイによる福音書」一三・四七－五〇〕、からませたり、高利貸しのピュガルグス[59]が畑に隠した財宝を掘り出して、その代わりに、骨とか石ころを置いたり、陶芸家の壺におしっこしたり、きれいな花瓶にうんこをしたりするんだ。万一、見張りかなんかに出くわしたときには、楽しみに三、四回嚙みついてやってから、「捕まえられるなら、捕まえてみなよ！」なんて叫びながら、全速力でずらかるっていう段取りなんだ。[60]

でもな、なんだかんだいっても、しゃべる相手の犬が見つからないっていうのは、まったくがっくりくるよな。ぼくとしては、そういう犬が見つかる希望をいだいているのだけれど、ひょっとすると、世界に一匹も存在しないのだろうか？　あれっ、あそこにいるのはガルギリウスだ。自分の犬たちを引き連れて狩りに出かけるところのようだ。よしっ、あいつらとはね回って遊んで、あのなかに口をきく犬がいないかどうかたしかめてみるとしよう。

「こんにちは、諸君。やあ、スパニエル君。やあ、グレイハウンド君」

ああ、どいつもこいつも口なんかきけないんだ。連中の口からことばを引き出すなんて、とんでもない。まったく情けない話だよな。このぼくに返事をしてくれる犬が見つからないなら、いっそのこと、ぼくの発話能力を奪って、連中なみにだんまりにしてくれる毒とか薬草を教えてほしいものだ。そうなれば、しゃべりたいという欲求に駆られながらも、望みどおりにちゃんと話し相手になってくれる犬が見つからなくて、悶々とするよりも、よっぽどハッピーになれそうだものな。

「おい、きみ、なにか話せないのかい？　話しておくれよ。おい、野良公、口がきけないのかい？」

パンファグス　なにっ、野良公って、だれのことといってるんだ？　おまえこそ、野良犬のくせに。

ヒュラクトール　へへえ、相棒、わが友よ、お願いだから許してくれたまえ。ぼくを強く抱きしめてくれないか。ぼくはね、この世で、きみみたいな犬に会いたいと願って、ずっと探してたんだよ。ディアーナさま〔狩猟の女神〕のために、ぴょーんと跳んじゃおう。だって、おかげで、この狩りの犬たちの一行に、探し求めていた話す犬が見つかったんだものね。さて、今度は親切なるアヌビスさまに感謝して、もう一回ぴょーんとジャンプだ。ついでに地獄の番犬のケルベロスのためにも、ジャンプしちゃおうっと。ところで、きみの名前を教えてくれよ。

パンファグス　ぼくの名はパンファグス。

ヒュラクトール　きみか、ぼくのいとこだとかいうパンファグスというのは？　じゃあ、ヒュラクトールのことはよく知ってるよね？
パンファグス　もちろん、知ってるさ。で、あいつはどこにいるんだい？
ヒュラクトール　それはぼくなのさ。
パンファグス　ええ、本当かい？　それは、それは、ヒュラクトール、許しておくれ。きみだとわからなかった。だって、耳は裂けちゃってるし、額にも、なんだか傷があるじゃないか。前は、そんなじゃなかったぞ。一体全体、どうしたんだい？
ヒュラクトール　これ以上聞かないでくれよ、お願いだ。話すほどのことでもなさそうだしね。話題を変えようや。ぼくらのよき主人であるアクタイオンさまが亡くなられてから、きみはどこで、なにをしていたの？
パンファグス　まったく、なんという不幸であったか！　きみのおかげで、苦しみがまたよみがえってきた。聞いてくれよ、ヒュラクトール。アクタイオンさまの死(61)で、ぼくはどれほどのものを失ってしまったことか。あの頃はごちそうばかり食べてたけど、それが今じゃあ、空腹で死ぬ思いなんだから。
ヒュラクトール　まったく、そのとおりだ。思い返してみると、あの頃はいい時代だった。アクタイオンさまは、有徳にして、本当の紳士であられた。犬をとても可愛がってくださったし。そこらのつまらない犬が、なにをしても、ぶったりすることはなかった。それに、ぼくたちの待遇のよかったことといったらない。台所でも、食料貯蔵室でも、どこでも、ぼくたちが失敬できるものはすべて、ぼくたちのものになったんだから。だれも、ぼくらをぶったりしなかった、いや指一本ふれはしなかったよね。なにしろ、アクタイオンさまが、ぼくたちを自由気ままに育ててやろうとして、ちゃんと命令してくれていたからね。
パンファグス　本当だよね。今のぼくの飼い主なんて、アクタイオンさまとは月とスッポンだよ。ぼくたちのことなんか、少しもかまってくれないし、使用人たちも大抵は、なにも食べ物はくれない。こっちが台所にいるのを見つけると、がなりちらし、シッシッと追い払い、恫喝し、追いかけてきて、ぶったり蹴ったりするものだから、老いぼれ乞食以上に、あざだらけ、傷だらけにされてしまうんだよ。

ヒュラクトール　パンファグス、それが現実なんだよ。我慢することが肝心なんだ。現在の苦しみに対する最良の処方とは、ぼくが知るかぎりでは、いずれ、もっとすばらしいことが訪れることを期待しながら、過ぎ去った喜びは忘れることさ。逆にいえば、過去の苦しみを恐れたり、最悪のことを心配したりせずに、それを思い出してみれば、現在の幸福が、はるかにすばらしく、甘美なものに感じられてくるはずだよ。ところで、わがいとこのパンファグス、これからどうするかわかっているかい？　ウサギ狩りなんかは、連中に任せておいて、ぼくらはずらかることにしようや。もう少し落ち着いて、話でもしようよ。

パンファグス　ああ、そうしよう。でもね、あまり長居する時間はないんだ。

ヒュラクトール　いや、きみが好きなだけ、ほんの少しでもかまわない。いずれにしても、これからしばらくは会えないだろうね。きみに色々話して、きみからもあれこれ聞かせてもらえれば、ぼくとしてはとてもうれしいよ。ほら、ここなら平気だよ。この草むらのなかならば、見つかる心配はない。それに、獲物だって、こっちには逃げてこないさ。ところで、今のうちにきみに、ぜひ聞いておきたいのだけれど、きみとぼくだけが人間のように口がきけて、他の犬たちは口がきけないのはどうしてか、その理由を知っているかい？　ぼくはこれまでの人生で、たくさんの犬と出会ってきたけどね、ぼくに話しかけてくることができたのは、きみだけなんだ。

パンファグス　きみは、その理由を全然知らないのかい？　じゃあ、教えてあげるよ。ぼくたちのご主人のアクタイオンさまを、ディアナさまがシカに変身させてしまった時に、仲間のメランカイテス、テロダマス、オレシトロポスの三匹[62]がこれを見つけて、わっと飛びかかっていった。ぼくらも駆けつけて、あちこちに嚙みついたから、アクタイオンさまは死んでしまったんだ。きみだって、知ってるはずだけど。実はぼくは、その後、お屋敷にあったなにかの本〔オウィディウス『変身物語』のこと〕で読んで、わかったんだけどね。

ヒュラクトール　なんだって？　きみは文字も読めるのかい？　どこで習ったんだい？

パンファグス　そのことは、あとで話すから。まずは、話の続きを聞いてくれ。いいかい、ぼくたちがそのシカに必死に嚙みついていたときに、たまたまぼくは、シカの口からだらっと出ていた舌をがぶり嚙んで、その一部を食いちぎって飲みこんでしまったらしいんだよ。で、さっきの本のお話によるとだね、そのおかげでぼくは話せるようになったというんだ。(63)　まじりっけなしの本当の話さ、ディアナさまの思し召しでもあったんだよ、これが。でもぼくは、人間たちの前でこれまで口をきいたりしたことはないから、世間ではただの作り話だと思われている。それでもやっぱり、人間たちは、シカになったアクタイオンの舌を食べた犬たちを探そうとして躍起になっている。犬たちといったけど、例の本には二匹いると書かれているんだ。一匹がぼくというわけさ。

ヒュラクトール　なんてこった！　じゃあ、ぼくがもう一匹だというわけだ。そういえば、ぼくもあのシカの美味しい舌を一切れ食した記憶がある。だけど、そのせいで話せるようになったとは、思いもよらなかった。

パンファグス　ヒュラクトール、ぼくがいったとおりなんだから。本にそう書いてあったんだからね。

ヒュラクトール　きみは色々な本のことに詳しくて、本当にしあわせだよな。さぞかし、いいことがたくさん書かれているんだろうし。いい気晴らしにもなるだろうし。ディアナさまが、このぼくにも、きみみたいに、文字を読める能力を授けてくださったらよかったのになあ！

パンファグス　いやいや、ぼくなんかはむしろ、無学文盲だったほうがよかったと思っている。字が読めたって、犬ふぜいに何の役に立つんだい？　発話能力だって、同じことさ。犬なんていうものは、見知らぬ人に吠えたり、家の番犬を務めたり、召使いたちにすり寄ったり、狩猟のお供をして、ウサギを追いかけて捕まえたり、骨をかじったり、皿をぺろぺろとなめたり、ご主人さまに付き従ったりすれば十分で、これ以外のことを知るべきではないんだ。

ヒュラクトール　なるほどね。でも、より多くのものごとを知っているというのは、いいことじゃないか。さもないと、自分がどこにいるのかもわからないよ。どうなんだろう？　ところできみは、自分が口をけることを、まだ人間たちに教えていないんだよね？

パンファグス　まださ。

ヒュラクトール　でも、どうしてだい？

パンファグス　そんなこと、ぼくには大したことじゃないんだ。黙っているほうが好きだしね。

ヒュラクトール　だけどね、人間さまたちの前でなにかしゃべるつもりにさえなれば、この町の人々がきみの話を聞きに来て、びっくり仰天して、大喜びするだけではなくて、周辺の地域一帯から、いや世界各地から人々が訪れて、きみの姿に見とれ、きみの話を傾聴することになるんだよ。一〇〇〇万人もの人間が、きみのまわりで、じっと耳を傾け、きみのことをまじまじと眺めている光景というのは、すごいことじゃないのかい？

パンファグス　そんなこと、すべてわかってるよ。でもね、ぼくにとって、それ以上になんの得になるんだい？はっきりいわせてもらうけど、ぼくはおしゃべりすることで名声を獲得するなんてことは、好きじゃないんだ。しゃべるのは、ぼくにはけっこう辛いし、おまけに、どんなくだらない奴にも、口をきいて、道理を説かなくてはいけなくなりそうじゃないか。それに室内に住まわせられるしね――ちゃんと知っているんだから。身体をなでられて、櫛で毛を梳かれ、おべべを着せられて、ばかっ可愛がりされ、おめかしされて、甘やかされるに決まってる。要するに、人間というのは、犬の本性が求めていることとは、まったく別の暮らしを、ぼくたちにさせたがるんだ。でも、そんなのはね……

ヒュラクトール　ていうことは、きみはだね、少しばかり人間さまの流儀で暮らしてみるなんてことは、うれしくもなんともないってわけ？

パンファグス　人間さまの流儀でだって？　ケルベロスの三つの頭かけても誓わせてもらうけど、これ以上人間さまに似てしまい、あんなみじめな生活をするくらいなら、今のままでいるほうがよっぽどありがたいよ。人間たちと交わさなくてはいけなくなる、あの贅言多言《ぜいげんたげん》のことを思っただけでも、勘弁してほしいよ[64]。

ヒュラクトール　ぼくはきみには賛成できない。なるほど、ぼくもまだ人間たちの前で口をきいたことはないんだ。それは、それよりも先に、きみみたいな口がきける犬を探そうと漠然と思っていたからなんだけどね。そうでなかったら、大して手間暇かけずに、人間に話しかけていたと思うよ。だって、そうなればもっといい暮らしができるぜ、豪勢で、りっぱな生活が待ってるんだ。ぼくがなにをしゃべったって、そのことばは、人間のことばよりも好まれるんだ。ぼくがなにか話そうとして口を開くやいなや、その話に耳を傾けようとして、みんなしーんと黙らせられることになる。ぼくはね、人間の本性をちゃんと知っているんだから。彼らは、現在の、慣れ親しんで、習慣となった、確実なものには、えてして飽きてしまい、必ずといっていいほどに、不在のもの、新しいもの、風変わりなもの、不可能なものを好きになるんだ。彼らはばかみたいに好奇心が強いものだから、相手が人間であるかぎり、その心を奪うには、ほんの小さな羽が一枚、地面から生えてくるだけで十分なんだよ。

パンファグス　人間たちがおたがいの話を聞くのに飽きてしまって、だれか自分たち以外が話すのを聞きたがっているというのは、正にそのとおりだと思うよ。しかしだね、きみが口をきくことにだって、いずれは彼らも飽きてしまうということを、頭に入れておかなくてはいけない。いいかい、どのような贈り物も、それを相手に示して、ことば巧みにそのよさを説明しているときが、その相手にはもっともすばらしく、愉快に感じられるものなんだよ。リュキスケ(65)とだって、最初に彼女と交わったときほどの快楽は、次からは絶対に味わえない。首飾りだって、最初につけたときの感じが決定的に新鮮なんだよ。時間が、すべてを古びたものにして、新しさの魅力を失わせてしまうんだからね。犬がしゃべるのをたっぷり聞いた人間は、今度は、猫、牛、ヤギ、ヒツジ、ロバ、ブタ、ノミ、鳥類、魚類と、あらゆる動物が口をきくのを聞きたくなるにちがいない。それに、すべて語りつくしてしまったら、その先はどうなると思っているんだい。よく考えてみれば、すでに全部話してしまった場合よりも、まだこの先話すことがあるというほうが、はるかにましだとわかるじゃないか。

ヒュラクトール　でも今のぼくは、もういつまでも我慢できそうにないんだ。

パンファグス　きみの好きなようにするんだね。しばらくは、きみも大いに賞賛されて、この上なく丁重に扱われ、おいしいものを食べさせてもらって、なんでも出してくれるだろうね。ただし、「ワインはなにを？」とは聞かれないはずだ。きみも犬だから、酒は飲まないよね。それ以外は、頼めばなんでも手に入るだろうね。でも、好きなだけ自由が味わえると思ったって、そうはいかないよ。眠りたいな、少し休みたいなとか思っても、しばしば口をきかなくてはいけなくなるのは目に見えているじゃないか。そして最後には、人間たちに飽きられてしまうかもしれないんだ。

　さて、そろそろ仲間たちのところに戻る時間だ。一生懸命に走って、がんばったから、すっかり息が切れてしまったというふりをしないとまずいぞ。

ヒュラクトール　あれ、道の上になにかあるぞ！

パンファグス　手紙の束じゃないか。だれかが落としたんだ。

ヒュラクトール　お願いだよ、それを開けて中味を見てくれよ。きみは字が読めるんだから。

パンファグス　《高等対蹠地人のみなさんへ》[66]だと。
ヒュラクトール　ええっ、《高等対蹠地人のみなさまへ》だって？　これはなにか、目新しい話がありそうだ。
パンファグス　《劣等対蹠地人より、高等対蹠地人のみなさまへ》と、なっているぞ。
ヒュラクトール　おやまあ、これらの手紙は、ものすごく遠方から届いたんじゃないか。
パンファグス　《対蹠地人のみなさま、みなさまと人間的に交わり、そちらのりっぱな生き方について学び、星辰の運行に従った、われわれの生き方をお伝えしたく思ったものですから、われわれの使節団を、地球の中心を通り抜けさせて、そちらに派遣いたしました。しかしながら、みなさま方は、この事実を知るやいなや、そちら側の地面の穴をふさいでしまいました。おかげで一行は、地底の奥深いところに居残る羽目になっております。彼らの通り道を開くことを、伏してお願い申し上げます。さもなくば、われわれといたしましては、そちら側のあちこちの地点から、しかも大勢を、地表に飛び出させることになりますから、みなさまとしても、だれを追いかけるべきかも不明となりましょう。その結果として、そもそもは感謝と愛情の気持ちにより、お願いいたしたことにもかかわらず、みなさまは、これを無理やり受け入れるしかなくなるのでございます。それこそは大いなる恥辱・屈辱でありましょう。草々。よき友人たる劣等対蹠地人より》
ヒュラクトール　これはまた、ビッグニュースじゃないか。
パンファグス　まったくだよ、驚くばかりのことだ。
ヒュラクトール　あれっ、だれかが呼んでいるぞ。行かなくては。手紙の残りは、また別のときに読もう。
パンファグス　だけど、手紙をどこに置いておこうか？　そうだ、このピラミッドのどこかの穴にでも隠して、上に石を載せておけばいい。そうすれば、見つかりっこないさ。そして、もしも暇ができたら、今日にでも、あるいは明日でもいいね。明日はサトゥルヌスのお祭りの日[67]だから、ここに来て最後まで読んでしまおう。なにかしら素敵な話があるような気がするんだ。それに、ぼくが昔聞いたおもしろい神話《ファーブル》なんかも、あれこれ教えてあげたいからね。プロメテウスの神話とか、リビアの偉大なヘラクレスの神話とか、パリスの審判という神話とか、プサフォンの神話[68]、それから、死後復活したエルの話[69]や、くり返しがはてしなく続く歌とかをね。もちろん、きみが知らなければだけどね。

パンファグス　ふざけるのはやめてくれよ！　そんな話なんか、子守歌みたいによく聞かされてきたんだから。急ごうぜ。口をきくのは禁物だよ。近くにだれかがいて、ぼくらの話を聞かれるとまずいからね。

ヒュラクトール　じゃあぼくは、今日はもう話してはいけないっていうわけ？　ディアナさまにかけて、しゃべっちゃうよ。家に帰ることができたらね。だって、これ以上我慢できないんだ。じゃあ、あばよ。

パンファグス　いいか、口を大きく開けて、舌をだらんと垂らすのを忘れるなよ。さんざっぱら駆け回ったみたいに見せなくちゃいけないからね。

——それにしても、あのはしゃぎ好きのヒュラクトールのことだ、口をつぐんでいることなんか、できそうもなくて、世間で評判になるんだろうな。あいつがほんのひとことでも口をきくと、大勢の人間がわっと集まってきて、そのうわさは、あっという間に町中を駆けめぐることになる。とにかく人間ときたら、好奇心が強くて、風変わりで、目新しい話を好んでしゃべくるんだから[70]！

『キュンバルム・ムンディ』と題された書物のフランス語訳は、ここに終わる。

パリにて、新たに印刷。パリのサン＝ジャック通りに、三日月《クロワッサン》の看板を掲げる、書籍商ジャン・モラン[71]の注文による。一五三七年。

左上は、『パリ大学神学部による禁書目録』（一五四四年、ジャン・アンドレ書店）のタイトルページ。これはフランスで印刷された最初の禁書目録で（一五四四年八月二十六日刷了」、印刷はブノワ・プレヴォスト）、「作者別、ラテン語著作」「匿名のラテン語著作」「作者別、フランス語著作」「匿名のフランス語著作」「聖書の翻訳」という五部構成でリストが作成されている。『キュンバルム・ムンディ』は、「匿名のフランス語著作」のCの最後にリストアップされている（左下）。ちなみに、その上のConsolation chrestienne は、ルターの著作のフランス語訳だという。

Le Catalogue
DES LIVRES CENSVREZ
par la faculté de Theologie de Paris.

Auec priuilege.

On les vend à Paris, en la grand salle du Palais, au premier pillier, par Iehan André libraire iuré de luniuersité de Paris.
1544.

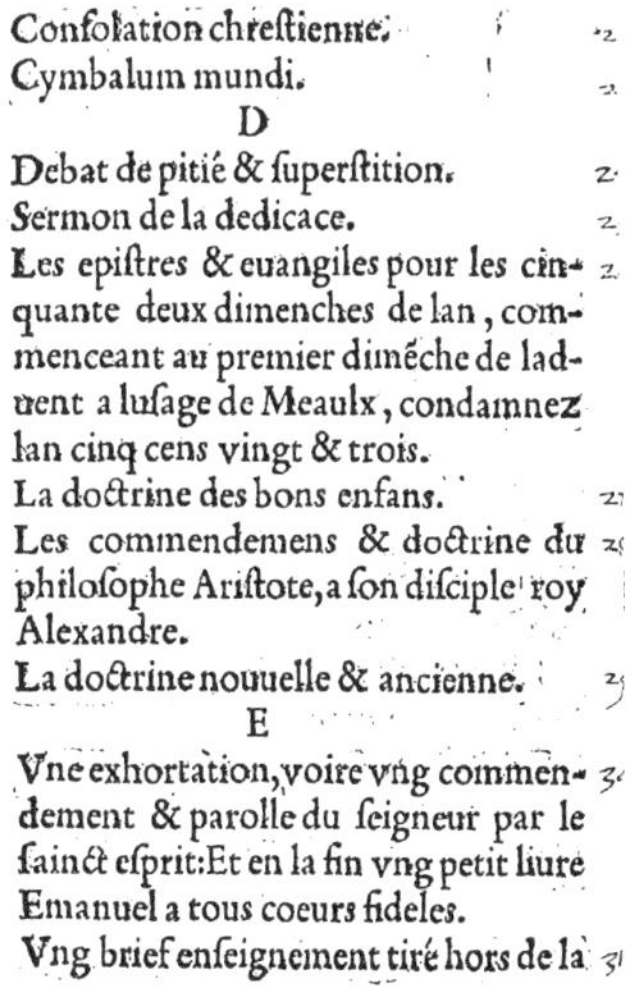
Consolation chrestienne.
Cymbalum mundi.
D
Debat de pitié & superstition.
Sermon de la dedicace.
Les epistres & euangiles pour les cinquante deux dimenches de lan, commenceant au premier dimẽche de ladvent a lusage de Meaulx, condamnez lan cinq cens vingt & trois.
La doctrine des bons enfans.
Les commendemens & doctrine du philosophe Aristote, a son disciple roy Alexandre.
La doctrine nouuelle & ancienne.
E
Vne exhortation, voire vng commendement & parolle du seigneur par le sainct esprit: Et en la fin vng petit liure Emanuel a tous coeurs fideles.
Vng brief enseignement tiré hors de la

訳注

（1）文法・修辞学者のアピオンが、自分が著書を謹呈した相手は、不滅の存在になれると常々述べていたことから、皇帝ティベリウスが「この世のシンバル」と呼んだのに由来する（プリニウス『博物誌』「序文」）。（空疎な言説を叫んで、）「自分の名声を世間にとどろかす人」といった意味で、エラスムスも『格言集』で紹介している（四・一〇・八二）。けれども、「たとえ、人々の異言、天使たちの異言を語ろうとも、愛がなければ、わたしは騒がしいどら、やかましいシンバル。たとえ、預言する賜物を持ち、あらゆる神秘とあらゆる知識に通じていようとも、たとえ、山を動かすほどの完全な信仰を持っていようとも、愛がなければ、無に等しい」（「コリントの信徒への手紙1」一三・一―二）という、新約のパウロのことばのほうが、典拠としてふさわしいのかもしれない。また、「この世に真理を告げる鐘」という解釈もあり、高橋薫氏などは『世の警鐘』と訳されている。

（2）次の献辞で語られるように、ラテン語の作品をフランス語に翻訳したのが、本書だという設定になっている。

（3）「翻訳者」の Thomas du Clevier は «Thomas incrédule»（不信心者のトマ）のアナグラム（v＝uをひっくり返してnとする）になる。また、「友人」の Pierre Tryocan は «Pierre Croyant»（信者のピエール）のアナグラムとなる。

（4）Dabas は架空の町。「下の」といった意味で、リヨンとする説もあるが、根拠があるわけではない。

（5）作品の出版に関する「よそわれた謙遜」というトポスの一変種として解釈できるのか？ cf.「自分以外のだれかに書いたものを見せるつもりなど全然ありませんでした。ところが、友だちの何人かが、わたしが知らぬまに、まんまとこれを読んでしまいまして、これを出版すべきだと、わたしに思いこませてしまったのです」（ルイーズ・ラベ『作品集』「献辞」）。

いずれにせよ、「翻訳者」に献辞を献げられた「友人」のピエール君は、トマが付けた条件を守らずに、『キュンバルム・ムンディ』を印刷してしまったことになる。

（6）ギリシア神話のヘルメスで、神々の使者、旅人や商業の守護神、そして雄弁・嘘・泥棒の守護神でもある。この物語でのメルクリウスは、キリストへの当てこすりだとして、本書をキリスト教批判の書と解釈する説など、さまざま。

(7) ギリシア語の「火」とか「赤い」といった意味が読みとれるので、異端審問を暗示しているという説がある。またルフェーヴル・デタープル説、ルキアノス説など区々としている。

(8) これも、裁判所の連中、カルヴァン、ビュデなど、作品全体をいかに読むのかに応じて、諸説が入り乱れている。[Gauma] は、ビュルファネスを「ソルボンヌ神学部」、クルタリウスを「パリ高等法院」と解釈する。

(9) メルクリウスはアテネらしいと述べているが、この二つの通りが実在するリヨンの町をさすのではともいう。

(10) 別名アテナ、学芸の守護神にして、戦争の女神でもあり、英知をも体現している。第三の対話では、ローマのミネルウァとして登場する。国王フランソワ一世の姉のマルグリット・ド・ナヴァール(『エプタメロン』の著者)をさすという説もある。

(11) 以下、神々や人間たちの、新しいもの好き、好奇心の強さが、しばしば強調される。

(12) 以下、信じることに対する風刺も、しばしば出てくる。

(13) この「ユピテルの本」をめぐっては聖書を暗示するという説や、「神の摂理」など、神格にかかわるアポリアを示しているという説など、解釈はまちまちである。

(14) escu = écu は、本来は金貨。それが銀貨にもなり、また通貨の単位にもなる。日本語でいえば「一万両」とでも考えればいい。

(15) この前後の、天上の酒と地上の酒の比較をめぐるやりとりに、当時のキリスト教世界で大問題とされた、「実体変化 transsubstatio」(ミサにおいて、パンとワインがキリストの身体と血に変わるとする、カトリック教会の考え方)への揶揄を読み取る説もある。

(16) トロイア王の息子で、羊飼いをしていたが、その美貌に魅せられたユピテル(ゼウス)がワシ(鷲)に変身して天空に連れ去って、神の酒(ネクタル)を注ぐ役を務めさせていた。

(17) tri（三つの）+ gaber（嘲笑する）と解釈されている。ミシェル・セルヴェ説、ドレ説、ルキアノス説などが提唱されてきた。最近では同時代の医学者・オカルト哲学者のアグリッパ・フォン・ネッテスハイム（1486-1535）説が有力視されているが、本章で嘲笑の対象となっているルターの賞賛者である点に矛盾が見られるともいう。

(18) Rhetulus は、明らかに Lutherus（マルティン・ルター）のアナグラムである。

(19) Cubercus は、Buccerus のアナグラムとなるから、元ドミニコ会士で、ルター派に宗旨替えしてシュトラスブルクの宗教の先頭に立ったマルティン・ブーツァー（1491-1551）だとされる。

(20) Drarig は、Girard のアナグラム。これは私生児エラスムスの父方の姓だとして、エラスムス説が提唱されてきたが、福音主義者の Gérard Roussel（v.1480-1555）説も有力である。

(21) pierre philosophale（ラテン語の lapis philosophorum）は、直訳すると「哲学者の石」で、鉛などの卑金属を金に変換する際の触媒となる物質とされて、錬金術師たちが探し求めた。〔理性では到達しえない〕「信仰という秘儀」や「宗教的な真理」の象徴と解釈されることが多い。

(22) こうしたメルクリウスの約束を、イエスによる使徒への約束のパロディだとする解釈もある。「生きた石」の喩えも思い出す。cf.「従って、この石は、信じているあなたがたには掛けがいのないものですが、信じない者たちにとっては、〈家を建てる者の捨てた石、これが隅の親石となった〉のであり、また、〈つまずきの石、妨げの岩〉なのです」（「ペトロの手紙 一」二・七－八）。

(23) カトリック教会の煩瑣な儀式、そのプロトコルへのあてこすりか。

(24) cf. プラトン『パイドロス』二五九。歌を知ると、楽しさのあまり歌い続けて、死んでいった人間たちがいた。そうした人々からセミという種族が生まれたと、ソクラテスは語る。『キュンバルム・ムンディ』のうちに「パロール」や「コミュニケーション」といった主題を読み取る解釈も有力で、その場合、作者はかなり悲観的ないしシニカルな見方をしていることになる。

(25) 原文 mistere = mystère だが、中世の「聖史劇」という意味も意識している。そのお芝居の舞台が円形劇場《アレーヌ》なのである。また、「聖体の秘蹟」など、キリスト教信仰の奥義という含みも考えられる。
(26) いずれもメルクリウスのアトリビュート(持物)である。たとえばボッティチェリ《春》(ウフィッィ美術館)左端のメルクリウスを見られたい。
(27) 原文は、«qui ay trouvé la fève du gasteau» である。一月六日の公現祭には、galette des Rois というケーキを食べるが、そのなかにはソラマメ——現在は、陶磁器の小さな人形など——が一個入っていて、自分のケーキにそれが入っていた人が王様となった。そこから trouver la fève は、「幸運にめぐまれる、いい発見をする」といった熟語として使われる。
(28) この前後の、レトゥルスとドラリグの言い争いに、ルターとエラスムスの「自由意志」をめぐる論争を読み取る説も有力。
(29) 「一五、六個」が聖書全体を、「四つ」が四福音書を暗示するという説もある。
(30) ルターは自分も結婚して、子供を作り、聖職者には妻帯を認めた。
(31) ストーリーが「アテネ」で展開されていることを想起しよう。
(32) ともに「人をだます」という意味の熟語で、「ブタの膀胱を提灯だと思わせる」は、『ピエール・パトラン先生』にも出てくる(八〇〇行目)。cf.「雲はフライパンで、ブタの膀胱は提灯だと思いこんだり」(『ガルガンチュア』一一「ガルガンチュアの幼年時代」拙訳、ちくま文庫、一〇一頁)。なお、ヴィヨン(『遺言書』六九六—六九八行目)は、「空を、青銅のフライパンだと/雲を、仔牛の皮だと」と、ずらして使っている。
(33) 七世紀ギリシアの高名な医学者で、その『医学概論』は、一五三二年にラテン語訳されている。
(34) ウェヌルス Venulus は、veneo (売られる、買収される)や venalis (売り物の、賄賂のきく)と関連すると思われるが、特定の人物が想定されているかどうかは不明。なおルターの有力者とのなれ合いや、その美食趣味は、しばしば敵側の攻撃の的とされている。

(35) ヴィヨンを主人公とした同名の詐欺文学の存在を思い起させる。cf. 拙著『神をも騙す』岩波書店、二〇一一年、第四章「無銭飲食の手引き――ヴィヨン、伝説となる」。
(36) Celia はラテン語の caeles（天の、崇高な）からであろう。彼女は唐突に、ただ一度だけ発話する。
(37) ギリシア語では「燃える、熱烈な」を意味する。太陽神ヘリオスの馬車を引く四頭のうちの一頭（ほかはピュロエイス、エオース、アイトン）。
(38) アウルス・ゲッリウス『アッティカの夜』に出てくる馬丁の名前に由来するという。古代ローマの奴隷に多い名前でもある。
(39) ラテン語の ardeo（燃える、激する）から。ローマの詩人マルティアリスの作品に、強欲な人物として出てくる。ルター、カルヴァン、フランソワ一世など、さまざまな人物に擬せられてきたが、どれも単なる思いつきに近い。
(40) リュカオンはアルカディア王で、高慢にして瀆神的で、ユピテル（ゼウス）に人肉を供して罰せられたという。cf. オウィディウス『変身物語』一・一六三以下。
(41) ギリシア神話のヘパイストスで、父はユピテル（ゼウス）、母はユノー（ヘラ）、ウェヌス（アプロディテ）の夫である。『イリアス』によれば、ゼウスとヘラがヘラクレスのことで争っているのを仲裁しようとして、ゼウスの怒りを買い、ヘパイストス（ウルカヌス）は天空から投げ落とされて足を引きずるようになったという。
(42) 酒の神バッコス（バッカス、ギリシアのディオニュソス神）を讃えておこなわれた、一種のらんちき騒ぎだが、あまりに狂乱・暴力が度を越したため、前一八六年、ローマの元老院によって禁止された。
(43) ユノーは結婚と出産を司る女神だから、こうしたメッセージが書かれているのだが、その宛先がクレオパトラというのは、いかにも唐突ではないのか。
(44) 十五世紀半ばに編まれた小話（ヌーヴェル）の集成で、『デカメロン』を踏襲して全百話からなり、艶笑譚が多い。揺籃本としても出版されているが（一四八六年、パリ）、一五三二年にリヨンでも上梓されている（オリヴィエ・アルヌイエ書店）。また、これに想を得た、フィリップ・ド・ヴィヌール作の『サン・ヌーヴェル・ヌーヴェル』も存在するが、写本のままで、当時はまだ出版されてはいない。

（45）一五三四年、凡庸な詩人フランソワ・サゴンとクレマン・マロは、マルグリット・ド・ナヴァールの姪の婚礼の披露宴で、口喧嘩となり、サゴンはマロを異端者として非難する。やがて「檄文事件」後に、マロは逃亡を余儀なくされる。そして一五三六年、クレマン・マロの不在を狙って、サゴンは『小手調べ』という小冊子で彼を攻撃して、宮廷詩人の地位を奪おうとした。こうしてマロ派・反マロ派のあいだに論争が起こる。「中傷合戦」とは、この論争をさすのであり、デ・ペリエはむろんマロの側に立った。こうした経緯から、デ・ペリエが、庇護者マルグリット・ド・ナヴァール――デ・ペリエは彼女の秘書をつとめていた――をミネルウァに見立てて、賛辞を捧げていると解釈されている。

（46）テイレシアスはテーバイの盲目の予言者で、ソポクレス『オイディプス王』など、多くのギリシア悲劇に登場する。ドドナは、エペイロスの山中にあるギリシア最古の神託所で、中心にはゼウスに献げられた樫の木が立っていて、その葉にそよぐ風の音を聞いて、神託を下したという。

（47）贖宥状（免罪符）の売買を連想させる。

（48）マロ「シャンソン」第三六番を、もじったもの。献辞で、「第三の対話でクピドが歌うのは、原典だと恋愛叙情詩になっていたのだが、その代わりに、現代のシャンソンを拝借することにした」とあるのは、以下の個所をさす。なお原典では、いずれの歌も、改行はせずに、地の散文に溶けこませてある。

（49）単なる息抜きのシーン、ないし恋の紋切り型の羅列とするものから、神秘主義的な宗教心や、ネオ・プラトニズムの発露を読み取るものまで、ケリアの発話の解釈はまちまちである。直前のクピドのせりふに、「つれない美女さん belle dame sans mercy」とあることから、アラン・シャルチエの同名の長編詩（一四二四年）――十六世紀になっても大いに人気を博した――の風刺だとする説も有力。

（50）物語の舞台がアテネだから、なんとなくギリシア語風に作ってみたのか？ Phorbantas は、phorbe（牧草、マグサ）

を連想させる。
(51) プトレマイオス朝始祖の一世(在位、前三二三-二八五年)のことか? cf. ラブレー『第三の書』「前口上」、拙訳、ちくま文庫、四二-四四頁。
(52) 前六世紀、小アジアはリュディア王国の最後の王で、エーゲ海交易などで巨万の富を築いたが、ペルシア王キュロス二世に滅ぼされた。
(53) カラスムギには催淫効果があるとされ、次のフレゴンのせりふとつながってくる。
(54) Cerdonius は、ギリシア語の kerdos(儲け、利益)からとされ、金を出せば「提灯《ちょうちん》記事」を書いてくれる年代記作者をさす。
(55) Hylactor は「吠える者」、Pamphagus は「すべてを貪る」といった意味合いで、オウィディウス『変身物語』三に、狩りの名人の英雄アクタイオンの猟犬として登場する。水浴するディアナ——狩りの女神、純潔の象徴——の裸身を見たアクタイオンは、「裸のわたしを見たといいふらしてもよいのですよ。ただし、そうすることができたらね」(中村善也訳、岩波文庫)とディアナに脅かされ、事実、シカに変身させられて、自分の猟犬に食い殺されてしまう。しゃべりたくてたまらないヒュラクトールと、沈黙をよしとするパンファグスによる、この対話は、「ディアナとアクタイオン」の神話を背景としている。ヒュラクトールとパンファグスのモデルについては、「ドレとラブレー」、「ドレとデ・ペリエ」、「デ・ペリエとラブレー」「ルターとカルヴァン」などさまざま。『キュンバルム・ムンディ』という作品全体をどう解釈するかによって、作者の分身を大胆なヒュラクトールのうちに見る研究者もいれば、沈黙を説くパンファグスのうちに見る研究者もいる。
(56) エジプトの死者の神で、頭は犬あるいはジャッカル、胴体は人間の姿をしていて、死者を霊界の王オシリスの裁きに導く。このことから、ヘレニズム時代になると Hermanubis としてヘルメス(メルクリウス)と同一視された。つまり、ストーリーは以前として、メルクリウスの星のもとにあるともいえる。
(57) 『アッティカの夜』は哲学・歴史・文法、それにさまざまな逸話など、雑多な話題を語った、いわば随筆集で、作者はAulus Gellius（v.130-180）。「軽薄で、うるさい口先男たち」の章は、第一巻一五章だが、本文との関連ははっきりしない。

（58）cf.「わたしの天の父がお植えにならなかった木は、すべて抜き取られてしまう。そのままにしておきなさい。彼らは盲人の道案内をする盲人だ」（「マタイによる福音書」一五・一三－一四）。以下、このあたりの一節には、新約聖書への皮肉なほのめかしが色々と読みとれる。

（59）Pygargusは、オジロワシのこと（海岸近くに住んで、サカナを補食する）だが、特定のモデルがあるかどうかは不明。

（60）「捕まえられるなら、捕まえてみなよ！」は、次を下敷きにしている。cf.「結婚できないように生まれついた者、人から結婚できないようにされた者もいるが、天の国のために結婚しない者もいる。これを受け入れることのできる人は受け入れなさい qui potest capere capiat」（「マタイによる福音書」一九・一二）。

（61）アクタイオンと、その死がなにを意味するのかについても、「キリスト」、「神を嘲るルキアノスのような作家」など、さまざまな意見が提出されている。

（62）いずれも、オウィディウス『変身物語』三に出てくる、アクタイオンの飼い犬の名前で、メランカイテスは「黒い毛」、テロダマスは「猛獣使い」、オレシトロポスは「山中で育てられた」を意味する。

（63）オウィディウス『変身物語』には、こうした記述はなく、作者の勝手な創作だと思われる。

（64）沈黙を説くパンファグスは、ストア派的な存在ともいえる。cf.「たいていのばあいは沈黙せよ、それともやむをえないことは話せ、しかもわずかのことばで。（中略）きみができるならば、きみの言論によって、居合わせている人々の言論を、適当なことへ導くがいい。だが、見知らぬ人々のなかで孤立するようなことがあれば、沈黙せよ」（エピクテトス『要録』三三、鹿野治助訳、《世界の名著13》中央公論社、一九六八年）。

（65）オウィディウス『変身物語』三に出てくる、アクタイオンの牝犬。

（66）antipodes（「反対」＋「足」）とは、たとえば日本とブラジルを思い浮かべればいいが、地球の反対側に住む人々のこと。「対蹠地人（アンチポード）」の存在については、ギリシア時代から、これを肯定する意見があったものの（プラトン、アリストテレス、プトレマイオス)、中世のカトリック教会などは否定的で(聖アウグスティヌス)、その解明を禁じてきた。この地球の反対側からの手紙を、どう解釈するのかについても意見はまちまちであり、「劣等対蹠地人」と「高等対蹠地人」についても、プロテスタントとカトリック、下層民と上層階級など、諸説がある。

(67) 農耕神サトゥルヌスを讃えて、十二月十七日から十九日におこなわれた収穫祭で、現在のクリスマスにつながってくる。奴隷と主人の上下関係が逆転するなど、「さかさまの世界」の演出も大きな特徴のひとつであった。

(68) リビア人で、多くの鳥たちに「プサフォンは偉大な神だ」とくり返すことを教えて、野に放った。そしてついに神として崇められるにいたった。神話の神々というのは、英雄たちがその死後神格化されたものだという、「エウエメロス説」の典型。

(69) cf. プラトン『国家』一〇・六一四。戦死したエルは、野辺送りの薪の上で生き返り、死後の世界のことを語って聞かせる。キリストの復活とダブらせている。

(70) ずいぶん中途半端な終わり方ではないだろうか?

(71) 解題を参照。**Jean Morin**(活動年一五三七―三八年)は、ルーアンの印刷業者マルタン・モランの息子らしい。一五三八年、本書の出版により逮捕されて、公開謝罪・晒し刑等の後で、王国からの永久追放を命じられたが、上訴したらしく、その後の彼の消息はわかっていない。

セバスチャン・カステリヨン

悩めるフランスに勧めること

二宮敬訳

解題

セバスチャン・カステリヨン Sébastien Castellion（1515-1563）は、ラテン名 Castellio、寛容思想で知られる神学者。ブレス地方出身でリヨンで古典語などを学ぶうちに宗教改革思想に共鳴し、一五四〇年、ストラスブール（シュトラスブルク）に亡命し、そこでカルヴァンを知ったとされる。翌年ジュネーヴに移り、リーヴ学寮で古典語と聖書を教授するも、聖書解釈をめぐってカルヴァンと対立して、カルヴァンの権威主義を公然と批判して、一五四四年にはバーゼルに去り、両者の対立は決定的なものとなる。バーゼルではオポリン書店の校正係などをしながら神学・聖書研究を進め、一五五三年にはバーゼル大学のギリシア語教授となる。聖書の教育を兼ねたラテン語教本（一五四七年）、注釈付きのラテン語訳『聖書』（一五五一年）、そして平明達意を旨としたフランス語訳『聖書』（一五五五年）などを残した。

しかしながら、彼が思想史上注目に値するのは、異端者の処刑をめぐるカルヴァンなどとの論争を通じて、『異端者について』（一五五四年）等を世に問うことで、個人の良心・信仰の尊厳を不可侵なものとして擁護する論陣を張ったこと、そして、第一次宗教戦争の勃発（一五六二年）に際して、本書『悩めるフランスに勧めること』を匿名で出版し、寛容思想の立場から、同胞が相食む戦争の愚かさを説いて、平和を呼びかけたことにある。

『悩めるフランスに勧めること』は、フランス国立図書館に一部（LB33.54）、大英図書館に一部と、合計二部しか残されておらず、ここでは前者を底本としている。

なお、この翻訳は、『世界文学大系74　ルネサンス文学集』（筑摩書房、一九六四年）に収録されたものである。再録にあたり、難読漢字などを主として、ごく一部を改め、厖大な訳注も整理させていただいた。

〔　〕は新たな補注である。

（宮下志朗）

悩めるフランスに勧めること

現下の戦乱の原因を指摘してその適切なる対策を示し、また特に、良心に強制を加えるべきや否やを論ず

一五六二年　A・V(1)

病めるフランス

悩めるフランスよ、神の怒りの杯《さかずき》(2)が現在あなたの頭上に注がれていることは、誰の眼にも明らかであるし、またあなた自身ひしひしとそれを感じている以上、ことさら言辞を費《つい》やしてこれをあなたに納得させる必要はまったくないのである。そもそも神はその怒りの対象に向かって、戦争やペストや饑饉《ききん》のいずれかを、あるいはそのうちの二つないしは三つ全部を送って膺懲《ようちょう》されるのが常であり(3)、あなたは現に自ら目撃し痛感しているとおり、そのうちの少なくとも一つ、すなわち戦争によって神の懲《こら》しめを受けている。（残る二つもあなたの頭上に迫っているが(4)、あえてこれには触れないとしても）その戦争たるや実に怖るべく憎むべき戦争であって、天地創造以来ほとんど戦乱の絶え間とてなかったとはいえ、かくも忌《い》むべき戦いの例をわたしは知らない。なぜならば、あなたに戦いを挑《いど》んでいるのが、かつてしばしば見られたように、外国人ではないからである。従来あなたが外部から攻められた場合、少なくとも子供たちの愛と和合にあなたはなにがしかの慰みを見出したのであったが、今やあなたを悩まし苦しめているのは、あなたの血をわけた子供たちなのである。しかも彼らは、その昔リベカの腹に見られたように(5)、あなたの胎内で押し争うというような生やさ

しいものではなく、お互いに抜き身を構え火縄短銃《ピストレ》やら矛槍《アルバルド》やらを振り回し、あなたの膝下《しっか》において露ほどの情け容赦もなく殺戮《さつりく》暴行の限りを尽くしているのである。

　かつては栄華を誇り、今や嵐に翻弄されつつあるフランスよ、あなたはわたしの言葉の一々に思い当たるであろう。あなたの子らがかくも無慚《むざん》に殺しあって、あなたに負わせている傷や打撃のかずかず、あなたはそれを熟知しているし、このとおりあなたの町や村落、はては街道・田野に至るまで死屍《しし》に覆われ、ために河川は紅《あけ》に染まり、大気は腐敗して悪臭を放っている。これを要するに、あなたの裡《うち》には昼夜を通じて平安も休息も見出せず、耳に入るのは哀訴叫号《あいそきょうごう》ばかり、いずこを見渡しても、悲しいかな、戦慄・殺戮・恐慌・畏怖を離れた安泰の地は見つからない。これこそ、おおフランスよ、あなたの苦しみ、昼夜をわかたず不断にあなたを苛《さいな》む病患にほかならないのである。

療法の探求について

　そこで今やこの病患を治すに足る助言・療法が、はたしてこの世に存在するや否やを考察しなければならない。これについてはわたしとしてもしばしば思いをめぐらしながら、しかもなおこれに挺身《ていしん》すべきか否か、永いこと躊《ためら》っていたのである。それというのも、わたしの目の前に障害があることがわかりきっていたからだが、この障害は適切確実な助言を与えることに関するものではない（このこと自体はありがたいことに、とんでもない思い違いをしているのでないとしたら、わたしにとって容易なのであるが）、問題はこれを人びとにどうして納得してもらうか、という点にある。そしてわたしには、人びとの同意が得られないとしたら、わたしの助言が実行に移されようとは考えられないのである。

　実際わたしは、あなたの病いがかくも重く、しかも日増しに悪化の一途をたどっているということがなかったら、さしあたってこうした試みは控えておいたであろう。しかし事態はさし迫り、あなたが無惨に滅びるのを拱手傍観《きょうしゅぼうかん》するよりは、事の成否はともかくとしてできるだけのことを試み、せめて自分の義務を果たしたほうが良いと思われた。なぜならば、神がこのようなわたしの試みを通じてあなたを救おうとしておいでではないとは何びとも断じ得ないし、また、これが万人の役には立たないにしても、誰かの役に立たないとは何びとも断定できないからである。一軒の家から火を出した場合、人びとはこぞって現場に駆けつけ、家全体を救えないまでも、何かしら家財を救い出すものだが、それでも何一つ救わないよりはまさっている。現下の問題についても同じことで、たとえすべての人が心をあらためずとも、おそらく誰かが心を入れかえてくれるであろう。そうすればわたしの苦心もまったくの水泡とはならないのである。いずれにしてもわたしは今からあなたに助言を与えることにしたい。希《ねが》わくばこの助言が神の御心《みこころ》に適《かな》い、かつあなたの役に立ちますように。かく願う所以《ゆえん》は、神のお力添えがないかぎり、わたしであれ他の誰であれ、その努力は実を結ばないものだからである。

さて適切な療法を見出すには、有能な医師たちのやりかたを学ぶ必要がある。彼らは患者の治療に当たって必ず病気の原因を探り、ついで病患はその反対物によって治癒するという一般的法則に則《のっと》って、適切な療法を加えるのである。同様に当面の問題についても、あなたの病気の原因が何であるかを考察し、しかるのちこれに見合った治療を適用しなければならない。さもなければ、どんな手を加えようともそれは外から傷を覆い隠すのみで、治すどころか内部から傷を悪化させる見せかけだけの膏薬《こうやく》にすぎないであろう。

病患の原因

あなたの病患、すなわちあなたを苛《さいな》んでいる反乱や戦争の主要かつ実質的な原因は、わたしの見るところでは、良心の暴力的侵害にある。思うに、もしあなたが熟考するならば、確かにわたしの言うとおりであることがあなたにもはっきりするであろう。そもそも長期にわたって人びとが福音主義者《エヴァンジェリック》[6]の良心を侵し、これに外的な強制を加えようと望んだからこそ、福音主義者はまずアンボワーズの乱[7]を起こし、これによって彼らの意志と目的とを白日の下に曝《さら》し、それによって反対派をいたく刺戟すると共に自ら世人の深い疑惑を招いてしまったのである。その後両者の調停のためにさまざまな試みが重ねられたが、とりわけ《一月勅令》によって、慎重審議の末、福音主義者は都市の城壁外において説教すべきこと、また彼らに対しいかなる迫害をも加えるべからざることが命ぜられた[8]。しかしいずれの党派もこの勅令には満足しなかったし、特にカトリック側の不満は著しく、彼らはヴァッシーの虐殺事件[9]その他の過激な行動を起こし、その結果現下の反乱ないしは血みどろの戦争が惹起《じやつき》されたのである。

「われわれが武器をとったのは信仰のためではなく、前記勅令の完全実施を求めるためである」と呼号する福音主義者がいることは、わたしもよく承知している。表面を糊塗《こと》したいならばいくらでも糊塗するがよい。しかし、勅令そのものが宗教に関して発布されたものだとしたら、また（福音主義者蜂起の原因となった）ヴァッシーの虐殺が信仰の問題によって生じたのだとしたら、さらにまた、これに続いて教会の占拠や略奪、聖像の破壊が起こったのだとしたら、言い逃れはいっさいやめにして真実を認めたほうがよいではないか。他の問題もからんでいるにせよ、この戦争の主な原因は、それぞれ自己の信仰を護持しようと望んでいるところにある、真実を認めたほうがよいではないか。

実際もしもこの《一月勅令》が宗教とは関係のない事柄について発せられたものだったとしたら、おそらく福音主義者はあれほど即座に、きわめて大規模で危険な反乱に走るようなことはなかったであろう。わたしはそう確信しているし、たぶん彼ら自身もそう認めるであろう。あえてここで触れるまでもないことだが、彼ら自身オルレアンで結成した同盟において、戦争の目的は信仰にあることを充分明らかにしている。すなわち彼らがそのために武器をとると称する三つの大義名分のうち、第一は「神の名誉」なのである。[10] したがって現在の戦いの原因は信仰の強制、良心の侵害にあると結論せねばならない。

誤った治療法について

ところで、おおフランスよ、あなたの子供たちが求めている治療手段はどうかというと、第一にはお互いに干戈《かんか》を交えて殺しあい傷つけあい、あまつさえ反撃の力を増さんがため、いや、もっとはっきり言ってしまえば己《おの》が兄弟に対していっそう手ひどく仕返しせんがために、諸外国にまで軍用金や軍兵の援助を請うということなのであり、第二にはお互いに暴力によって相手の良心を曲げさせようということなのである。[11]

おお憐れなフランスよ、あなたの病気を癒《いや》そうとしてあなたの子供が見つけだした治療法はこのとおりだが、こんな方法は正しい治療法といえないどころか、まさにその正反対のものと断定せざるを得ないのである。なぜならば、これこそあなたの肉体をも精神をも完全に荒廃させ破壊する有効な手段であるからだ。

まず第一の手段について言えば、周知のとおり、このような内乱に際してどちらか一方に力を貸す外国兵力が、たとえ全面的ではなかろうとも少なくとも他人の利益と同じくらい、あるいはそれ以上に自分の利益を考慮しないほど親切であることは、まずないのである。機会さえあれば彼らは往々にしてこう言う、「こいつはおれたちにおあつらえむきだぞ」と。もし今日《こんにち》そういう事態が起こったら、おおフランスよ、(実際その心配が根も葉もないとは言えない現状なのだが) あなたはかつて例のないほど引き裂かれ、分断されてしまうであろう。さまざまな国からさまざまな援軍がやって来ている以上、もしその各々が各自の利益を増そうと計ったらいったいどんなことになるか、考えてみるがよいのだ。

こうしたからくりが演ぜられるのは、なにも現代に始まったことではない。このような対立に外国の援助を受けることは、従来も利益より害をもたらしたのである。そうした実例は幾つも引用できようが、さしあたりわたしは二つだけに限ることにしよう。その一つは外国の例であり、残る一つは国内の例である。

外国の例というのは、かつてユダヤの地に起こった対立、われらの救い主イエス・キリストの御生誕前七〇年頃、ユダヤの支配権をめぐって争った二人の兄弟ヒルカヌスとアリストブルスの例[12]である。当時この地方にいたローマの武将ポンペイウスはこの対立に当たって助力を求められ、彼らを大いに援助した結果、ついにユダヤをローマ人に服従させ、その属国にしてしまった。その後の隷属屈従は現代に至るまで続いているのである。

第二の例はフランスのものであるが、ユリウス・カエサルの時代にガリア全土を二分していた二大部族の中の代表、オーヴェルニュ族とオータン族は、どちらが支配者となるかで相争い、オータン族に対抗したオーヴェルニュ族とブルゴーニュ族とはゲルマン人に救援を求めた。ゲルマン人は彼らを援助したあげく、いずれの部族をも征服してしまい、冷酷無惨にあしらったのである。この状態はユリウス・カエサルがゲルマンの王アリオウィストゥスを撃破し、彼らをゲルマンの支配から解放するまで続いたが、その結果、彼らのみならず他のガリア人までもローマ人に臣従させられることになってしまったのだ[13]。

一国内の内輪の争いに外国の力が介入すると、しばしば以上のような結末になってしまうのである。これらの例だけでも、おおフランスよ、同じことがわが身にも降りかかりはせぬかとあなたを恐怖させるに十分であろう。それとは逆の実例だってある、外国の援助が時に役立ったことをそうした例は証明してくれる、と反論する人が万一あるとしたら、わたしはこう答えよう。なるほどそのとおりだ、しかし一般に良いことよりは悪いことのほうが多く生じているし、世界は今日腐敗しきっているから、いまだかつてないほど悪を怖れる理由があるのだ、と。

しかし、仮にこの点についてはいささかの懸念も無用だ、救援を頼まれた人びとは私利私欲には目もくれないほど立派な信用できる人びとだ、と仮定してみよう。その場合でもわたしはあえて言うが、（血を流さずして、かかる戦いは断じておこなわれ得ない以上）多くの流血を見るに至ろうし、その損失は償うことができないであろう。いや、流血を見るに至るどころか、現に多くの血が流されてしまったのだ（フランスでこの夏の間に殺されたものは五万人以上と言われているのだ）[14]。したがってわたしとしては（たとえ結末が人びとの期待どおりにうまくいったとしても）、この戦争によってすでに生み出された不幸に匹敵する幸福が、果たして生まれるかどうかおぼつかないのである。以上のとおり、あなたの子供たちが母の病いを治そうとして求めた肉体的な治療法は、病める肉体を直さんがためにあらゆる手を尽くしてその四肢を切断しようとするようなものであり、何の役にも立たないのである。

次に第二の霊的な療法、すなわち相互に相手の良心を曲げさせようとするやりかたについて言えば、わたしとしては（ここで率直に言わざるを得ないが）、両派の人びとの狂気盲目にいくら驚いても驚きたりないありさまなのである。そこで、わたしの考えをより良く理解してもらうために、わたしはこれから少々遠慮なしに両派に話しかけることにしたい。現在のフランスには二種類の人びとがいて、信仰のために干戈《かんか》を交えているわけだが、その一方は敵方から教皇派《パピスト》と呼ばれ、他方はその敵方からユグノーと呼ばれている[15]。彼ら自身は何と自称しているかといえば、ユグノーは福音派、教皇派《パピスト》はカトリックと自ら呼んでいるのである。したがってわたしは、彼らの感情を傷つけないように、彼ら自身の呼びかたに従うことにしよう。

カトリックの諸君へ

まず第一に、カトリックの諸君よ、諸君は自ら由緒ある真正にして唯一普遍の信仰の保持者を以て任じているわけであるが、どうかもう少し慎重に諸君のなすべきことに思いを致していただきたい。今こそその時であり、一刻の猶予もならないのである。今日に至るまで諸君が福音派の人びとにどのような仕打ちをしてきたか、想い起こしていただきたい。知ってのとおり諸君は、彼らを追求し、獄に投じ、地下牢に幽閉し、虱《しらみ》責め蚤《のみ》責めにかけ、泥沼の底、忌《いま》わしい闇、死の闇に彼らを繋ぎ、ついには苦しみを長引かせようと計って彼らを生きながらとろ火にかけて焚殺《ふんさつ》した。彼らにどんな罪科《つみとが》があったというのか？　彼らが教皇を信じようと望まず、ミサや煉獄やこれに類する事柄を信じまいとしたがためなのである。(16)しかしこうした制度は聖書に基づいているどころか、その名称さえも聖書には見当たらない。人間を生きながら火焙《ひあぶ》りにするには、まったくもって実にご立派にして正当な理由ではないか！　諸君はカトリック教徒と自称し、聖書に記された普遍的《カトリック》信仰を護持すると公言しておいでだ。しかるに諸君は、聖書に記されたこと以外は信じまいとする人びとを異端とみなし、生きながら火刑に処するのであろうか？

　ここでしばらく胸に手を当て、正直に考えて見給え。これこそ諸君にとって実に大切な問題なのだ。そして今、この場でわたしに返事をしていただこう。第一、諸君が望もうが望むまいが、いずれは諸君がその名を戴く正義の審判者の前で答えねばならないのだ。審判の日に必ず問われるに違いない質問に、さあ答えていただこう。諸君は他人からも同じ仕打ちをされたいのか？　諸君は自らの良心に反しては何事も信ぜず承認しなかった廉《かど》で、裁かれ、投獄され、地下牢に幽閉され、虱や蚤に責め苛《さいな》まれ、泥沼の底、忌むべき闇、死の闇に繋がれ、最後には生きながらとろ火で焼き殺されたいと望んでいるのか？　さあ諸君は何と答えるであろう。

　だが答えを聞く必要がどうしてあろうか。諸君の良心が「否」と叫ぶことはよくわかっている。その叫びは激しく、諸君の中で選り抜きの向う見ずであろうとも、これを否定できないであろう。そこでこの点をとくと考えていただきたい。人間の判断をしばしば盲目にする無知と肉的情念とに満ちた現世においてさえ、早くもこの良心という真実にはこれほどの力が具《そな》わっており、その結果諸君は否応なしに、自分が人からされたくないことを他人に向かってやってのけたという事実を、認める羽目に追いこまれたのだとしたら、すべてがはっきりとむき出しにされ白日の下にさらされるあの審判の日には、いったいどういうことになるであろうか？　正義の審判の日には、各々の良心が互いに非難したり赦《ゆる》したりする[17]ということを、諸君は知らないのか？　そして諸君が兄弟たちに対して犯した過ちは、果たして些細なものであろうか？

まさしくそれは些細なものであるが故に、彼らは諸君の残忍性（まったく、そう名づけざるを得ないもの）が考え出したありとあらゆる苦しみを欣然《きんぜん》として堪え忍び、良心を曲げて（諸君の強要した）行動に出ることをいさぎよしとしなかったのだ。これこそ一人の人間の良心を侵すことが、その生命を無惨にも奪うことにまさる悪であることを、明らかに示すものである。神を懼《おそ》れる人間は、良心を侵されるよりはむしろ残酷な死を望むのである。このことを証《あか》すために、わたしは諸君自身を証人に選ぼう。福音派の中には、諸君を強制して彼らの説教に列席させようとする者が、かつてあったし今も存在する。わたしは諸君に問うが、このような暴挙がどうして諸君の気に入ろう？　諸君が不快に思うことは一片の疑いもないし、はなはだしい暴行を加えられた、と諸君は言うであろう。しかし、諸君の良心が彼らの説教を聞いて受ける傷は、福音派が、ミサ聖祭に与《あずか》った時に受ける傷ほど深くはないのである。

諸君自身の良心に耳を傾けて、他人の良心を侵さぬことを学び給え。些細な被害にも堪えられないのだったら、それ以上の害を他人に及ぼさぬようにし給え。現に諸君を打ちひしいでいる不幸は、諸君の頭上に下された神の正義の怒り、神の審判《さばき》であることを肝《きも》に銘じて知り給え、神は諸君の非に報い、聖書に記されたとおり、諸君が人を量《はか》った同じ量りで諸君を量り給うのである。[18]「人を虜《とりこ》にする者は虜にされ、剣にて殺す者は自らも剣にて殺されねばならぬ[19]」。さらにまた、「主よ、あなたがこのようにしょうと望まれたのは当然です。聖徒と預言者の血を流した以上、彼らにふさわしく血を飲ませ給うたのは当然のことです[20]」ともある。

確かに諸君もまた多くの聖徒を迫害し殺戮《さつりく》した。さればこそ主は今やそれに報いようとなさっているのである。したがって心を改めぬかぎり、撃とうとして拡げた手を、神が隠されようなどとは期待してはならないのだ。しかるに諸君の改心とはどんなものであろう？　それこそ以前にも増して非道な振る舞いに出ること、すなわちいまだかつてなかったほど福音派を迫害追及することなのである。これが神の怒りを和げるやりかたであろうか？　むしろ正反対に、いよいよ神の怒りを煽《あお》る絶好の方法ではなかろうか？　そもそも神が過去における諸君の残虐に対して怒っておられるとしたら（そして事実そのとおりだし、諸君にそれがわからないとしたらまったく盲目に等しいというべきだが）、同じ残虐行為に固執することで神の御心《みこころ》を鎮《しず》め得るなどとは考えないがよろしい。実際諸君の振る舞いは、酒を飲み過ぎて痛風にかかった男が、治療のためにいよいよ盛大に飲み続けているようなものだし、弟を殴って父親から折檻《せっかん》された子供が、父親の怒りを鎮めようとしていっそう派手に弟を殴りつけているようなものである。

福音派の諸君に

福音派の諸君、今度は諸君に訴える番である。かつて諸君は教会のために忍び難き迫害を忍び、諸君の敵を愛し、悪に酬《むく》いるに善を以てなし、諸君を呪う者に対しても、必要に応じて逃亡する以外になんら反抗を試みることなく、彼らの上に神の御恵みあれと祈ったのであった。諸君はこれらすべてを神の戒《いまし》めに従って(21)おこなったのである。しかるに今や諸君のうちのある者に見られる著しい変化は、いったいどうしたのであろう？　汚《けが》れのない者は、このようなわたしの言葉にも感情を害しはするまい。わたしはすべての福音派に語ろうとするものではない。態度を変えた人びとに訴え、彼らに問う、神はその戒めを変更されたのか、それとも諸君は、以前とはまるで反対のおこないをせよという新たな啓示でも受けたのか、と。霊によってその第一歩を踏みだした諸君が、どうしてまた肉のおこないで終わるようなことになったのであろう。かつて悪を耐え忍び、酬いるに善を以てなせと諸君に命ぜられたおかた、そして諸君もまた当時は忍耐し善を以て悪に酬いることによって服従の実をあげていたあのおかたが、今や悪には悪を以て応じ、迫害に耐える代りに他人を迫害せよとでもお命じになったのであろうか？　それともまた諸君は、彼の御命令には背を向け、諸君の首からその軛《くびき》をきれいさっぱり払いのけてやろう、肉の世、自分の恣意《しい》、自分の敵だったものの後を追って、勝手気ままに暮らしてやろうとでも決めたのであろうか？

実際そうとしか思えないではないか。手持ちの金銀財宝はもちろんのこと、貧しい人びとの財産までも矛槍《アルバルド》や火縄銃《アクビュット》につぎこみ、敵を射ち殺し斬り刻み刺し貫き、キリストの死によって諸君同様贖《あがな》われ、諸君と同じくキリストの御名《みな》のもとに洗礼を授けられた人びとの鮮血で、往来ばかりか人家や寺院の中までも彩《いろど》り汚している、そんな諸君の姿を見たならば、他《ほか》に考えようがないではないか？　諸君の説教に彼らを無理やり出席させ、さらに言語道断ながら若干の諸君は、彼らを強制してその良心を曲げさせ、彼らの血をわけた兄弟や信仰に結ばれた兄弟に対して武器をとらせている。事ここに至っては、わたしには言うべき言葉もないのだ。そのうえ諸君は諸君の教理に照らして人びとの信仰を糾問《きゅうもん》し、信仰上の主要点――これは聖書のうちに明々白々と見られるが――この点で一致するのみでは満足せず、ついで彼らがあらゆる点で諸君に一致したとなると、諸君は彼らに証明状を交付して、彼らがどこへ赴《おもむ》こうとも似非《えせ》信者と見分けられるようにし、彼らが信者、すなわちキリスト教徒であることを証《あか》せるようにしているのである。

以上が諸君の用いている三種の方法である。すなわち、血を流すこと、良心に強制を加えること、諸君の教理と完全に一致しないものは神を信じないものとみなして犯罪者扱いにすることである。諸君の理性はどうしたのか、わたしは驚きかつ不思議でならない。いったい諸君は、これら三点において自分たちの敵、常日頃諸君が反キリスト[22]と呼んでいる者の模倣をしていることに気がつかないのであろうか？　諸君の仲間が何かというと持ち出す言いぐさは、わたしもよく承知している。つまり自分らは正しく、相手が間違っているというのだ。したがって自分らが彼らを裁きにかけ強制するのはもっともだが、彼らが自分たちをそんな目に合わせるのは許されない、というのだ。しかしこんな言いぐさは、まるで諸君には他人の財産を奪い取る権利があるが、他人が諸君の財産を奪う権利はないと言い張るようなものである。

だが、好きなだけ諸君の大義名分を世人の前に飾りたてるがよい、いくらでもご立派な区別を立て給え。諸君が何としょうが、わたしにはわかっているのだし、諸君自身の良心もその証しをしてくれる。諸君は自分がされたくないことを人に対してしているのだ。[23] そもそも、もし諸君が、諸君のいわゆる教皇派《パピスト》だったとしたら——そして実際、かつて諸君の大部分は教皇派《パピスト》だったのだが——現に諸君が彼らに与えているような仕打ちをされることを諸君は断じて望まないに違いないのだ。勝敗の行方がいまだ混沌《こんとん》として定まらず、というよりはいまだに迫害を受けている今日にして、すでに諸君はこれほど苛酷暴戻《かこくぼうれい》の挙に出ている以上、諸君が目的を達した暁には、諸君の敵に匹敵する峻酷《しゅんこく》な圧制をしくであろうと懸念される。

諸君はその上に第四の方法を用いて神の怒りを鎮めようともくろんでいる。祈りと潔斎がそれだが、もしわたしが指摘したもろもろの悪がその働きを妨げなかったとしたら、それは大変良い、適切な方法であるに違いない。しかし一方に残虐と狂乱がある以上、潔斎も祈りも断じて神の御嘉納し給うところではない。ソロモンの言葉にそれは明らかなのだ。すなわち「耳をそむけて律法《おきて》を聞かない者は、その祈りすら憎まれる」[24]のである。さらにイザヤはいっそうはっきりとそのことを示し、神はその民にこう語られると述べている。

君たちの捧げる多くの犠牲《いけにえ》はわたしに何になろう、
——と主は言われる——
わたしは君たちの牡羊の丸焼き、[25] 肥えた獣の脂に飽きた、
牡牛、仔羊、牡山羊の血を喜ばない。

君たちはわたしの顔を見ようとやって来るが、
誰が君たちに求めたか、
わが前庭を踏みつけよと。
二度と空しい捧げ物をするな。
薫香はわたしの忌《い》むところ。
新月、安息日、集会、休日、
かかる空しい行事はわたしに耐えられぬ。
君たちの新月、祭日を、わが心は憎む。
それはわが重荷となり、
わたしは耐えるのに疲れた。
君たちが手を伸べる時、
わたしは目を覆う。
いくら祈りを繰り返しても、わたしは聞かぬ。
君たちの手は血まみれだから。
身を洗い、清くなれ、
わたしの目の前から君たちの悪い性《さが》を除き、
悪を行なうことを止め、道理に身を捧げ、
虐《しいた》げられた者を守り、
孤児《みなしご》に正しい裁きを施し、寡婦の訴えを弁護せよ。
さあ、われわれは心を改めよう、

——と主は言われる——

たとえ君たちの罪が緋《ひ》のようでも、
雪のように白くなり、
紅《くれない》のように赤くても、
羊の毛のようになろう。
君たちが服従を望むなら、
この地の実りを食べることができよう。
逆って従うことを拒むなら、
君たちは剣に刺し貫かれる、

——こう主の御口は語られる。

忠信の町が、どうして遊女になり果てたのか。
かつては公正に満ち、正義の宿る所であったのに、
今や人殺しの町となった。(26)

主の御言葉はこのとおりである。おお福音派の諸君よ、この御言葉によって諸君は、もし心を改めなければ祈ろうと潔斎しようと空しいことが、はっきりおわかりになろう。神はその目を隠されてしまうのだ。第一諸君は、血にまみれた手をしていることをとうてい否定しようがない。余りにそれが明らかだからこそ、高潔でキリスト教徒らしい心根を持っていた諸君の仲間の一説教師は、たった今犯した殺人のために血だらけのまま説教を聴きに来た連中を目にして、こう叫んでしまったのだ、「わたしは人殺しどもの中で説教せねばならんというのか！」また別の一人は、別の場所で同じ動機から、堪《たま》りかねてこう言ったのだ、「君た

ちは偶像礼拝の徒を神の敵として攻撃しているが、偶像礼拝者を憎み給う神が人殺しはお好きだとでも思っているのか？」

諸君はこう答えるかもしれない。なるほど確かにわれわれの手は血にまみれている。しかしわれわれが血を流したのは、また現に血を流しているのは、神の御意志に従ったまでであり正しいことなのだ、と。もし諸君がそう言うならわたしは答えよう、たとえそのとおりだとしても（わたしはそんな理屈は認めないが）、諸君は神のための体刑執行人にすぎない、キリストの教会を建てるためではなく、反キリストの教会を破壊するべく（といっても、教会が肉的な武器で破壊できるとしての話だが）遣《つかわ》されたものにすぎない、と。

そもそもダビデは、血を流し戦いを交えたという理由で、それも神の御意志によってしたことであるにもかかわらず、主の家を建てることを許されなかった[27]。しかもその主の家とは物質的な家にすぎないというのにである。このような例がある以上、諸君が血塗られたその手で霊の家を建てることを許されたり委ねられたりするものかどうか、考えてもみ給え。断じてそんなことは起こり得ないのだ。主の家を建てるのはソロモンの如き人、すなわち平和を好む者[28]でなければならないのだ。したがって諸君が教会の改革者と評価されることを望み、諸君の教会を改革派教会と称するのは根拠のないことなのである。諸君の教会は破壊的教会と呼ばれて然るべきなのである。

そして実際わたしの聞くところでは、諸君の先駆者マルティン・ルターはかつて自らその点を認めたということである。すなわち、彼の教えを奉ずる民衆が生きかたを改めないのはどうしたわけかと問われた彼は、神が彼を遣《つか》わされたのは教皇を滅ぼすためであって教会を建設するためではない、建設のためには神はいずれ誰かを遣わされよう、と答えたというのである[29]。しかしルターは諸君よりずっと賢明であった。なぜならば、少なくとも彼は言葉と筆によって戦い、自ら武器をとったり他人に武器をとれと煽動することなく、むしろ武器を棄てさせたからだ。それは彼が世俗の権力について著した書物[30]に明らかなとおりだし、かつては諸君もこれに同調していたのだ(31)。しかるに諸君は今やこれを越えて暴走しているのである。

　わたしは以上のことを、諸君の行動が神の御意志に従ったものと仮定して述べてきたのであるが、実際はとうていそうとは認められないのである。そこでいっそう良く理解してもらうために、わたしはこれから両派の人びとに同時に訴えることにしよう。けだしこの点で両派は同じ立場にあるからである。

カトリックならびに福音派の諸君に――相互に良心を侵害することについて――

　イエス・キリストがユダヤ人たちと論争なさった時、彼らは非常に頑固だったにもかかわらず、明白なる真理の一言によって説得されてしまい、何一つイエスに応酬できないで一同黙然としてしまったことがある。例えばイエスが彼らに向かって「皇帝《カエサル》のものは皇帝《カエサル》に、神のものは神に返せ(32)」と言われた時がそうだし、同じく「君たちの中で一番罪のない者がまず石を投げつけよ(33)」と言われた時もそうである。どうか現代の人びとがこのユダヤ人たち以上に頑迷ではないことを、わたしは切望する。そうすれば、わたしは確信をもって言うが、現にわたしが論じている問題は明白なる真理の一言によって解決してしまい、一言半句たりとも敢えて異を唱えるようなものはいなくなるであろう。

　それというのも、わたしは他人の良心を侵害する人びとに対して、「諸君は人から自分の良心に暴力を加えられたいのか？」と問えばすむからである。するとたちまち、百千の証人にもまさる彼ら自身の良心に説き伏せられて、彼らは一様に周章狼狽《しゅうしょうろうばい》するであろう。そこで実際にわたしは、この質問を諸君に呈したい。イエス・キリスト御自身が諸君に向かって、「君たちは人から良心を侵されたいのか？」と言われたものと想像し給え（実際また真理の問いである以上、当然あの賢明なイエス・キリストのものであるのだが）。イエス・キリストの名において、答え給え。諸君の良心を人から曲げられたいか、さあ返辞をいただこう。わたしには諸君の良心が「否」と答えることがよくわかっている。その証拠はどこにあるかというのならば、いったいそれでは福音派の諸君よ、かつてカトリックがわれわれの良心に暴力を加えると諸君が文句を並べていたのはなぜなのか？　また君たちカトリックの諸君、諸君は福音派がわれわれの良心に危害を加え始めたと、最近文句を言うようになったが、これはどうしたわけなのか？　相手に向かって咎《とが》め立《だ》てするその同じことを諸君がしている以上、諸君の不平そのものが諸君の有罪を宣告していることになるではないか？

パウロがこう語っているのを、よもや諸君は知らぬはずはあるまい。「誰であれ人を裁く者よ、君に弁解の余地はない。人を裁くことによって君は自らに罪を負わせているからだ[34]。君は人に教えながら自分自身に教えぬ。盗むなかれと説きながら自らは盗んでいる[35]」

同じようにこうも言えるのではなかろうか？　「君は良心を侵すなかれと説きながら自ら他人の良心を侵している」と。お望みならば何でも勝手にするがよいし、いたるところ血眼《ちまなこ》になって満足のゆく言い逃れを探すがよかろう。いずれにしても審判の日が来れば諸君自身の良心がお互いに諸君を糾弾《きゅうだん》することになる。諸君は心のうちに諸君自身の証人を抱えており、これを軽蔑したり非難したりすることは許されず、かつてエフライム人《びと》の身に起こったようなことが諸君の上にも起こるであろう。この部族はシボレトと発音できずスィボレトとしか言えなかったためにエフライム人《びと》だと見破られてしまい、ギレアデ人《びと》によって殺されたのである[36]。

かくて諸君は、自分が人からしてもらいたいように他人にもしてやったとは言いきれないのだから、即刻心を改めないかぎり真理の神の審判において有罪を言い渡されることになるのだ。さらにまたかつてある男が言ったことを口真似して、今さら弁解しようなどとはせぬがよろしい。その男は「仮に自分が姦通したとしても罰せられるのはごめんだ。しかしそれだからといって、わたしが裁判官として姦夫を罰すべきではないという結論にはならない」と言ったのだが、これに対してわたしは答えよう、「君が姦夫であり、そのために処罰されたとしたら、君とてそれが不当な扱いでないことは認めるだろう」と。山賊・盗賊のたぐいすら、処罰されればそれが当然の酬いだと認めるし、たとえ口では身に覚えのないことだと言い張っても、彼の良心は否も応もなしにこれを認め、本人を裏切ってしまうのである。これこそ真実や公正の持つ打ち負かすことのできない力の現れであり、いかによこしまな者であろうと人間の心からこれを消し去ることは不可能なのである。

しかし良心に暴力を加えられ、信仰のために迫害される者の場合は事情が異なっている。なぜならば、たとえ強制によって不当な仕打ちを受けたのではないと彼に言わせたところで、彼の心は「君たちはわたしに暴力をふるった。君たちだってこんな目に会わされたくはあるまいに！」と叫び続けるからである。そして、「人からされたくないことを人にしてはならぬ」(37)という定めがどのように理解さるべきかということはこれで明らかであろう。この定めは真実そのものであり、正義に則《のっと》ったものであり、自然の法に即したものであり、かつはまた人間の心に神の指(38)によってしっかりと書き記されたものであるから、この定めをつきつけられて即座にその正しさと異論の余地のなさを認めないほど歪《ゆが》んだ人間、無知無頼の人間はいないのである。したがって真理がわれわれ人間を裁く時、この定めによって裁くであろうということは容易に判断できるのである。実際、真理そのものであるキリストもこの定めを確認され、自分が人からされたくないことを人に対してするなと禁じ給うにとどまらず、さらに進んで、人からしてもらいたいことを人に対しておこなえと命じ(39)ておいでであるし、また別の所で、他人を量《はか》った同じ量りでわれわれも量られるだろうと述べておられるの(40)だ。

以上のことは、頑《かたく》なな者か逆上した者でもないかぎり異論の立てようもないほど明白であり、また、神の指によって万人の心のうち良心のうちに書き記されているのであるから、わたしの話はこれで終りにしてもいっこう差支えはないはずである。しかし、かつて若干の人びとがその著書において同じことを諸君に指摘したにもかかわらず、諸君が依然態度を改めようとしない以上、わたしはわたしで、諸君が両派共に同じ原因で苦しみ抜いている折でもあるし、なんとか諸君を頑迷固陋《がんめいころう》な態度から引き戻し、諸君の目を少しは開かせるわけにはゆかぬものかどうか、試してみたいのだ。

下世話《げせわ》にも「愚か者は手に取ってみるまで信用しない[41]」などと言うし、またイザヤも、苦痛を与えないかぎり自分の警告は理解してもらえないと記しているが[42]、せめて諸君も、阿鼻地獄《あびじごく》の苦しみに喘《あえ》いでいる今こそ、どうかわたしの話を聞き入れて、夢々《ゆめゆめ》ローマ皇帝ウェスパシアヌスおよびティトゥスの時代の熱心党（「ゼロテ党」とも）のユダヤ教徒の轍《てつ》を踏まないようにしてもらいたいのだ。これらのユダヤ教徒は――わたしは敢えて熱心とは言いたくないのだが――、余りに頑迷であったから、心を入れかえるよりも死を選び、その結果ユダヤの国にこの上ない不幸を招き[43]、その不幸は現代に及んでいる。改むるに憚《はばか》ることなかれだ、大慈大悲の神が幸いにして諸君を憐れみ給うとしたら、せめて今からでも、どうか心を改めてくれ。さもなければ、わたしは確信をもって告げるが、諸君を待つものは数限りない不幸ばかり、そして最後には各々その所作《しわざ》に従って報い給う[44]神の怖るべき刑罰が残されるのみであろう。

ここで再び本題に戻るが、諸君の頑迷一徹な態度を見るにつけ、わたしはさらに細かく問題を検討する必要に迫られるのである。そこでお尋ねするが、現におこなわれている良心の侵害、諸君はこれを神の戒《いまし》めに基づいてやっているのか？　あるいは誰か聖徒の例に倣《なら》っているのか？　それとも善き意図から、善行のつもりでやっているのか？　と言うのも、以上三つを除いてわたしには諸君がそうする理由を見出せないからである。まさか完全な邪念からだとは、わたしも思いたくない。

神の戒《いまし》めについて

もし諸君が神の戒めによってそうしていると言うのならば、神がどこでそう命じておられるのかわたしに教えてもらいたいものである。それというのも聖書の全体を見渡しても、わたしにはただの一言もそうした言葉が見つからないからだ。モーセの律法は偶像礼拝の町も住人も家畜もことごとく殺し滅ぼすことをある箇所で命じているほど、⑮格段に厳しいものであるが、そのモーセの律法の中にさえ、信仰を強制すべしというような言葉は一言たりとも存在しない。なるほどこの律法は、もし異邦人が自ら進んで割礼を受けたいと希望するならば、これをイスラエルの会衆に加えてもよいとしてはいるが、⑯強制的に割礼を受けさせねばならぬなどとは、わたしの知るかぎりどこにも記されていないのである。⑰わたしばかりではない、異端者は法によって追及し死刑に処するべきだと主張する書物の著者たちさえ、信仰の強制を正当化するための章句を一つとして聖書から引用できなかったのである。しかも彼らは実に熱心であったから、何か一つでも見つかれば絶対に書き忘れたりはしなかったろうとわたしは信ずる。⑱

まったく、もし神が信仰の強制を命じたとしたら、まず第一に神は自らの創造した自然と矛盾することになったであろう。自然はすでに述べたようにあの定め、すなわち「人からされたくないことを人にするな」という定めを、万人の心に深く深く刻みつけたから、この定めに背《そむ》くのは悪だと認めずにいられるほど歪んだ、あらゆる知慧とかけ離れた人間は一人としていないのである。

第二に、神は御自身の戒めと矛盾することになろう。なぜならば神は、イエス・キリストを通して同じ趣旨のことをわれわれに命じておられるのみか、⑲さらに聖パウロは、自分が肉を食べてみせたために他の人がその良心に逆らって肉を食べる原因を作ってしまうものを厳しく批判して、こう結論しているからだ。「このように君たちが兄弟に対して罪を犯し、その弱い良心を傷つける時、君たちはキリストに対して罪を犯していることになるのである」[50]。同じくパウロは別の場所でこうも述べている。「君の食物によって、キリストがその代りに死なれた者を滅ぼしてはならない」[51]と。

自分が例を示すだけで、格別このとおりにやれと他人に強制しているわけではないのに、それでも他人がその良心に反して罪を犯す原因を作るものとして、パウロはかくも厳しく咎めているのだから、今日もし諸君の驚くべき暴状を見たとしたら、彼は何と言うであろう？　心から諸君と同じように信じたり振る舞ったりできない人びとに対して、実例を見せるなどという生やさしいことではなく、彼らを難じ、罪人ときめつけ、汚名を着せ、追放し、名誉や財産のみか多くの場合生命さえ奪い、要するに言葉と行動の限りを尽くして暴力をふるっている諸君なのである。実際もしこれが強制でないとしたら、わたしには何が強制なのか見当もつくまい。まったくこれ以上の暴力行為はありはしないのだ。もしこれ以上のものが見つかったら、諸君はさっそくそれを利用するに違いないのだ。

ひとつ諸君が憐れな人びとをどんな状態に追いこんでいるか、とっくりと考えていただきたい。ここに一人の人間がいて、彼は自分が異端とみなしているミサとか説教とかには出たくないし、また自分が唯一の教会と考えている教会に背《そむ》いて、自分が異端とみなしている教会のために醵金《きょきん》したり、武器をとって援助をしたりするのはいやだと考えているのだ。そこへ諸君がやって来て、もしそうしなければ追放にされるとか、財産を没収されるとか、罪人として処刑されるとか言う。いったい彼はどうしたらよいのか？　諸君から助言してもらいたい、なにしろ彼の懊悩《おうのう》は大変なものなのだから。ナイフの先で焼かれるパンきれは、進めば焼かれ退けば突かれるが、この憐れな男も同じこと、諸君の意志に従えば良心に背いて自ら地獄堕ちとなり、さもなければ財産とか生命とかどんな人間にも大切なものを奪われる。諸君はこの彼に何と忠告をするつもりだろう？　諸君のすべてでないにしろ、せめて両派の指導者・信仰糺問官《しんこうきゅうもんかん》諸君、諸君は王侯たちにこういう行動をけしかけているが（これは周知の事実だし、諸君の行動や説教、これに加えて諸君の著書が明らかに証明している以上、諸君も敢えて否定しないと信じるが）、いったいこのような人間に対して何と勧告するつもりなのか？　良心に背けと言えば彼の魂は滅びるであろう。良心に従えと勧めれば彼は殺されるであろう。実際彼の口からは、あのスザンナが彼女を手籠めにしようとした二人の老人に言った言葉が飛びだしても当然なのだ。「わたしは前後から追いつめられてしまった。そんなことをすればわたしは死んだも同じこと、そうしなければばしないで、わたしはお前たちの手からは逃げられない[52]」

「できればわれわれだって言葉で教え諭《さと》したいのだが、奴らはひどく片意地で、何を言われても自分の意見を変えないのだ」。何かにつけてこう言いわけをする連中がいることを、わたしはよく知っている。こういう連中にはわたしは答えよう、「要するに君たちは実に多くの場合、彼らが納得しないのは不思議でも何でもない、むしろ良心ある者が受け入れたらそれこそ驚きだというようなことを提起しているのだ」と。

しかし仮に諸君が（実際にもそういう場合があることは知っているのだが）真理を彼らに示し、なおかつ彼らがそれを受け入れないという場合を考えてみよう。この場合はどうしたものであろうか？　諸君は力ずくでも受け入れさせようと望むだろうか？　諸君の与える良い食物を病人が食べられないという場合、諸君は力ずくで喉《のど》に押しこもうとするだろうか？　あるいはロバが水を欲しくないという時、諸君は無理に飲ませようとしてこれを水に放りこもうとするだろうか？　キリストに学び、その後に従い給え。キリストは頑なな者とかかわり合った際、彼らをそのままにしておいて弟子たちに言ったのであった、「彼らを放っておけ[53]」と。戒《いまし》めについては以上のとおりである。

前例について

前例についてはどうかというに、旧約聖書にも新約聖書にも、諸君のように良心に暴力を加えたり加えようとしたりした聖徒は見出されない。いや聖徒どころか、誰一人としてそのような例はないのである。それにまた、万一そういう実例があったにしても、それを前例として真似すべきではなかろう。なぜならばそれは、理性に背き神の戒めに背いた振る舞いだからである。そもそも前例が戒めのもとになるのではなく、戒めから前例が生まれるのであり、前例は神の戒めに合致する場合、あるいは少なくとも戒めに背反《はいはん》しない場合にのみ範例とされるべきなのである。

いやしくもわれら何をなすべきかを決する場合には、必ず神の戒めに注目し、これによって自らを律する必要がある。さもなければ、範とするのがきわめて危険な前例が数多くあり得る（もちろん良心を侵すことについてではない。この点ではすでに述べたとおりわたしは一例も見出さない。その他のことについてである）。例えば訴訟手続を踏まずにエジプト人を殺害したモーセ[54]、淫逸に耽《ふけ》る二人の男女を殺したピネハス[55]、エサウだと名乗って父を欺いたヤコブ[56]、神の特別の御命令によってエジプト人から金銀の什器《じゅうき》を略奪したイスラエルの民[57]の例などがそれに当たる。また、ガテの王アキシに仕えながらイスラエル人《びと》の敵ゲシュル人その他を攻め、男も女も残らず殺してすべてを血の海に沈め、そのくせ主人のアキシにはユダヤを攻めたと思いこませたダビデ[58]の実例もそれに当たる。同じダビデはまた、讒訴《ざんそ》をおこなったシバを本来ならば律法に従って処罰すべきであって、報酬などを与えるべきではないにもかかわらず、その罪を知りながら、罰するどころか逆にその主人の財産の半分を贈ったのである[59]。

以上の例やこれに類する聖徒の例は、聖書が特にこれを是認しているにせよ、あるいは是非の判断を下すことなく単に事実を語っているにせよ、すでに述べた場合を除いてはわれわれのなすべきことを決定する際に典拠としたり、定めとみなして引用したりすべきではない。さもなければ、娼婦と思ってタマルと交わったユダ[60]の例に道楽者は恰好《かっこう》な口実を見出すであろうし、酔漢はロト[61]やノア[62]に、詐欺師は前述の例のダビデ[63]や自分の妻を妹と偽ったアブラハム[64]に弁解の種を見出すであろう。また残忍な男は、アンモン人《びと》を鋸《のこぎり》や馬鍬《まぐわ》や鉄斧《てつおの》の労役で苦しめ、煉瓦《れんが》作りの窯《かま》[65]で酷使したダビデによって、自分を正当化するであろう。

　要するにわれわれの行動を決定する場合にこうした例を持ち出すのはきわめて危険であり、実際多くの者のつまずきの原因となったのである。心得のあるおとなの真似をして剣をもてあそぶ子供が、心得もなく幼いために怪我をしたり人を傷つけたりするのと同じようなことが、実に頻々《ひんぴん》と起こるのである。第一そういう危険が全然ないとしても、良心に暴力をふるった前例はないのだし、万一あったとしてもそれに従ってはならないのだ。その理由はすでに述べたとおりである。

　しかしその理由のうち最大のものは、われわれがキリストの下にいるということ、他の者が何を言い何をしようと、われわれは彼の教えと実例に従うべきだということである。父なる神はわれわれに向かって、これこそわが愛する子と言われ、われわれは彼に耳を傾け服従せねばならないと言われた[66]のである。

　ほかならないこの神の子こそ、その使徒たちがエリヤの例に倣って天から火を呼び下そうとするのを戒《いまし》めてこう言われたのであった、「君たちは自分がいかなる精神に従っているかを知らずにいる。人の子は人びとの魂を滅ぼすためではなく、救うために来たのだ[67]」。そしてまたわれわれが彼の後をゆくものであり、すべて彼より前に来た者は盗賊山賊であると言われた[68]のも、ほかならない神の子なのである。彼の戒めと実例がないのに、いやむしろこれに逆らって、人びとの良心に強制を加える者は、まさしくキリストの前をゆく者である。彼ら自身もキリストの後をゆく者だとは主張できまい、キリストの遙か前をゆく者としか言えまい。すなわち彼らは自ら盗賊・山賊であることを示しているのだ。

　われわれに完璧な掟を与え給うたのもこのキリストであり、われわれは少なくともモーセの律法に対する場合と等しくこれを尊重せねばならない。換言すれば、われわれはこの掟に何かを附け加えたり、この掟から何かを削除《さくじょ》したりすることは慎まねばならない。前述のように父なる神がわれわれに対して彼に従うことを命じ、もろもろの国人《くにびと》は彼の掟を待ち望むと言われた[69]からである。そしてこの神の子御自身、こうわれわれに告げておられるのだ。「心優しく慎ましいわたしに学べ、そうすれば君たちは魂の休息を得られよう」[70]と。したがってもしわれわれが彼から善良と謙譲を学び取らないとしたら、魂に休息を得ようなどとは期待しないほうがよいのである。実際、諸君も経験によって、他人の良心を侵す者はこの世においてさえその心に一瞬の平安も得られないことを承知しているであろう。あの世については今さら言うまでもないことである。聖書の実例についてはわたしの言いたいことは以上で尽くされる。

次に聖書以外の前例についてはどうかというに、かつて良心に暴力を加えた例は確かに存在する。マカベの時代に続くユダヤの大祭司ヒルカヌスは、エドム人《びと》に割礼を強要しているし[71]、サラセン人〔イスラム教徒のこと〕に洗礼を強制した例や、スペインではユダヤ人に同じく洗礼を強制的に受けさせた例がある。しかしすでに述べたように、このような人びとの例は諸君が示している例と同じく模範とすべきではないし、彼らによる強制が諸君の場合と同じく何の役にも立たなかったことは、ことさら言うまでもない。サラセン人が決して本当のキリスト教徒にならなかったことは、その後彼らが元の宗教に復帰したことで明らかだし、強制されて洗礼を受けたスペインのユダヤ人も、それ以前と同じくキリストを信じず、無理強いされてうわべではどんな様子をしていようと、依然彼らの旧い律法を固守し、子供たちにもその教育を授けているありさま、そのために彼らは蔑《さげす》んでマラネス〔マラーノのこと〕と呼ばれているのである[72]。したがって強制によって得られたものは何かといえば、結局偽善の徒や似非《えせ》信者を生んだということだけであり、これがためにかえってキリストの御名は瀆《けが》されているのである。一歩譲ってこのような強制から多大の善が生ずるとしても、なおかつその方法は不正と言わねばなるまい。善を生むために悪をおこなうべきではないと聖パウロが教えているとおりである[73]。

善き意図について

最後に残るのは、諸君が善き意図をもって、善行のつもりで現在のような行動に出ているという場合である。しかし諸君もよく承知しているように(74)(あるいは少なくとも承知しているべきだが)、われわれは自分の善き意図ではなく、神自ら言われたとおり神の戒《いまし》めに従うべきなのである。なぜならば、自分では善いおこないをしているつもりなのに、実は大変な過ちを犯しているという場合が、ままあるからだ。例えばサウル王の例にそれは明らかである。この王は捕獲した敵の動物のうち最も肥えたものを神に献げようとして殺さずにおいたために、王位から退けられたのであるが、それというのも彼が神の命令ではなく自分の善き意図に従ってしまったからなのである(75)。同じくこのことはキリストがその使徒たちに言われた次の言葉によっても明らかである。「人びとは君たちを会堂から追い出すであろう。そればかりか、君たちを殺す者が皆、そうすることで自分は神に仕えているのだと思いこむ時が来るであろう(76)」

実際、もし諸君の召使たちが、諸君の言いつけに従わずに彼らが善いと思うことをやってしまったら、もちろん諸君は不満に思うであろう。したがって諸君の善意が神の戒めに基づいていないかぎり、神がそれをお喜びになるなどと思い給うな。それどころか諸君の召使たちは来たるべき審判の日に諸君を裁くものと覚悟し給え。なぜならば、彼らは自分の善き意図に目をつぶって主人である諸君の命令を実行しているのに、その諸君自身は諸君の主人に背《そむ》くおこないに出ているからである。

良心を侵すことの結果

そこで今度は、諸君の強制が何を生み出すか考えてみよう。まず第一に、もし諸君から強制される人びとが確固不動の信念の人であって、良心を曲げるよりは死を選ぶ人であったとすると、諸君は彼らを死に追いやることになる。すなわち諸君は彼らの肉体の殺害者となるのであり、いずれ神の前にその罪の清算をしなければなるまい。

第二に、もし彼らが臆病で、耐えがたい諸君の拷問を忍ぶよりは変節して良心を傷つけることを選ぶ場合には、諸君は彼らの魂を滅ぼすことになる。このほうが肉体を滅ぼす以上に罪深いのであるから、諸君は彼らの魂の主たる神に対してその償いをし、復讐の掟、すなわち「諸君の量る同じ量りで諸君も量られる」(77)という掟によって処罰されるに違いない。

第三に、諸君は神の子(78)たるすべての真のキリスト教徒の躓《つまず》きとなる。キリストの精神であるやさしさと善意に溢れた彼らは、当然のことながら諸君の怖るべき暴行に深く苦しみ、慨《なげ》きつつ神に訴え続けているのである。わたしは信じて疑わないが、諸君の中には、諸君の暴力を恐れて口では沈黙を守りながらも、その心では天まで届けと悲しみの叫びを挙げている者が、数多く存在するのだ。そしてその叫びは、不当に苦しめられる者の慨きを聴き給うおかたの耳に達しているのである。これほど多くの神を畏《おそ》れる人びとの躓きとなることが、いったい些細な罪といえるかどうか、反省してみ給え。キリストは、彼を信じている者を一人でも躓かせるような者は、大きな挽臼《ひきうす》を頸《くび》にかけて海の底に沈められたほうがまだしも得《とく》だ、と言われたではないか(79)。この挽臼がどれほど重いか、量ってもみ給え。

第四に諸君は、イエス・キリストの聖なる御名と慈《いつくし》み深く尊いそのお教えが、ユダヤ人やトルコ人などの異邦人から非難され冒瀆される原因となっている。彼らはキリスト教徒同士で大々的に展開しているこの戦争や殺戮《さつりく》を目撃して、こういうことの起こる原因はキリストの教えそのものにあるのだと思い、その教えに非難の声を挙げ、日増しに愛想をつかしているのである。

第五に、諸君が原因となって諸君の間には食うか食われるかの根深い反目や憎悪や怨恨《えんこん》が生まれる。生者に加えられた暴力、そしてまた肉親や友人の心にいつまでも生々しく留まる血まみれの死者の記憶によって、こうした反目や憎悪や怨恨は、あるいは父から子へと伝えられることになろう。[80]

以上が諸君の暴力から生ずる大いなる悲惨である。こうしたあらゆる悲惨の代償として、おそらく諸君の中で道を外《はず》れること最も少ない人びとは、ただ一つの良いことを期待しているのである。すなわち、こうした暴力によって若干の者をキリストの僕《しもべ》とすることができよう、というのだ。これに対してわたしは答えよう。まず第一に、仮にその期待どおりになったとしても、その善はすでに述べたあの恐ろしい不幸とは較ぶべくもないのであって、諸君がもしそんなつもりで暴力をふるっているとしたら、十石《ミュイ》の小麦を獲《え》るのに千石を播《ま》き、あるいは灰を得るためにわが家を焼き払い、あるいはまた、一人の子供欲しさに百人の老人を殺すに等しい驚くべき狂気の沙汰と言わねばなるまい。

しかしここで仮に、結果として生ずる善が悪に等しいばかりか、遙かにこれを凌駕《りょうが》するとしてみよう。それでもなおこうしたやりかたは許されない。なぜならば先にも触れたとおり、善い目的のために悪をおこなうべきではない[81]と真理は教えているからである。

さらにまた、諸君が暴力の中に求める善が、実際にはそこになかったとしたら、いったいどうなるのか? 諸君は暴力によってキリスト教徒を作り、それによって神を崇《あが》めたつもりでいるが、これこそ大変な心得違いなのだ。もしそんなことが許されるとかそうすべきだとかいうのであったら、キリストこそ神の栄光のため、人びとに神を崇めさせるために遣《つか》わされ、その目的に沿う全知全能をお持ちだったのであるから、率先その例を示してそうすべきだと教え給うたはずであろう。ところが実際はまったく逆、何の強制もなく自ら望んだ弟子以外は求めておられない。そしてこのことは旧約聖書にあるいは比喩をもって語られ、あるいは前触れされているとおりなのである。

比喩に関しては、神の幕屋は人びとの喜んで献げるものによって作られた、とあるのがそれである。[82] 同じく神はイスラエルの民にいかに戦うべきかを教えられるに当たって掟をお示しになり、兵士の士気を沮喪《そそう》させぬよう、開戦に先立って臆病者、新婚の夫、家を新築しあるいはぶどうを植えた者は戦列を離れて家に帰るよう触れを出せと命じ給うた、とあるのがそれである[83]。比喩はこれまでとして前触れはどうかというと、『詩編』において神はキリストにこう語り給うたのである、「汝が聖なる威厳を以て軍を起こす時、汝の民は喜んで歩を進めるであろう[84]」。これこそ俗事には一片の未練も持たない、自発的で喜びに溢れた真のキリストの兵士である[85]。強制によってこのような兵士をでっちあげ、あるいはでっちあげようとする者は、肉の戦いの何たるかも霊の戦いの何たるかも心得ず、キリストの真の戦士の代りに、キリストよりもその敵を利する臆病者や猫被りや提燈持ちを作りだしているのである。わたしは事実そうだとはっきり知っている以上、この点何のためらうところもなく絶対の自信をもってそう断言する。また従来の経験に照らしても、わたしの言葉は否定されないであろう。

集団としてであれ個人としてであれ、そもそも強制的にキリスト教に改宗させられた人びとが善良なキリスト教徒になっていないことは、われわれすべての目に明らかであるし、わたしはさらに、彼らが強制される以前よりもいっそうキリストから離れてしまったのではないかと危惧《きぐ》している。それというのも、彼らはこういう強制的なやりかたにただ嫌悪を抱くばかりでなく、場合によっては説教を聞くのもおぞましいと耳を塞《ふさ》ぎ、どうか教会へ入る前と変らぬ自分のまま外へ出られますようにと、ひたすら神に祈ったりするからだ。

仮にこうした強制を受けた誰かが信ずるようになったとしても（そんなことがあろうかと、わたしははなはだ疑問に思うが、とにかく仮にあったとしても）、それは強制によってなったのではない。強制されなかったとしても、おそらく彼は同様に、いやもっと早くキリストを信じたであろう。実際、一般に何びとに対しても強制のおこなわれていない地域のほうが、強制のおこなわれている地域より信者の増えかたが多いことをわれわれは見聞しているのである。多くの人にとってそれがいまだに明白な事実でないとしたら、また若干の人びとの感情を傷つけることをわたしが敢えて恐れないとしたら、その実例をわたしは幾つでも挙げてお目にかけることができよう。

したがって信者を増すことのみを念頭におき、そのために人びとに強制を加える者は、得るよりも失うことが多いのである。少量のぶどう酒の入った大樽を持つ愚か者が、もっとぶどう酒が欲しいからといってその樽に水を満たせば、ぶどう酒は増えるどころか、元からの良いぶどう酒まで台なしになってしまうが、キリスト教徒の数を増したがる連中も同じこと、数を増すどころか、ひょっとしていたかもしれない善良なものまで損なってしまうのだ。そういう次第であるから、今日キリストの酒がいとも少なく心もとないといって驚くには当たらない。人びとが大量の水で薄めているのである。

キリストの信者を作り、これを仲間に加える真の方法を心得かつ守った使徒たちは、決してこのようなやりかたはせず、初心の相手に対してほんとうに信ずるのかどうかを尋ねたのである。例えばピリポは、女王カンダケの宦官《かんがん》にこう言っている、「あなたが真心から信じるならば、洗礼を受けて差支えはありません」(86)と。しかし良心に強制を加えるような諸君は、諸君の弟子たちにこんな質問をすることはあるまい。教皇の権威やミサや煉獄や、そのほか諸君が絶対とする教理典礼を認めなければ、汚名を着せるとか財産を奪うとか命をもらうとか言って人を脅迫している諸君には、真心から、すなわち本当に何らの遅疑逡巡《ちぎしゅんじゅん》もなく信ずるのかと相手に尋ねる必要は、さらさらないはずだ。

そもそも諸君にしたところで、（もしもモグラ同然の盲目でないとしたら）当然わかるはずではないか。その相手は真心から信ずるどころか、まったく反対に全霊をもって否認しているのだし、仮に彼が心に信じ思っていることを敢えて口にするとしたら、こう言うに違いない。「わたしは誠心誠意思っているが、お前たちは紛《まぎ》れもない暴君だし、お前たちがわたしに押しつけようとしていることには三文の価値もありはせぬ。

たとえ今まで幾らかお前たちの信仰に惹《ひ》かれていたとしても、今となってはお前たちの暴力のおかげでそんな気持ちは吹き飛ばされた」と。

どんなぶどう酒でも無理強いされれば台なしだが、それと同じことで、諸君の教えも強制したのではありがた味がなくなる。要するに諸君は、ブルゴーニュを攻めてその住民に国王万歳を叫ばせようとした諸君の先輩と同じことをやっているのだ。住民たちは国王万歳を叫ぶよりはむしろ殺されることを選び、たまたま恐怖のために口では万歳を唱えた者も、心は裏腹、今までにないほど国王を憎んだのである[87]。諸君から強制されている者にしても同じこと、結局諸君は消そうにも消せない憎しみを生み、うわべばかりの偽善的信者を作っているに過ぎない。彼らの考えることと画策することといえば、無理に押しつけられたものを破壊しようということばかりで、子供たちにもそれを吹き込み、好機が到来すればたちまち反乱を起こすのである。

ごらんのとおり諸君の善き意図と強制とからは、善の代りにもろもろの悪が生ずる。これが諸君の目に留らないとしたら、また、諸君が信仰を前進させるどころか後退させていることに気がつかないとしたら、まったくもって不思議な話。証拠が欲しいというのならば、よくよく事のなりゆきを振り返ってみ給え。

まず最初にカトリックの諸君よ、マルティン・ルターが前進を開始するや、諸君は直ちにその一派を追及し火刑に処し、彼らの圧殺を目論《もくろ》んだ[88]。爾来《じらい》諸君はあらゆる手を尽くし、寸刻の絶え間もなしにその根絶を試みてきたわけであるが、これによって諸君はいったい何を得たか？ 諸君自身が疑いの目を向けられるようになり、人びとはこれはいったい何ごとなのかと好奇心を起こし、その結果ルターの説を秘かに信奉する者が著しく増大し、諸君が一人のルター派を焚殺《ふんさつ》すれば百人のルター派が生まれた[89]。そのため最初のルター派を仮に数十人とすれば、今日その数は数千を突破するに至り、諸君も見るとおり、早くも諸君に対して戦いを挑んでいるのである。

同じく福音派の諸君よ、かつて諸君がキリストとその使徒たちに学んだ霊の武器、すなわち信仰・愛・忍耐その他によって戦っていた頃、神は諸君を祝福しお力を添え給い、諸君の事業は日に日に発展して、同志の数も曙《あけぼの》の露の雫《しずく》のようにしとどに増えたものだった。しかるに諸君が霊の武器を棄て肉の武器をわしづかみにしてこのかた、形勢は一変してしまった。諸君はその暴力の故に疑いの目を向けられるに至り、人びとは近づく代りに尻ごみをして、諸君に極悪の烙印《らくいん》を押しているのである。このような変化が偶然の結果ではなく、一般に原因に応じた結果をお出しになる神の摂理と意志によるものであることを悟るためには、諸君の身に起こっていることが、諸君も記憶するとおり実は他の人びと、つまりツウィングリや皇帝カール五世の上にも起こったという事実を噛みしめてみなくてはならない。

すなわちツウィングリが教えと言葉によって戦っているうちは、彼の試みはきわめて順調に進み、その結果、全スイスは今にも彼の教えを受け入れるばかりになった。しかし彼が暴力を用いて自ら剣を手にするようになると、すべてが彼の意に反するようになってしまい、そのあげく彼は若干の同志と共に戦場の露と消えたのだ。そしてその時まで動揺していたカトリック諸州は、父祖伝来の信仰に立ち帰ってこれをしっかりと守るようになり、以後微動だにしないのである。(90)

同じく皇帝カールについては、彼がいかにして改革派《プロテスタン》に戦いを挑んだか、いかにして大勝利を得て、改革派の指導者を捕え長い間捕虜としたか、その結果、改革派の教えも信仰もついに息の根をとめられたかに思われたほどだ、というようなことは諸君も承知のとおりである。しかしそれが結局はどうなったか？　彼は改革派ではなく、ほかならない彼を援助した人びと、特に、おおフランス人よ、諸君自身の国王、改革派教義の不倶戴天《ふぐたいてん》の敵であったフランス国王の圧力によって、捕虜とした改革派指導者の釈放を余儀なくされたのだ。その結果改革派の宗教はその敵対者の手助けによってそっくりそのまま温存され、現在に至っているのである。(91)思うに万軍の神(92)はこうした例によって、暴力によって信仰の戦いを進めることは望まないむねを明示し給うたのである。

将来の見通し

そこで今度は、諸君がいずれもその軍事行動に固執した場合、いったいどんな結果になるものか、それを予測してみることにしよう。その結果は（わたしがすべてを考慮し検討した末に理解するところによれば）、必然的に次のどれかということになる。すなわち第一に戦争が永久に続くか、第二に一方が暴力によって他方の信仰を納得させられ、これに同調するか、第三に納得はしないままに恐怖からそのふりをするか、第四に一方が他方によって徹底的に滅ぼされ、あるいは少なくとも国外に追放されるか、第五に国内に留りながら悲惨な圧制の犠牲となるか、第六に両派とも何らかの敵や外敵に征服されるか、第七に両派がお互いに苦しめ合うことなく、何らの拘束もなしにその好むところの信仰を選ぶという条件で和を講ずるか。以上七つのうち必ずどれかに落着くはずだとわたしには思われるが、その一々についてこれから検討し、最良の決定をせねばならない。

第一の点について

以上七つの全体を検討し最善のものを選ぶに当たり、まず第一の点、すなわち永久戦争はどうかといえば、これは悲惨かつ唾棄《だき》すべきものであり、したがって回避されねばならないのである。言うまでもあるまいが、元来わたしには永久戦争のごときは不可能だと思われる。なぜならば現に諸君が交えている戦争はありきたりの戦争と違って、相手方の殲滅《せんめつ》を狙う執拗な戦いであり、いずれの側も（諸君の公開状や声明に見られるとおり）その目的のためには財布の底をはたき、血の最後の一滴に至るまで投入すると確約しているからである。
ついでに言わせてもらうが、諸君の中の旧き人間を滅ぼして新しき人間に生まれかわり、諸君の敵を愛して天なる父の例に倣うまでは、金銀財宝のすべてを投じて努力することを断じてやめないと、そう諸君がキリストにかけて誓ってくれたら、どんなに喜ばしいことだろう。これこそ聖にして讃うべき企て、ヤコブの神に憩《いこ》うべき所と家を見つけるまでは、わが家にも入るまい、寝床にも上がるまい、わが目にも眠らせまいと神に誓ったダビデ(93)の振る舞いに匹敵する尊い誓いではないか。諸君がそう誓ってくれたら、とわたしは祈る。しかし諸君の行動を見ると、とてもそんなことは期待できなくなるのである。
そういうわけで、重い病いがいつまでも続くということはなく、治るかそれとも病人が死ぬかどちらかになるのと同じように、諸君の戦争も永久には続き得ず、結末がつくかそれともフランスが完全に破滅するか、いずれかにならざるを得ないと思われるのである。

第二の点について

第二の点はどうかというと、これはとても認められないし可能性もない。なぜならば、人間の良心を暴力によって左右できるなどと考えるのは、人間の思想を剣や戟槍《ほこやり》で殺してやろうと考えるのと同じく、桁外《けたはず》れの気違い沙汰であるからだ。

第三の点について

次に第三の点、すなわち恐怖のため相手の信仰を受け入れるふりをしながら、心中これを憎悪する猫被りたちを仲間にすることになる、という点はどうであろうか。それはちょうど口では忠誠を誓い腹の底では自分の町を憎む、そういった住民に集まってもらいたいと望んでいる町みたいなものである。このような町はしっかりした町民の代りに裏切り者を抱えこむのが当然であろう。さらにまた、こういうやりかたは、口では貞節を誓い心の中では逆のことを考えるような妻を望む男そっくりである。もちろんこんな男は忠実な妻ではなく、貞淑づらした遊女を娶《めと》ることになるのが当然なのだ。

第四および第五の点について

第四は一方が他方に殲滅《せんめつ》されるか、あるいは少なくとも国外に放逐されるということであり、第五は一方が他方の圧制の犠牲となることであるが、そのいずれもが、狼と小羊の違いほどもキリスト教とはかけ離れたものである。もし諸君がそういう結末を望んでいるとしたら、いっそのこときれいさっぱりキリスト教徒の名は返上して、堂々と異教徒や暴君らしく振る舞ったがよかろう。なぜといって、事実上諸君はそうなのだし、キリストの慈愛深い本質とは何の関係もないからだ。

諸君も知るとおり、エリヤはイスラエルの民に向かって言っている、「バアルが神ならばバアルを崇《あが》めよ、主が神ならば主を崇めよ。二つの間で戸惑うのをやめよ(94)」と。同じように諸君に対しても当然こう言われてしかるべきだ。諸君がキリスト教徒だとしたら、なぜ暴力を用いるのか？　諸君がキリスト教徒でないとしたら、なぜその名を騙《かた》り、実際はキリストを否認しながら口先ではこれを認めているのか？　いったい諸君は、キリストが「心優しく慎ましいわたしに学べ(95)」とおっしゃっているのを知らないのか？

第六の点について

次に第六番目の結末についていえば、これこそ悲惨そのものであり、諸君が完全に良識を失っていないかぎり、これを望むはずはないとわたしは信じている。

第七の点について

さて最後に残った第七の結末は、和を講じて二つの信仰を自由に委ねるということであるが、もし諸君がこれを受け入れないならば、諸君は今まで述べてきた六つの不幸のいずれかに、必然的に突き落されることになるのである。以上の六つの結末がいずれも悲惨であり、あるいは神の教えに反するものであるとすれば（そして実際そうであり、そのことをわたしは明らかにしたわけだが）、そして諸君が不幸や罪を避けたいと望むとすれば（そして諸君はそれを望むに違いないのだが）、残るところはただ一つ、諸君は第七の結末を受け入れねばならない。そしてこの第七番目のものは、他のものほど不都合な点はなく、また罪でもない、そうわたしは公言し、かつ証明したいと考える。

しかしその前にわたしは、昨年フランス語で印刷上梓《じょうし》された『国王顧問会議の王侯貴顕に与える勧告』と題する小さな書物に触れておきたいと考える。本書にはわたしの考えと同じく、フランスに二種類の教会を容認すべきだという勧告が展開されており、（わたし自身の意見、ならびにわたしから本書の話を聞いたり自ら本書を繙《ひもと》いたあらゆる人の意見によれば）著者は誰であるにせよ賢明な人の手になるものであって、非常に立派な、また有益な勧告がなされているのである。(96) 実際もし人びとが本書の勧告に従っていたならば、それ以後（あえて今後のことには触れないとしても）現在までの間にむごたらしくも殺害された、少なく見て五万にのぼるフランス人の生命が救われたであろうことは、いかに常軌を逸した者であろうと認めざるを得まい。もしそうなっていたならば、これは何という幸いだったことであろう。そして（それが失われた）今となって、その大きさは、当時まだ不幸が訪れなかった頃にもまして、ひしひしと感じられるのである。畢竟《ひっきょう》、愚かな者は手離した後に始めてそのものの真価を知るものである。

そこで、これほど立派で穏和な勧めを現在に至るまで拒否して、邪《よこし》まな血腥《ちなまぐさ》い意見に付き従い、その結果取り返しのつかないほど大きな不幸の淵に沈淪《ちんりん》する諸君の姿を見るにつけ、わたしは、諸君は今後も永久に気がつかないでいるか、それとも今度という今度はせめて愚か者なみに何かを悟るか、そのどちらかであろうと考えるに至った。現在までのところ諸君は、（善良な者よりも悪人が信用されるのが世の常だが）諸君の主人や指導者の中でも極め付きの酷薄《こくはく》無慙《むざん》な連中の意見に従ってきたわけである。そしてその結果、諸君が神を深く傷つけたため神は今や天の高みから諸君を懲《こ》らしめているということはあえて伏せるとしても、諸君ははなはだ具合の悪い状態に陥っているのだ。とすれば今こそ諸君は別の方法を試みたらよいのである。病気にかかった時のようにしてみ給え。ある医者にかかってはかばかしく治らない場合、病人は別の医者を探すではないか。それともまたかつてエジプト王パロがしたようにやってみ給え。彼は自分の見た夢の謎解きを配下の魔術師たちに求めて得られず、ついに蔑《さげす》まれていた囚人のヨセフを呼びつけて彼から解答を得、その勧めに従って良い結果を得たのである(97)。

したがって諸君も、今まで現在の指導者たちに騙《だま》されてきたのであるから、もっと良い道しるべがないものかどうか、至るところを見回したらよいのだ。そしてどうか錬金術師のような頑《かたく》なな態度は棄ててもらいたい。彼らときては気違いじみたその企てを放棄するくらいなら、あらゆる財宝を蕩尽《とうじん》し、肉体も理性も消耗し尽くし、あげくの果ては炭火を起こしながら息を引き取るなり、施療院へ転がりこんで死ぬなりしたほうがましだと思いこんでいるのだ。またどうか、胴着に手をつけないでおくよりも最後の肌着に至るまで賭けてしまう賭事師の真似などはやめてもらいたい。あるいはまた皇帝ウェスパシアヌスとその息子ティトゥスの時代のユダヤ人の轍《てつ》を踏まないでもらいたい。彼らはその猛り狂った頑迷な考えから引き戻されるよりは、全ユダヤとユダヤ人もろとも彼らの都エルサレムが灰と血のうちに没落するのを見たほうがよいとしたのである(98)。

以上のようなわけであるから、話を元へ戻して、どうか先ほど挙げた書物とその勧告を充分検討してもらいたいものだ。そうすればその勧告に従うことにまさる道はないとわかるであろう。そして実際わたしの話はこれでおしまいとして、諸君には前記の書物を参照してもらえば、それで充分のはずである。会議に集まった人びとも、簡単にしたい時には「わたしは何某氏の御意見に同意します」で済ませることがあるのだ。

ところがここでそうやってしまったのでは困ることが一つある。できればこれを取り除かねばならないのである。それは何かといえば、現に何人かの人がいて、その人たちは前々から今に至るまで言葉や著書を通じてこんなことを説いているのである。すなわち、王侯ならびに法を司《つかさど》る奉行《ぶぎょう》の義務は異端者を死刑に処することにあり、これを怠る者は神に背くことになり、その故に神から罰せられるであろう(99)、というのである。

この教説こそ今日信仰のためにおこなわれている大虐殺大屠殺の主な原因となっているのであって、このようなものが大手を振ってまかり通っているかぎり、また君侯たちがそれを信用しているかぎり、打つ手はまったくないのである。それというのも現在キリスト教は数多くの分派に分れて、お互いに他の派を異端とみなしているありさまであるから、このような弾圧の教えを信ずる君侯が、彼が異端とみなしている人びとを迫害追及し殺戮しないということはあり得ないからである。

しかもここで最大の悲惨は、このような説を考えついて発表した者自身が、他のあらゆる派からは異端とみられ、したがって迫害され法によって追及され断罪されていることである。それも今に始まったことではない。彼らがその説を唱え始めた時には、すでに追及の対象となっていたのだ。さらに言語道断なことには、彼らはその説にあえて異論を唱えた人びとを憎悪し、法によって追及し、殺そうと画策して現在に及んでいる[100]。わたしが思うに、彼らはその点（プリニウスの語っている[101]）ユダヤ人たちにそっくりと言えよう。このユダヤ人たちは、ローマ人たちが香り高い樹脂のとれる灌木を荒されないように守っていたというので、できるかぎりその木を荒してしまい、結局彼ら自身のほうがその敵のローマ人以上に、自らの財産や生命を脅《おびや》かす敵ということになってしまったのだが、迫害追求を非とする意見によって自分の生命を救ってくれた人びとを憎悪し迫害する連中とは、まさにその同類である。

わたしの言葉に嘘がないことは、この連中自身に証明してもらうことにしよう。もし人びとが世俗の法による追及を非とする者の意見に従ったとしたら、迫害追及せよと説く連中自身その生命を救われ、迫害されたりはするまい？　ところが現に人びとはこの連中の勧めに従っているため、この連中自身が追及され、自分自身の棍棒で殴りつけられているわけだ。したがってプリニウスがユダヤ人について言ったように、この連中もわれとわが命を相手に闘っていると言い得るのである。

さて本題に戻るとして、問題は果たして異端者を死罪に処すべきや否や、ということである。この問題に関しては最近何年かの間に、あるいは然《しか》りと主張しあるいは否《いな》と主張する議論がおこなわれ、また書物も出版されたが、世人の判断では最悪のものが最良のものに打ち勝つことが実に多い。ちょうどそのとおりになり、死罪を是とする者が優位を占めて多くの人がこれに説得されてしまい、そのために、異端とみなされた人びとが、彼ら自身の中からも、また他の側からも、大勢死に追いやられたのである。もし逆の意見が力を得ていたならば、この人たちは殺されずにすんだであろう。

迫害追及を是とする意見は、わたしの考えや試みと対立するものだし、さらに君侯もまた追及を停止することを望まない現在、わたしとしてはこの意見を反駁し、その誤謬を明るみに出すべきかとも思われる。しかし今までにこの問題を論じた人びとも、相手にもし幾らかでも聞く耳があったならば十分説得できるだけの論議を尽くしているように思われるし、[102] また、ここでそれを論じていては余りに長くなる恐れもあるしするから、これ以上の検討は割愛して、詳細はそうした書物に任せることにしたい。わたしとしては、前にも触れた二つの点だけに問題をしぼろう。つまり、異端とされる者を追及することなく生かしておいて差支えないこと、そうすることは何ら罪ではなく、その他の処置ほどの不都合を招きもしないこと、さらに、二つの悪のうち小さい悪を選ぶべきだとすれば（それが当然なのだが）、当然この処置を選ぶべきだということ、以上の点を明らかにしたいと考える。

異端者とは何か

そこで、わたしの話がわかりやすくなるように、まず異端者とはいったい何かということを、簡単明快に説明しておきたい。

この《異端者《エレチック》》heretique という言葉は、《宗派・学派》を意味する語《エレジー》heresie からきたギリシア語である[103]。したがって《異端者》とは本来、ある派に属する人の義である。かつて哲学者の間にはプラトン学派・アリストテレス学派・ストア学派・エピクロス学派などがあり、ユダヤの国にはパリサイ派・サドカイ派・エッセネ派・ナザレ人《びと》・レカブ人《びと》などがあったし、現代ならばキリスト教徒のすべての派、すなわちローマ・カトリック、ギリシア正教、グルジア教会[104]、ルター派、ツウィングリ派、ヴァルド派[105]、ピカルドゥス派[106]、再洗礼派その他がある。これらの派はいずれも、このギリシア語によれば、また聖書の表現によれば、《エレジー》と呼ばれ、その一員であるものは《エレチック》と呼ばれるわけである。

しかしこれが悪い意味で用いられる場合、《エレジー》は《邪《よこし》まな分派》、《エレチック》は《邪まな分派に属する者》を指す。ちょうどフランス語で《女郎《めろう》》garse という言葉を悪い意味で使うと、本来は《女の子》

という意味であるにもかかわらず、恥知らずな娘、つまり女郎《じょろう》を指すことになるのと同じなのだ。とにかく《異端者》とはすなわち邪まな分派に属する者、というこの規定の正しさを証明するのは、わたしにとって実にたやすいことであるが、ギリシア語と聖書に通じた人にはわかりきったことであるから、わたしはこれを完全に証明されたもの、承認されたものとみなすことにする。

異端者を死罪にすべきや否や

さて問題は、果たしてこの異端者を死罪に処すべきか否か、また、王侯ならびに法を司る奉行が異端者を死罪にしなかった場合、その処置は誤っているのか否か、ということである。これに対してわたしは「否」と答える。その理由は、新約聖書においても旧約聖書においても神は断じてそうせよとは命じておられないからだ。その証人として、わたしは、異端者を死罪にすべきことを論証すべく書物を著した人びと自身に登場を願うことにするが、彼らはその見解の正しさを証明しようとしてあらゆる章節を綿密に調べあげながら、聖書全体を通じて異端者を殺せと命じた箇所は、ついに一箇所も発見できなかったのである。それを重々承知しながら彼らはなおもその意見をひるがえすまいとして、旧約聖書において神が瀆神者や似非《えせ》預言者に死罪を命じている事実を挙げ、したがって異端者は瀆神者・似非預言者として処刑すべきであると結論したのであった(107)。

なるほどもし彼らが、異端者とはすなわちモーセが死刑を命じた如き瀆神者・似非預言者であると立証できるならば、わたしとしてもモーセは異端者の処刑を命じたのだということを認めるだろう。そして事実において同意見になった以上、表現の問題であれこれ難癖《なんくせ》をつけたりはするまい。しかし実際はそんなことではないのだ。なぜならば、モーセが瀆神者の死刑を命ずる場合、われわれの周囲で多くの賭事師や兵士や酔漢などがやっているように、神に対する軽蔑の気持ちから故意にその名を侮辱する者を問題にしているからだ。それは実例によってもモーセの掟によっても明らかなことである。例えば、イスラエルの女とエジプトの男との間に生まれた息子が、イスラエル人の男と喧嘩をし、そのあげく混血の息子が主の御名を汚《けが》し呪ったという話が旧約に語られている。そのために主は彼を石打ちの刑にせよと命ぜられ、続いて次のような律法をたて給うた。すなわち「その神を呪う者は処罰さるべきである。主の名を汚す者は殺されねばならぬ」というのである[108]。誰にとっても明らかなとおり、ここでモーセが触れているのは一般に瀆神《とくしん》と呼ばれるところの冒瀆的な言辞であって、これはどれほど無知な民衆でもよく知っているものだ。というのは、世俗の社会さえこれに関する法律を有し、一般にこの種の瀆神を処罰しているからである。

しかしながら、聖書に関する何らかの事項、例えば聖餐《せいさん》とか洗礼とかについて、誤った解釈をしたりそれを述べたりする異端者に対してこの律法を援用し、この律法によって異端者は処刑さるべきだなどと説くのは、それこそ誤れる、危険きわまる援用のしかたであり、流血を求めること余りに熱心、余りに敏捷《びんしょう》と言うべきである。サドカイ人《びと》は死者の復活を否定する[109]が故に、本律法によって死刑にされるべきであったとか、ユダヤ・キリスト教徒は救われるには割礼を受けねばならぬと主張した[110]が故に、またパウロはキリスト教に回心する前に無知からキリストとその仲間を汚した[111]が故に、さらにまたトマスは聖書を心得、キリストの予告と使徒たちの証言を知っていたにもかかわらず、イエス・キリストの復活を否定した[112]が故に、いずれも本律法によって死刑にされるべきであったなどと主張するのと、それはいささかも変わらないのである。

同じく似非《えせ》預言者についても、次に挙げるモーセの言葉によって明らかなとおり、彼が異端者を念頭においていないことは疑う余地もない。すなわち、「もし君たちのうちに預言者や夢見る者が現れて、徴《しる》しや奇蹟を示し、彼の言う徴《しる》しや奇蹟が実現しても、そして彼が、君たちの知らない異邦の神々に従い仕えようと君たちをそそのかしても、君たちは彼の言うことを信じてはならぬ。君たちは彼を殺さねばならぬ[113]」というのである。これがモーセの律法の表現であり、これによれば、一人の人間を殺すには三つの条件が必要だということが明らかなのだ。すなわち、第一にその預言者なり夢見る者なりが徴しや奇蹟を預言すること、第二にその徴しや奇蹟が実際に起こること、第三にその預言者ないし夢見る者が異邦の神を崇めるよう人びとにそそのかすこと、である。仮にそのうち一つないし二つの条件はあっても、この三条件がすべてそろわないかぎり、この律法によって人を殺すことはできないのである。

ところが異端者あるいは異端者とみなされている者の場合、これら三条件がそろっていないどころか、その一つさえも該当しないのである。したがって彼らをこの律法によって死罪に処することはできない。おそらくある者は（すでにそういう趣旨の文章を発表した人びとと同じく）、異端者は聖書を歪曲《わいきょく》して神について誤ったことを説いているが、これは異邦の神々を崇めよと煽動するに等しい、と反論を加えるであろう。しかし、はばかりながらわたしは答えよう。そのような主張は余りに血に飢えているというものだ。使徒たちの時代に、キリストはユダヤ人を救うためにのみ来られたと思いこみ、ペテロが異邦人の百人組隊長《サントニエ》コルネリオに教えを説きに行ったことを憤慨した連中(114)は、神の姿を歪《ゆが》めてユダヤ人だけの救い主とし、異邦人の救い主ではないとした、すなわちこのような連中は偶像礼拝の徒である、という論法と、それはいささかも変わらない。

いやしくも一人の人間を死罪に処するべきかどうかというようなきわめて重大な問題を決定する場合、かくのごとく律法を手前勝手に捩《ね》じ曲げ、曲解することは断じてあってはならず、われわれは罪を誇大視し、あるいは過小視することなく、虚心坦懐《きょしんたんかい》に律法の言葉と目的とに従うべきなのである。

聖パウロはなるほど強欲を偶像礼拝と呼んでいる(115)。強欲の者は自分の金を神とするからである。だからといって、強欲な者は偶像礼拝者の処刑を命ずる律法に基づいて殺さるべきだと結論すべきであろうか？　彼はまた自らの腹を神とする者を弾劾《だんがい》している(116)。だからといって世俗権力は美食家や酔漢を偶像礼拝の廉《かど》で処刑すべきだと結論すべきであろうか？

異端者に対する死刑を望む人びとが聖書から引く、主要かつ最も明白な論拠は以上のとおりである。[117] これらの論拠をすでに論破してしまった以上、その他すべてを論駁することは容易であり、真理の助けを得ればわたしにもできることであろう。しかし今のところは手をつけまい。というのも、一つには余りに長くなることを惧《おそ》れるからだし、もう一つには、おおフランスよ、蜒々《えんえん》と続く論争よりも簡潔な忠告を必要とする今のあなたの危機と不幸とを思うからなのだ。

そこで結論を言えば、神は旧約聖書においても新約聖書においても異端者を死刑にせよとは命じておられないし、われわれ人間は神の律法や戒《いまし》めに補加削除を加えてはならない以上、[118] したがって神はその命令を実行しない者ばかりか命じもしないことをおこなった者をも処罰し給うと考えられる以上、断じて異端者を殺してはならないのである。また世俗の権力は、異端者を死刑にしなかったことについて、最悪の場合にも正当な釈明をすることができよう。すなわち彼はこう言えばよいのである。「主よ、あなたはわれわれにそんな御命令はなさいませんでした」と。逆にもし彼が異端者を死罪に処するとすれば、最も順調にいったとしても、依然彼は「わたしはそんなことを命じた覚えはない」という神の咎めを受ける心配がある。

実際、もし王侯が賢明であれば、神学著たちが異端者の死刑を進言してもこう応ずるであろう。「はっきりとそれを命じた神の法を見せてもらいたい」と。そうすればこの世の神学者は一人残らず答えに窮するに違いない。神は王者の務めについて教えられた際、律法の写しを一巻の書物にして常に座右に備え、世にある間、日々これを読み返して右にも左にも逸《そ》れてはならぬと命令しておられる。[119] おお、世の王侯よ、この掟を想い起こし給え。剣に手をかける前に明白な言葉で神の御命令が出ているかどうかを確かめ、妄《みだ》りに側近の言を信用し給うな。それというのもあなたがたは大事の責任を負った身分であり、いずれそれに応じた精算をせねばならないからである。

さらに付け加えれば、モーセの時代には異端者がいなかったから、神もことさら律法を示されなかったのだなどと逃げ口上を探してはならない。そもそも神は未来に通暁し、現在のみか未来をも考慮して、というよりもむしろ現在以上に未来のためを考えてその掟を定め給うたのである。その証拠に、神はイスラエルの民に向かって、彼らが約束の地カナンに辿り着いてから守るべき掟を与える、と述べているのである。[120] モーセの時代にはイスラエルには一人の王もいなかったし、その上に神は王が現れることを望んでもおられなかった。しかもなお神は、たった今わたしが引用したように、来たるべき王のために教えを与え給うたのである。男色者や鶏姦獣姦の徒、魔術師、占者、すでに引用した似非預言者などについても同様で、こうした連中は当時のイスラエル人《びと》の間には見られなかったのであるが、しかも神は未来を慮《おもんぱか》って彼らに対する律法を手抜かりなく与えられたのである。それというのも、神は完璧な神であり、完璧な律法を与え給うからだ。さればこそ、これに補加や削除をおこなうことを神は禁じ給うのである。律法に補加や削除をおこない、神が禁じてもおられないことを人びとに対して禁じようとする者は、御業《みわざ》と戒めにあらわれた神よりも偉大・完璧になりたいと望んでいるのだ、と言わねばならない。

異端者を殺すことが正しいということを王侯に納得させるには他に方法がないと考えた連中は、異端者どもは死を恐れないほど頑固だからそれを否定しているが、実は自分自身の良心に対して罪を犯しているのだ、というようなことをぬけぬけと筆にしている。これに対してここで詳しい反駁を加えるのは差し控えることにしよう。なにしろこうした論客たちは、キリストが木はその実によってのみ知られる[121]と教えられたのも知らぬ顔、人間のおこないを見もせずに、いや実際のおこないとは全然正反対のおこないがあるものとして、他人の心の中を判断しようという、大した度胸を持っている。換言すれば、自ら神の座につくほどの厚顔無恥な連中であるから、わたしとしては彼らのことは正義の裁き手にお任せし、彼らの量りと同じ量りで充分量っていただくことにする。実際もし誰かがこうした論客について、この連中は死を恐れぬほど頑固だから口では否定しているが、実は自らの良心に反してこのような宣告を下したのだ、と言ったとしても、それは彼ら自身が他人に対して示した仕打ち以上のものではあるまい。

王侯は異端者を生かしておいて差支えない、そうしても罪にはならないという第一の点については以上のとおりである。仮に彼ら王侯がモーセの律法のもとにあるとしても、モーセが異端者について何らの命令をも下していない以上、生かしておいても罪にはならないのである。そこで諸君に考えていただきたい。あれほど峻厳な律法を定めたモーセのもとにおいてさえ、異端者を死刑にせよとは命じられていないとすれば、また、律法の下にあった全期間を通じて、すなわちモーセからキリストに至るまで異端の廉《かど》で人を殺した例が一つとしてないとすれば、キリストのもとではいったいどうあるべきであろうか？　キリストにおいて終わるべき律法、そして実際キリストにおいて終わった律法が、異端者についてはそれ以前に一度として適用されなかったのに、今日キリストの御代《みよ》になって始めて適用されねばならないとしたら、これは大した見物《みもの》ではなかろうか？

充分にわかっていただきたいものだが、われわれは今モーセではなくキリストのもとにあるのだ。したがってたとえモーセが処刑を命じていたとしても、キリストのもとにあるものがそのとおりにすべきだということにはならないのである。さもなければ、われわれはユダヤ教徒となって割礼を受け、すべての法律を守らねばならぬ、ということになろう。

異端者弾圧の書物を著わし、その論旨を正当化するために宇宙創造の時から現代に至るまで利用できるものは何でも利用しようと血眼《ちまなこ》になった連中でさえ、われわれがモーセの律法に従属するものでないということは認めざるを得ないのだ。さらに、彼らが鬼の首でも取ったように振り回している偶像礼拝者処刑の掟にしたところで、わたしが思うに、いかに彼らでも「われわれはその掟に従属している」とまで言い切る勇気はあるまい。なにしろこの掟は、偶像礼拝者の出た町では、家畜に至るまでそこにいるすべてのものを剣の刃にかけて殺し、町の広場の中央に一切《いっさい》合財《がっさい》を集めて町もろともに火をつけ、汚れたものが一物も手許に残らぬようにせよ、と命じているのである[122]。

これが偶像礼拝者処罰の掟であるが、もし例の連中が異端者に関してこの掟を忠実に守るつもりだとしたら、わたしは実に驚き呆《あき》れるほかないし、はっきり言っておくが、それはキリストの精神とはひどくかけ離れたものである。なぜならばこの掟は、家畜も子供も容赦はしないものだからだ。また、もし彼らが、この掟の一部には従うが他の部分は守らないというのだったら、いったい誰が彼らに掟を二つに割る権利を与えたのか拝聴したいものである。それこそ自分に都合の良いところだけ採用して残りは放り出すということで、神の律法を玩弄《がんろう》するものではないか？

さらに、モーセの律法に自分たちが従うのは、なにもその権威のため、換言すればそれがモーセの律法だからではなく、理性の判断に基づいて従うのだとか、自分たちはモーセが似非預言者や偶像礼拝者を殺せと命じているから異端者も死刑にせよと主張しているわけではない、似非預言者や偶像礼拝者と同じく異端者を殺すことが道理に適《かな》っているからこそ、そうせよと主張しているのだ、などと彼らが言うつもりだとしたら、わたしは答えるが、なるほど道理に従わねばならぬとおっしゃるのはごもっとも、われわれは意見一致というところだ。しかし似非預言者や偶像礼拝者なみに異端者を死刑にするのが道理に適っているという主張になると、これは大勢の良識の士の間でも意見が割れている。然りとする理由をあげつらう者もあれば、否とする根拠を挙げる者もあり、この食い違いについては両者の間で大いに議論もされ、書物も書かれている次第である。

どちらの理屈が正しいかということでわれわれがこう対立しているとすれば、いったいどうしたら良いのか？　われわれは対立の当事者である以上、対立の審判とはなれまい。とすれば誰が審判を務めたら良いのか？　それというのも、対立がなくなるまで決定的な判決を下すことを延期するか、それとも権威を以て裁く有能な審判を持ってくるか、そのいずれか以外には方法がないから、こんなことを言うわけだ。われわれとしては判決延期に同意するし、その根拠としてきわめて道理に適った免訴法を挙げたい。しかし弾圧追及を是とする側がこれには同意しないのである。

　そこで、こうなった以上は審判を頼むこととし、理性の命ずるところに従って神の掟に服従することにしようではないか。『申命記《しんめいき》』には次のとおり定められている。「君にとって裁くことが著しく困難な訴訟が起こった時は、君の神たる主が選び給う場所へ赴いて、レビ人《びと》たる祭司とその時の裁判官に会い、訴訟の解決を頼め。右にも左にも偏《かたよ》ることなく、彼らの決定、彼らの下す判決に従え。もし人が恣意《しい》に従って、君の神たる主に仕える大祭司あるいは裁判官に服従せぬ時は、その者を殺し、イスラエル人《びと》の間から悪を取り除かねばならぬ[123]」。同じくその少し後にはこうある。「君の神たる主は、君のうち、君の同胞のうちから、君のために一人の預言者を起こされるであろう。君たちは彼に従わねばならぬ[124]」。同じくやや下ってこうある。「わたしは彼らの同胞のうちから、君に似た一人の預言者を彼らのために起こし、わたしの言葉をその口に授けよう。かくして彼は、わたしの命ずることを彼らに告げるであろう。彼がわたしの名において語る言葉に従わない者があれば、わたしはこれを罰するであろう[125]」

　裁くことの難しい争いに関する神の定めは以上のとおりである。ところで神が選ぶと述べ給うた場所はエルサレムの都のことであり、対立を解決するためにはこの都へ上って大祭司に会わねばならなかったのである。しかしわれわれは今や肉においてイスラエル人《びと》でもなければ、モーセの律法に従属するものでもなく、エルサレムも大祭司も持ってはいない。とすればわれわれは、われわれの間の対立について、天なる霊のエルサレム、すなわち教会[126]と、天なる大祭司、すなわちキリストに指示を仰がねばならないのである。その証拠は『ヘブライ人《びと》への手紙[127]』にある。この同じキリストは、聖ステパノが語っているとおり、モーセがそれについて触れている預言者でもあるわけだが[128]、とにかくわれわれはこのキリストの決定に従っておこなわねばならないのである。そこでキリストが（もし地上にいらしたとしたら会いにゆかねばならないが）今や人としてこの地上にはおられず、また、われわれが神の御言葉、すなわち預言者と預言の絶えてない時代にある以上（もしそれがあるとすれば、ただ訪ねてゆくだけで争いは解消するのだが）、わたしの考えでは、キリストの宣告を知るには、書き記されたその御言葉によるか、その生涯に示された実例によるか、使徒たちのうちに住む彼の精神の現れによるか、それとも新たな啓示によるかする以外に方法はないのである。

そのうち先ず書き記されたキリストの御言葉について述べれば、異端者を死刑にせねばならぬとはどこにも言われていない。たしかに一般的な形で、もし誰かが罪を犯したら（これは異端者にも当てはまるし、その他のものとも解せるが）、何度か正しいやりかたで忠告してやり、それでも言うことをきかなければ、その者は仲間はずれにされねばならない、と記されてはいるが、その処置をとるべきものは世俗の権力ではなく、信徒の集まり（教会）なのである[129]。また、御言葉は特に異端者に触れて、一度ないし二度忠告を与えた後、彼を避けよ、と述べている[130]。しかし彼を殺せなどとは一言も言われていないのである。ところでモーセは、「その預言者は（というのはすでに述べたようにキリストを指すのだが）、神が彼に命ずるすべてのことを告げるであろう[131]」と言っており、しかもそのキリストは異端者を殺すべきだとは断じて言っておられない。とすれば神はキリストに対して、異端者を殺せとは命令されなかった、ということになる。少なくとも聖書にはそのような命令は一つとして認められないのである。そして、もしわれわれがこの聖書を守り抜かず、聖書を信じないようならば、仮にキリストご自身が語りかけられたとしても、蓋《けだ》しわれわれは彼を信じないに違いない。あたかもアブラハムは金持ちの男に向かって言っているのである、「君の兄弟たちがモーセと預言者を信じないようでは、たとえ死人の中から生き返る者があっても、その言うことを信じまい[132]」と。

次にキリストの生涯はどうかといえば、それこそ善そのものであって、剣によって異端者を殺すための先例をここに求めるとは、まさに狼を食った小羊の例を探すようなものである。なおまた使徒たちのうちに宿る彼の精神はといえば、彼らは神の小羊[133]の赴くところどこまでもこれに従い、心優しく慎ましい彼の教えを学んでいる。このような精神を持たぬ者がいくらキリスト教徒だと自称したところで、キリストからは光と闇ほども遠い存在である。実際、異端者の弾圧追及を唱える者自身、新約聖書には彼らのおこないと正反対の愛以外には見出せないため、旧約聖書に助けを求めざるを得ないありさま、これによっても彼らがいかなる精神に属するものか自ら知らず、新しい契約の精神を体していないことを露呈しているのである。

最後に新たな啓示はどうかというと、異端者の弾圧追及を唱える者自身もそうした啓示を得たとは誇称していないし、仮に彼らがそう触れ回ったところで、それを信用する前によくよく考えてみる必要があろう。なぜならばそのような啓示は、モーセの律法とキリストの教えとの完全性に反するものだからである。

したがってここで結論を述べれば、モーセもキリストも異端者を殺せとは命令されなかった以上、法を司る者は良心を裏切ることなく、神に背くことなく、異端者を生かしておいてよいのであるし、死刑を教唆《きょうさ》する神学者に対してはこう反問すればよいのである。「神がそうせよと命じ給うた律法を見せてもらいたい。そうすればわれわれも実行しよう」と。

さてここで、先に挙げた律法において言及されている一つの点に注目せねばならない。すなわち大祭司に従わぬ者は、その律法によって殺さねばならぬ、という点である。[134]そこで例えば、キリストの教えを聞きながら、しかも己れの罪あるおこないを改めようとしない放蕩者、乱暴者、酔漢などは、キリストに従わぬ者である。したがって彼らは、例の律法によって処刑されねばならないことになる。そうではなくて、この律法は人間同士の間に起こり得る対立・確執《かくしつ》の場合に彼に従わぬ者だけを問題にしているのだ、と反駁する者がいるとしたら、わたしはその人に反問したい、人間同士の対立に関して一人の人間が不服従の故に死なねばならぬとしたら、もっと重大なことで服従を拒む者はなおさらそうではないか？

しかし、とにかくこの律法は単に人間同士の対立だけを論じていると仮定してみよう。そうだとしても、己れの兄弟を憎み、これを赦さずこれを愛さず、道中にある間に、すなわち神の審判に出頭する前に己れの敵と和解せぬ者は、この律法によって死なねばならないということになる。したがってまた、他人を傷つけ、すなわち他人と対立し、大祭司キリストの教えに従って和解しようとしないものは、すべて殺されるべきだということになる。そこからまた、神と和解しようとせぬ者は（この和解は人間が肉のおこないを棄てぬかぎりあり得ないのだが）、誰であろうと殺されるべきだということになり、したがって、すべて肉によって生きる者は死刑に処されねばならないということになる。

しかしながら、強欲だとか泥酔したとか野心家だとか喧嘩をしたとか、その他似たような罪を犯したといって、一人の人間を死罪に処するわけにはいかないということを認めない者は、ただの一人もいないであろう。しかもこれらの罪を犯す者は、確かに大祭司キリストに背いているのである。とすれば、このような罪人《つみびと》の死とは、肉体の死ではない死、すなわち霊的な死と解されねばならないことになる。あたかもキリストは肉の祭司ではなく霊の祭司であるのと、これは照応するのである。

したがって、もし誰かがキリストをさっさと拒んでその御言葉に背いたとしても（例えばふしだらな生活をしている者は皆そうだ。彼らは口でこそキリストを崇めてはいるが、そのおこないによってキリストを冒瀆《ぼうとく》している。彼らのおこないは誰の目にも明らかで、証拠を持ち出す必要もないが）、なおかつ彼は法を司る者によって死刑に処せらるべきではなく（世俗の領域での絞首刑相当罪は別問題であるが）、永遠の死が彼には相応《ふさわ》しいのである[135]。このような死と刑罰について、キリストは語っておいでだ。すなわち弟子たちを伝道に送りだされた際に、彼らを受け入れない者は裁きの日にソドムやゴモラの住人よりも厳しく罰せられるだろう、とお告げになったのである[136]。

ところでよく注意すべきことが一つある。これこそ最も重要なこと、問題の要《かなめ》はここにあるのだ。これを皆の心に銘記できるよう、神よ、わたしの筆に力を与え給え。そうすればわれわれの対立は一挙に解消してしまうであろう。どうか注意して聞いてもらいたい。キリストを拒み、キリスト教徒たることを望まない者（己れを棄て、己れの肉をその欲望もろとも十字架にかけることを望まない者はすべてそうだが）、そういう者さえ、法を司る者によって死刑に処されてはならないのである。一生を通じ、おこないによって事実上キリストを棄てた強欲な者、傲慢な者、大食家、酔漢すら、（世俗の罪を犯さないかぎり）司直によって死罪に処することはできないとすれば、わたしははっきり言うが、異端者もまた死罪に処さるべきではないのである。なぜならば、極悪の場合でも彼は、おこないによって事実上キリストを棄てたに過ぎないからである。強欲な者や酔漢や傲慢な者は少なくとも口先ではキリストを信じているではないか、そう反論する人があるいはあるかもしれないが、異端者とてそうなのである（もっとも、そうならば偽善によって人を欺くだけに、両者ともいっそう罪は重くなるだけなのだが。事実上キリストを棄てている以上、いっそ口でもキリストを否定したほうが良いのだ。そうすれば少なくとも偽善の徒ではないわけだし、その見せかけに誘惑される者もなくなるわけだ）。したがってわたしは、強欲な者、酔漢、傲慢な者と同じく、異端者は死刑に処さるべきではないと結論する。

不都合な点について

続いてわたしは、異端者を生かしておいた場合に生じ得ると思われる不都合な点について語らねばならない。その不都合は二つ起こり得よう。第一は暴動や反乱であり、第二は異端者によって謬《あやま》った教えが伝播《でんぱ》されるかもしれないということである。

以上の点についてまず第一の反乱という問題から答えることにすれば、愚かな者は不幸を避けるつもりで逆に不幸を作り出してしまうものだ、とわたしは言いたい。つまり、反乱は異端者をなんらの拘束もなしに生かしておくことよりも、むしろ彼らに暴力を加えて殺そうとするところから生ずるのである。それというのも、圧制は反乱を生むものだからである。

その証拠を求めて古き昔の例などを今ここに引き出す必要は、毛頭あるまい。なぜならば、おおフランスよ、あなたは現在その膝下《しっか》に余りにも歴然たる実例を持っているのだから。あなたを苛《さいな》むこの内乱が、いわゆる異端者を弾圧し迫害追及した結果起こったことは、疑う余地もないのだ。もしも彼らに圧制を加えなかったならば、おそらく彼らは反乱を起こしはしなかったであろうし、仮に最悪の事態となって彼らが蜂起したとしても、現状より悪いことが起こることはなかったであろう[137]。その時こそ王侯は、宗教ならぬ反乱を理由とし、力によって力を鎮圧する、より正当な名目を持ち得たであろう。そして、己れの欲するがままに勝利を授け給う神は、今以上に彼らに御加護を垂れ給うたことであろう。しかるに彼らは今やその恩寵を失う危険に瀕《ひん》しているのである。

言わでものことながら、現に圧制をしくくらいならば、将来起こるかもしれない反乱の危険に脅《おび》えているほうがましなのである。なぜならば、圧制は現実にそこにあるひときわ大きく確実な悪であり、圧制する者の魂を殺し、虐《しいた》げられる者の肉体と、時にはその魂までも滅ぼしてしまうのに対し、反乱は起こらないですむかもしれない悪、仮に発生しても鎮圧でき、最悪の場合でも肉体を損うに留まる悪に過ぎないからである。

次に異端者によって謬説《びゅうせつ》が流布《るふ》されるかもしれないということであるが、これが何とか手当てをすべき不都合であることは、わたしも充分認める。しかし（反乱について今述べたように）、治したい病気よりも薬のほうが患者に害を与えるようなことが起こらないよう、注意が肝心である。ところが現に用いられている薬、すなわち異端者の虐待殺戮は、病気そのものより遙かに悪質有害なのだ。第一それは異端者を興奮逆上させて、放置しておく場合よりもいっそう熱心に彼らの考えを説くほうへ追いやってしまうし、さらに世の人びとは、彼らが従容《しょうよう》として己れの信仰に殉ずるのを目撃して、ついには彼らを立派な人だと思うようになり、その結果多くの者が彼らに味方して、元は一人しかいなかった異端者が、諸君のおかげで七人にも増えるような事態になるのである。これが諸君の無分別のゆきつくところなのだ。それればかりではない。異端者を弾圧追及するつもりで、誤ってキリスト教徒を弾圧していることが、実に頻繁にみられるのである。キリストもそれを預言されて、弟子たちに向かって、彼らを殺す者は皆自分は神に奉仕しているごとく思うであろう、と述べておられる(138)。

そしてキリストの時代から現代に至るまで、実際そのとおりのことが起こっているのだ。まずキリストとその使徒たちが、異端者として迫害追及され殺戮されているし、ついで殉教者たちも同じ運命を辿《たど》った。それ以後も、心の素直なほんとうのキリスト教徒が現れるたびに、異端者として迫害されたのである。そして現在われわれは、われわれの祖先の手にかかって命を落とした殉教者の墓を飾り立てているが、われわれ自身が祖先の轍《てつ》を踏み、将来われわれの子孫によって崇められることになるような殉教者を、新たに作り出していはしまいかと、わたしは心から憂える(139)。なぜならば、真実は公けに認められるよりも見逃されてしまうことがきわめて多く、その点われわれは祖先以上に有能でもなければ炯眼《けいがん》でもないからである。したがって彼らがその点で過失を犯した以上(われわれとしてもそれは認めざるを得ないが)、われわれまで彼らの狂気盲目に陥らぬように用心しなければならない。

実際これほど大きな不幸に陥ることを何とも思わない者は、自ら恐るべき愚者であることを暴露するものである。なぜならば、彼はこうしてキリストの賢明な警告を蔑《ないがし》ろにしているからだ。こうした愚か者について、賢者ソロモンは言っている、「知恵ある者は用心深く悪を離れ、愚かな者は無謀にも前へ進む(140)」と。知恵ある者は、二つの悪を共に避けられぬ場合、小さい悪を選ぶ。知恵ある医者は病人を殺すよりは病気をそっとしておき、知恵ある農夫は雑草を抜こうとして良い麦までいっしょに抜いてしまうよりは、雑草が育つに任せる。

知恵ある医者であり知恵ある農夫であるイエス・キリストは、毒麦、すなわち雑草の譬《たとえ》に示されたように、以上のことを良くご承知だった(141)。この譬が異端者についてのものであろうがなかろうが(というのは、その点で人の論議の対象となっているからだが)、そんなことは枝葉末節《しようまっせつ》だし、仮にキリストはこのような譬をまったく語らなかった、誰か別の者がこう言ったのだとしても、その言葉は真実以外の何ものでもなかろう。すなわち、もし畑の主人がその使用人たちに対して、麦の間から毒麦を抜き取れと命じたとしたら、(毒麦は害になるし、抜き取れればそれに越したことはないのではあるが、それでも)その主人はあさはかな命令を下したことになる、良い麦までもいっしょに抜き取る原因になるわけであるが、それとまったく同じように、異端者を死刑にすべきだと論ずる神学者は、(たしかに異端者は害になるし、できれば取り除いたほうが良いには違いないが、それにもかかわらず)愚かな命令を下したことになるし、本当のキリスト教徒を殺す原因ともなるのである。

その証拠は(すでに挙げたとおり)余りにも明らかであるし、異端者死罪論を著した人びと自身を証人とすることもできる。彼らによって異端者とされた人びとは、自らキリスト教徒を以て任じ、不当に異端者として追及され虐げられているのだと、異口同音に語っているが、もし前述の譬に従って毒麦といっしょに良い麦まで抜き取ることを人が恐れるならば、このような事態は起こらずにすむであろう。

要するに今日、キリスト教には多くの派が出現して、よほどの物識りでなければその一々を列挙できないありさまであり、しかも各派がそれぞれ、自分たちこそほんとうのキリスト教徒で他派は異端だと考えているのであるから、もしわれわれが異端者弾圧追及の法律を認めてしまえば、われわれはミデアン人《びと》さながら同胞相討つ戦いに巻き込まれ(142)、お互いに嚙み合い食い合うほかはなく、その果ては聖パウロの言うとおり、お互いに滅ぼされてしまうであろう(143)。これこそもう一つの不都合に較ぶべくもない大きな不幸である。

この点について、あるいはわたしに向かってこう言う者があるかもしれない、「それでは君は、異端者に対して何の抵抗もせずに、彼らの好き勝手なことをやらせたり言わせたりしておけと言うのか？」と。とんでもないことだ、わたしは断じてそんなことを望んではいない。ただわたしが願うのは、皆が、かつて賢明な人びと、神を敬う人びとがやったように、正しく善い方法で彼らに対抗してもらいたい、ということなのである。諸君に尋ねるが、そもそもイエス・キリストは、パリサイ人《びと》(144)やサドカイ人《びと》(145)に対して、どのような抵抗のしかたを示されたであろうか？　また使徒たちは、魔術師のシモンやバルイエスなどに対してどのようなやりかたで対抗したであろうか？　剣に手をやることなく、また公私を問わず人に剣を取れとしむけることなく、ただ神聖な、徳高い言葉のみによって対抗したのではなかったか？　それというのも彼らが、霊の戦いを霊の武器によって進めることを心得た知恵ある戦士だったからなのだ。そこで、彼らとは違うやりかたをする者、すなわち暴力を用いる者は、彼らに聞き従うものでないことを自ら露呈することになるのである。

異端者に対抗する方法

以上に述べたとおり、正しい方法とは真理を示す言葉によって異端者と戦うことであり、いかなる時にも真実の言葉は虚偽の言葉より強いのである。さらに、彼ら異端者を真実によって説伏し、何度か正しいやりかたで忠告しても、なおかつその頑《かたく》なな態度を改めないような場合には、彼らを教会から除名するがよい。それが異端者に対する正しい処罰のしかたなのだ。次に、除名された彼らがなおもその謬説を説き続けるような場合は、これに耳を傾けることを民衆に禁ずるがよい。この禁令を破る者があれば忠告を与え、それでも改めない場合は背き去った者とみなすがよい。

異端者から教会を守るには、以上述べたようにすればよいのである。その証拠には、かつて使徒たちも同じ方法で彼らの集会を守ったという例があるほか、現代においてさえ、ドイツのいわゆる再洗礼論者たちは（彼らの説そのものははなはだしい謬《あやま》りだと信じるが、それはともかくとして）、こういう方法を用いて何ら世俗の権力や司直の手をかりることなく彼らの教会を維持し、博識を誇る神学者が総がかりで試みてもその信者を離反させることができないほどなのである。謬りのうちにある彼らでさえ、神学者の批判に抗して言葉だけの力でその教会を維持できるとしたら、いかなる者も反抗できない言葉と知恵を与えようと約束された(146)キリストの、全能の御言葉で身を固めた真の学者ならなおさらのこと、あらゆる謬説から真の教会を守れないはずがあろうか？

次に、万一異端者が暴力に訴え反乱を起こすに至ったならば、その時こそ王侯や司直は武器によってその人民を守り、己れの義務を果たすべきである。彼らはそのために人民から貢や租税を受け取っているのだ(147)。トルコ人はその支配下にあるキリスト教徒やユダヤ教徒を暴力から守ってやっているが、それは彼らが自国民だから守ってやるのであって、その宗教のためではない。彼らの宗教などはトルコ人は軽蔑しているのだ。同じことはキリスト教国の君主が支配下のユダヤ人に対する場合にも見られる。かように王侯その他現世の権力者は、その人民の信仰の如何に関わりなく、彼らを加えらるべきあらゆる暴力から保護し得るのである。

異端者に対処する正しい方法は、以上のとおり、彼らの言葉には言葉をもって、剣には剣をもって答えるということである。万一誤って異端者でない者が異端者として除名されたとしても（そういうことが実に頻繁に起こっているのであるが）、同じ過誤から彼を殺してしまうことに較べれば、その害ははるかに少ない。なぜならば、不当な除名の与える害は時に皆無か、せいぜい肉体的なものにとどまり、処分を撤回することも可能であるが、死は取り返しのつかない不幸だからだ。

前節に至る所論の総括

以上わたしが述べてきたことをここに要約して締めくくりをつけるとすれば、おおフランスよ、わたしはあなたの病患の原因が良心の暴力的侵害にあることを明らかにし、二つの派が用いているその治療法が、病気を治すどころか悪化させるものであること、そのうえ神と理性に反し神の戒《いまし》めにも信頼できる先例にも基づかず、真理に対する無知と一体化した冒瀆的な善意にのみ発するものであることを明らかにした。さらにわたしは、神学者に唆《そその》かされた王侯たちが異端者を生かしておくまいとするのは神の意に背くものであること、彼らは罪を犯すことなく安んじて異端者を生かしておいてよいことを論証し、合わせて、そのような方法が不都合・害毒をもたらすこと他の方法に較べはるかに少ないという事実を明らかにしたのである。

結論と勧告

したがって、おおフランスよ、すべてを慎重に考慮検討した上でわたしが今あなたに勧めたいと思うことは、すでに触れた例のささやかな書物(148)が与えている勧告（あなたがあの勧告に従っていたならば、幾万というあなたの子らの不幸な死を避けられたであろうに。しかもその死の到来は、あの書物が賢明にも預言していたことであった）、あの勧告と同じことなのである。すなわち、良心に強制を加えることをやめよ、信仰の故に人を殺すのは言わずもがな、迫害追及することもやめよ、キリストを信じ旧約聖書や新約聖書を受け入れるあなたの国民に、他人の信仰ではなく彼ら自身の信仰に従って神に仕えることを許せ、ということなのである。

あなたがこのとおりにするならば、恐らくは大慈《だいじ》大悲《だいひ》の大神はあなたに憐れみをかけ給い、従来誤った勧告と治療法に痛めつけられたあなたも、今後は一転してほんとうの忠言、ほんとうの治療法のありがた味を知ることであろう。

説教師諸兄に告ぐ

さて、いかに良い勧告も、政治の衝《しょう》に当たる者がこれに同意せぬかぎり国民の役には立たず、さらに政治の衝に当たる者は、道を説く者の誤った思想に毒されてこれに従うかぎり、良い勧告には従えないものである以上、わたしは両派の説教師・指導者諸君に訴える。どうかこの勧告について再考三思《さいこうさんし》してくれ。「幸いなるかな、平和を築く者、彼らは神の子と呼ばれよう[149]」というあの聖なる教えを想起してくれ。この教えの逆もまた真なることは明らかだ。すなわち、「禍いなるかな、火を放つ者、戦いを好む者、彼らは悪魔の子と呼ばれよう」。王侯や民衆に戦争を唆かすことが、取るに足りない罪科・禍根だなどと考えてはならぬ。民衆に正しいことを教えなかった預言者たちを殺戮者と呼んだ、あの預言者エレミヤの言葉を想起してくれ。

地の王たちも、世のすべての民も、
よもやエルサレムの門から、
敵が攻めこもうとは思わなかった。
これはその預言者たちの罪、
その祭司たちの罪。
彼らは町中に無辜《むこ》の民の血を流した。
彼らは盲《めし》いたように巷《ちまた》をさ迷い、

血にまみれている。

誰もその衣に触れない。

「立ち去れ、立ち去れ、潰《けが》れた者よ、さわるな！」

と人びとは彼らに呼んだ。

かくて人びとは彼らの逃げ行く先々で、
彼らを責め、異邦でも人びとは言った、

「もうよそへ行ってくれ(150)」


これがエレミヤの言葉である。自ら手にかけて罪なき者を殺したわけではなく、単にその誤った教えによって人びとの死の原因となったというだけで、エレミヤははっきりと預言者や祭司たちを、無辜《むこ》の民の殺戮者、盲人、血にまみれた者、と呼んでいるのだ。そもそも彼らは、バビロン人懼《おそ》るに足らず、神はその圧制と支配とからユダヤを守り給うであろう、と人びとに説いたため、これを信じたユダヤ人はバビロンに対して反乱を起こし、怒ったバビロンの王によって包囲され占領されて、虐待殺戮の悲惨に会ったのだ(151)。エレミヤはこの虐殺の責任が間違ったことを教えた預言者や祭司にあるとして、彼らを糾弾《きゆうだん》しているのである。

そこで一つ考えてみてもらいたい。今日フランスにおいて、武器を取れと公然民衆を煽動している説教師や神学者のほうがはるかに、殺戮者と呼ばれるにふさわしいではないか？　自ら剣を抜いて真先《まつさき》駆けて突撃するような連中については、何をか言わんやである。むろんわたしはすべての説教師・神学者がそうだなどと言いはしない。そうでない者もいるのだ。わたしはかのアナニヤ(152)の徒を問題にしているのである。彼らはいずれその責任の申し開きをせねばならないであろう。そしてわたしは切に祈る、「どうか彼らの数のほうがエレミヤの如き人びとより多いというようなことがありませんように、どうか彼らのほうが民衆や王侯に信用されるというようなことがありませんように」と。

王侯ならびに将軍各位に

同じく王侯ならびに将軍たちよ、どうか理非曲直《りひきよくちよく》を弁《わきま》え、右顧左眄《うこさべん》することなく平和を説く者に従っていただきたい。あなたがたが盲目となり盲人の手引きに従うならば、彼らもろとも滅びの穴(153)に落ちることを知っていただきたい。あなたがたを躓《つまず》かせた者は、あなたがたを救いあげることはできないのである。

一般の人びとに

さらに、信仰の指導者でも貴族大名でもない諸君一般の人びとよ、武器を取れと諸君を唆《そその》かす連中に前後の見境いもなく従って、兄弟を殺害し、ほかならない神の失寵を招くようなことはよし給え。そもそも現在諸君の指導者たちは諸君を欺いて干戈《かんか》を交えさせているのであり、いずれ諸君に代って戦禍の責任を負わねばならないのはもちろんではあるが、それだからといって諸君には何らの責任もないということにはならないのである。邪《よこし》まなことを勧める者も、これに盲従する者も、共に罰せられるのである。

希《ねが》わくば主が諸君全員に恩寵を垂れ給い、一刻も早く諸君が正しい考えに立ち戻らんことを。その時わたしは主を讃えまつるであろう。しかし、もしそれが実現しなくとも、少なくともわたしは自分の義務を果たしたことになろうし、せめて誰かは本書のうちに何かを学び取り、わたしが真実を語ったということを認めてくれるだろうと念願している。そして、たとえそれが一人きりであろうとも、わたしの努力は無駄にはならなかったということになろう。

一五六二年十月

訳注

（1）本書の執筆・上梓は巻末の記述によれば一五六二年十月。著者名・出版地を伏せているが、著者がセバスチャン・カステリヨン Sébastien Castellion（一五一五―六三年）であることは、当時の読者は比較的容易に推定できたようである。A・Vは印刷業者 Antoine Vincent の略とされる。〔アントワーヌ・ヴァンサンについては、宮下志朗『本の都市リヨン』晶文社、一九八九年、二九八―三〇四頁を参照〕

（2）『イザヤ書』五一・一七、『エレミヤ書』二五・一五。

（3）『エレミヤ書』二七・一三、二九・一七―一八、『エゼキエル書』六・一一―一二、七・一五。

（4）単なる修辞ではない。ピエール・ド・パスカル Pierre de Paschal（一五二二―六五年）の日記『一五六二年のフランス、特にパリおよび宮廷に起りし事ども』（éd. M. François, 1950, Didier）の七一頁によれば、「長雨と冷害により小麦は収穫できず、物価はあがり、ペストが蔓延《まんえん》した」とある。

（5）『創世記』二五・二一―二六を参照。イサクの妻リベカの胎内で争った双子エサウとヤコブのこと。

（6）宗教改革派（プロテスタント）、特にここではカルヴァン派を指す。フランス宗教改革の歴史はドイツの場合と同じく一五二〇年前後に始まるが、カトリック教会から分裂して明確に独自の教会を指向するようになったのは、スイスに亡命したジャン・カルヴァンの『キリスト教綱要』発表（一五三六年三月）前後からである。特にそのフランス語版出版（一五四一年）以後、カルヴァンの影響を最も深く受け、一五五〇年代以後はその同調者がほとんど改革派の全体を占めるに至る。一五五五年にはカルヴァンの支配するジュネーヴ教会の組織を踏襲した教会がパリに初めて設けられ、一五五九年五月末にはパリにおいて史上最初のフランス改革派教会全国会議が開かれるほど、フランス改革派の発展はめざましかった。

これに対してカトリック教会、特に諸修道会はパリ大学神学部（ソルボンヌ）と共に執拗な圧迫・告発を繰り返したのみか、さらに重大なことには世俗権力（最高法院）の力をかりてこれを弾圧し抹殺しようと計ったのである。

（7） 一五六〇年三月十七日夜半、改革派の過激分子はアンボワーズ城を襲って国王・王妃を手中に入れ、事実上政権の中心にあり王妃の叔父にあたるカトリック派の重鎮ギュイーズ公（ギーズ公）兄弟を逆賊の立場に追いこもうと計ったが、このクーデタは未然に露見して失敗、苛酷な処刑がおこなわれた。事前に相談を受けたカルヴァンは武力蜂起を否としたが、いずれにしてもこの事件は改革派による最初の組織的武力行使として注目されるし、改革運動と一部貴族との結びつきによる運動の質的変化を端的に示すものである。事実一五五五年以後、筆頭親王ルイ・ド・コンデや筆頭元帥アンヌ・ド・モンモランシーの三人の甥を初め、相当数の貴族が改革派に走り、折から国王アンリ二世の突然の死（一五五九年七月）以後弱体化した王権をめぐって、政権をにぎるカトリック貴族と鋭く対立していたのである。アンボワーズの乱の背後にコンデ公の意志が動いていたのはもちろんである。

（8） 一月勅令は一五六二年一月十七日発布。これに先立つ一五六〇年十二月五日、国王フランソワ二世の急死によって、わずか九歳の弟シャルル九世が即位、母親カトリーヌ・ド・メディシスが摂政となったが、彼女は大法官ミシェル・ド・ロピタル（一五〇五頃－七三年）と提携してカトリック側と宗教改革派との和解調停政策に乗り出した。宗教問題による国内分裂・内戦の危機を避けて王権を強化するには、ギュイーズ公らカトリック勢力と宗教改革派諸侯との力の均衡の上に君臨する必要があったのである。かくて一五六一年は宗教改革派に対する従来の苛酷な弾圧と対照的な「話し合い政策」の年となったが、同年秋のポワシー宗教会談によって、両派の教理上の和解はまったく絶望的であることが明らかになった。しかもなおカトリーヌは改革派の要求を法制上の措置によって政治的に実現し、平和を維持しようと試みた。

一五六二年一月三日にはフランス全国の最高法院から各二名の判事がパリ郊外サン＝ジェルマンに参集、王室顧問会議と合同し、合計四八名による宗教政策の審議がおこなわれた。十二日の投票によると、二六票中一五票が改革派に教会設置を認めることに賛成し、徹底的に改革派を弾圧・禁止すべきだとする意見は四票にすぎない。こうして発布された《一月勅令》は、カステリヨンの挙げる条項以外に都市内部における非公開の礼拝、ジュネーヴ教会にならった監理会（コンシストワール）組織、教会会議の招集などを改革派に認めている。しかし以上の審議にカトリック側はきわめて冷淡であり、その代表者ギュイーズ公フランソワと弟の枢機卿シャルル・ド・ロレーヌは故意に欠席している。ポワシー会談以後カトリーヌの政策に反対する有力カトリック諸侯は続々領地に引き揚げて、改革派に対する戦争準備を進めていたのである。

（9） 一五六二年三月一日、シャンパーニュ州ヴァッシーの市内で改革派の説教に列していた一二〇〇人の民衆は、ギュイーズ公の手兵に襲われて七四人（またはそれ以上）が虐殺され、約百人が負傷した。計画的な事件か偶発事故かは明らかでないが、改革派に与えた衝撃は大きく、彼らを武装蜂起へ踏みきらせる契機となった。

（10） 改革派諸侯の中心コンデ公はヴァッシーの虐殺後、当時フォンテーヌブローにあったカトリーヌに対して法による裁きを要求するためテオドール・ド・ベーズ（一五一九―一六〇五年）らを派遣する一方、三月十日、パリ改革派教会の名において全国二一五〇の改革派教会宛てに戦闘準備を呼びかけた。一方ギュイーズ公、筆頭元帥アンヌ・ド・モンモランシー、サン＝タンドレ元帥の、いわゆるカトリック三巨頭は、三月三十一日軍隊を派遣して国王・王母の身柄を手中に収めて、官軍の名目を確保。パリを撤退したコンデ公は四月二日南北交通の要衝オルレアンを占領し、同十一日、呼びかけに応じて参集したコリニー提督を始めとする改革派諸侯と軍事同盟を結成した。その目的は「神の名誉と王国の安泰と王母陛下の執政下における国王陛下の自由な地位とを擁護すること」にあった。

（11） カトリック側は教皇、スペイン王でドイツ皇帝のフェリペ二世などに軍事援助を要請、七月二十一日には六〇〇〇のスイス傭兵が、同二十六日には五〇〇〇のドイツ傭兵がパリ郊外に到着している。一方改革派側はドイツ・ルター派諸侯、スイス改革派諸州、イギリス女王エリザベスに援助を要請、カステリヨンが本書を綴った十月始めには六〇〇〇のイギリス兵がル・アーヴルに上陸している。

(12) ヨハネス・ヒルカヌス二世（前一一〇―前三〇年頃）は前六七年ユダヤ王に即位、直ちに弟アリストブルス二世に王位を追われたが、六三年ポンペイウスの援助で復位。しかし無能を理由に再び王位を追われ、前四〇年まで祭司長。同じくアリストブルスも六三年ポンペイウスによりローマへ拉致さる。

(13) カエサルの『ガリア戦記』一・二一以下を参照。カステリヨンの言うオーヴェルニュ族・オータン族・ブルゴーニュ族は、それぞれアルウェルニ族（クレルモン＝フェラン、サン・フルール地方に居住）、ハエドゥイ族（ソーヌ川とロワール河の間に居住）、セクァニ族（セーヌ上流地方、フランシュ＝コンテ、アルザスに居住）を指す。

(14) この数字を同時代の記録によって確かめることはできなかった。一方「この夏」とある所から本書執筆の時期を夏以後に限定できる。

(15) 以上二つの蔑称は特に一五六〇年秋頃からパンフレットや口論において頻々と用いられるようになった。一五六一年四月十九日には「相互に教皇派（パピスト）とかユグノーとかののしることを禁ずる」むねの勅令が出ている。なお「ユグノー huguenot」という呼称は、サヴォワ公の支配下にあったジュネーヴの独立運動支持者《eyguenot》から派生したらしい。

(16) 一五五九年五月フランス改革派教会第一回全国会議によって起草された『フランス信条』（キリスト教古典叢書第一巻『信条集・前篇』新教出版社、一九五五年に、波木居斉二訳あり）を参照。

(17) 『ローマの信徒への手紙』二・一二―一六を参照。パウロはここで、律法を知らない異邦人の心にもその代りとなる自然法が刻まれていることを指摘している。良心とはその働きであり何者もこれを妨げることはできない、というのである。

(18) 『マタイによる福音書』七・二を参照。

(19) 『ヨハネの黙示録』一二・一〇。

(20) 同右、一六・五―六。

(21)『ルカによる福音書』六・二七－八、『マタイによる福音書』五・三八－四五を参照。

(22) 神・キリストに反逆する悪霊（『ヨハネの手紙一』二・一八）で、終末の世に現れて教会を荒らし、人びとをキリストから離反させると信じられたが、宗教改革派はしばしばこれをローマ・カトリック教会ないしは歴代ローマ教皇に適用した。マルティン・ルター『シュマルカルデン条項』第四項（石原謙訳『信仰要義』岩波文庫、八四頁）を参照。

(23)『トビト記』、四・一五「君がされたくないことは、何びとに対してもこれをしてはならぬ」。宗教改革派は本書を聖書に入れず、外典としている。

(24)『箴言』二八・九。

(25) 原文は brulages（丸焼き）。著者カステリヨンは聖書仏訳（一五五五年）でも注目すべき存在だが、その序「本訳の方針について」でこう述べている。「……フランス語については、主として無学な人びとのことを考え、できるだけわかりやすい、単純で普通な言葉を用いた……燔祭（holocauste）の代りに丸焼き（brulage）を用いたのは、燔祭では無学なものには何のことやらわからないか、少なくともすぐにはわからないからである。一方丸焼きとは献げものを焼くことだといえば、彼は焼く（bruler）という言葉を知っているから、たちまちこの言葉を覚えてしまうであろう……」。カステリヨンはカトリックの弾圧をのがれてストラスブールに亡命し、ついで改革者カルヴァンにジュネーヴを追放されてバーゼルに窮乏の一生を終えたが、彼のうちには万人が直接聖書に親しむことこそキリスト教の正しいありかただとする宗教改革の根本精神が、脈打っていたわけである。しかし彼の聖書仏訳はカルヴァンの後継者テオドール・ド・ベーズをはじめ改革者側から、聖書の権威を傷つけるものとしてはげしく非難された。彼の仏訳の名誉を恢復したのは『歴史的批評辞典』の著者ピエール・ベール（一六四七－一七〇六年）であった。

(26)『イザヤ書』一・一〇－一一。

(27)『歴代誌上』二二・七－八。

(28) 同右、二二・九－一〇。ソロモンの名はヘブライ語の shalom（平和）、Chélômôh（平和を好む者・もたらす者）より来た。

なおエラスムス『平和の訴え』(一五一七年、箕輪三郎訳、岩波文庫、三五―三六頁)を参照。

(29) 出典未詳。なお注(22)を参照。

(30) おそらくルター『現世の主権について――われわれはこれに対してどこまで服従の義務を負うか』(一五二三年、吉村善夫訳・岩波文庫)を指す。本書第一部においてルターは肉なる人間の社会に平和を維持するため神は世俗君主に俗界の権力を委ねたとし、第二部においてはその権力があくまで肉の領域に留らねばならぬこと、したがって臣下はその面で君主に服従すべきこと、信仰の強制は霊に属することへの不当な干渉であることを主張、さらに君主が敢てそのような挙に出た場合、臣下はこれを是認したりこれに随順したりすることなく、しかも抵抗せずに耐えねばたらないと論じている。なおカステリヨンはミシェル・セルヴェ処刑を機に、カルヴァンの異端者対策の不当を衝き、寛容の必要と正当を力説した編著『異端者について』を、ラテン語版(一五五四年三月)とフランス語版(同年四月)で出版しているが、その中にルターの前掲書第二部全文を収録している。注(99)を参照。

(31) 注(16)に掲げた『フランス信条』八「公共の権力」を参照。

(32) 『マタイによる福音書』、二二・二一、『マルコによる福音書』一二・一七、『ルカによる福音書』二〇・二五。

(33) 『ヨハネによる福音書』八・七。ただし現在の研究ではこの部分は後世の補筆と考えられている。

(34) 『ローマの信徒への手紙』一三・一。

(35) 同右、一三・二。

(36) 『士師記』一二・一―六。イスラエルの主導権を握ろうとしたエフライム人はギレアデ人に破れて敗走、エフライム人たることをいつわってヨルダンの流れを越えて逃げようとするが、ギレアデ人の検問によって特有の訛《なま》りを暴露し殺される。

(37) 既出、注(26)を参照。

(38) 神の力、働きの意。『出エジプト記』八・一五、『ルカによる福音書』一一・二〇。

（39）『マタイによる福音書』七・一二。
（40）既出、注（18）を参照。
（41）原文は “fol ne croit tant qu'il reçoit.” で、コットグレイヴ『仏英辞典』（一六一一年）には “Fol ne croit jusques à tant qu'il reçoit. Prov.” とある。
（42）未詳。
（43）熱心党 zēlōtēs は、ユダヤ独立を望む熱狂的政治・宗教結社。六六年夏エルサレムに反乱政府を樹立、六七年ローマ皇帝ネロよりその鎮定を命ぜられたウェスパシアヌスはガリラヤを征服、七〇年その子ティトゥスが巡礼多数の集まったエルサレムを攻囲し、九月同市を占領した。エルサレム全滅は、イエスを認めず自らの聖なる使命を忘れたことに対する神罰だとキリスト教徒は解する。
（44）『ローマの信徒への手紙』二・五－六を参照。
（45）『申命記』一三・七以下を参照。その他同上四・一五－二〇、五・八－一〇、一一・一一－三、一七・二－七、『民数記』二五・一－五、『出エジプト記』三四・一三、『列王紀下』一八・四を参照。
（46）『出エジプト記』二二・四七－四九を参照。
（47）逆に旧約中で異邦人の権利尊重を説いたものとして、『出エジプト記』二二・二〇、『レビ記』一九・三三－三四、『申命記』一〇・一八－一九、同二四・一七－一八がある。
（48）ここでカステリヨンが批判を向けているのはカトリック側神学者・法学者よりも、むしろ改革派のカルヴァンとテオドール・ド・ベーズであろう。注（99）を参照。
（49）注（39）を参照。
（50）『コリントの信徒への手紙一』八・七－一三。純・不純は強い信仰に生きるキリスト教徒にとって霊の問題であり、形式の問題ではない。したがって偶像の神に捧げられた食物を食べても、彼にとって食物は食物にすぎない以上、別に偶像崇拝に帰依したことにはならない。彼は何を食べようと自由なのである。しかしキリストを信じながらもなおユダヤの形式主義にとらわれている「迷える良心」の持主は、前者の実例にならって自らも偶像の神に献げられたものを食べた場合、それを単なる食物と考えることができず、やはり偶像の神のものと信じる恐れがある。しかも彼はとにかくそれを食べたのであるから、その良心は汚れたものになる。要するに強者の自由が弱者の罪の原因となる、それは強者にとっても罪だ、というのである。

(51)『ローマの信徒への手紙』一四・一五。前注の箇所と同じく、本来は純粋なことも、それを不純とする主観から脱却できない者にとっては不純だということ。この不純と考える良心を尊重せよということである。前注と本注の箇所および『コリントの信徒への手紙一』一〇・二三以下は、新約中で「迷える良心・信仰」の扱いを論じた最も重要な章句である。

(52)『ダニエル書』一三・二二を参照。ただしプロテスタントは本章を聖典とみなしていない。バビロンの富豪の妻スザンナに邪念を抱いた二人の老人が、彼女ひとりの所を襲い、言うことをきかなければ彼女が若い男と姦通したと告発すると脅す。操を守った彼女は老人の偽証で法廷に引き出されるが、幼児ダニエルによって救われる。

(53)『マタイによる福音書』一五・一四。

(54)『出エジプト記』二一・一一－一五。

(55)『民数記』二五・六－八。

(56)『創世記』二七・一八－二四。

(57)『出エジプト記』三・二一－二二、九・二、一二・三五。

(58)『サムエル記上』二七・八－一一。

(59)『サムエル記下』九、一五、一六・一－四、一九・二五－三一。

(60)『創世記』三八・一－二六。タマルはユダの息子の寡婦。

(61)『創世記』一九・三〇－三八。酔い痴れたロトはその二人の娘と契る。

(62)『創世記』九・二〇―二三。酔ったノアはその裸体を息子の眼にさらす。
(63) 注(58)を参照。
(64)『創世記』一二・一〇―二〇。
(65)『サムエル記下』一一・三一。
(66)『マルコによる福音書』九・七を参照。
(67)『ルカによる福音書』九・五四―五六。エルサレムへの途次、サマリヤの某所でイエス一行が宿を拒まれた折のこと。弟子たちは旧約『列王紀下』一・一〇―一二のエリヤのように天から火を呼び、村人を焼き殺そうかと言う。
(68)『ヨハネによる福音書』一〇・七―八。前に来た者とは恐らくパリサイ人を指す。
(69)『イザヤ書』四一(原注)。しかしむしろ同上四二・一―四が正しい典拠と思われる。四一章はイスラエル全体への呼びかけであるが、四二章冒頭は一人の救世主について語っており、新約においてはこれがイエス・キリストを指すと認められている。
(70)『マタイによる福音書』一一・二九。
(71) ヨハネス・ヒルカヌス一世は前一三四年から前一〇四年までユダヤの祭司長。アスモネ王朝初代王。エドム人に割礼を強制した。
(72) イスパニアのいわゆる《レコンキスタ》運動は余りに知られているが、十五世紀末に、政治的統一の前提として宗教的統一への処置が強化され、一四八一年には疑わしい改宗者を対象とする宗教裁判所を設置、約二〇万人にのぼるユダヤ人が対象とされた。一四九二年三月三十日には、ユダヤ人に対し四か月以内にキリスト教に改宗するか、さもなくば国外に追放する旨の勅令が発布された。一方サラセン(イスラム教徒)に対しては一四九一年グラナダ王国を攻撃して、翌年一月二日にこれを占領、六七条の条約により五年の期限付きでイスラム教の自由を認めたが、九九年には一回に三〇〇〇人というようなイスラム教からの集団的改宗が始まる。ついで一五〇二年二月十二日の勅令により、十四歳以上のイスラム教徒は四月末までに改宗か追放かの選択を強要されて、多数がアフリカへ逃れ、約五〇万に上る改宗者は「非人」Moriscos の社会グループとなる。ユダヤ人も同じ勅令を適用され、大多数は改宗してカスティリャ地方に留まり、**marranes/marranos**（猫被り・豚野郎）の俗称を得た。

（73）『ローマの信徒への手紙』三・八、「……われわれは善を生むために悪をなすべきであろうか？　そのような者は処罰に価する」。

（74）『申命記』一二（原注）。

（75）『サムエル記上』一五・二以下を参照。ヤーヴェはすべてを殺せと命じたのに、サウル王は善意からこれに背いた。

（76）『ヨハネによる福音書』一六・二。

（77）既出、注（18）を参照。

（78）『マタイによる福音書』五・四五、『ローマの信徒への手紙』八・一四—一七。

（79）『マタイによる福音書』一八・六を参照。

（80）後に改革派の闘将となった大詩人アグリッパ・ドービニエ（一五五二—一六三〇年）は、アンボワーズの乱（注（7）を参照）について、その三人称による自伝に次のとおり述べている。「八歳余りになった時、父はその息子（アグリッパ）をパリに連れて行ったが、その途中、ある市《いち》の日にアンボワーズを通りかかり、かのアンボワーズの乱における彼（父）の同志たちの首級が絞首台上に今なおそれと見分けられる生々しさでさらされているのを目撃して、いたく興奮し、七、八〇〇〇人もの群集の中というのにこう叫んだ。《奴らはフランスの首をはねおった、人非人どもめが！》息子は父のただならぬ表情に気づき、馬をいそがせて傍らへ寄った。父はその子の頭に手を置いて言った、《これ、この誉れある勇士の仇を討つためには、わしに続いてお前も命を棄ててかからねばいかんぞ。万一尻ごみするようなら、わしの子とは思わん》と」（*Mémoires d'Agrippa d'Aubigné*, Librairie des Bibliophiles, 1889, p.5）

（81）既出、注（73）を参照。

(82)『出エジプト記』二五・二―五。

(83)『申命記』二〇・五―八。ただしここでは「新婚の夫」ではなく「許婚者を持つ男」とある。「新婚の夫」と出陣免除については『申命記』二四・五。カステリヨンはこの両者を組合せて述べていることになるが、フランソワ・ラブレー(一四八三―一五五三年)も、『第三の書』第六章の最初で同じ組合せを用いている。

(84)『詩編』一一〇(一〇九)・三。

(85)『テモテへの手紙二』二・三―四。

(86)『使徒言行録』八・三七。この一節は後世の加筆と考えられ、現行聖書の多くは、これを削除している。

(87)第四代ブルゴーニュ公シャルル・ル・テメレール(一四三三―七七年)とフランスとの対立抗争中の話とも考えられるが未詳。

(88)マルティン・ルター(一四八三―一五四六年)が有名な九五箇条に及ぶ『贖宥の効力を明らかにするための提題』を公示したのは一五一七年十月三十一日。その後一五一九年初夏のライプツィッヒ論争、一五二〇年のいわゆる三大改革論文を通じて、彼は教皇至上権・教会会議無謬性を否定し、聖書に基づかない教理を否認し、宗教改革派の綱領を明らかにした。これに対し一五二一年初頭ローマ・カトリック教会は彼を正式に破門、同五月のウォルムス勅令は彼のドイツ帝国外追放と著書発禁を宣告している。

一方フランスでは、一五二一年四月パリ大学神学部はルターの教理を異端と断じ、同八月三日パリ高等法院は一週間以内にルターの著書を法院に提出せざる者は罰金・投獄するむね布告。その後「ルター派」に対する弾圧は多少の曲折はあるが激化の一途をたどった。ただしフランスではルターとほぼ平行して、別個に教会の内部粛清、信仰生活の刷新を計ったいわゆる「福音主義者」(カステリヨンの言うそれとは違って、教会離反の意図を持たない)も、「ルター派」としてしばしば追及迫害されている。

(89)たとえば前記三大改革論文の一つは発売後三週間に四〇〇〇部という、当時としては異例の売れゆきを示している。

また一五五〇年代後半には、全ドイツの三分の二はルター派に属している。
(90) ツウィングリ(一四八四ー一五三一年)はスイスのチューリッヒの宗教改革者。ルターと対照的にエラスムスを尊敬する彼は主知的・社会的な傾向が強く、一五二一年以後厳密な聖書主義を説き、一五二三年には市政をも改革し、ついでスイス全土に改革派都市連盟を実現しようと望んだ。ストラスブールのブッツァー、バーゼルのエコランパディウスは直ちにこれに同調し、一五二八年にはベルンについでザンクト゠ガレンその他諸州も参加した。これに対し主として山岳地帯のスイス・カトリック諸州は、一五二九年オーストリアと《キリスト教同盟》を結成。これを見たツウィングリは六月四日チューリッヒに総動員令を発し、自ら戟槍を肩に出陣し、同月二十六日戦わずしてカトリック諸州と勝利の和を結んだ。しかしその後も彼は武力によるカトリック諸州制圧の考えを棄てず、一五三一年二月バーゼルのスイス改革派会議で開戦を提唱した。他の諸州は武力使用を否としたが、その間にカトリック側は機先を制し、同年十月十一日チューリッヒを急襲、ツウィングリは戦死し、全スイス改革派都市連盟の夢は消えた。彼の武力使用はその後のスイス改革派に取り返しのつかない悪影響を与え、ルターもカルヴァンもブッツァーもこれを厳しく批判している。
(91) 神聖ローマ皇帝カール五世(一五〇〇ー一五五八年)は一五四六年、ルターの死によるルター派内部の反目・動揺とラティスボン帝国議会のカトリック゠ルター派和解策失敗を契機として、シュマルカルデン同盟に結集したルター派諸侯・諸都市の武力制圧を決意した。同年六月、シュマルカルデン同盟の指導者の一人ザクセンのモーリッツは同盟を裏切って皇帝側につき、同年七月開戦、一五四七年四月には同盟軍の中心ザクセン選帝侯ヨハン゠フリードリッヒとヘッセン方伯フィリップは共に捕虜となって皇帝は大勝利を博した。
しかしその後皇帝との対抗上ドイツ・ルター派諸侯との接近を計ったフランス王アンリ二世は、(自国内では改革派を弾圧しつつ!)一五五二年一月プロシア辺境伯と同盟し、同年四月皇帝に対して軍を起こした。一方かつてシュマルカルデン同盟を裏切ったモーリッツは五月十九日インスブルックに皇帝を襲って敗走せしめた。その結果内外から圧迫された皇帝は、八月二日ルター派諸侯と和を講じ、捕虜の二指導者を釈放せざるを得なくなった。その後ドイツでは一五五五年十月三日のアウグスブルク議会においていわゆる《信仰属地》の原則が決定され、カトリックかルター派かの選択は諸侯の自由となった（領民は領主の信仰に従うか、他国へ移住）。

（92）『サムエル記上』一七・四五、エラスムス『平和の訴え』（前掲、邦訳三四頁）を参照。

（93）『詩編』一二二・三―五。

（94）『列王紀上』一八・二一。

（95）『マタイによる福音書』一一・二九。

（96）全体の標題は『信仰問題による内乱の危機を回避するため国王顧問会議の王侯貴顕に与える勧告』（一五六一年出版）。著者は永い間エチエンヌ・パーキエ Etienne Pasquier（一五二九―一六一五年）と考えられ、カステリヨン研究家F・ビュイソンもそう考えているが、異論も多い。

なお、国王顧問会議の構成メンバーは直接の王族と大貴族（例えばギュイーズ兄弟、モンモランシー筆頭元帥など）、その他要職にある者（例えばミシェル・ド・ロピタル、国軍代表ジャック＝ダルボン・ド・サン＝タンドレ元帥、コリニー提督など）から成り、当時ほぼ三〇名から四〇余名だった。

この重臣会議に対して、勧告の著者はカトリックと改革派と二種の教会を公認せよと進言しているが、その主張の根底にあるのは、数年後に台頭するいわゆる《ポリティック派》の考えかた、すなわちフランス国家国民の統一を守るためにはもはや政教分離以外に方法はないという、政治的・民族的な発想である。したがって、勧告の具体的内容ではカステリヨンと一致するが、その根拠を主として個人の良心の尊厳におくカステリヨンとは必ずしも同じ立場とは言えない。

（97）『創世記』四一・一―四九。

（98）既出、注（43）を参照。

（99）カステリヨンは主としてカルヴァンとテオドール・ド・ベーズを念頭においていると考えられる。一五五三年十月二十七日、カルヴァンはスペイン出身の神学者・医学者、ミシェル・セルヴェ（一五一一―一五三三年）を異端者として火刑に処したが、この事件はかつて異端の権利を主張し、異端者としてフランスから亡命して来たカルヴァンが今や一個の正統派として異端者を処刑した注目すべき事件であり、スイス改革派内部にもこのような《剣の使用》には異論が多く、動揺が起こった。カルヴァンは自己防衛の必要を感じ、急遽筆を執って同年十二月末日には次の著作を脱稿する。すなわち『真の信仰を守るために――スペイン人ミシェル・セルヴェの憎むべき誤謬を批判し、併せて異端者処刑の合法性を論じ、かの悪人がジュネーヴ市において法により死罪に処せられたのは当然であることを立証す』である。本書のラテン語版は五四年一月または二月初めに、フランス語版は二月二十四日に出版された。

ところが翌三月末（ラテン語版）と四月（フランス語版）とに、カステリヨンはカルヴァンとまったく逆の立場からセルヴェ事件を批判し、異端者を世俗の法で裁くことを非とする『異端者について』を変名で発表し、期せずして両者は真向から対立したのである。カルヴァンの弟子テオドール・ド・ベーズは、直ちにこのカステリヨン（変名マルタン・ベリー）の主張を反駁し、五四年九月に『異端者処刑における世俗司直の権威を論ず』をラテン語で発表し、一五六〇年にはフランス語版も上梓し、世俗権力が異端思想を裁くことの正当性、異端のごとき重罪にふさわしい刑罰はこの世に存在しないほどであることを論じた。

（100）カステリヨンも、前注の論戦後、死に至るまでカルヴァン派から陰に陽に圧迫され続ける。

（101）未詳。

（102）既出カステリヨンの編著『異端者について』は、異端の権利尊重を主張した古今の文献の歴史上最初の集大成であり、その中には聖アウグスティヌスにはじまりルターやエラスムスやカステリヨン自身はもちろん、若き日のカルヴァンの一文すら収められている。

（103）《異端（エレジー）》はギリシア語《heiresis》（選択・好み・特別の考え）から出ている。

（104）原文《Georgians》ドイツの異端とも解せるが、一応ギリシア正教の一派、現ソヴェト連邦内のグルジアと解した。

（105）十二世紀以来の中世最大の異端である。カステリヨンの時代にも南仏リュベロン山地や北イタリアのアオスタの谷などに存続し、しばしば弾圧の対象となっている。彼の友人ベルナルディーノ・オキノ（一四八七―一五六三年）もその影響の濃い一人。

(106) 十五、六世紀ボヘミヤ地方に起こった一派。開祖ピカルドゥスは《新しきアダム》と自称したといわれる。ボシュエ『改革派教会変遷史』第十一篇を参照。

(107) 旧約聖書中瀆神者の死刑を命じた箇所は『レビ記』二四・一五―一六。また似非預言者については『申命記』一三・一―五を参照。なおカルヴァンは一貫して頑迷な異端は神の名誉を瀆すもの（瀆神）として死罪にすべきだと考えている。その点、瀆神者追及・処罰の名目で改革派を弾圧したカトリック側と軌を一にしている。

(108) 前注を参照。

(109) 『マルコによる福音書』一二・一八、『使徒言行録』二三・八を参照。

(110) 『使徒言行録』一五・一―五を参照。

(111) 同右七・五八、八・一、八・三、九・一―二、二二・一―五、二六・九―一一。

(112) 『ヨハネによる福音書』二〇・一九―二九。

(113) 既出、注(107)を参照。

(114) 『使徒言行録』一一・一一―一八。

(115) 『コロサイの信徒への手紙』三・五、『エフェソの信徒への手紙』五・五。

(116) 『フィリピの信徒への手紙』三・一九。

(117) カルヴァンやテオドール・ド・ベーズのみでなく、中世以来、異端者死刑論の根拠として利用された旧約の律法としては、すでにカステリヨンがとりあげた瀆神者・似非預言者に関するものの他に、偶像礼拝者に対するものがある。特にカルヴァンはこれを既出の『真の信仰を守るために……』で大いに利用している。恐らくカステリヨンは一刻も早く出版すべく本書執筆を急いだあまり、ここでは気がつかなかったのかもしれないが、次頁においてこれを論じている。注

（110）を参照。
（118）『申命記』四・二、『黙示録』二二・一八―一九。
（119）『申命記』一七・一八―二〇を参照。
（120）『申命記』五・三二―六・一。
（121）『マタイによる福音書』七・一五―二〇、『ルカによる福音書』六・四三―四四。
（122）『申命記』一三・六―一六。
（123）『申命記』一七（原注）、八―一二節。
（124）『申命記』一八（原注）、一五節。
（125）『申命記』一八・一八―一九。
（126）『ガラテヤの信徒への手紙』四・二六、「しかし上なるエルサレムは、自由でありわれわれの母である」。パウロは地理上の現実である罪と死のエルサレムと対比し、地上におけるキリストの信者の集まりを比喩的にこう呼んでいる。エラスムス『平和の訴え』（前掲邦訳）、四九ページを参照。
（127）『ヘブライ人への手紙』七・一七―二八を参照。
（128）原注に『使徒言行録』一七とあるのは誤りで、同書七・三七である。既出『申命記』一八・一五も参照。この預言者は救世主すなわちキリストと解された。
（129）『マタイによる福音書』一八・一五―一七、「もし君の兄弟が罪を犯したら、彼に会いに行って二人だけの間で忠告しなさい。それで納得したら、君は兄弟を一人得たことになる。もし君の忠告を聞き入れなかったら、君以外に一人か二人、いっしょに行くがよい。すべてのことは二人ないし三人の証言で確かめられる（という掟に従う）ためである。しかしそれでもなお彼らの言うことを聞き入れないようなら、そのことを集会に知らせなさい。そして、彼が集会の言うことさえ聞かない時には、君は彼を異教徒か取税人として扱うがよい」。「異教徒か取税人」のように扱うとは、信者の仲間から除名された者として扱う、ということ。

(130) 『テトスへの手紙』三・九―一一、「愚かな議論、系図、争い、律法についての論争を避け給え。それは無益な空しいことである。異説を立てる者については、一度ないし二度警告してのち、それから遠ざかり給え。このような人は、君も知るとおり、道を外れた者、われとわが身を罰する罪人である」。

カステリヨンが指摘するとおり、はっきりと《異端者》を名指した箇所は新約聖書中この一箇所のみであるが、これと共に、前注に挙げた『マタイによる福音書』一八・一五―一七、さらに『ローマの信徒への手紙』一六・一七の「君たちが学んだ教えに背いて分裂を引き起こし、躓きを与える者を警戒し、彼らを避け給え」という一句、『コリントの信徒への手紙一』五・一一―一三は、異端者に対して執るべき処置を示すものとしてしばしば引用された。

(131) 『申命記』八・一八―一九、『使徒言行録』七・一七以下を参照。

(132) 『ルカによる福音書』一六・三一。

(133) 『ヨハネによる福音書』一・二九、一・三五。

(134) 既出、注(123)を参照。

(135) カステリヨンが世俗社会の秩序を犯す罪と宗教上の罪、思想的誤りとを峻別していることに注意すべきである。

(136) 『マタイによる福音書』一〇・一四―一五。

(137) 当時異端者(改革派)に対して加えられた最大の法的な圧制は、おそらく《エクアン勅令》であろう。フランス改革派教会全国会議が開かれた直後、一五五九年六月二日に発せられたこの勅令は、全国民に対して法の手続きなしに改革派を殺害せよと命じている。これについて改革派の戦闘的詩人アグリッパ・ドービニエは、のちに次のような回想を綴っている。

「たとえそれがいかに不正残酷なものであろうとも、正式の裁判手続を踏んで死刑に処されている間は、改革派はおとなしく首を差し出し、実力に訴えて反抗するようなことはなかった。しかしながら、効果のない火刑の連続に見切りをつけた公けの権威、法を司る者が、民衆の手に匕首《あいくち》を投げ与え、フランス全土にわたる騒乱や大殺戮によって尊厳なる法の面貌をかなぐり棄て、らっぱや太鼓の響きに合わせて隣人に隣人を殺させるような挙に出た以上、憐れな者どもが腕力には腕力をもって剣には剣をもって抵抗し、不当なる相手の怒りに対して正当なる憤激に燃え立つことを、いったい何びとが禁止し得たであろうか?」

(138)『ヨハネによる福音書』一六・二、「……それどころか、君たちを殺す者が皆、神に奉仕しているかのように思う時が来るであろう」。

(139) カルヴァンは言う、「不当なる迫害者が剣を用いているからといって、善良忠実な公共の権力が不当に虐げられた教会を守るために正義の剣をふるってはならぬ、ということにはならない。また、殉教者たちが拷問に苦しんだからといって、善良なる現世の君主が神の子らを保護してはならぬ、ということにはならない」(『真の信仰を守るために……』二一ページ)。なお注(99)を参照。

(140)『箴言』一四(原注)、第十六節。

(141) いわゆる毒麦の譬は『マタイによる福音書』一三・二四—三〇、「天国は畑に良い種をまく人にたとえられる。人びとが眠っている間に敵が来て、麦の中に毒麦をまいていった。苗が芽生えて実を結ぶと、その時毒麦も現れた。使用人たちが来て家の主人に言った、『ご主人、畑には良い種をまかれたのではないのですか。どうして毒麦がはえてきたのでしょう』。主人は言った、『それは敵のしわざだ』。すると使用人たちが言った、『では、行って抜き取りましょうか』。主人は言った、『いや、毒麦を抜こうとして、麦までいっしょに抜いてしまうかもしれぬ。両方とも収穫の時まで育つままにしておけ。収穫の時になったら、わたしが刈る者に言いつけよう、まず毒麦を抜き取って束にして焼き、麦のほうは集めて倉に入れてくれ、と』」。

この譬は三世紀から罪びとに対する教会の処置の根拠とされ、麦と毒麦の人智による区別は人間の越権と目されたが、以後次第に異端者処刑についてこれがさまざまに解釈されることになった。教父時代の代表として聖アウグスティヌスを挙げれば、彼は毒麦と麦との区別がはっきりしている場合には、愛の精神によって毒麦に干渉すべきだと説く。すなわちたとえ社会的混乱などの原因となってはいなくても、道に迷っている者には愛の名において強制・拘束を加えるべきだとする。かくて彼は『ルカによる福音書』一四・二三を根拠に《善き強制》を認め、世俗権力の介入を是とするが、死罪は否としている。

次に中世の代表的神学者トマス・アクィナスも毒麦についてアウグスティヌスの見解を採用し、かつ大多数の信徒の躓きとなるようなものは、信徒たちへの愛の名において取り除くべきだ、世俗の犯罪である貨幣の偽造すら死に価する以上、多くの信徒の魂を滅ぼす恐れのある異端は当然死罪に相当する、それこそ真の愛だと論じている。

これに対して人文主義者エラスムスは、以上のような解釈はあまりに人間的・肉的なものであり、聖なる譬にそのような解釈を加えるべきではないと批判し、ほぼカステリヨンと同じ立場をとっている。

(142) 『士師記』七・一六―二二を参照。
(143) 『ガラテヤの信徒への手紙』五・一五。
(144) 『使徒言行録』八・九―二四を参照。
(145) 『使徒言行録』一三・六―一二を参照。
(146) 『ルカによる福音書』二一・一五。
(147) 『ローマの信徒への手紙』一三・六―七。
(148) 注(96)を参照。
(149) 『マタイによる福音書』五・九。
(150) 『ダニエル書』四(原注)。この原注は誤り。『哀歌』四・一二―一五を参照。なお哀歌は実際にエレミヤの作とは認められない。
(151) 『列王紀下』二五、『歴代誌下』三六・一一―二一、『エレミヤ書』三九―四一、五二。

(152) エルサレムの大祭司。捕われたパウロに暴力を加えることを命じた。『使徒言行録』二三・二を参照。
(153) 『マタイによる福音書』一五・一四、『ルカによる福音書』六・三九。

ジョフロワ・トリー

万華園（抄）

小島久和訳

解題

　作者ジョフロワ・トリー Geoffroy Tory は一四八〇年にフランス中央部の都市ブールジュに生まれ、地元の大学を卒業してから、一五〇五－〇六年頃にイタリアのボローニャ大学に留学した。一五〇七年にはパリ大学内のプレシス学寮とコクレ学寮で教鞭を執り始め、一五一三年には哲学教授としてブルゴーニュ学寮でも教えたが、一五一五年に職を辞して再びイタリアに赴いた。彼の活動は、その後一五二三年まで不詳だが、同年二月二十七日に木版工房の売買契約を成立させ、続いて印刷出版業を開業し、その商標は有名な「破れ甕」le Pot Cassé である。一五三〇年には「王室付印刷師」に、一五三三年二月には「同業組合監査役」に就任するなど着実に声望を上げていく。しかし同年十月十四日に結ばれた店舗賃貸契約に彼の名前はなく、代わりに署名した彼の妻に「寡婦」と付記されていたことから、この間に死去したと推測される。

　一五二九年に出されたこの作品の題名『万華園』*Champ fleury* の意味については、作者自身が「読者への辞」の最後で説明していて、「フランス語が規則付けられて少しずつ完成度を高めていくなら、ついには崇高な詩的・修辞的苑に辿り着く。そこは望むことを誠実に、そして容易に語るための美しく薫り高い花々で満ちているのだ」とある。

　この作品は三巻より成っていて、今回はその「第一巻」を部分的に、〔中略〕を挿みながら、訳出した。内容面で特筆すべきことは、ジョアシャン・デュ・ベレーの『フランス語の擁護と顕揚』（一五四九年）に二〇年先駆けて、フランス語をギリシア語やラテン語に匹敵する言語とするための方策を示していることである。

　訳出の底本としたのは、*Champ Fleury ou l'art et science de la proportion des lettres*. Reproduction phototypique de l'édition princeps de Paris, 1529, précédée d'un avant-propos et suivie de notes, index et glossaire par Gustave Cohen, Paris, Charles Bosse éditeur, 1931 である。

万華園《シャン・フルリー》

別にアンチック書体と呼ばれ、一般的にはローマン書体と呼ばれているアッティカ書体のしかるべき正真正銘の釣合いに関する技法と知識について

「第一巻」

主の祝日[1]の朝、睡眠と休息によって、私のお腹が軽くておいしい食事の消化をした後、それは一五二三年[2]のことでしたが、ベッドの中で様々なことを、真面目なことも楽しいことも考えて、記憶の歯車を回し始めたところ、アッティカ書体が思い出されました。それは私がかつて軍務主計官ジャン・グロリエ殿のために作ったものでした。この方は国王付顧問官兼秘書官でもあり、また良き文芸ならびにすべての知識人を愛しております。そのためアルプス山脈のこちら側だけでなくあちら側でもたいそう親しまれ尊敬されています。さてアッティカ書体について考えていると、突然、キケロの『義務について』「第一巻」第八章の一文が脳裏に浮かびました。その主な意味は「私たちはただ自分のためだけに生まれてきたのではなく、友人や国家に奉仕し、喜びを与えるためでもある」というものでした。この理由から私自身も公共の利益に、いくらかでも貢献することを望み、この拙著でアッティカ書体をシンメトリーによって、つまり正しい釣合いによって、作成する方法を教示することにしました[3]。それというのも、アルプス山脈のこちら側で、たくさんの人がこの書体の使用を欲しているのを目にしていますが、充分に精通していないために、この書体がいかなる尺度と釣合いによるべきかを知らないでいるからです。私はさらにゴシック書体と折衷書体について述べることもできますが、今回は神の御加護のもと、アッティカ書体のみを示すことにします。

ある人たちは、私がその方法をあまり公開すべきではなく、むしろ胸の中に秘しておくべきだと言って、

私をこの企てから遠ざけようとしました。私には彼らの名誉を救う気持ちはありません。役立つ知識を独り占めしてはならないのです。私はラテン語でこれを論述することもできました。私がこれまでに韻文や散文で著述し、良き学生たちのために印刷出版したラテン語による作品を見てもらえれば、私が充分にそうすることができたとわかっていただけると思います[4]。しかし、私たちのフランス語をいくらかでも華やかにするため、そして良き文芸をたしなむ人とともに、一般人もそれを使うことができるようにと、私はフランス語で書くことを望んだのです[5]。

ところがすぐに誹謗者や嫌な連中が現れ、私が毛色の変わった作家になりたがっていると言って、私の教えに難癖をつけようとするのは確かです。私は古代の詩人や哲学者によって、モムスが減らず口をたたく以外何もしない皮肉屋であったことを知っています。例えば、彼はウェヌスのサンダルと羽織り物を馬鹿にして、それらがあまりにチカチカしガチャガチャとうるさすぎると言いました。同じく自然の女神を馬鹿にしたときは、牡牛と牝牛の角を肩よりにではなく、おでこに付けてしまったために、強く突き立てられるようになってしまったと言いました。彼はまた、ネプトゥヌスの牡牛や、ミネルウァの屋敷や、ウルカヌスが創造した人間を皮肉りました。とりわけウルカヌスを扱《こ》き下ろしましたが、それというのもウルカヌスが、人間の腹に窓も覗き口も作らず仕舞《じま》いにしたからで、それらがあれば、人間が窪みとくねくねした部分の多い腹の中で、思い巡らしていることがわかるからです[6]。このモムスについてはエラスムスの[7]『格言集』第三七四、それからレオン・バッティスタ・アルベルティ[8]が著し、『モムス』と題した本で読むことができます。

〔中略〕

〔以上の理由から〕私はフランス語で、愛着ある私の文体と母語に従って書くことにします。そして、たとえ私が身分の低い貧しい両親から生まれ、わずかな富しか持たぬ身であっても、良き文芸の敬虔なる愛好者を喜ばし続けることにします。私はエラスムスが『格言集』第五一八で述べている古《いにしえ》の格言を知っています。

それは《菜園師ですらしばしば大いに適切なことを言った》というものです。またプリニウスが《そのいかなる部分も有益にならないほど、悪い本はない》「何事かに役立たぬほど、悪い本はない」と述べていることも知っています。私は本書で、神の御加護のもと、アッティカ書体がしかるべき釣合いで作成できることを述べ、そしてコンパスと定規を拡げられる範囲内で、拡大ないし縮小できることを示します。

　私はもしかすると、新しいことを企てた人物のように思われるかもしれません。なぜならこれまで誰もフランス語の文章で書体の作成方法とその特質を教示しなかったからです。しかし私は、いくらかでも私たちの言語に光輝をもたらすことを願い、かつてギリシア人やローマ人がしたように、フランス語に発音や正しい話し方の規則を当てはめ、秩序付けることに努力する、高貴な精神を鼓舞するための、ささやかな指標となることに満足しています。願わくは、いずれかの貴顕が、これを見事に成し遂げんとする人々に、褒賞を賜りますように。

　確かに高等法院の文体や宮廷の言語はとても良いものですが、散文やその他の分野においても、見事な文彩や修辞の華によって、私たちの言語はさらに豊かになりうるのです。私たちは生来の性質から、すべての国民の中でも能弁なのです。これはポンポニウス・メラが『世界地誌』「第三巻」でフランス人の風習について触れた折、《彼らには独自の雄弁さがある》「フランス人は生まれつき能弁で見事な語り手である」と語っているとおりです。同じく風刺詩人[9]は第一五風刺詩で、《ガリアは雄弁をブリタンニアの弁護士に教えた》「フランスはイギリス人に弁護することと、申し分なく話すことを教えた」と述べています。

　私はここでラテンの詩人や弁論家を引用して、私たちの素晴らしいフランス語が天与の優雅さに恵まれていることを示しますが、ギリシア人たちも同様に引用しましょう。その中でも弁論家で哲学者のルキアノス[10]が『ガリアのヘラクレス』に付した「序文」を取り上げることにします。この「序文」はエラスムスによってギリシア語からラテン語に翻訳されたもので、それを今度は私がラテン語からフランス語に訳すことにします。

〔原文のラテン語は中略。トリーによるフランス語訳を紹介する〕

「フランス人は彼らの母語でヘラクレスをオグミウムと呼んでいて、その姿を一風変わった様子で描いています。それは額が禿げ上がった老人で、後頭部にほんの少しの髪の毛しかなく、灰色と白色をしていました。その肌には皺が刻まれ、老いた船乗りの色のように、暑い日差しに焼かれて真っ黒でした。皆さんは、彼はまさしく冥界と行き来していたカロンやイアペトス〔ギリシア神話では巨人族の一人〕のようだとおっしゃるでしょう。実際のところ、皆さんはヘラクレスとはまったく別な者を見ていると思うでしょうが、この容姿で彼はヘラクレスを示す付属物を持っているのです。つまり、ライオンの毛皮を身にまとい、右手には棍棒、首には矢筒の革紐《ひも》が飾り帯のようにかかり、そして左手にはぴんと張った弓が握られていました。つまり、彼はヘラクレスそのものなのです。ただ私の考えるところでは、これらすべてはフランス人が、ギリシア起源の神々から剽窃して作り上げたものです。なぜならフランス人は、彼をこのような容姿・格好にすることで恨みを晴らしたからです。というのも、かつてヘラクレスがゲリュオン王の牛や家畜を探して西方まで来たときに、フランスの地で略奪や強奪を働いて、甚大な被害を多くの地方にもたらしたからです。しかし私はまだこの図像の、たいそう目新しく驚くべき点について述べていません。すなわちこの老齢のヘラクレスが、非常にたくさんの男女を、一人一人の耳に付けられた紐によって、引き連れていることです。その紐は金や琥珀で見事に作られた細い鎖で、ネックレスに似たものでした。彼ら全員が、このような切れやすい鎖によって引かれ導かれているのに、そして抵抗しようと思えば容易にできたのに、誰一人としてそうしようとする者はいませんでした。彼らは抵抗することも、後ろに体を倒して踏んばることもしないで、全員が、ヘラクレスに感嘆しながら、陽気に嬉々として従っているのです。彼ら全員は自発的に急いで後に従い、ヘラクレスよりも早足で歩こうとするので、鎖の張りが緩まってしまい、まるで解き放たれるのが苦痛であ

ガリアのヘラクレス

るかのようでした。さて私にはとても不都合と思えたことを、さらに述べても〔今では〕少しも気に障らないでしょう。それは何かというと、ヘラクレスが右手に棍棒、左手に弓を持っていたことから、画家はすべての鎖の端を結び付ける部分を見出せず、神なるヘラクレスの舌に穴をあけて、すべての鎖をそこに結び付けたのです。こうしてヘラクレスが上述の男女を後に引き連れるように描いたのです。彼は後ろを振り向いて、引き連れている者たちに視線を送り、優雅で友誼にあふれた態度を示したのでした。

さて、私は長い間立ち続け、（とルキアヌスは言いました）、これらのことに驚嘆したり、いぶかったり、憤慨したりしながらも、じっと見入っていると、ある一人のフランス人が私の傍にいたのでした。この人はギリシア語がわかるだけでなく、たいそう上手に、そして完璧に発音したのです。私の意見では、この方はフランスでよく見られる、哲学者の風格を備えた人であると思われますが、私に次のように言いました。『友よ、この絵の謎を解き明かして進ぜよう。とても当惑して驚いているように見えるからのう。わしらフランス人の間では、雄弁をメルクリウスのお陰とはせなんだ。そちらがギリシアでそうしているようにはのう。わしらはむしろヘラクレスと結び付けておるのじゃ。彼の方がメルクリウスよりずっとがっしりしているからのう。それから彼が高齢であることに困惑してはならぬぞ。雄弁さや見事な話し振りは老齢になって、初めてその完璧な力強さを示すのが常だからじゃ。少なくともそちの国の詩人たちの言が真ならば、青年の分別が曖昧模糊たるに対し、老人は言わんとすることを、粗野な青年よりずっと上手に、そして一層明確に述べるからじゃ。ゆえに、そちたちギリシア人の間ではネストルの言葉が滴り落ちる蜜に比べられておる。同じくトロイアの外交大使は花薫る声を持ち、その弁論はユリの如し（Lirioessa）と形容されておるのう。Liria はギリシア語で、もしわしの記憶が確かなら、花を指すのじゃ。さて、そちが見ている老いたヘラクレスは、耳で結び付けられた、これらすべての人々を舌で引き連れておるが、その意味するところは彼の華やかな言葉に他ならず、もし舌が耳と緊密に繋《つな》がっていることを知っておるなら、このことに当惑してはならぬのじゃ。それから、彼の舌が穿たれていることを咎めてもならぬぞ。なぜなら、わしの覚えているところでは、そちの国の短長格詩による喜劇作品で、大変なおしゃべり連中は、舌が穿たれていると書かれているからのう。これに対するわしらフランス人の意見は、結局のところ、ヘラクレスがなすことのどれ一つとっても、能弁と見事な言葉によっているということであり、賢明な人は望む対象を、説得によって支配するすべを心得ているということじゃ。それから、矢筒の矢は彼の理性を意味していて、鋭利で軽く、私たちの心や意志を射抜くのじゃ。これについてそちたちギリシア人は、言葉には羽が生えていると言うが、つまり、矢のように羽が付いているということじゃ』

こうしてフランス人哲学者は語り終えました。私たちはこの方を、多くの優れた作家が格調高く言及しているドルイド僧の一人だと、はっきり理解することができるでしょう」

さて、ルキアノスがこの物語の外観のもとで語った言葉を通して、私たちが理解することは、私たちの言語がとても優雅であることと、もし分別と賢明さを備え、そして年齢を重ねた人物によって発話されるなら、それはとても大きな効果を上げ、ラテン語やギリシア語以上に、素早くかつ首尾よく説得力を発揮することです。ローマ人やギリシア人は、これが「ガリアのヘラクレス」であり、「ローマのヘラクレス」でも「ギリシアのヘラクレス」でもなかったと述べることで、上記のことを告白しているのです。

〔中略〕

私たちの言語の基礎をしっかり築きたい方には、ピエール・ド・サン・クルー(11)の作品とジャン・ル・ヌヴロン(12)の作品を勧めることができるでしょう。彼らは『アレクサンドロス大王物語』を長詩句で著わしました。散文で『チェス遊び』を書いた著者は、この長詩句が一二音綴からできていて、『アレクサンドロス大王物語』がそれで叙述されていたことから「アレクサンドラン」と呼ばれると言っています。上述の二作家はその文体にかつてのフランス語の崇高さを宿しているので、もし彼らが今日のような良き文芸の咲き誇る時代を享受していたなら、彼らはギリシア・ローマの全作家を凌駕していたと思われます。私の見るところ、彼らの創作には古《いにしえ》の修辞と詩藻のあらゆる華々しさが完璧に込められていて、たとえジャン・ルメール(13)が彼らに少しも言及していなくても、彼がその見事な言葉遣いの大部分を取り入れて借用していることは、双方の作品を慎重に読み比べれば、一目瞭然たることでしょう。次にクレチアン・ド・トロワ(14)の作品、『剣を佩《は》いた騎士』〔クレチアン・ド・トロワの作品ではなく、その後継者の一人によるもの〕とフランドル伯フィリップに献呈された『ペルスヴァル』も参照できるでしょう。同様にユオン・ド・メリ(15)の『反キリストの騎馬試合』やラウル・ド・ウーダン(16)の『翼の物語』をも参照できるでしょう。パイアン・ド・メジエール(17)も蔑ろにできません。この方はたくさんの見事な短詩を作りましたが、中でも『銜《くつわ》のない雌騾馬《らば》』を挙げることができます。私はかつて羊皮紙に書かれたこれらすべての尊敬に値する先達の作品を手にして読みました。

〔中略〕

もしすべてのことに始まりがあるというのが本当なら、ギリシア語やラテン語にもかつては、現在の私たちのフランス語のように、無骨で文法規則のない時代がしばらくあったのは確かです。しかし高貴で勉強熱心な古典古代の人々は、苦労をものともせず、しっかりした規則に適合させることに専念したのです。これは公共の利益と名誉のため、良き学問を記憶に留めるべく、立派に記述するのに言語を用いるためでした。

〔中略〕

ドナトゥス、セルウィウス、プリスキアヌス、ディオメデス、フォカス、アグレスティウス、カペル、プロブス、そして同様の学識ある他の著者たちが登場して、ラテン語を彫琢し、たいそう立派に秩序付けたので、それ以来ラテン語はやむことなく完成度を向上させたのです。その結果、世界の大部分を支配したローマ人は、槍よりも言語によって、より多くの繁栄と勝利を獲得したのでした。願わくは、私たちもそのようにしたいものです。それは全世界の暴君や王になるためではなく、私たちのフランス語を立派に規則付けることで、良き学問と芸術を言葉で書き記し、記憶に留めるためです。しかし現状では、もし私たちが学問を修めようと望むなら、ギリシア人やローマ人に教えを乞い願うか、または彼らからこっそり掠《かす》め取らねばならぬことを、私はよくわかっています。一方、彼らは私たちのことも、また私たちの知っていることも必要としないのです。私たちの言語はかつてのギリシア語と同じくらい容易に規則を立てて秩序付けられます。というのも、ギリシア語にはアッティカ方言、ドーリア方言、アイオリス方言、イオニア方言、コイネーの五つの言語的多様性があり、名詞の変格、動詞の活用、綴字、アクセント、発音の面でいくらか違いがあるのです。それについてはギリシア人作家のヨアンネス・グラムマティコスや他の多くの人が充分に論じ、教えています。これと全く同じように、フランス語には宮廷やパリの方言、ピカルディー方言、リヨン方言、リムーザン方言、プロヴァンス方言があります。私はその相違や一致についてある程度述べることができますが(18)、ここでの話をあまり長くしたくありませんので、私より優れた専門家にそれらへの取り組みを委ねることにします。

〔中略〕

私はできれば誰が文字を発明し、フランスにもたらしたのか述べたいのですが、残念ながら私たちには歴史家も良き文芸の実践者も少ないので、その記録を充分に留めている著述家を知ることができません。しかしガガン[19]は『フランス年代記』「第四巻」で、カール大帝[20]〔シャルルマーニュ〕の御世にベーダ・ウェネラビリス[21]の四人の弟子がパリにやって来て、授業料を取って教え始めたと述べています。彼らの名前はクラウディウス、ヨハネス[22]、ラバヌス[23]、アルクイヌス[24]で、その当時パリで大学〔宮廷学校〕が機能し始めていました。このことはユリウス・カエサルがフランスに来るよりずっと前に、文字と作文の練習があったことと少しも矛盾していません。なぜなら、ドルイドと呼ばれた哲学者たちが、シャルトル地域の今日でもドリューといわれる場所にいて、誰彼区別なく教えを授けて、何千行にもわたる詩句を覚えさせていたからです。彼らがいかなる文字を使って教えていたのか、適切に述べることも断言することもできませんし、ヘブライ文字、ギリシア文字、ラテン文字、フランス文字のいずれかも不明ですが、どうやらギリシア文字であった可能性はあるようです。なぜなら、カエサルが『ガリア戦記』「第六巻」でそのことを証言していますし、ドルイドという名前もまた、ギリシア語のドリュイダイに由来していることがその証左となっているからです。私はさらにヘブライ文字も以前から使われていたと推測しています。というのも、パリ大学内に位置するフェカン邸の大きな石に、たくさんのヘブライ文字が彫られているのを見たからです。同様に、ヘブライ文字が彫られている別の二つの石も見ました。

〔中略〕

ヘブライ文字とギリシア文字はユリウス・カエサルによって破壊されました。なぜなら、カエサルとローマ人たちはとても貪欲で、栄光をひたすら渇望していたので、単に王国や人民を蹂躙《じゅうりん》しただけではなく、その法律や、風俗や、習慣や、その他すべての良い事柄を解体し、墓碑銘や墓地すら打ち壊したからです。彼らはギリシア語を見下して、勝利と威厳がラテン文字によって記録されることを望みました。しかし、そのようなことをローマ人はできませんでした。というのも、ギリシア語はずっとよく秩序付けられた言語であり、その豊かさ、豊穣さ、華やかさにおいて、ラテン語を遥かに凌駕していたからです。ギリシア人は学問のあらゆる面でローマ人の先達でした。その証拠にプリスキアヌスは『文法術』の「第一巻、文字の偶有性について」で、《ところで、私たちはすべての学問において、模範となるギリシア人を利用している》「ギリシア人はあらゆる学問の指導者であった」と述べています。

上述のカエサルがここにやって来て、ラテン語を導入する前には、ギリシア文字が先に存在し、流布していました。私はその期間はかなり長かったし、使用者も多かったと考えています。バッティスタ・マントゥーアンは聖ドゥニの生涯を描いた著書の中で、「ヘラクレスがヘスペリデスの園を目指してヒスパニアに向かう最中にこの地方を通りました。彼がパリ市の島に来たとき、土地やセーヌ川の眺めに大いなる喜びを覚えたので、そこに城市を築き始めました。それから、当初の企てのためにさらに先へと出発しようとしたとき、兵士の一連隊を駐留させました。彼らはパラジアンと呼ばれていましたが、その名前は彼らの故郷で、ギリシアの小アジア側にあるパラシアという地名に由来しています。このパラジアンは『ラ』を『リ』に変えてその名をここに残し、この都市の住民は昔も今もパリジアンと呼ばれている」と述べています。

したがってパラジアンがここに留まり、この島に城市を築き、繁栄をもたらす良い星辰の下で、この気高いパリ市を興しました。今日のパリ市は往時のアテネを凌ぎ、全学問の泉、あらゆる徳の極み、貴顕の劇場、優れた精神の輝き、敬虔なる魂の聖域、あらゆる富の宝庫となっているのです。この都市の誉れのために、私は詩人アルキトレニウスの見事な詩句を喜んで引用したいと思います。これはバッティスタ・ピウスが『注釈』第六三章で語っているものでもあります。

《パリシウスはポイボス神のもう一つの王宮。
それは、男たちのキュルラ、金属の器《うつわ》、

書物のギリシア、勉学のインド、詩人のローマ、
賢者のアッティカ地方、世界のバラ、地球のバルサム香、
華麗なシドン。料理、飲み物、耕地に富む。
純粋なワインにあふれ、住民に穏やか。豊かな収穫。
茨は覆わず、ブドウが茂る。
多くの野獣、湖水に群れなす魚、川辺の鳥。
清潔な家屋、強固な支配、王への忠誠。
柔らかな風、魅惑的な地勢。
あらゆる善、あらゆる洗練、あらゆる善良、
もし運命の女神が良き人々に好意を示すなら》

すなわち、「パリは一つの見事な王宮。美しい太陽が、ムーサイに捧げられた無数の良き精神を、そこに導き入れ、常に優雅で神々しい光景を生じさせる。あたかもギリシアでキュルラと呼ばれた、かつてのフォキス市のように。パリはあらゆる種類の貴金属であふれており、数多《あまた》の本に富む真のギリシアであり、良き学問と勉学の栄えるインドの真の地域であり、詩人の多くいる第二のローマであり、賢者がたくさんいるアテネである。パリは世界のバラであり、全天空のバルサム香である。パリはあらゆる飾りに満ちた第二のシドン市で、多種多様な食べ物と美味なる飲み物にあふれている。耕作可能な農地に恵まれ、純粋なワインに富んでいる。住民にとって温和で、さまざまな品質の美味しい小麦を豊かに産し、茨も無駄な茂みもない。非常にたくさんのブドウ畑、ブドウ棚、ブドウの房。狩猟用の獣が群れる森、すべての美味しい魚が棲む真の泉。交わる麗《うるわ》しのセーヌ川。清潔な住まい、強固な守り。代々の王への畏敬と友愛。清澄で穏やかな風の魅力、立地の心地よさ。嗚呼、パリには敬うべきすべての名誉あり、すべての善の宝あり。もし運命が常に

好意的に見てくれるなら」。

〔以下略〕

訳注

(1) 一月六日のこと。

(2) 現行暦では一五二四年になる。

(3) 本書「第三巻」の内容。

(4) 作者は一五〇八年にポンポニウス・メラの『世界地誌』、一五一〇年にクィンティリアヌスの『弁論術教程』、一五一二年にレオン・バッティスタ・アルベルティの『建築十書』を出版している。

(5) とはいえ、作者は本文中にラテン語やギリシア語の引用文を挿入している。しかし、その場合、フランス語訳を付しているので、拙訳では、前者を《　》で、後者を「　」で括って訳出した。

(6) モムスの要請に従いウルカヌスは粘土で人間の像を作って見せた。モムスは、心臓のあたり（ないし腹部）に窓がないから、心が読めぬではないか、と非難したという伝説に基く。

(7) 福音主義的人文主義者（一四六六―一五三六年）。

(8) イタリア・ルネサンス期の人文主義者・建築家（一四〇四―七二年）。

(9) ユウェナリス（六〇―一三〇年）のこと。

(10) ローマ時代にギリシア語で作品を著した風刺作家（一二〇頃―一八〇年頃）。

(11) 十二世紀後半の詩人。

(12) 十三世紀の詩人。

(13) ジャン・ルメール・ド・ベルジュ（一四七三頃―一五二四年）のこと。文学史上、大押韻派とプレイヤッド派の間に位置する。

(14) 十二世紀最大の物語作家。南仏の「宮廷風恋愛」と「ブルターニュ物語」を結合して、「騎士道恋愛物語」を創始した。

(15) 十三世紀前半の物語作家。

(16)(17) ともに十二世紀後半から十三世紀前半の物語作家。

(18) 本書「第三巻」で、作者はアルファベットの各文字が、諸方言によってどのように発音されているのか具体的に述べている。

(19) ロベール・ガガン(一四三三頃―一五〇一年)。幼くして聖三位一体修道会に入り、長じてパリ大学で学問を修め、人文主義者・外交官・年代記作者として活躍。

(20) カール大帝(七四二―八一四年)、フランク国王在位(七六八―八一四年)、西ローマ帝国皇帝在位(八〇〇―八一四年)。

(21) イングランドの聖職者・神学者(六七二頃―七三五年)。

(22) クラウディウスとヨハネスに関するガガンの記述をまとめると、「両者ともアイルランドから海を渡ってやって来た。前者は別名クレマンスとも言い、パリに留まって、パリ大学の礎を築き、後者はパヴィアに移った」となる。両者の人物特定には諸説ある。

(23) マインツの聖職者・神学者(七八〇頃―一八五五年)。トゥールに隠棲したアルクイヌスの下で学ぶ。

(24) イングランドの神学者(七三五頃―八〇四年)。七八二年から七九〇年まで、アーヘンの宮廷学校で教える。

ジャン・ボダン

国家論（抄）

平野隆文訳

解題

ジャン・ボダン Jean Bodin はおそらく一五三〇年に、アンジェで職人の息子として生まれ、一五九六年にランで亡くなっている。パリの三カ国語学院やトゥールーズ大学で学び、同大学で教鞭を執ってもいる。モンテーニュとほぼ同時代を生きた、十六世紀フランスが誇る大ユマニストであり、法学者、経世学者、悪魔学者、思想家として非常に名高い。同時に、パリの高等法院で判事として活躍したり、ブロワの三部会のメンバーを務めたりするなど、実務にも長けていた。その上、多くの著作を世に問い、後に様々に発展するキー概念を提供したことでも知られる。なかでも一五六八年に上梓した『マレストロワ氏の逆説的意見に対する返答』は、当時の物価上昇の仕組みを、新大陸からの金銀の大量流入と結び付けて説明し、いわゆる貨幣数量説の基礎概念を提示している。

一五七六年、ボダンは『国家に関する六の書』（以後は『国家論』と略す）の初版を世に問い、近代的な主権の概念を打ち出して、後に「十六世紀のモンテスキュー」と称されるようになる。悲惨な内戦である宗教戦争を生きた教訓からであろうか、ボダンは、国家権力を論じるに当たり、徹底的な世俗的原則を確立し、主権 la souveraineté から宗教色を完全に排除している（「神の法・自然の法」への言及は、あくまで比喩的概念としてのみ機能している）。ボダンは、国家に内在する権力の様態として主権を把握し、その自律性と分割不可能性を説いて、ホッブスへと連なる思索を展開している。また、主権の単一性を力説し、複数の国家構成員を単数の意志（に基づく法）に結合する求心力をそこに見出す。『国家論』は確かに、君主制、貴族制、民主制の三つの国家体制のいずれも主権を内在させうると論じている。しかし、民主制は主権を無限に分割する制度であり、かつ、支配の主体と客体とを区別できないがゆえに、ボダンはこうした人民主権に根源的矛盾を見出していた節がある。この点ではマキャベリと対照的であり、後世には特にルソーの痛烈な批判を招くことになる。しかし、近代的な主権概念を確立し、絶対王政の基礎を築いた歴史的名著として、『国家論』はいまだにその価値を失っていない。

底本には、初版の *Les six livres de la République de J. Bodin Angevin*, A Paris, chez Jacques du Puys, libraire juré, à la Samaritaine, 1576 を使用した。ただし改行は Gérard Mairet 版（1993）に従っている。なお、訳出部分は「第一の書」の一部に限った。

第一の書　第一章　よく秩序だった国家の主要な目的とは何か

国家とは、いくつもの家族およびそれらが共有するものから成る、かつ主権を備えた正当な政体のことである。われわれは最初にこの定義を置くが、それは、何事にあっても先ず主要な目的を探るべきで、その後にそこに至る手段を求めればよいからだ。定義とは、現れた主題を巡る最終的な目的以外の何物でもない。そして、もし定義がうまく構築されていなければ、その上に築かれるものも即座に瓦解してしまうだろう。また、先に置かれたものの目的〔目標〕を見出しているとしても、必ずしもそこに至るための手段を見出せない場合もあろう。それは丁度、標的を目にしながらも、狙いを定めない、悪しき射手のようなものだ。しかしながら、射手の場合は、器用さや努力によって、標的を射たりそれに近づけたりできるであろうし、また、仮に的を外しても、そこに到達するために必要なことをすべて行なっている限りは、十分に評価してもらえるだろう。しかしながら、自らに提示された主題の目的およびその定義をわきまえない者は、標的のある場所を見ずに、空に向かって射る者と同じく、そこ〔目的〕に至る手段を見出す望みは全くないのである。したがって〔これを踏まえた上で〕、今度は上の定義の各部分を細かく検討していくことにしよう。

われわれは先ず「正当な政体」と言ったが、それは、国家が、盗賊や海賊の集団とは異なることを示すためである。秩序だった国家においては常に禁じられてきたとおり、こうした集団と関わったり交渉したり関係を結んだりすべきではない。信頼関係を結ぶ、平和条約を結ぶ、戦争を非難する、攻撃ないし防御の際に同盟関係を築く、あるいは、諸侯と主権者との間の諍《いさか》いに決着をつける、といった問題においては、われわれは決してそこに盗賊どもやその一党を引き込んだりしたことはない。致し方ない必要に迫られて引き込んだ場合があったかもしれないが、そうした必要は、人間界の法の裁量の外に置かれるべきものである。と言うのも、人間界の法は、戦争に際して、正義という手段で国ないし国家を維持してきた正当なる敵とわれわれがよぶ存在を、ごろつきの盗賊や私掠船団から、常に区別してきたからである。〔逆に〕盗賊や海賊どもは、国家の正義という手段を破壊し破滅させようと企てているのだ。だからこそ、あらゆる国民が共有している戦争を行なう権利を、彼らは享受しえないし、また、勝者が敗者に課する法に与《あずか》ることもできない。また法は特に、彼らの手に落ちた者が、その自由を一時たりとも失ったり、遺言ができなくなったり、その他あらゆる合法的な行為が〔本国で〕不可能になったりすることを、許してはいない。もちろん、〔正当な〕敵の捕虜となり奴隷にされた者には、そうした行為は許されていない。なぜならその者は、自らの自由を失い、自分の臣下に対する国内での権限を奪われている状態にあるからだ。また、法は以下のようなことを欲していると主張する者もいる。それによれば、われわれは、盗人に対し、身代金や保証金を払い、その者が暴力的に掠奪したもの、すなわち盗人が他者から不正に略取したものを、盗人に返すべきだ、という主張である。この主張は、二つの理由を前提にしている。一つは、悪党といえども、行政の長に敬意を払いに出向いてきて、法に服従することと引き換えに、正義に照らした扱いを受けたいと求めてきた場合には、その悪党には敬意が払われて然るべきだ、というものである。もう一つは、こうした処置は悪党どもを優遇するためではなく、むしろ、既成事実に基づいて正義をちらつかせ、保証金など払えない、と言い張る者への憎しみに由来しているというものだ。前者の理由を巡っては、多くの具体例が見つかるが、スペインの盗賊の頭領であるクロコタスを捕縛した者には、一万五〇〇〇エキュを付与すると大々的に布告させた、あのローマ皇帝アウグストゥス〔ローマ帝国初代皇帝。在位は、前二七年−後一四年〕のケースほど忘れがたいものはない。この布告を聞きつけたクロコタスは、自身で皇帝の元に赴き、一万五〇〇〇エキュを要求する。アウグストゥスはこの金額を支払わせて、相手を許してやった。それは、懸賞金惜しさに盗賊を殺したなどと思われたくなかったからであり、さらには、正義を守った者には、公的な信頼感と安心が与えられるべきだと考えたからである。もちろん、クロコタスを捕まえて裁判にかけることも可能であったろう。だが、海賊や盗賊の類に対し、正当なる敵に対するのと同じように、普通法を適用せんとする者は、一切の浮浪者連中が悪党と合流し、正義の美名の下に自分たちの悪行や同盟関係を、正当と見なすような危険に道を開く者である。もちろん、盗人がよい君主になる、あるいは海賊が良い国王になるのは、全く不可能だ、などと言いたいわけではない。これまで、王杖や王冠を戴きながら、臣下の者たちに対し、如何なる言い訳もきかないような、掠奪や残虐非道を行なった者は数多く存在する。そうした連中と比べたら、よほど国王の名にふさわしい海賊だって存在するだろう。ここで、アレクサンドロス大王に対し、自分は父親から他の職を教えてもらえず、相続できたのも二隻の小さな軍艦だけだった、と語ったデメトリオスのことを思い起こしておきたい。彼に言わせれば、アレクサンドロス大王に、自分のちっぽけな海賊行為を非難する資格など一切ない、なぜなら、父親から栄えある立派な王国を受け継いでおきながら、二つの強力な軍隊を操って、海上、地上の如何を問わず、〔世界中で〕あちこちを荒らし回っているからだという。これを聞いた大王は、自分に投げかけられたこの真っ当な非難に反撃するどころか、むしろ、良心の呵責を感じてしまい、デメトリオスを一軍団の長たる将軍に任じたのであった。われわれの時代で言えば、トルコ皇帝スレイマン〔一世〕が、人類の歴史の中でも最も高貴な二人の海賊バルバロス・ハイレディン・パシャ(1)およびトゥルグト・レイス(2)を招聘し、それぞれを提督と州知事《パシャ》に任命した例がある。この特待の目的は、海から他の海賊どもを追い出し、海上交通の安全を確保することにあった。このように、海賊の頭領に崇高な役割を与えるやり方は讃えられて然るべきだし、今後も常にそうだと言える。そうすれば、こうした人々が、絶望感から君主の治める国家を侵略せざるを得なくなるのを防げると同時に、人類全体の敵である他の海賊どもを退治することもできる。彼ら海賊連中は、バルギュールとヴィリア〔私掠船の船長名〕に関してよく言われたように、横領品を平等に山分けしながら、ともに仲良く一緒に暮らしているように一見思われるが、これを社会とか友愛とか、あるいは法律用語で言うところの財産分割などとは到底呼べず、むしろ、謀反、窃盗、掠奪と呼ぶべきである。なぜなら、彼らには、真の友愛を宿した核心が、言い換えれば、自然の法則に則った正当な統治が欠けているからである。

ゆえに古代人たち〔キケロとアリストテレス『政治学』〕は、良くかつ幸福に生きるのを目的として、集まった人々が成す社会を国家と呼んでいた。しかしながら、この定義には一方で余分なものがあり、他方で欠けているものがある。なぜなら、家族、主権、および国家において共有されるもの、という主要な三点が抜け落ちているからだ。反対に、古代人たちの言う「幸福に」という言葉は全く不要である。もしすべてが順風満帆であるなら、人間の美徳には何の存在価値もないことになってしまうだろう。まともな人間なら、こんなことは認めないはずである。そもそも、国家というものは、たとえ貧困に苛まれ、友人たちに見捨てられ、敵に包囲され、多くの災禍に見舞われていようとも、うまく統治されることがありうるからだ。キケロ〔自身〕も、〔現〕プロヴァンスのマルセイユ〔マッサリア〕という国家が、こうした状態に陥ってしまったのを見たと認めている。しかもこの国家は、この世で他に例がないほど、最高に秩序だった完成した国家であったと述べているのである。反対に、食料とあり余る富に恵まれ、人口の点でも繁栄し、友人たちには尊敬され、敵には畏れられ、軍事的には無敵で、要塞としても堅固この上なく、素晴らしい家々が立ち並び、栄光においては他を圧倒しているような国家もまた、法的に正当な形で統治されねばならないはずだが、そうはいかず、多大な邪悪と悪徳とがそこを支配している場合もありうる。ここで確実に言えるのは、美徳は、きわめて幸福であるとされる右のような成功ほどに、恐るべき敵を持たないということだ。したがって、これほど対蹠的な二つの事柄を連結するのは、まず不可能であろう〔「幸福」であっても「美徳」が支配するとは限らない〕。こういう次第であるから、われわれは、国家を定義する上で、この「幸福に」という語を考慮に入れないことにする。〔一方〕われわれは、正当な統治に至るために、あるいは少なくともそれに近づくために、より高いところに照準を合わせるつもりでいる。ただしわれわれは、プラトンや英国の大法官トマス・モア卿が想像したような、実体なき「観念《イデア》としての国家」を描きたいとは思わない。われわれはむしろ、政治の規則に可能な限り近く寄り添っていくことで、良しとしたい。この方針のゆえに、かつ、仮に狙っていた的を射ることができなかったとしても、われわれが非難されるとしたら不当であろう。それは、嵐に船を流された船長であっても、病に倒れた医者であっても、自らの船をうまく操り、あるいは自らの患者を上手に治療する限りは、正しく評価されるのと同じことである。

第一の書　第八章　主権について

主権とは、国家の絶対かつ永久の権力である。ローマ人たちはこれを「マィエスターテム」*majestatem* と、ギリシア人たちは「アクラン・エクソンシアン」*αχραν ἐξόνσιαν* あるいは「クリアン・アルク」*χυριαν αρχ* ないしは「クリオン・ポリテウマ」*χυριον πολιτευμα* と、またイタリア人たちは「セニョーリア」*segnoria* と呼んでいる。これらの語は、個人に対しても、また、国家のあらゆる事柄を操作する者たちに対しても使われる。ヘブライ人たちは、これを「トメク・シェヴェ」と呼んでいるが、これは「命令を発する最高の権力」を意味する。ここでは主権の定義をはっきりさせねばならない。と言うのも、国家論において、これは最も主要かつ最も理解されねばならぬ点であるにもかかわらず、法律学者や政治哲学者の中で、これを定義した者が未だ皆無だからである。

また、われわれは、「国家とは、いくつもの家族およびそれらが共有するものから成る、かつ主権を備えた正当な政体のことである」と述べた以上、主権の意味するところを明快にしておく必要がある。私はこの権力は永久であると述べた。その理由は、以下のような事態が生じる可能性があるからである。すなわち、絶対の権力を、一人ないしは複数の者たちに一定期間付与するという事態である。この場合期限が切れると、彼らはまたもや臣下以外の何者でもなくなる。その上、常に主権を手中に収めている国民ないしは国王が権力を取り戻す気になるまで、彼らはこの権力の受託者ないしは保管者であるにすぎないのだから、権力の座にある時でさえ、彼らが主権を帯びた君主と呼ばれることはない。ちょうど、他人に自分の財産を預ける者が、常に主人かつ所有者であり続けるのと同じように、こうした権力や裁判権ないし命令権を、一定の限られた期間、ないしは自分たちが決めたかなりの長期にわたって、他人に付与する者たちもまた、権力と裁判権を保持し続けるのであって、結局は貸与ないし代理の形をとって、他人がそれを行使しているにすぎないのである。だからこそ法は、地方総督〔アンシャンレジーム下の地位で、大貴族の中から任命され、強力な軍事権を握っていた〕や国王の代理官が、その期限の到来と同時に、他者の権力の受託者ないし保管者として、その権力を返上するよう定めているのである。この点においては、高位の官僚と下位の官僚との間に違いはない。さもなければ、仮に国王代理官に付与された絶対の権力が主権と呼ばれうるとするなら、その主権を国王に向けることも可能になり、国王はもはや取るに足らぬ存在に堕してしまうし、家臣が領主に命令し、召使いが主人に命令するという馬鹿げた事態にも陥りかねない。これが馬鹿げているのは、主権者の人格《ペルソナ》は、たとえ彼が他人にいかなる権力や権威を付与したにしても、法律的な観点からすれば、常に特別枠に属するからである。主権者は、自らが常に優位にあるようにしか権力を移譲しないし、また主権者には、裁判権行使、競合、訴訟移送ないしはその他の諸々の手段によって、臣下に負わせた責任内容を知る権限も、何かを命じる権限も、常に担保されているのである。特認官僚であれ保有官僚であれこの点では同じで、官職や地位に応じて彼らに割り振られた権限を、主権者は取り上げることができるし、また、彼らに、思う存分長い期間、受忍〔不利益を被っても堪え忍ぶこと〕を認めさせることもできるのである。

第一の書　第一〇章　主権の真の証について

神を別にすれば、この地上で主権者たる君主以上に偉大な者は存在せず、また、君主は、他者を統率するために、神からその代理人に任じられているのであるから、君主たる者の資格については、注意を払っておく必要がある。これは、人々が、君主の威厳を敬い尊び、彼らに絶対的に服従し、君主に関して誇らしく感じかつ誇らしげに話せるようにするためである。というのも、主権者たる君主を軽蔑する者は、現世で君主がその代理となっている神をも軽視するからである。だからこそ、民がサムエルに他の王を戴きたいと求めた際に、神はサムエルにこう言ったのである。「其は我を棄つ(3)」と。そこで、該当する者が、主権者たる君主にふさわしいと皆がわかるようにするために、君主としての証に関して知らねばならない。この証は、他の部下たちの場合とは全く異なる。仮にもし同じだとすれば、もはや主権者たる君主は存在しないことになってしまうからだ。ただし、この問題全般について私以上に優れた内容を書いた者たちも、追従、恐怖、憎悪あるいは失念のゆえに、この一点に関しては明解に説明していない。聖書には、神が選んだ人物をサムエルが聖別した後、彼は国王の権利について記した文書を作成した、と読める〔「サムエル前書」X・1, 25〕。ところがヘブライ人たちの書いているところによると、国王たちは、臣下の者たちに専制政治を強いるために、この文書を廃棄してしまったという。この点で、王の権利は専制と濫用にある、と考えたメランヒトンは勘違いをしている。そもそも、サムエルは民に対し演説でこう言っている。「専制君主の慣わしを知りたいと思うか？　それは、臣下の財産を取り上げてそれを好き放題悪用することであり、臣下の妻や子供を奪って弄び、奴隷にしてしまうことである」〔聖書の詳しい文面については、「サムエル前書」VII・11-18を参照〕。「ミシュポティム」〔ヘブライ語〕という語は、ここでは権利を意味せず、むしろ習わしややり方を意味している。そう解しなければ、この良き主君サムエルは、自己矛盾に陥っていることになるからだ。なぜなら、彼は、神が自分に負わせた任務を以下のように民に説明しているからである。曰く、「汝らの内、我から金銀ないし何らかの財産を奪われたと訴える者はあるか？」これに対し民はこぞって大声で彼にこう讃辞を送った。「汝は決して悪事を働かず、何をも人の手より掠めしことなし」〔聖書の詳しい文面については、「サムエル前書」XII・3-4を参照〕。

ギリシア人にあっては、アリストテレス、ポリュビオス〔前二〇二頃ー前一二〇年頃。ローマ共和制期のギリシアの歴史家〕そしてハリカルナッソスのディオニシオス〔紀元前一世紀に活躍した古代ギリシアの修辞学者、歴史家。ローマで教鞭をとった〕を例外とすれば、この問題に関し明解なことを書いた者は誰一人存在しない。ただし例外の三人も、書き方があまりに簡潔すぎるため、彼らとてこの問題には確信が持てなかったのだな、と一目で判断できる。先ずはアリストテレスの言葉を紹介しよう。彼は言う。国家の役割には三つある。一つは判断し決定すること、もう一つは官職を定めその各々の責務を決めること、そして三番目は正義を行なうことである。アリストテレスは国家の役割とは言っているものの、国王の権利について語ろうとしたのである。もっとも、この箇所しか見当たらない以上、この問題に関して彼は大したことを述べていないと言わざるをえない。ポリュビオスもまた、主権の権利と証を明確にするには至っていない。とは言え、彼はローマ人に触れてこう述べている。すなわち、彼らの国家は、王権と貴族の領主権と人民の自由権との混淆から成ると。なぜなら、彼に言わせれば、人民が法律と官職を定め、元老院が、属州と財務に関して命令を下し、外交使節を受け入れ、最重要事項を承認する一方で、執政官《コンスル》たちが王権の資格の下に、最高の特権を有しているからである（この特権は、彼ら皆が威勢高きところを示した戦時においても彼らに属した）。以上の点で、ポリュビオスは、諸権利を握っている者たちが主権を保持していると述べているがゆえに、主権に関する主要点については言及していると思われる。ハリカルナッソスのディオニシオスはさらに他の二人よりもより明解に、かつよりうまく表現しているように思われる。なぜなら、彼はこう述べているからである。すなわち、セルウィウス王〔セルウィウス・トゥリウス（前五七八―五三五年）。古代ローマ六代目の王。初めて、ローマ市民を財産によって階級分けした〕は、元老院の権力を剝ぐために、法律を制定ないし破毀し、戦争ないし平和を布告・宣言し、官僚を任命ないし罷免し、裁判所への訴えをすべて聞く権限を、人民に付与したのである、と。また他の箇所では、ローマで貴族と人民との間に生じた三度目の対立に言及した際に、彼は、執政官のマルクス・ウァレリウスが人民に対し、法律を制定し官職を付与し最終判決を下す権限を有するだけで人民は満足すべきであり、他の権限は元老院に属するものである、と諭した旨を述べてもいる。

以後、法律学者たちはこうした権限を増殖させていった。特に初期の学者たちよりもむしろ最近の学者たちが、「法的権限」を扱った論考の中で、公爵、伯爵、男爵、司教、官職保有者、その他主権者たる君主の臣下たちに対し、無数の特権を認めていった。挙げ句の果てには、ミラノ、マントヴァ、フェラーラなどの公爵や、さらには伯爵に至るまで、主権者たる君主として扱う始末だ。彼ら学者たちは皆、一見真理に映るが、実際には誤謬でしかない陥穽にはまっている。実際、臣下全員に法を課し、宣戦ないし和平を布告し、自国の官僚や司法官の一切を任命し、タイユ税を徴収し、思い通りに〔罪人などを〕解放し、死刑に値する者を恩赦で許す者を、主権者と見なさないとしたら非常識である。主権者たる君主に、これ以上の一体何を望めようか。以上に挙げた事柄はすべて、主権の証を構成している。ところが、既に述べたように、ミラノ、サヴォア、フェラーラ、フィレンツェ、マントヴァの公爵たちは、神聖ローマ帝国に従属している。しかも彼らが獲得しうる最高の栄誉ある地位とは、帝国の大公ないしは代理官のそれである。既述した通り、彼らは神聖ローマ帝国によって叙任されており、帝国に対し臣従礼と忠誠を誓っている。一言で言えば、彼らは、帝国に従属する土地に属しており、よって帝国に仕える臣下である。である以上、彼らが絶対的に主権を有することなどあり得ようか？ 自分より格上の正義を認めている者が、そして、自分の判断を破毀し、自分の定めた法を修正し、誤りを犯した場合に自分を罰し得る正義を認めている者が、どうして主権者たり得ようか。既に述べたように、ミラノのガレアッツォ・ヴィスコンンティ一世〔一二七七─一三二八年〕は、許可を受けずに自分の臣下から税金を徴収した廉で、告発され立件された結果、皇帝に対する大逆罪で有罪宣告を受け、獄中死を遂げている。仮に許可や認可を得て、あるいは侵奪によって、誰かが、自ら有する権限以上の事柄を企てた場合、その者が、自分は神聖ローマ帝国の代理官ないし大公であると自認していることを理由に、その者には主権がある、などという結論が導き出されるだろうか？ そのためには、こうした位、つまり公爵だとか貴族だとかといった位を抹消し、自ら国王と、つまりは陛下と称する必要が出てくるが、これは帝国を否認しない限り無理な話である。ミラノの子爵ガルヴァーニョは、これを実践したために、罰されている。既に述べた通り、コンスタンンツ条約〔一一八三年。フリードリッヒ一世とイタリア・ロンバルディア同盟の間に結ばれた条約。諸都市の裁量権が認められた〕によっても、ロンバルディアの諸都市は、神聖ローマ帝国への服従を維持している。簡潔に言えば、われわれは、万が一にも封臣すなわちすべてを他者に依存している者が主権者であると仮定した場合には、いかに耐え難い不条理に見舞われるか、ということを論じてきたのである。そのような愚説は、支配者と臣下とを、主人と従僕とを、法を付与する者と法を受け取る者とを、命令する者と服従する者とを、すべて同列に置くことに等しい。こんなことは不可能である以上、公爵、伯爵、そのほか他者に依存するすべての者、他者から法律や命令を受け取るすべての者は、力ずくであれ義務感に訴えてであれ、〔いかなる手段によっても〕主権者にはなり得ないと結論せねばならない。われわれは、強大な力を誇る行政官や、国王の補佐官、地方総督、摂政、独裁者に対しても、同様の判断を下すであろう。こうした連中は、どれほど強力であろうとも、法に拘束され、他者の管轄下かつ命令下にある以上、主権者とはなり得ない。と言うのも、主権の証は、主権者たる君主にのみふさわしいものであるべきだからだ。そうでなく、もし仮に主権が臣下に譲渡可能であると見なすなら、もはや主権の証は存在しなくなってしまう。仮に王冠の権威が無視され、そこに鏤《ちりば》められた至宝が剝奪されるならば、王冠はその名に値しなくなるのと同じく、忠誠や誓約の不在により、支配権から免れている土地が侵されるなら、主権者たる王権もその威信を失ってしまう。だからこそ、シャルル五世〔一三三八－八〇年。賢明王〕とナヴァール王との間で、マントおよびムランと、モンペリエとが交換された際に、王権による支配が明言され、それらの諸都市は、すべて国王のみに属すると明快に宣せられたのである。誰も異存のないところではあろうが、同様の理由により、王権は譲渡不可能かつ不可侵であり、いかなる時間の経過にも拘束されない。万が一主権者たる君主が、その権利を家臣に提供するとしたら、君主は自分の家臣を相棒にしてしまうことになる。そのようなことをすれば、もはや彼は君主とはいえなくなるだろう。なぜなら、自分の家来を相棒にしてしまうような人物は、もはや君主（つまりすべての臣下の上位に立つ者）の称号にふさわしくないからである。ところで、神は無限であり、その必然的帰結として、無限の存在を二つ作ることは不可能であるから、偉大なる主権者たる神が、自分にそっくりのもう一人の神を作ることなどあり得ない。同様にわれわれはこう言える。すなわち、われわれが神の似姿《イマージュ》として把握している君主もまた、自らの権限が消滅するのを覚悟しない限り、自分と同等の存在を成すのは無理である、と。

〔中略〕

以上から次のように結論づけられるだろう。まず、主権者たる君主の第一の証は、一般にすべての者に対して、あるいは特定の個人に対して、法を課する権限である、と。だがこれだけでは不十分で、自分より強力な者、同等の力を有する者、あるいは自分より劣る者、これらいずれの者の承認をも必要としない、という一文を付け加えねばならない。なぜなら、自分より有力な者の承認がなければ法律を制定できないとなると、君主の方が正真正銘の家臣になってしまうからだ。また、同等の者の承認が必要となれば、君主は相棒を得るにすぎなくなる。さらに、家臣や元老院あるいは人民の承認を必要とすれば、彼はもはや君主ではなくなる。なお、勅令に押印された貴族の名前は、法律に効力を付与するのではなく、一種の根拠として、法律がより受け入れられやすくなるよう、それに重みを与える機能を果たすにすぎない。その証拠に、フランスのサン・ドニには非常に古い王令が現存している。それらはフィリップ一世〔在位一〇六〇−一一〇八年〕と肥満王〔ルイ六世。在位一一〇八−一一三七年〕により、それぞれ各々一〇六〇年と一一二九年に発布されているが、そこには母后アンヌや王妃アリックス、ロベール〔ルイ六世の息子〕およびユーグの印璽も押されている。ルイ六世にとっては、自分の治世の一二年目に当たり、アリックスにとっては六年目に当たる年である。

ところで、私が、主権の第一の証は、一般にすべての者に対して、あるいは特定の個人に対して、法を課する権限、と述べるとき、後半の部分は貴族層に関する法律を指すのであって、ここでは他の者はすべて除外される。ここで私の言う法律とは、一人ないしは若干名の個人を対象に作られる法律を指し、それは、対象となる者の利益ないしは損害となるものである。キケロも次のように述べている。「我に対し個人特別法が適用された」*Privilegium de meo capite latum est.* と。

彼はこう言っている「人々は私に対し個人特別法を適用した」。キケロはここで、平民が彼に対し求め、扇動家クロディウス〔前九三頃－前五一年。古代ローマの扇動政治家で、キケロの追放に成功するが、ポンペイウスの部下ミロに暗殺される〕の要請によって〔開廷が〕認められた法廷に言及しているのである。これは彼に対する訴訟を続け、終わらせるために採られた措置である。キケロはこれを「クロディウス法」*lex Clodia* と呼んで何度も引き、大いなる不満を漏らしている。彼が不満なのは、個人特別法が人民全体によってしか適用され得ない点にある。このことは、十二表法〔ローマ最古の成文法。前四五〇年頃〕によっても定められている。曰く「個人特別法は人民全体の意志による場合にしか、適用されない。これ以外の方法に訴える者は死罪に処されねばならない」。*Privilegia, nisi comitiis centuriatis ne irroganto : qui secus faxit capital esto.* ただし、王権を論じているすべての者が以下の点で見解の一致を見てもいる。すなわち、個人特権、義務免除、免責特権を付与でき、かつ王令や勅令の規定から例外的免除を認めうるのは、主権者たる君主のみである、という点だ。もっとも君主制の場合、諸特権は、君主の在位の期間しか有効ではない。スエトニウスも記している通り、皇帝ティベリウスは、アウグストゥスから何らかの特権を付与された者全員に、この点を周知徹底させている。ところが次のように反論する者もいよう。すなわち、政府高官〔行政官、執政官〕が、それぞれその権限と管轄地域に応じて勅令や王令を発する権限を有するのみならず、私的な個人も、全員ないし特定の個人を対象とした慣習法を作ることが可能である、と。さらに、慣習法は法律と同等の権限を有しているのは確かであり、主権者たる君主が法律の主人であるとするなら、個人個人こそが慣習法の主体である、と。私はこう答えよう。慣習法は、全員ないしは大部分の人々の長年にわたる同意に基づいて、徐々に力を得てきたのに対し、法は突然姿を現すのであり、その力の源泉を、全員に命令を下しうる者から得ている、と。言い換えるなら、慣習法は緩やかに、かつ穏やかに流れ込んでくるのに対し、法は、権力によって、しかもしばしば臣下の意志に反する形で制定され発布されるのである。だからこそ、ディオン・クリュソストモス〔ローマ帝国で一世紀に活躍したギリシアの作家、哲学者、歴史家〕は、慣習法を国王に、法律を暴君に喩えたのである。さらに、法律は慣習法を破毀しうるが、慣習法は法律に違反しえない。と言うのも、行政官および法律を遵守させる義務を負うすべての者たちが、必ず、適切と見なす時期に法律の適用を強制できるからである。また、慣習法は報酬も罰則も含まないが、法律は、他の法律の禁止条項を無効にする寛容な法律の場合を除き、常に報酬ないしは罰則を備えている。ここで簡潔にまとめるなら、慣習法は許容によってのみ効力を維持しているにすぎないので、法を制定しうる主権者＝君主は、その意志に応じて、慣習法を認可することもできるのである。こうした次第であるから、世俗法および慣習法の全効力は、その一切が、主権者たる君主の権限に属することになる。主権の第一の証に関しては以上の通りである。それは、法律を付与する権限、ないしは成員全体か特定の個人に命令を下す権限であり、臣下に譲渡しえない権限である。なるほど、主権者が立法権を誰某《だれそれ》に付与し、かつ自分が立法を行なった場合と同等の効果が得られることは確かにあるだろう。実際、アテナイの人民はソロンに、またラケダイモン人〔古代スパルタ人〕たちはリュクルゴス〔前九世紀頃のスパルタの伝説的立法者〕にその権限を与えたが、この二人は、自分たちに仕事を任せた者たちの執行人ないし代理人としての役割しか果たさず、したがって、法律自体はソロン、リュクルゴスのいずれにも属していない。言い換えれば、法律はアテナイおよびラケダイモンの人民に由来するのである。とは言え、貴族政治や人民政治の国家にあっては、法律を作成し制定した者の名前が、その法律に冠されるケースが頻繁に見られる。ただし、この立法者は単なる代理人にすぎないので、主権の保持者が、当の法律の認可を行なうのである。リウィウス〔前五九―前一七年。『ローマ建国史』一四二巻を残した古代ローマの歴史家〕にも以下のような記述が見つかる。それによれば、その作成の責任を負う一〇人の執行人により執筆された、十二表法の法律を認可するために、全人民が招集されたという。法律を制定ないし破毀するこの権限の背後には、これを宣言したり、これに修正を加えたりする権能も含まれている。後者の修正権は、問題とされた法律があまりに曖昧なために、執政官たちがそこに容認しがたい矛盾や不合理を見出した場合に適用される。ただし、執政官は、当の法律とその解釈に、多かれ少なかれ修正を加えるに当たっては、いかに困難であろうとも、修正が行きすぎて、法自体を破毀することのないようにせねばならない。もしこの点に反するならば、その執政官は法により公民権を剝奪されてしまう。パピニアヌス[4]が個人名を伏せて引いているラエトリア法〔プラエトリア法とも言う〕も、この方向で理解されるべきである。この法によれば、法律を補完し修正する権限は、偉大なる法務官《プラエトル》に対し許可されている。仮にこの解釈に従わないならば、単なる一執政官が法より優位に立ち、人民に自らの勅令を押し付けることができる、という結論に行き着かないとも限らない。このような結論が不可能であるのは、既に証明した通りである。

法を付与ないし破毀する権限のまさにその内部に、主権のその他の権利や証はすべて包含されている。したがって、正確に述べるならば、主権の証はこれ一つしか存在しない、と言える。なぜなら、宣戦布告したり和平を結んだり、すべての行政官の判断を最終的に認可したり、最高位の官職を授与ないし剝奪したり、臣下に任務や税金を課したり免除したり、厳しい法に関し恩赦や免除を認めたり、官位、および貨幣の価値や単位の上げ下げを調節したり、臣下や家来に対し、誓いを守るべき相手に対し例外なく忠実であり続けるよう宣誓させたりする、といった他のあらゆる権利は、この権限の内に含まれているからである。以上に挙げた主権の真の証は、人々全体に対し、あるいは特定の個人のみに対し法を付与でき、かつ、神以外の何者からも法を受理しないという権限の内に、包含されている。と言うのも、臣下全員に対し、または一部の個人に対し法を付与できる君主や大公が、自分より高位ないし自分と対等の者から法を受け取るとするなら、彼らはもはや主権者ではありえないからだ。私は今「対等の者」と言ったが、これは、指導者を同じくする仲間が存在するからである。ただし、自らが代理官、補佐官ないしは摂政の資格でしかこの権限を有さない場合、主権の色合いはさらにずっと希薄化する。

しかしながら〔この段落は、主権の第二の証を扱っている〕、法という語があまりに漠然としているので、既に述べた通り、主権者の法の中に、主権のいかなる権利が内包されているかを明示するのが最も適切であろう。例えば、宣戦布告したり和平を結んだりする権利は、君主にとって最重要なものの一つである。なぜなら、これによりしばしば、君主は国家を破滅か安寧のいずれかに導くからである。これはローマ法のみならず、その他のあらゆる民族の法によっても確認できる事柄である。和平を結ぶよりも、戦争を仕掛ける方がより危険なので、ローマの平民たちは和平を結びたがった。だが、戦争の可能性が持ち上がるや、全人民を招集せねばならず、平民が全権を担って法律を制定する時間が必要であった。だからこそ、ミトリダテス〔前一三二―前六三年。ポントス王。三回にわたってローマと戦うがポンペイウスに敗れ自殺する〕に対する戦争はマニリア法によって、海賊に対してはガビニア法によって、マケドニア王フィリッポス二世に対してはスルピキア法によって、宣戦布告がなされたのである。また、カルタゴ人との和平はマルキア法に基づき実現し、以下同文である。さらに、カエサルは、人民からの委任を取り付けずにガリアで戦争を行なったので、小カトーは、軍隊を引き上げ、カエサルを敵方に引き渡すべきだ、と考えたほどである。アテナイの人民議会の場合も、メガラ人、シラクサ人、あるいはマケドニア王に対する戦争を見ればわかるように、宣戦布告や和平を結ぶ際のやり方は同じである。私は歴史上、最も偉大な二つの民主国家を例にとった。なぜなら、王権国家の場合には、疑問の余地がないからである。実際のところ、主権者たる国王は、戦争で採るべき行動や戦略に関しては、どんなに些細なことでも把握しようと努める。また、和議ないしは同盟を結ぶに際して、国王が使節団にいかに大きな権限を与えようとも、彼らが君主に報告せずに、何らかの合意を取り付けることは絶対にない。この点は、最近のカンブレシスの和議〔一五五九年〕を見ればよくわかる。国王〔アンリ二世〕側の使節団は、両交渉団の提議内容を、一時間おきに主君に書き送っていたのである。ところが民主国家にあっては、元老院や諮問機関の意見のみによって、戦争や和議が取り扱われるケースが頻繁に見られる。その上、全権を委ねられた将軍の見解のみに基づいて、行動が起こされる場合もよく見受けられる。これは当然で、戦争においては、戦略を公にすること以上に危険な行為はないからである。そんな愚挙に出れば成功は覚束ない。これは機密の漏洩と同様に危険である。ただし、もし人民が知る必要がある時には、戦略は公表されねばならない。

〔中略〕

逆に、将軍が、命令ないしは明確な承認を得ずに和議を結ぶことが万が一許されるなら、将軍は人民ないし君主を、敵の欲する通りの条件下で、その要求に屈するよう強いることが可能になってしまう。これは馬鹿げている。代理人が、責任を放棄し、いかに些細であろうとも他人の事柄に関して勝手に示談を決めてしまえば、代理人は代理人としての権限を否定するに等しいからだ。しかしながら、こうした規則は、民主政体をとるスイスやグラウビュンデンの〔反ハプスブルク〕同盟圏ですら通用しないし、同じく、和平や宣戦布告に関する事柄については、元老院が命令を発するヴェネツィアにも当てはまらない、という反論が予想される。また、ピエロ・ソデリーニ(5)の説得によって、フィレンツェの国が人民の権限に再び託された際、人民は、法の制定と行政官の任命、税金や補助金の額の決定以外には口出しをしない、と定められた。つまり、戦争や和平およびその他の国家の事案については、元老院が携わると決められた。ただし、そうした事柄のために出される指示や命令が、人民の権威に由来し、元老院により人民の名の下に公布されることは、周知の通りである。この場合、元老院は人民の代理人ないし代行人にすぎず、他のすべての行政官と同じく、人民にその権威を負うている。次に君主政体に関して述べると、これは至極単純で、該当する国家が純粋な君主政体である限り、和議ないし戦争に関する決定は、主権者たる君主に任される。「純粋な君主政体」と断る所以《ゆえん》は、ポーランドやデンマーク、スウェーデンといった、政情が非常に不安定な王国においては、君主ないし貴族が握っている権限に応じて決定がなされる。ところが、君主側よりも貴族側がより強い実権を把握している場合は、後述する通り、和議と戦争に関する決定は、貴族側に任されることになる。また既に言及したように、こうした国々にあっては、貴族側の同意を得ずに、法律が制定されることはない。そういう次第だから、例えば、ポーランド人とプロイセン人との間で最近結ばれた条約の場合に見られるように、相手と和議が結ばれるに当たっては、君主、伯爵、男爵、宮中伯、城主、その他権威ある高位の者たちのすべての印爾《いんじ》が押印され、ポーランド王国の一〇三人の領主による押印も付加されたのである。

主権の第三の証とは、主要な保有官僚を任命することにある。この点は、高位の行政官に関しては全く疑いの余地はない。プブリコラ・ウァレリウスがローマの王族を追い払った後に作った最初の法律も、高位の行政官は人民によって叙任されねばならない、という主旨のものである。また、ガスパロ・コンタリーニ〔一四八三―一五四二年。ヴェネツィア生まれの外交官、枢機卿〕も述べている通り、ヴェネツィアで、共和政体を確立するために人民が一堂に会した際にも、同様の法律が発布されている。こうした主旨の法律は、君主国にあっては、さらに厳密かつより厳格に守られる。例えば、ローマの執政官たちが任命ないし罷免していた、執行吏、下級士官、書記官、軍隊のラッパ手、〔勅令や布告を告げる町の〕触れ役などの最下級の官位も、君主国にあっては君主により任じられる。さらには、計測係、測量士、家畜視察官およびこれらに類した下位官職に至るまで、すべて恒久的な王令により創設される。私は主要な保有官僚すなわち高位の行政官と言ったが、既にローマ人たちに関する箇所で述べたとおり、最高位にある行政官と幾つかの市政府や団体に対して、下級の役人職を任命する権利が認められていない共和政体は、存在しないからである。もっとも、こうした任命権は、高位の官僚の管轄内にある官職に限られており、言わば代理権を付与された代理執行者としてのみ行使されるにすぎない。さらにわれわれは、裁判権を有する領主たちも、主権者たる君主から裁判権を名誉として委譲されているとはいえ、実際には、判事や官職を任ずる権限をも有すると考えている。ただし、この権限も、主権者たる君主から彼らに委譲されたものにすぎない。と言うのも、公爵、侯爵、伯爵、男爵、あるいは城主たちは、後に触れるように、自らが最初にそれに任命された限りにおいて、裁判官ないし官吏であるだけだ、という点は確実だからである。

〔中略〕

したがって、主権を構成するのは官僚の選定権ではなく、選定の承認と信任である。もし仮にこうした官僚の選定が、君主の意志と同意によらずに行なわれる場合があれば、この点で一定の留保がつき、君主が完全に主権者とは言いがたくなるのは確かである。しかしポーランド王国にあってすら、シギスムント・アウグストゥス〔一五二〇－七二年。ポーランド王。寛容を説き宗教戦争の阻止に尽力した名君として名高い〕の勅令により、すべての官僚は各地方総督区の特定の高官によって選ばれるべきだとされたが、同時に彼らは国王からの信任状を得る必要もあったのである。これは目新しいことではない。なぜならカッシオドルス〔四九〇頃－五八三年頃。中世イタリアの政治家、キリスト教著述家〕の著作にも読めるように、ゴート王テオドリクス〔テオドリック。東ゴート王国の創始者〕もまた、元老院が選んだ官僚に対して信任状を授与していたからだ。すなわち、国王は、元老院に宛てた書簡で、以下の言葉を用いて、パトリキアの顕職を授与した者を信任したのである。曰く、「汝らの判断に我が同意が伴うなり」*Judicium vestrum noster comitatur assensus* と。

さて、もう一つの主権の証〔第四の証〕について語ろう。上位管轄権がそれで、この権限は主権に内在する諸権限の中でもきわめて主要なものの一つであり続けたし、現在もそうあり続けている。この点は、ローマ人たちが諸王を追い出した後、ウァレリウス法によって、上位管轄権が人民に与えられたのみならず、すべての裁判官の控訴権まで人民に託されたことからも、よく理解できる。その上、執政官《コンスル》がしばしばこの法律に違反したので、同じ法が三度も発布され、デュイリア法〔紀元前四四九年に護民官マルクス・デュイリウスが制定〕により、違反者には死刑が科されることが付け加えられた。その施行はうまくいかなかったものの、リウィウスはこの法律こそ、人民の自由の基盤を成すと評している。同様の法は、アテナイでより厳密に守られていた。クセノフォンやデモステネスが伝えているように、そこでは、すべての司法官のみならず、同盟関係にある都市国家に関しても、人民のみに最終控訴権が付与されていた。またコンタリーニの著作中にも似たような話が見つかるが、それによると、ヴェネツィア共和国樹立のために最初に制定された法は、大評議会がすべての司法官の控訴権に関与できると定めている。さらに次のような話も読み取れる。フィレンツェの公爵フランチェスコ・ヴァローリが殺されたのは、他でもない、三人のフィレンツェ人に死刑判決を下した件で、彼に対し大評議会に控訴がなされたものの、彼がその控訴に応じなかったからだ、と。だが、こうおっしゃる読者もおられよう。すなわち、多くの歴史的事実が語るように、フィレンツェの公爵のみならず、ローマでも、独裁者やその他の高官が控訴権をしばしば無視した、と。さらに、ローマの元老院に至っては、レッジョ・ディ・カラブリアに駐屯させていた軍団に、町を包囲かつ奪取させた上でローマに呼び戻した際に、そこに居残った将軍および兵隊すべてを鞭打った上、彼らの首を刎《は》ねさせたのであった。しかも、元老院は、彼らが人民に申し立てた控訴も、護民官による反対も、一切省みず無視してこれを実行したので、護民官たちは、控訴権に関する神聖なる法が踏みにじられた、と大声で抗議したのである。これに対し私は、パピニアヌスのように、なるべく簡潔にこう答えておきたい。つまり、ローマで行なわれていることではなく、むしろ行なわれるべきことについて、考察すべきだ、と。そもそも、元老院が人民に控訴を行なっていたのは間違いないし、また既に述べた通り、普通、護民官の反対があれば、元老院の判断はすべて差し止められたのである。ローマの元老院に、控訴せずに判決を下す権限を最初に与えたのは皇帝ハドリアヌスである。と言うのも、〔それ以前の〕カリギュラの勅令は、すべての司法官に対し、控訴せずに判決を下す権限を与えたものの、全く適用されなかったからである。また、ネロは、元老院に控訴した者には、ネロ自身に控訴した者と同じ額の罰金が科されると命じたが、彼とて、元老院が彼自身に控訴する権限まで奪ったわけではない。もっとも、以上の私の返答は、われわれが以前に述べたことと直接に矛盾するようにも思われる。なぜなら、もし元老院が皇帝に対し一切控訴を行なわず、〔司法上の〕上位管轄権が元老院に属するとした場合、最終控訴権は主権の証とはならなくなるからである。この点に加えて、最高監督者《プラエフェクトゥム・プラエトリオ》と呼ばれた執政長官も、控訴せずに判決を下せたし、フラウィウス・ウォピスクス〔『ローマ皇帝群像』の作者〕も伝えている通り、この執政長官はローマ帝国のすべての司法官や地方総督からの控訴を受理したのであった。また、フランスの八つの高等法院やスペインの四つの最高法院、ドイツの帝国法院、ナポリの大評定院、ヴェネツィアの四〇人委員会、ローマの控訴院、ミラノの元老院のように、あらゆる国家において、控訴せずに判決を下せる最高諸院や高等法院が存在する。さらに、神聖ローマ帝国内のすべての直轄都市および帝国に従属する公国や伯爵領においては、君主および帝国内諸都市が刑事事件に関し下した判決について、特別裁判所に控訴が行なわれることはない。また以下は言うまでもなかろうが、バイイ裁判所長、セネシャル裁判所長およびその他の下級裁判所長から提議された控訴が、高等法院や神聖ローマ帝国特別裁判所に直接送付されることもない。こうした控訴の受理は、国王ないしは皇帝に属しており、彼らはその審理を、自分たちが任命した裁判官たちに差し戻すのである。このケースでは、裁判官たちは国王ないし皇帝の代理人であり、だからこそ、君主自身による控訴があり得ないのと同じく、君主の代理人による控訴もあり得ない。法律的観点から見て、代理人が、自らを任命した者に対し控訴を行なうことは不可能だからである。しかしながら、上訴遅延認可に関しては定めがあり、有罪宣告を受けた者は、臨時裁判所裁判官に対してのみならず、国王に対して、ないしは通常裁判所裁判官から成る高等法院に控訴できるとされる。彼ら通常裁判官が一審で判断を下している以上、これは認められる。さらにこれ以外にも、場合によっては、最下級裁判所の長官が、最終審で判決を出す場合すら見受けられる。こうなると上位管轄権は、主権の証ではないかのように映るかもしれない。これに対する私の返答は、上位管轄権は、控訴のみならず再審の訴えも受理できる権限だというものになる。この見解は、多くの法律学者を動かし、再審の訴えの受理は、主権の証であると認められているようである。つまり、たとえ再審請求が行なわれ、同じ判事たちがその裁判権を有する場合でも、再審請求はあくまで主権者たる君主に対し行なわれており、君主は自分の意向に沿って、それを受理ないし却下できるのである。しかも主権者はしばしば、自ら〔下級審継続〕事件を採り上げて判決を下したり棄却したりするし、また、他の判事たちに送り返したりもする。こうした行為は、明らかに、上位管轄権および主権の証である。さらに、主権者たる君主が認めない限り、司法官は自らの判決を変更したり修正したりはできず、もし違反すれば、普通法および我らが王国の王令によって、文書偽造の罪に問われることになる。また、多くの判事がその判決において「主権により」という文言を濫用する慣習が存在するが、この言葉は主権者たる君主のみに許されたものである。

〔中略〕

以上の主権の証に依拠するものとして、いかなる厳しい法律や裁決にもかかわらず、有罪判決を受けた者に恩赦を与える権限が加わる〔第五の証〕。生命、財産、名誉、あるいは追放刑の撤回などのいずれに関わる場合でも、どれほど高位の司法官であろうとも、自分たちが出した判決に一点たりとも加筆したりそれを変更したりする権限を有さない。また、プロコンスルや地方総督が、ローマの執政官全体と同規模の管轄権を帯びていようとも、アジアの若き総督〔小〕プリニウスが皇帝トラヤヌスに宛てた書簡に読めるように、追放刑に処された者たちを単独で一定期間復権させるのは、合法的ではなかったのである。ましてや、死刑囚に恩赦を与えるなどもっての外であって、これは、あらゆる国家のすべての裁判官に対し禁じられている。なるほど、独裁官パピリウス・クルソルが、敵方を二万五〇〇〇も殺したものの、自分に対してまで戦いを仕掛けた歩兵隊長のファビウス・マクシムスに、恩赦を与えたという噂は伝わっている。しかし実のところは、この過ちを許してやるよう独裁官に熱心に懇願した人民こそが、恩赦を与えたのである。実際、ファビウスは独裁官の判決に関し、人民に控訴し、独裁官は控訴した側に対し自分の判決を擁護したからだ。この一件は、生命に関する生殺与奪の権限が人民に属している点を、よく示している。さらに、雄弁家セルウィウス・ガルバも[6]、周知の通り大カトーは、子供たちや人々の涙に訴えていなければ、ガルバは鞭打たれていたはずだと述べている。この件に関し大カトーにより大逆罪の廉で告発、起訴されるが、人民の恩赦に訴えて助かっている。アテナイの人民が、すべての行政官に限って、恩赦を与える権限を有していたのも同様のケースである。実際、人民は、デモステネスやアルキビアデスあるいはその他少なからぬ人々に恩赦を適用している。ヴェネツィア共和国にあっても、ヴェネツィアの全貴族から成る大評定院のみが、恩赦を付与できた。以前は十人委員会が、その権威により恩赦を与えていたが、一五二三年になって、三二人から成る評議会が十人委員会に加わるようになり、その全員が賛同しない限り、恩赦は実現しないと規定された。ただし、一五六二年になると、十人委員会が恩赦に関与することは一切禁止されている。また、神聖ローマ皇帝カール五世は、ミラノの元老院を設立した際に、自らの代理および代官として、元老院に主権の証のすべてを付与したが、恩赦を与える権利だけは手放さなかった。これは彼が発した公開状により、私も知り得たことである。こうした姿勢は、あらゆる君主制国家で厳密に守られている。確かに、民主制時代のフィレンツェでは、オッティマーティ〔富裕な有力支配層〕が恩赦付与権を奪取してしまったが、ピエロ・ソデリーニの国家改革以降、この権限は人民に返還されている。

我が国の国王たちにとっても、これ以上重要な権限は他にない。彼らは、領主裁判官が、許可状を追認するのは認めているものの、国王により発せられた恩赦状を認可することは、一度たりとも許可していない[7]。また国王フランソワ一世は、恩赦を授与する権限を母親に認めたことがあるが、高等法院王令部は、恩赦授与権は主権の最も明白な証であり、国王の権威の失墜を招くがゆえに、臣下に譲渡することは許されない、と国王に建言すべきだと主張した。この建言を知ったフランソワ一世の母親は、裁判沙汰になる前に、恩赦授与の特権を手放し、国王に赦免状の授与権を返還したのである。なぜなら、たとえフランスの王妃といえども、主権の他の証と同じく、この特権を有することは許されないからである。なるほど、ローマ法に従えば、皇后は、勅令や王令に拘束されないが、我が王国ではこれは通用しない。さらに、一三六五年七月に高等法院の記録簿に登録された裁決が存在するが、それによると、時の王妃〔ジャンヌ・ド・ブルボン（一三三八－七七年）。シャルル五世の妃〕は自らの特権を主張したが、にもかかわらず仮判決によって、王妃は自分が契約した債務を返済せねばならない、と決められたのであった。加えて私が指摘したいのは、国王シャルル六世が、一四〇一年の公開状〔国王が発する王令で、高等法院の登録を要するもの〕により、大法官アルノー・ド・コルビー(8)に対し、大評定院の複数のメンバーを立ち合わせた上で、恩赦や特赦状を発する権限を与えたことである。それでも、こう反論する人がいるかもしれない。エノー〔伯爵領。現在のベルギー南部からフランスにまたがる地方〕の慣習に今日でも見られる通り、また、ドーフィネ地方の古い慣習にも見られる通り、以前は、地方総督が恩赦を与えていた、と。さらに、アンブラン〔アルプス山脈南部の地方〕の司教に至っては、勅許状によりこの権限が認められていると主張している。私はこう答えよう。こうした慣習や特権は、権利の濫用および侵害であって、国王ルイ十二世が一四四九年に発した王令により、当然のことながら破毀された、と。そして、この種の特権が無効であるならば、その特権の確認〔confirmation：国王が王令などで行なった〔貴族〕特権の確認〕も無効と言えるはずだ、と。なぜなら、特権それ自体が無効である限り、その確認は何の意味も持ち得ないからである。しかも、王冠を戴かない者に譲渡権がない以上、この特権は間違いなく無効なのだ。ただし、主権者たる君主から任じられた地方総督、代官、地方総督補佐官の場合は、国家に尽くす大公、代官、代理官として委任されたにすぎず、特権ないしは官職に応じてこの権限を得ているわけではないので、事情は異なってくる。

もっとも、十分に秩序だった国家においては、この権限は、主権者が遠隔地にいるために摂政を置かざるを得ない場合や、主権者たる君主が虜囚の身にある場合、あるいは君主が正気を失っていたり幼すぎたりする場合を除けば、特認官職ないし保有官職への委任によって、譲渡されるべきではない。例外の一人はルイ九世〔サン・ルイ〕で、彼は幼年時代に母親ブランシュ・ド・カスティーユ[9]の後見を得ている。もっとも、母親が他の人間に監督権を譲渡しないよう、何人かの王族が保証人となってもいる。ルイ九世と同様のケースとしては、例えば、ジャン二世〔善王（一三一九－六四年）。一三五六年、ポワティエの戦いで英国軍に捕らえられ、ロンドンで獄死〕が捕虜となった際のフランス摂政シャルル・ド・フランス、国王フランソワ一世が虜囚の身であった期間、摂政として王権の一切を代行したルイーズ・ド・サヴォア、そして、国王〔シャルル六世〕が病気の間フランスの摂政を務めたベッドフォード公爵などが挙げられる。ここで私にこう反論する向きもあろう。つまり、ルイ十二世の王令〔王権の強化を狙った王令〕にもかかわらず、ルーアンの司教座聖堂参事会は、ローマ教皇に付与された恩赦特権を有すると主張し続けており、すべての判事に対し、さらにはルーアン高等法院に対してまで、聖ロマンの祝祭日〔聖ロマンは死刑囚を救う聖人としてルーアンではよく知られている〕の前には、有罪の者を一人たりとも処刑してはならないと命じているではないか、と。これは、ノルマンディー全般の改革を命じられて私が現地に赴いた際に体験したことである。ところが、高等法院が、自ら有罪判決を下した者一人を、聖堂参事会の恩赦を無視して、祝祭日直後に処刑したために、参事会側は、王族の血を引く者を先頭に立てて、国王に提訴したのである。これに対し、ルーアン高等法院は使節団を送り込んだが、その中でも法院検事の〔ローラン・〕ビゴは迅速に調査を進め、国王の権威を濫用し、それを侵害したことを証明して見せた。ところが時期が悪かったため、高等法院がいくら建言を行なっても、参事会は特権を手放さずに済んだのである。この特権は、古代ローマのウェスタ女神に仕える巫女たちの特権と、よく似た使われ方をした。と言うのも、巫女たちの誰かが偶然現場に居合わせた場合、その巫女は処刑される寸前の人物に恩赦を付与しえたからだ。これはプルタルコスがヌマ〔前二世紀。古代ローマの伝説上の二代目国王〕の英雄伝の中で述べている事柄である。ローマでは、誰かが死刑に処されそうになっている所に、偶然枢機卿が通りかかった場合には、いまだにこの習慣が守られている。ところで、聖ロマンにまつわるこうした特権において、特に厭うべきは、犯罪の中でも考え得る限り最も忌まわしいものに関してしか、恩赦特権を行使しない点、および国王なら普通恩赦を許可しない犯罪に、敢えて特権を行使している点であろう。ただし、主権者たる君主の中にも、自分の権限を濫用する者が少なからず存在する。彼らは、犯された大罪がおぞましければおぞましいほど、自分が恩赦を発することが、神にとってより心地良く感じられる、などと勘違いしている。より説得的な意見があれば従うが、私自身はこう主張したい。すなわち、主権者たる君主は、自分が従うべき神の法を免れ得ないのと同じ論理で、神の法によって確立された刑罰に関しては、恩赦を与えることができない、と。さらに、国王による勅令を無視する裁判官が極刑に値するとするならば、神がその法によって命じている刑罰を、主権者たる君主が自分の臣下に適用しないことが、合法と言えるはずがないではないか。しかも、もし君主が臣下の民事損害賠償を放免できないとするならば、どうして、神がその法により命じている罰則を容赦できようか。例えば、殺人や不意打ちなどは、神の法によって死に値するとされている。ところが、こうした犯罪に関し、神は幾度も赦免が行なわれるのを目にしている。ここで、次のような反論があるかもしれない。神の法によって確立した刑罰に関し、もし恩赦が行なえないならば、一体君主は何をもって自らの慈悲心を示し得ようか、と。これに対し私は、いくらでも方法はある、と答えたい。民事法に対する違反の場合は、例えば、君主が武器携帯を禁じたり、敵方に食料を与えるのは死刑に値すると命じていたりした時でも、自己防衛のためにのみ武器を携帯していた者や、赤貧洗うが如き状態で、必要に迫られて敵方に高く売らざるを得なかった者に対し、恩赦を適用するのは可能だろう。あるいは、民法により窃盗が死刑と定められているケースでも、寛容なる君主は、窃盗額の四倍の罰金刑に減刑できるのである。これが神の法〔「申命記」一九章、二一章〕であり慣習法である。だが、待ち伏せにより人を殺めた者に関しては、神の法は、「之を」聖なる土地「より曳きたらしめ」「殺さしむべし」、「然せば汝に幸いあらん」と定めている〔「申明記」第一九章・一一—一三節〕。しかしながら、キリスト教徒の君主たちは、聖金曜日〔キリストの復活日前の金曜日で、キリストの十字架上の死を記念する日〕に限っては、本来容赦できない大罪のみに関し、恩赦を与える。とは言え、こうした邪悪な犯罪に恩赦を与えると、その後ペストや飢饉、戦争あるいは国家の滅亡が引き起こされる。だからこそ神の法は、死罪に値する者たちを罰することによって、人々に降り掛かる不幸を食い止めうる、と述べているのだ。それもそのはずで、百件の大罪にたいして、法廷に持ち込まれるのは二件もなく、その上裁判が行なわれても、その内の半分は証拠不十分で放免となってしまう。そんな中、証明された犯罪に関してまで、恩赦の対象にしていては、一体いかなる刑罰によって、極悪人どもに見せしめを示せるというのだろうか。しかも、自らの君主から恩赦を得られない場合、他の君主の好意に甘えようとする輩まで存在する。だからこそ、スペインの王侯たちは、カトリック王〔フランス王〕に訴えて請願を行なったのである。つまり、フランス王〔アンリ二世〕の元に派遣されている大使に対し、有罪宣告を受けた後にフランスに逃亡した連中を、これ以上受け入れないこと、さらにはスペイン王の恩赦を求めるよう仕向けぬことを、要請したのである〔フランスに亡命した犯罪者に恩赦を与えるようフェリペ二世に要求したフランス王アンリ二世に対し、スペイン側が苦情を呈した、という意味であろう〕。なぜなら、恩赦に浴した犯罪者どもは、自分たちに有罪宣告を下した判事たちを、しばしば殺害したからである。ところで、君主が与える恩赦の中でも、最もその名にふさわしいのは、君主自身に対しなされた侮辱罪の赦免であろう。また、死罪の中でも神にとって最も快いのは、神の威厳を損なうような冒瀆に対し適用されるそれであろう。仮にある君主が、自分への侮辱に対しては過酷な仕打ちで復讐しながら、他人への罵詈雑言や、神の名誉に直接反するような侮辱は見逃すとしたら、そんな君主から一体何を期待できようか。ところで、われわれが恩赦や赦免に関して述べた原理は、領主たちに対しても不利益に働く。というのも、領主たちには罪人の財産を没収する権限はあるが、高等法院の裁決で規定されている通り、恩赦を疑問視したり破棄したりすることは、決して許されていないからである。一方、恩赦という観点に照らし合わせて、未成年および成人〔成人の場合は、本人に落ち度がほとんど認められない場合を想定していると思われる〕を救済し、年齢を判断の考慮に入れるべきだ、と考えている者も多いようである。多くの国家において、こうした権限は主権者たる君主に固有のものとされているが、庶子、農奴、およびそれらに類した人々の復権を別にすれば、これらは主権の証とはならない。なお、庶子や農奴たちの復権に関しては、ローマの法務官がその権限を有していた。また、シャルル七世と八世の王令により、いわゆる控訴許可状〔*lettres de justice*〕に関しては、公平性を欠いている場合を除いて、判事はこの許可状に一切関わってはならない旨が、明確に規定されている。公平性に関しては、本王国内で発せられる控訴許可状のすべてに見いだせる「以上にて十分なり」という言葉に、ほぼ言い尽くされている。だがたとえこの一節が挿入されていなくとも、司法官は事実関係に関与できるにすぎない。と言うのも、刑罰の判断は法律に、また恩赦のそれは主権者に属しているからだ。だからこそ、キケロがカエサルに対しリガリウスへの恩赦を求めた際にも、こう述べたのである。「私は裁判官たちの前で、貴方に対し、彼をしばしば弁護した。だが、私は自分の依頼人に関して『〔判事の〕皆様方、彼を許してやってほしい、彼は過ちを犯したが、意図的ではなかった。一度と同じ過ちは犯さない、云々』などと述べたことは一度もない。こんな言い方は、父親に許しを請う場合に限る。判事たちの前では、この犯罪は、人々の妬みや、ひたすら誹謗中傷を事とする告発者や、偽証人たちによって捏造されたのだ、と話すべきである」。以上でキケロは、カエサルが主権者である以上、恩赦授与権は彼の手中にあり、判事たちはこれを有しないことを示唆しているのである。忠誠や臣従礼については、既に述べたように、この忠誠心が例外なく捧げられるべき人物にとっては、まちがいなく主権の最大の証の一つである。貨幣を鋳造する権限については、法律と同質のものと言え、貨幣に関する法を定めうるのは、法を制定しうる者に限られる。この点は、ギリシア語、ラテン語、およびフランス語の語彙によっても示されている。というのも、ラテン語の *nummus*〔「お金、貨幣」の意味〕は、«la loi»「法」や«aloi»「合金」を意味するギリシア語の νόμος〔「ノモス」。「法規、規範」などの意味〕に由来しており、正確に話す者たちが、«aloi»の最初の文字を省略したのである。さて、貨幣の品位〔純分〕や価値および単位ほど、重要な結果をもたらすものは、法を別にすれば他には存在しない。この点は、われわれが他の論考〔『マレストロワ氏に対するジャン・ボダンの返答』、一五六八年〕で既に論じた通りである。そしてよく秩序の保たれた国家にあってはどこでも、この権限を有するのは主権者たる君主に限られる。

〔中略〕

（しかしながら）多くの人が、主権の証の一つとして、自らの良心に基づいて判決を下す権限を挙げている。これは、法律ないしは明確な慣習法による定めがない限り、すべての判事に認められている事柄である。だからこそ、判事の裁判決定権を扱った王令の条項中には、しばしば、「以上に関しては判事の良心に任せる」という一節が、見出せるのである。逆に言えば、これと反対の内容を持つ慣習法や勅令が存在する場合には、その法律を無視することも、これに矛盾することも、判事には許されていない。この点は、リュクルゴスの定めた法規や、フィレンツェでかなり昔に発せられた勅令によっても禁じられている。ただし、君主のみは、既に述べたとおり君主も従うべき神の明確な法に反しない限り、これを行なう権限を有する。また、陛下《マジエステ》という称号に関しては、これが主権者たる者にしか適用されないのは、十分に明白である。何人かの支配者もこの「神聖なる陛下」という称号を使っている。〔神聖ローマ帝国の〕皇帝がそうだし、英国の女王のように、その勅令や公開状の中で、「輝かしき陛下」の称号を用いる者もいる。もっとも、昔は、皇帝も国王も、こうした称号は用いていなかった。とは言え、ドイツの諸侯は、フランスの国王や〔神聖ローマ帝国の〕皇帝に対して、先の「神聖なる陛下」という称号を当てている。そう言えば、私は、神聖ローマ帝国内の諸侯たちが、当時フランスの捕虜になっていたマンスフェルト伯爵〔一五一七―一六〇四年。ドイツの貴族で、カール五世にも仕える。ルクセンブルク・ネーデルランド総督〕の解放を求めて、フランス国王に宛てた手紙を読んだことがあるのを思い出した。その中では、V.S.M.「いと高き神聖なる陛下」votre sacrée majestéという、地上の君主をも除外すべき、本来神にのみ特有の称号が六回も用いられていた。主権を有しないその他の貴族は、例えば、ロレーヌ、サヴォア、マントヴァ、フェラーラ、フィレンツェの公爵たちのように、「殿下」《Altesse》という称号を用いている。あるいはブルゴーニュ地方の貴族のように「閣下」《Excellence》を用いたり、ヴェネツィアの公爵のように「卿」《Sérénité》を使ったりしている。ここで私は、主権者たる君主がそれぞれ自国内で、主権だと主張しているが、実際には主権の証とは全く言えない、諸々の小さな権限については省略したい。そもそも主権の証とは、主権者たる君主にのみ特有のもので、その他の〔裁判権を有する〕領主や司法官および臣下の者たちには、全く無縁のものである。また、主権の証は、その本来の性質から、譲渡も簒奪も不可能で絶対的なものである。さらに、主権者たる君主が、土地や領主権に関して如何なる贈与を行なおうとも、君主に内在している諸々の王権は、それらが明確に表明されていなくとも、そのまま留保されるのである。したがって、フランスにおける親王采地〔国王親族封。国王が長子以外の王子に与えた封土〕に関しては、高等法院の発した古い裁決によってそう定められており、いかに時間が経過しようとも、国王の諸権利は時効により破棄されることも、簒奪されることもあり得ない。と言うのも、国家の領地を、時効により〔再び〕獲得し得ないのであれば、一体どのようにして、君主に属する諸権利や主権の証を獲得などできようか。しかも、公的な領地に関する勅令や王令により、国家の領地が譲渡不可能であること、それが、時間の経過を理由に略取され得ないことは、もはや明白なのである。これは最近の法令により定まったことではない。なぜなら、今から二〇〇〇年も前に、テミストクレス〔前五二八―前四六二年。アテナイの政治家、将軍で、ペルシア軍をサラミスの海戦で破ったことで有名〕が、複数の個人により奪い取られた領地を奪回するに際し、アテナイの人民相手に行なった演説で、人間が神に対し時効を理由に何事も収奪できないのと同じく、人々も個人の資格で国家から収奪などできないのだ、と説いているからである。大カトーが、何人かの個人によって簒奪された領地を再統合するのを目的として、ローマ人民相手に演説を行なった際にも、同じ格言を引いている。したがって、主権に内在する権限やその証を、一体どうして無効にすることなどできようか。こうした次第であるから、主権者たる君主にのみ属する特権を濫用せんとする者には、法によって死罪が適用されるのである。以上が、主権者の尊厳に関する主要な点である。この主題に関しては『主権論』*De Imperio*〔ボダンの若き日の著作と思われる。死後、遺言により破棄されたらしい〕でより詳細に扱ったので、ここでは可能な限り簡潔に記した。〔次章の内容の予告は省略する〕

訳注

（1）一四八三－一五四六年。通称「赤髭大王」。トルコの有名な海賊。後に皇帝に仕え、スペイン、ヴェネツィア、ローマ教皇の連合艦隊を破って、オスマン帝国海軍の制海権を確立する。

（2）一四八五－一五六五年。海賊としてハイレディン・パシャの部下となる。その後、オスマン帝国の海軍提督を経て、晩年はトリポリの州知事。

（3）「サムエル前書」VIII・7。「エホバ、サムエルにいひ給ひけるは民のすべて汝にいふところのことばを聴け、其は汝を棄つるにあらず我を棄て我をして其王とならざらしめんとするなり」。

（4）一四〇〇頃－一二一二年。ローマ法学者の中で最高権威の一人。要職にあったが、政治的理由からカラカラ帝に殺される。

（5）一四五二－一五二二年。一五〇二年からフィレンツェの終身行政長官だったが、一五一二年にメディチ家の復帰により退任した。

（6） 前二世紀のローマの雄弁家。ルシタニア（現在のポルトガル）の部族に敗北し、和議を結んで土地所有を承認した後、不意を襲って三万人以上を虐殺したとされる。
（7） この場合、「許可状」は非極刑の罪にのみ適用されるものだが、「恩赦状」は意志に反した殺人や正当防衛による殺人などに適用されるもの。
（8） 一三二五－一四一四年。フランスの政治家でシャルル五世と六世に仕える。一三七三年に高等法院議長、一三八八年に大法官。
（9） 一一八八－一二五二年。ルイ八世の王妃でルイ九世の摂政を務め、国内諸侯の反乱の鎮圧と南仏支配の強化に成功した。

ジャン・ボダン

魔女論（魔女の悪魔狂について）（抄）

平野隆文訳

解題

ジャン・ボダンの略歴や主要著書に関しては、『国家論』の冒頭に付した「解題」を参照されたい。ここでは、「十六世紀のモンテスキュー」と称されたボダンが、一五八〇年に著した『魔女の悪魔狂について』（以後『魔女論』と称する）に関し、簡潔に解説しておく。

『国家論』で近代的主権概念を説き、さらに、歴史学をローマ法の注釈から解放し、「インフレーション」の仕組みを貨幣数量説から説き明かした、十六世紀後半の大知識人ジャン・ボダンが、その晩年に著した『魔女論』は、言わば晩節を汚す「狂気の書」として、無数の歴史家たちに断罪されてきた。「魔術をつかふ女を生かしおくべからず」（「出エジプト記」第二二章・第一八節）という句を根拠に、魔女を殲滅すべきだと主張し、魔女裁判の進め方や、拷問の有効な利用法を説いて見せたこの書物が、ボダンの他の仕事と断絶していると映っても、確かに不思議はない。

だが、この作品を、偉大な経世学者の諸作品とは遊離した「狂気の産物」と見なすのはおそらく誤っている。先ず、『国家論』と『魔女論』の冒頭を読み比べてほしい。両者とも、「国家」および「魔女」の厳格な定義から出発しているのがわかる。その上で、定義を構成する諸要素を、詳密に立証していくという帰納法的論理学を駆使している。つまり方法論の観点から見るだけでも、『魔女論』は『国家論』と相似形を描いている。さらに、『魔女論』は、自由意志による契約の概念を重視し、加えて「魔女罪」を異端の罪から切り離し、世俗的な刑事犯罪の領域へと引き込んでもいる。つまり、この書は、近代法的な思考システムを十全に駆使している点でも新しい。さらにボダンは、魔女の増殖を危険分子のそれへと引き寄せ、私的な「国家内国家」ないしは「不当な政体」が、公的な国家を蝕んでいると考えている可能性が高い。こうした観点に立つと、『魔女論』は、ボダンの仕事の正当な延長線上に位置づけられると理解できる。

ここでは、魔女の定義をめぐる「学術的論考」と、裁判や拷問の進め方に関して詳述した「実践的論考」の両面がわかる二箇所を訳出しておいた。

底本には、*De la Démonomanie des sorciers*, par J. Bodin, Angevin, A Paris, Chez Jacques du Puys, Libraire juré, à la Samaritaine, 1587 を使用した。この版には改行がほとんどないので、ここではその体裁を尊重した。

魔女論（魔女の悪魔狂について）

第一の書　第一章　魔女の定義

魔女とは意図的に悪魔的手段を用いて何事かを実現しようと目論む者である。私が掲げたこの定義は、当論考〔論文、《traicté》〕を理解するのに必要であるばかりでなく、魔女たちに対していかなる審判を下すべきかを理解する上でも重要である。これは、魔女を巡るすべての書物が、今日まで書き落として来た点であるが、この論考を構築する上では、すべての礎となるべきものである。そこで、われわれの定義を細かく検討していこう。第一に、私は「意図的に」《Sciemment》という語を用いた。と言うのも、法も説く通り、単なる誤りはいかなる同意も含んでいないからである。したがって、魔女から与えられた悪魔的処方を、善意から信じて利用した病人本人は、相手を善人だと思っている限り、魔女ではない。と言うのも、その病人は無知という保証に守られているからだ。しかし、本物の魔女が病人に向かって正体を明かしたり、現実にしばしば行なわれているように、病人の前で悪霊を呼び出してみせたりした場合は、話は別である。以上は単なる一例として挙げたに過ぎず、この点に関しては適切な箇所でより広範にわたって論じられるであろう。それはともかく、「悪魔的手段」とはどのようなものであるかをも知る必要がある。「悪魔」《Diable》という語は、ギリシア語では誹謗中傷者を意味する。何故なら悪魔《Diable》は、聖書にも読めるように、常に徳高い人々の行動を見張り、それを神の前で中傷するからである。そして、「悪魔的手段」とは、人間を破滅させる目的で、サタンによって捏造され、その奉仕者たちに教え込まれる、迷信であり瀆神的行為なのである。そしてこの理由により、ヘブライ人たちは、それをサタン、すなわち、「敵」と呼んだのであった。ソロモンも言っている通り、神は、（人間を）不死とするために、自らの似姿として、人間をお創りになったが、サタンの嫉妬により死がこの世に入ってきてしまった。このことは、聖書のいくつかの箇所でも語られている。したがって、「サタン」《Sathan》という語は、人類の敵が存在していることのみならず、「ヨブ記」にも書かれている通り、サタンが原初から創造されたことをも前提としているのである〔主として「ヨブ記」第一章を参照のこと〕。ところで、聖書のみならず、すべてのプラトン学派、逍遙〔アリストテレス〕学派、ストア派の者たちおよびアラブ人たちも、霊の存在に関しては一致して賛成している。そういう次第であるから、これに異議を唱える〔例えば無神論者のエピキュロス派がしているように〕のは、形而上学全体の原理を否定することであり、またアリストテレスによって論証されている神の存在をも否定することになってしまう。さらに、彼〔アリストテレス〕が、霊および霊的存在に帰せしめている天体の動きをも否定することになってしまうのだ。[1]なぜなら、霊という語は、天使とダイモン（デーモン）と解しうるからである。そこで、プラトン、プルタルコス、ポルフュリオス、イアンブリコス、プロティノスたちは、善良なるデーモンと悪しきデーモンとが存在すると主張しているが、キリスト教徒は常にデーモンという語を悪しき霊と解釈するものである。また、一三七八年九月十九日にソルボンヌ大学神学部で採られた決定は、古代の博士たちの意見に従って、良きデーモンが存在すると主張する者たちを異端として断罪している。その一方で、天使なる霊は常に善と見なされるという見解は、善きデーモンというヴェールを被せて悪魔を召喚し呼び出す者どもの言い訳や不敬を断罪する上で、実に正しく必要不可欠な決議である。さて、デーモンの起源に関して言えば、これは確認が困難な事項で、プラトンも『ティマイオス』の中でこの点について述べるに際し、次のように言っている。すなわち「デーモンに関する議論およびその起源は、われわれの理解を超えている。よって、この点に関し古《いにしえ》の者たちが言った事柄に注意を払わねばならない」と。こういう次第であるから、われわれは古代人たちの意見に従うのが適切であろう。彼らの主張するところによれば、神は恩寵の内に、したがって一切の罪とは無関係な状態で、すべての霊的存在を創造なさった。ところが、その中の一部が神と肩を並べようと欲したために、地獄に落とされたのである、と。その上この点に関しては、「黙示録」〔第一二章・三―四節および七―九節〕に記された無数の星とともに、デーモンおよびその頭目であるドラゴン（竜）が墜落したことも報告されている。以上の出来事は、古代の異教徒たちも「ギガントマキアー」〔巨人族とオリンポスの神々との戦い〕の中で報告している。フェリキデスですら同じ意見であり、ドラゴンを「オフィオノエウム」すなわち反逆の天使の頭領と呼んでいる。また『ポイマンドロス』におけるトリスメギストスに加えて、天から墜落したデーモンたちを「ユラノオエーテイス」〔ギリシア語で「天から落ちた」の意〕と命名したエンペドクレスも同意見である。聖アウグスティヌスも『神の国』第八の書第二二章で同じ意見を表明している。以上の見解は、それを主張した者たちの古典性および権威のゆえに、キリスト教徒に受け入れられたのであった。しかしながら、聖書がベヘモットないしレヴィアタンと呼ぶこの偉大なるサタンを、神が世の始めに創造したとも思われる。なぜなら聖書は、「これは神の業の第一なる者にして」〔「ヨブ記」第四〇章・第一九節〕と記しているからである。さらにサタンが恩寵の内に創造されなかったことを示すために、「イザヤ書」の次の一節がよく引き合いに出される。神はこう語っている。「私は破滅させ堕落させ破壊させるためにサタンを創った」と〔「イザヤ書」第五四章・第一六節に「又、荒らし滅ぼす者もわが創造するところなり」という文言が見つかる〕。こうした理由により、サタンはしばしばアスモデウスと呼ばれる。ここに含まれる שמד〔「スメダ」〕という語が「破滅させる」を意味するからである。神がヘブライの民に対し、エジプト全土の人間および家畜の初子《ういご》すべてを殺して復讐するであろうと話した時〔「出エジプト記」の随所に見られる。第四章・第二三節、第一二章・第二九節などを見よ〕、神はこう続けている。曰く「私は破壊者が汝らの家に入るのを許さない」〔「出エジプト記」第一二章・

第二三節〕と。オルフェウスもサタンのことを、復讐に燃える偉大なるデーモンと呼んでいる。しかも彼は魔女〔Sorcier：男性形。「魔術師」とも訳し得る〕の首領であったから、デーモンに讃歌を捧げてもいる。こうした連中は次の詩篇の一節も引用している。「貴方が打ち負かすために創られたレヴィアタン」[2]。また、「出エジプト記」には「そもそも、おお、パロ〔ファラオン〕よ、我が汝をたてたるは、即ち汝をして我が権能《ちから》見さしめんがため」〔第九章・第一六節〕という一節が見出せるが、このパロは（文字通りの話の筋を別にすれば）サタンだと解釈できる。と言うのも、「エゼキエル書」には、「大いなるレヴィアタンたるパロよ、ここに汝の敵たる主の私が立ち向かう。汝の河に横たわるドラゴンよ、お前は『川は私のもの、私がこれを作った』と言っている。（……）私はお前を空の鳥の餌食にしてしまおう」[3]という一節が見当たるからである。注釈者たちは、レヴィアタン、パロ〔ファラオン〕およびベヘモットが、人類の大いなる敵を意味しており、さらにエジプト王国が肉と欲望を意味している、という点で意見の一致を見ている。彼らはまた、河が液体の奔流であると解しており、常に堕落腐敗へと流れ落ちるがゆえに、破壊者に特有のものであって、万物の創造者たる神に反する存在だと見なしている。なぜと言うに、創造と生成のためには父にして生成者たる創造主が必要であるのと同じように、四大から成る現世においても、継続的な腐敗を維持するためには、堕落させる者が必要だからである。この点は、寓意的《アレゴリック》なソロモンの「箴言」第三〇章でも言及されている。曰く、「おのれの父を嘲り母に従ふことをいやしとする眼《め》は、谷の鴉《カラス》これを抜きいだし」と〔第三〇章・第一七節〕。ここでカラスは、四大の元素の奔流を支配する悪魔と見なされている。なぜなら悪魔も鴉《カラス》のように、原則として黒色の姿で現れるからである。しかも悪魔は、自然の法を疎かにする者たちの理性の光を消し去り、神を嘲《あざけ》るからである。さらにヘブライ人たちはサタンもいずれは消滅すると主張し、「エゼキエル書」第二一章〔第二九章ないし第三二章の誤りだと思われる〕と「イザヤ書」〔第二七章〕を援用しているが、そこにはこう記されている。すなわち、神はある日、海に棲むこの曲がりくねった蛇、この強大なレヴィアタンを殺すだろう、と〔第二七章第一節「その日エホバは硬く大いなるつよき剣《つるぎ》をもて、疾《と》く走る蛇レビヤタン（……）を罰しまた海にある鰐《わに》をころし給ふべし」〕。ここで海は、四大から成る液体を意味している。プラトンおよびアリストテレスは、悪の源を探った際に、液体こそはすべての悪の元凶であると言っている。ソロモンもその寓意的かつ比喩的な表現によって、水を女と呼んでいる。曰く、女の悪意に比肩しうる悪意はない、と〔「集会の書（シラ書）」第二五章・第一九節〕。彼は時として、あらゆる形状を取り得る液体に引き寄せて、女はあらゆる男を受け入れるがゆえに「淫乱」だと見なしている。ラビのマイモニデス〔十二世紀の偉大なラビ、哲学者、医者〕も同様の解釈を下している。こうした人々はまた、神への奉仕に献身する男たちこそ、現世にあっても「天にある御使いたちの如し」〔「マタイ伝」第二二章・第三〇節〕*Erunt sicut Angeli Dei* だと述べてもいる。哲学者フィロンは天使を定義しつつこう言っている。「天使は空中を飛翔する霊魂だ」と。以上と同様の理屈で、神を棄てサタンに献身的に奉仕しようとする人間は、その後受けるであろう責め苦を無視し、神の義の執行人たる悪魔〔十六世紀によく見られる表現〕に仕えるであろう。そうした人間が最終的に滅ぶのは、よく引用される「ゼカリア書」〔第一三章・第二節〕「我汚穢《けがれ》の霊を地より去らしむべし」にも明らかである。また、天使および悪魔、あるいは神に選ばれし者たちと神より見放されし者たちとの違いは、それぞれの前者が永遠の命を得るのに対し、後者は、その邪悪さに見合った責め苦を受けた後、神の神秘なる枢密院によって各人に定められた時期に、永遠の死に処せられる点にある。以上が、古代ギリシア人が多くをそこから汲み取った源泉、すなわちヘブライの神学者たちの意見を簡潔にまとめたものである。周知の通り、プルタルコスは〔デルフォイの〕神託がなぜ衰退したのか（キケロは、この衰退の始まりがさらに古い時代に遡ると書いているが）を論じるに当たって、様々な理由を挙げる中で、こう言っている。「デーモン〔ダイモン〕の寿命は有限であり、その存在が消滅していったので神託も霧消した」、と。さらにポルフュリオスもまた、アポロンの託宣について以下の韻文で報告している。

「嗚呼、嗚呼、神託の三脚台〔デルフォイの巫女が神託を告げる際に座った青銅の祭壇〕よ、嘆くがよい、アポロンは身罷りぬ、アポロンは世を去りぬ、天上の燃えるが如き光が我を撃つ」

同著者は、後にプロクロスも繰り返し主張したように、プラトンの『ティマイオス』について論じた箇所で、デーモン〔ダイモン〕の場合、その最長の寿命ですら千年を超えないと主張している。実際のところ、プルタルコスの著作中にも見つかる話だが、教会史家のエウセビオスは、ティベリウス帝に報告されたという印象深い逸話を紹介している。それによれば、エキナデス群島を航行中の一隻の船に乗っていた多くの船員が、天の高みから、船長であったタムースの名を何度も呼ぶ声を聞いたという。その声はタムースに対し、パロデス〔ギリシア北部のブトロトゥムの沖合らしいが、詳細は不明〕に到着したら「偉大なるパンは身罷りぬ」と宣言するよう求めた。その通りにことが運ばれると、突然、誰の姿も見えないのに大いなる嘆きや叫び声が響き渡ったのだという。(4) ところで、聖アウグスティヌス、トマス・アクィナス、そして多くのヘブライおよびラテンの神学者たちの主張に従うなら、デーモンと人間の女との交接〔彼らはこの交接自体が、聖書に明示されていると主張している〔「創世記」第六章・第一―四節〕。なお、魔女たちは常にこの交接を告白している〕から、ヘブライ人たちが「ロコト」と呼び、かつ人間の形姿をまとった悪魔と見なしている、文字通り悪魔的な人間が生まれてくるという。同様に、男女の魔女たちも、生まれた途端に自分たちの子供をサタンに捧げるので、その子供たちも、悪魔的性質を帯びた父母と同じく、おぞましき生活を営み続けることになるのである。こうした理由から、神はこの極度の瀆神行為を忌み嫌われ、自分の精液をモレクに捧げる者たちを、大いに呪ったのである。(5) 神は、同様に振る舞ったカナン人、その精液が神から呪われているとソロモンが述べているあのカナン人の場合と同じく〔この場合の「カナン人」は、神が忌み嫌った七つの異邦の民の一つ。「レビ記」第七章・第一節―第六節〕、こうした連中を大地から追い払うと警告している。ところで、こうした輩は、自分の恋人イアソンを奪って結婚した、コリントス王クレオンの娘〔グラウケー〕に復讐した魔女メディアと同様に、しばしば自らの子供を悪魔に捧げ、生きたまま火炙りにしたり惨殺したりした。以上の議論から、われわれが主張するように、デーモンは不死の存在として、原初の恩寵の内に創造されたが、そこから墜落してしまったのか、あるいはヘブライ人が言うところの繁殖によって増えたのであり、この四大要素からなる世界で、堕落の後も世代が続くのを前提として、破壊や損害を実現させるために、神が邪悪なサタンを作り創造したのか、のいずれかとなろう。しかしながら、マニ教徒たちの頭目であるペルシャ人のマニも説くように、神の内に不正が宿っているという考えが人々の頭に入り込むようなことがあってはならない〔「ヨブ記」第三七章・第二三節「全能者は（……）能《ちから》おほいなる者にいまし審判《さばき》をも公義をも枉《ま》げ給はざるなり」〕。マニは、仮に神がサタンを生来邪悪な存在として創造したと認めた場合、彼の言い方を借りれば、悪は神に由来するという馬鹿げた考えが出てきてしまうとし、また同様に、神がサタンを完璧な存在として創造したと言えば、その〔当然の〕帰結として、〔彼の言葉を借りると〕サタンは罪を犯し得ず、また悪意に満ちた邪悪な性質に堕することも不可能になってしまうと考えた。〔そこで〕こうした馬鹿げた考えを避けるために、マニは、その力においても起源においても全く同等な二つの原理を立てたのだ。一方は善の原理であり、他方は悪の原理である。これはかつてないほどの、最も忌むべき異端であり、聖アウグスティヌスもこの考えを退け、悪とは善の欠如〔した状態〕に過ぎないと言ったのだ〔悪は「不在因」にすぎない、という見解〕。ヘブライのラビの中でも最も偉大な神学者であるマイモニデスも、自説を補強するために「イザヤ書」の次の一節を引用している。「我はエホバなり他にひとりもなし　われは光をつくり又くらき〔闇〕を創造す　われは平和〔善〕をつくりまた禍害《わざわい》〔悪〕を創造す」〔「イザヤ書」第四五章・第六節－第七節〕。しかしながら、闇は光の欠如〔した状態〕にすぎない。また、創造も無から為されるものである。しかしこの見解も、悪徳は美徳と同じく習慣の産物であり、いずれも人の意向や行動を通して獲得される、と主張する者たちを満足させなかった。とは言え、ディオニシウス〔偽ディオニシウス・アレオパギタ〕がその『神名論』*De divinis nominibus* で述べている通り、この世に善でないものは一切存在しないという点に注意すれば、マニ教徒たちの議論の一切は根底から覆される。神は、ある者たちには毒として作用するが、別の者たちには良薬として作用する植物を創造なさったが、これと同じように、マニ教徒たちが悪魔の被造物であると主張する蛇や毒蛇も、驚くべき妙薬を作る上で貢献することがあるのだ。だからこそテリアカ〔解毒の特効薬と考えられた舐剤《しざい》〕と呼ばれる場合もあり、時としてハンセン病やその他の不治の病をも治癒せしめることすらある。この格言の名手は、さらに先を行く。と言うのも彼は、神による被造物はすべて善であるのみならず、それ自体は邪悪な一切の行為ですら、相対的な観点からは善と見なせる、と主張しているからである。例えば、盗人が略奪目的で通行人を殺害したとすれば、彼は残虐かつ死罪に値する行為を行なったことになる。しかしながら、もしかしたらこの強盗は、自分が知らない内に、親殺しを行なった者をあの世に送った可能性もある。あるいは、ソロモンが『知恵の書』で述べているように、この盗人は、神が愛した者を、この世の災禍から救い出してやった可能性もある。もちろん、盗人はこの殺害行為のゆえに、捜索され捕らえられ神の不可避のご判断によって罰せられるにしても、神がこの悪者を利用なさったことに変わりはない。盗人も結局は神を讃えるであろう。と言うのも、聖アウグスティヌスも述べるように、神は、より大きな善が実現する場合を除いて、如何なる悪も存在することをお許しにならないからである。また、たとえパロ〔ファラオン、ファラオ〕がヘブライ人の男の子を、生まれる端《はな》から殺させようとしたにしても〔「出エジプト記」第一章・第一五節―第一九節〕、聖書を繙くと、神は、自らの全能が全土に知れ渡るようにと、敢えてパロを強情にし、自らに反抗するよう仕向けたと書かれている〔「出エジプト記」第一〇章・第一節―第二節〕。現に、神の全能が覆い隠されたりしたことは未だかつてない。だからこそソロモンも、復讐の日が来て神がその栄光をお示しになるのに役立つがゆえにのみ、しばしば邪悪なる者が増長するに任せられるのだ、と述べているのである。と言うのも、たとえ現世で何が起きようとも、最後は、すべてが神の栄光に結び付き、それを際立たせるからだ。主としてこの点に、神の理解不能な正義と叡智が認められる。神は、最もおぞましい連中を使って自らへの讃辞を引き出し得るし、また、復讐を遂げるために、邪悪な輩の残虐さを、ご自分の栄光を示すことに結び付け得る。では、そこから善を導き出すためにも、悪を為すべきだろうか。聖パウロは「ローマ人への書」の中で、この主題を巡って議論を展開している。彼の返答によると、このような理屈を並べる者は劫罰に値するという。そして驚異的な神の叡智に感嘆するばかりだ、と結論している。「ああ神の知恵と知識との富は深いかな、その審判《さばき》は測り難く、〔その途《みち》は尋ね難し〕」〔「ローマ人への書」第一一章・第三三節〕。こうした驚嘆すべき神のご判断は、多少とも注意を払う者には、毎日、毎時間ごとに生起しているのがわかる。幾千もある例の中から、最近パリで生じた事例を紹介しておこう。偽証人なのに疑問視されなかったある者によって、一人の貴族の男が、一度も会ったことのない人物を殺した廉で訴えられてしまう。その後高等法院の裁決によって有罪宣告を受け、死刑を言い渡されたが、その処刑の直前に、この男は、過去に自分の父親を毒殺したと告白したのである。このケースはかなり知れ渡っている。こうした具体例は幾らでも挙げられるし、読者諸兄もご存知かもしれない。だが、ここでは、神が破壊させるためにサタンを創造したり、天使が堕落するのを放置したりした点をあげつらって、神は不正である、などと断罪すべきではない点に、簡潔に触れておくだけで十分だろう。こうした論法は、世界一美しい宮殿に、排水渠や下水道ないしその他の汚物処理施設があるのは怪しからん、と責め立てるのと同じほど馬鹿げている。ところで、他の兄弟〔セムとヤペテ〕は顔をそむけつつ衣で覆ってやったのに、ハムだけは、自分の命の源であるノアの恥部を見てからかったために、その息子カナンには神の呪いが掛けられた〔「創世記」第九章・第一八節—第二七節〕。しかし、神の内に悪を見て取って神を悪し様に言い、神を悪の事実上の実践者に仕立て上げる者には、カナンに対する呪いよりもずっと恐るべき呪いが掛けられるであろう。以上のような理由から、聖書には、その美しさ、偉大さ、そして完璧さにおいて驚くべき世界を創造した後に、神は、自らが創られた一切を、実に善にして美であると認められた、と記されているのである〔「創世記」第一章に何度か見られる「神これを善《よし》と観給へり」という文言を指す〕。そもそも、現世の下水渠とは、四大からなるこの小さな「世の部分」を指している。もっともプラトン学派のプロクロスは、「この世の部分」と呼ぶのを躊躇し、「付属物」ないしは「それだけで成就した世界」αποτελεσμα〔「星の影響」ないしは「結果」などの意味もある〕と表現しているが。いずれにしろ、プトレマイオスが見事に論証しているように、天空と比べれば、海や大地などは、知覚不可能なほど小さな点でしかないので、なおさら「この世の部分」と言えるのである。しかしながら、悪臭や現世の腐敗が閉じ込められたこの下水渠の中にも、素晴らしく美しい神の御業が顕現している。その本性から善でしかあり得ない神が、過ちを犯したり、本質的に善ではない事柄を創ったりすることは、不可能である。同じ論法で、悪魔がその本性において邪悪であるならば、それ自体善である事柄を悪魔が作り出すこともまた、あり得ない。逆に、悪魔は本質的に邪悪でないとしたら、悪魔が善を為す可能性も残る。それはちょうど、天使が過ちに陥ったり反抗したりしうるのと同じである。現に神の眼前で太陽が汚され、神は天使たちの内にすら不正を見出した、と記されている〔「ヨブ記」第四章・第一八節「神はその僕をさへに恃《たの》み給はず其使者《つかい》をも足らぬ者と見なし給ふ」〕。また別の箇所では、ロトに話しかけた天使がこう言っている。「われわれが過ちを犯したら、神はわれわれの不正を許さないだろう」と。さて、古代人たちは皆、天使たちが、部分的にではあるものの、天体の動きや天界の光および自然の運動に関わるように配されている、という点では意見の一致を見ていた。その他にも、プセルス〔十一世紀に活躍した東ローマ帝国の、プラトン派の哲学者、人文主義者〕およびポルフュリオスが「コスマグス」と命名した帝国や国家の維持に当たる天使も存在するし、人間の振る舞い方を示唆してくれる天使もいる。天使のすべてが、神の栄光および神への讃辞へと一致して向かうものだが、それでも、特に神に仕え神を賞賛する役割を担った天使もいる。悪霊もまた、神の義に基づく許しがない限り何も為し得ないため、天の正義の執行者かつ死刑執行人として、神の栄光を高めることに貢献している。悪霊は、偶然による場合、ないしは後ほどより大きな悪が生じる場合を除けば、決して善を為すことはない。例えば、病人を癒してやるにしても、それは自分に奉仕させるのを目的としているからにすぎない。だがやはり、神は、さらに大きな善が生起する場合を除いては、いかなる悪であれそれが生じるのを許すはずがない。この点は、聖アウグスティヌスが見事に証している通りである。彼は『創世記注解』の第一の書、および『神の国』の第九の書ならびに第八の書・第一六章、さらには『三位一体論』の最終章において、デーモンを「生きた空気的存在」と呼んでいる。さらに、同時代〔二世紀〕の最も博識な魔女の一人であるアプレイウスの著作に見られるデーモンの定義を踏襲してもいる。その定義とはこうだ。「デーモンは生命ある類に属し、理性的能力を有し、感覚的感受の可能な魂と空気的身体を持ち、時間的には永久に不滅である」。ここでの「永久に〔不滅である〕」《*aeterna*》は、聖書で頻出する「永遠にわたって、少なくともきわめて長く」《*pro perpetua, aut diuturna*》を意味する。なぜなら、永遠なる存在、すなわち始まりも終わりもない存在は、神以外にないからである。「イザヤ書」もこう言っている。「〔神は〕一切の前にあり、一切の後にもある者」だと。ところで、アプレイウスが、デーモンは空気的身体を有すると主張している点だが、これは、知性を持つ純粋な霊的存在である霊《エスプリ》の本質に反している。同様にプラトン学派もデーモンが純粋な霊的存在だとは述べていない。アレクサンドリアのフィロンもモーセに現れた主が、七二人の選ばれし者たちに霊を注がれた、という「民数記」〔第一一章・第二五節―第二六節〕の記述を解釈するに際し、それは光が放射されるが如きである、と言っている。私はむしろ、デーモンが四大から成ると主張した場合、霊的存在もまた腐敗するという不条理に陥るので、これを避けるためには、天空の場合と似ていて、デーモンたちは第五元素を本質とする、と主張したいところだ〔月下の世界を構成する「地、水、気、火」と異なり、月の上の世界を構成するとされた元素〕。キケロもこの一点のみに基づいて、霊魂は四大から構成されないと強く主張したのだった。一方、アリストテレスは『形而上学』第四の書で、デーモンは四大から成ると言っており、オリゲネスも『第一原理論』の中で同様の主張を行なっている。聖アウグスティヌスは、既に指摘した通り、少なからぬ論者たちと同じくアプレイウスの見解を踏襲し、デーモンは空気的な身体を有すると言っている。さらに、神以外には、非肉体的存在は皆無だが、その論証は必要だと続けている。彼によれば、有限かつ境界あるものは、長さ、幅そして深さという面を有するので、無限でないものは非肉体的ではあり得ない。したがって、この現世にあって、無限なるものは一切存在しないのは確実であり、一方、神は肉体的ではないし、また肉体的ではあり得ないのである。そうでなければ、ソロモンも言う通り、神は有限で、この世に包含されてしまうからだ。その唯一の理由は、神は非物質的かつ無限の本質そのものだからである。以上の論証から、以下の点が明白となる。すなわち、デーモンのみならず一切の霊的存在は、いかにそれが不可視であろうとも、肉体的であり、ただ、ある者は他の者に比べて、より肉体的、ないしはより四大的、またはより四大的ではない、という結論に至る。これにはアフロディシアスのアレクサンデル〔二世紀後半―三世紀初頭に活躍した逍遙学派の学者。アリストテレスの注解では、古代ギリシア世界最大の偉人〕も同意している。ただし彼は同じ論証法を用いてはいない。彼の場合は、「イザヤ書」の権威に依拠している。同書の第五七章〔第一六節：「われ限りなくは争わじ我たえずは怒らじ　然らずば人のこころ我がまへにおとろへん　わが造りたる霊はみな然らん」〕に曰く「霊も、私が造った霊魂も、消滅するだろう」。アレクサンデルは、霊を意味する「ルナハ」という語と、息吹を意味する「ネプハソト」という語を用いている。これらは、例えば天使や人間の霊魂のように多様な性質を帯びているが、いずれも本質は同じである。アプレイウスは、霊には善、悪、および中立の者が存在すると主張している古代人たちとは異なり、霊が善良か邪悪かには言及していない。また、キリスト教徒の中ではプセルスが、またプラトン学派の中ではプロティノスが、エジプト人の中ではイアンブリコスが、三者三様ではあるものの、概してすべてのデーモンを次の六つの場所に配置している。すなわち、天空、大気の高い層、大気の中間層、水中、地上、そして地下である。しかしながら、われわれは神学者たちの結論に従い、一切のデーモンは邪悪であると考える。さらに、古代人たちはデーモン〔ダイモン〕に対し「エウダイモーン」〔善いダイモン〕と「カカダイモーン」〔悪しきダイモン〕の二種類の形容しか用いなかった点に鑑み、霊的存在の本質に関して、中立性を持ち出すのは矛盾すると見なす。こうして、悪魔またはデーモンの起源、本質、性質に関する点が解決したが、この点はわれわれを、われわれの定義の最初の地点へと引き戻してくれる。それは、悪魔の活動および悪魔が人間を破滅させるために用いる悪魔的手段を理解するためだ。また、この点は、デーモンとの関係および結び付きをも前提にしている。そこで、このような関係が成立しうるのかどうかについて論じよう〔第一章終わり。このように、各章は次章の内容を予告して閉じることが多い〕。

第四の書　第一章　魔女の宗教裁判について

われわれは邪悪な霊を追い払う手段について話した。しかし魔女が悪霊を呼び戻すとしたら、それらを追い払うのは無駄になってしまう。と言うのも、サタンは常に、呼ばれたら来られるように注意を払っており、しかも呼ばれなくともしばしば向こうからやって来さえするからだ。われわれは、適切な対処法および簡単に実行できる処方箋を示した。それは、神の掟の内部で人々を教化し、人々が神に仕えるように導くためである。こうした一切が邪悪なる連中に神を畏怖させるに至らない場合は、あるいは、魔女たちをその唾棄すべき生活から引き戻すに至らない場合は、焼鏝《やきごて》や熱した鉄具を押し付け、身体の腐った部分を切除すべきである。なぜなら実のところ、魔女たちにどのような罰を科そうとも、たとえそれが、弱火で魔女たちを蒸して焼き殺す罰であろうとも、こうした罰はサタンが現世において魔女たちに強いている罰ほど、苦しいものではないからである。もちろん、魔女たちに用意されている永劫の罰は、全く比べものにならない。火炙りは当然で、魔女が死ぬまでに火が燃えているのは、わずかに一時間か半時間にすぎないからである。だが、吝嗇、嫉妬、酩酊、淫乱など、人々への劫罰を引き起こす罪の中でも、魔女術の行使ほど、その該当者が残酷かつ長期にわたって罰されるべき罪は他に存在しない。なぜなら、それは他人の霊魂と身体の双方に対し恨みをはらす術だからである。実際、ミラノのある男は、自分の敵に復讐するために、相手を組み伏し、喉に短剣を突っ込んで、神を否認しなければ斬り殺すと脅迫した。相手は言われる通りにしたが、この男はまだ満足できず、心の底から神を否認するよう強要し、しかもそれを何度も繰り返したのだ。それが終わると、「お前は身体も魂も破滅だな」と言いながら相手を殺したのである。悪魔がその手下に行なうのも同じことである。われわれは、魔女たちの術が、魔女たちを裕福にしたり、彼ら彼女らに快楽や栄誉や知識を与えたりはしない点を既に示した。魔女たちは、ただサタンの命に応じて、邪悪を実践する手段を手に入れるだけである。また現世における見返りとして、サタンは、魔女たちに神を否認するよう強い、かつ、雄山羊ないしは他のおぞましい動物に変身した上で、自分の臀部を崇拝しそこに接吻するよう求めるのである。さらに、サタンは、配下の奴隷たちを休息させるどころか、夜な夜な彼ら彼女らを瞬間移動させて、既にわれわれが叙述したきわめて卑猥な行為に耽らせるのである。したがって、魔女たちに適用される死罪は、既に苦しんでいる彼ら彼女らを、罰することでさらに苦しめるのを目的としてはいない。そうではなく、民《たみ》全体の上に降り掛かりうる神の怒りを静めるのが目的なのである。さらに、魔女たちを悔恨へと導いて治癒するようにしてやること、少なくとも、改心しない場合には、魔女たちの数を減らし、邪悪なる者たちを驚愕させ、選ばれし者たちを守ることも、目的の一部を成している。ゆえに、魔女たちを熱心に探し出し、厳しく罰することは、国家全体にとってきわめて有益である。こうした措置をとらないと、人民自身が、司法官と魔女の両方を石で叩き殺す危険が出てきてしまう。実際、このランの町の近郊に位置するアグノーヌで、一年前にそうした事件が起きている。死罪に値した二人の魔女が有罪宣告を受けたが、一人は鞭打ちの刑に、もう一人はそれに立ち会うという刑に処された。ところが、人々が彼女たちを捕まえ、石で打ち殺し、官吏たちも追放してしまったのだ。また、この前の四月に死んだ、ヴェリニーの悪名高い一人の魔女は、子供を誘拐し、数々の魔女術を行使した廉で告発されたが、結局無罪放免となってしまった。ところが彼女は巧みに復讐を計り、無数の人間や家畜を殺害したらしい。これは私が住民から直接聞き知ったことである。その上私は、多くの君主たちが、盗賊や金融業者や高利貸しや白昼強盗たちに対する裁判を行なうために、審問制度を設け、特任官僚を任命しているにもかかわらず、これ以上ないほど恐ろしく唾棄すべき魔女たちの邪悪な行ないだけは見逃したままにしていることに、驚きを禁じ得ない。確かに、大昔から自身が魔女たる君主や、魔女に伺いを立てたがった君主が存在したのは事実だが、その魔女たちのせいで、彼らは栄誉ある高い地位から悲惨と不幸のどん底へと、常に墜落するのを余儀なくされてきた。と言うのも、そうした君主たちが、自分は戦いに勝利するかどうかを魔女に尋ねるや、神は彼らが敗北を喫するよう計らうからであり、あるいは、そうした君主たちが自分の後継者たるべき者をサタンに訊こうとするや、神は彼らの敵をその後継者に据えるからである。また既に無数の逸話で示してきたように、彼らが魔女どもに、病気の快癒を求めるや、神は彼らを死に追いやってしまう。こうした形で、神は、裁判官たちが罰し得なかった魔女＝君主たちを罰するのだ。また時として神は、臣下の者たちが自身魔女である君主たちに反旗を翻すよう促すし、神が魔女自身を使って彼らを罰する場合も普通に見られる。そもそもサタンと魔女どもは、自分たちの密議を夜間に凝らし、また魔女たる印も隠され秘められているから〔サタンないし悪魔は、魔女と契約するに当たって、秘所など身体の一部に印をつけると信じられていた〕、一見しただけで裁判に持ち込んだり、証拠をそろえたりするのは非常に困難である。だからこそ、既に示した通りの、憎むべき、かつ想像し得る限り最も邪悪なあらゆる結果を齎《もたら》す罪に対し、判事が判決を下したり、そうした罪を人々に説得的に示したりできなくなってしまうのだ。きわめておぞましい罪が秘密裡に行なわれ、立派な人々によっても発見できないという、このような場合には、窃盗犯を認定する時と同じく、共犯者や同罪者を通して、そうした罪を裏付ける必要がある。その際には、無数の人間を告発する上で、わずか一人が見つかればそれで事足りる。この点は、シャルル九世の治下に起きたデ・ゼシェル〔トロワ＝ゼシェル・マンソーという当時有名になった男性の「魔女」〕の一件が証明している。彼は、人間の能力のみでは実現不可能な数々の行ないのゆえに有罪とされた際に、自分がやった事柄を理性的に説明できないと観念し、一切はサタンの援助を得て行なわれたと白状した上で、多数の同罪者を告発することと引き換えに、自分を許してほしいと国王に懇願したのである。国王は、デ・ゼシェルが自分の仲間や共犯者たちを明かすという条件の下に、彼に特赦を与えた。その通りに事が運ばれた。結果、彼は、自分が知っている者たちの姓や名をたくさん挙げた。さらに、彼自身面識はないが、サバトで見かけたという人物に関しては、それらの者たちを同定するために、公的な場に彼らを召喚し、彼らの肩やその他悪魔の印が見つかりそうな身体の箇所を調べさせたのである。さらに、デ・ゼシェルと差し向かいにして、悪魔に対しより忠実でその信頼を得ている者たち、すなわち一切印を付けられていない者たちをも突き止めた〔ボダンの考えによると、悪魔は、最も信頼できる魔女には印をつけないという〕。であるのに、訴追や密告は取り下げられてしまった。特別待遇ないしは金銭授受があったためか、あるいは、思いがけず一味に加わっていた者たちの幾人かの恥を隠し通すためか、それとも、関係者のあまりの多さが原因なのか、あるいは、証拠が十分に明確ではなく、密告者も姿をくらましたりしたせいなのか、よくわからない。似たようなケースだが、キャンズヴァン盲人院〔一二五四年にルイ九世がパリに建設した盲人収容施設〕のある盲人が、共犯者数名とパリで絞首刑に処された事件でも、召喚された者は一五〇人に上っていた。しかし、絞首刑に処されたのは、魔女集会で、聖別された聖体《ホスチア》を、何度も侮辱した廉で有罪になった者たちに限られていた。これ以降、特に国王シャルル九世の死後、人々はより注意深くなっていった。判事たちは、シャルル九世の治下で経験した困難をもはや味わわずに済んでいる。〔しかも〕国王アンリ二世以前〔の昔〕はこうした困難は皆無であった。だからこそ、宮内裁判所の長官バルテルミー・フェイ氏が嘆いていたのも当然である。ところで、魔女の処罰に関しては、複数の方法がある。まず、通常の判事が行なうものと、特認判事が行なうものがある。と言うのも、通常の判事たち以外に、この目的に合致した特認の判事を、各地方に少なくとも一人ないし二人は任命する必要があるからだ。ただし、私は、優先裁判権ないしは競合関係により、通常の判事たちから審理する権限が奪われる、と言いたいわけではない。むしろ、このような聖なる仕事においては、両者が手を組んで協力しあうべきだと言いたいのである。昔は、教会所属の判事が審理する権限を握っていて、世俗の判事はそこから排除されていた。一二八二年に発行された、パリの司教のやり方に異議を唱える高等法院の裁決は、まだ有効である。現在でもイタリアやスペインではこのやり方が見出せる。フランスでは、元帥ジル・ド・レの裁判のように、宗教裁判所判事と世俗の判事が合同で裁判を進めていた。この裁判はピエール・ド・ロピタルとナントの司教が協力して行なった。その結果、レ元帥は、五〇年前から何度も魔法を実践した廉で有罪とされ、一四四〇年十二月二十五日、死刑に処せられている。〔魔女裁判の〕審理権は、一三九〇年の最高法院の裁決によって、教会人の手から剝奪され、世俗の判事たちの手へと渡ることになったが、これは立派な決定であった。なぜなら、教会人たちは死刑を宣告する権限も、血の刑を科す権限も持っていなかったため、軽い刑罰しか行使できなかったからだ。これはアレクサンデルの『異端の告訴について』第二巻の意見に従った結果である。審理権が教会人の手中にあって、世俗の判事たちから剝奪されていた頃にあっては、聖職者たちは、魔女たちを審理するにあたって、連中を異端者としてのみ扱っていたのだ。しかしながら、魔女たちは、殺人および単なる異端の域を超えた数多の悪行のゆえに告発されている以上、世俗の司法がこれ〔魔女裁判〕に手をつけることは、是非とも必要であった。ところが、ランの騎馬警察隊長官〔元帥の下でプレヴォ専決事件を裁いた」であるプーライエが相当数の魔女を捕らえて自分の審理権の下に置こうとしたとき、法院の裁決によってその権限は却下されてしまった。ちょうどその時、サタンは非常にうまく立ち回り、サタンに関する噂はすべてでっち上げであるかのように、人々に信じ込ませてしまった。判事たちが、正式な告訴の手続きを踏む前に、かつ、主席検察官が動き出す前に片をつけるためには、彼ら判事は、審理の請願を待たずに被疑者に関する情報を集める必要がある。これは秘密裡に行なわれる方法だが、最良のやり方ともなり得る。しかしながら、判事の中には躊躇する者がいたり、あるいは自身で調査に関与するのを嫌う者がいたりするため、主席検察官や代理検事が告訴を行なう必要が生じてくる。これが二つ目の方法である。なぜなら、すべてを精査し、大罪に関し訴追を準備するのが彼らの義務だからである。ところが、主席検察官たちは、判事たちよりも、その仕事ぶりにおいて怠慢なケースが多いため、魔女罪という罪にあっては、彼ら主席検察官を含め、誰でも原告となりうるようにするのが望ましい。もし検察官が関与を望まない場合は、誰であれ個人が、この罪を犯した者たちを公にする目的で、告発することが許されるべきである。その場合、速やかに事を運ばねばならない。この王国内にあっては、魔女罪以外のすべての罪において、個人的利害が関与しているか否かを調べることが要求されるが、魔女罪においては、律法の「公的な裁きに関し告訴の権限を有する者」に定められた、普通法で要求される厳格な規定を守る限り〔「出エジプト記」第二三章・第一節―第七節〕、この点にこだわる必要はない。以上が、採用しうる三番目の方法である。四番目の方法は、密告によるものである。この際、中傷の根拠が薄弱だったり、ムーランの勅令に基づき被告人が完全に無罪放免と判断されたり、逮捕者が一時的釈放を許可されたり、より詳細な調査が必要と判断された場合を除いて、主席検察官は、密告者の氏名を明かす義務を負わない。ちなみに、反証やその推定が可能とされる場合には、さらなる精査を行なう必要が生じる。さて、この魔女罪という疫病は、町中よりも、村ないしは町の外においてより一般的に見られるものであり、しかも、そこに住む愚かで単純な人々は、神よりも魔女や裁判官の方をずっと怖れるものであるから、自ら告発ないし密告をあえて行なおうとはしない。である以上、この唾棄すべき罪の捜査においては、ミラノでも実践されている、スコットランドのあの素晴らしい習慣を、ぜひ採用する必要がある。これは、「インディクト」〔「通知する」の意〕と呼ばれる方法で、教会内に箱を設置し、そこに、魔女の名前やその犯した罪、場所、日時、証人名などを記した紙片を、誰でも投函できるようにするやり方だ。判事と主席検察官あるいは領主裁判所の訴追官は鍵を一つずつ有している。二つの鍵穴で閉じられた箱は、彼らの面前で二週間ごとに開けられ、その結果、名指された者たちに関し秘密裡に情報を集めることが可能となる。以上が五つ目の、しかも最も確実な方法である。なお、『異端に関する法規』第六の書にも記されている通り、被告人が逃亡することで生ずる不都合を避けるためには、いかなる場合においても、告発者や密告者および記載のあった場合の証人の名前は決して公開してはならない。六つ目の方法は、警告書〔教会法違反となる行為を信者に周知させる書簡〕によって為されるべきだ。これは、告発や裁判所への申し立てあるいは訴えを起こす勇気や意志のない者たちを動かす上で、ぜひとも必要な措置である。七つ目は、他人を害する犯罪を一緒に行なった共犯者を、告発者として受け入れるものだ。この場合、共犯者＝告発者は、悔悟した上でサタンを否認さえすれば、決して罰されない。この点は明確に約束しておかねばならない。これは、中世の最良の法律家の一人であったジャン・デュラン〔ウィリアム・デュランドス。十三世紀に活躍した偉大な教会法学者〕が、「起訴について」の項目で表明している意見でもある。彼もまた、魔女たちの共犯者に対しては、こうした特権が与えられるべきである、という見解を有していた。なるほど、普通法に従えば、共犯者を告発者として認定するのは無理である。だが、「違法調査に関するトゥリア法」は、国家の要職を争って贈収賄の罪を犯した者たちを、互いに告発させる手段として、上記同様の特権を認めていた。報酬として、訴訟の勝者が無罪となり、競争相手の狙っていた要職を手に入れることになっていた。魔女の場合、共犯者には告発以前に通知されるとはいえ、それでも、有罪とならないことを常に約束すべきだし、拷問せずとも告白した者や、仲間たちを告発した者たちの刑罰は減じてやらねばならない。これは、他の魔女たちが誰であるかを曝く上で、きわめて確実な手段である。当然のことながら、いったん死への恐怖に囚われてしまうと、真実を話す余裕がなくなってしまう。この点は、魔女の頭目として死刑を宣せられたデ・ゼシェルに対し、シャルル九世が、共犯者を教えることを条件に、恩赦を与えた際、既に確認されている。上述したように、デ・ゼシェルは無数の共犯者の名を挙げたのである。なお、もしこの方法でも成果が上がらない場合は、魔女たちの若き娘を捕まえるべきである。というのも、娘たちが、母親からこの種の知識を授けられ、集会に連れて行かれるというケースは、何度も確認されているからだ。その若さゆえに彼女らは説得しやすいし、無罪を約束してやり、立ち直らせるのも容易だろう。その年齢および母親の悪しき影響を勘案するならば、彼女らを無罪にしてやるのは当然だ。こうして娘たちは、関与した人物、サバトに行った日時やその場所、およびそこで行なわれた悪行を話したのである。例えば、この方法で、シャトールーのバイイ裁判所長官であったボナンは、母親に誘惑された若き娘の話を通して、何が行なわれたかを突きとめたのである。既に紹介したポテスのロンニーの事件も、若い娘により暴露されたのだった。もし娘たちが大勢の前で事実を話すのを怖れる場合は、判事は壁掛けの織物の背後に二、三人を忍ばせ、何も書かせずに彼女らの供述を聞かせるべきである。その後、彼らに告白内容を繰り返させ、それを書き取ればよい。魔女に対する裁判の経験がない判事、魔女を見たことのない判事、あるいは魔女に関し知識の乏しい判事たちは、ただ困惑し手を拱《こまぬ》くばかりなので、以上の措置はきわめて重要である。さて、第一に、しかもできる限り迅速に、魔女を尋問することが大切だ。いかなる犯罪においても尋問は早ければ早いほど効果的なのだから、魔女裁判でもこれは同じである。というのも、いつも判明していることだが、魔女が逮捕されるや否や、その魔女は即座に、サタンが自分を見捨てたのだと感じ、大きな恐怖感にとらわれて、暴力的手段や拷問では引き出せないような内容を、自分から進んで告白するからである。例えば、ジュネーヴのある魔女は、逮捕されると、即座に取り乱し始め、自分にしか姿が見えない仲間の悪魔が自分を捨てたのだと嘆いた。こうした場合、動揺しているうちに尋問し、真実を語れば刑罰を科さないと約束してやるべきである。逆に、もし暫くの間魔女を牢獄に入れておくと、間違いなくサタンが彼女に指示を与えてしまうだろう。さて、尋問は、先ずは曲芸のように軽やかで笑いを誘うような事柄から始めるべきである。書記官も不要だ。また、あらゆることを知りたいという欲求も隠さねばならない。そうすれば、魔女の方も喜んで耳を傾けてくれるからだ。そして〔娘の場合は〕徐々に、両親が魔女術を行使しているかを尋ねるとよい。既に述べたが、私はジャンヌ・アルヴィリエの母親に関し精査すべきだという意見であった。そこで彼女の生誕地であるヴェルベリーに公式に調査を依頼したところ、母親は既に三〇年前に焚刑に処されていたことが判明した。まだ非常に若かった娘のジャンヌの方は、鞭打ち刑を言い渡されている。そもそも母親が自分の娘たちを誘い、彼女らをサタンに捧げること以上に、当たり前の事柄はない。娘たちが生まれてすぐ行なわれる場合も、頻繁に見受けられる。ところで、ジャンヌ・アルヴィリエの娘は、母親が投獄されたのを知り逃亡した。その後、彼女もまた魔女であることが判明した。また、〔既に述べた通り〕判決に基づいて処刑されたバルブ・ドレの娘たちも、母親が魔女罪の廉で逮捕されるや、即座に逃亡したが、告発も捜査も行なわれなかった。親戚筋に当たる魔法使いが、一族は皆魔女であると後になって訴えたのであった。二つ目のポイントは、魔女の出身地を知り、その後居住地を変えているか否かを調べることである。なぜなら、ありあまる財宝のゆえに一箇所に留まる場合を除けば、魔女がある場所から別の場所へ、ある村から別の村へと移動するのは、頻繁に見られる現象だからだ。彼女らがそうするのは、発見された場合に告発されるのを怖れるからである。また、自分たちが移動する理由を知られたり、人々が彼女らの顔を注意深く観察したりすることも恐れている。確かに、村人たちは、相手を直視することはできないが、それでも裁判にあっては、彼女らの振る舞いや表情や言葉遣いに関し、何一つ忘れないからだ。ところで既に経験から証明済みの事柄だが、魔女たちは決して泣かない。

これは根拠のある推定である。確かに、女というものは、理由があろうがなかろうが、むやみに涙を流したり溜め息をついたりする。だが、異端審問官のパウロ・グリランドとシュプレンガーは、ただ一人の魔女すら泣かせるには至らなかった、と述べている。さらに供述の一貫性のなさにも注意を払うべきである。そのためには、同じ一つの質問を、間隔を置いて繰り返し発する必要がある。こうして、なぜ彼女らが恐れられているのか、なぜ脅迫の後に特定の人物が死んだり病気になったりするのかを尋ね、そして尋問の際の魔女の様子を観察し、記録すべきである。また必要とあらば、他に魔女を知らないかどうか質問し、その魔女たちの地位や行為についても尋ねるとよい。もし魔女が他の魔女について聞いたことがある場合は、誰にいつどのようにして聞いたかを問うべきである。また自発的な告白が行なわれる時には、三名ないし四名の人々の面前で実施されるべきである。さらに家宅捜索の際には、家の隅々まで精査し、ヒキガエル、特にお仕着せをまとわされた、ないしは壺の中にいるヒキガエルが見つかるかどうか、あるいは子供の骨や、悪臭を放つ潤滑剤や粉末およびそれらに類したものが見つかるかどうか、調べねばならない。魔女は通常、こうしたものを備えているものだからだ。何はともあれ、もし可能ならば、魔女たちが真実を話さぬようサタンが妨害するのを避けるためにも、あらゆる証拠に関し、間断なく尋問を行なうのが望ましい。これと同じ理由から、ダノー〔ランベール・ダノー。プロテスタントの牧師で、一五七四年に『魔女』という書を公刊している〕はその『小対話篇』の中で適切にもこう述べている。魔女を投獄した際には、決して彼女を一人にしてはならない、と。なぜなら（と彼は続けている）、魔女は悪魔と話をし、その悪魔が、真実を話さないように彼女を説得したり、既に告白した内容を否認するよう促したりするし、お前は決して死ぬことはないと、約束するのが常だからだ。こうした成り行きからは、多くの不都合が生じる。例えば、獄中にありながら、投獄前に外でいつも行なっていたように、そこから飛んで逃亡しようと試みた挙げ句、首を折ってしまったケースが間々見られるのである。

ランの町の主席検察官であるアダン・マルタン氏から直接聞いた話だが、彼が判決を下し処刑を命じたビェーヴルのある魔女は、彼に向かって「私は死刑判決を受けて、生きたまま火炙りにされるらしいね」と言ったという。誰一人彼女にこの件で話をしていないので、サタンが伝えたとしか思えない。因みに、トネールの町で処刑されたマルグリット・パジョは、自分が魔法をかけ病気に陥れた男が隣人に話した内容を、サタンから聞き知っている。誰一人として彼女に伝えていないのだから、サタンの仕業である。以上のような理由から、判事たちは、魔女裁判を行なうに当たっては、多くを語らず、かつ、常に聞き耳を立てている悪魔の裏をかくよう注意すべきである。ところで、ランの判事たちをさらに驚かせたのは、ビェーヴルの魔女に対し、絞殺した後焚刑に処する、という判決を下したにもかかわらず、死刑執行人が執行命令通りに事を運ばなかったために、彼女を〔その予言通り〕生きたまま火炙りにしたことである。さて、サタンは場合によっては、魔女たちに、あの世での生は幸福そのものであると約束することがある。それゆえ、魔女たちは悔悛せず、邪悪な罪に強情にしがみついたまま死んでいく。またもし魔女が真実を述べた時には、心の底から神に祈らない限り、サタンに殺されたり撲殺されたりする危険がある。ここでその具体例として、ドーフィネ地方出身でサン・ジャン・ダンジュリーの教区司祭であったジュルダン・フォールに対する裁判を挙げておこう。彼はルイ十一世の弟であるシャルル・ド・フランスとモンソロー伯爵夫人〔ルイ・ダンボワーズの未亡人。シャルル・ド・フランスと愛人関係にあり、二人の子供を儲けたが二人とも死亡〕を毒殺しようとした。二人に対し、毒など盛られているようには見えない桃を半分ずつ与えたのである。司祭は魔女でもあったので、君主の命に従い、彼らを呪い殺している〔反抗的なシャルルを厄介払いするために、ルイ十一世の命令で毒殺された、という噂がある〕。その際、二人が不義を行なっている場を利用しようとしたらしい。さて、ナントにて投獄されると、ジュルダン・フォールは、拷問を避けたかったのですべてを告白した。その後、牢番は判事たちに対し、牢獄内に恐るべき姿の人物が何度も現れ、泣き叫ぶ不気味な声も聞こえるから、監獄にこれ以上居続けるのは無理である、と訴えてきた。さて、判決が下されたばかりの、ある晩のこと、突然嵐となり、雷鳴や雷電が霹靂《へきれき》した。その後囚人が即死状態で発見されたが、身体は膨れあがり、舌は引きちぎられ、全体は炭のように真っ黒になっていた。この裁判の話は、アルジャントレの領主によって、『ブルターニュ譚』第一二の書・第四二三章で報告されている。さて、魔女の中には有罪判決を受けた後、自殺する者もいるが、実はこれは頻繁に見られるケースである。また、拷問により告白した内容を、あとで取り消す者もいるが、これは、判事たちを大いに困惑させる。と言うのも、十分な証拠が出てこない限り、彼らは、牢獄の門戸を開けざるを得ないからである。もっとも、拷問なしで邪悪な大罪を告白した者が前言を撤回した場合、その告白内容を補強する推定や証拠がさらに見つかりさえすれば、有罪判決は依然有効と見なされねばならない。また、魔女たちはその邪悪な業を自分たちの敵に向けるものなので、殺されたり魔法をかけられたりしたと推定できる人物が、疑わしいと思しきある魔女に恨みを抱いていたかどうかに関し、入念に調査せねばならない。同時に、恨みに関し、その魔女にも一点一点細かく尋問する必要がある。告発された、ないしは嫌疑をかけられた者たちから真実を引き出すためには、判事たる者、彼女らに同情している風を装うことくらいせねばならない。さらに彼女らに対し、人々を死に至らしめるよう強制したのは悪魔であって、彼女らに罪はない、よって彼女らは無実である、と明言しておくのがよい。なお、魔女が何も告白する気がないのがわかったら、衣服を着替えさせ、毛髪をすべて剃り、それから改めて尋問せねばならない。そして、もし部分的な証拠ないしは根拠ある推定が見つかれば、拷問を適用すべきである。と言うのも、魔女を励まし支えるのは悪魔であっても、皆が認めている通り、魔女自身もまた沈黙を守るのに必要な薬物を所持しているからだ。ところがこの薬物を失ってしまうと、魔女たちは決して拷問に耐えられないという気持ちになり、ゆえに屢々、拷問なしでも真実を語ることになる。この点は、異端審問官クマヌスの書で読んだ通りだ。彼は、一四八五年に、ミラノの辺境領ヴァルニゼールで、四一人の魔女を焚刑に処しているが、その全員が、毛髪を剃り衣服を着替えさせるや否や、一切合切を告白したのである。ローマ皇帝ドミティアヌスも魔法使いのティアナのアポロニウス〔一世紀頃に活躍したギリシアの新ピタゴラス派の哲学者〕に対して同じことを行なっている。レムノス島のフィロストラトス〔ローマ帝政時代のギリシアのソフィスト。アポロニウス伝やソフィストたちの伝記を著した〕の著書によると、皇帝は彼を素っ裸にし、剃髪も行なったという。と言うのも、シュプレンガーが書いている通り、もし魔女が沈黙のための妙薬を所持していると、拷問にかけても何ら苦痛を感じず、したがって真実を述べることはないからである。この点に関してはトゥールの大司教グレゴリウスも報告している通りで、既に紹介したが、宮廷審問官ムモルス〔メロヴィング朝期の偉大な将軍で、ブルゴーニュ王グントラムに仕えるが、魔術を行使した廉で殺される〕が拷問にかけられた際、国王キルデベルト〔キルデベルト二世。グントラムの甥で、六世紀のメロヴィング朝の国王〕に使者が送られ、ムモルスは全く苦痛を感じない、と報告された。そこで国王の命令により、彼を滑車に括り付け引きちぎろうとしたが、死刑執行人たちが疲弊するばかりだった。次に両足と両手の爪と肉の間に錐を何本も差し込んだが無駄だったという。因みに、この責め苦は他のすべての拷問の中でも最良のものであり、トルコでも実践されている。ただし、フィレンツェで行なわれている、相手を眠らせないという拷問も効果的である。この場合、吊し落としの拷問刑を行なう時と同じく、被告人を縛り、椅子に座らせ、起きている限りは座らせたままにしておくが、少しでも眠ると縛られた両手で吊される格好になり、これがもの凄い苦痛を与えるのでとても眠れず、また椅子に座り直す羽目になる。こうして最後にはすべてを吐くに至る。四肢が折れたりしていないので、この場合、あまり苦労せずともすぐに真実を引き出せる。パオロ・グリランド〔十六世紀前半のイタリアの法律家で、魔女裁判の経験に基づいた書籍を著している〕がその『拷問論』問題四・第一四番で、またイッポリト・マルスィッリも[6]その著で書いているように、黙秘を貫くための秘薬はしばしば魔女たちの髪の中から見つかる。そのため、魔女たちは、拷問にもかかわらず、苦痛を感じずに眠っているかのように最初は見える。パウロ・グリランドはそういうケースを何度も目にしたので、「主よ、わが口唇《くちびる》をひらきたまへ」〔「詩篇」第五一番・第一五節〕などと唱える必要があるのだと考えた。そうすれば相手は苦痛を感じ、真実を話し始めるという。ただし私自身は、この種の、言葉の魔力に訴えて真実を引き出す方法は好まないのではあるが。それはともかく、拷問を適用する前に、無数の道具や大量の縄が準備されているかのような印象を、かつ拷問を行なう役人も数多いるかのような印象を、相手に与えねばならない。そして暫くの間、魔女たちを恐怖と悲嘆の内に沈めておくべきである。その上、被告人を拷問部屋に入らせる前に、誰かに恐るべき声で泣き叫ばせて、あたかも拷問が行なわれている風を装い、被告人に対し、お前も同じ拷問を受けるのだぞ、と耳打ちすべきである。こうして被告人を驚愕させ、真実を引き出さねばならない。私はかつてある判事が、残忍な表情を作り、ぞっとするような声を出して、真実を言わねば首を括るぞ、と脅しているのをこの目で見た。このやり方のお陰で、魔女たちは意気消沈し、突如、真実を告白し始めたのである。ただし、これは臆病な相手にはきわめて有効な策だが、厚かましい相手には通じない。さらに、事情に精通した抜け目のないスパイを送り込むのも大切だ。彼らには、自分たちもまた、告発された魔女と同じ疑義で投獄されている、と言わせればよい。この方法でも、告白を引き出せる。それでも被告が何もしゃべりたがらない場合は、自分の仲間であるはずの囚人たちが、自分を告発したと信じ込ませるべきである。実際に仲間が告発していなくとも一向に構わない。なぜなら、当の被告人は、復讐を遂げるために、自分も同様の手を使おう、と考えるかもしれないからだ。こうした一切は、神および人間の法に照らし合わせても、合法的である。確かに、『嘘について』で聖アウグスティヌスが、さらにはトマス・アクィナスも〔『神学大全』二・二で〕、八種類の嘘を挙げて、決して嘘をついてはならない、と長々と論じている。しかし、判事たちはこの判断に従う必要はない。その証拠に、周知の通り、エジプトの〔二人の〕助産婦たちや遊女ラハブは、嘘をついたがゆえに神から報酬を得ている(7)。逆に、無実の人を匿《かくま》っておきながら、その人物を捜し出して殺そうとしている者に、事実をしゃべるような輩は、絞首刑に処されるに値する。教会法学者たちの解決策も同罪で、彼らは、アブラハムは自身が殺されるのを避けようとして、妻に対し嘘をつくよう依頼したのではない、彼はただ、サラが真実を言わないことを欲したにすぎない、と強弁しているが、取って付けたような物言いだ〔「創世記」第二〇章〕。なぜなら、ニギディウス・フィグルス〔紀元前一世紀のローマの哲学者、プラエトル〕も言った通りで、「嘘をつくことは、心に反して振る舞うこと」だからであり、アブラハム、イサク、サラ、その他大勢がそうであったように、自分の考えている内容とは異なることを述べる者が嘘をついているのは、間違いないからだ。以上から、無実の人間の命を救うために嘘をつくのは、立派で賞賛に値し不可欠なことであり、逆にその無実の人を殺させるために事実を口にするのは、忌むべき行為であると認めざるを得ない。だからこそプラトンやクセノフォンも、病人や子供に対する場合と同じく、執政官が統治の必要上から人民に嘘をつくのを許可している。司法の場でも、隠された悪事に関する真実を曝くためには、同様の措置が必要である。しかも、既に指摘した通り、この世の一切の悪事の中で、魔女が犯す邪悪さ以上に露骨かつおぞましいものは存在しない。よって、この種の邪悪さを立証するに必要な証拠について、〔次章で〕語らねばなるまい。

訳注

（1）プラトン学派と異なり、アリストテレスは霊的存在を基本的に認めていないはずなので、奇異な感じを受ける。恐らくピエトロ・ポンポナッツィを中心とする、いわゆる「新アリストテレス学派」の見解を、ボダンは密かにここで適用しているのではなかろうか。つまり、天体を動かす「第一動者」を、霊的存在と見なそうとする考え方を、ここで巧みに取り込んでいると考えられるのである。

（2）「詩篇」一〇四、第二六節「船そのうへをはしり汝のつくりたまへる鱷《わに》（レヴィアタン）そのうちにあそびたはぶる」。同じく「詩篇」七四、第一三－一四節、八九、第九－一〇節も参照。

（3）「エゼキエル書」第二九章・第三節―第六節。「エジプトの王パロよ視よ我汝の敵となる汝その河に臥すところの鱷よ汝いふ河は我の所有《もの》なり我自己《おのれ》のためにこれを造れりと（……）我汝を地の獣と天の鳥の餌に与へん」。
（4）これはルネサンス期のユマニストたちが好んで採り上げた逸話。ボダンは、パンをデーモンと解釈し、その生命の有限性を示す証拠として提示しているが、ラブレーのようにパンを救世主キリストの予兆と解する見方もある。ラブレー『第四の書』（宮下志朗訳）ちくま文庫、第二八章を参照。
（5）「モレク」ないし「モロク」に関しては「レビ記」第二〇章・第一節―五節を参照。「その子をモロクに捧ぐる者は必ず殺さるべし」、「我（……）モロクと淫をおこなふところの者どもをその民の中《うち》より絶たん」。
（6）ヒュッポリトス・デ・マルスィリウス（一四五一―一五二九年）とも。ボローニャの法律家。睡眠妨害を利用した拷問を、身体に負担をかけない新しい拷問法として提案した。
（7）「出エジプト記」第一章・第一五節―第二〇節、「ヨシュア記」第二章。助産婦たちは男の子を殺せというファラオの命に背いた。遊女ラハブはヨシュアの斥候をかくまって、エリコの王の使いに嘘をついた。

エチエンヌ・パーキエ

書簡集（抄）

高橋薫訳

解題

エチエンヌ・パーキエ、またはパスキエ　Estienne Pasquier（一五二九年六月七日–一六一五年八月三十日）。パリに生まれ、パリに没した法曹、法制史家、詩人、散文作家、古代史家。弁護士としても名をなし、のちにこれも法律家で文人のアントワーヌ・ロワゼル（一五三六–一六一七年）が対話篇『パーキエ、弁護士』で実名のまま登場させているほどである。しかしパーキエの本領は実証的な古代史家としてであって、中世史家としては実証史のクロード・フォーシェ（一五二九–一六〇一年）、同時代史家としてはランスロ・ヴォワザン・ド・ラ・ポプリニエール（一五四〇–一六〇八年）におくれをとるものの、独自の歴史観を展開した。代表作は『フランスの探究』（別題『フランス考』）（一五六〇–一六二一年）がある。これは政治制度史から社会史、文学史にいたるまで、フランスのアイデンティティを歴史的に考察した、表現史の分類からいえば「史書」に属する著書といえるだろう。しかし『フランスの探究』は学術的・客観的な史書とは必ずしも言えず、ローマ教皇派（そしてその尖兵たるイエズス会）に対抗し国王を中心とする脱宗教的国家を模索した壮大な政治文書とみることもできる。『フランスの探究』が古代史をテーマとするとしたら、宗教戦争に明け暮れた同時代の証言となるのが『書簡集』である。ここでは『書簡集』の中から、文芸評論にかかわる書簡を二通、思想にかかわるもの（といえるほどの内容ではないが）を三通訳出した。

底本はEstienne Pasquier, *Œuvres*, 2 vols, Amsterdam, 1723, t.II. 所収の書簡集であるが、あきらかな誤植・誤記の確認の際にEstienne Pasquier, *Choix de Lettres sur la Littératures, la Langue et la Tradition*, Droz, 1956; *Lettres Familières*, Droz, 1974（いずれも校訂はD. Thickettによる）も参考にした。

書簡集

Ⅰ　文芸評論家として

1　ロンサール殿へ

（同時代詩について）

率直に申し上げて、今日《こんにち》みられるほどたくさんの詩人がフランスに出現したことはありません。ひとびとがしまいにはうんざりするのではないかと心配です。しかしこれはわたしたちに固有の悪癖で、なにかがだれかのあとを、幸運な結果とともについてまわるのを見るやいなや、おなじような成功をはぐくむことができるというむなしい約束や想像のために、おのおのがその仲間になりたがるのです。国王シャルル七世の時代のフランスは乙女ジャンヌという名のむすめに恵まれました。彼女は神から霊感をうけ、王国を立て直すため神からつかわされた者として国王のまえにまかり出ました。このあとに起こったことは非常に具合よく、彼女がやってきて以降、フランスのあらゆる事情は好転につぐ好転をかさね、最終的には英国軍が全滅するまでにいたったのです。この間、二、三人の女詐欺師が出現し、乙女とおなじ目的のために天からおくりこまれたと称して、パリで自分のために説教をさせました。けれど間もなく女たちのペテンは露見し、彼女たちの野望の火はすべて思いがけなくも煙と消えました。こうした行動のあり方は精神的なことがらにおいては、はるかに日常茶飯事なのです。かの博識なラブレーが、ガルガンチュワとパンタグリュエルにことよせて賢明にふざけながら、ひとびとの間でどれほど厚遇を受けたかを知らない者は、わたしたちの中にはおりません。さほど経たないうちに、ひとりはレオン・ラデュルフィ〔ノエル・デュ・ファーユの筆名〕の名のもと、『田園閑話集』で、もうひとりは匿名の内に〔ギヨーム・デ・ゾテル〕、『総飾り集』で、まったくおなじことができると確信した、猿真似をする者がふたり出現しました。しかしどちらもうまい汁をすうことはできませんでした。それらの二冊の本の記憶は消え去ってしまったのですから。おなじようなことが、デ・ゼッサール殿の手でフランス語にされた『アマディス物語』にも見てとれました。デ・ゼッサール殿に固有の素朴な言葉遣いや、その他の世間での処し方に関する見事な考察のために、著者にとってはさいわいなことに成功を収めたのです。この物語のあと、突如として、デ・ゼッサール殿にならって評判になるのをひたすら待ちわびる『パルメルラン・ドリーヴ』、『パラディアン』、『プリマテオン・ド・グレース』、そのほか類似の特徴をもつ物語を目の当たりにしました。おなじようなことが、フランス詩についても起こりました。この領域であなたとデュ・ベレー殿が、わたしたちの間ではけっして期待しなかったほど幸運に恵まれたため、それぞれがおなじ分け前にあずかれるだろうと内心思い込み、当面無数のひとびとがきそってペンをとったのです。これが仕合せか不仕合せか、申しますまい。後世が判断することです。しかしかれらはみずからそれを知ることができるでしょう。自分たちの名前の不滅を主張すること以外にはなにも書きつけていないにもかかわらず、作者の生前からその著書が死んでいくのをわたしたちは目にしているのですから。信じていただきたいのですが、あなたは、長い眼で見れば、「詩人」という美しい名前も「哲学者」という名前と同様、ひとびとの無関心の対象になるのをご覧になることでしょう。「哲学者」の名前はいまでは、「哲学者の石」の変容をもてあそぶうちに、もっとよくいえばそれに興じるうちに、その精神と希望とを無に変容させてしまう、第五元素の抽出者を指すために用いられております。しかしなにが起ころうと、ちょうど高価なダイヤをはめ込むさいに、薄板をそえるように、これらすべての新参者の詩人気取りは、あなたの著作によりいっそうの輝きを与えるでありましょう。友人として言わせてもらえば、あなたの著作は、あなたがご自分の精神を満足させることのみを望んでいらっしゃったとき、非常に美しいと映ります。けれども半ば宮仕えの身分として隷従により、ときとして貴人の、ときとして民衆の満足をおもんばかってあなたご自身から離れてしまったとき、それほどの価値があるものとは思いません。他の人間なら別様に判断するだろう、とおっしゃるでしょう。それこそが作品を書きなおすさい、わたしたちを失敗させるのです。なぜなら、わたしたちにはある者には不快なことが、ある者には快いと考えますが、それに対し、もしわたしたちが工夫したものからなにかを削除するとしたら、おのれの指を切断するほどつらく思えるでしょうから。ひとたび巧みになされているものは、おそらく新奇さのために、それが出来《しゅったい》したときには人気がなくとも、時の経過とともに、わたしたちの間にしっかりと根を下ろすにちがいない、ということを毫《ごう》も疑ってはならないのではありますが。こうした理由でわたしはつねに、理性の王道を進み、大衆に迎合して、わき道にはずれることのないひとびとの側に立つものであります。あなたが著作のいくつかの箇所で、わたしのことを思い出してくださったとお教えいただいたことについては、ロンサールとパキエがその生前友人であったと、将来にわたって知られることを、けっして遺憾に思わない者として、感謝しております。ただ感謝しながらも、明らかにその値打ちがないと承知している幾人かの者を高く讃えるために、あなたの筆を安売りしないよう望むものでありあります。そうすることによって、栄誉あるひとびとに迷惑をかけるからです。あなたはそうしたくはないのだが、かれらがうるさく言うので仕方がないのだとおっしゃるだろうと、わたしにはよくわかっております。そうだと思います。しかしすぐれた詩人のペンは、おなじバランスで、悪人にも善人にも同様に傾けなければならない、判事の耳のようなものではないのです。詩人のペンというものは、それにふさわしいひとびとを讃えるためにのみ、ささげられるべきだからであります。それでは。一五五五年。

2　国王側評定官にしてパリ会計院院長、ペルジュ殿に（モンテーニュのエセーについて）[1]

あなたは、生前、わたしたちの共通の友人であった、故モンテーニュ殿の『エセー』についてわたしがどのように判断しているか、お知りになりたいと望んでおられます。ひとことで申し上げましょう。そのすべてがわたしを喜ばせるものではないとしても、不快に思わせるものはなにひとつありません。この方は大胆など仁で、みずからを信じ、そのような方としてご自身の見事な才知のおもむくままに豪胆さに身をゆだねています。それが高じてご自身の書き物によって、辛辣な冗談でひとの気を悪くさせるのを喜んでおられたほどです。そこからモンテーニュ殿のうちに、尻尾をのぞいて頭が残りの部分にまったくマッチしない多くの章が見出されることになるのです。尻尾という意味は、その章の終わりの一〇行ないし一二行を指します。さもなければ、簡単にいうと、べつの箇所に、です。それにもかかわらず章全体ではときとして一二葉、さらにそれ以上でできているのです。このようなたぐいが、「スプリナの話」、「馬車について」、「空虚について」、「人相について」、「子供が父親に似ることについて」、「足なえについて」の標題がつけられた章であり、とりわけ「ウェルギリウスの詩句について」の章です。最後のものは大過なく「支離滅裂《コカラーヌ》な話」と題されるべきものです。才気の風がペンに飛翔をもたらせたように、ひとつの話題から別の話題へと自由自在にとびうつるためです。これとまったくおなじように、この方は何度も、耳慣れない単語をあえて用いました。わたしの間違いでなければ、耳ざわりにもつぎのような言葉を流行させたのです。つまり「虚勢をはる《フラヴェエ》」の代わりに「自慢する《ジャンダルメ》」、「非難させる《メトル・ア・ラブリ》」の代わりに「しのがせる」、その上「雄弁な沈黙」は、子供仲間で言っているために、「子供の言葉《アンファンティヤージュ》」に格下げになりました。「現在《ア・セトウール》」の代わりに「いまでは《アストウール》」、その他のおなじようなタイプがあります。すくなくとも今日《こんにち》までこれらがみなに用いられるようになったとは思えません。とりわけ、「心気転換《ディヴェルシオン》」という言葉でなにを意味しているのか、まったく分かりませんでした。この言葉を題材にして、しかしながら、モンテーニュ殿はかなり長い章〔第三巻四章「気をまぎらすことについて」〕をつくられたのです。なんですって？　わたしは上述の件でなんでもかれのためにお答えしましょう（それというのもわたしはこの方の弁護士になりたいからです。もしご存命でもこの方から忌避されることはないでしょう）。宮仕えの箇所に拘泥せず、モンテーニュ殿のよいところをお取りなさい。章題にではなく、内容に注目しなさい。満足されるに十分な素材をもたらしてくれます。そのなかで、この方は決然と、わたしたちを、時に自分自身を笑いものにしようとなさったのです。しかもこの方ならではの生来の闊達さでもって。

「レイモン・スボン弁護」と題された章より長いものはありません。またこれほど自由気ままにふるまっている章もありません。それは八〇葉にも及んでいるのです。スボンはこれ以前には、わたしたちに知られておりませんでした。にもかかわらずこのスペイン人から引かれた部分はきわめてわずかで、残りのすべてはわたしたちのモンテーニュ殿に由来するものなのです。というのも、この方がご自分のことを忘れることなどけっしてないわけで、その栄誉にあずかった聖ミシェル騎士団について、ことさら言及しさえしているのですから。この方くらい訴訟好きや実務家からほど遠い方はおりません。その職業はまったく別なのです。しかしながら「名前について」の章で、一種の待ち伏せのような感じで、嬉々として三、四の文章を「同じく《イテム》」という言葉ではじめていました。この言葉はとくに実務家向けのものなのです。わたしはこうしたことすべてにいささかも難ありとするものではありません。若い頃、こうした攻撃や空威張りでわたしたちを挑発することを栄誉としたこの方とはいえ、はじめの二巻よりずっとあとに書かれた「第三巻」のいくつかの箇所で、そうしたことをなにかしら弁明しようとなさっています。わたしの考えでは、これは年齢からくる弱さで、生来の力を均衡へと向けていたのです。

　わたしが申し上げたことはすべて、この方が意図的におこなったことです。これからお話しすることは別物です。この方とわたしは、お互い手紙のやりとりをつうじて親しく友だちづきあいをしておりました。ふたりとも、一五八八年の有名な身分会のおり――その結末はフランスにあれほど多くの災いをもたらしましたが〔アンリ三世によるギーズ公殺害〕――、一緒にブロワにおりました。わたしたちが城〔ブロワ城〕の庭園を散歩していたとき、わたしはこの方が友人に著作を出版前に見せるのをいささか忘れていたのではないかと、言ったことがありました。その中の多くの箇所で、かつてポリヨンがティトゥス＝リウィウスのパドヴァ方言に気づいたよりもたやすく、なにやらわからないガスコーニュ方言の残滓を〔出版後に〕見出すことができるからです。〔見せてくれていれば〕友人から忠告が受けられたでありましょうに。わたしのいうことを信じたがらなかったので、モンテーニュ殿の「本」がおいてある、わたしの自室に連れて行きました。そこでわたしは、フランス人には耳慣れない、ガスコーニュ人にのみ馴染みぶかいいくつもの話し方を指摘しました。「主の祈り《アン・パートノートル》」、「借金《アン・デット》」、「一対《アン・クプル》」、「うまい言い回し《アン・ランコントル》」〔以上の言葉は本来女性名詞であるが、モンテーニュは男性名詞としてもちいている〕、「動物はわれわれにへつらい、われわれに要求する。われわれがかれらにではない」〔参照二・一二。ただし、最後の一文はモンテーニュの原文では、「われわれもかれらにおなじことをする」〕、「ある著作は油やランプのにおいがする」〔二・一九、一・七六〕、です。とくにわたしが指摘したのは、わたしの眼からするとこの方が「享受する《ジュイール》」という語に、わがフランス語の慣用ではなく、ガスコーニュ人の慣用をすっかりまとわせているようだということです。「わたしはほぼ一貫して健康に恵まれてきている」〔二・一二〕、「この月はおまえの祖先が享受したものにほかならない」〔一・三八〕、「友情は、望まれるほど、満たされることとなる」〔一・二七〕、「これが真の孤独なのであって、都会や国王の宮廷のただなかでも、孤独を享受することはできるけれども、ぽつんと離れているほうが、より心地よくそれを味わえる」〔一・三八〕、「わたしは腕を拡げて健康を迎える。そして欲望を鋭くしてこれを享受する」〔原訳、二・一二〕、です。この表現にかんしてのみならず、ほかの多くの表現についても、ここであなたに書きつらねてみようとは思いませんが、その他多くの言い回しをかれに示しました。そしてこの「本」のすぐつぎの印刷にあたっては、それらを訂正する指示をあたえるだろうと思っていました。けれどもこの方はそうしなかったばかりか、もう長くないと宣告されたにもかかわらず、義による娘〔マリー・ド・グルネ〕がそれまでとまったくおなじように、「本」を再刊させたのでした。そして「巻頭書簡」で、モンテーニュの奥方から、夫君が陽の目をみさせるべく計画していたものとそっくりそのままの形でそれが送られてきていた、と〔グルネ嬢は〕予防線を張ったのです。わたしとしてはこうしたことすべてに加えて、この方がへりくだった態度をとられる一方で、この方ほど自負心をもつ作家は読んだことがない、と申し添えましょう。なぜならこの方がご自分について、またご家族について書くためにもちいた箇所をすべて消し去った者が仮にいたなら、たっぷり四分の一は短くなるでしょう、とくに第三巻では。そしてこの巻はご自身の習慣とふるまいについてのお話のように思えます。これはモンテーニュ殿が執筆したときの、老齢からくる気ままに、いささか帰したいところです。

　あなたはわたしがこれまで述べたことすべてから、生前はこの方の友情をえるという栄誉を幸甚としたわたしのうちに、その死後、公然たる敵を有するようになった、と判断なさるでしょう。とんでもないことです。わたしは他のだれの思い出にも勝るとも劣らずこの方の思い出を愛し、尊敬し、名誉とする者です。『エセー』については（わたしはこれこそ傑作だと思います）、この本以上に手元において、わたしが大切に扱った書物はありません。そこにはいつも何かわたしを満足させてくれるものが見つかります。フランス語におけるもうひとりのセネカです。あれらのガスコーニュ風の語り方やその他のすたれた言葉――それらを逐一しめすことはできませんが――に、わたしはフランス語のみごとな、そして無数の大胆な表現を対峙させましょう。その意味の豊かさから、この方のものでしかありえない、無数のすばらしい警句。ご自分のことを滔々と述べておられるときであっても、わたしが気を悪くすることなどありえません。その語り口のすばらしさには、この方が他人について語っておいでになる時と、寸分たがわぬ喜びを覚えるほどです。しかしなんと言ってもこの方の「本」は、注目に値するみごとな格言の真の宝庫です。そのなかのあるものはこの方の独創であり、それ以外のものはたいそう巧みに、たいそう自然にこの方の文章に移植されているので、この方のものではないと判断するのが難しいほどです。そのうちのいくつかをちょっとここであなたに紹介してみましょう。その他のすべての格言をこの方の「本」でご覧になるのは、あなたのお気持ちにおまかせして。

一　恋愛は、自分から逃れていくものを、狂わんばかりにして追いかける欲望にすぎない〔一・二七「友情について」〕。

一　女性の英知とは愛情の罠である〔三・一二「人相について」〕。

一　夫と妻のあいだのお互いの快楽はきまじめな悦楽であるべきである〔一・三〇「人食い人種について」〕。

一　窮乏《ネセシテ》のうちに生きるのは不幸だけれど、少なくとも、そのように窮乏のうちに生きるという必然性《ネセシテ》はない〔一・一四「理由なしに呰にしがみついて、罰せられること」〕。

一　どこであろうと死が待ち構えているし、わたしたちはいたるところで死を待ち構えなければならない〔一・二〇「想像力について」〕。

一　わたしたちの宗教は、生を軽視すること以上に、確かなよりどころをもっていない〔一・四〇「みずからの名声は人に分配しないこと」〕。

一　思慮にたけた人間が自己を保つならば、なにも失いはしない〔一・九「うそつきについて」〕。

一　運命の恩恵を受けているうちに、その不興を買う用意をしなければならない〔同右〕。

一　わたしたちとわたしたち自身とのあいだには、わたしたちと他人とのあいだと同じくらいの相違が見いだされる〔二・一「われわれの行為の移ろいやすさについて」〕。
一　吝嗇な金持ちは欲望のゆえに貧乏人よりもよけいに苦労する〔二・一七「自惚について」〕。
一　毛の襦袢はこれを着る者をかならずしも弱腰にしない〔二・三三「スプリナの話」〕。
一　気高い誇りは正しい良心にともなう〔三・二「後悔について」〕。
一　わたしは自分を裁くために自分の法廷と法律をもっている〔同右〕。
一　老年はわたしたちの顔よりも心に多くの皺を刻む〔同右〕。
一　拷問は真理のためしであるよりむしろ忍耐のためしである〔二・五「良心について」〕。
一　多くを知ることが懐疑の機会を増す〔二・一二「レーモン・スボンの弁護」〕。
一　わたしたちは五感の協議と協力によってひとつの真理を形成する〔同右〕。
一　わたしたちは何もかも儀礼ずくめである。儀礼にさらわれて事物の本質を見落としている。枝葉にかまけて幹を見捨てている〔二・一七「自惚について」〕。

いかがでしょう。古《いにしえ》よりこれ以上に見事な格言はあったでしょうか。手紙ではなく一冊の「本」をつくるつもりなら、他にもたくさん引用できるでしょう。モンテーニュ殿の「本」全体は、本来、さまざまな格子や縁どりできちんと整えられた花壇ではなく、人為の加わっていない雑然とした、多くの花で変化に富んだ牧場《まきば》なのです。あなたはそこに、あるものは短く、あるものは長く、しかし大体はそのひとつひとつが精髄に満ちた格言に出会われるでしょう。くわえて、あなたがお読みになるとき眠気をさましてくれる多様なテーマにも出会われるでしょう。いかにわたしとしては、そのいくつかで、たとえば「ウェルギリウスの詩句について」の章、とりわけ「足なえについて」の章におけるように、なにかしら削除を願うとしても、です。

というのもこのどちらの章においても、この方は自由をけたはずれの放恣と交換してしまわれたように思えるからです。

こうしたことはみな、この方《かた》の精神に似つかわしい。さてこの方の生涯についてお話すれば、ローマにいたとき、栄誉をもって、ローマ市民の称号をうけました。フランスでは国王シャルル九世によって、聖ミシェル騎士団の騎士に任じられました。同郷のひとびとの間などではボルドー市長にえらばれる栄に浴しましたが、これはこの町にあって低い位階ではありません。いずれにせよ、この方の生涯が、その著作の総括以外のなにものかであった、とは考えないでください。この方はモンテーニュのお屋敷で逝去されました。舌に麻痺が生じたので、まる三日間、知力は十分にありながら、話すことができないという状態がつづきました。それゆえにご自分の意志を理解させるため筆談に頼らざるをえませんでした。臨終が近づいてくるのを知ると、簡単な手紙で奥方に、隣人の貴族たちを招くように頼みました。かれらにお別れをしたかったのです。隣人たちがくると、寝室でミサをとなえさせました。司祭が聖体の奉献にさしかかったとき、寝台の上に身をおこし、手を組んで、かれに残された最善の道へとしゃにむにつきすすみました。そしてこの最後の行為のうちに神に召されたのです。これはこの方の霊魂の内部を映し出す美しい鏡でした。モンテーニュ殿はふたりのお嬢さんを残しました。ひとりは結婚から生まれた方で、その財産の一切合財を受け継ぎ、しかるべき方にとつがれました。もうひとりは義による娘で、学問の相続人でした。ふたりとも非常に高潔な方です。しかしとくに、二番目の方について話さずにこの手紙を終えることはできません。

この方はジャールの令嬢で、たくさんのパリの偉大で、気高い家系に属しています。すぐれた書物、なかんずくモンテーニュ殿の『エセー』を読むことで涵養されたご自分の名誉以外、ほかの夫君をもつつもりはありませんでした。モンテーニュ殿が一五八八年にパリに長期滞在をされたとき、彼女は面識をえようと、わざわざやってきてこの方を見舞ったのです。母君のグルネーの奥方と彼女は、グルネーにあるお屋敷までモンテーニュ殿をつれだしました。モンテーニュ殿は二度、ないし三度の旅行で、計三か月そこに滞在され、望みうるかぎりの心のこもったもてなしを受けました。とにかく、この高潔な令嬢はモンテーニュ殿の逝去の報をうけると、旅券のおかげをうけて、フランス全土をほとんど横断しました。それはご自身のお考えによってでもありましたが、未亡人とお嬢さんがご自分たちの涙と哀悼に、令嬢の、かぎりない涙と哀悼をまじえにくるようようながされたからでもあります。この話は本当に記憶するにあたいします。この方の生涯を、この話以上にうつくしい大団円によって閉じることなどできなかったでしょう。それでは。(一六〇二年頃)

3　シュヴァリエ・ド・モントローへ

（国家盛衰論）

あたかも、そこでは他の国よりも学問が愛好される、そんな国が存在するかの如く、気候次第でひとびとの学識の多寡が決まるという、ばかげた思い込みを、どうか頭からぬぐいさってください。それぞれの国民にはなんらかの美点と欠点があり、世襲権や相続権によるかのごとく、ひとからひとへと伝えられてゆくということを否定するつもりはありませんし、またわたしの知るかぎり、たとえ新しいひとびとの入植があったとしても、かつて非難の的となる悪習をかかえていた国で、後世におけるまでその悪弊が存続しなかったためしはありません。

しかし学問に属することに関しては、まったく別の話になります。そのことはたいそうはっきりした事例によって知ることができます。ギリシアにおけるほどあらゆる種類の学問や領域において多くの偉大な人物がいたことはあったでしょうか。いま、かの地にみられるほどの野蛮さがこの世にあったでしょうか。アフリカのことをお考えください。アフリカはその昔どのような宗教的な教義をいだいていたでしょうか。ところがわたしたちのキリスト教の到来と伸張からまもなく、ここより以上に偉大な教会博士を生み出した国はこの世になかったのです。テルトゥリアヌスしかり、オプタトゥスしかり、ラクタンティウスしかり、聖キプリアヌスしかり、聖アウグスティヌスしかりであります。同様のケースで、ローマ共和国の時代、ドイツほど文芸から縁遠かった国民はあったでしょうか。今日《こんにち》、そして一〇〇年、いや一二〇年来、比較のしようがないほどあらゆる種類の分野で花開いているのがおわかりでしょう。したがってわたしたちを賢明にするのは、地方の特質ではなく、そこに注がれるたゆまぬ努力と精進《しょうじん》なのです。

さらに申し上げることができます。君主制とおなじく、学問や学術もさまざまな時節の違いに応じて住まいやねぐらを変える、というのは正しいからです。これがまず最初に学問がカルデア人のもとで開花し、ついでエジプトに移り、そこからギリシアに歩みをすすめて、ローマにいたった理由です。それ以後、わたしたちの間には、手荒な多くの民族がローマ帝国に対してしかけた大規模な災禍により、数百年にわたって長い野蛮状態が植え付けられ、ついには蛮族の一部はイタリアに、一部はドイツに、一部はフランスに腰をおちつけにきたのであり、いまなおとどまりつづけているのです。すべては森羅万象の繋がりによるのでありまして、この繋がりこそがあなたをして、かくかくの世紀においてある国で武器がさかえ、その後の世紀で学問がさかえるのを目の当たりにさせているのです。しかし何はさておき、わたしも考察したことがあるのですが、これに異論を唱える方はおられないでしょう。つまり、君主制度、もしくは政治体制の初期にあっては文芸が花開いたためしはなく、あなたが目にされるのはむしろ武器であり、武器をもちいて勇猛な戦士たちが餌食にしようとしている国々に踏み込み、そこを征服して、武器で統治する、ということです。そして国家がさかえはじめ、大国になってくると非常に頻繁に文芸が評価を得《う》るようになります。国家が衰退しはじめると、文芸も衰退しはじめるのです。なるほど後者については、武器にかんするほど確かではありません。トルコ大君の国をみておわかりのように、文芸に親しまなかったいくつもの大国があったからです。

こんなふうに言う人たちもいます。人間は若いころ財産を作るため、意を決して事業に着手しますが、その後老年にさしかかり、人生の待ち望んでいた時期になると、もう活動することは肉体的にも精神的にもむずかしいので、かれのなによりの楽しみは、自分自身と過ぎし日の賛美であるとか、またあるいは目の前の人間のたなおろしに弁舌をふるって時を過ごすことです。国家についてもまったく同じことで、国家ができたばかりの頃や成長期にあってはその時間をすべて戦闘についやしますが、名誉や偉大さや支配で腹がくちくなるとまどろみはじめ、繊細な文芸で身を養うようになり、そうした名誉や偉大さや支配を物語ることを学ぶようになります。かのひとたちによれば、国家の老齢と衰退のたいへん確実な兆候だそうです。

けれどもわたしは、そのことから安直に文芸を断罪したいとは思いません。わけても君主制国家にあっては全臣民が国王の意にしたがうので、国王が文芸に熱心になると、すぐさま文芸が根付くのを目にされることになるでしょう。そしてまた異なる気質の王があとを継ぐと、わたしたちはまた再びその習癖を取り入れますが、このために王国が頽廃におちいるわけではありません。この点についてはおなじテーマをめぐる数多くのほかの問題とともに、いつかお目にかかってもっと詳細にお話しすることにしましょう。目下のところ、ことのついでに、あらゆる国民はさまざまな機会に応じて、学問をなしうるのだということをあなたにお示しできただけで十分です。それでは。一五五四年。

4　アルヴィリエ領主、ケルクフィナン殿へ

（新大陸論）

わたしたちが「新大陸」と呼んでいる、このアメリカ大陸をわたしたちの祖先がまったく知らなかったのは重大なことです。〔新大陸という意味は〕その大陸がわたしたちの大陸より新しいからではなく、いく人かのポルトガル水夫によって発見されてから百年にしかならないからです。しかしながらわたしたちの洗練された風俗とその地の諸民族の野蛮な風習とを比較なされば、じっさいに新しい大陸だとおわかりになるでしょう。

サン＝ジェルマン＝アン＝レーでわたしが最近出会ったある貴族は、ブラジルに行ったことがあったのですが、かの地では男たちは素っ裸で、恥部を隠すこともせず出歩いており、もっとも勇猛であるとしめしたい者が、数枚の木の葉をそこにつけるのだと教えてくれました。そして自分の権威を示したい者は、からだをゴムでこすって、そのあとでオウムやそれに類する別の種類の鳥の羽でおおうのだそうです。かれらの政治制度はといえば、いかなる行政官も、いかなる都市も、いかなる国家形態ももたず、ただ血族関係や親族関係にもとづいて、家族にわかれ、そのなかで最長老があらゆる裁判権や判断権をもつそうです。各家族は男も女もふくめておよそ四〇〇人ほどで構成されています。かれらの家には門戸がなく、往来する者みなに開放されています。しかし財産は共有ではなく、女も共有ではありません。夫に〔不貞の〕現場を襲われた女たちはその手で殺され、食べられてしまいます。かれらは地方同士で戦争をしあい、捕虜となった者はただちに死刑を宣告されます。そしてその誓約以外にはかれらを拘束する牢獄をもたず、しばらくのあいだ捕虜を太らせ、殺戮するときが来たら、儀式的な宴会をひらき、おもだった親族や友人をまねいて、死刑囚を酔わせ、かれに食事をとらせ、食後にその他の者とともに踊らせて、その踊りの最中《さいちゅう》に撲殺します。死体は裁断され、猟師が獲物をそうするときのように、分け与えるのです。頭部は主人の家のまえに吊るされ、勝利の証となります。歯で鎖をつくって、首飾りにします。これらの野蛮人には敵を食べる以上にはげしい復讐はなく、食べてしまうぞ、と脅すとき以上に、男として、はげしい敵意の表明はなしえません。加えて言えば、わたしたちが太陽の運行で年齢を数えるのに対し、彼らは月で数えます。

これがわたしがその貴族からまなんだ概略です。果たして本当かどうかは、わたしはどちらとも申しません。遠方から来た者は罰せられずに嘘をつくことができる、と申します。わたしはといえば、それを見に行くことよりも信ずる方が好きなので、この商品を元値であなたにおゆずりしましょう。そこにいるその飛脚に手ぶらであなたのおられる方に行かせるよりも、この物語を託する方が〔当時ケルクフィナンは追放の身にあった〕、好ましく思えたからでもあります。それでは。

5　国王側評定官にしてパリ会計院主任、フェリエール領主、マリヤック殿に

（都会と田園論）

あなたが望んで都落ちをされ、都会でのまじわりをすてて、（田園に引きこもって）沈黙の喜びを選択されたのを知り、埋め合わせにわたしが、ひとり胸のうちで言葉には出さず、あなたと対話しようと決意しました。事実、ひとり書斎で物思いにふけり、歩き回っていると、わたしにはたいそう注意深くフェリエールの庭園を見回っておられるあなたの姿が、いまは枝を刈り込んでいらっしゃる、いまは小径の線引きをしておられる、そしていまは庭師と一緒に花壇づくりをしていらっしゃると、あたかもわたしたちが一緒にいるかのように、目に見えるように感じられました。本当のことをいえば、こうした行動すべてにわたしは大きな喜びを感じておりましたが、それはわたし自身にとっての喜びゆえではなく、あなたに喜んでいただくためであります。あなたの木々を見守って暮らすのであってもなんら悔いはない、と思うほどです。とはいえあなたが、手紙によってあなたの精神を田園についての瞑想から切り離し、都会へと振り向けようと思われたのですから、今度はわたしがわたしどもの裁判所を離れ、ご一緒に田舎暮らしをいたしたいのです。

あなたはこの手紙において、甘い調べによってあなたを都会につれもどそうとするアンフィオン〔竪琴の名手〕やオルフェウス〔リラの名手〕ではなく、あなたのご不幸に同情し、あなたが願っていないとしても、あなたをよりよい道にもどそうと望むキリスト者の兄弟を相手にしている、とお考えください。あなたが

今日《こんにち》談話よりも沈黙を、交際よりも孤独を、安全よりも恐怖を、暖かさよりも凍えた空気を選ぶ、要するに自由の代わりに牢獄としての田園を選ぶほど無思慮であるのを見て、なぜわたしがあなたをよりよい道に引き戻そうとつとめないでいられましょうか。そしてとりわけ、木々に話す以外には、いまあなたには（あなたのよき伴侶である奥方についで）、ほかにだれも心の秘密を打ち明けることのできる者がいないというのに。しかもその木々たるや、あなたを一目見るや、あなたの存在でいかに自分たちの成長がかき乱されるか、合図を送ってわかってもらおうと、その楽しげな衣裳を脱ぎ棄ててみせたではありませんか。

　孤独な生活を選ぶ者は不幸である、と聖書は告げています。あなたが抗弁して、わたしたちの都会の活動こそみじめであり、都会には田園よりも、あまりに巨額の浪費をともなった悪徳と羨望とが満ちている、と反論なさるであろうことはよく承知しています。しかし悪徳がそうであるのと同様、都会には美徳が、より豊かでより頻繁に見受けられます。かりに都会では羨望の、より重大ないくつもの事例が見られるとしても、その埋め合わせに、わたしたちはより大きな栄誉でむくわれています。羨望の不評すべてを忘れさせてくれるばかりか、いわばすぐれた精神と寛大な心の精髄をも、この栄誉は授けてくれます。いく人かの古代の哲学者が、都会や厄介ごとをことごとく放棄し、田園に安らぎを見出すべきである、との意見をもっていたとおっしゃるであろうこともわかっています。だがわたしはこうお答えしましょう。かれらの見解がこのようであるのは、かれらが仕事をもっておらず、その本性か運命かによって、瞑想的で物臭《ものぐさ》な人間となってしまったので、他のひとびとを同じ怠惰にさそい、みちびこうと望んだためである、と。あなたにはおそらく、あたかも仕事を引退したときのように、都会での厄介ごとを捨て田園への道をたどった〔ルキウス・クウィンクティウス〕キンキナトゥス〔紀元前五世紀のローマの独裁者。私欲のなかったことで知られる〕に類した連中や〔デンタトゥス・マニウス〕クリウス〔紀元前三世紀に三度ローマの執政官についた。私欲のなさで知られる〕のごとき輩《やから》を引き合いに出されるかもしれませんが、わたしは、かれらが都会の生活より田園生活を好んでいたからではなく、目先のかわることに、もっと大きな楽しみを感じていたからだ、と申しましょう。日頃洗練された甘美な味わいの肉を食べている者が、ときにウズラをすてて塩漬けの牛や脂身を大満足で食べるのとまったく同様、これらのひとびと、あるいはかれらに似たひとびとは、日常的に重大事を処理することがもたらす煩《わずら》わしさのため、時に田園に引きこもりますが、それは都会で取引ごとをおこなう方が、怠惰の内に村に引っ込むよりもずっと不幸だと思うから、というのではありません。こういうわけですから、こうした田園生活はかれらにとってちょっとした寄り道のようなものなのです。

さらにまた実例は、ときとして多くの欺瞞を覆い隠すものでもありますので、これには拘《こだ》わらず、わたしたちの行動の唯一にして最大の目的とすべき本質に思いをいたすことにしてみると、わたしたちが生を受けてこの世にあるのは、この人間社会の維持のためでなくして、いったいどんな目的があるのか、どうかおっしゃって下さい。思うに、わたしたちがこの目標に近づけば近づくほど、わたしたちの果たすべき務めをまっとうすることになるのだ、というわたしの考えにきっとご同意いただけるでしょう。国家の構成員である農民がかかる維持に、なんらかの形でかかわっていない、とは心底《しんそこ》言いたくありません。しかしその身分がわたしたちの身分と同じ仕方で、それを熱望しているかといえば、だんじてそうは思いません。そしてあなた、田園生活の批評家にして検事総長であるあなたは、わたしの考えを入れてくださり、非難などなさらないだろうと思います。都会には大規模な商取引ばかりでなく、精神の大取引もあふれています。都会には勤勉な職人がおります。都会にはひとびとの手綱であり轡《くつわ》である高位行政官が住んでいます。都会には、わたしたちを全庶民を凌駕する存在にしてくれる、文芸と学問があるのです。

田園では哲学者になれるということも承知しています。しかし、もしあなたがご自分の土地を耕すのにかまけて、あなたの学識を耕すことをせず、あなたが高貴に生まれついたのは、あなたご自身のためであるのと同様、学識を分け与えるに値するひとびとのためでもあり、彼らにそうしてやらないならば、すばらしい哲学もなんの役に立つでしょうか。さらに、もしこの一般的事実を重視せず、わたしたちだけの個人的な満足に限定することにするのであれば（というのも、都会を離れる人たちは自分たちの精神の安らぎのためにそうするように見えますから）、どうかわたしと一緒にわたしたちの精神を苦しめる悩みや恐れ、苦しみがどこから来るか、考えてみて下さい。そうすればそれがわたしたちの愛したり、欲したりする対象にいだく愛惜の念に由来するというわたしの考えに間違いなくご同意下さるでしょう。かくして父親は子供を亡くしたことで、弁護士は訴訟に負けたことで、商人は商品が嵐で海の藻屑と消えたことで、悩み苦しむのです。そこでわたしが言いたいのはこうです。つまり農民はその勤めとしている仕事に、なんの不安もいだいていないにせよ、またかりになんらかの不安をかかえているにせよ、その希望を断たれたときの苦悩は、同じ状況におかれた弁護士や商人におとりません。また、その思いを裏切る災難の中で、悲嘆にくれることなく働く人間などどこにいるだろうと、わたしに言おうとするひとがいるかもしれませんが、そのひとにしても、思うがままの展開となるものごとからは自分は少しも喜びなど得られないとすぐにわたしに白状せざるをえません。喜びも悲しみも、わたしたちの内の同じ源泉に由来しているのですから。こうして災いから悲しみを汲みとらない者は、自分に無関係なものとして、幸《さいわ》いから喜びを引き出すこともできないのです。

だが、田園に暮らしている者の精神が、苦悩とは無縁に、安らぎのうちにあると仮定してみましょう。だからといってそのひとがわたしたちにまさっているとお考えですか。逆にわたしは、都会がわたしたちのもとから安らぎを放逐するとしても、これこそわたしたちが都会からえることのできる最良のものである、と考えます。なぜならわたしたちの精神が、絶えざる行動のうちにいらっしゃる、かの至高の神の似姿に創られたのだとしたら、ええ、まったく、わたしにはなぜわたしたちが休息を追い求めたがるのかわかりません。とくになんらかの誠実な節度でそれを調和のとれたものにしているときには。こうした理由のために、わたしたちの言葉に同意しているいく人かの偉大な賢人は、ひとりでいるときほど孤独でなかったことはないし、無為にあるときほど無為にそまっていなかったことはない、と言いました。群衆であふれる都市の城壁の内部においてばかりでなく、隠者の庵《いおり》や薄暗い場所においても、わたしたちには常に、なんらかの立派な精神の営為がついてまわっているはずだ、と理解していただきたいということです。精神、とわたしは申しました。多様な対象に応じた、多くの苦悩が適切に絡みあって初めてうまく働かせることができる精神のことです。

しかしながら、なぜわたしたちは農民から精神の営為をすっかり放逐しようというのでしょう。これにかんしてわたしたちは〔アンミアヌス・〕マルケリヌス(2)の中で、つぎのようなことを読んだ記憶があります。その昔、ブルゴーニュ人たちがガリアの地の一部を手に入れたおり、かれらの生業《なりわい》は、もっぱら武器をとって戦うか、土地を耕すかのいずれかであったにもかかわらず、そしてその結果かれらはわたしたちのだれよりも粗野な精神をもつにいたったに違いないのですが、それでもかれらの期待に反し、その土地が自分たちを破綻させるたびに、なんとも理不尽な怒りにかられ、乱暴にも、地上において神を表象する者〔国王〕を攻撃すれば神にみごとなしっぺ返しをすることになると考えて、自分たちの王位〔ママ〕を追放し、その代わりにまた別の国王を立てていた、というのです。

これでもまた、苦悩、とくに並外れた苦悩は、農民にはわたしたち都会人のようには認められないとあなたは今でも主張なさいますか。いや、それどころかさらにまた、絶対に確かな例をあげて農民の方がもっと苦悩にさいなまれているに違いないことをあなたに指摘するとしたらどうでしょう。それというのも他の職業はさておき、わたしの場合にかぎってお話しさせていただくとすると、他人のために仕事をするなかで、もしたまたま不幸にも訴訟に敗れたとします。わたしとて胸中なんらかの痛みを感じないわけにはまいりませんが、わたしの痛みの方がはるかに小さいのです。それというのもわたしは義務を果たして、なにも失うことなく敗れるからです。さらに、わたしが敗れることになったのは、考えが不確かなうえ、しっかり定まってもいない人間という存在の判断と対峙させられたからだと考えて、自尊心を満足させることもございます。

逆に伝来の土地をたがやす農夫は、自分にのみそうした損害がもたらされたとしたら、期待を裏切られて、どれほど辛い思いをするでしょうか。ところがかれが他人の土地を耕し、ある年の不作のせいで非情な主人の意に逆らえぬはめになり、この主人がかれの耳に穀物のなげかわしい値上がりのことばかり吹き込むとします。しかもその値上がりの影響からは免れないので、値上がりによってかれには将来に立ち直る希望もいっさい残らないとき、農夫の苦悩はどれほど増すことでしょう。兵士の掠奪や、人頭税、御用金の取立てのような個別の事例にはいっさい立ち入らないようにしますが、これらの掠奪や取立てに苦しむこのすべての哀れな民をごらんになれば、どれほどあなたは、ご自分が支持なさっておいでの身分のゆえに、ともに苦悩することなく、苦しみからまぬがれていることがわかるでしょう。

こうしたことすべてを都会でまのあたりにすることはありません。ここではときとして税金の厳しさを実感するとしても、自分たちの職に精を出すことで、よりおだやかに耐え忍ぶことを学びます。それゆえにわたしたちは、農夫というものは鋤《すき》とともに、時代のあらゆる不運を同時にひきずって歩いているのだ、というのです。いずれにせよ以上の考察はすべて棚上げして、こうした数々の望ましくない状況下にありながら、あなたが田園からうけとれる、外界の喜びについておしゃべりすることをお望みなら、(十分承知しておりますが)、新しい季節が到来すると、灌木の木陰できそってさえずる小鳥の音楽を耳にする、とおっしゃるでしょう。それが文芸の教授のよく調和のとれた声よりも、説教師のはっきりした言葉よりも、たくみに弁舌をふるう弁護士の練り上げられた演説よりも、どれほど甘美な調べだろうか、とあなたは尋ねるでしょう。あなたは狩りの気晴らしを楽しんでいらっしゃるでしょうか。あなたが原野をかけまわって一日がかりで狩りをするよりも多くのものを、わたしは書斎で十五分のうちに狩ります。むかし英国王エドワードがわたしたちの国王シャルル五世について語ったことは、わたしたちについてもほぼ言えることです。国王エドワードは国王シャルルが、その祖先が軍事的な攻撃によって奪取したよりも多くの都市や城砦を、ただペンをもちいて落としたと述べていたのですが、それとまったくおなじく、筆記用具と紙とをもってわたしたちは、あなたがたみなが猟犬の群れや罠、網で獲物を追い求めるよりもはるかに多くの野ウサギやウサギ、獣を追いかけるのです。こうした探索にくわえて、わたしは日々わたしたちが獲得する友情や義務、結びつきを考慮にいれています。これは田園があなたにもたらすことのないものです。

草原《くさはら》のうえで時を過ごしたいのですか。プリニウスやディオスコリデス、マティオレスが一時間のうちに、あなたの庭園すべてが一〇年かかるよりも多くのことを教えてくれるだろうということを知らない者がいるでしょうか。あなたは果物がお好きですか。パリの巨大な庭園である、市場《アル》以外のいったいどこに大量にあるでしょうか。簡単に言えば、あなたがかの地で、無数の労力と疲労をともなって、少量ずつ収穫しているものを、大量にかつ自由に、満足のいくまで、手に入れられるのです。しかし、われわれ都会人の方がすべてにおいてより進んでいる、その他無数の小事はこの際忘れましょう。

したがってわたしは、エピロテス人の国王ピュロスに起こったように、家の瓦があなたの頭上に落ちてくるのを心配されているのでなければ、都会を見捨てさせるようにあなたを誘《いざな》う理由が納得できません。わたしにかんしては、岩だと間違えて甲羅を砕くために禿げ頭に亀を落として、野原のまんなかでアイスキュロスを殺した鷲の一族に属するものがいないかどうか、心配です。

ですから、この手紙のまとめとして、わたしたちのところとは申しませんが、あなたご自身にお戻りになって、すこしでもあなたの精神を取り戻してください。そうなさらずに、あなたがご自分の意見に凝り固まっていらっしゃるとしたら、わたしは今後、フェリエールがあなたによってではなく、あなたがフェリエールによってとり憑かれているのだと、信じ込んでしまうでしょう。それでは。

訳注

（1）以下、モンテーニュの『エセー』への言及、引用については「第一巻」第一二章までは宮下志朗訳（白水社）を、「第二巻」第一三章以降及び「第三巻」は原二郎訳（岩波文庫）を参照・指示した。ただしパーキエの言及・引用は非常に自由でありおおまかな言及だとお考えいただきたい。

（2）アンミアヌス・マルケリヌス（三三〇頃―三九五年頃）アンティオキア出身の歴史家・軍人。ガリアをはじめメソポタミア、ペルシアの戦場を転戦する。九六年から三七八年の歴史書を書いたが、とくに同時代の記述にすぐれている。

アンリ・エチエンヌ

ヘロドトス弁護（抄）

高橋薫訳

解題

アンリ・エチエンヌ Henri Estienne（一五三一？–九八年）は、十六世紀から十七世紀にかけて文化的に巨大な影響をおよぼした、出版者にして碩学の家系、エチエンヌ一族に属する。この家系はアンリ一世・エチエンヌやシャルル・エチエンヌ、ロベール・エチエンヌとたくさんの傑出した人材を輩出したが、なかでもアンリ二世・エチエンヌは有名。すぐれた文献学者であったアンリ二世には学術的な業績もあるが、ここで取り上げる『ヘロドトス弁護』（一五六六年十一月ジュネーヴ）のような時代批評の面でもすぐれた仕事を残した。『ヘロドトス弁護』の正確なタイトルはつぎのとおり。『古代の不思議と現代のものの合致にかんする論考の序説。もしくはヘロドトス弁護のための予備的考察』。ヘロドトスを、異常譚を史実のただなかに導入し、寓話と歴史を混同する歴史家として貶める風潮に対して、十六世紀世界に見られる不思議譚・異常譚もけっしてひけを取らないとし、ヘロドトスを擁護する体裁で現代社会の諷刺をこころみた。一五六六年の初版はジュネーヴで刊行されたが、その中に含まれるいくつかの卑俗きわまりない諷刺は厳格な改革派都市ジュネーヴ当局の喜ぶところではなく、検閲の対象となった。ここでは「序文」にあたる「アンリ・エチエンヌから読者に」を全訳した。

底本には、*Apologie pour Hérodote, satire de la société au XVIe siècle*, Nouvelle édition faite sur la première et augmentée de remarques par P.Ristelhuber, 2 vols., Slatkine Reprints, 1969（1879）を用いた。

「アンリ・エチエンヌから読者に」

トゥキュディデスはその『歴史』の序文で、注目し評価するに十分あたいする談話を述べている。古代ギリシア人に関し彼が読者の面前で断罪している姿勢を、わたしたち自身にあっても断罪するよう教えているのだ。すなわち古代ギリシア人は、それ以前におこった多くのことがらについて、他人の言葉を鵜呑みにして語っていたということ、そして流布している不確かな噂に信をおいて、それ以上調査をする労苦をとらなかったということである。これが往々彼らの地において、虚偽が真実の位置をうばっていた原因である。この例をつうじてわたしたちは、他人の言葉によってなにごとかを信ずるときはいつでも、そしてとくにそれが重要なことならばなおさら、わたしたちの軽率さに対して手綱を締めるよう教えられるであろう。しかしこの病《やまい》は多くの者に非常に深く根付いているので、ひとびとから取り除くためには、諺《ことわざ》で言うように、ひとびとを鋳直《いなお》さなければならないのではないかと懸念するほどだ。とはいえ、こうした病《やまい》には、さまざまに異なる理由がある。ある者たちが軽々に信じるのは、耳にした話題について彼らの知性では推論することができないゆえであり、別の者たちは語られた言葉にではなく、語った人物に注意をはらうがゆえに、軽率に信じてしまうのである。エウリピデスが〔『ヘカベー』で〕つぎのように書き記したとおりである。

おまえが貧者と富者とから同じ言葉を聞くにしても、
おまえにとって同じ重みをもつわけではない。

わたしたちはこの箴言が、往々（エウリピデス自身の言葉で表現するなら）「これこれの殿方が、あるいはこれこれの領主さまが、あるいは評判の高い方が請け合ってくださっているので、わたしはこれこれのことを信ずる」と話すひとびとによって立証されるのを耳にする。こうしたあまりにもひどい盲信が、なんの考えもなくあらゆる種類の話題をひとしく受け入れ、是認するのだから、それぞれの例を引用しなければならなくなったら、単に長いばかりか、それこそ際限のない羅列となってしまうだろうし、読者にとっても大した益にも娯楽にもならなくなってしまうだろう。そこでわたしとしては、ここで論じようと考えた内容を、いわば証明してくれるであろう種類の例を引くにとどめたい。

わたしが言いたいのは、古代の作家たちの著作から判断するに、人間の軽率さは現代では、かつてそうだったよりもひどくなっているということであり、それと同様に判断をくだす人物を信ずる軽率さもいままで断じてなかったほどにひどい、ということである。しかもこの状況を弁護する「判事」にかんして言えば、ある者たちは、多少の慎み深さから控えめであって、自分の「判決」を友人のあいだ、親しい座談の場でのみ発言する。その他の者たちは、思い上がりと空しい栄誉に支配されており、それらが導くにまかせて、公に読まれるようにと「判決」を文字にして遺す。その一例としてひとりのイタリア人〔ジラルディ一四七九ー一五五二年。古典詩史を書いた〕を挙げうるが、彼はいく人かのローマ詩人について見当違いの評価を下したので、もし言い分が本当なら、数百年このかた、詩を熱心に勉強してきたひとびとすべての中で、ただひとり彼のみが、明晰にものを見ていて、ほかの者はみな盲目だったということになる。この点についてここで問題としている、かのすばらしい盲信家たちはなんと言っているのだろうか。「思うに、くだんの詩人は大した詩人ではない」。なぜか。「なぜなら学識者ではなはだ評判の高い、これこれの人物がそのように発言したからだ」。かくして、わたしたちはローマ詩人に関して、数年来下されてきた、いくつもの奇妙な「判決」を見てきている。つまり（すぐれた、純粋な言語にかんして）ある者たちは三人にしか投票せず、そして他の者たちはひとりにしか投票しなかったのだ。ある者たちはテレンティウス、カエサル、キケロの三頭政治を構成しようと願い、それ以外の者たちはラテン語の君主国をキケロに捧げたからである。したがって、あらゆる理由のかわりに、それらの心のひろい「判事」しか引用しないひとびとが口の端にのせた、ご立派な「思うに」の本当のところは、神だけがご存じのこととなる。そうした「判事」たちへの憤りから、ある者はキケロを、つまり彼とそのラテン語を、永久追放の罰に処した。[1] しかし、より信頼されている別の者がただちに彼を呼び戻した。以上がどのように、これらの立派なラテン語作家が、危険なまでに自信過剰の「判事」たちによって引きずりまわされてきたかを物語っている。ギリシア人はどうであろうか。彼らはこれらの批評家の検閲をまぬがれているのだろうか。いや、そうではない。わたしがさきほど述べた者はローマ詩人とおなじくギリシア詩人も容赦しなかった。わたしたちはまた、どのように、かのかくも崇敬すべき御仁、アリストテレスを、その全哲学もろとも、パリの一教授〔ペトルス・ラムスのこと。一五一五－一五七二年。哲学者にして文法学者〕が鞭打ったかを知っている。

わたしが語ろうとくわだてた著者、すなわちヘロドトスに少しずつ近づく目的で、ローマ人の歴史家のみならず、ギリシア人の歴史家をも、訪れることにしよう。彼らもまた、翻訳という手段をつうじ、あらゆる種類の人間によって以前よりも議論の俎上にあげられるにいたったひとびとに属するからである。それでは今日《こんにち》、これらの急ごしらえの「判事」がなにかしら攻撃したり、批判したりすることのない歴史家には、いったいだれがいるだろうか。「ヘロドトスは嘘ばかりついている。トゥキュディデスは立派に演説を書く術《すべ》を知っているが、それだけだ。クセノポンの『歴史』のなかの彼は、その実際とかけ離れている」。しかし歴史家の文体の手本を、手もとにある翻訳をもとに判断しようとして、さらにいっそう滑稽なところを見せる者たちもいる。（一例をあげると）彼らがつぎのように言うときがそうである。「思うにトゥキュディデスは言われるほど荘重な文体でも、洗練された文体でもない。なぜならラテン語訳でもフランス語訳でも、その他の訳書でも、そうしたものは片鱗だに見出せないからだ」。わたしには、彼らは、たいそう美しいとの評判があり、とりわけ二輪の薔薇のように赤い頬をしている（美しい顔色を表現するのに一般にそう形容されるとおり）との評判のあった人物が病気のところを見て「思うにこのひとの美しさにまつわる評判はにせものだったのだ。とくに美しい顔色については。もしそうだったらまだ、あるいは少なくとも部分的にはその顔色を保っているだろうから」と言う者と、同じくらい立派な屁理屈を、語っているように思える。わたしがこの比喩をもちいたのは、これ以上に適切な比喩が見当たらないからだ。わたしは、ギリシアではたいそう元気で、容貌もよく、顔色もよい大多数の著者が、道中、手荒く扱われたため、フランスやイタリア、スペインその他の国で、顔さえゆがんでいるひどい病人にされ、したがってひどくやつれて見える、と主張してゆずらないものである。すなわち（はっきりと、寓意なしに話すなら）たくさんの著者が、主としてギリシア人が、ギリシア語の十分な知識をもつ者によって母語で読まれたとき、非常にみやびで、耳を満足させるだけでなく、精神も満足させるのに、フランス語やイタリア語、スペイン語にあまりにもお粗末に翻訳されたので、ギリシア語の原典を読むのと、その翻訳を読むのとでは、同じ人物の顔ではあっても、すこぶる健康な状態にあるときの容貌と、長患いののち、最期の息をひきとろうとしているさいの容貌の違いと同じほどの違いが存在するのだ。この病はどこから出来《しゅったい》するのだろうか。それらを現代語に翻訳する者が翻訳家の翻訳家であったこと、すなわちすでにラテン語に翻訳されていたものを現代語に翻訳したことに由来する。ギリシア語のひとかけらの知識もないため、ただ単にラテン語訳のあらゆる過ちをうけついだばかりか、往々にしてその翻訳が理解できないという事態もおこって、はるかに重大で、はるかにお粗末ないくつものさらなる誤りをちりばめてしまったのだ。これについてはわたしの『トゥキュディデス』で例をあげた。そこではどのようにロレンツォ・ヴァッラが、トゥキュディデスがなにを言いたかったか推量し、ついでフランス語翻訳者、マルセーユ司教、クロード・ド・セセル〔一四五〇―一五二〇年。サヴォイア公国のフランス大使で多数の古典語作品を翻訳する一方、政体論を書いた〕が、ロレンツォ・ヴァッラ〔一四〇六―一四五七年。イタリアの人文学者。『「コンスタンティヌスの寄進状」を論ず』などで有名〕がなにを言いたかったかを推量した経緯を明らかにした。しかしロレンツォ・ヴァッラはトゥキュディデスの考えの核心をうまく見抜けなかったので、クロード・ド・セセルもロレンツォ・ヴァッラに関して悪しき占い師以上にはなれなかったのである。こうした過誤の犠牲となった著者の数が多ければ多いだけ（ほかのだれにもましてトゥキュディデスとヘロドトスが最大の生贄となったのは事実であるが）、プルタルコスがふたりの人物〔プルタコスの仏訳者ジョルジュ・ド・セルヴ（一五〇六―一五四一年）とジャック・アミヨ（一五一三―一五九三年）〕――プルタルコスをフランス人にするにさいして、わたしが述べたような翻訳者たちは、プルタルコスの衣服のみならず衣服の中味まで替えてしまったのに対し、このふたりは衣服だけしか変えなかった――と共倒れになる可能性はますます大きかった。

しかし著者を自分が眼にしている翻訳によって判断するのではなく、著者の母語について有しているなんらかの知識によって判断するひとびとに話を戻す必要がある。こうしたひとびとは、すくなくともそうでないひとびとより、あるいは神学者のベダ〔ノエル・ベダ。十五世紀末―一五三六年。保守強硬派のソルボンヌ神学部の代表〕より鉄面皮ではないのだから、（本当のところ）いささか傾聴するにあたいする。ベダはといえば、国王フランソワ一世を、諸言語の教授団〔コレージュ・ド・フランスの前身〕を設立するという、そのいと気高く、いと有徳なご決意から引き離そうとして、故ビュデ殿（この方は、逆に、できるかぎりの手段をもちいて、この計画に向けて国王を励まされていた）を前に、ギリシア語に対し、それが異端のみなもとであると主張したのであった。ところがベダがほとんどその「いろは」の「い」の字も知らない言葉を断罪しているのがわかると、ベダは無知だと宣言されてしまった。言語について有しているなんらかの知識を頼りにしている、あれらのひとびとは（わたしが言ったように）、そうでないひとたちよりも鉄面皮では全くない。だが理解しえた一部分から、その本まるまる一冊を判断する点では、彼らも大いに鉄面皮と言わざるを得ない。しかしこうした鉄面皮さに驚かないようにするには、かのトゥキュディデスのたいへんすぐれた寸評を記憶しておく必要がある。「なにごとによらず事情にもっとも疎い者たちが、ことをくわだてるのにもっとも大胆である」という言葉だ。その理由は明白で、その者たちは、ずっと奥まで探究したひとびととは違って、事態の困難さを予見できないからである。一般的に述べられているこの言葉は、今日《こんにち》でもなお、すべての種類のことを企てるに際して真実であるのは確かだが、ことに、他人の著作の検閲という無鉄砲かつ唾棄すべきことをもくろむ者に対し、よく当てはまる。事実、もっとももよく名声を獲得するのは、その自己満足のゆえに、もっとも事にかかわろうとしないひとびとなのである。

ところで（普遍から個別に移るとすると）、「えせ判事の判決はみじかい」という一般的な諺が、これまでギリシア・ローマの作家において証明されたことがあるとしたら、それはヘロドトスをおいて他にない、ということができる。なぜならヘロドトスは彼の母語ならぬ異国の言葉でその著作を読んだ者によってだけでなく、いまだかつて『歴史』のたったの一言《ひとこと》も読んだことがなく、さらには『歴史』の名前をかろうじて知るか知らない者によっても引き合いに出されるからである。それではその者たちはいかにして彼について話しているのだろう。おそらくその者たちもまた風評によってしか知らない、ほかの者たちに依拠しているのだ。ここではそうした「判事」はわきにのけて、他人の受け売りを語るのではまったくなく、なんらかの裏づけがあるように見えるひとびとに向けて、言葉をかけようと思う。そこで尋ねたいのだが、ヘロドトスがつづった数々の物語にかんして、それらが架空のものであると断罪する、どのような理由があるのだろうか。ヘロドトスよりも確実な情報を握っている、と大胆にも主張するつもりなのだろうか。それほど恥知らずではないのだ。それでは一体、なにゆえに彼らはそれらに対し疑いをいだいているのだろう。それらがまったくもって本当らしくないからだ。さて、読者諸兄、ここで考えてもみてほしい。それらの物語が本当らしくないから、本当ではないと推論するとき、彼らが口にしているのは断言以外の何物でもないではないか、と。

それだけではない。つまりわたしは、彼らが、白日のもとにさらした結果、嘘だと証明されたと主張する事実、すなわち、それらの物語が本当らしくないという主張は、間違いであると彼らに対しきっぱりと断言するのだ。仮にそうだとして、彼らはその判断をどのような理由にもとづかせているのだろう。理由はふたつである。第一に、ヘロドトスが描写した行為のいくつかに見られる邪悪さと、また他のいくつかの行為に見られる愚かさは、度をこしており、彼らにとって、とても信をおけるものではないということ。第二に、この書で読む内容の大部分が、今日《こんにち》おこなわれている習慣ややり方と完全に無縁で、いささかも類似していないのを見て、彼らはその本で読む事象が、日頃見たり聞いたりしている事柄からかけ離れていると感じ、ゆえに昔の物語は真実から遠くへだたっていると判断していることだ。第一の理由は、ふたつの点から成り立っているが、それについては本書において、十分といえるだけの返答はしたと思う。というのも、そのためにひとがヘロドトスを信用したがらない邪悪さのなかには、ここでいくつも語られており、それらについて、現代、この眼を信用せざるをえない邪悪さに匹敵するものが見られるのではないか、という心配をわたしはまったくしていないのだ。愚かさについても同様のことがいえる。なぜならもしその愚かさを、わたしたちのすぐ直近の先人たちの愚かさと比較するなら、途方もなく大きく見えるどころか、反対に巨人の傍らにいる小人《こびと》と同じほど矮小に見えるに違いないと、わたしは思うからだ。わたしは、ヘロドトスのあわれなエジプト人がその宗教（もし「宗教」と呼ばれうるものであるとしたら）にかんして、たいそう嘲弄されていることを、よくよく承知しており、それ相応の愚弄が認められる以上、それが正当であることを否定しない。しかしおよそ六〇年前におこった「ミサ愛好家」[2]に思いをいたし、その秘教じみたところをことごとく剝ぎ取った上で、比較してみるならば、エジプト人の宗教はただただ立派と言うしかないと、わたしたちは告白せざるをえないだろう。読者諸兄、どうかよく注意していただきたい。わたしは「比較してみるならば」と言った。ふたつの悪のうちましな方を明示したかったのだ。けれども、わたしが去年《こぞ》の雪〔ヴィヨンの詩句〕について話しているなどと叱られないためにも、今日眼《こんにちまなこ》をつけているひとなら誰でもまだ見かけることについて話すとしよう。おお。ヘロドトスのエジプト人のなんと愚かしいかぎりか（と、ある者は言うだろう）、けだものを崇拝するとは！　彼らが愚かしいかぎりであったこと、それはわたしも認める。ただし、命《いのち》あるものを崇拝するひとたちよりも命《いのち》なきものを崇拝するひとたちの方が愚かであると認めたら、という留保がつく。そう認めてくれさえすれば、ミサ愛好家の「訴訟」はすっかり終わってしまう。なぜなら彼らは、生きていたがもう生命がなくなっているものと、いまだかつて生命を宿したことのないものとをあがめているからだ。そしていまだかつて生命をもったことがなく、いかなる感覚をも備えたことがない諸物のうち、もっとも高く評価をされているもののみをあがめるのではなく、卑しく低劣な事物をもまたあがめているのである。すなわち金や銀ばかりでなく、石や木をもあがめている。もし彼らが金や銀のまえにのみひれ伏すのであれば、彼らの崇拝にもわずかながら名誉ある側面を認めうるだろう（異教徒が多少なりとも権威ある神を得たいと望むとき、このふたつの金属のどちらかで鋳造させていたことを、わたしたちも知っている）。彼らはユピテルがいく度も黄金に変身したことを引き合いに出すこともできたろう。さらに、いつの時代でも、偶像がふつうにあがめられていない国においてさえ、吝嗇な者たちはこれらふたつの金属を自分たちの神として所有することをやめなかった。こうしたことは、木や石に関しては当てはまらない。しかしわれらの著者のうちに、木や石の崇拝者とおなじく、金や銀の崇拝者がどれほどの不名誉におちいるかを示す物語を、見出すことができる。アマシスが、日頃足を洗うのにつかわれていた黄金の盥から、神の偶像を作らせたことを示す一節があるからだ。それならアマシスが、ちょうど盥から神を作ったように〔ヘロドトス『歴史』二―

一七二、今度は神から盥や室内用便器をつくる可能性だって排除できないではないか。自分が拝跪していたものが、名指すことさえ恥ずかしいほどの、きたなくけがらわしい用途にあてられているのを見た場合、どのような傷心がひとを襲うか、どれほどの恥辱をおぼえるか、諸兄のご想像におまかせする。これに関してエジプト人は、自分たちの崇拝が（模像もまたないわけではなかったが、主として生命あるものをあがめていたので）、こうした不名誉や、こうした恥辱の危険に陥ることはないと、常々説明していたとのことだ。わたしは、なんであれ生命あるものの方を、もはや生命を失ったり、もともと生命がないものよりもなぜ尊ぶか、その理由については常識に耳を傾けるとして、もうひとつの問題に眼を転じよう。エジプト人が崇拝においてより賢明であったのだから、彼らがそれを擁護する点においてもより賢明であった、ということだ。したがってシチリアのディオドロスが語っている、自分たちの猫の一匹を殺してしまったローマ人をけっして許そうとしなかったアレクサンドリア人のふるまいは、自分たちの偶像を毀損したひとびとを残酷にも殺させるという、わたしたちが現今《げんこん》たびたび目の当たりにするミサ愛好家のふるまいよりも許されるべきであるし、我慢できるものである。なぜなら生きながらにして四肢のいずれかを失ったけだものは、その部分がつかさどっていたもともとの動作ができなくなるにすぎない。しかし偶像の脚を切断する者は、その偶像から歩く機能をうばうことになるだろうか。偶像の眼をえぐりとる者は（偶像についてこのように述べざるをえないなら）、偶像から、視力を奪うことになるだろうか。エジプト人は自分たちの猫が殺されても、なんらかの偶像や人形をこのように毀損した者に加えられる残虐な仕打ちを、つまり昨今《さっこん》わたしたちが眼にしたほど残酷な復讐を、けっしてしたことがなかった。

ある者の愚かさとほかの者の愚かさを比較しなければならないのだから、またあらゆるミサ愛好家が偶像を崇拝しているわけではないのだから、この宗教の信仰告白をしている者みなが、総じてなにを崇拝しているかについて話すことにしよう。それは宗教の基盤を成す重要な礎《いしずえ》であり、かくも多くの剣と劫火によってまもられているものである。であれば、もしヘロドトスやだれかほかの古代の歴史家が、食人族や食象族、食飛蝗《ばった》族や食虱《しらみ》族、その他について語っているように、どこかの国には食神族（つまり神を食べる民族だ）がいると語っているとしたら、わたしたちがなんと言うか、冷静に考えてみよう。そうした食神など信じられないし、それらの歴史家はその風習とやらをこれらの民族の言からでっち上げたのだろうと言うのではなかろうか。加えて、野蛮きわまりない連中だとさえ罵るだろう。けれどもわたしたちは毎日のように、なにがしかの食神族に関する情報や（さらにひどいことに）排神族《テオケゼス》(3)に関する情報を耳にしている。なにがしかに関する情報とはなんの意味なのか。わたしたちはこれらのひとびとと同じ国に住み、同じ都市、同じ家に住んでいる。この食神にともなう、その他の痴愚学的《モロロジック》、および最低辺痴愚学的《イベルバディノモロジック》玄義についての、読者の判断にまかせたい。神が眼《まなこ》から目隠しをとりのぞいてくださるだろう。読者には、よくよく考えていただければ、わたしがさきに述べたことに同意していただけるであろうこと、すなわちこれらの玄義をくらべてみると、エジプト人の宗教、つまりエジプト人が宗教という名前をつけている儀礼はただ立派というしかないことに同意していただけるであろうことは、確かだと思う。

ひとびとがヘロドトスを信用しない第二の理由に話をうつそう。そこに書かれていることの大部分が、現在慣習となっているやり方にいささかも合致しない、というのがそれである。なぜなら（上述のとおり）あるひとびとは、ほとんどすべてのことがらに存する当時と現代のあいだの大きな変化を顧みることなく、当時の人間の気質も生活の仕方もわたしたちのものとたいそう似かよっており、私たちが喜ぶことは彼らの気にもいるはずだ、と思いたがる。のみならず、当時の共和国〔貴族制の〕や君主国、そしてまたそれとは別の、民衆によるさまざまな政体と、わたしたちが今日《こんにち》経験している政府との一致点を見出そうと躍起になりがちだ。ある者たちは古代史を読み、さらにいっそう踏み込んでは、遠方の国の風土をわたしたちの風土を基準にはかろうとする。彼らは大まじめでそこまで行ってしまうのだ。とどのつまり、なん人ものひとがいくつもの理由をあげて、ヘロドトスが語った多くのことがらを皆目ありそうにないことだと思っている。だが、皆目ありそうもないという説を仮に正しいとしてみよう。どのような弁証法が次の「それゆえ」の正統性をわたしたちに保証してくれるのだろうか。「これらはありそうもない、それゆえ本当ではない」。こうした議論が成立するなら、「驚異的な」と呼ばれる出来事などなにも目にするはずはないだろうし、耳にすることもないだろう。そもそも、日ごろ、わたしたちは一体何に驚嘆するのだろうか。予測できる結果に反して出来《しゅったい》するものについてだ。すなわち、習慣や慣例をこえて起こったり、わたしたちの理性、つまりこれこれの理由にもとづくわたしたちの推理に反しておこったりするために、ありそうもないと思えたにもかかわらず、事実だとわかったことがらに驚くのである。しかるに嘘つきだとか、おとぎ話の語り手だとか、妄想家だとか十把一絡げに批判したり、宣告したりする罰則に歴史家を縛り、わたしたちがありそうだと思うところしか語らせないようにしたいと願うのは、彼らに対して暴政を敷くに等しい愚挙でないかどうか、よく考えてみようではないか。

とはいえいちばん適切なのは（思うに）例に訴えることだろう。ヘロドトスははなはだ驚異的ではなはだ異様なことがらを語っている。そのことは認めよう。そしてわたしの考えでは、そこにはふたつの種類を認める。というのも、いくつかの物語にあってわたしたちは自然現象について驚嘆し、またべつの物語にあっては、人間の営みに驚嘆するからである。しかも単に驚嘆するにとどまらず、信じがたいとさえ判断してしまう。まず最初に、自然現象については、自然を統べておられる方が全能であるという大前提を考慮に入れるならば、自然界におけるなにごとについても、信じがたいと考えてはなるまい。今日《こんにち》太陽がはたと止まったらわたしたちはまさに仰天するだろうし、まったくもって自然に反しているとだれもが言うだろう。だがこうした事例にはたいへん真正な証言の支えがあるので、わたしたちには疑うことができない(4)。同様に、現代では、自然が巨人も矮人も生み出さないというのは真実であることをわたしは認める。だからといって、かつて自然がそうした存在を生み出さなかったという結論になるだろうか。巨人については、同じ本、すなわち聖書によって疑う余地のない証言が残されている。加えて、いまだなお連日発掘されている骨を見ればわたしたちは信じざるをえない。矮人についても、その描写のように、わたしたちが日常的に目にする小人とそれほど違っているわけではなかった。今日《こんにち》自然は（通常は）八十歳、あるいは九十歳以上に人間を生かしておかない。しかしわたしたちは（メトセラ〔イスラエルの族長の一人。九六九歳まで生きたと伝えられているため、長命者の象徴〕を勘定にいれなくとも）いく人かの古代人の寿命が六倍、さらには七倍も長かったことを、あえて否定できないであろう。聖書が言及しているひとたちのほかに、それ以降ずっとたってからも、現在の人間の寿命とは比較にならないくらい、たいへん長生きした（聖書で語られているひとたちよりは短命であったが）非常に多くのひとびとがいることが知られている。現在、自然は胎児を女の胎に九か月以上は置いておかない。だからといってヘロドトスはその十か月への言及のゆえに、はるかかなたに追いやられなければならないのだろうか。以上がヘロドトスを嘘つきと見なして、巷間の噂にばかり信を置くひとびとの口にする、実に無価値な戯言《たわごと》なのだ。だが彼らがたとえばこの妊娠期間にかんして、どれだけほかの著述家に愛情をもって接しているか、見てみよう。この十か月の期間のゆえに、ヘロドトスに耳を傾けてはならないというなら、ヒポクラテスにも、ガレノスにも、プルタルコスにも、プリニウスにも、いく人もの法曹家にも、大勢の詩人たち、なかんずくテオクリトスにも、プラウトゥス〔ティトゥス・マキウス。前一八四年没。ローマ人の喜劇作家〕にも、ケキリウス〔・スタティウス〕〔プラウトゥスの同時代のローマ滑稽詩人〕にも、ウェルギリウスにも、プロペルティウス〔セクストゥス。前一世紀の『ローマ内乱史』の著者〕にも耳を傾けてはならないということになる。この点でヘロドトスを咎めるひとびとは、その点を読んだことがなかったか、ほかの著述家の内に読んだのを忘れているか、そのいずれかなのは確かだ。そして、嘘をつくことにヘロドトスが大して良心の呵責を覚えていないという見解にこりかたまって、それ以上の情報をうるべく骨を折ろうとはしないのである。もしそうした骨折りを惜しまないなら、さほど苦労することなく、自然の途方もない現象に限っても、こうした事例、さらにはヘロドトスが語っていることすべてよりも、はるかに大規模で、はるかに驚嘆にあたいする事例が見つかるであろうに。

この点にからむ、また別種の異論を付け加えたい。バビロニアの領域についてヘロドトスが語っていることは（この領域は小麦がよく実るので、通常、一粒の小麦に対し二〇〇粒、ときとして三〇〇粒の小麦がとれる）、自然がわたしたちの大地にもたらす肥沃さを、比べようもなく、凌駕している。したがってこうした記述は本当らしくなく、ヘロドトスがこの点で真実の限界を大きく踏み越えてしまったことは疑うべくもない。かくも愚かな推測をおこなっている諸君、わたしに答えてくれたまえ。ナイフが自《おの》ずからして切ることができないのと同様、自然もそれ自体で生み出すことができるのだろうか。諸君は否、と答えるだろうし、それはお見通しだ。しからばわたしは諸君に、自然をみちびいてくれる手とはどのようなものか、お尋ねする。その手が全能であることをあえて否定なさるまい。もし諸君がそう認めるのなら、ヘロドトスが語っている内容が、全能の手にとって不可能であるとなぜ考えるのかね。ヘロドトスやその他の歴史家たちがなんらかの土地の驚くべき肥沃さについて述べているにもかかわらず、その土地は今日《こんにち》では貧困と悲惨と困窮にあふれているばかりだ、とわたしに申し立て、そして諸君が彼は嘘つきであると告発するとしたら、諸君がその点で彼を攻撃することで、諸君は、意図せずして、聖書をかかる告発でおおいつくすはめになるだろうと警告しておく。なぜなら聖書は、現在ではその気配もないいくつかの土地を肥沃であるとしているからだ。しかしもしわたしたちが、時に差し伸ばされ、時に引っ込められるこの手のことを、同じ国において、ある時は祝福を、ある時は呪詛を与えるこの手のことを考慮するなら、要するにもしわたしたちが詩篇一〇四でダビデが詠っている内容を思い出すなら、そしてわたしに言わせれば、もしこうした変化を主の手に帰するなら、かかる異論への本当の回答を見出せるだろう。しかしながら既述した理由のゆえに、ヘロドトスがバビロニアの領地の肥沃さについて述べているところを信じようとしないひとびとは、同様の理由からバビロンの都市が、ヘロドトスが語っているほど大きかったとは信じないだろう。すなわち、町の周縁で誰かが捕えられても、その知らせが中心部に届くには随分時間がかかるほどに大きかったとは思わないだろう。それというのもこの町の大きさをわたしたちの町々の大きさに比例させて計測するなら、こうしたことは本当らしいとは思えないだろうから。

人間の営みにかんする別の側面に話を移そう。第一にバビロンについていえば、ヘロドトスがこの町について語っていること、すなわちこの町はたいへん美しく、たいへん豊かで、たいへん恵まれた土地に位置しているというのが疑わしいとしたら、彼がこの町の領主であるペルシア国王の権力をめぐって記述していることも疑わしいことになる。なぜなら、ペルシア王が率いていた軍の規模の大きさは、彼らによって水を飲み尽されて涸れてしまった川がひとつにとどまらなかったほどであるというのを、信じられる読者はいったいなん人いるだろうか。わたしの言うのはごく普通の川であって、それらの川の名は逐一ヘロドトスによってあげられている。この話を読む者はみな、現代の国王の権力にのみ照らしあわせ、彼らの権力に基づいて勘案して、ヘロドトスをいまだかつてなかったほどの大嘘つきだと考えるだろう。しかしこうした比較をおこなうということは、海がヌシャテル湖よりも大きいかどうかルクレティウスに（かつてそう言った者がいるが）尋ねることだ。それは（巷間の噂で）「もしフランス国王が立派に統治したなら、わたしたちの領主の司厨長になれたろうに」と言った者と同じ低レベルの良識をもって語ることだ。それは「聖マルコと張り合おうとは、この王は、頭がおかしいよ。勝負はついている。領主様方は競馬場に五〇〇頭の競走馬をつぎ込む決意をなさったのだからな」と言った者の尺度で権力を測ることだ。なぜならこれらのひとびとが無知にもとづき、こうした話によってこの王をおとしめたのと同じく、わたしが述べたような比較をしようとするひとびとはペルシア王をおとしめているからである。だが海がヌシャテル湖より広いかどうか尋ねた者が、もしダニューブ河やナイル河を見ていたらそうした質問をせず、これらの河自体が問題の湖とくらべて比較のしようがないほど大きいのだから、それらがすべて流れ込む海は考えも及ばないほど大きく、広大であるときっと考えたであろう（少なくともそう考えるべきところだ）ように、同様に現代にやや先行する時期に、はじめの職業が牛飼いであった、とあるティムール[5]とかいう人物がどれほどの軍勢を集めたか読んで知る者は、ほんのわずかな判断力でも備えているなら、ペルシア王の軍事力が当今の国王の軍事力を圧倒的に凌駕していることを認識するであろう。それというのもこのティムールは、トルコ皇帝バジャゼと闘ったとき六〇万の歩兵と四〇万の騎兵を誇っていたと記されているからである。二〇万の兵をやぶって、皇帝を黄金の鎖で縛りあげ、虜囚として連れてきたとのことだ。もしティムールが牛によって多くをなし、これほどまでの高みにのぼったとしたら、すでにして母の胎内にいるときから際限なく巨大な権力をもち、墓に入るときにはそれをはるかに増大させていたペルシア国王たちが、どれほどまでの権勢を恣《ほしいまま》にするにいたったか、考えるべきであろう。さて、こうした権力について、多くの確証を提出することはできるが、わたしは次にあげるさまざまな歴史家から採られた逸話で満足することにしよう。国王のひとり、クセルクセスと名乗る者がテミストクレスに五つの立派な都市を与えた。最初の都市はパンのために、第二のものはワインのために、第三のものは食料のために、第四のものは衣服のために、第五のものは寝具のために、であった。こうした都市はこのペルシア王にとっていかほどに値したのだろう。いまの国王にとってひとつふたつのちいさな村落を与えること以上の贅《ぜい》ではなかったろう。

ひとはまた、ヘロドトスが物語っているようなふるまいを、なん人かの国王がおこなったとは考えにくいと言う。単にその人物にふさわしくないばかりでなく、誰であろうと人間という名称を与えられた者にとってふさわしくないからだ、と言うのである。これに対してはこう答えよう。もし国王がその名にふさわしくないおこないをするのを見るのが新奇なことであるなら、ヘロドトスが語っていることを疑っても、いささか無理からぬ点があるだろう。しかしそれが、年端もいかない子供さえ話題にすることだとしたら、どうしてヘロドトスを信じようとしないのだろう。ではいったいどうしたら、ヘロドトスがカンダウレス王〔紀元前七三五－七〇八年。リビア国王〕について書いているように、裸の妻を召使に見せるほど、かかる振る舞いにおよんだ最初にして最後の国王であると見なすとしても、なおこの物語を信じることなど至難のわざであろう（彼らのそのほかの、同じくらい卑劣な振る舞いがわたしたちを閉口させるにせよ）。だが嘘つきではないと見なされているいく人かの他の歴史家を繙《ひもと》くと、なん人かの国王がヘロドトスが語っているのと同じ愚挙に出ている例に出会う以上、なぜ彼の証言を受け入れてはならないのか。それどころかわたしたちは、ただ単に同じ振る舞いをしただけでなく、さらなる暴挙につき進んでしまった者たちを見つけるのだ。本当をいえば、目下のところわたしの記憶はふたつの例しか呼びおこせない。ひとつは同じことをおこなった者の例であり、いまひとつはさらなる悪行を重ねた者の例である。初めの例にかんしては、スエトニウスがカリグラ伝で物語っていることで、この王（ローマ人の話し方によれば皇帝と呼ばれる）がカエソニアという名の妻に何をおこなったかが記されている。「〔カリグラは〕たびたびカエソニアを将軍外套と半月の小楯と兜《かぶと》で飾り、馬に乗せ自分と並んで兵士に見せ、友人には裸にして見せていたぐらいである」〔スエトニウス『ローマ皇帝伝』「第四巻　カリグラ」二五、国原吉之助訳〕。もし諸君がわたしに、カリグラはあらゆる卑劣な行為にあふれた人間であると反駁するとしたら、ではいったいなぜ、カンダウレスも同じように卑劣漢であってはいけないのかね。そこで（第二の例となるが）どのようにして、破廉恥なおこないをしたひとびとのあいだに加えられていないある国王が、裸の妻をひとめにさらすよりも酷《ひど》いことをおこなったか、聞きたまえ。以下はバッティスタ・フレゴーソ(6)の一節だ。「エンリケはカスティリヤ国王にして、フアンの息子であったが、妻に子供をさずけてもらえなかったので、ベルトラムス・クエバという、その地の容姿のよい若者によって子供を作らせた」。わたしの言葉を信じたくないなら、上記のフレゴーソ〔『記憶すべき物語』「イスパニア王エンリケ」より〕の第九巻三章を読みたまえ。特記すべき点がもうひとつある。それはこの王が逆上して盲動に走ったのではなく、時間をかけじっくりと考え抜いておこなったことであり、まずこの若者を低い身分から名誉ある位階に取り立て、公爵領を与えまでして、最後に、かくも多くの恩恵への見返りとして、こうした奉仕を引き出すにいたったのだった。私人についての話柄が問題となるのなら、この王と同じ気質をもっていたいく人ものその他の人物の例をあげることもできる。それらの人物はユウェナリスの以下の一節で有名になった者とそっくりだ。

〔……〕天井を仰いで見て見ぬふり、
盃に覚めている鼻を突っ込んでからいびきをかくのもお得意〔『サトゥラエ』、I、五〇、藤井昇訳〕

少なからぬひとびとによって、滑稽な嘘の範疇に属するとして攻撃されているヘロドトスの物語のひとつが、その第一巻にもあり、国を荒らしていた法外な大きさの猪《いのしし》を捕獲するのを助けてもらう目的で、クロイソス王に、その息子を寄こせと頼みにきたひとびとのものである。国王の息子がこのような勤めをおこなうよう要請されるとは、（彼らは言う）何かしらすばらしく、信ずるによいことだ！　わたしにかんしては、この物語が今日日《きょうび》のもののやり方と合致していなければならないとしたら、彼らは正しい、と言いたい。なぜなら、例をさがせば、一五四八年にオルレアンの森から出てきたオオヤマネコがベリー地方でたいへんな害をもたらしたとき（一五四六年にまた別の獣《けだもの》がもたらしたように）、ひとびとはフランス国王に対し、この獣《けだもの》を捕獲するのを助けてほしいから、その息子を寄こしてほしいと、躊躇《ちゆうちよ》なく頼みに来たのである。よく考えてみると、当時の国王たちは、狩猟で（しかももっとも獰猛な獣の狩猟で）家臣のだれよりも、見事な一撃を加えるという、栄誉にひどく執着していたということを考慮するべきであり、そう考えるとこの物語を奇異に思う必然性はないだろう。それではこの執着について、わたしたちはどのようにして知ることができるだろうか。クニドスのクテシアス〔紀元前五世紀のギリシア人、医師にして歴史家。『ペルシア及びインド史』の著者〕やクセノポンにおいて（わたしの記憶が正しければヘロドトスにおいてもまた）、狩猟のともをした家臣のいくたりかを殺させた国王について語られている。それというのもこの家臣たちは狩りたてている当の獣に一撃を加え、そうしたことで国王が自分のものだと考えている名誉をうばったからだ。だがこれ以上続けるまでもなく、わたしたちはまさにこの逸話によって、いかに国王たちが、この技量に長《た》けているという名声にこだわっていたかがわかるのである。

わたしはまた、国王のふりをし、七か月のあいだそう見なされていたマギの逸話を架空の物語のひとつに数えているのを聞いた覚えがある。この欺瞞がかくも長期にわたって見破られなかったなどとは（と彼らは言った）、どうみてもありそうにないというわけだ。しかしながらこれと同種の詐欺の例ならいくつもある。わたしはその例に、ふたつの注目すべき同様の詐欺のケース（つまりさきにあげた人物がそうであったのだが、同じように他人の名前と身分を享受した人物のケース）をつけくわえて、『ヘロドトス』〔ロレンツォ・ヴァッラによるラテン語訳〕のラテン語序文で言及した。その詐欺というのは、当然ながら、到底信じがたいに違いないが、間違いなく事実だと確かめられており、疑いえないものなのだ。ひとつは女教皇ヨハンナについてであり、その腹から蝶々がでてくるまで〔九世紀半ばの伝説的教皇で、女であることを隠して教皇位に就いたが、愛人と情を交わした結果、宗教行列の途中で陣痛に襲われ、子供を出産して死亡したと言われる〕、教皇ヨハネとして通っていた人物のことだ。もうひとつは、アルヌー・デュ・ティルとかいう男についてで、この男は、当時家を空けていたマルタン・ゲールと名乗る人物の妻に、まんまと自分を夫として迎え入れさせたのであった。いわば三年、いやそれ以上の期間、真の夫の身分におさまって、その間妻にふたりの子供を産ませた。彼女の方は本当の夫以外の男を伴侶としているとはいささかも思わず、彼女の肉親も友人もそうとばかり信じ込んでいた。ようやくのこと、本物の夫が戻ってきたが、そうと認めてもらえず、トゥルーズの高等法院で、自分の所有権をいちじるしく侵害しているこのアルヌーに対して一大訴訟をおこした。これは一五五九年のことであり、印刷された訴訟記録に見て取れるとおりである。(7)

ヘロドトスによって記述されたさまざまな国の風習とか、さまざまな気質、行動の仕方とかについては、あまりに奇妙で信じられないと思われているが、それこそ奇妙だと思う。わたしたちの国のやり方と隣りあった民族のそれとのあいだに、どのような違いがあるか見てみるなら、その違いはヘロドトスに比べて、それほど小さくないのを見出すであろうから。さらに、ひとつの同じ国にあっても風俗や振る舞い方の点で、時代時代に応じ、変化がたいそう大きいのが見て取れるから。ましてやわたしたちと隣りあった民族とのあいだの違いについて話さなければならないとしたら、食べ物、衣服、日ごろの活動の点で、彼らがわたしたちとまったく合致しないことが認められないだろうか。フランスで身分ある人物が緑の服装〔緑は狂気を表徴する色とみなされた〕をしているのを見たら、いささか頭のおかしい御仁だと思うだろう。それに対してドイツの多くの地方ではこの色の衣装は資産の大きさを意味しているらしいのである。おなじく、フランス人で、女性が幅広の帯のついた、さまざまな色で雑多に彩色したドレスを着ているのを見たら、その女がファルス〔滑稽寸劇〕を演じようとしているか、賭けでもしているかと考えることだろう。それに対しておなじくドイツでは、この衣服をたいそう立派なものだと考えるのである。わたしたちはまた、フランスや、その他《ほか》のいくつもの国で、乳房のなかばまで胸をあらわにして街を歩く女について、非常にかんばしくない評判がたつだろうということも知っている。それに反してイタリアのいくつかの土地、なかんずくヴェネツィアでは、老女ですらそのしぼんだ乳房を誇示するのが当たり前である。同じく、女性についての話題をつづければ、フランスやその他の土地では、市場《いちば》に買い出しに行くのは女の方である。イタリアでは妻はある種後見の下におかれているため、夫が買い物をするのだ。かてて加えて、フランスにおいては、縁戚関係にあろうがあるまいが、貴族と貴婦人とのあいだ、またそう呼ばれる男と女のあいだでは、接吻は許されており、礼儀にかなったものだと考えられている。これとは逆に、イタリアでこうした接吻をすれば、それはスキャンダラスであり危険でもあろう。その代わりにイタリア人の女性は平気で化粧をする。フランス女なら、よほどのイタリアかぶれでもない限り、大いに気がとがめるのが普通だ。わたしは目下のところ、このわずかな例で（それらは、神のお気に召せば、いつの日か、もっとじっくりと論じられるべき部分的材料として役立つだろう）満足して、同時代の隣り合った民族のあいだでさえ振る舞い方には、大きな不一致が見出される以上、場所的な隔たりのみならず時間的な隔たりにおいてもわたしたちからたいそう離れているのであるから、ヘロドトスが語っているひとびととわたしたちのあいだの差異を、信じがたいとみなすべきではない、と結論しておこう。その他、わたしたちの振る舞い方とわたしたちの先祖のそれとのあいだの違いについては、容易に想像がつくことであるから、わざわざ例はあげないでおく。

しかし以下に述べるのは、ヘロドトスが語った振る舞い方で記すにあたいするものであって、あるものは一見愚劣で不合理と思われながら、仔細に検討してみると実はそうではなく、なにがしかの確然とした理由に則っていると判明するのである。そうした振る舞い方のなかに、第一巻で述べられたバビロニア人のそれを入れることができる。それぞれの村落で（と彼は言っている）年に一度婚期の娘を集め、とある広場につれていくのだが、そこではおなじく大勢の青年が、娘たちのまわりに集まっていた。その広場で娘たちは差配人によって、いちばん高く値をつけた男に売られるのだった。さて、娘たちみなのうちでいちばんの器量よしが最初に競売に出される。その娘が大変な高値で買われたあと、美貌で彼女に次ぐ娘が競《せ》りに出される。その他の娘たちも同様にあとに続くのである。彼女たちは結婚し、妻にむかえられるという条件で売られていた。したがってバビロニアでもっとも富裕な、結婚適齢期の者は互いに競り合ってもっとも美しい娘たちを買うのだが、庶民に属しておなじく妻をさがしている者は、美人を妻にしようなどとは考えず、銀貨一枚で醜女《しこめ》をもらっていた。なぜなら差配人が美人をみな売りつくしたとき、中でももっとも醜い女のところ、片目であったり足なえであったり、その他こうした欠陥をかかえる娘のところにいき、叫ぶのだった。「これこれの金額を払うので、この女と結婚したい者は誰かいないか」。最終的にその女は、他《ほか》の男より安い金額でがまんしようと思っていた男に結婚のため引き渡された。醜女との結婚のために支払われた金《かね》は美女たちを売り渡したとき得た金でまかなわれるのだった。これが、美女が醜女を、さらには肉体になんらかの欠陥をもっている女たちさえをも結婚させる方法だった。そしていかなる人間にも自分の気に入った男に自分の娘を与えることは許されていなかったし、娘を買った男にも、その娘と結婚すると答えて金を支払うまでは、彼女を連れていくことは許されていなかった。この物語は、読んだ当座は、ひどく奇妙で、おまけにひどく滑稽に見えるだろう。しかしバビロニア人をこのように振る舞わせているのが何か、熟慮してみると、この掟は、プラトンだのアリストテレスだのといった哲学者の頭脳がつくり上げた多くの掟より、理性的であり、罪が少ないと判明するだろう。

さてヘロドトスは、ある場合は邪悪さが認められる行為や振る舞い方に、ある場合は信じがたいと思えるような愚かな行為や振る舞い方に言及しているのだが、それと同様たいそう徳高い行為や、仰天しても当然の、すぐれた度量や武勲に関しても若干触れている。けれども、わたしたちはこうしたことがらを執筆したその他の歴史家たちに目を通し、それに信をおいている以上、この箇所でもまた信じられないようなことは何もない。なぜならそれらの歴史家のうちには、比類にならないほどずっと驚くべき勲功の記述が見受けられるからである。特に火縄銃の発明以降、常日頃《つねひごろ》目の当たりにしているように、凶暴なこの武器に身をさらすのにはほとんど勇気を倍増する必要があった。そして日々、それまでなら嘘《うそ》いつわりとみなしたであろうことを、真実と考えざるをえない行為がなされている。(たとえば)いつの時代にも、ひどく奇妙と思われて、ほとんど信じられなかったコクレス〔ローマ軍人。敵軍に対し一人で立ち向かい、武器で橋を切り落とし、水中に転落したが無事にローマに帰った〕の振る舞いが最近、すなわち一五六二年、あるスコットランド人によって裏付けられた。この男はドイツ傭兵に追跡され、振り払うことができず、コー岬（ル・アーブルと呼ばれている、デン・ハーグに接している）から、馬にまたがったまま海に身を投じ、馬とともに戻ってきたのだ。これは無数の証言によって確認されている話である。

読者よ、わたしはあなた方によくよく警告しておきたい。いくつかのヘロドトスの物語で、はなはだ奇妙に思われ、まったく信じがたいと考えられうる事柄が、ずっと昔の時代の、あるいは現代の、信ずるに足る著述家たちの証言によって確認されているのだ、と。これはわたしがラテン語版『弁護』で示したとおりだ。この数のなかにトラキア人の女たちの物語もふくまれる。彼女たちは、夫が死ぬと（ひとりの男はいく人もの妻を娶《めと》っていた）だれが夫につれそって死ぬか、たがいに競ったのである。夫が死ぬと、妻たちはそれぞれに自分がもっとも愛されていたと主張し、殉死する名誉に与かれるようその親族や友人のあいだにまで、大きな争いが生じたほどだ。その競争に打ち勝った女がとても幸運だと見なされていたからである。選ばれなかった女たちは、そのことでのこりの人生を大きな不名誉のうちにすごさなければならなかった。これは（本当をいえば）この国の女たちのいかなる例によっても確証されなかった物語である。女たちのうち自分の夫をもっとも愛している者であっても、（トラキア人の女たちの振る舞いよりも説得力のある理由にもとづいた行動であるが）アルケスティスがおこなった、夫が亡くなった場所で死ぬというおこないに及びたいかと問われたら、たいそうびっくりするだろう。わたしが思うに、考えをまとめるのに三日間もちい、答えるのに同じ時間を望み、つぎからつぎへときりがなく、結論を見ることはないであろう。しかしこのことをもってトラキアの女たちに関する話は捏造だと考えられるだろうか。わたしとしては、ヘロドトス以外にこうしたことを語った者がいないとしても、アキタニア国王とともに喜んで殉死しようとするひとびとについて、ユリウス・カエサルが語っているのだから、この物語を信じがたいとは思わない（この顚末《てんまつ》についてはさらに古代のその他の歴史家数名も同じく言及している）。カエサルは、この国の王は自分のまわりに六〇〇人の家臣を侍らせているが、王は彼らを大変厚遇しているので、彼らもまた王国の富をともに享受していたと述べている。ただし、国王が没すると、彼らもともに死を受け入れるという条件がついていた。彼らはそれを自らすすんで実行にうつしたのであった。この物語は（是非強調しておきたいが）わたしが、もうひとつの物語を信じがたいと判断するのを妨げている。しかしそこまでいかずとも、トラキアの女たちについてヘロドトスが書いているのと同じことが、他のひとびとによっても（ヘロドトスから採ったのではないことがわかっている）述べられているのを知るし、さらにそれを見たと主張しているいく人かのひとびとが証言さえしているのを知るのである。そうしたひとびとがこの物語をトラキア人の女にではなく、新大陸の女に帰しているのは事実であるが。

さらに話を進めよう。その他《ほか》の歴史記述者、現代史を記述したひとびとさえもが、ヘロドトスの著作に悪評をもたらす元凶となった、どんな逸話よりも奇妙なことがらをいくつか物語っている点に注意を喚起したい。それらのことがらは、けれども、著者が胡乱《うろん》視されていないがゆえに、疑わしいとは見なされていないのである。だがとくに今日《こんにち》、野蛮な国々の歴史について書いているひとびとは、ヘロドトスも足もとにおよばないほど不思議な話をいくつも述べている。自然現象についての、人間の営みについての、また人間の風習や気質についての不思議な話である。その例を昔はスキュタイと呼ばれていたモスクワ公国について記したひとびとのうちに、なかんずくシギスムンドゥス・リベル〔ヘルベルシュタイン男爵。一四八六－一五六六年。モスクワ大使。『モスクワ事情』を書いた〕の中に見出せる。シギスムンドゥスは（風変りな気風にかんして）なかでもとても信じられないひとつのことがらを採り上げている。たとえ世の男たちがみなその話を信ずるにしても、それを信じられる女性がひとりでもいるかどうか、怪しいものだ。にもかかわらず、確実な証拠にもとづいてのみ語られているのはまちがいない。それはモスクワ公国に隣接する、ある国で生まれた女についての物語であり、彼女は夫から望みうる限りのやさしい扱いを受けながら、夫が自分を少しも愛していないと信じ込んでいた。夫が妻になぜそんな妄想をいだくようになったか尋ねると、彼女は夫が真の愛情の徴《しるし》を見せてくれないからだ、と答えた。この言葉を説明する必要にせまられると、「なんですって」（と彼女は問うた）「わたしたちが一緒になってからこのかた、一度もひっぱたいてくれないのに、わたしを愛しているとおっしゃりたいの」。夫は妻をとらえている、こうした異常な欲求に驚いて、かかる糧《かて》で彼女を満足させてやろうと約束した。これが試みられると、ふたりはそれ以前よりもいっそう大きな満足を得るようになり始めた。なぜなら妻の方ではひっぱたかれるのがうれしかったし、夫の方ではひっぱたくのがうれしかったからだ。ひっぱたくと愛情が失われると言われるのに反し、ひっぱたくことによって愛情が増すからだ。かくしてこの殴打はかなり長く続いた。しかし最後にあまりに強烈にひっぱたいてしまったので、その結果妻は生命も愛情もともに失ってしまったのである。

ヘロドトスにかんしてまだこの他《ほか》にもいくつかの問題点が残されているが、ラテン語の『弁護』で言及した内容で満足するとしよう。そしてここで諸君とお別れしよう。けれども彼の仕事があたふたとなされたような印象を受けられたなら、お許し願いたい。少なくとも、わたしの文体が洗練されておらず、いくつかの言葉を濫用したとしても、主題がたいへん多様な変化に富んでいることが、わたしの申し開きになるはずだし（それらの主題間になんらかのつながりをつけるとしたら、それにはもっと多くの余暇を必要としただろう）、わたしの職業も弁解の役に立つであろう。そうであってほしいと願っている。わたしの仕事の性質上、精神をひとつのことに集中するのもままならず、非常にしばしば、たったの半時間をギリシア語、ラテン語、フランス語に使い分けることさえあるくらいだ。とは言え、目新しい趣向でピンダロス風の言葉遣いをしようとして、古《いにしえ》にしたがうひとびとの耳にさわる言葉遣いを弄ぶ者たちのあいだで、ゆかしい言葉が日毎《ひごと》におとしめられていっていることを考えると、だれの耳にも心地よいフランス語を、今後はどこに求めたらよいのか、わたしにはわかりかねるということも、また、否みようがない。わたし自身この本のなかで新造語をいくつかもちいたというのは事実である。しかしそれは古い言葉が欠けていた箇所においてであった。さらにそれらの新造語は、滑稽なことがらを滑稽に話すために、わたしが興にまかせて造り上げたということがよくわかるような類《たぐい》である。とは言えその滑稽な話も、いっぱいくわされた気の毒なひとびとからは大まじめに受け取られているのだが。読者よ、わたしが、この版に関しなすべきその他いくつかの弁明を忘れている、ということはわかっている。もしそれに再び着手できるよう神が私に恩寵を与えてくださるなら、もはや弁明が不要となるよう努めよう。あなたが神のご加護にあずかれますように。

訳注

(1) キケロ派論争。ルネサンス期にピエトロ・ベンボがキケロのみを唯一の手本とすべしとの言明に対し、ジャンフランチェスコ・ピコやデシデリウス・エラスムス(『キケロ派』)が異を唱えたことに発する、ルネサンス文人の多くをまきこんだ論争。

(2) 「ミサ愛好家」はエチエンヌによるラブレー風の造語。エチエンヌがここで言う六〇年前の論争については残念ながら調べがつかなかったが、ミサ(聖体拝領)の宗教的意義は、いわゆる実体変化論を主張するカトリック教会とそれに異を唱える宗教家・宗派との間でつねに議論のまととなっていた。一五三四年十月におきた、改革派がフランス王の寝所にまで侵入したという、いわゆる「檄文事件」のメイン・テーマもミサの無効性だった。この問題は十六世紀のヨーロッパを通底し、十七世紀の初頭、「ユグノーの法皇」デュ・プレシ・モルネとカトリック教会の代弁者デュ・ペロン枢機卿との間まで、いやその事件をへてなお、改革派とカトリック教会の論争の焦点となった。

(3) 食神族、排神族。神を食し、次いで便所で排出する民族の意。ここではもちろんミサが問題になっている。

（4）「ヨシユア〔……〕申せしことあり即ち〔……〕日よギベオンの上に止れ月よアヤロンの谷にやすらへ民その敵を撃ちやぶるまで日はとどまり月はやすみぬ」（「ヨシユア記」第一〇章・第一二－一三節）
（5）ティムール／本名ティムール・レンク。エチエンヌはフランス語読みのタンベルランで通している。一三三六－一四〇五年。タタール人の征服者。ペルシア、グルジア、タタール帝国をほぼ制圧した。
（6）バッティスタ・フレゴーソ／十五世紀中葉のジェノヴァの大公。独裁的な統治は親類縁者を巻き込んだ大規模な復讐劇を生み出した。
（7）『フランス・ルネサンス文学集』第三巻所収、ギヨーム・ル・シュール、『にせ亭主の驚くべき物語』（宮下志朗訳）参照。

ジャン・クレスパン

殉教録（抄）

平野隆文訳

解題

ジャン・クレスパン Jean Crespin は一五二〇年頃フランス北部の都市アラスで弁護士の子として生まれ、一五七二年にジュネーヴで亡くなっている。弁護士かつ著作家であるが、何よりも、ジュネーヴでカルヴァン派の書籍を大量に製作した、新教の印刷出版業者としての功績が非常に大きい。特に何度も再版を繰り返し、その度に大部化していった『殉教録』は、彼の代表的な出版物である。クレスパンは一五三三年頃からルーヴェン（ルーヴァン）で法学を学び、一五四〇年頃にはパリに出て、卓越した法書家シャルル・デュ・ムーランの秘書役となり、パリ高等法院で、自身も弁護士として活躍する。その後、熱烈なプロテスタント信者となり、アラスやストラスブールなどを経て、一五四八年にはジュネーヴに腰を落ち着け、カルヴァンおよびド・ベーズの「右腕」として、著作と出版を通して、新教の教えをヨーロッパ中に伝播させる上で、中心的な役割を担った。彼がジュネーヴで発行した版は、合計で二五〇を軽く越えていると言われる。

『殉教録』は、新教の教義に忠実だったがゆえに、カトリック側の迫害や拷問に遭い、命を落とした熱烈な信者たちを、言わばキリスト教初期の殉教者の系譜上で把握する書物である。夥しい数の「殉教者」の信仰心と「殉教」の生々しい様子が、新教の教義を鏤《ちりば》める文体で重ねられていく。ただし、この書を編むに当たり、クレスパンは重大なパラドックスに逢着している。キリストによる一度きりの「犠牲」を、新たな血の犠牲により反復するのは、血生臭い実体変化を繰り返すカトリックと、無意識裡に近接するのではないか。また、『聖人伝』に近い体裁は、『殉教録』を、自らが唾棄する偶像崇拝のイデオロギーで染める結果に終わりはしないか。こうした逡巡にもかかわらず、カルヴァンやド・ベーズたちが進める「殉教の美学と政治学」は、この書をヨーロッパ中に流布させる結果となった。

底本は、十九世紀末に一六一九年版を三巻本で復刻したDaniel Benoîtの版 *Histoire des Martyrs Persécutez et mis à mort pour la vérité de l'Évangile, depuis le Temps des Apôtres jusques à Présent*（*1619*），（Édition nouvelle préfacée d'une introduction par Daniel Benoît），3 vol., Toulouse, Société des Livres Religieux, 1885. を使用した。熱烈な新教の信者が「殉教」する様子を一編、次いで、聖バルテルミーの虐殺の場面を一編、以下に訳出しておいた。

ピエール・シャポ　ドーフィネ地方の人

この人物の範例の内に、主がサタンへの手綱を緩め、サタンが我々を苦しめる時ですら、主はご自分の真理の勝利に凱歌をあげられることを学ぼう。この真理は、福音の教義を軽視する判事たちと対立するのみならず、さらには、残虐さと恥知らずな傲慢さによって、福音の光を消し去ろうとする者たちとも対立する。さらに言えば、福音の対極にある、教皇座の実に狡猾な神学博士どもとも対立する。

ドーフィネ地方の人ピエール・シャポは、教養の深い若者で、現代において神の御業の内にすくい取られた人である。居住地であったジュネーヴを離れ、旅路についてフランスにやって来た。彼は暫《しばら》くの間、パリのある印刷商のところで、校正者として熱心に働いた。そこにいた信頼に足る人々によると、自分は福音の真理のために命を捧げたい、と彼が話しているのを聞いたという。主はこの願いを時宜に適う形で聞き届けて下さった。さて、ピエールは、旅の成果を少しでも上げようと思って、相当数の聖書をパリに運ばせていた。聖書という口をきかない牧師を通して〔牧師の説教を直接聞けない者たちにとって聖書は無口の牧師であった〕、真理に触れたいと強く願っていた忠実な信徒たちに、それらを売りかつ配るためであった。ところが、この必要に応えようとして彼が発揮した迅速さが仇《あだ》となり、彼は、王宮付き書籍商のジャン・アンドレの手に落ちてしまった。この者は、長い間、聖書の売り手と買い手の双方を捕まえようと広く罠を張っていた人物で、いわばこの種の新しい仕掛け、さらには、パリのソルボンヌ野郎どもや高等法院院長のリゼ〔ピエール・リゼ。パリ高等法院の最初の院長で、プロテスタントへの迫害者として知られる〕らに雇われて、尋常とは思えない術計を張り巡らしていた。ところが暫くして、ジャン・アンドレには、神の正しいご判断が下された。彼は突然卒中に見舞われ、自分の犯した邪悪な罪の悔悟や告白を行なう間もなく、即座に死んでしまったのである〔当時の人々が最も恐れた突然死が強調されている〕。ところでシャポは、高等法院が休廷期間中で、オーヴェルニュ地方のリオンで巡回裁判を行なっていた時期に重なったため、パリ特別裁判所の官吏に捕らえられ尋問を受けた。彼は即座に自らの信仰を告白したが、その謙虚さを伴った廉潔さのお陰で、当時忠実な信者に対し過激一辺倒の態度を崩さなかった評定官たちですら、いや、むしろ火刑裁判所〔特別裁判所は度々火刑判決を出したので、Chambre ardente「火刑裁判所」の異名をとった〕の放火魔たちですら、彼の言葉に耳を傾けたのみならず、自分たちの前で、ソルボンヌの神学者たちが彼に尋問し、彼と議論を交わすことすら認めたのであった。この許可をとる前に、シャポは評定官たちに対し学殖に裏打ちされた演説を行ない、高等法院の判事たる者なら果たすべき責務と義務に関して、広い観点から論を展開した。それによれば、高等法院は長きにわたり、よく言われるように「正義と公正に則って」判決を下してきたという評判があるがゆえに、決して他人の噂話に基づいて判断すべきではない、特に信仰が対象の時はなおさらで、この場合は、人々が争い合っても、聖書のみが決定権を有する、というのである。しかも、聖書こそが試金石である以上これは当然で、聖書は、ある教義が正しいか否かを決める際の、真の証を提供するという。簡潔に言えば、ある人が誤った教義の主張ないしは異端の廉で告発された場合は特に注意すべきで、決して他人の願望に判断根拠を置かずに、評定官たちが自身でこの試金石を手に取り、真理を探るべきなのだ。また、もし自分の教義を神学博士たちに調べさせたいと言うのであれば、是非とも評定官たちのいる裁判の場でお願いしたい、とシャポは懇願した。

そうすれば彼の権利も守られ、評定官たちの判断も公平となって、自分は異端とはほど遠く、自分こそ真のキリスト教徒以外の何者でもないとわかるだろう、というのである。法院はこの主張を是と認め、三人の神学者たちを召喚した。すなわち、神学部長のニコラ・クレリーチ師、それにジャン・ピカールとニコラ・マイヤールというソルボンヌの真の手先たちである。彼らは、今までずっと法院の報告を信頼し任せてきたのだからと、最初は議論を拒否した。さらに、異端者たちと議論すると碌でもない結果に終わるのが常だ、とも主張していた。ところが、シャポの高潔な人柄が彼らの不満を和らげ、ついには神学者らの口を開かせたのである。シャポは自己を弁護するに当たり、聖書の文言のみを援用した。反対に彼らは、公会議の議決、慣習、信仰箇条、決定事項ばかりを対置させた。シャポは常に確実な聖典へと戻り、いかなる決議も聖書に照らし合わせて吟味されるべきだ、と主張した。その上で、判事たる者は、個人の意見や解釈は一切排し、ひたすら真理のみを求めるべきであり、何があろうとも、判事たちはその道から逸れたり外れたりしてはならない、と説いた。すると彼ら神学博士たちは、恥ずかしさから気分を非常に害し、怒りの炎に捕らえられてしまったので（自分たちの馬鹿げた愚かな言動が白日の下に晒されたと思ったので）、裁判所判事たちに対して、邪悪で狡猾な異端者の戯れ言を聞くために、わざわざ自分たちを呼び出したことを詰《なじ》ったり、既に検閲済みかつ神学部によって非難されている信仰箇条に関して、わざわざ法廷で議論させに来させるとは怪しからぬと噛み付いたり、出るところに出て告訴してやると脅迫したりした後、歯をガチガチ鳴らせ大声で叫びながら出て行った。シャポは反論しようとしたが、認められなかった。それほど、ソルボンヌの手下たちが引き起こした騒動が喧《やかま》しかったからである。彼らは絶望的な激情にいきり立ち、異端者とこんな風に議論したのを後悔して、自分たちの胸を叩きつけた。被疑者シャポの方は、彼らが退場するとこう述べた。「〔人々に〕絶対的に信頼されているらしいこれらの方々は、皆様方もお聞きになった通り、議論の根拠といっても、脅迫と怒号を繰り返すばかりでした。したがって、私の立場の正当性を皆さまに知っていただく上で、これ以上長々と時間をかける必要はございません。彼ら神学の先生方は、私に対抗する上で何を引き合いに出しても無駄でしたね、つまり、聖書や十分な議論をもって、私が誤っていることを証明できなかったという事実そのものが、彼らの無力を物語っているのです」

こう述べると、シャポは跪《ひざまず》き、両手を合わせて天に高く掲げ、神に対し感謝の祈りを捧げ、自分の立場を擁護し続けて下さるように、また、高貴なる判事の方々が正しい判決へと至るようお導き下さるようにと懇願し、すべては神の栄誉と栄光のためにある、と祈ったのだった。

シャポを退出させた後、元来は完全に血に飢えているはずの、部長評定官や一般の評定官の間で、大激論が沸き起こった。もしこの裁判の告発者（瀆神の気持ちに穢れているのみならず、あらゆる汚物や下劣さを持ち合わせた人物である）が、シャポを死刑にすべきだと主張し続けなければ、シャポは無罪放免になっていたかもしれないほどだ。告発者自身認めている通り、彼は非難の対象となる禁書を保持していた理由でのみ、捕まったに過ぎなかったからだ。再び召喚されたシャポは、自分は何種類かの書籍を保持していたが、中でも冊数が最も多かったのが新約と旧約の書、すなわち聖書であり、その他は聖書に関する小冊子や注解の書であった、と答えている。この返答に対し、一同は熟考せざるを得なかった。と言うのも、ジュネーヴで印刷された書物なら何の区別もなく一切合切を禁じるとなると、自分たちは、度を超した感情的理由から、聖なるバイブルまで禁書にしている、と非難されかねないからである。神の驚嘆すべき御業によって、今日まで無傷なままその全体が保たれ、しかも、異端者、教会分離主義者あるいはローマ教会の諸々の敵も含め、誰もが無謬の真理を述べていると認めてきた聖書まで、禁書処分にしていいのか、と。そうなると、自分たちが、明白な不敬の汚名を着せられるのは避けられないだろう。さらに他の書物に関しても、シャポは、それらが聖書に源泉を汲む書籍であり、古代のカトリックの教会博士たちの教義にも一致している、と主張しているのだ。ゆえに結論は、シャポの返答とその根拠は、判事の大部分の良心に大きく訴えるものがある、よって、彼を釈放する道を探るべきである、というものであった。ところが、鉄面皮な連中の恥ずべき魂胆が、その他の判事の臆病さに勝ってしまった。彼ら厚顔無恥な輩は、上述したソルボンヌ野郎たちに威嚇されていたのである。そのため、結局のところ、シャポは生きたまま火炙りに処されるべきである、という判決が下された。ただし、母なるカトリック教会に反する言葉を吐かないという条件と引き換えに、彼には〔処刑に際して〕発言の権利が認められた。

モーベール広場の処刑場に向かっていた間、尊敬すべき〔もちろん皮肉〕ソルボンヌのマイヤール大先生は、極力シャポの横に張りつくようにして、決して目を離そうとはしなかった。なぜなら、シャポはその反論により法院全体の関心を引いたくらいだから、彼が民衆をさらに惹きつけるのは十分に考えられるからだ。モーベール広場に到着した時、シャポは、自分が不信心者として死ぬなどと誰にも思われたくないので、法院で得た許可に則って、直立させてもらい、民衆に向かって少し話しかけたいと要求した。マイヤールは、自分が彼の後に続いて発言できるのでない限りは、これを阻止すると訴えた。シャポは邪魔をしないでくれと相手に頼んだ。確かに、一時間足らず前に礼拝堂の中で、シャポはマイヤールに対し、自分の見解は正しいと告白済みである。しかし、民衆がその点に関し多くを知るのは好ましくない、と見なされたのである。それでも、荷車の上で二人の男に助けられて立ち上がると〔助力が必要なわけは、彼に書籍を売った相手を告発させるために〔密告させるために〕、判事らが「特別の」と形容する拷問にかけたため、彼の四肢は既にほとんど外れかけていたからである〕、頭を四方に振りながら彼はこう話し始めた。「キリスト教徒たる民衆諸君、キリスト教徒たる民衆諸君！」その後も続けようとしたが、衰弱のため、結局はか細い声で、両目を天に向けながらこう祈ったのだった。「主よ、いつもお願いしていた力をどうか私にお与え下さい。人々に私の信仰の正しさを訴える力を。そうすれば、彼らは私が異端者などではなく、カトリック教会、それも真にキリスト教を奉じる教会と一体であることがわかるでしょう」。この時点で語気を強めてこう続けた。「キリスト教徒たる民衆諸君、諸君は、私が悪人としてここに連行されたのを目にされた。確かに私は神の前では、自分の犯したすべての罪に関して、有罪だと感じている。しかしながら、私は諸君全員が、私が今死ぬのは真のキリスト教徒としてであって、異端者や無神論者としてでは断じてないことを、どうかご理解いただきたい。私は全能にして天地の創造者であられ、我らの父たる神を信じながら死ぬのだ。繰り返そう、私は一切の始まり、一切の始原である神を信じながら、さらには、我らが救世主たる彼の息子イエス・キリストを信じながら、死んでいくのだ。イエス・キリストこそは、永劫の昔から永遠なる叡智そのものであり、彼によって、天地の一切がなされ、その死と受難によって、アダムの不服従と堕落により我々が陥れられた永遠の死から、我らをお救い下さった方である。私は、イエス・キリストが聖霊により宿られ、処女《おとめ》マリアから生まれたことを信ずる」。さらに続けようとするので、マイヤールは彼を遮ってこう言った。「ピエール殿、お前は聖母マリア様に大いに背く罪を犯したのだから、この場で、しかも民衆の面前で、マリア様にお許しを乞うべきだ。説教など垂れていい気になるのではなく、自分の良心に従いなさい」。するとシャポがやり返した。「お願いですから私に話させてください。よきキリスト教徒にふさわしくないことは何も言いませんから。処女《おとめ》マリアに対しては、今まで背いたことはないし、背きたいと考えたことすらない」。マイヤールはこう応酬した。「そうは言っても、お前はマリア様に祈らねばならぬ。そうせぬ時は、生きたまま火炙りになるぞ〔火炙りの前に絞首刑に処して楽にしてやる選択肢がなくなる、という脅迫〕」。シャポは再び民衆の方を向いて使徒信条を続けた。すなわち、父と息子と聖霊は三位一体の唯一の神であり、我らが救世主イエス・キリストを通して、この神のみを崇拝すべきである、と。ところが、聖処女の偽の弁護人マイヤールが、ひっきりなしに聖母を強引に引き合いに出すので、シャポはこの点に関しこう述べた。主は、処女《おとめ》マリアより生まれ、常に彼女を見守り給う。また、自分は死に至るまで、彼女が出産の前も、出産時も、出産後も常に処女であり続けたことを信じる。そして、我らの贖罪の源、すなわち我らが救世主にして贖い主たるイエス・キリストを、御身体に宿されたがゆえに、全聖人の中でも至福なる者だと思う、というわけだ。ここで、シャポが正餐式のテーマ、および正餐式とミサの違いというテーマに移ろうとするや、彼の発言はマイヤールによって即座に中断させられた。学生たちからは、その時不満の声が上がった。ところが、マイヤールはこの好機を逃すことなくシャポを引き摺《ず》り下ろし、処刑を急ごうとした。こうしてシャポは自分が裸にされている間、ずっと熱情を込めて神に祈りを捧げ、彼を裁いた判事のためにも祈った。マイヤールは、聖母を自分の弁護者であると認め、多少ともマリア様に祈るならば、少しは容赦してやる積もりでいた。全裸にされたシャポは、括られた上で空中に晒された。その彼に向かってマイヤールが言った。「ただ一言、『アヴェ・マリア』〔天使祝詞の最初の文言〕と言え、そうすれば絞首にしてやる」。この絞首というのは、神を否認した者たちに対し、奴らが認めてやる特別待遇だ。ところがシャポは「ダビデの子イエスよ、我を憐れみ給え」と言い続けていた。しかし相手が執拗に繰り返すので、彼はこう弁明した。「何だって、こうしてロープで縛られているのに、どうやって話せというのだ？」マイヤールはこう答えた。「ではせめて『イエスとマリア』とのみ言え、さもないと生きたまま火炙りだぞ」。少なからぬ見物人たちが、「極度の苦しみに喘いでいるから、『イエスとマリア』とは言えないのだろう」と話していた。すると、突然、彼は再び口を開き、「嗚呼、神よ、私が何をしたと言うのだ」と言い、さらに続けて「主よ、我を許し給え、我は神のみに属するなり」と声を絞り出した。火の臭いが少し漂い始めていたが、マイヤールは即座にロープを引かせ、〔仕方なく〕彼を縛り首にした。このマイヤールという御仁は、わざわざ、高等法院内の「火刑裁判所」に乗り込んでいき、シャポが公的にしゃべった内容がどういう不都合をもたらすかわかっていたはずではないか、と苦情を並べ立てた。お前たちが出した許可のせいで、奴を黙らせることができなかった、そのために、そこかしこで不満の声が上がったのだぞ、今後他の者たちにも同じ許可を出したりしたら、すべて台無しだ、というわけである。こうして彼は法院に執拗に絡んだので、今後は、余計なおしゃべりで民衆が惑わされることのないよう、獄中から引き出したらすぐに舌を切り、しかもこのやり方には例外を設けない、という結論に達した。前言を翻した者に限っては舌を切られることはなかったが、以後、受刑者の惨めな様子を強調するために、この規則が注意深く守られるようになったのである。

聖バルテルミーの虐殺

一五七二年八月二十四日の日曜日およびその後の日々に、パリの町で起こった忠実な信徒の虐殺〔長文なので、ここではコリニー提督の暗殺の場面を中心に訳す〕

〔中略〕

きわめて徳の高い、かつ信仰に篤いお妃、すなわちナヴァール王妃のジャンヌ・ダルブレは、ご子息である王子ナヴァール公アンリ・ド・ブルボンと、国王の妹君にあたるマルグリット妃との結婚の祝宴に、さらなる華麗さを添えるため、パリにおいでになっていたが、その死から今日に至るまでに発行された印刷物により確認されている通り、毒を盛られて病に伏せられた。王妃は六日間主の御名を讃えて祈りを捧げ、立派なキリスト教徒として亡くなられた。

我らが教会の守護者で近年の偉人の中でもひときわ神に深い畏怖心を抱いておられる、シャティヨン伯のガスパール・ド・コリニー大提督は、八月二十二日の金曜日、国王の住まいからご自分の宿所に戻る際、真昼であったにもかかわらず、モールヴェルという名の雇われ暗殺者に、ある窓から火縄銃で狙われ、その弾丸のゆえにかなりの重傷を負った。モールヴェルという輩は、自分の主人で善良なる貴族だったムーイの領主ジャック・ド・ヴォードリーを、最近の擾乱〔宗教戦争（内乱）を指す〕の際に卑怯にも殺した男である。ジャック・ド・ヴォードリーは、実に勇敢にして賢明な貴族で、同時代人の中でも神に深い畏怖心を抱いている人物だった。

さて、大提督に話を戻すが、その後の日曜日に、彼は、真の信仰への憎悪から、さまざまな身分の何千にも上る人々とともに、無惨にも虐殺されてしまう。この殺戮は、以下のようにして実行された。フランス全土に死をもたらしたこの不吉な日の夜半、虐殺を開始する任務を帯び、前々から準備を重ねてきた連中が、ルーヴルの周囲を中心に、好都合と思われる場所に陣取っていた。この辺りには、数日前に国王の妹と結婚したナヴァール王の祝宴に参加するためにパリに集まっていた、新教側の貴顕や貴族の大部分が宿を取っていた。周囲には、ギーズ公爵、オマール公爵〔ロレーヌ公クロード二世。ギーズ公の叔父〕、アンリ・ダングレーム〔アンリ二世と愛人ジェーン・スチュアートとの間にできた私生児。アンリ・ド・フランス〕およびその他大勢の指揮官が率いる武装した兵士が陣取っていた。彼らは先ず大提督のいる館に直行し、警鐘が鳴ると同時に、コリニーを片付ける手筈を整えた。

さて、このように武器の音が響き、無数の松明の光があたりを満たし始め、人々が行き交いし始めたので、コリニー大提督の近くに宿を取っていた何人かの貴族が起きて外に出てきた。彼らは、出会い頭の知り合いの何人かに、こんな時間に武装した人が大勢いるのはなぜか、と尋ねた。返ってきた答えは、王様がある城を適当に選んで、この時間に襲わせたいと思いついた、こうして奇抜なことをすれば、良い気晴らしになるだろうから、ということだった。彼ら貴族たちは、移動してルーヴルの近くまできたが、そこで、燃え盛る松明と、武装した大軍を目にした。そこにいた近衛兵たちは白《しら》を切り通せなくなり、先ずは件《くだん》の貴族たちを言葉で挑発し始めた。新教側の貴族の一人が多少言い返すと、ガスコーニュ出身の兵士が両棘の矛《パルチザン》で彼に斬り付けた。こうしてお互いが相手に襲いかかる事態と相成った。騒ぎが大きくなったため、サン・ジェルマン・ド・ローセロワ教会の塔の鐘が鳴らされた〔虐殺の合図とされた〕。

大提督は暴動の勃発に気付き、武器が立てる金属音を耳にした。しかし、自分の周囲に援軍が全く不在であったにもかかわらず、怖がる風は全くなく、（度々述べていた通り）「重大事に何度も経験したからわかるが、国王の厚情には信頼を置いている」との意見であった〔シャルル九世はコリニーに接近し、ギーズ公の怒りを買っていた〕。その上、コッサンとその近衛兵を目にした彼はすぐさま、パリの連中の暴挙がさらに激化したとしても、国王がその愚挙を認めないとわかれば、おとなしくせざるを得ないと確信したのである。さらにコリニー大提督は、国王とその兄弟たちおよびその母后〔カトリーヌ・ド・メディシス〕が、平和の維持と保証を約束するために、何度も厳かにその旨宣誓したこと、しかも公的な手段でそれを文書に認《したた》めたことを思い出していた〔国王や母后その他の側近が、八月二十二日に襲われたコリニーを見舞っている〕。のみならず、ごく最近、フランス国王が自分と同様の意図から〔ウルトラカトリックのスペイン国王フェリペ二世と対抗するという意図〕イギリスの女王と同盟を結んだこと、オレンジ公との協定に同意したこと、ドイツの諸侯に接近したこと、以前には占拠したこともあるフランドルの諸都市や、その他フランス国王の名の元に配下に組み入れられた別の諸都市とも良好な関係にあること、六日前に盛大に執り行なわれた妹君の結婚の祝宴を、血生臭い残虐な非道の業によって汚すはずがないこと、などの見解を抱いていた。彼は同時に、諸外国や後裔が下すであろう判断を無視できるはずがなく、また、一国の王たる者が抱くべき恥の観念や、真摯で毅然たる態度、あるいは公的な誓いの重さや民衆の権利の重要性なども勘案していた。そして、想像するだにおぞましい虐殺によって、以上のような大事を反故にするのは、全く自然に反したあり得ない選択肢だと見なしたのである。

　近衛隊長のコッサンは、最初は大提督の宿所を護衛するための任を負っていたが（これに関しては多くの人々が口々に言っている通り、「羊を守ってやれと〔それを〕オオカミに与えた」という諺が正しいことになる）、ギーズ公やアンリ・ダングレームその他の面々がやって来たのを見て、先ずは広場と通りに、それぞれの窓と向かい合うように五、六人の火縄銃兵を配置し、誰も逃れられないようにした上で、ドアを叩いた。それは一五七二年八月二十四日の日曜日、すなわち聖バルテルミーの祝日の、夜明けのことであった。ラボンヌという名の貴族が、大提督の元にいて鍵を管理していたが、国王からの使いとして提督と話したいと誰かが扉の外で叫んでいるのを聞いて、即座に階下に駆け下り扉を開いた。コッサンが一瞬にして彼に襲いかかり、短剣で何度も突いて惨殺した。その後コッサンは、火縄銃兵を伴って宿所に押し入り、目に入った者や逃げようとしている者たちを次々に殺させた。こうして館の中は恐るべき蛮行の場と化した。通りに面した戸口をラボンヌが開けていたため、大提督の館にいたスイスの傭兵たちは、コッサンの部隊の猛烈さに怖じ気づき、この戸口まで達すると、次に館の中庭側にある二つ目の扉を開け、素早くその中に逃げ込むと、一気にその戸を閉めた。コッサンはそこに近づいていき、火縄銃兵たちに盲滅法に発砲させたので、スイス兵のうち一人が殺された。新教に忠実な信仰を捧げていたコルナトンという貴族は、扉を叩く音で目を覚ましたが(彼はコリニーのすぐ近くで寝ていた)、最初は大提督の元を離れようとはしなかったものの、ついに二つ目の戸口まで駆けて来るや、スイス人の傭兵たちや建物にいた将校たちに命じて、衣装戸棚や大箱を持って来させ、扉を内側から固めさせた。それに気づいたコッサンは、「国王様にかけて、ここを開けやがれ」と怒鳴った。その後部下と一緒になって猛然と襲いかかったので、とうとう戸口を破り、階段にまで達した。

この時、大提督および彼の部下たちは、ピストルや火縄銃の音を耳にして、自分たちが敵の術中にはまったことを悟り、床にひれ伏して神に許しを乞い始めた。フランス大提督はベッドから起こしてもらうと(彼は二日前の襲撃で負傷している)部屋着のまま、メルランという牧師に祈りをあげるよう命じ、我らが救世主にして神たるイエス・キリストに熱烈に加護を求め、自らの魂を神の御手に委ねたいと述べた。以上の記述内容の証人であり、事柄の経緯を報告してくれた者によれば、彼が部屋に入っていくと、この暴動は一体何を意味しているのかと、大提督に訊かれたという。彼はこう答えた。「殿、神が我々を他の場所へとお呼びなのです。奴らは建物に無理やり押し入り、もはや抵抗する術はござりませぬ」と。そこで大提督は次のように返答した。「死ぬ準備は随分以前からできている。皆様方は、できる限りお逃げなされ。皆様方がここにいらしたとて、私の命を救える保証はござらぬ。私は、我が魂を神様のお慈悲に委ね奉る所存じゃ」。この事実をその場で見聞した証人たち〔ピエール・メルラン、アンブロワーズ・パレ、コルナトン、二人の従者〕によると、まるで喧噪とは無縁な静寂の中に佇むが如く、大提督には、我が身に迫る死を怖れる様子は微塵も見られなかったという。この部屋にいた者たちは、（提督の忠実な部下で、ドイツ語の通訳を兼ねていたニコラ・ミュスを例外として）みな素早く屋敷の最上階まで駆け上がり、屋根に取り付けてあった窓を見つけて、そこから脱出を試みたが、その大部分は、大提督の館の近くで殺されてしまった。奇跡的に助かった者もいたが、その中にはコルナトンとメルランが含まれている。

その間、コッサンは通行を阻んでいたものをすべて取り除き、味方のスイスの傭兵を数人招じ入れた。彼らは、四人の別のスイスの傭兵と階段で出くわしたが、一切相手にしなかった。ところが、胴鎧を身につけ、手には斧と抜き身の剣を握っていたコッサンは、敵の傭兵を見るや否や、傍らにいた火縄銃兵の一人に撃つよう命じ、部下もそれに従ったので、スイス兵のうち一人が殺された。その後、コッサンの一味は大提督の部屋の扉をこじ開け、ギーズ公に忠実に使えるベームという名のドイツ人〔ボヘミア人のカルル・ディアノヴィッツで、ギーズ公の非嫡出の娘と結婚している〕、それにコッサンとピカール地方出身のアタンという名の隊長（この人物はオマール〔ドマール〕公の家族に使えていた使用人で、かつてアンドロ〔ダンドロ〕殿を殺害するためにギーズ公が金で雇った連中の一人である）、さらにサルラブーと数人の部下たちが、全員胴鎧をつけ、手に斧と剣を握りながら、部屋の中に突入した。ベームは、抜き身を大提督に突きつけながら、彼にこう言い放った。「お前がフランス大提督か？」「然様《さよう》だ」と彼は自信に満ち溢れ、落ち着きはらった表情で答えた。この点は、虐殺者ども自身が、後に告白しているほどである。そして突きつけられた白刃を見つめながらこう言った。「お若いの、私は年寄りである上に負傷も負っておる、その点に敬意を払うのが人の道というもの。それに、お前さん如きに私の命が絶たれるのは御免だ」。何人かの証人の言によると、彼はこう付け加えたともいう。「少なくともこのような不作法者ではなく、一人前の男に殺されたいものだ」と。だが、虐殺者の大部分は全く異なったバージョンを伝えている。特にアタンがそうで、信頼できる人物に語ったところによると、死を直前にして、大提督ほど落ち着き払った人物は未だかつて見たことがない、彼の毅然たる態度に関しては、自分たち殺害者側でも話題に上るが、その度に皆が驚いていた、と。数日後自宅に戻ったアタンは、部下を連れ武装していたにもかかわらず、奇妙な恐怖感に襲われ、その怖気が顔や表情に出ていたという。さて、先ほどの話の続きに戻るとしよう。神をも畏れぬベームは、大提督の胸に一太刀浴びせ、その後何度も頭めがけて斬りかかった。他の者たちも皆が太刀を浴びせたので、結局、フランス大提督は床に倒れ絶命してしまった。

ギーズ公は他のカトリックの貴族連と中庭で待っていたが、太刀の音が聞こえてくると、大声でこう怒鳴った。「ベーム、終わったか？」答えて曰く、「殺《や》りました」。するとギーズ公はこう返答した。「ダングレーム公が、ご自分の目で確かめないと確信できないとおっしゃっておられる。だから、奴を窓から下に放り投げろ」。そこでベームとサルラブーは大提督の亡骸を持ち上げ、窓から下に放り投げた。ところが、頭に太刀を何度も受けていたため、顔が血だらけで、誰だか判別できなかった。そこでギーズ公は屈み込み、ネッカチーフで遺骸の顔を拭き、こう言った。「俺は奴を知っているが、これは間違いなく本物だ」。そして、生きていた時には、虐殺者どもにあれほど恐れられていた、この憐れな人物の遺体の顔を蹴飛ばした後、他の者たちと館から出てきて、大声でこう叫んだ。「兵士諸君、頑張ろう。出だしは上々だ！　さあ、他の奴らに取りかかろう」。この直後に、宮殿の大時計が鳴り渡り、人々は口々に、ユグノーの野郎どもが武装して、王様を殺そうと企んでいるぞ」と絶叫し始めた。一方、ヌヴェール公爵率いる近衛隊に所属していた一人のイタリア人により、大提督の頭部が切り取られ、芳香で防腐処理が施された後に、ローマの教皇およびロレーヌ枢機卿猊下の元に送られた。その後、庶民がコリニー大提督の遺骸に群がり、両手と恥部を切り取った。こうして切断された血塗れの死体は、このごろつきどもにより、三日間にもわたって市中を引き回され、最後にはモンフォーコンの処刑場に運ばれ、彼ら卑劣漢によって足から逆さ吊りにされてしまった。

フランス大提督が負傷を負った日のこと、国王は義理の弟ナヴァール王に対し、ギーズ公は陰謀家で何を企むかわからないから、眠る際には忠実な部下一〇人から一二人ほどに、お部屋の警護に当たらせるのがよい、という忠告をしている。さて、これらの貴族たちや、ナヴァール王の寝室の控えの間にいた者たち、さらには、コンデ大公の家臣や近侍、養育係や家庭教師らは、大声で国王に対し約束を守ることを求めたが、近衛隊長ナンセイとその部下たちによって、手にしていた剣や短剣を取り上げられ、休んでいた部屋から追い出され、ルーヴル宮の門まで連れてこられた。（そこで窓越しに彼らを見つめていた国王の面前で）、彼らはスイスの傭兵たちによって無惨にも虐殺されてしまった。殺された者たちの中には、ド・パルデイアン男爵、サン・マルタン・ブルス、ピル男爵〔ピルの男爵アルマン・ド・クレルマン〕および、その他の者が含まれていた。ピル男爵は、サン・ジャン・ダンジェリの包囲戦で多くのカトリック教徒に大恥をかかせたので、敵には大いに憎悪されていたが、その彼が、殺人者たちの一群の中に追い込まれたのである。彼は、先に虐殺された者たちの死体を目にするや、国王は約束を守れと声の限り叫び、同時にこの卑劣な裏切りを罵倒しながら、身にまとっていた豪華な部屋着を手に取り、顔見知りの者にこれを差し出してこう言った。「ピルはこれを汝に与えん。あまりに理不尽な殺され方をした者の死を、これで思い出してくれ」と。相手はこう答えた。「隊長殿、私は彼ら殺人者の一団とは無関係です。あなた様の衣装には御礼申し上げますが、この状況下では頂戴しかねます」。こうして彼は受け取るのを断った。ちょうどその時、ピルは歩兵の一人に、十文字槍の一撃で突き刺されて即死してしまった。彼の遺体は他の死骸の上に積み上げられ、通行人たちが面白がってその死体の山を眺めていると、虐殺者どもはこう叫んだものだった。「こいつらは俺たちを片付けた後、国王まで殺そうとしていた奴らだ！」と。

ナヴァール王の臣下の一人でレイランという名の貴族は、何回か太刀を浴びせられたが、ナヴァール王妃の部屋に即座に逃げ込んだお陰で、狂ったように自分を追跡していた者たちから、彼女に身を守ってもらうことができた。その上、すぐに国王からの赦免も獲得してもらい、しかもその弟〔アンリ三世のことか？〕が医者まで紹介してくれたので、全くのところ、王妃のお陰で生命と健康を取り留めたのであった。一方、ナヴァール王の養育係だったボーヴェは、フランス大提督が宿をとっていたのと同じ通りに宿泊していたが、ずっと以前から煩っていた痛風で寝込んでいた、まさしくそのベッドで殺されてしまった。

国王の廷臣や近衛兵どもは、貴族層を標的に処刑を行なった者たちである。それまで、筆、書類、正義の命令のいずれによっても実現せず、しかも内戦のゆえに片付けられなかった訴訟を、（これは奴らの言い分にすぎないが）鉄拳制裁によって実践しているらしい。その結果、捕らえられた者たちは、陰謀や謀反の罪を着せられ、全員丸裸にされた。さらに事情をよく飲み込めていない者や、まだ半分うとうとしている者たちまで、武器を取り上げられた上で、息をつく間もなく即座に敵の手によって惨殺されたのだった。ある者はベッドで、別の者は館の屋根で、という具合に、見つかった場所で殺されたのである。

ラ・ロシュフーコー伯爵は、土曜日の夜中の十一時過ぎまで、国王と雑談し冗談を言い合って大笑いしていた。その後、やっと眠りについた頃、部屋に上がり込んできた、顔を隠し武装した連中六名に叩き起こされた。伯爵は、その中に国王がいて、悪戯心で自分をからかいに来たのだろうと思ったから、連中が櫃《ひつ》や箱を荒らし回り始めるや、お手柔らかにお願いしますよ、と告げた。それも束の間、変装した六名の中の一人が彼を殺してしまった。

テリニー(1)が一軒の建物の屋根上にいるのを、国王側の廷臣たちは目にした。当然殺すべき相手であるにもかかわらず、彼の姿を見るや、到底その気になれなかった。それほどに穏和な人柄で、彼を知る者の誰からも愛されていたからである。その後、シャトーヌフ卿の館の屋根裏部屋に潜んでいたところを、数名の兵士に発見されてしまった。兵士たちは彼の名前を聞くと、そこに残して立ち去った。ところが、他の兵士たちがまたもややって来て、テリニーと一緒に避難していた大提督の部下たちもろとも、彼を殺してしまったのだった。

ポルシアン公の弟に当たるド・ルネル侯爵すなわちアントワーヌ・ド・クレルモンは、兵士および民衆によって部屋着のままセーヌ川まで追い立てられ、そこで小型の船に乗せられた後、自分の従兄弟であるビュッスィー・ダンボワーズことルイ・ド・クレルモンにより殺された。デ・ザドレの男爵の息子がルイに付き従っていた。

ある近衛中隊長は、ラ・シャテヌレーという御婦人にご執心であった。彼女に喜んでもらおうと、この若い婦人の義理の父に当たるド・フォルス殿〔ラ・フォルスの領主フランソワ・ド・ショーモン〕を殺害すべく人を送った。ラ・シャテヌレーの兄弟二人も同時に殺したと思い込んだものの、遺体は一人分しか見つからなかった。もう一人は傷を負ったに過ぎず、よろめいて倒れた父親の遺体の下に隠れていたのだ。夜の帳がおりると、彼はそこから抜けだし、親戚に当たるド・ビロン殿の館に潜り込んだ。これを知った妹のラ・シャテヌレーは、全財産が自分に転がり込まないことを憂え、兄が匿《かくま》われている、砲兵工廠《アルスナル》近くのド・ビロン殿の館に乗り込んでいった。彼女は、兄が逃げおおせて安心した振りをし、彼に会って傷の手当てをしたいと申し出た。しかしビロン殿がこのいかさまを見抜き、彼女に兄を会わせようとしなかったため、兄はお蔭で一命を取り留めたのである。

ド・スピーズ男爵〔一五四八－七二年。武勇で鳴らした新教側の貴族〕は、火縄銃の銃声や人々の叫び声を耳にすると、即座に武具をまといコリニー大提督の元に走ったが、そこで即座に取り囲まれ、ルーヴルの門まで連れて来られた上で虐殺された。

ド・スビーズ殿の従兄弟であるド・ラヴァルダン殿も、ムニエ橋〔「製粉業者の橋」が直訳。多くの水車が取り付けられていた橋〕で刺し殺され、遺体はセーヌ川に投げ込まれた。

勇猛で鳴らしたド・ゲルシー殿ことアントワーヌ・マラザンは突然襲われたため、武装する間もなく、何人もの敵に攻撃された。しかし、手に剣を持ち、腕に部屋着を巻き付けて、勇敢な人物にふさわしい抵抗を試みつつ我が身を守ろうと努めた。しかし、敵どもは鎧兜を纏《まと》っていたので、誰一人殺すことも傷つけることもできず、最後は矛や剣で打ちのめされてしまった。

その他にも、プヴィオー、ダシエ殿の兄弟ボーディネ、ベルニーをはじめ、数多くの指揮官や貴族が襲われた。ある者はベッドの中で惨殺され、ある者は何とか逃げだそうと試み、またある者は剣と鞘で我が身を守ろうと必死になった。彼らの死体は殺害直後にルーヴル宮の前まで引きずられていき、そこに積み上げられた。こうして虐殺者どもは、生前に自分たちを震え上がらせた者たちの死体を見ては、満足していたのだ。今までに挙げた貴族の面々の従僕、小姓、召使い、奉公人たちも、その主人たちとほぼ同じくらい酷い目に遭った。敵方はコリニー大提督の宿のすべての部屋や小部屋に押し入って来たため、ベッドに横たわっていた者すべて、隠れていた者すべて、中でも大提督の小姓をはじめ、高貴な良家の子供たちに至るまで、実に残酷な仕方で虐殺されてしまったのだ。

以前、ナヴァール王の家庭教師を務めていたボーヴォワール殿は、痛風のために寝たきりであったため、ベッドで殺された。

故コンデ公の息子で、まだ小さなコンティ伯爵の養育係だったブリウー殿は、外の騒ぎを耳にすると、すぐさま幼い主人を抱き上げ、部屋着のまま遠くへ避難させようと試みた。しかし、途中で虐殺者集団に出会い、幼い王子を取り上げられてしまう。この王子の面前で〔王子は号泣しながら、養育係の命を救ってほしいと懇願していた)、彼は非道な殺され方をし、老齢ゆえに真っ白になっていた髪の毛が、血で真っ赤に染まるほどだった。その後彼は泥水の中を引き摺《ず》られていった。

ド・コーモン殿すなわちフランソワ・ノンペール〔シャルル・ド・コーモンの三番目の息子〕もベッドで襲われ、長男とともに殺された。しかし次男は奇跡的に助かり、死者たちの間に紛れる形で、砲撃術の偉大なる師匠ド・ビロン殿の館の近くにある砲兵工廠《アルスナル》まで引き摺《ず》られていった。ド・ビロン殿は彼を助け、数年後、自分の娘の一人を娶らせている。ジャック・ノンペールというこの貴族は、その後大いなる敬意を集めつつ出世し、その一家の栄光は今日まで燦然と輝いている。(2)

この日曜日は、殺し、強姦し、略奪することに費やされた。その結果、この日と続く二日間で、パリおよびその市街区だけでも、死者の数は一万人を超えると思われる。領主、貴族、高等法院の部長評定官、高等法院評定官、高等法院次席検察官、検察官から、学生、医者、商人、職人、女子供や娘たちまで、皆殺しである。(3)通りという通りはすべて遺骸で覆われ、セーヌ川は血で染色され、国王の宮殿の入口や門も同じ色に染まっていた。それでも、殺人鬼どもはまだ満足していなかった。

国王の特任官僚や中隊長、それにパリの街区長や十人区長たちは、部下を連れて家々を一軒一軒つぶさに回り、ユグノー教徒がいると思った時には、門戸を無理やりこじ開け、老若男女にお構いなく、片っ端からむごたらしく殺していった。貴婦人や女性、娘、男性、そして子供たちの死体が所狭しと積まれた荷車が何台も引かれていき、それらは川に棄てられた。セーヌは死体で覆われ血の赤に染まった。ルーヴル宮やその近辺など、他の場所でもあちこちで血が流れていた。その間、宮廷の連中は大声を上げながら高笑いしていた。彼らは、戦争はやっと終わったぞ、今後は平和に暮らせるな、などと言い、さらには、和平王令を発布せねばならぬぞ、もっとも、紙や使節によるものではなく、王国内に散らばっているユグノー教徒どもを殲滅せよ、という命令でなくてはならぬぞ、と。

貴族の中でも、ロヴィエ殿は窓から歩道に突き落とされて殺された。加えて モンタマール モントペール、ルーヴレー、コワニエ、ラ・ロッシュ、コロンビエ、ヴァラヴォワール、オルレアンのバイイ裁判所長官フランクール、その腹違いの兄弟で、ポワトゥ地方の総徴税官ド・プリュネー殿ことエチエンヌ・シュヴァリエ、その他あらゆる身分の者たちが殺された。その者たちの名前は、時間の経過とともに明らかになるだろう。この間、身を隠していた者も多く存在するが、彼らも、翌日には見つかって虐殺されている。この点もいずれ記録されるであろう。

　この日曜日の午後五時頃、ラッパの音とともに国王の布告が読み上げられた。曰く、「各人は即座に帰宅すべし、また、既に在宅の者は外出すべからず。近衛兵の兵隊たち、およびパリの特任官僚諸君とその部隊に限っては、武装し街を巡回することを許可す。以上の命に反する者は、厳罰に処されん」。この布告を耳にした者たちの多くが、事態は沈静化に向かうと考えた。ところが翌日、そしてその後何日にもわたって、虐殺は絶え間なく続いた。と言うのも、パリの民衆は、町の各門に近衛隊を配置し〔逃げ道を塞いだ、の意〕、先ずはごっそりと鷲掴みするように刈り入れた後、前日に刈り損なった稲穂はないものかと、あちこち摘みに出かけたからである。しかも、それが親族だろうが友人だろうが、ユグノー教徒を匿《かくま》っている者たちは、誰であれ殺すと脅迫して回った。その結果、残っていた新教徒たちは、見つかるや否や殺され、彼らの家具および不在者の家財まで、略奪の対象となったのであった。

訳注

（1）シャルル・ド・テリニー。一五三五頃－七二年。コリニー大提督の下で新教軍を指揮した。国王側からの信任も篤かった。

（2）ジャック・ノンパール・ド・コーモンが正しい名称。一五五八－一六五二年。ド・ビロン元帥に救われて後、アンリ四世、ルイ十三世およびリシュリューに重用され、一六二二年、フランス大元帥の地位につく。

（3）　犠牲者の推定数は当時ないし後代の人々によってさまざまに推測されている。クロード・アトンは七〇〇〇人、ブラントームは四〇〇〇人、アグリッパ・ドービニエは三〇〇〇人、ボシュエは六〇〇〇人と見積もっている。

リシャール・ヴェルステガン

残酷劇場（抄）

平野隆文訳

解題

リシャール・ヴェルステガン Richard Verstegan（英国名、リチャード・ローランド）は、一五五〇年頃ロンドンで職人の家に生まれ、一六四〇年頃アントウェルペンで亡くなっている。一五六〇年代には、オクスフォードのクライストチャーチで歴史を学んだらしいが、学位は得ていない。その後ロンドンで金銀細工師の修行を積んでいる。ヴェルステガンはその他にも、古物商、印刷業者、翻訳者、版画家、詩人などさまざまな「肩書き」を持つが、彼の名が現代にまで伝わっているのは、その論争家《ポレミスト》ないしはプロパガンディストとしての才能ゆえである。熱烈なカトリック教徒となった彼は、イギリス国教会、次いでカルヴァン派を容赦なく叩く、政治的＝宗教的論争家として、その能力を、いわゆるパンフレ文学（誹謗中傷文書）の領域で開花させた。一五八一年、ロンドンのイエズス会の司祭エドマンド・キャンピオンが、拷問の末残虐な処刑に斃れた後、それを告発する文書を極秘に出版したが、その制作への荷担が発覚したため、彼は英国を離れ大陸に亡命する。その後、フランス、ランス、ローマなどで「反ユグノー」の論客として活躍するが、一五八六年にアントウェルペンに移住し、以後、カトリックの盟主たるスペインのフェリペ二世のエージェントとして、言い換えればカトリック側の「ジャーナリスト」兼「スパイ」として、主に出版事業を武器に新教と闘う。

一五八七年に刊行された『当代の異端者たちによる残酷劇場』（以後『残酷劇場』と略す。ラテン語版は翌年仏訳される）は、図版と散文によるその説明、さらには新教徒への筆誅を意図した韻文を一セットにし、「ユグノー」の残酷さを告発せんとした野心的な試みである。特に図版（版画）は、時空間の現実性を無視し、虚実入り交じった新教徒による拷問や虐殺の様子を、一枚一枚の版画に凝縮させ、その煽動的な図像で、読者の情感に直接訴える手法をとる。散文のコメントは図版の読解を誘導し、激情的な韻文は、幾何学的な図版に有機的な生命を吹き込む。こうして『残酷劇場』は、イギリス、フランス、フランドルに展開する暴力の「世界劇場」を現前させ、敵の残忍さを増幅的に「暴露する」営為により、新教への「憎しみを煽る」効果的なプロパガンダ文学を織り上げている。

底本には、*THEATRE des Cruautez des Hereticques de nostre temps*,（Traduit du Latin en François）, en Anvers, chez Adrien Hubert, 1588 を使用した。

フランスにおけるユグノーの恐るべき残虐さ

ユグノー教徒らに猛攻を受けていたアングレームの町は、和議により彼らの手に落ちた。ただし、聖職者であれ平信徒であれ、カトリック教徒は皆、追及される懸念なく、安全に暮らせるという約束かつ宣誓が守られることが〔和議の〕条件であった。しかしながら、忘れっぽい、いや、むしろ自分の誓いを、それも荘厳に宣せられた合意を、平気で踏みにじる異端者どもは、町に入城するや否や、何人かのカトリック教徒を選び出し投獄してしまった。［A］その中の一人、フランチェスコ会士で、この町にて修道院長を務めるミシェル・グルレは、当時のフランス大提督ガスパール・ド・コリニーの面前で、逮捕された翌日に木に括られ絞め殺された。だが、瀕死の苦しみの中にあったこの受刑者は、反乱軍の頭目たる提督が、自らも破滅に陥ると予告したのだ〔コリニーは一五七二年八月二十四日のサン・バルテルミーの大虐殺で殺され、遺体がバラバラにされる。ヴェルステガンは大虐殺後に筆をとっているので、「予告」は簡単にできた〕。その後、絞殺されたこの殉教者の遺体は破棄され、その際、残虐な兵隊どもは三度にわたって「福音書万歳」と叫んだのであった。

［B］上記の修道院の読師〔朗読係〕であったジャン・ヴィロロー修道士は、最初に恥部を切り取られ、奴ら〔ユグノー〔プロテスタント〕の兵士たち〕によって残虐な殺され方をした。

［C］八十歳になるジャン・アヴリル修道士は、十文字槍で彼らに頭をかち割られ、その遺体は厠《かわや》に投げ捨てられた。

［D］神学博士のピエール・ボノー修道士は、彼らによって、悲惨な状態で八か月も拘置された後、町の城壁近くの木に吊されて殺された。

殉教を遂げることで、汝らの魂は永久に幸福に浸る。
福音は、新たな芽を通して、殉教の力強さを、
大きく育て燦然《さんぜん》と輝かす。
我らの信仰は、この後凱歌を上げるだろう、
誤った教義と血に飢えた軍隊が、その大罪のゆえに
二重の刑罰を受けるであろう時に。

同じ町〔アングレーム〕のパパンという市民の家に、奴らは三〇人のカトリック教徒を幽閉して死に至らしめた。奴らは自分たちが発明した残酷な拷問を三種類も使い分けたのだ。

［A］先ず二人一組にして繋ぎ、生きるのに必要なものを一切与えずに、苦しめ憔悴させる。こうして、飢餓状態の極みに至らしめ、互いに相手を喰らおうとするところまで追い込む。その結果、被害者らは衰弱の内に死んでいった。

［B］その後奴らはピンと張ったロープの上に他の者たちを仰向けに横たえ、ノコギリで引くように身体を真ん中で切り裂き、この野蛮極まりない拷問によって殺してしまった。

［C］最後に奴らは他の者たちを木の梁に結び付け、後方にとろ火をつけ、長い苦しみを味わわせて少しずつ焼いていき、最後は火の中で息絶えさせたのである。

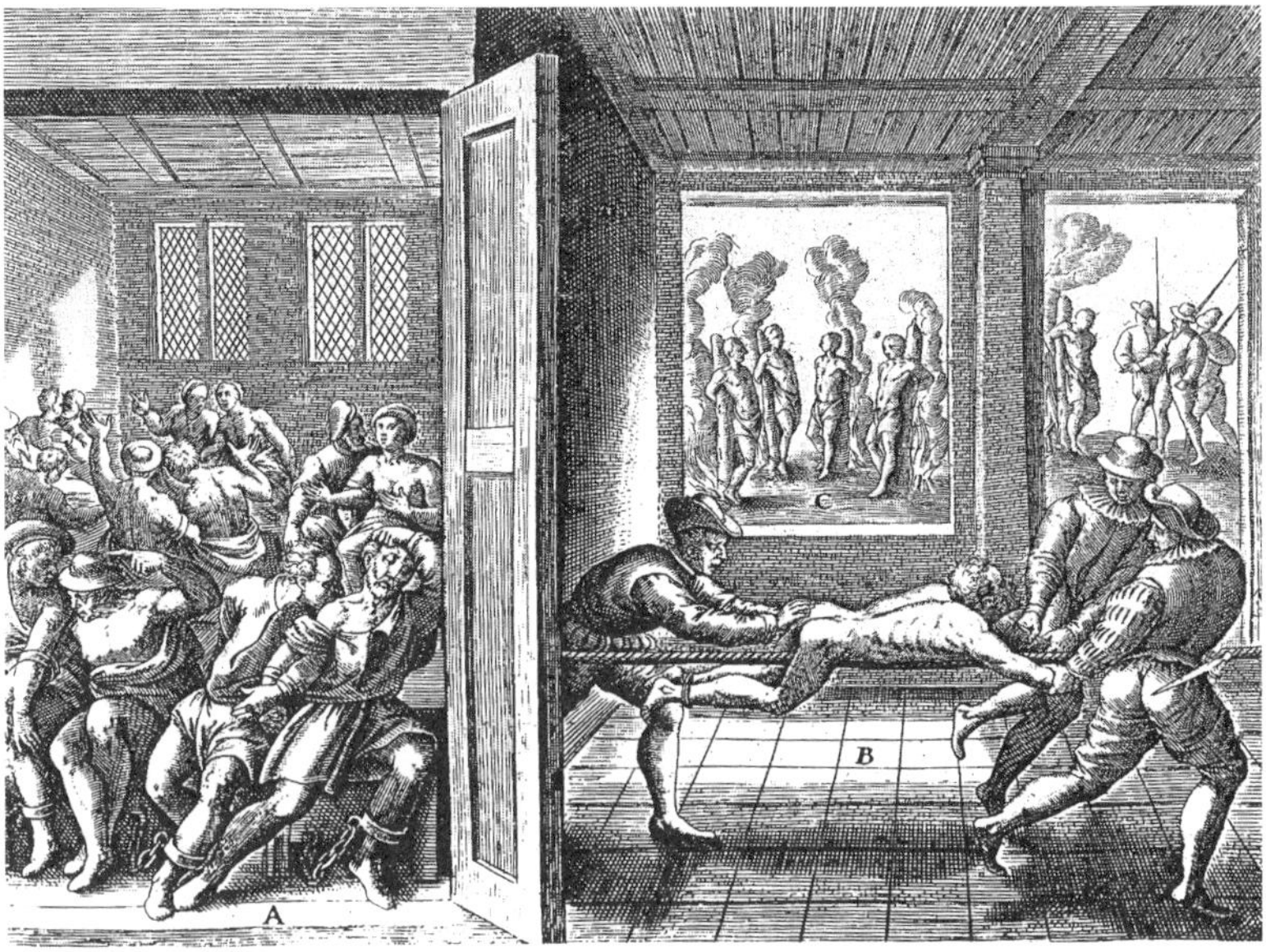

古の詩人たちがそのお話の中で物語った、
耐え難くもおぞましい地獄のような拷問、
奴らが見せる恐ろしさは、蛮族も当惑するほど、
ユグノー教徒の悪魔的熱意は、
カトリック教徒の血を撒き散らすさまざまな方法を
求め、
異教徒たちにすら未知だった拷問を見つけ出す。

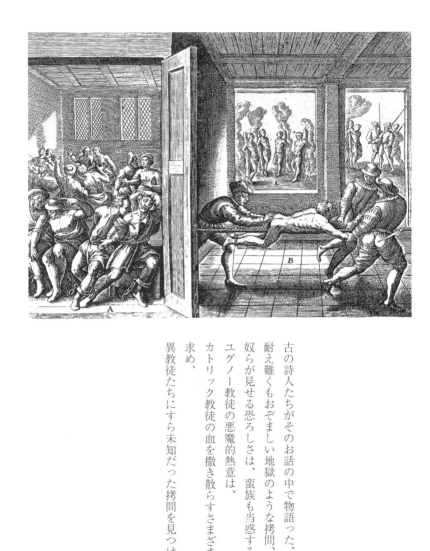

モンブランの町に駐屯していたユグノー教徒どもは、近くの町マロンダにある立派で徳高い貴婦人の家をしばしば訪れた。礼儀正しい彼女は、奴らを招じ入れ、可能な限り鄭重に歓待して持てなした。自分と臣下の者たちが彼らによって暴行を受けないように気をつかったのだ。

［A］ところが、人間性の欠片《かけら》も失ったこの野蛮人どもは、ある日このご婦人の家で夕食をとった後、むりやり別の一室にあがりこみ、火をつけた上で、鉄製のシャベルをそこにかざし、火で真っ赤になったそのシャベルを押し付けて、善良な婦人の足の裏を焼いた。その後シャベルをひっくり返し、それを彼女の脚にあて、ひも状にその皮膚を切り取っていった。こうして彼女に拷問を加えたのち、略奪を行なって家を後にした。

［B］アングレームの地方総督司法補佐官であるジャン・アルノー師は、町の占領後に捕まった一人である。この優秀な判事は、四肢に深手を負わされ、大いなる悲惨さを味わわされたのち、最後は自分の家で残虐な仕方で首を絞められて殺された。

［C］奴らはアングレームの町の故・刑事裁判所判事の未亡人で、六十歳の尊敬すべき女性を捕らえた。そして、彼女の髪の毛を引っ張りながら、鬼畜もどきに、彼女を通りで引き摺り回した。

老人や女性に暴行を働く者たちを、
素晴らしいと褒め讃えるのだろう、お前らは、
お前らは勝者として褒美をもらうのが当然のようだな、
それにしても、お前らに言わせればもう勝利を収めたにもかかわらず、
ますます血を吸いたくなり、ゆえにさらに血が欲しくなる、
決して満たされることのない、飽くなきオオカミどもめ。

［A］アングレームの近郊にあるシャスヌィユ小教区で、奴らはルイ・ファイヤール師という名の、土地の者たちの話や証言によると行ないの正しい徳の鑑のような司祭を引っ捕らえた。その上で、煮え立つ油で一杯の大窯の中に彼の手を、むりやり何度も何度も長時間にわたって突っ込ませたので、最後には肉が焼けただれ、骨と分離して落ちてしまった。しかし、これほど残忍な拷問でも飽き足らない奴らは、師の口の中に沸騰した同じ油を注ぎ込んだのだ。それでもこの殉教者がまだ死んでいないとわかると、結局は火縄銃で撃ち殺してしまった。

［B］奴らは、サン・トーザニ〔サン・トーゾンヌ〕の助任司祭のコラン・ギュィユバン師という別の聖職者を捕らえた。そして彼の恥部を切り取った後、上蓋のあちこちに錐で穴を開けた大箱に彼を閉じ込めた上で、煮えたぎる大量の油をその無数の穴から注ぎ込み、この拷問で司祭を殺したのである。

［C］リヴィエール小教区では、奴らはさらに別の司祭を捕縛し、口を開かせて舌を引き出し、生きたまま引き千切った上で殺した。その上、ジャン・バシュロン・ド・ランヴィルという者に対しても似たようなことをした。奴らは熱く燃える鉄で彼の足の皮を剝ぎ、最後は喉を掻き切ったのだ。

オオカミは、その貪欲な腹を、よき羊飼いを食って満たし、
その後、信徒どもをいとも簡単に食い尽くそうとする、
なぜって、奴らの強欲はひたすら善良なる者を破滅させたいからだ。
そして異端者は、指導者たる羊飼いを襲うことで、
その信徒たちをより容易に恐怖の闇に陥れたいのだ、
奴らは悪霊に唆されてこの蛮行に走っている。

［A］サン・ティレール・ド・モンティエの助任司祭であったスィモン・スィコ師は、六十歳の有徳の士であったが、信頼していたある人に裏切られたため、アングレームに連行され投獄された。そこで法外な身代金を要求され、大いに無理をしてそれが支払われると、奴らは、司祭の期待通り、村に戻れるように自由の身にしてやった。ところがこの哀れな司祭がサン・ピエール門から出て行くや否や、卑劣な連中は、自分たちの一人を暗殺者として派遣し、彼の後を追わせた。暗殺者は彼を捕まえるとその両目を潰し、口を開かせて舌を引っ張り出し断ち切った。

［B］ギヨーム・ド・ブリカイユ師ともう一人の聖職者が同時に、鬼畜の如き連中に捕まった。その後二人とも、地下倉で足一本のみで逆さ吊りにされた。連中は拷問を長引かせるために、時々食べ物を彼らに与えたが、一方が事切れると、もう一人も殺害した。

［C］〔ユグノーの〕奴らはさらにピエール師という名のボーリュー小教区の司祭を捕まえ、頭を出したまま生き埋めにした〔『改訂版』によると、大修道院所属の装飾品や金目の物の在り処を聞き出そうとしたらしい〕。

［D］八十歳になるフレアックの助任司祭アルノー・デュランドー師も、奴らによって喉を掻き切られて殺され、遺体は川に投げ捨てられた。

［E］同い年の別のフランシスコ会修道士も、さんざん罵詈雑言を浴びせられた後、町の高い城壁の上から生きたまま突き落とされた。

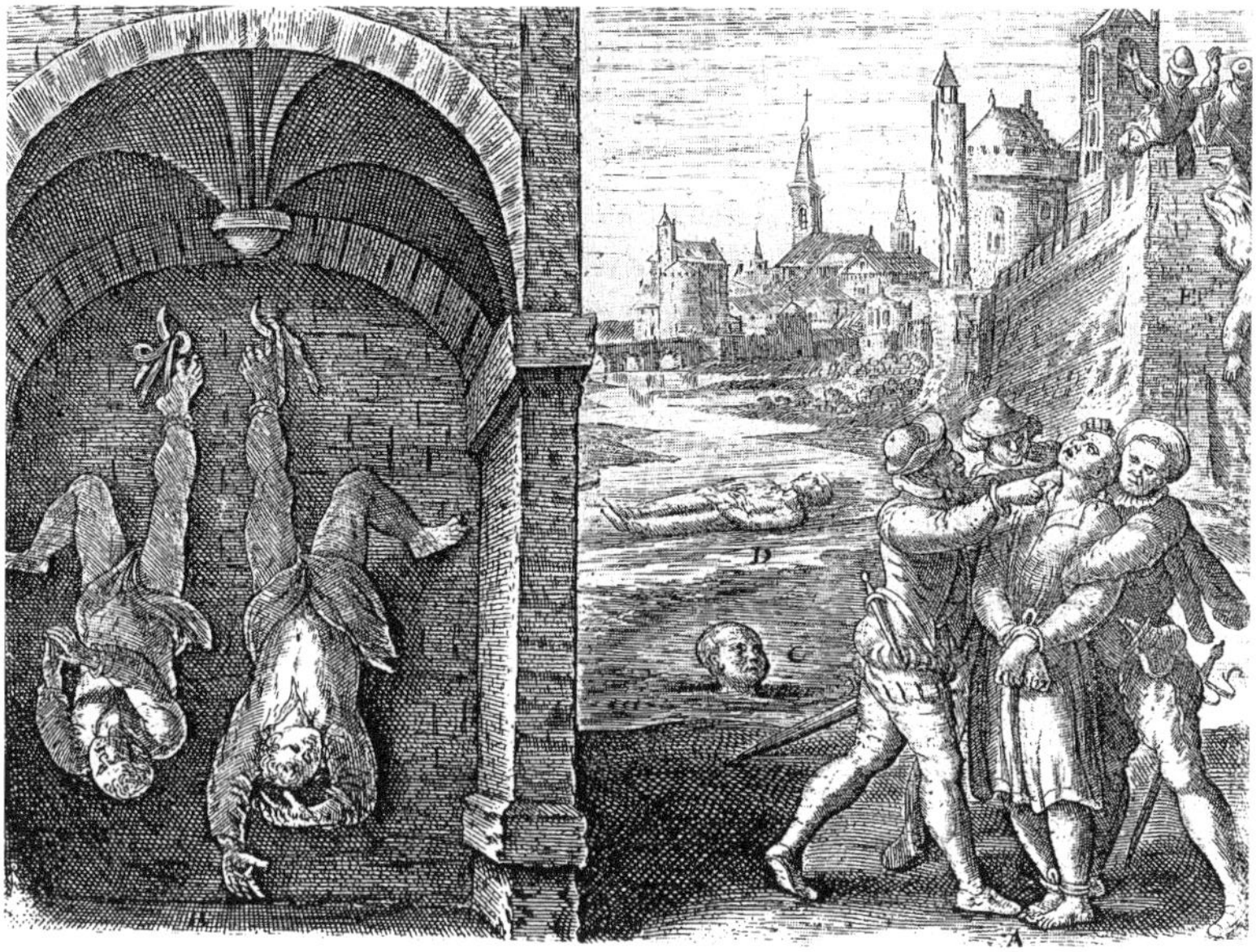

神の敵どもが、自分たちの信仰のためだと称して、
無実の者たちに科す前代未聞の
恐るべき拷問に耐えるだけでは、事はすまない。
奴らは苦痛を引き延ばし、死を先のばしにし、
長きにわたり不正を倍加させるのだ、
自然と法に反する自分たちの快楽を高めるために。

［A］サン・スィバール・ドーの助任司祭オクタヴィアン・ロニエ師も容赦なき暴君どもの手に落ちた。奴らは、無数の卑劣な責め苦で彼を苦しめた挙げ句、裸足に馬用の蹄鉄をつけ、次いで木に縛り付けて火縄銃で撃ち殺した。

［B］フールクブリュンヌ小教区の助任司祭フランソワ・ラボトー師もまた捕らえられ、牛の前に縛り付けられて鋤を引かされ、その場で散々刺されたり鞭打ちを受けたりしたために、結局はこの拷問で命を落としてしまった。

［C］奴らは何人も火縄銃で殺した。その中には、外科医のフィリップ・デュ・モンやラシャ業者のニコラ・ギヴェも含まれるが、彼らはピル将軍の命令により木に縛り付けられても、カトリック教会から受けた聖なる教育に忠実で、絶えず我らが主たるイエス・キリストに告解を繰り返したが、結局は火縄銃の発砲により殺害された。こんな次第だから、このアングレーム司教区では、わずか二年も経たぬうちに、性別を問わず、また聖職者から貴族、若い女性、そしてその他の身分の者に至るまで、一二〇人以上の者たちが、キリスト教の信仰のゆえに、虐待され殉教を余儀なくされたのであった。

全能なる神が人類を創造なさった時、
神は自らの似姿、自らの反映としてお創りになった。
だが邪悪な奴らはそのことを踏みにじり、
あたかも他の動物であるかの如く撃ち殺し、
馬にするが如く、裸足に蹄鉄を嵌め、
その他幾千の悪行で人を弄びながら、一向に恥じる
気配はない。

シャルトル司教区のウーダンの町では、異教徒どもが一人の司祭を捕らえ、教会の中に連れ込んだ。［A］そこで奴らは嘲笑してやろうと思い、自分たちの前でミサを上げるよう司祭に強要した。善良な司祭がこの聖なる儀式を続けている間、奴らは甲冑用の籠手《こて》を嵌めた手で彼の顔を殴り続け、その他の箇所を短刀で何度も斬り付けた。顔は傷だらけ、身体は血塗れとなったこの司祭は、その間もミサを続け、聖体拝領の儀式にまで辿り着いた。すると奴らは彼の手から、我らの主の貴重なお身体〔ホスチア、聖体のパン〕と尊い血で満たされたカリス〔聖杯〕とを取り上げ、すべてを床に投げつけ、足で踏みにじったのだ〔カルヴァン派はカトリックのミサを、キリストの身体を何度も地上に「呼び戻す」儀式として嫌悪していた〕。［B］その後この善良な司祭をキリストの十字架像に縛りつけ、火縄銃で撃ち殺した。その結果、神の命により至上の神に犠牲を捧げていた彼は、その忠実さの証として、自分自身が、嘲笑されつつ犠牲になってしまったのだった〔供物を捧げる司祭が、そのまま自分自身供物になっている。ここでの司祭は、明らかにキリストの最後と重なって見える〕。

サント・ムヌー〔メヌー〕近郊の村フロランでは、ベテューヌ将軍の部隊が一人の司祭を捕らえ、罵詈雑言を浴びせた上で、［C］〔残忍な〕鞭打ちの刑に処した。［D］その後、部隊所属の床屋外科医がその恥部を切除し殺してしまった。しかもこの卑劣な冷血漢は、こうした無様《ぶざま》な風体にしてやったのは一七人目だと嘯《うそぶ》いていた。

圧制者たるユグノー教徒は、その胸に秘めた
悪意を隠しおおせない。下劣な犬のごとき欲望を抱
き、
主の敵ユダヤ人[1]の如く振る舞いつつ、
司祭にミサを上げるよう強制し、
聖体の秘跡を冒瀆し、司祭を殴り倒しながら、
ついには救世主の十字架に磔《はりつけ》にしてしまった。

［A］クレリーでは、教会の内部を破壊し、聖遺物をはじめ神にお仕えする上で必要な用具など金目の物を略奪した後、奴らは、フランス国王ルイ十一世の墓所を叩き壊し〔ルイ十一世は、オルレアン近郊のノートルダム・ド・クレリーに埋葬されていた〕、あたかもルイ十一世の名声を消し去りたいかの如く、この国王の骨を焼き払った。のみならず、奴らは自分たちの首領であるナヴァール王の祖先も容赦しなかった。それ程に、奴らの非人間性は想像を絶していた。さらに、ジャン・ダングレーム(2)の墳墓も似たような目にあったようだ。ジャンは、聖人の如き醇正な人柄の持ち主であった。

［B］オルレアンから六ないし七里ほどに位置するパ〔パテ〕という村では、激情に駆られた奴らに追いつめられて、二五人のカトリック教徒が、他に避難所も見当たらないので、教会堂の中に逃げ込んだ。この二五人の中には数人の子供たちがおり、彼らは難を逃れるために鐘楼を上っていった。しかし、敵の連中が教会堂に火を放ったので、哀れな子供たちは、迫り来る炎と窒息しそうな煙に襲われ、外に向かって身を投げざるを得なかった。こうして情け容赦のない敵の手に落ちた子供たちは、再び炎の中に投げ込まれ、その中で一生を終えねばならなかった。

［C］奴らは何人もの司祭を、自分たちの馬用の端綱《はづな》で括り付け、無理やり引き立てていった。

邪悪なる者たちの激情は、墳墓の中に眠る
聖者たちの神聖なる骨からも、安らぎを奪い続ける、
嗚呼、法を平気で踏みにじる反逆の犬野郎たちよ！
何年も前に埋葬された彼らの肉体を
お前は焼き尽くして灰にし、辺りにばら撒く、
貴族や国王への敬意など微塵もない輩よ。

［A］ガスコーニュ地方のサン＝マケールにて。奴らは司祭の腹を切開し、棒にその腸（内臓）を少しずつ巻き付けていた。

［B］［C］同所にて。奴らは何人もの司祭を生き埋めにし、また、カトリック教徒の小さな子供たちを剣で切り刻んだ。

［D］ル・マンの町で、奴らはかなり老齢の司祭を捕らえ、その恥部を切り取り、グリルの上でその恥部を焼き、それを司祭自身に無理やり食わせ、さらには、それがどのように消化されるかを見るために、生きたままで腹を切開して胃を切り開き(3)、こうして最後には司祭を死に至らしめたのであった。

気の狂ったこれらの暴徒どもは、何をしても飽き足りない、
そこで毎日新しい拷問を作り上げる、
どれほど酷い刑罰を下しても、奴らの焼け付くような憤怒は満足しない。
あいつらは人が残酷に死んでいくのを愉しそうに眺める、
間違って殺しかけている、無実の哀れな者どもが死ぬのを、
常軌を逸した拷問によって、奴らは自分たちの激しい憎悪を見せつけるのだ。

［A］フランソワ・デュ・カセが、ガスコーニュ地方はバザスの町で、ナヴァール王のために都市駐屯軍司令官を務めていた時のこと、彼の部下の二人の兵隊が、一人の未亡人を強姦した後、仰向けにして引きずり出し、大砲用の火薬をその恥部に詰め込んで火を放ったので、彼女の腹部は一気に破裂し、臓物が外に飛び散った。この拷問により、彼女はその無辜《むこ》の魂を神にお返ししたのであった。

［B］サント・コロンブの領主、ゴアス隊長、その他多数の貴族たちが、自分たちを包囲していたモンゴメリー伯爵と、和議を結んで降伏した。その後彼らは九か月の間、獄舎に幽閉された。彼らは身代金を払えば出られると考えていたが、ちょうど九か月が経った時、伯爵は彼らを夕食に招き、その言葉に従えば「友人として」彼らを祝宴で持てなした。だが、祝宴後、伯爵は彼らの部屋に刺客を複数忍ばせておき、夜陰に乗じて全員を殺させてしまった。彼らを迎え入れ、長期にわたって幽閉したのち、伯爵は平気で公に行なった宣誓に反したのである。

［C］モンブリゾンの町でのこと、デ・ザドレの男爵〔フランソワ・ボーモン。残虐非道で有名。後にカトリックに転身〕は、非常に高い塔の上から多くのカトリック教徒を突き落とした。それでも彼らが逃げおおせる場合を恐れて、その部下である兵隊たちは、男爵の命に従い、槍の先で落下者を迎えたのであった。

著名な貴族たちにお前が行なった虐殺を
できる限り闇の中に隠しておくがよい、
そんなことをしても、神の復讐をお前は逃れられな
い。
お前が襲ったこの女性の無念の涙、
すべてを見抜くいと高き天が彼女の耳に囁くだろ
う、
玉座にましますお方は、この世の出来事一切を明確
に見ておられると。

ユグノー教徒の破廉恥さと野蛮さは筆舌に尽くしがたい。ある者は、司祭の耳をいくつも繋いで鎖状にし、

［A］それを首の回りにこれ見よがしにつけ、軍隊の指揮官たちの前で自慢していた。

［B］奴らはミサを行なっていた司祭たちを何人も引き摺《ず》り出し、その鼻と耳を切り、目をえぐり取った。

［C］奴らは一人の司祭の腹を生きたまま切り裂き、そこから内蔵を外に引き出し、次にそこに秣《まぐさ》を入れ、それを自分たちの馬の秣桶《まぐさおけ》にした。

［D］ラングドック地方の町ニームの異端者〔プロテスタント教徒〕どもは、何人ものカトリック教徒を、平然と短剣で刺し、半殺しにしたまま、司教区にある井戸の中に放り投げた。広く深い井戸であったが、奴らはこの井戸を二度にわたって死体で満杯にした。

トラキア王のディオメデスの恐るべき家畜小屋と同じく[4]、
呪われし種族たるユグノーの輩は、
どれだけ残虐行為に耽っても飽き足らない。
極悪非道な殺し方をした上で、
奴らは死骸にまで幾千の悪を働き、
その腹を自らの馬に食《は》ませる、

悪名高い私掠船の船長で、全海賊の中でもその残虐さで知られるジャック・ソールは、自称ナヴァール提督であり、この王国の妃となったジャンヌ・ダルブレ〔後のアンリ四世の母親〕の配下にあった。この船長がマディラとカナリアの群島目指して航海していた時、アメリカ方面に向かっているポルトガルの船を一隻発見した。ソール船長はその船を必死で追いかけ、追いついてそれに乗り込んだ。そこでイエズス会の聖職者四〇人を発見した。彼らは、ブラジルの地にいる異教徒たちに福音を説き、キリスト教をその地に広めるために航海していたのだった。無実な者たちの血に飢えていた船長は、この聖なる人々を殺し、部下にも殺させて、全員を海に投げ込んだ。ある者たちは短剣で刺されて半死の状態で、他の者たちは腕を切り取られて、さらに他の者たちは、予め腹を割られ心臓を引っこ抜かれた状態で、投げ入れられたのである。この栄えある一団の中に〔「栄えある」は heureuse の訳。殉教ゆえの聖化を指す〕、リーダーのイグナチウスという神父がいた〔イグナチウス・デ・アゼヴェード〕。彼は猛烈な罵詈雑言を浴び、かつ鬼畜の如き連中から残虐極まりない扱いを受けた後、［A］海に投げ込まれたが、その時、両腕に我らが主の聖母である処女マリア様の像を抱いていた。彼はこの像を堅く抱きしめていたので、何人たりともそれを取り上げられなかったのだ。こうして、波に揺られつつ、イグナチウスは自分の仲間たちとともに、その栄えある魂を神にお返しになったのだ。彼らは皆、多くの聖なる宝飾品や聖遺物を抱えながら亡くなったのである。

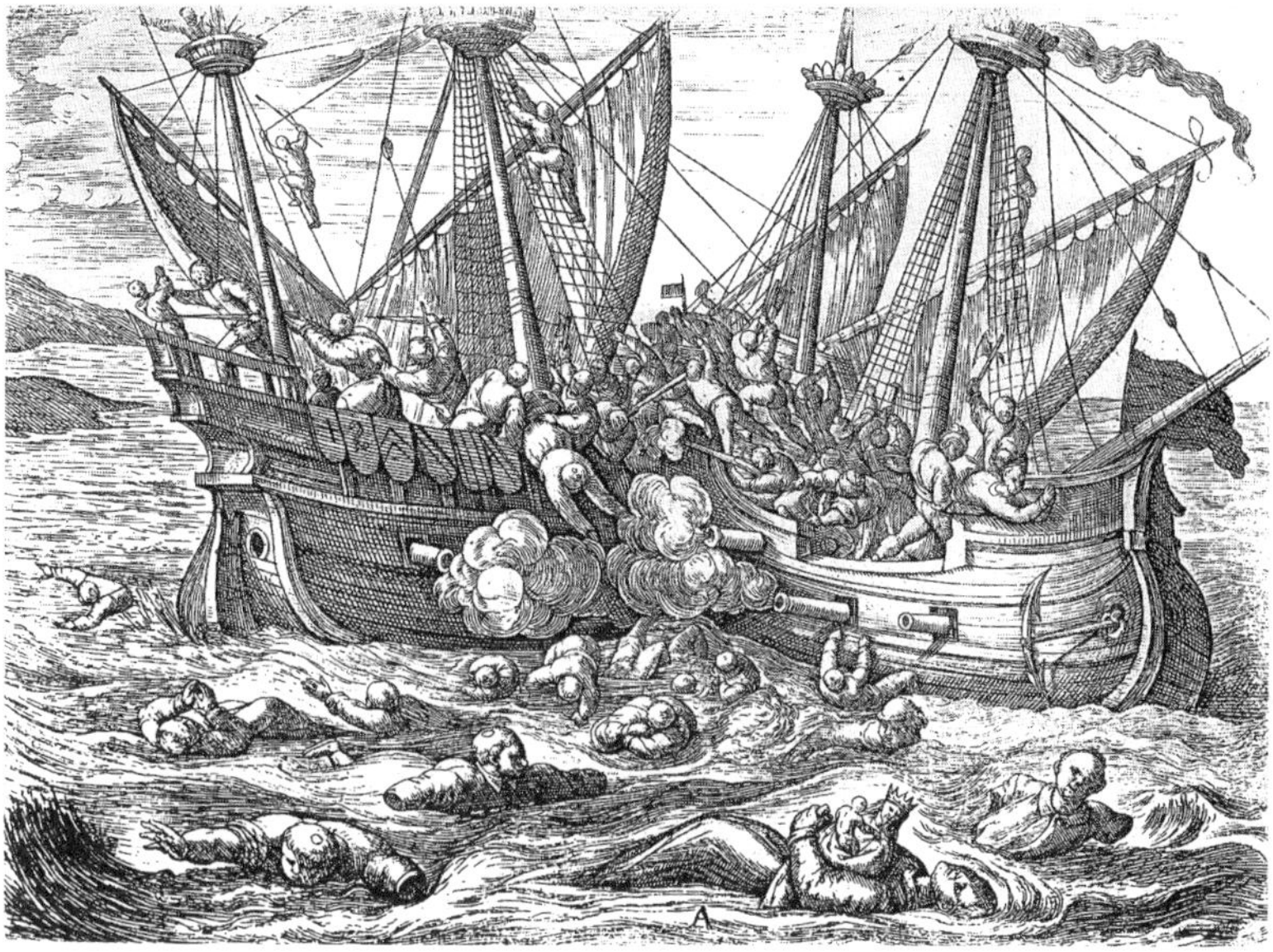

奴らは地上で虐待を続けるだけではなく、
海上でも聖なる人々に戦いを仕掛ける、
殺された者たちの血で、海はその色を変える。
誰もが知るキリスト教徒の信仰心をかなぐり捨て、
異教徒たちがその信仰を耳にするのを妨害し、
彼らが無知と誤謬の中で死ぬよう画策する。

主の御年一五六七年、ソワッソン司教区の中に位置するブール＝フォンテーヌのカルトゥジオ修道会において、三人の修道士と二人の助修士が、略奪目的でこの修道院にむりやり乗り込んできた異端者どもによって殺害された。その名を以下に刻む。会計係の一人で、尊崇すべき神父ドン・ジャン・モトは火縄銃で撃たれ、神に魂をお返しになった。崇敬すべき神父ドン・ジャン・ムグアンも、火縄銃の一撃で殺された。同じく尊崇すべき神父ドン・ジャン・アヴリルは、教会内を走って大祭壇まで達したところで、火縄銃の一撃に倒れ息を引き取った。この修道院の会計担当の一人ブノワ・レヴェック助修士は、聖歌隊席の近くで悔悛の祈りを上げていた時に殺害された。同じく助修士のティボーも、我らが主を求める熱意の内に、部屋の中で殺された。以上の、そしてその他の修道士や助修士は、武器を操る人間ではなく、不断の忍耐心をもって殉教に耐えてきた人々だが、彼らとて、フランスの諸地方や諸都市あるいはその他の場所で、残忍な仕方で死を余儀なくされたすべての人々と比べれば、ほんの一握りでしかない。これ以外にも、敵の連中のおぞましい裏切りにより虐殺された者たちも存在する。その中でも、非常に高貴で忠実、勇敢にして多くの勝利をもたらした、今は亡きあのギーズ公フランソワ・ド・ロレーヌの死については、一言申し上げずにはいられない。テオドール・ド・ベーズが画策した彼の殺害は、裏切り者の愚かなユグノー教徒であるジャン・ポルトロにより実行に移された(5)。この例、あるいはこれに似た数々の例は、果実により木を知るが如く、同じ不幸を避けるよう賢者たちに忠告するに十分であり、また、悔悛する希望が少しでも残っているならば、不公正なる者たちに後悔を促すにも十分であろう(6)。

訳注

（1） イエス・キリストの死の責任をユダヤ人に負わせる見方を、ここでは、ユグノーに重ねている。

（2） フランソワ一世の祖父。アングレームのサン・ピエール大聖堂にその墓がある。奇跡を起こすとして、庶民の崇拝の的であった。
（3）　聖体の秘蹟において、パンと葡萄酒がキリストの血と肉に実質的に変化すると見なすカトリックの「実体変化」説と関係があるだろう。きわめてサディスティックな拷問ではあるが、キリストの「肉体」を摂取している者たちの消化過程に、プロテスタントが関心を抱くのは不思議ではない。
（4）　トラキア王のディオメデスは、通りがかった異邦人を、人肉を好む馬に食わせた。ヘラクレスは、ディオメデスを同じ目に合わせる。
（5）　カトリック側は、カルヴァンを引き継いだテオドール・ド・ベーズが、ギーズ公の暗殺を画策したと糾弾していた。なお、実行犯のジャン・ポルトロは逮捕された後、四つ裂きの刑に処せられた。
（6）　元プロテスタントのアンリ四世〔アンリ・ド・ナヴァール〕が王位を継ぐことへの反感が込められている。

ベルナール・パリシー

確実な道（抄）

江口修訳

解題

　フランス・ルネサンスの科学革命を代表する実験家、測量士やガラス工を皮切りに最終的には陶工となったベルナール・パリシー Bernard Palissy（一五一〇年頃―一五八九あるいは一五九〇年）の主著。パリシーはフランス南西部サントンジュ地方に生まれ、州都サントで少年時代を過ごす。ラテン語もギリシア語もまったく解さぬ市井の人ながら、生来の探究心と職業遍歴から自然と、スコラ学とは違った、「実験」による真理探究の方法に目覚める。一五四〇年頃サントに戻りステンドグラス工房を開こうとするが、もはや聖堂建立の時代は遠く、望みはかなわない。測量技師として、サントの西方海岸部に広がる塩田地帯に対する課税のための測量などで腕をふるいながら、自宅で釉薬の実験にいどみ一五年ほどかけて独力でパリシー風と呼ばれる焼き物を開発する。家の中にあるなにもかもをかまどの薪にするほどの打ち込みようがパリシー伝説として伝わっている。このサント時代（一五五〇年代）に新教徒に転向、以後生涯その節を曲げることはなかった。一五六七年には当代随一の名匠としてパリに迎えられている。モンモランシー将軍およびカトリーヌ・ド・メディシスをはじめとして多くの後援者、支持者を得、これが新教徒を襲った幾度もの窮地から彼を救い出す力となったようだ。だが、有力な庇護者を失うにつれ、その立場はしだいに危うくなる。ギーズ家一門が実権を握った《ラ・リーグ》とパリ《一六人会》に主導された一五八五年の緊急勅令により、新教徒が改宗か国外亡命を迫られた際、パリシーはこれを無視、獄につながれそこで八〇年の生涯を閉じる。

　さて、ここに抄訳する書名についてだが、原著のタイトルは一六行におよんでいるので、渡辺一夫以来の『確実な道』を採ることにした。まだ題名すべてが訳されたことがないので訳出しておく。題材は、自然に関する新しい知識とその構造的認識、サントンジュ地方における不寛容が支配した宗教動乱の時代の報告、混乱と不安の時代において完璧な防御を可能とする城塞の構想と、かなり多岐にわたっているが、ルネサンス期における知の転換の息吹を伝えて読み応えがある。底本としたのは一五六三年の初版本である。

　底本 *Recepte veritable...*, impr. de Barthélemy Berton, La Rochelle, 1563.

　訳書、『陶工パリシーのルネサンス博物問答』、佐藤和生訳、晶文社、一九九三年。

確実な道

この道をたどるなら
フランスのすべての人たちが
その富を
より豊かにし
増やすことが
できるだろう

さらに、古今の典籍とまったく無縁であった者でも、地上のすべての
　住人にとって必要な「学問」を習得することができるようになるだろう。
さらに、この書には、かつて誰も見たことのない、とても居心地がよい庭と
　有益な発明のアイデアが載っている。
さらに、かつて誰も耳にしたことのない、難攻不落の要塞都市の
　概略と構造が述べられている。これは国王およびサントに住んでおられる
　フランスの重臣にして元帥であられるモンモランシー伯爵閣下の
　庭師にして民芸風陶器の
　発明者、ベルナール・パリシー師の手になるものである。

［覚醒――科学的精神の芽生え］

本書をより楽に理解できるよう、対話の形式を用いることにしよう。つまり二人の登場人物のうち一人が尋ね、もう一人が答えるという形式である。

さて、これから論じるのは真の喜び、そして楽しみについてである。誓って本当の話であるが、少し前から、庭を造るのにぴったりの起伏に富んだ場所を探してあちらこちらと歩きまわり始めた。それというのも、われわれが被っている不和とペスト、疫病やその他多くの災いが降りかかるこの時代に、静かに暮らし心の安らぎを取り戻すための庭を造りたいと思ったからだ。

問い

あなたの意図がよくわかりません。理想の庭を造るために起伏に富んだ土地を探すなど、およそ古今東西聞いたためしがありません。庭造りには誰もが平坦な土地を求めるもの。やむをえず凸凹の多い土地に造る場合、かなりの出費を覚悟で平らにしようとするものです。以上を勘案した上で、庭をこしらえるのに起伏の多い土地を求めようという気になられた理由はいったいなんなのか教えてください。

答え

騒擾と内乱が落ち着いて、すなわち神の御心により平和がもたらされてしばらくしてのち、サントの町はシャラント川に近い草原を散歩していたときのことだ。神が私に免除してくださった恐るべき危難について思いをめぐらしていると、ふと幾人かの乙女の声が聞こえてきた。柳の木の下に腰を下ろし、「詩篇」第一〇四を歌っていたのだ。声は甘く見事なハーモニーを奏で、私はそれまで考えていたことも忘れ、歩みも止め、それに耳を傾けた。私は心地よい声を追うのをやめ、この詩篇の意味について〔集中して〕考え込んだ。するとこの「詩篇」の重要さに気づき、大予言者《イザヤ》の知恵に賛嘆し思わずつぶやいた。「神のなんと神聖にして素晴らしき御心か。願わくは、主の手になるものを、この詩篇が教えている通り、謹んでお受けできますように」と。そのとき以来、私は「詩篇」第一〇四で預言者が語っている美しい光景のすべてを大きな絵に描きたいと思うようになった。だがしばらくすると考えが変わった。絵というのは寿命が短いので、どこか適当な場所に、絵にしようとしていた基本配置と装飾のアイデアにしたがって、かつ極めつけの美を備えた、〔少なくとも〕大預言者がその「詩篇」で叙述した光景の一部でも実現しうる、そういう庭を造りたいと考えるようになった。庭のあらましはすでに頭の中にあったので、できれば事がすべてうまく運ぶならば、この庭のそばに屋敷か大講堂を建てて、迫害を受け亡命を余儀なくされたキリスト教徒〔新教徒〕たちを受け入れてやるのも可能ではないかと思うようにもなった。つまり神聖で穏やかな場で、真心こめて心と体を手当てしてやりたいのだ。

問い

私はあなたが二つの点で世の常識から大きくかけ離れてしまっていると思います。まず、理想の庭を造るのに起伏の多い土地が必要だとおっしゃったこと。もうひとつは亡命キリスト教徒のための避難所となる大講堂も建てたいとおっしゃったことです。これも私には合点がいきません。なぜなら和平がなったのですから当然われわれはフランス中どこでも、いやフランスのみならず世界中どこでも説教を行なう自由が得られると期待してよいでしょう。「マタイの福音書」の第二四章で神はこうおっしゃっています。「御国のこの福音はあらゆる民への証として、全世界に宣《の》べ伝えられる」と。ですから私は確信をもって言わざるをえません、もはやキリスト教徒にとって避難すべき町を求める必要はなくなったのだ、と。

答え

君は「新約聖書」の文章を曲解している。と言うのもこう書かれているからだ。神に選ばれた者と子供は最後まで迫害を受けるのだ。あるいは追われ、あるいはそしりを受け、ついには国を追われ亡命を余儀なくされてしまうのだよ。マタイの福音書に記されているとして君が引いた一節についても、「福音は全世界に宣べ伝えられる」とは書いてあるが、福音が皆に受け入れられると書かれているわけではない、「あらゆる民への証となるだろう」と記されているにすぎない。なぜそうかといえば、信徒を義とするためであり、不信心者を不義とするためなのだ。だとすれば、背徳者、悪漢、聖職売買者、守銭奴、そしてありとあらゆる悪者が、われらが主の法と命に愚直に従おうとする者たちを、迫害すべくてぐすね引いて待っていると結論せざるをえないのだ。

問い

このひとつめについては、あなたが正しいと認めましょう。しかし、あなたのおっしゃったことのうち、庭を造るのに起伏の多い場所が必要だというのは納得できません。

答え

どこにでも見出される無分別が、一種の掟や能力と勘違いされることがあるのは、私も知っている。だが、ここではこの点にはこだわらない。また、宗教的、世俗的ないずれの事柄においても、先例に従うだけでよいとは全く思っていない。もちろん先人たちが神の御心に従って成し遂げてきたことは別である。私は、あらゆる技芸において誤りと無知が支配しているのを弁《わき》まえている。まるでなにもかもがあべこべで、誰も哲学を持たないままで大地に関わっていて、いつも惰性で物事を進め、ただただ先人の後を追うだけで、自然の理法も農耕の原理も省みようとしていない。

問い

おっしゃることがこれまでになく常軌を逸しているように思えてきます。普通の農民もなんらかの哲学を持つ必要があるとおっしゃるのを聞いても、変だなとしか思えません。

答え

農業においてほど大いに哲学が必要な技術はないし、哲学によって導かれない場合、むしろ大地を日々痛めつけ、そこから取れる作物をだめにしてしまう。大地とそこで生まれる自然の賜物が、このような無知で不実な殺人者とも言うべき、毎日木や草をなにも考えずにさいなむだけの人間たちに対して、報復の声を上げないのが不思議でならない。さらに言えば、一日で作業できる農地がきちんと理にかなったやり方で耕されたならば、毎日耕している農地の二日分よりも、さらに多くの収量を上げられよう。こんな話を読んだのを覚えていないか。とても巧みで哲学にも通じた農民がいた。彼は狭い農地しか持っていなかったが、労をいとわず工夫を凝らして耕した結果、周囲の農家よりも豊かな実りを得た。これが周囲の妬みを買うことになってしまった。この農民のやり方を見て、その成果に苛立ちを感じた隣人たちは、彼のことを「魔法使いに違いない。魔法を使って自分たちよりも多くの収穫を上げている」と言って訴え出た。訴えを受けた町の判事たちは農夫を召喚して、なぜ他と比べて、その農夫の土地は、はるかに多くの収量を上げることができるのか明らかにするよう求めた。そこでこの善き人は、自分の子供たちと使用人たちを引き連れ、牛に引かせた荷車やその他多くの農機具をたずさえ出廷した。それらを判事たちの前に陳列し、一つ一つ説明しながら、自分の農地で用いられている魔法とやらは、自分と子供たち、そして使用人たちが手ずからなした仕事であることを明らかにした。彼の発明によるさまざまな農機具は大いに賞賛を浴び、結局なんのお咎めもなしで帰されることになった。こうして、かえって近隣の者たちの妬《ねた》みが白日の下にさらされる結果になったのだ。

問い

どうか農民が哲学を知る必要がどこにあるのか教えてください。私が知る限りでは、そのような意見など馬鹿にして嘲笑する者がかなりおります。聖パウロは『コロサイの信徒への手紙』の第二章〔第八節〕で「(人間の言い伝えにすぎない)哲学、つまり、むなしいだまし事によって人のとりこにされないように気をつけなさい」とおっしゃっていますよ。

答え

この問題で聖パウロのその言葉を持ち出してくるのはやり過ぎだ。しかも、それが私の意見と衝突するものではない以上なおさらである。「哲学(……)のとりこにされないように気をつけなさい」と聖パウロがおっしゃったとき《むなしい》という言葉を付け加えているからだ。私が君に語っている「哲学」は、《むなしい》ものではないし、聖パウロも清く良きものと認めておられるのだよ。よく理解してほしいのだが、聖パウロが「むなしい哲学に気をつける」よう書き送ったとき、彼が語りかけているのは人間の哲学によって神を知ろうと欲する者たちなのだ。だから私の意見と対立するものではまったくないと結論できるのだよ。哲学なしに、農夫は働くべき季節、苗を植えたり種をまいたりする時期をどうやって知ると言うのかね。さらに言えば、間違った季節を選ぶと、収穫どころか損害を被ってしまうこともある。その上、哲学なしにどうやって土地を見分けろというのかね。ある土地は小麦に適し、他のある土地はライ麦に、さらに他にもえんどう豆やソラマメにそれぞれ適した土地があるだろう。ある畑ではじけたソラマメは煮えやすいのに、そのそばにある別の畑で取れたソラマメはひどく煮えにくいということが起こりうる。他のあらゆる作物でも同じようなことが起こるのだよ。水についてもそうだ。野菜を煮るのに適していない水もあれば、適した水もある。これ以上縷縷《るる》説明してやるわけにはいかないが、いいか、要するに、自然に関する哲学は農業に必要不可欠なのだよ。こうしたことをお前に言うのは、それだけの理由があるからだ。つまりだな、日々目にする農業技術上の無知から起きる間違いにはつねづね心を痛めているが、怒りはじっとこの胸の裡にしまっておく他はないのだからな。農民のだれもが農地に働きかけることをせず、収量を増やそうとして大地の滋味を吸い取ることばかり考え、一方、実際の耕作は貧しく無知な者にまかせきりなのだ。その結果、大地とその産物はほとんど見るも無残なものになってしまったうえに、神が人間の慰めにとお造りになった牛も、残酷に扱われる始末なのだよ。

問い

農業でおかされている過ちをさらにいくつか挙げてみてください。あなたがおっしゃることが信じられるように。

答え

村々を通るとき、農家に積まれている堆肥を少し観察してみるといい。納屋の外に、高いところ低いところお構いなしに放置されている。ともかく山積みになってさえいればそれでよいのだといわんばかりだ。そして雨が降ったときによく注意してご覧、堆肥の上に落ちる雨水が、堆肥の中に染み入るうちに黒い液体が染み出し、堆肥の置かれた場所の傾斜や坂や傾きに沿って低いところへと押し流されていくだろう。この黒い液体こそ堆肥の大事な部分、滋味そのものなのだ。つまり、雨水に洗われた堆肥はただみせかけだけのものになって、何の役にも立たなくなってしまい、畑に持っていったところで何の益ももたらさなくなってしまうのだ。これこそ実に嘆かわしい無知の証左ではないかね。

問い

そんなことまったく信じられませんよ。もっと別の説明をしてくれない限りは。

答え

君はまず、人がなぜ畑に堆肥を施すのかを理解しなくては。そしてその理由がわかったなら、私の言ったことがたやすく信じられるようになるだろう。いいかい、堆肥を畑に施すのは畑から奪われたものの一部を畑に戻してやるためなのだ。つまりこう言うことだ。麦をまくときには、一粒が数粒の実りをもたらしてくれることを期待するだろう。だがこの実りは大地の滋養を奪わずにはいないため、何年も種をまき続けると、滋養分は藁と種に吸い取られ失われていく。それゆえ堆肥、どろどろの汚物、そして可能ならば、人間や動物が出す排泄物すら畑に施す必要があるのだ。そう、畑から奪われてしまうのと同じだけの滋養を戻してやるために。だからこそ私は言いたい。堆肥を雨に打たれるまま放置してはいけない。なぜなら雨が堆肥にかかると堆肥の主たる滋養であり効能である塩分を流し去ってしまうのだから。

問い

そこですよ、今まさにおっしゃったことこそ他のどんな提言よりも戯言《たわごと》に聞こえてしまいます。堆肥に塩があるとおっしゃいますが、そんなことを耳にすれば、多くの者があなたを馬鹿にしますよ。どうか、そんなことを私に信じろとおっしゃるのであれば、もっと説得力のある説明をしてくれませんか。

答え

先ほど私が農夫たちにもなんらかの哲学が必要だと言うと、君はなんだか不思議そうな顔をしていたが、今度はその理由を聞きたいと言う。私の最初の提言とも関連しているので、答えよう。ただし正当に評価してもらいたい。この理由は元来評価に値するのだから。さて、これから話す内容がわかったなら、君はこれまで知らなかった事実をいくつか理解するだろう。まず気づいてほしいのは、良いものであれ悪いものであれ、ともかく塩分を含まない草はないという点だ。藁《わら》も、秣《まぐさ》用の草やその他の雑草も、腐ると水分が出てくるが、そのとき藁や草や秣の中に含まれていた塩分も一緒に出てくる。ちょうど塩鱈《しおだら》や他の干魚《ひざかな》も水につけておくとついにはまったく塩気を失ってしまい、味も素っ気もなくなってしまうのと同じだ。堆肥も同じように、雨に洗われているうちにその塩分を失ってしまうのを、理解してほしい。だが、堆肥はしょせん堆肥のままだ、だから土に入れられてこそ大いに役立つのだ、と君は私に言いたいのかもしれないな。それについてもまったく逆の例を示してやろう。ご存じではないかな、香草や香辛料の種子のエキスを抽出する職人たちはたとえばシナモンのエキスをシナモンの形を壊さずに抽出できるということを。そしてシナモンから絞り出した液の中に元のシナモンの風味と薬効のすべてが入っていることが確かめられる。絞り滓《かす》のシナモンはというと見た目は以前とまったく変わってはいないようであるが、口に入れてごらん、香りも味も薬効もなにもかもがなくなっていることに気づく。さあ、このくらいで十分だろう。私の言うことが信じられるようになったかな。

問い

うーむ、たとえ一〇〇年にわたって長口舌をふるわれたところで、堆肥やあらゆる草木に塩分があると、お望み通り私に信じさせることができますかどうか……

答え

それなら、別の観点から考えてみよう。君が君の知らないことを信じられるような説明になるように。これでもだめなら、君は両肩の上にロバの頭をのせているに違いないと諦《あきら》めることにしよう。まずはナルボンヌ〔フランス南部の地中海に近い町〕やサントンジュ〔ボルドーの北、ジロンド川を越えた地方〕の沼沢《しょうたく》地に生える草に「塩草」というのがあることは知っているだろう。さてこの草は、燃やすと岩塩になってしまうのだが、これを薬剤師や錬金術師は「〔サル・〕アルカリ」と呼んでいる。要するに草から取れた塩ということだ。

次にシダ草だが、硝子細工師たちが言うには、これも燃やすと塩の固まりになってしまうとのことだ。職人たちはこの塩をステンドグラス作りに使う。他の諸々の材料も一緒に使うのだが、それらについては、石について話すときに言及するとしよう。その次は砂糖を絞り出す「サトウキビ」類だが、形は葦に似ているものの、ライ麦の足茎のように密生して株分かれし、茎は中空になった草だ。この草から砂糖が抽出されるのだが、この砂糖も実は塩なのだ。

つまり、すべての塩が同じ味、同じ効能を持つわけではなく、同じ働きをするわけでもないということなのだ。いいかね、この地上には数限りない種類の塩がある。たとえ同じ味、同じ外観あるいは同じ働きを持たないからと言って、塩ではないという証明にはならない。あえてもう一度明言、いや断言しておきたい。この地上のいかなる草木も、その内になんらかの「塩」を持たないものはなく、それがどんな種類であれ木には多少の差はあれ「塩」があるのだ。さらに言わせてもらえば、木の実に塩がなければ、風味も効能もないものとなるだろう。その上腐ってしまうのを止められないだろう。私が根拠のない話をしていると君に言わせないためにも、まずは、われわれがよく使う木の実、ブドウの実を例に取り上げておこう。これは確かなことだが、ワインの滓《かす》を焼いてみると塩に変わるが、これをわれわれはタルタル塩と呼んでいる。この塩は刺激性と腐食性に富んでいる。湿気のある場所に置くと、これはタルタル油に変わる。この油を塗ると「ハタケ（粃糠疹《ひこうしん》）」によく効くが、それはタルタル塩の腐食性のおかげなのだ。

サリコル草から取れる塩も湿気のある場所だとタルタル塩と同様に油っぽくなる。さあここまで来ると君も草木に塩が存在することを認めないわけにはいかないだろう。塩には何種類くらいあるのかとたずねる者には、相当な種類があり、また味わいもそれぞれ違うと答えることにしよう。さあ結論だが、胡椒《こしょう》やカルダモンに含まれる塩は、シナモンに含まれる塩よりも腐食性に富んでいる。ワインもより濃くて強くなればなるほど塩をたくさん含むようになり、これこそがワインの力強さと効能の元となるのだ。その証拠に、モンペリエのワインをちょっと見てごらん。どっしりとしていてすばらしい強さを持っているだろう。このブドウの搾りかすは青銅の薄片を焼き焦がし酢酸銅に変えてしまうほど強烈だ。たとえ誰かが「それは搾りかすの塩分の効能によるものではない」と言い張ろうとも、私の主張を証明することはたやすい。食塩あるいはタルタル塩を青銅の鍋に入れておくと、二四時間以内に鍋は緑色に変わるが、これは塩が溶けて上がるその酸性度のゆえに起きる現象なのだ。ここまでくれば君も完全に納得するだろう。だが、もっとしっかりと理解してもらうためには、あらゆる草木ないし植物から塩を取り出す方法をも会得してもらいたい。まあ実際にやらずとも、君に理解できるようにしたい。君も素直に認めるだろうが、あらゆる灰は洗剤に向いている。そしてこれもわかりやすいことだが、洗剤として使えるのは一度きりだ。これさえ認めてくれればもう十分だ。と言うのも、灰には塩が入っているが、これが洗剤の中に溶け出して混ざると、汚れや垢を衣類からその腐食力で取り去ってくれるからだ。つまり、洗剤は塩が溶け込んで油っぽくなり、完璧な状態に至るので、灰に含まれていたすべての塩分を吸収してしまう。そのため灰は変質して、何の役にも立たなくなり、一方その灰の塩を取り込んだ洗剤には、それ相応の洗浄力が宿ることになる。君がこのことを認めたくないというのであれば、洗剤の入った桶を用い、水分が完全に蒸発するまで熱してみるがいい、すると桶の底に塩が残っているのが見えるだろう。それでも論証不足だと言うのであれば、木を燃やしたときに出る煙を観察してみたまえ。木の煙というのはどんなものでも目を刺激し、視力を損なうというのは事実なのだ。それは煙に含まれる木材の塩分のためだ。ところが激しい炎でその他の液体分を発散させても、火と敵対する水分質を追いやるだけなのである。その証拠に、たとえば水を釜で沸かす場合、湯気は煙のように上がるが、それに何度も目を近づけたところで眼に害が及ぶことはない。樹木や草に塩があることを君にもっとよくわからせるには、そうだ、皮なめし職人が皮を加工するのに使う樹皮を観察するといい。樹皮が乾いていて毛羽立っていると、牛や他の動物の皮をしっかり硬くし、かつその皮が腐敗するのを防ぐ。樫《かし》の木の樹皮が動物の皮の腐敗を防ぐ効能を持つのは、どうだ、塩が樹皮に含まれているからだとは思わないかね。樹皮がこのような効能を持つということであれば、何度も使えそうなものだが、実はこれも一度しか使えない。皮の湿気が誘引となって樹皮に含まれた塩を溶かし出し、その皮が塩分を吸い取って硬く引き締まるため、一度使用された樹皮の方は火にくべて燃やすほかはなくなってしまうのだ。

もうひとつ例を挙げておこうか。燃やした藁から作られた石をいくつか見たことが思い出されるが、これも藁に大量の塩が含まれていなければ生じなかっただろう。さらに、秣《まぐさ》で一杯になった納屋に火がついてしまったときのことだが、火の勢いがもの凄かったため、秣は数片の石ころに変じてしまった。ちょうどサリコル草とシダ類について話したのと同じ具合に。しかし秣にはサリコル草やタルタル塩に比べればそこに含まれる塩は少ないので、秣や草から出来た石は融解されることはなく、時間経過による損耗にも耐えうる。

ちょうどわずかな鉄くずがそうであるように。また、ステンドグラスのガラスを作る職人のうち、かなりの数の者が、サリコル草の代わりにブナ材を焼いた灰を用いることもわかっている。つまりこのブナ材の灰もやはり塩だとわかる。そうでなければガラス製造に用いることはできないだろう。私の知る限りの例を書きとめておきたいのだが、それには随分と時間がかかるだろう。そこでこのあたりで結論を出したい。いいかね、以上見てきたように、塩には無数とも言えるほどの種類がある。そして種類がそれだけあるということは、それだけ異なった風味があるということなのだよ。硫酸や礬石《ばんせき》も塩であり、硼酸《ほうさん》もそう。明礬《みょうばん》も、硝石もソーダ灰も塩。つまり、塩が含まれなければなにものも存続しえず、そんなものがあったとしても、あるとき突然に腐敗あるいは消滅してしまうだろう。塩が脂肉や他の肉を締《し》めて腐敗から防ぐことは、エジプト人たちも証明しているとおりである。彼らこそは、巨大なピラミッドを作り、王たちの亡骸を保存した人たちではないか。彼らは亡骸の腐敗を防ぐために、私の言うとおり塩である硝石《しょうせき》と、これもかなりの塩を含む数種類の香辛料とを、死骸にまぶしたのであった。このようにして王たちの遺体は腐ることなく今日まで保存され、ピラミッドから今なお発掘されているが、いずれも保存状態はすばらしい。この遺体の肉は今では薬として用いられるが、そのため「モミー」〔防腐芳香剤〕と呼ばれているのだ。さあ次の事実を君は知っているだろうか。一部の農民は二年連続で土地を耕そうとする場合、畑に残った麦茎や麦藁を適当な長さに切って燃やす。その残灰には塩が見出されるが、これこそ麦が大地から吸い上げたものであり、こうして畑に戻されることによりもう一度大地の役に立つ。わかってもらえたかな。つまり畑で燃やすことで堆肥と同じ役目を果たすのだ。なぜなら大地から引き出した同じものを残してやるのだから。さあこの議論を閉じるべきときがきたようだ。たとえ君が私のこれまでの説明を信じないと言っても、これ以上例証を持ち出すのはまったくの無駄だからだ。ただ、最初のわれわれの議論というのは、雨がなんら覆いをしていない堆肥から塩を溶かして流してしまうことを示すことであった。したがってそれについて最後にもうひとつ例証を挙げておくとしよう。これで十分なはずだ。さて、播種期をよく観察してみたまえ。農夫たちが大地に種を播くより少し前に畑に堆肥を運びこむことに気がつくだろう。この堆肥は大きさに多少の差はあるが畑にいくつかの山にして置かれる。しばらく後に堆肥は畑全体にばら撒かれるが、山積みにされていた場所には堆肥は残されず周囲に撒かれる。さてこの堆肥が山積みにされていた場所だが、種まきが終わり、麦が芽を出し生長するにつれ、他の場所に比べると麦が密で丈高く、色も濃く生き生きとしている。君も容易にわかる通り、農夫は畑の別所に堆肥をばらまいたのだから、この結果をもたらしたのは、堆肥そのものではない。なぜかと言うと、畑で山積みになった堆肥に雨が降りかかると、当然雨は堆肥の中をとおって地面へと達するが、このとき堆肥に含まれていた塩をかなりの割合で溶かし出し大地へと運び込むからなのだ。同じように硝石塩の含まれた土地を水が襲うと硝石塩も一緒に一気に運び去ってしまう。この場合、その土地は硝石塩を提供できなくなってしまう。水が塩をすべて流し去ってしまったからだ。塩職人たちが利用する灰についても、また洗剤に用いられる灰についても、同様のことが言える。だからこそ灰はのちに効き目を失うわけで、そしてこの点こそ私が最初に言った中で君に納得してもらわねばならないことなのだ。つまり、大量の水が堆肥にかかると塩という塩を運び去ってしまい、堆肥は効き目のないものになってしまうのだ。この重大なことが知られていない。この点をきちんと理解さえすれば、それがもたらす益は計り知れないものになるだろう。願わくは、この秘密を知った者が、その秘密の価値にふさわしいくらいに、しっかりと記憶に留めてくださいますように。

［これ以降も同種の博物学的な脱線がえんえんと続くため、割愛した――訳者］

そもそもわれわれの議論の発端は、あなたが悦楽の園を造るために「起伏に富んだ土地を探している」とおっしゃったのを聞いて、私がそれを一風変わった意見だと思ったのがきっかけでしたよね。ところが全く別のさまざまなテーマについて話し合ったので、私はいっこうに満足しておりません。どうかお願いですから、先の点に関して、そのわけを教えてください。

答え

まだまだまったく無知なままだね、君は。山がなければそのふもとにあるはずの谷もないということがわからないのか。私が庭を造るのに起伏の多い土地を探していると言ったのは、山の上に庭を造りたいという意味ではない。庭に適格な環境を整えるには、どうしても庭の周囲に山がなければならないということなのだ。

問い

なるほど、それならお造りになろうとされている庭の按配についてお話しください。

答え

その話となるとたぶん長くなるだろうが、いいだろう、十分理解できるようにしてやろう。まず、泉がない、あるいは小川が流れていない場所は、庭造りにはまったく適さない。それゆえ私はどこかの山か小高い丘のふもとの平らな土地を選びたい。その小高い丘でなら水源が確保できるだろうし、その水を庭のすみずみにまで行きわたらせることも可能だろう。そのように環境の整った土地が得られたなら、これまで誰も見たことのない新機軸の庭を企画、提案しようと思う。まあとにかく、そのような土地が見つかったなら、「地上の楽園[1]」はさておき、天《あめ》が下にかつてなかったほど美しい庭を造ってみせよう。

問い

しかし、あなたの望まれるように、何らかの水源がある小高い丘や、山のふもとに広がる平原を、どこで見つけるおつもりでしょうか。

答え

フランスには私の求める好条件の整った、とくに川沿いという条件から見て適切な貴族の館が四〇〇〇以上もある。ロワール河、ジロンド河、ガロンヌ河、ロット川、タルン川等々[2]、君だってもっと多くの川の名を数え上げることができるだろう。私の挙げる条件はそれほど難しいものではない。そのうちどこか川沿いに、探しているとおりの土地が見つかると思っているよ。

〔これ以降、パリシーの夢の庭園計画が連綿と語られていて実に興味深いものではあるが、一部を取り上げるのはバランスを失してかえって誤解を招く恐れがあり、割愛することとした〕

〔歴史のために[3]〕

人間のあらゆる狂気と悪意を目にし、今年〔一五六二年四月から六三年三月にかけて〕フランス王国全土で起きた身の毛もよだつような騒擾や戦乱を見るにつけ、私は密かに、戦時や争乱の際に避難できる町ないし都市をなんとか考案したいと思うようになった。常軌を逸した残虐きわまりない略奪者たちから逃れるためにも。これまで、その立場が正しいか不正かなどとはまったく無関係に、またなんらの許可も命令もないままに、多くの人々に対して略奪者たちのたけり狂った怒りがぶつけられるのを私は実際に目にしてきたからだ。

問い

あなたのおっしゃることを聞いていますと、神がわれわれに賜ろうとされた平和を確信してはおられず、まだまだ民衆の暴動が起きるのではないかと心配なさっているように取れますが。

答え

もちろん神がわれらに平和をもたらしてくださることを願ってはいる。しかし、私が最近の騒乱のさなかに実際に目撃したのと同じような、人間の恐るべき放埒振りを目にしたなら、人の邪悪さの手中に落ちることを恐れるあまり、頭髪が総毛立つのを感じるだろう。そしてこのような光景に遭遇したことのない者にとっては、迫害というものがいかに大きく残虐なものになるのかを思い描くことは無理なのだ。預言者ダビデが飢饉や戦争よりもペストの方がまだましだと言ったことに、私は驚かない。ダビデが言うには、ペストはこれすなわち神の個人に対する思し召しなのに対して、戦争は人間にすべてを委ねてしまうことになるからだ。結果、戦争となれば神はその鞭を民にのみ振るい、ダビデの上には振るわないことになる。なぜならダビデは神の慈悲にすがって直接自分の罪を告白しているのだから〔「サムエル記下」XXIV・12-14〕。そういうわけで、君にはっきりと言っておく。危険で性悪な人間たちの手にかかることこそ、なによりも恐れるべき罠だと。

問い

お願いですからサントンジュ地方で宗教上の分裂がどのようにして起きたのか教えてください。私にはそれを書き留めて、後世の人たちの記憶に永遠に残るようにすべきだと思われるからです。

答え

君にもわかるだろうが、この事件については、これから多くの歴史家が扱うことになるだろう。だが真実をよりよく記すためにも、この騒擾のさなかになされた行為を忠実に記録する人が、各町に複数名いるのが望ましいと思う。そうしてこそ、やがて真実は一巻の書物にまとめ上げられることになるだろう。そのためにも、きっかけになった小さな出来事から話を始めることにしよう。事件全体を扱うわけではない。改革派教会の始まり、その一端から話すとしよう。

いいかね、初期教会が、最初は少人数で、しかも多くの危難や危険そして多大な苦痛の中で設立されたのと同じく、サントンジュ地方でも最近になって、その困難や危機、困苦、苦痛、そして悲しみはいよいよひどいものになってきた。私はサントンジュについて語る。他の〔プロテスタント〕監督管区については、その地区のことを本当に知っている住人に書くのを任せたいと思う。一五四六年〔パリシーの記憶違いである。正しくは一五四三年ないし一五四四年〕のことだった。何人かの修道士が短い旅程でドイツ各地に赴いた。あるいはドイツ改革派の宗旨を記した書物を読んだのだろう。教会に騙されていたことに気づき、かなり秘密裡にではあったが、大胆にもいくつかの教会の腐敗を暴《あば》こうとした。だがなぜか突然、カトリックの司祭や聖職録保持者たちが、彼ら数名の修道士たちが自分たちの行なってきた不正取引を非難しようとしていることに気づいたのだ。そこでただちに法官に訴えて修道士たちを追撃させた。修道士たちのやってきたことはまったくの善意に基づくものである。なぜなら彼らの中には、生活の糧にする程度の、一定額の聖職録を得ていた者も存在するからだ。さて修道士たちはどうなったかというと、追い詰められて逃亡するか、他国へ亡命するか、あるいは修道会から離脱するか、そのいずれか以外に道はなくなった。生きたまま火刑に処せられる恐れがあったからだ。あるものたちは職人となり、またあるものたちはどこかの村に教師として住み着いた。というのもオレロン島〔ロシュフォール沖合の島だが実際は半島〕やマレンヌ島〔ロシュフォールの南にあるが現在は島ではない〕、アルヴェール島〔オレロン島の南〕は街道筋から離れているため、修道士たちのうち幾人かはこれらの島に隠遁し、なんとか生活の方便を手にし、追っ手に見つからずに暮らせた。やがて地元の人たちと親しく交わるようになると、彼らは秘密裡に話し始め、住民たちが口外しないと確信できるまで密かにしていた。しかし、やがてかなりの人数を折伏《しゃくぶく》するにいたると、説教壇に登るようにもなった。というのもこの地方の副司教が彼らを密かに支援していたからである。徐々にサント周辺の郷村や島々で覚醒する人たちがたくさん現れ、かつては気づかなかった多くの悪弊《あくへい》をそれと知るようになった。そのため、当時は説教師たちが暴露できた悪弊はごく少数だったにもかかわらず、彼らは多くの住民たちから深く尊敬されたのである。ちょうどその頃、コラルドー某なる検事がいたのだが、いやはやこれが悪い奴でとんでもなく呆れた生活をしていた。この検事、当時宮廷に出仕していたサントの司教に対し、この地方にはルター派の連中がうじゃうじゃいると吹き込んだのだ。その上で、ルター派を根絶やしにする任務と権限を自分に与えてほしいと司教に懇願した。検事は何度も手紙を書き送っただけではなく、自ら司教の元に足を運んでもいる。彼は手練手管を駆使して司教とボルドー高等法院から全権委任を取り付けることに成功しただけではなく、その費用としてかなりの金額を、宮廷の査定も受けて、まんまと手にしたのだ。こいつ、宗教心に駆られて行動したのではけっしてなく、一儲けしようと企んだのだ。その結果、オレロン島やアルヴェール島、そしてジモザック〔現在のジュモザック〕でかなりの数の判事を雇った。その後雇った判事を各所に配しておいてから、オレロン島のはずれに潜んでいたロバン修道士という名のサン・ドニの説教師を捕らえさせると、何者かの手でアルヴェール島へ移させ、そこでもう一人、ニコルという者を捕らえ、さらに数日後にはジモザックの説教師を逮捕した。この説教師は学校を開き、日曜には説教をして住人たちからとても愛されていたのだ。彼らも殉教録〔ジャン・クレスパンの『殉教録』のこと〕に書き留められることになるだろう。だが今までのところ誤って非難されていることのうち、いくつかについてその真相を私は知っている以上、それを書き記しておくべきだと思う。彼ら説教師たちは、サントの司教座聖堂参事会員でもあった神学者ナヴィエール某の眼前で自説を堂々と展開してその信仰を堅持して見せたのだ。ナヴィエールもかつては教会の悪習を暴こうとした人間であったが、結局は教皇側に戻って逆の説を主張したため、囚われの身となった哀れな修道士たちは彼の顔を見るにつけその変節ぶりを大いになじったのである。結局のところ、哀れな被告たちは地位剝奪を宣告され、緑色の服を着せられたのだが、その色が選ばれたのは、大衆の目に彼らが気違いあるいは常識はずれの人間に映るようにするためであった〔緑色は狂気の色とされていた〕。さらには、被告たちが神に関して堂々と論陣を張ったために、コラルドーの命令により馬のように轡《くつわ》をかまされもした。轡のひとつひとつにりんご大の鉄球が仕込まれていたため口の中は一杯で、死刑台に引き立てられる頃には、それはもう見るも無残な有様になった。身分剝奪の処分を受けた上で再び牢に入れられ、さらに死刑判決を下すためにボルドーに送られることになった。だがそうこうしているうちに快哉を叫ぶべきことが起きた。判事たちがもっともひどい目にあわせてやろうと思い、最も残酷な形での極刑に処せられる予定であった被告人がなんと逃亡しおおせたのだ。しかも見事な脱獄劇だった。当局もこの囚人を警戒して、その獄の近くの螺旋階段に人を配して、なにか壊す音がしていないかどうか聞き耳を立てさせていた。さらに村という村から、ある副司祭がかつて連れてきていた大きな犬を集め、囚人が脱獄を図った場合は吠えて知らせるように、司教館の中庭に放しておいた。こうした措置にもかかわらず、ロバン修道士は脚につけられていた鉄枷にやすりを掛け、削り切ると仲間にそのやすりを渡した。次に獄の壁に穴を空けたが、この壁がじつに堅牢なものだった。だがここで不思議なことが起きたのだ。壁の前に運よく大樽が重ねて置かれていた。この樽の山を下部から押して崩したところ、とてつもなく大きな音がして、そのためだろう、獄吏は起き上がって長い間聞き耳を立てていたが、結局戻って眠ってしまった。ここでロバン修道士は中庭に出た。あわれ犬たちの餌食になる運命かと見えたが、神の思し召しか、修道士はパンを手にすることができ、中庭に出るやそのパンを犬に投げ与えたのだ。「ダニエル記」〔第六章〕に描かれたライオンのように犬たちは口をつぐんだ。注意しておかねばならぬが、ロバン修道士はかつて一度たりともサントの町を訪れたことはない。そのため町にまったく不案内の彼は司教館の中庭に出てはみたものの、まだまだ閉じ込められているに等しかった。またまたここで神慮というべきか、偶然にも開いたままの門があったのだ。庭園に続いておりロバンはそこを通り抜けた。だが見れば四方はやはりしっかりと高い壁に囲まれていた。月光を通してよく見ると、一本の梨とおぼしき木が目に入った。壁のすぐ近くにあったので、早速よじ登ってみた。壁の向こう側にはうまい具合に堆肥が積んである。やすやすと壁を飛び越えて堆肥の上に降りられそうに思えた。そうと見るやロバンはまた獄へと向かい、仲間のうちやすりで鉄枷を削り切った者はいないか調べたがひとりもいなかった。仲間に慰めの言葉をかけ、今後も男らしく堂々と争い、潔く死を受け入れるように励ましたのだ。仲間と抱き合って別れを告げると、もう一度梨の木の上へと向かい道路側の堆肥の上に飛び降りた。だが次に待ち構えていた危難をロバンがどのようにくぐり抜けたのか、これも神の配剤による奇跡としか思えないものである。前にも言ったとおり、ロバンはこの町に来たことはなかったので、誰のところに逃げ込めばよいのか皆目見当もつかなかった。だが、獄中で肋膜炎《ろくまくえん》を患ったため医者に見てもらい薬剤師の世話にもなっていた。その名を覚えていたロバンは町中を駆け回って医者と薬剤師の家を探した。だが何軒かの家の玄関を叩いて回るうちに、最大の敵である者たちの戸を叩いてしまう羽目にもなった。中でも市参事官の家の戸を叩いたのはまずかった。参事官は翌日大急ぎでこの脱獄囚に関する情報を調べ上げ、ただちにセリエール副司教の名前で、ロバンを捕らえるのに協力した者には五〇エキュの報奨を与えると約束した。一方ロバンはどうしたかというと、真夜中に家々の戸口をノックするうちに神慮が働いたのか、用心せねばと考えた。肩まで袖をまくり上げ、足枷はまだ片方の脚にくくりつけてあったので、窓越しに窺う人々にはどこかの下僕だろうと思わせることができた。やがて助けてもらえる家にたどりつき、そこから直ちに町の外へと導いてもらった。これは同年八月のことだった。いっぽう、ロバンの二人の仲間は火刑に処せられてしまった。一人はサントの町で、もう一人はリブルヌ〔ボルドーの東にある町〕で。なぜリブルヌかというと、当時ボルドーを襲ったペストのせいで、高等法院がその町に避難していたからである。先に挙げたニコル師とその同士は、一五四六年八月、このようにしてうろたえることなく毅然として死に臨んだ。

さてこれと同時に、司教あるいはその評定官たちは、精妙にしてきわめて巧みな計略をめぐらしていた。サントの町を取り囲む森について、ほとんどすべてを伐採せよとの命令らしきものを王から手に入れていたのだ。もちろん、多くの住人は森と放牧地からの恩恵に浴していたので伐採を望んではいなかった。そこでこの連中、マホメット的な策にうったえて、王の臣民たる住民たちへの説教と臣民への供応によって、人心を捉えようとしたのである。サントの町および同じ司教区内にある町々に何人かのソルボンヌ派修道士を送り込んだ。修道士たちは珍妙な仕草や百面相をしながら口角泡を飛ばしてわめき散らし、とにかく動き回ったり、くるくる回転して見せたりの大騒ぎ。でなにを言うのかと聞けば、新しいキリスト教徒に罵声をあびせてばかりいた。ただときおりサントの司教が聖王ルイ殿下の高貴な血筋に繋がっていると誉めそやすのだった。[4] ともあれ哀れなのは住人たち、自分たちの森の木がすべて切り倒されてしまうのを甘受するほかはなかった。森が切り払われてしまうと、〔もはやプロテスタント説教師に身を隠すところはなくなり〕説教師たちはいられなくなった。民がどのようにしてその共有財産を騙し取られ、さらにはその心根においても略奪を受けたかは以上のとおりだ。君も容易にわかるだろう、改革派教会がどんな状態にあったのか。もちろん教会という形さえ持ってはおらず、こっそりと恐る恐る教皇庁を批判するのがせいぜいだったのだ〔教会を設立したいという改革派の夢と、厳しい現実との乖離に注意〕。

少し経った一五五七年のこと、かつてこの町で囚人であったフィルベール・アムラン師〔トゥーレーヌ地方出身の新教派牧師、一五五五年カルヴァンによりアルヴェールへ派遣される。サントンジュ地方を隈なく行脚し、宗教改革を推進〕が、やはりコラルドーに捕らえられ再びサントへ送られてきた。以前の投獄ののち、かなりの間ジュネーヴにいた。当然その信仰心はより固くなり、教義の理解も深まった。だが師は以前サントで行なった告白で真実を隠したことに後悔の念を抱き続けたという。なんとかこの過ちをとりかえそうと、足の赴くかぎり、皆に向かって、「新教の牧師を育て、なんとか形ある教会を設立しようではないか」、と説教しながらフランス中を巡ったのだ。こうしてフランス中を回る際には同行の従者たちがいて、師の印刷所で刷った聖書やその他の本を売って歩いた。師は司祭の職を棄てて印刷を生業とするようになっていたからだ。このようにしてフィルベール・アムランはサントの町を何度か訪れ、さらにはアルヴェール島まで足を延ばすこともあった。この人物、実に高潔でしかも意気軒昂の士であった。身体は弱かったが、善意から馬をすすめる人が何人もいたにもかかわらず、決して馬には乗ろうとしなかった。多少のお金は持ち合わせていたが、腰のベルトに剣ひとつつけないのを常としていた。棒を一本手に持っただけで、たった一人で何も恐れることなくどこへでも赴いた。そうこうするうちに、ある日のこと、サントの町で七、八人ばかりの聴衆を前にお祈りをあげ、激励の言葉をかけてやった。そして、アルヴェール島へ向かう直前に、この少人数の人たちに「皆で団結し、一緒に祈り、お互い励まし合いなさい」と言葉をかけてから、島へと向かった。神に真に仕える人々を獲得するのが、その目的であった。さて島では多くの聴衆たちに暖かく迎えられ、鐘の音を合図に説教を始め、それから一人の子供に洗礼を授けた。これを見たアルヴェールの教会参事たちは司教に金を都合するように要求し、その金で馬や騎兵および料理人、食料品屋まで動員してフィルベールの後を追うよう命じた。

司教と参事会員たちがアルヴェール島に来ていたのは、フィルベールが洗礼を授けた子に再び洗礼を施すためだったのだ。町中では捕まえることはできなかったが、足跡をたどって、ある貴族の家にいるのを見つけ出した。町に罪人として連れ戻すと牢屋に入れた。いいかな、彼の行ないがはっきりと示すとおり、アムランは神の子で、それも神によって選ばれた子なのだ。その振る舞いも完璧そのものであり、そのため彼の敵対者たちでさえ、彼は聖人の生き方をしていると認めざるを得なかった。もちろんアムランの信条を是認するまでにはいたらなかったのだが。だから私は本当に驚いた。いったいどうしてこの連中がアムランに死刑の判決を下すことができたのか。皆アムランが口にした神聖な言葉をよく知っていたし、実際に耳にしていたのだから。私には確信があるから、本当のことを言おう。後にアムランがサントの牢獄に移された直後に(当時は時期的に危険だったが)、私は意を決してサントの聖堂参事会員のうち六名の主要メンバーに思い切って面会に行った。そして、彼らが投獄したのは、預言者あるいは神ご自身がその御言葉を、あるいは最近の人々に対する非難の御意思を、人間たちに告げるべく遣わされた天使であることをはっきりと示してやった。さらに、彼らに対し、聖人のような生活を送っていたフィルベール・アムランと知り合って一一年になるが、そんな彼に比べれば他の人間は皆悪魔に思われると明言してやった。六人ともそれぞれ自宅にいたところで話したためか、人情味を見せて私の言うことに耳を傾けてくれたし、ついにはフィルベール師を丁重に扱うようにもなった。だが結局フィルベールの死については自分たちに責任がないと言い訳しても、それは通らない。実際、彼らがアムランを殺したわけではない。ちょうどピラトとユダがキリストを殺したわけではなく、殺してくれると十分にわかっている人々の手に、その身柄を引き渡したのと同じなのだ。さらにうまい言い逃れというか、この問題を厄介払いしようと、アムランがかつてローマ教会の司祭であったことを持ち出してきて、騎馬警護隊長官の厳重な監視の下で、ボルドーへ送ってしまったのだ。

さて、君もフィルベールの聖人のような生き方がどんなものであったのか知りたいだろう。結局彼はこの町にいる間は看守部屋にいてもよいとされ、そこの机で食事もしたいようにできた。だが看守部屋で行なわれる賭け事や冒瀆的言辞はひどいもので、何日にもわたってそれらを止めさせようと努めたのだが、〔無駄だったので〕その状況に嫌気が差した。看守たちは一向に改めようとはしなかった。そこである晩食事が済むと、彼らの暴言を耳にするのを避けるため、普通の獄房に連れていかせ、不徳な連中を避けて独居するようにしたのだ。さて、次にアムラン師がどれほどまっすぐな道を進んだかを聞かせてやろう。獄に繋がれていた折、フランスの弁護士を名乗る者が、アムランが小さな教会を建てたところからやってきたといって現れた。この弁護士、看守に三〇〇リーヴルもの金をちらつかせて、夜にフィルベールを牢から出してもらえないかと持ちかけた。これを見た看守は、そうしたい誘惑にかられながらも、一応フィルベールの意向を聞いた。師は、看守に苦労をかけるより執行人の手にかかって死ぬほうがよいと答えた。これを聞いた弁護士は金をひっこめてしまった。さてどうだ、君も私も、このように敵の手中にありながらもなおこうした振る舞いをとれるだろうか。サントの町の判事たちも、師が聖人の生を送っているのをよく知りながら、自分たちの役職を失うことを恐れてしかたなく死刑の判断を下したのだと理解すべきだろう。私はつぎのことも本当にあったことだと思っている。フィルベールがサントの町の牢屋に入っていたときのことだが、ある人物が彼についてボルドーの上級判事に対し「近日中にサントの囚人を送致させる予定であります。彼はあなた方と立派に話し合うことでしょう」と言うと、この上級判事は、神を冒瀆する言葉を吐きながら「よし、奴には話しかけないのが一番だ。できれば裁判の判決にも関わらないぞ」と誓ったというのだ。いいか、この上級判事、自らキリスト教徒を自任していたし、また正しき者を断罪することなど望んではいなかった。しかしながら、判事団の一員である以上、言い訳はできない。と言うのも、相手が善人であることを知った以上、判事たるものおかしな判決には全力で反対すべきだったからだ。つまり、無知ないしは悪意から、フィルベールを断罪し、彼の身柄を送検し、先に述べた年の四月十八日〔実際は一五五七年四月十二日〕に、盗人であるかの如く絞首刑に処した連中の判決と、対決すべきだったのだ。さて、フィルベールが捕縛される少し前のことだが、サントの町で困窮のきわみにあった一人の職人が、福音書の普及にとても熱心で、やはり貧乏この上なくまた無知でもあった別の職人に、福音書の素晴らしさを示してやることになった。二人とも福音書についてほとんど何も知らなかった。しかしながら、なんらかの形で福音書の奨励に努めたなら、大きな実りをもたらすことになるだろうと、一人目が二人目に示唆したのである。とくに二人目の職人は自分がなにごとにつけ無知であると感じていたのだが、奨励を行なうことで勇気が湧いた。数日後、とある日曜の朝、彼は九人か一〇人の人たちを集めた。この職人は字をよく知らず、旧約および新約聖書からいくつかの章節を引いて書き留めておいた。さて皆が集まったところでこの書き留めておいた章節の重要な箇所を読んで聞かせた。「あなた方はそれぞれ贈り物を授かっているのですから、その分を他の者にも分け与えなければならない。良い実を結ばない木はみな、切り倒されて火に投げ込まれる」〔前半は「ペテロの手紙」IV・10. 後半は「マタイ」III・10〕。つぎに『申命記』から取った別の重要な箇所を読んだ。「お前たちはわたしが命じる言葉を、道を行き来するときも、飲むときも食べるときも、寝ているときも起きているときも、座っているときも、語り聞かせなさい」〔同書・VI・7〕。さらに「タラントの喩え」〔マタイ・XXV・14-30〕など他の大事な教えも多数読んで聞かせた。さてそうするのにはふたつのよき目的があった。ひとつは、神の掟や命令について語ることがすべての者に許されていることを示す点にある。〔その実践により〕下賤の者が口にしたからと言ってその教理を軽んじるようなまねはできなくなると思われる。もうひとつの目的は、聴衆の何人かに同じことをやる気にさせることである。集まった者たちは、六人のうちひとりが日曜だけ交替しながらこのような講話を六週間続けることで、意見の一致を見たのである。というわけで、自分たちには知識のない事柄を行なうのである以上、まずは説教を書き留め、それを会衆の前で読み上げるべきだとされた。そしてこれらはすべて、フィルベール・アムラン師の正しい手引きや助言および指導にしたがって行なわれたのだ。これがサントの町における改革派教会の始まりである。私は確信できるが、集まりはこうしたもので、人数は五人だけであった。教会はこれほど小さく、しかもフィルベール師は牢に繋がれていたのだが、運よくド・ラ・プラースという名の牧師がアルヴェール島で説教するよう派遣されてサントの町にやってきた。ちょうどその日アルヴェールの検事もサントに来ていた。検事は「ド・ラ・プラースも本当に間の悪いときに来たもんだ。フィルベールがしでかした例の洗礼事件で、少なからぬ参加者に高額の罰金が課せられていたからだ」と語った。だが結局、われわれはド・ラ・プラースに対し、神の言葉を授けてくれるように頼むほかはなかった。彼はサントの牧師に迎えられることになり、後任のド・ラ・ボワシエール殿が来るまでサントに留まることになったのだ。今もサントにいるド・ラ・ボワシエール殿だよ。だが状況はひどいものだった。われわれは志こそ高かったが、牧師を抱え続ける力はなかったのだから。ド・ラ・プラースを抱える経費の一部はサント周辺の貴族たちにたよったのだが、そのため貴族たちはしばしば彼を呼びつけた。こんなことでは牧師を堕落させる結果になりはしないかと心配したわれわれは、たとえそれが緊急の場合でも、貴族の用向きで出かけるときには、われわれの許可を得ない限りは町を出ないように勧めた。こんなわけで、かわいそうにド・ラ・プラースはサントの町の囚われ人のようなありさまになった。夕食はりんごだけ、飲むのも水だけということがしばしばだった。しかもテーブルクロスもなく、しかたないので夕食を、自分のシャツの上に置く始末。それもこれも、われわれの集まりに来る者たちのうちには、金持ちはほとんどおらず、彼に十分な生計費を支給することもできなかったからだ。われわれの教会はその始まりにおいて、このような蔑まれた人たちによって建てられたのだ。(5)

一方、この新しい教会を敵視する者たちは教会にやってきては略奪を働き、信徒を迫害した。それにもかかわらず新しい教会はわずか数年で影響力を強めたため、サントの町から博打や歌謡ダンス、舞踏会や大宴会、華美な鬘や装身具などが見られなくなり、スキャンダラスな諍《いさか》いも殺人事件もぱったりとなくなった。

新教徒同士の二人が訴訟沙汰になっても、すぐに両者を和解させる方法を見出せたので、訴訟沙汰も大きく減り始めた。さらには、訴訟を起こそうかというときも、いきなり相手と事を構えるのではなく、先ずは新教徒の知り合いに斡旋《あっせん》を頼むようになった。ゆえに〔重要な〕復活祭が近づく時期には、それまでの怨恨関係や不和、諍いなどが解消されるようになっていた。大事にされたのは詩篇、祈禱、賛美歌、そして霊歌であり、卑猥で放埒な歌謡《シャンソン》はもはや歌われることはなくなった。教会がしっかりしてくると、司法官たちまでもが、自分たちの管轄下にある悪弊を正し始めたほどだ。民宿の経営者たちが地区の住民たちに対し博打を開くことはもちろん、飲食の供応をすることも禁じられた。放蕩者たちを、さっさと自分たちの家に帰させるためである。読者諸氏がもしこの時期の日曜日にいらっしゃれば、職人仲間たちがそれぞれグループになって野原や叢林そのほか心地よい場所で、詩篇や賛美歌あるいは霊歌を歌ったり、もしくは聖書を読んだり、互いに教え合いながら散歩しているのを目にされたことでしょう。また若き乙女子らが庭やその類の場所に一団となって座っているのも目にされたでしょう。そこでは皆があらゆる聖なる事柄を喜んで歌っているのです。そして教師《ペダゴーグ》たちは若者たちをしっかりと教育し、その教えを受けた子供たちは、幼稚な行ないをしなくなり、大人の落ち着きを身に着けるのを目にしたことでしょう。やがてこうした姿勢が広く行き渡ると、誰もが行儀良くなったばかりか、態度もすっかり改まったのであった。

だが、われらの教会はその設立当初は大きな困難を抱え、さらに決定的とも言える災難にも見舞われた。われわれは悪意に満ちた罵詈《ばり》雑言《ぞうごん》を浴びせられ、なじられ続けた。ある者たちはこう言っていたものだ。「奴らの教義とやらが良いものなら、公の場で説教すればいいだろうに」。またある者たちは「奴らが集まっているのは、放蕩三昧に耽けりたいという魂胆からだぜ。女は共有財産だってよ！」〔原始キリスト教徒に投げつけられた古くからある誹謗〕とまで口にした。あるいは「やつらは悪魔のけつを舐めに行っているんだ。松脂のろうそくを持ってな」とも〔プロテスタントは当時の魔女よろしく夜のサバトに参加しては黒ミサを執り行なっていると非難された」。こうした悪口にもかかわらず、神はわれわれの企てをよしとされ、会合がしばしば深更に及ぼうとも、またそんな時刻に道を歩くわれわれの足音が敵に聞きつけられようとも、神が敵の動きを封じてくださったのか、神の庇護ゆえに安全でいられた。そして、神ご自身の教会が昼間にでも集える公然としたものになることを望まれたのであろう。神はサントの町にその素晴らしい御業を成し遂げられたのだ。ことのあらましはというと、当時トゥールーズに二人のカトリック当局および行政職の高官たちが派遣されたのである。もしこの二人がいたら、われわれの集会が公然となされることを許そうとはしなかったことだろう。とにかく二人が去ったので、こちらは大胆にも中央市場を占拠するという手段に打って出られたのだ。もし仮に、この二人がサントにいたなら、とんでもない騒動になったことだろう。二人が仮に残っていたら、彼らが、改革派教会という小舟を、あの手この手で破船させようとむきになったであろうことは、お前も否定できまい。私が判断するに、神ご自身の教会に害を及ぼさないように、神が二人を二年ほどトゥールーズに留め置かれたのだろう。そしてその間に教会を公然たるものにしようとされたに違いない。どれほどの敵があろうとも、われらの教会は数年も経ないうちにかくも見事に花開いたのだよ。そのため敵たちでさえ、臍《ほぞ》をかむ思いをしながらも、われわれの牧師たち、とりわけド・ラ・ボワシエール師について褒めないわけにはいかなくなった。なぜといって、師の生き方自体が敵に対する反駁となり、その教理の正しさの証明となったからだ。すると幾人かのカトリックの司祭がわれわれの集会に参加し一緒に学び始め、われらが教会にいろいろと相談を持ちかけるようになったのだ。ゆえに新教会の誰かが間違いをしでかしたり、敵対する者の誰かに害を及ぼしたりすると、「お前たちの牧師は、こんな誤りをしてよいとは言わなかっただろうに」と口にすることもできた。しかし、福音を敵視する者たちは、しばしば口をつぐんだままだった。胸中に牧師たちに対する恨みを秘めてはいたが、あえて彼らの悪口を言おうとはしなかった。これもやはり牧師たちの立派な身の処し方のおかげであった。その頃になるとカトリックの神父や修道士たちの方が庶民の嘲りの対象となっていた。つまり彼らは宗教の敵だとされたのだ。「牧師たちはきちんと祈禱をやっているぞ。それが立派なものだということは否定しようがない。どうしてお前たちも同じようにしないのだ」と。これを知った教会参事会に所属する神学者は牧師と同じように祈禱を始めた。すると司祭たちが説法をさせるために管轄下に置いていた修道士たちも続いた。どうしてこういう修道士が管轄下にいたのかというと、当時その地方で頭の切れる者や小ざかしい少年、そして弁の立つ修道士がいると、司教座が置かれている教会に迎え入れるのは当然だと考えられていたからだ。こうしてサントでは一日中町のあちらこちらで新旧のいずれの側でも祈禱が行なわれるようになった。しかし、君にもわかるだろうが、ローマ教会の聖職者どもがこのような祈りをあげることがどれほど悪意のこもった偽善であったことか。それが証拠に、今日そんなことを連中はもうやってはいないだろう。もちろん牧師たちがやって来る前も祈ってなどいなかった。まったく見え透いたことじゃないか。連中が祈禱を行なっていた動機は、「他の連中にやれることぐらい、自分たちだってきちんとできる」のだと言いたいためだけだったのだ。それはともあれ、新教会はしっかりと成長し、それがもたらした果実は永遠に残るだろう。(6)新教会が打倒され無に帰するのを見たいと願う者たちは、不明を恥じるほかはないだろう。なぜなら、まだ信徒が三、四人の軽蔑の的でしかなかった貧乏人のみだった頃から、すでに神は新教会を守ってくださったのだから。しかも今日神は、さらにどれだけ多くの人々を庇《かば》ってくださっていることか。〔もちろん〕今でも改革派教会が迫害されていることは疑いえない。しかし協定を結んでいる以上、そうしたすべては解決されねばならない。ただし新教会の敵たちのやり方や欲求に従う必要はない。さてこの当時サントの村々にいた多くの者たちが、司祭あるいは教会所属の徴税請負人に対して牧師を寄こすように要求し、「さもないと十分の一税を受け取れなくなるぞ」とまで言い出した。この事態は他のなによりも神父らを憤慨させ、彼らには到底信じ難いことにも思われた。しかし、しばらくすると本当に悲喜劇としか言いようのないことが起きた。たとえば、新教の敵を自任する教会所属の徴税請負人たちも、このような風聞が耳に入るや牧師たちのもとに駆けつけ、自分の管轄下にある人々を〔祈りにより〕励ますため、村に来てくれるように頼み込む始末。これも十分の一税を払ってもらいたい一心からの行動だった。牧師が見つからない場合は、元牧師に依頼するほどだった。私も心底泣き笑いするほかなかったのは、重罪裁判所の書記を務めていた検事の話を聞いたときだった。それは新教徒たちの裁判がなされていたときのことだが、かつて彼自身が請負人をしていた教区にある新教の教会を襲う少し前に、検事自身が祈りを上げていたというのだ。しかし仮にそうだとしても、自身で祈りを上げていたときは、新教徒たちにとって不利な裁判記録を記していたときに比べ、彼はよりましなキリスト教徒であったなどと、はたして言えるだろうか。もっともそれが働く者たちから麦束を、そしてその実りを奪うためだったのである以上、祈りを上げているときも、裁判記録を書きつけているときも、同じくらい立派なキリスト教徒だったわけだ〔もちろん皮肉〕。われわれの小さく新しい教会の実りが目覚しいものだったため、底意地の悪い者たちも廉直の士であるかのように振る舞わざるを得なくなっていたのだが、すでにその偽善は見破られ皆に知れ渡っていたのだ。そして善人面をぶらさげながら、なにをしてもよい状況下では、突然、その卑しい胸の裡に隠していたものを、これでもかというほどさらけ出すのだった。

この連中が改革派教会の信徒たちを一掃しよう、破滅させた上に亡き者にしよう、絶滅させようと躍起になっていたときに行なった暴挙ほど、思い出すのもおぞましくなるほど恐ろしいことはない。私は、連中の暴虐非道を避けて自分の家に身を潜めていた。あの美しい田園で繰り広げられていた殺戮、神への冒瀆、強奪行為を目にしたくなかったからだ。二か月ほどこうして家にじっとしていたが、とうとう地獄の門が開かれて悪魔のような人間どもがサントの町に入ってきたのだと考えざるをえなかった。というのも少し前であれば、詩篇や賛歌、そして教化に努める正しき言葉、範となる言動が耳に入ってきていたのが、今や神を冒瀆する言葉や、争い合う物音、脅しのせりふ、喧嘩の声、ありとあらゆるさもしい言葉、放埒な振る舞いがたてる音、耳を覆いたくなるような卑猥な歌しか聞こえなくなっていったからである。私には、このままではこの世のすべての徳と聖性が窒息させられ消滅してしまうのではないかと思われた。タイユブール城〔サントの近く、カトリック側がサントのプロテスタント攻撃の拠点とした城〕から、幾匹かの小悪魔が放たれ、大昔に悪魔たちがなした以上の悪行をし始めた。小悪魔どもは数名の司祭たちを引き連れつつ、抜き身の剣を手に町に入るや、「やつらはどこだ。思う存分首を掻き切ってくれるわ」と大声を上げたものだ。奴らはむやみやたらに動き回ったが、抵抗のあろうはずもないことはよく知っていた。というのも改革派教会の者たちは一人もいなくなっていたからだ。それでもとにかく悪事を働こうと、運悪く通りに居合わせた金持ちという評判のパリ人を見つけると、たちまちのうちに屠《ほふ》り、いかにも慣れたという手際で、パリ人が息絶える前になにもかも奪い取った。それが済むと、家を一軒一軒回りながら手当たりしだいに強奪し始めた。家中を荒らし回り、食物をむさぼりくらい、大笑いしては悪口雑言を吐き、神を冒瀆し人間を侮辱する言葉や放蕩に耽っては、喜んでいる始末だった。人間を馬鹿にするだけでは飽き足らず、「アギムスは永遠なる父に勝った[7]」と言っては神をも嘲ったのだ。ちょうどそのとき、牢獄に入っていた人たちが何人かいたが、司教座聖堂参事会員たちの小姓が幾人かそこを通りかかった際、嘲笑する口調でその人たちに向かって「主はお前たちを助けてくださるぞ」と口にしたのだが、さらに高じて「さあかかってこいよ、喧嘩もできねえのか」と言い放った。すると他の大勢が棒を打ち鳴らして言った。「主のご加護がありますように」と。私は二か月間、このような荒くれものどもやろくでなしたちが、改革派教会の信者たちに代わって支配者となるのを目撃して、生きた心地もしなかった。私は日々おかされる恐るべき犯罪の報告を受けとるばかりだったが、なかでも耐えがたかったもの、それは、幾人かの子供たちのやったことだ。私が身を潜めていると（とはいっても自分の仕事も少しはしていたのだが）、家のそばの広場にこの子供たちが毎日集まっては、二手に分かれて石投げをしながら、これまで耳にしたことのない、これ以上ひどいものはないと思われる言葉で神を罵り、冒瀆したのだ。「〔神の〕血にかけて、死にかけて、頭にかけて、それとも二重、三重の頭にかけて」などと、書きつけるのもぞっとするほどおぞましい冒瀆の言辞を吐いていた。これが延々と続くのだが、父親、母親のいずれも誰も止めさせようとはしなかった。何度も、死を覚悟して、思い切って子供たちを叱りつけてやろうかと考えたりもしたが、そんなときは、「神よ、異国の民があなたの嗣業《しぎょう》を襲い」で始まる詩篇の七九番を心で唱えるようにした。多くの歴史家がこうした事実をもっとしっかりと書き綴ってくれるだろうとは思うのだが、やはりこれだけは言っておきたい。このひどい時代、改革派教会の人間はこの町にはもうほとんどいなかったということだけは〔つまり反改革派の連中は、いかなる状況下でも悪行を為すことしか考えていない、ということを暗示している〕。

〔城塞都市について〕

神が私を奇跡的にそこから救い出してくださった、戦争の恐るべき危険について考えをめぐらした結果、戦争のさなかにあっても人々が安全でいられるような都市を設計したいと私は思うようになった。しかし、今の時代人々が用いている大砲のすさまじさを考えると、私がなんとかしたいと思っているなにもかもをむなしくさせてしまうような、なにかとんでもない事柄に気づいてしまうのではないかという恐れがあり、とても希望など持ちようもなく、うなだれる毎日だった。思考をめぐらすうちに、私の考えは、ある都市から別の都市へと何度も転々とした。それは、諸都市の防衛力を考慮し、部分的にでも、その構造を、私の意図に沿うようにできないか、と考えたからである。そのうち、私はすべての都市が私の理想とまったく反する方法に基づいていることに気がついた。たとえば住人たちが町の守りを堅固にしようとして、町を取り囲む城壁に隣接した家屋をことごとく取り払って、城壁と残った家並みとの間に幅の広い並木道を作る。戦いのとき町を守るためには、武器類や大砲を移動し配置するのに充分なスペースが必要でそうせざるをえないと住人たちは主張するのだが、これまでのところ死者を増やすだけで、それが良い方策であると私を納得させたことはない。列柱構造〔空間をぐるりと囲んで閉じること〕が考案されたころ、もし大砲が存在して今日のように大活躍していたなら、当時の建築家たちは城壁と内部の家屋とを切り離して町を設計することなど考えなかっただろうことは確言できる。それに平和時には城壁など無用の長物、しかもそれを築き上げるのにどれほど莫大な富と労力がつぎ込まれたことか。こうした事柄を勘考するならば、城壁は一度敵の手に落ちるとともはや町は陥落したのも同然なので、上述したような都市はいっさい参考にはならないと判断した。四肢がうまく連動して強固にならなければ、本体である都市はそれこそ哀れな胴体でしかないのだ。つまり、これまでの都市はいずれも、胴体と手足がうまく連結されていないので、設計的にはだめだということである。四肢が何の助けにもならないならば、その胴体を打ち倒すのは至極簡単である。結局私は既存の都市をモデルにしようという希望は一切持たないことにした。ではどうしたかというと、ジャック・デュ・セルソー師匠〔パリシーと同時代のフランスの建築家、装飾美術家。『フランスの最もすぐれた建築』（一五七六―七九年刊）の著者〕やその他幾人かの設計士の手になる区画割図やそのほかの輪郭図をじっくりと眺めることにした。またウィトルウィウスやセバスティアーノらの平面図と輪郭図も検討してみた。彼らの設計図案であれば城塞都市の構築に役立つ何かがあるのではないかと思ったからだが、結局のところ私の参考になるような設計図など全然見つかりはしなかった。そのことがわかると、私は夢遊病者のようになって出歩いた。城塞都市の考えに夢中になり、それに没頭してしまったせいで、頭を垂れたまま、誰にも挨拶せず、ほとんど無視するかのように。こうして歩き回りながら、最上の庭園をできるだけたくさん見て回った（こうしたのは、ダイダロス

〔クレタ島の迷宮を作ったとされる伝説上の建築家〕が考案した迷宮の輪郭や、自分の計画に役立ちそうな形の花壇がないかと思ってのことである〕のだが、満足のいくものは全く見つからなかった。

そこで私は、森や山や谷を見て回るようにした。自然の中に創意にみちた棲家《すみか》を作る器用な動物が見つかりはしないかと思ったからである。するとどうだろう、ほんとうにたくさんの巧みな動物を発見したし、神がそれらに与えられた創造性には驚愕させられた。なかでもコウライウグイスが雛たちを守るために作り上げた要塞には実に驚いた。なんとその巣は感嘆すべき発想でもって空中に吊り下げられていたのだが、自分が抱えている問題に利用できるものではなかった。自らの唾液でゆっくりと何日もかけて砦のような住まいを作っている小さなカタツムリもいた。カタツムリを手にとって見ると、その建物の縁はまだ液状ながらも、残りの部分は堅くなっていることがわかった。つまり砦を築くために用いた唾液が固まるには相当な時間がかかることが理解できた。まさに神による造化の驚異を目のあたりにし、神を賛美するまたとない機会になった。そして、私の関心にとっていくらか助けになるかもしれないとも思った。すくなくとも、私をはげまし、計画をなし遂げられるのではないかという希望を抱かせてくれた。つい嬉しくなった私は、随所をせっせと歩き回り、動物の構築物から何らかの巧みさを学べやしないかと、数か月もの間探索した。とはいえ、家族を養うため庭師の仕事は続けていたが。

こうした考察を重ねながらかなりの日数を過ごした後、海の岸や岩場に行ってみるのがよいと考えた。いくつかの小さな魚〔パリシーは魚類と軟体動物を一緒くたに「魚」と表現している〕が、液体や唾液でこしらえた多種多様な住まいや要塞を、そこにも見出した。ゆえに私は、自分の件にとって有益な事柄がそこでも何か見つかるかもしれないと考え始めた。したがって、こうしたさまざまな種類の魚類の示す器用さをじっと眺めることにし、大型の魚から始めて小型へと移行する順で、魚たちから何事かを学ぼうとした。しかしそこで発見したことの中には私を大いに困惑させるものがかなりあった。これぞ被造物に対するすばらしい神慮であろう、気にも留めないような小さな魚たちにこそ神は巧緻の極みともいうべき技術を授けられ、他は放っておかれたのだとわかった。最初は、大きな魚にこそ優れた知恵と大いなる工夫が見られると思って観察したのだが、なにも発見できなった。それは、やはり大きいがため、すでに武装しているに等しく、不安感を与え、恐れられる存在になっているためだろうと私は考えた。逆に弱い魚たちについては、神は彼らに技術を与え、敵の集団による攻撃から身を守るべく、見事な要塞を築く術を身に付けさせたもうたのだとわかった。さらに気づいたことがある。海での戦闘や闘争は陸の生き物たちのそれとは比較にならぬほどすさまじいものであること、生殖欲の旺盛さについてもおなじく陸上よりも断然すぐれていてはるかに豊饒多産であること、がそれだ。

夢中になってこれらをつぶさに観察すると、海にいる無数の生物のうちには、もともときわめて弱く、粘液状の形態にしか生命の兆候を見出せないものたちがたくさん見つかった。カキ、ムール貝、トリ貝、タマキ貝、ハマグリ、アサリ、ニオイ貝、ミミ貝、カサ貝、そして種類も大きさもさまざまな無数のサザエなどである。こうした貝類は先にも述べたように本当に弱い。だがそこにこそ、神の心配りなのだろう、素晴らしい長所を見出すことができる。神はこれらのひとつひとつに、みずからの力で、幾何学的にも建築学的にもとうてい比肩しえないと思える技巧でもって、均質できっちりとした棲家を作る術を授けたのだ。あのソロモン王の優れた英知をもってしても作り上げることのできない傑作だ。人間のすべての頭脳を仮に一か所に集めても、その最小限の技巧すら真似られないであろう。こうした一切を見た後、私は思わずひれ伏し、神を讃えながら心の中で叫んだ、「神よ、今こそあなたのしもべである預言者ダビデと同じように言うことができます。『人間とはなにものなのでしょう……あなたが顧みてくださるとは……御手によって造られたものをすべて治めるようにその足もとに置かれました』〔詩篇―VIII〕。しかし主よ、人間はなんら恥じらうことなくあなたに刃向かい、あなたがその正義と審判を告げるためにこの地上につかわされたものすべてを、破壊し無に帰せしめんとしています。おお善良なる神よ、あなたのこれほどまでの奇跡的な忍耐に驚嘆しない者がいるでしょうか。ですが、神よ、いったいいつまで、預言者や選ばれし者たちを、彼らを苦しめ続ける者たちの手に委ねられて堪え忍ばさせるおつもりですか」。

こう心の中で言い終えると、私は岩場をさらに歩き回って、神の驚嘆すべき創造物をじっくり観察した。「山羊の眼」とも呼ばれているカサ貝をよく見てみると、すぐれた技巧でもって武装していることに気づいた。背に貝殻を一枚被っているだけなのだが、ぴったりと岩に張り付くことで、どんなに猛り狂った魚であろうとカサ貝を岩から引き離すことはできないと思われる。粘液ないしはその固化しつつある液状のものでしかないこの貝をなんとか引き剝がすには、岩と貝との間にナイフを差し込んで一気に剝がすほかはないようなのだが、そうしようとすると、ぎゅっとより強く岩にしがみつくため、もうどうにもできない。その存在のひ弱さを考えると本当に素晴らしい技《わざ》である。ミミ貝やその他多くの貝たちも同じような場合には岩に固着する。そうしなければたちまち敵の餌食になってしまうからである。ウニもまた素晴らしいものだ。その殻はかなり弱いものだが、神はその甲殻や要塞の上に鋭いトゲを備えさせたのだ。ゆえに岩についたウニを取ろうとすると、そのトゲに刺されずには済まないだろう。二枚の貝殻で武装する貝たちを見てもやはり感心させられる。タマキ貝やトリ貝、その他の幾種もの貝を観察し、その優れた創意を目の当たりにすれば、君にとってもおのれの傲慢さを恥じる絶好の機会となることだろう。君はかつて、トリ貝やタマキ貝の二枚の殻ないし鎧《よろい》と同じくらいぴたりと合わさるものが、人間の手で作られた例を見たことがあるだろうか。これほどのものを造ることが人間には不可能なことは言うまでもない。さて君は、この殻に見られる小さなくぼみや襞が、単に装飾や美のためにのみ作られたと考えるだろうか。もちろんそんなことはない。もっとさらなるなにかがあるのだ。それは要塞としての殻の力を高めているのである。ちょうど飛び梁〔ゴシック建築で建物の壁を支えるために外側からあてがう梁〕を壁にあてがって補強するように。これについて疑いをはさむ余地はないし、判断力を持った建築家たちを、常に信じたいと思う。

さて君はスパイラル状にあるいは渦巻状に要塞を建てる貝たちが、これもなんの理由もなくそうすると思うだろうか。当然これにも、美的効果だけではない、別の理由がある。いいかな、鋭くとがった鼻口を持つ魚はたくさんいる。もし貝たちの住処が平凡な形をしていたなら、ほとんどはこの魚たちに食べられてしまうだろう。だが実際には、この敵たちに住処の入口で攻撃されても、ただちに旋回するようにして螺旋の管に沿いながら奥に身を引っ込めるのだ。そうすると敵はもはや攻撃できなくなってしまう。以上の考察から、貝の殻は美のためにではなく、防御のために作られていることがよくわかる。こうした事象を目にして、至上の建築家たる神を崇拝しないでいられるような不実な人間などいるだろうか。こうして岩の上を歩き回って驚嘆すべき生き物を発見していくうちに、預言者にならってこう叫びたくなった、「わたしたちではなく、主よ、わたしたちではなく　あなたの御名こそ、栄え輝きますように」〔「詩篇」CXV-1〕。

そして、私の要塞都市の計画にとってこれ以上参考になるものはないと、内心思うようになった。そこで私は、すべての貝類の中でどれがその建築法において最も技巧に富んでいるかを調べ始めた。その技巧から何らかのヒントを得るためである。さてこの頃、ラ・ロシェルの市民でレルミットという名の人がいたが、私に大きなふたつの貝殻を贈ってくれた。ひとつはアキク貝、もうひとつはエゾバイの貝殻で、いずれもギニア〔ギュイエンヌ？〕からもたらされたもので、ふたつともスパイラル型のカタツムリの形をしていた。エゾバイの殻のほうが他方よりはるかに大きく頑丈だった。だが上述した自分の考え、すなわち神は強者よりも弱者に対しより優れた知恵を授けられるという考えが、私の念頭に浮かんだ。そこで神は弱さを補うためになにかしらの長所を与えられているはずだという確信を得たので、エゾバイではなくアキク貝をじっくり観察してみた。するとどうだろう、アキク貝は貝殻の周囲に結構大きな針状のものを備えていることに気づいた。その角のような針は当然理由もなしに造られたはずはなく、どれもがアキク貝の棲家と砦を守るための防御であり防塁であると確信した。すると、私の城塞都市を建設する上で、このアキク貝の要塞を範にすることが、最良の案だとわかった。

そこですぐに設計図を作ろうと、コンパス、定規、そのほか必要な道具を取りそろえた。まず初めに、正方形の大きな広場の輪郭図を書き、その周りに多くの家々を配置して見取り図を描いた。家々には窓と戸口と仕事場を設け、いずれもが図面の外側に、街の道路に面するようにした。つぎに広場の四つ角のひとつに大きな門を置いて見取り図を描いた。そこに都市の総司令官の家、いや邸宅の見取り図も書き込んだ。そうすれば誰も司令官の許可なしには広場には入れないだろう。広場のぐるりに庇、ないしは低い回廊を設けた見取り図を描いた。大砲を安全に配置するためである。そして回廊の外壁が防御と砲台に使えるように按配した見取り図を描いた。壁には銃眼があり、ことごとく広場の中心を向いている。敵が坑道を掘ってそこから広場に侵入してきても、たちどころに全滅させられるからだ。そこが終わると、広場の周りに配置した家々を取り巻く道路を、ちょうど門の出口にあたるところから設計していった。もちろんアキク貝の形と工夫を参考に、螺旋形の都市になるように。しかしすぐに気がついたが、大砲は直線にそって動かさなければならない。この都市が完全な螺旋形になってしまえば、道路を使って大砲を動かすことはできなくなってしまう。そういうわけでアキク貝の創意には、役に立つ範囲内だけで従うことにした。

広場の周囲を取り巻く最初の道路を広場の近くに描き、当然四角形に設計した。つぎにその道路の周りに、入口も出口も広場の中央を向くようにして、家々を書き込んだ。そうすると、最初の家並みにそって四辺の道路ができることになった。もちろん、アキク貝の殻にならって、道路は直線的な四辺形であるとはいっても中央の周りを旋回するようにした。その道路の外側にも、やはり旋回させながら道路を設けた。二本の道路とそれに沿って必要な家々を設計した後、三本目の道路にとりかかり同じような線にしようとしたのだが、よく見ると二本の道路はかなり広場から遠ざかっているので四辺形にこだわることなく、倍の八辺形にしたほうがよいと考えた。理由はいろいろであるが、三本目の道路とそれに接した家々を考えたとき、このアイデアがとてもすぐれでいて、役に立つと思った。さらに三本目にならった八辺形の道路をさらにその外側に設計してみた。こうしてみると都市は結構広いものとなることがわかったので、都市の城壁にもっとも近い道路にそっても家を配することにした。こうして城壁とその道路に接する家々とを結びつけて設計することにした。

設計してみると、この私の都市がほかのすべての都市を笑っているような気がした。なぜなら、他の都市の城壁はどれもが平和時には役に立たないからである。私が造ろうとする都市は、町を守りながら、さまざまな職業の住人たちには住居として常に役立つであろう。書き上げた設計図を見てみると、すべての家の壁がそのまま防壁の役目を果たし、敵の大砲がどの方向から攻撃してきても、いつまでもえんえんとこの防壁に向き合い続けねばならぬことがわかった。

さてこの都市の内部には、開口部と常に旋回しながらたどる一筋の道路が一本あるだけである。もちろん螺旋ではあるが、道路の一辺一辺は角から角へは直線で、そのまま中央部の広場へと通じるようになっている。そしてこのそれぞれの一辺の両角には丸天井のついた二重門が設けられている。その各々の門の上には、高みの砲台というか台座があり、ヴォールト天井のついた門のおかげで、一辺の二つの角から常に隅々まで砲撃でき、また砲手たちも攻撃されることをまったく心配せずに砲撃できるようになっているのだ。この設計を終えたとき、私は自分の考案が大変よいと確信できたので、心の中でこう快哉を叫んだ。もし国王が王国のどこかに城塞都市を建設しようと思われたなら、今の世でもっとも難攻不落な都市の設計を図面と模型でもって提供しうると今では自負できる。つまり、神が自然に強化された場所を例外として、私の設計は幾何学と建築学の技術において優れているのである。

もし私の手になる模型と設計図によってある都市が建設されたなら、それは

人海戦術によっても
猛烈な砲撃によっても
火によっても
坑道によっても
梯子によっても
兵糧攻めよっても
裏切りによっても
対壕によっても
落ちることのない難攻不落の都市となるだろう。

いくつかの項目についての補足的説明

かなりの人たちが、ここで「裏切り」を取り上げるのを不思議だと思うことだろう。だが、仮にこの城塞都市の一〇ないし一二か所の人々が、司令官たちも含めてだが、敵と内通して都市を引き渡そうとしても、もし少しでも抵抗しようとする人たちが残っていたなら、その陰謀は実現されないからである。多様な建物が互いに秩序正しく連結し合っているため、明渡す前に全員があらかじめ裏切りに同意していなければならない。これほどの完全な謀反が、君主が知ることなく実現されることなど、決してありえないだろう。

さらに、皆はこの要塞都市が兵糧攻めでも落とせないと私が述べたことにも驚くだろう。つまりこの都市は本当に少人数で守ることができると私は言っているのだ。くどいようだが、本当に少数でよい。ごく少数の人間が数年分のビスケットを用意するだけで、いかに勇猛な砲手もいかに巧みな築城技師といえども、大いなる恥と思いながらも、攻囲を解くしかなくなるだろう。

さらに、同じく、皆はこの城塞都市が対壕によっても落とせないことに驚くだろう。もっと詳しく言うなら、敵がいかにこの都市をぐるりと取り巻く土台を掘り返して、運び、海の淵に投げ込んだところで、その程度で住民たちが怯《おび》えたりすることはない。城壁は依然としてびくともしないだろうし、たとえ敵がさらに執拗に都市の周囲に全面攻撃を仕掛け、砲弾を雨あられと二週間も浴びせかけることができ、城壁をパン粉のように粉砕し、荒地にしてしまえたにしても、都市自体がわずかながらも損なわれたり、住民が負傷したりすることはないであろう。

そしてさらに、たとえ敵がさらに執拗に攻撃を続け、全市に通じる道を切り開き、あらゆる武器や大砲を持ち込んで四〇回ほどの掃討戦を行なったとしても、まだ都市を攻め取ることはできないだろう。もちろん、これがきわめて不思議なことと思われるだろうことは、私も承知している。

また、敵が巧みに壕を掘り進み都市中央の広場に出る方法によって、大勢の人間と多くの大砲を侵入させ、広場が完全武装した兵士で埋め尽くされたとしても、このような戦術によってすら、敵は何も勝ちとることはできないだろう。できるのは自分たちの寿命を縮めることだけだ。

さらに、もし敵が接近、それも山のような人海戦術で、城壁に近い通りの敷石まで見渡せる高い位置につけて、砲弾やあらゆる種類の兵器や火器を投入してきたとしても、都市の住民はいささかも損害を被ることはないだろう。ただ、恐怖心は抱くかもしれないし、城壁近くの道路にのみ投げ込まれる悪性の煙で、中毒が引き起こされる可能性もある。

また、この都市の内部配置には非常にすぐれた創意工夫がこらされているので、子供でも六歳以上であれば、襲撃を受けたその日に防衛の手助けができるだろう。その際、自分の陣地である住まいから全く移動する必要はなく、またその身をいかなる危険にさらすこともない。

馬鹿なことと嘲笑する者たちがいることは承知しているが、以上述べたことについてはことごとく自信を持っている。それを模型で証明できないときは、命を危険にさらす覚悟はしている。模型によって城塞都市のさまざまな長所と秘密が明らかにされるだろう。この模型のお蔭で、あたかも実物が建設されたかのように、誰もがその真実を理解することだろう。

問い

あなたは、設計図や見取り図をもちいれば、城塞都市について語られた内容が真実であることを、人々に簡単に理解してもらえるだろうと、大胆にも約束されました。では、なぜこの書に設計図や見取図が取り入れられていないのですか。そうしていれば、あなたの話が真実であるかどうか、人々も判断できたのではありませんか。

答え

君は私の話をまともに聞いていないようだ。私は君に、見取り図や設計図で人々が全体を理解できるとは言っていないのだから。それらに加えて、模型も作る必要があると言い足したのだ。しかもそれは報酬を受けるに値すると強調したはずで、それを自費で制作するいわれはないだろう。模型を欲しいと思う者がその作成費用を負担するのは当然のことだ。もし君が私の発明の模型を欲しがっている人を誰か知っているなら、紹介してくれたまえ。そうして欲しいと思う。ここで、君に神さまの庇護がありますようにと祈りたい。

言い残したことについては、この私の二冊目[8]の本を、この種の知識を持つ人たちが支持してくれるとわかれば、このあと書く予定でいる三冊目[9]の本を公刊するつもりだ。その書では、隠れ処としての宮殿や高台のこと、そして粘土やそのほかさまざまな土のことを取り扱う予定でいる。さらに土地を肥やすのに有用な泥灰土についても語ろう。また、古い器《うつわ》や、さまざまな釉薬《ゆうやく》や火について、火によって起きる事故について、そして加熱や昇華のさまざまな方法と、そのための炉についても説明しよう。

錬金術の炉もいくつか作ってみるとしよう。その後、さまざまな身分の人たちの脳を取り上げ、その人たちが頭の中に抱えている、多くの狂気《フォリー》の原因をもつきとめたいと考えている。こうして三冊目の本を編むつもりだが、そこにはこうした人たちの悪性の狂気を治すための薬や処方箋が数多く含まれるだろう。

訳注

（1）　庭をつくる（造園）ことは、パリシー（新教徒）にとって、神の創造に思いを馳せることであった。

（2）　国王が偏愛し、つとに滞在したためよく知られたロワール河を除くと、挙げられている河川はフランス南西部のものであるが、これはパリシーの行動範囲がそのときまでアキテーヌ地方に限定されていたためであると思われる。

（3）　ここでの《Histoire》という語には、狭義の「歴史」のみならず、「証言」という語源学的な意味も込められている。《*histôr*》は元来「目撃者」を意味しており、この観点から見ると、サントンジュ地方における改革派の勃興に立ち会ったパリシーとぴったり重なる。

（4）　シャルル・ド・ブルボンは聖王ルイの息にしてブルボン家の祖たるルイ・ド・クレルモンの子孫なので、アンリ三世没後、旧教同盟派によりシャルル十世としてまつりあげられるが、プロテスタント側に囚われていたので、即位はしていない。

（5）　キリストの使徒たちが身分の低い人たちからなるように、サント改革派教会も同じだという主張が含まれている。

（6）　この楽観的な見方は、直後に始まる第一次宗教戦争時に、サントの改革派教会が破壊されたため、即座に裏切られることになる。

（7）夕餉の神への感謝の祈りを、カトリック教徒は「アギムス」（われわれは奉る……）で始まるラテン語で唱え、新教徒は「永遠なる父よ」とフランス語で唱えた。つまりカトリックが勝ったという意味。パリシーから見れば、単なるお題目が、心からの神への呼びかけに勝ったという意味で冒瀆的に映っただろう。

（8）これ以前に著作刊行は確認されていない。この数え方については諸説あるが、パリシーが「要塞都市」の部分を独立して考えているとする説が有力か。

（9）パリシーは一五七五年から開始した公開講座の内容をまとめて、一五八〇年、『森羅万象賛』をパリの書店から出版している。同書では粘土や泥灰土は取り上げられているが、隠れ処や古い器などについては取り上げられていない。

アンブロワーズ・パレ

怪物と驚異について（抄）

伊藤進訳

解題

　アンブロワーズ・パレ Ambroise Paré は一五一〇年頃にラヴァル近郊のブール・エルサンに生まれ、一五三二、三年にパリに上京。パリ市立慈善病院《オテル＝デュー》で三年間の研修ののち、軍医として従軍し、各地を転戦した。一五四一年に床屋外科医の資格を取得、一五六二年には国王シャルル九世の首席外科医になった。一五六四－六六年の王国内の巡幸では国王に随行した。晩年は著作に没頭し、一五七五年にそれまでの論文を集大成した『作品集』初版を刊行、パリ大学医学部からの執拗な攻撃に悩まされたり激論を戦わせたりした。一五八五年に生前最後の作品集（第四版）を出版し、一五九〇年十二月二十日にパリにて死去。同時代の日記作者ピエール・ド・レトワールは「博学の人にして外科技術にかけては一流の人で、その時代にもかかわらず、平和のため、人民の福利のためにつねに発言したし、そのうえ歯に衣着せぬ発言をしていた」と敬意を込めてその死を悼んだ。血管結紮による止血法、銃創の軟膏療法などで近代外科学の基礎を築いたとされる。

　その大部分が一五六七年から七一年にかけて著された『怪物と驚異について』は、はじめ一五七三年の『外科学二巻』第二巻に「陸上および海の怪物について」と題して発表された。その著書の序文をなすユゼス公宛の書簡がパレの本書執筆の意図を明かしている。「男や女の肉体に生じるものから、陸の動物、海の動物、空飛ぶ動物に生じるものまで、私はいくつかの怪物を蒐集してきましたし、だれもがあの偉大な神の小間使いたる自然の偉大さを知れるようにそれら怪物の姿と図を板刻させせました」。すなわち、本書の目的は怪物も産み出せば驚異も産み出す自然への畏れに彩られた賛嘆を表すことにあり、同時にさながら画集のごとく豊富な図版を重視するのを特徴としているのである。子どもを楽しませるために外科学書のなかに怪物の絵図をたくさん挿入したと論敵から非難されたとき、パレは、当時の一流の学者も怪物の図を掲載したし、わかりにくいことも図があれば理解しやすいと弁明した。怪物の原因説明や描写よりも豊富な絵図を特別扱いしたパレの意図はじつにここにある。

　底本は、決定版である *Les Oeuvres d'Ambroise Paré*, Paris, Gabriel Buon, 1585, pp. 1019-1097（«Le vingt-cinquiesme Livre, traitant des Monstres et Prodiges»）を使用した。ただし改行は Céard 校訂本（1971）に従っている。

怪物と驚異について

序

怪物とは、通常に反して生まれてくる片腕だけの子どもやら双頭の子どもやら余分な四肢をもった子どものように、自然の経過に反して現れる（たいていは来るべき禍の徴候となる）ものである。驚異とは、女が蛇とか犬とか自然に反するものとかを産むといったような、完全に自然に反して生じるものであり、以下に怪物や驚異の数例を通じて明らかにするとおりだが、そうした例を私は挿絵とともに数人の著者から収集してきた。たとえばピエール・ボエスチュオ〔?－一五六六年〕およびクロード・テスラン〔?－一五六七年〕の『驚倒すべき物語』〔一五六〇／一五六七年〕、聖パウロ、聖アウグスティヌス、預言者エズラ、古代の哲学者たち、すなわちヒポクラテス、ガレノス、エンペドクレス、アリストテレス、プリニウス、リュコステネス〔コンラート・ヴォルフハルト、一五一八－六一年、アルザス生まれの文献学者で、主著は『奇異ならびに前兆の年代記』（一五五七年）〕、ほかに適当と思われるときに引用される著者たちからである。[1] 不具者とは盲目、片目、せむし、跛、あるいは手と足に六本指ないし五本より少ない指をもっていたり、指が癒着した人たち、腕が短すぎる人たち、鼻ぺちゃのように鼻がへこんだ人たち、分厚くまくれ上がった唇をしていたり、処女膜やら突起物のせいで、または両性具有者《ヘルマフロディトス》であるために女性器が封じられた人たち、痣《あざ》とか疣《いぼ》とか瘤《こぶ》とかほかに自然に反するものをもった人たちである。

第一章　怪物の原因について

怪物を引き起こす原因はいくつかある。その第一は、神の栄光である。第二は神の怒りである。第三は精液量の過多、第四は精液量の過少、第五は想像力、第六は子宮の狭窄、つまり小ささである。第七は、妊娠中なのに脚を組んだりお腹を圧迫して長時間座ったままでいるというような、母親の不具合な座り方である。第八は、転んだりして子を宿した妊婦のお腹を強打することである。第九は遺伝病とか思いがけぬ病気によって、第十は精液の腐敗ないし悪化による。第十一は精液の混淆ないし混濁によって、第十二は底意地の悪い乞食の策略によって、第十三は悪霊や悪魔による。

第二章　神の栄光の例

生まれつき盲目であったが、イエス・キリストのおかげで視力を回復した男のことが聖ヨハネ〔「ヨハネによる福音書」九・一－三〕に書きとめられている。生まれた日からこのように盲目になった原因は本人の罪ゆえなのか、それとも両親の罪ゆえなのか、と弟子たちから訊ねられて、イエス・キリストはこう答えられた。本人も父親も母親も罪を犯さなかった、しかし神の御業がこの人に現れて讃えられんがためであった、と。

第三章　神の怒りの例

前述した原因からではなく異様な種の混淆に発することから、私たちを二重に驚かせる被造物も存在する。懸け離れた種は被造物を畸形にするだけでなく驚嘆すべきものに、すなわちまったく不条理で自然に反したものにするからである。たとえば、犬の恰好をして鶏の頭をもつもの〔本書第一九章で再説〕、頭に四本の角があるもの、牛の四本脚とずたずたに切り裂かれた腿をもつもの〔本書第九章で再説〕、鸚鵡の頭、その頭上に二本の羽根、四本の鉤爪をもったもの、ほかに、実物どおりに描かれた、以下の数枚のいろいろな挿絵をとおしてご覧にいれることになる形態と姿をしたものなど、これらの被造物はこうした理由〔異種の交雑〕から生まれたのである。

これら怪異な驚くべき被造物がたいてい神の裁きによるものであることは間違いない。神は、父親と母親が時を重んじたり、神や自然が定めるほかの掟を重んじたりすることなく、欲望の赴くがままに粗野な獣のように性交するという自堕落がゆえに、かかる嫌悪すべきものどもを産出することをお許しになるのだ。預言者エズラに書かれてあるように、月経で汚れた女は怪物を産むだろうから。[2] 同様に、モーセも「レビ記」第一六章〔実際は一五・一九―三〇〕でこのような交接を禁じている。そのうえ古代人は長い経験から、月経中に宿った子どもは母親のお腹にいるのだから、汚染されて汚い、腐敗した血を糧にして成長するわけで、それで生理中に妊娠した女は癩病を患った子どもやおびただしい病気に罹りやすい子どもを産むことに気づいたのだ。[3] しかも経血は時間とともに病毒を固着させて現れ、有害性を発揮して、ある人は白癬に罹ったり、

［図 1］

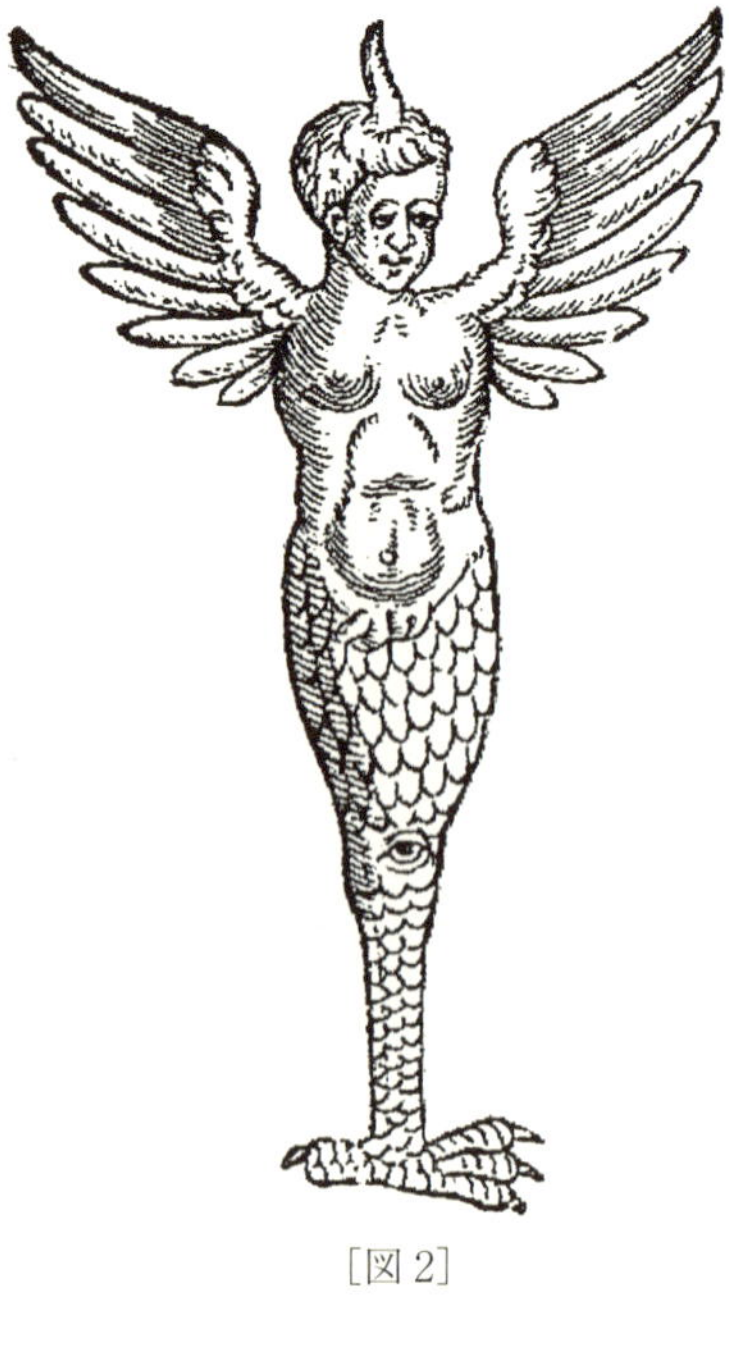

［図 2］

痛風病み、癩病みになったり、ほかにも痘瘡や麻疹など、無数の病気を患ったりすることになる。結論を言えば、女が身を浄めているあいだに女と関係をもつことは穢らわしい獣的なことである。件《くだん》の古代人たちは、私たちがいま脅かされているなにかしら大きな混乱の禍を私たちに警告するべく、こうした驚異が神のまったき御意《みこころ》に多く由来すると考えていたし、自然の通常な経過がかくも不幸な子孫を産み出すことに歪められているようだとも考えていた。(4) イタリアがその充分な証拠を提供した。というのも、図に見られるように〔図1〕、一二五四年のヴェローナで、ある牝馬が頭部を除けば馬ではあったものの頭部がれっきとした人頭をした仔馬を産むのが目撃されてからというもの、フィレンツェ人とピサ人とのあいだで戦争が繰り広げられ、イタリアは苦しみの数々を堪え忍ばねばならなかったからである。

もうひとつ証拠を挙げよう。教皇ユリウス二世〔在位一五〇三―一三年〕がイタリアに多くの災難を招来して、〔フランス王〕ルイ十二世〔在位一四九八―一五一五年〕に対して戦を起こし(一五一二年)、ラヴェンナ近郊で血みどろの戦闘を交えたときからほどなくして、(5) 同市で一体の怪物が誕生するのが目撃された。それはこの図に見られるように〔図2〕、頭に角を一本、翼を二枚、猛禽類のそれにも似た足を一本だけ、膝の関節あたりに隻眼をもち、男性器と女性器をともに具えた怪物であった。(6)

第四章　精液量の過多の例

ヒポクラテスは怪物の出生についてこう述べている。精液があまりに多量であると、たくさんの子どもが生まれたり、双頭、四本の腕、四本の脚、手足に六本の指、などといった余分かつ不要な部分を具えた異形の子どもが生まれるだろう。これに反して、精液の量が不足すると、片手しかないとか、腕や足や頭がないとか、そのほかの部分がないというように、なんらかの四肢が欠損することになるだろう。聖アウグスティヌス〔『神の国』一六・八〕の言うところによれば、彼が生きた時代に東方《オリエント》で、腹から上方には二人分の肢体を、下方にはひとり分の肢体を具えた子どもが生まれた。というのも、その子どもは二つの頭、四つの眼、二つの胸、四本の手をもっているのに、そのほかはひとりの人間のようだったからで、子どもはかなり長生きした。

　カエリウス・ロディギヌス〔一四五〇頃—一五二五年、パレが「コエリウス」とも表記するイタリアの文献学者〕は、二体の怪物をイタリアで見た、と著書『古人を読むの書』〔第二四巻第三章、一五一六年〕に書いている。一体は男、もう一体は女で、頭が二つあることを除いてはともに肉体は欠けるところなく均整がとれていた。男のほうは生まれてから数日と経たないうちに死亡し、女は、ここにその絵を載せておいたが〔図3〕、二五年後まで生きていたが、それは怪物の本性に反することであり、怪物は通常生きながらえないものである。それはみんなから恥辱として見られることに不快になり気が滅入ってしまうからで、それで怪物の命は短いのである[7]。ここで、リュコステネスがこの女の怪物について驚くべきことを記述しているのを引合いに出さねばならない。なにしろ、頭が二つあることを除けば、自然はなにもなおざりにしなかったのである。リュコステネスによれば、彼女らの感情はすべからく同一であったし、二つの頭は飲んで、食べて、眠りたいという欲望も同程度で、似た言葉を話していた。

　この娘は家々の戸口をめぐっては生活の糧を求めていたが、今までにない奇異な見世物の新奇さからか、こころよく恵んでもらっていた。だが噂では、かくも異常な女の姿から想像力に残像が残りうるという考えと懸念のせいで、彼女が妊婦の胎児に害を与えるかもしれないからということで、しまいには彼女はバイエルン公国から追放された〔怪物が私たちのあいだで共生するのはよくない〔作者による欄外注〕〕。

　キリスト紀元一四七五年、イタリアはヴェローナの町でもまた、腰を中心に肩から臀部にかけて癒着した

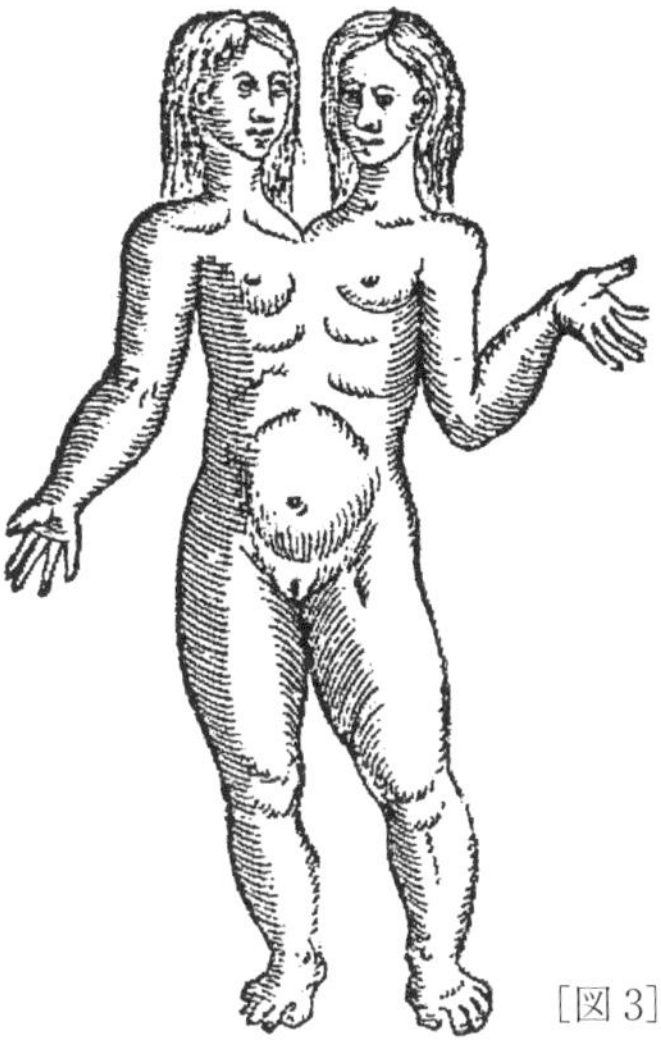

[図 3]

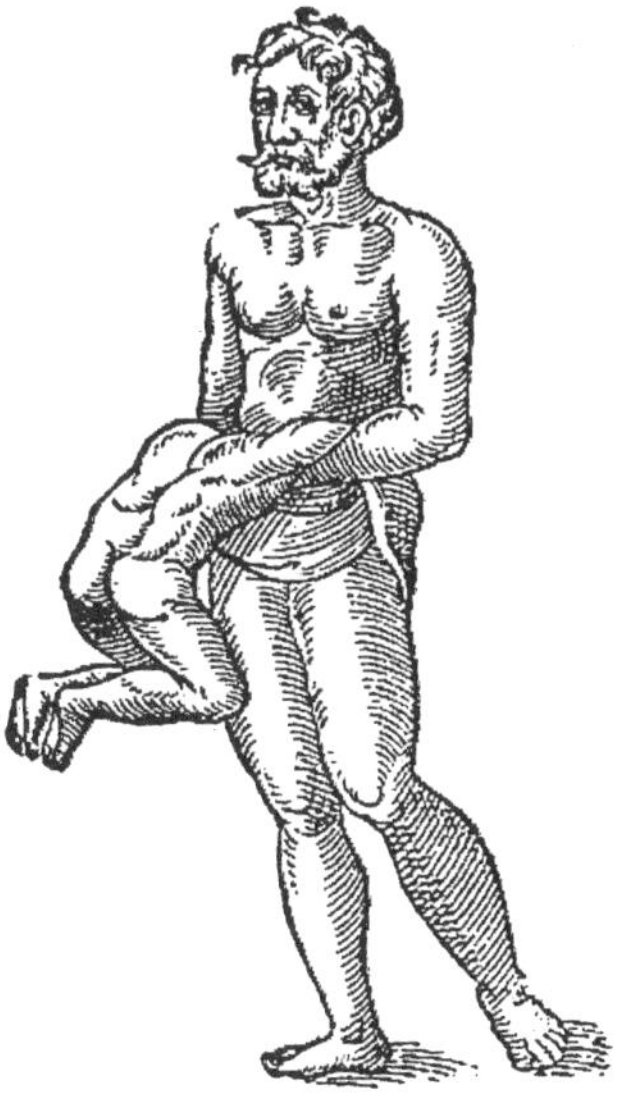

[図 5]

[図 4]

二人の娘が生まれた。その両親は貧しかったので、この自然の新奇な見物《みもの》を見たくてうずうずしている人々から木戸銭をかき集めるために、彼女らはイタリアのいくつかの都市に連れ回された〔図4〕。

一五三〇年に、このパリ市で、ひとりの男が目撃されたのであるが、その男のお腹からもうひとりの男が頭部以外はすべての四肢を具えて飛び出していた。この男、年齢は四十歳かそこいらで、たいそう驚いたことにこのように両腕のあいだにもうひとつの身体を運んでいたものだから、一目見んものと人々が大挙して押しかけてきた。その姿はここに描かれているとおりである〔図5〕。

ピエモンテ地方はトリノから約五里離れた〔実際は一四キロ離れている〕キエリの町で、この一五七八年の一月十七日、晩の八時に、さる由緒正しき女性が一体の怪物を出産した。顔の造作はあらゆる部分で釣合いがとれていたものの、頭からは牡羊のものに似た角が五本突き出て、額の上方でたがいに隣接して並んでいたし、また後頭部には長い肉片が女性の頭巾さながらに背中に沿って垂れ下がっていた点で、顔以外の頭部には畸形が見られたのである。頸の周りに平たいシャツ襟のように二層になった肉片があり、指先は猛禽類の鉤爪に似ていて、膝がひかがみのようになっていた。右足と右脚は色鮮やかな赤色だった。身体のほかの部位は煤けた灰色だった。この怪物は生まれるときに大声を上げて産婆と集まってきた人たちをいたく震えあがらせたものだから、彼らはそれに怯えて家から逃げ出したそうだ。この風聞がピエモンテ公にまで伝わると、公はぜひ見てみたいものだとの想いにとらわれて使いを遣った。公の臨席のもとに何人もの人々があれこれ意見を述べた。その姿は実物どおりにここに描かれている〔図6〕。

ここに描かれているご覧の怪物〔図7〕、人間の顔と容貌をもち、生きた小さな蛇からなる髪、顎から飛び出た三匹の蛇のような形状の髭をたくわえたこの怪物は卵の中に発見された。さる一五六九年の三月十五日のこと、ブルゴーニュ地方オータンに住むボシュロンという弁護士の家で、小間使いがバターに混ぜようと数個の卵を割っていたところ、そのひとつにそれを見つけたのである。その卵が割られると、人面に蛇の

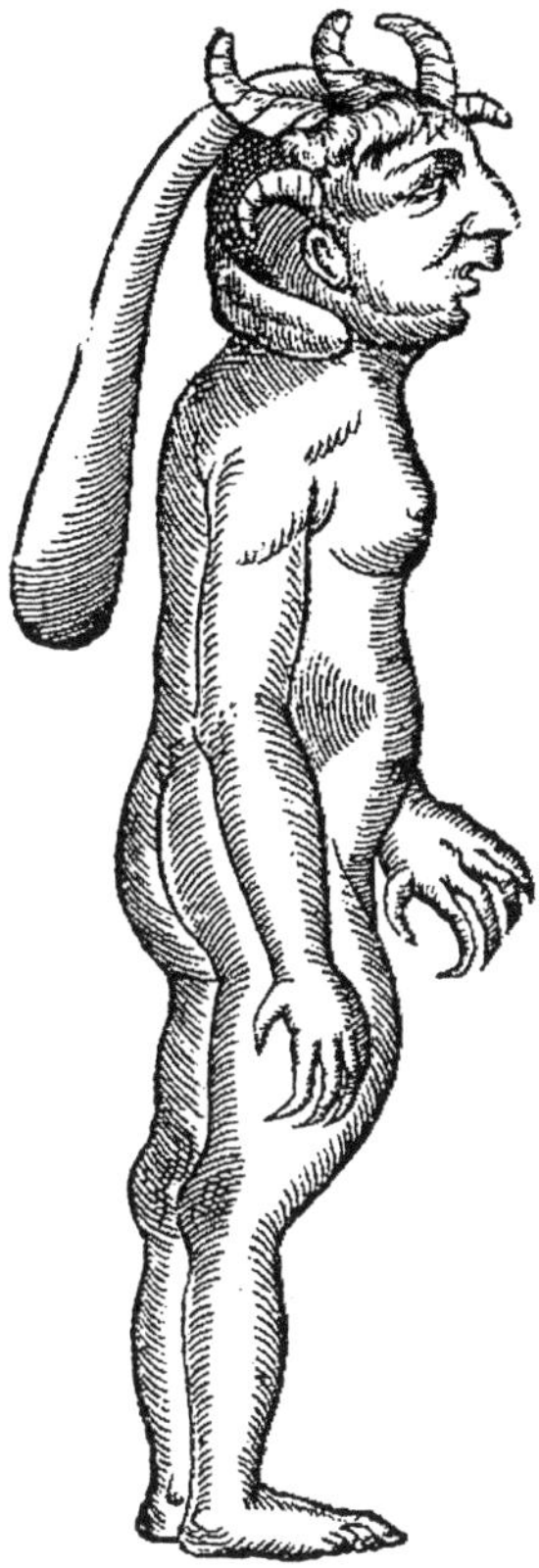

[図6]

[図7]

髪、蛇の髭をした件《くだん》の怪物が現れるのを見て、小間使いは驚き呆れて腰もぬかさんばかりであった。その卵の白身を猫に与えたところ、猫はあっという間に死んでしまった。騎士団の騎士スヌセ男爵殿はこれを知らされるや、使いの者にこの怪物を当時メッスに滞在されていたシャルル〔九世〕王〔在位一五六一－七四年〕のもとへ届けさせた。

一五四六年パリで、妊娠六か月の女が、頭が二つ、腕が二本、脚が四本の子どもを産んだので、私がその子どもを切開してみると心臓はひとつしかなかった〔図8〕。このことから子どもはただのひとりであるといえるのだ。アリストテレス（『問題集』(8)および『動物発生論』第四巻第四章〔作者による欄外注〕）によれば、結合した二体の怪物が心臓を二つもっていれば、それはまさしく二人の男ないし女といってよい。もしそうでなく、二体で心臓がひとつしかなければ、それはひとりでしかない。この怪物の原因は質料が多量に不足していたか、小さすぎる子宮の欠陥にあったかもしれない。自然が二人の子どもをつくろうとするには子宮があまりに狭窄で、自然はそれでは不完全であると感ずるからである。なにせ精液は押し込められて窮屈であると、球体状に凝固するようになり、それでこのように結合して一体となった子どもができるのだろう。

一五六九年、トゥールのある女が、頭がひとつしかない双生児を生んだ。その双生児はたがいに抱き合う恰好になっていた。その子どもたちは、私などがこのうえ賛辞を送らずともトゥーレーヌ地方じゅうでその名声があまねく行き渡っている、かの床屋外科医ルネ・シレ先生《メートル》の手で解剖され乾燥されてから、私が彼らをもらい受けた（この最近の二体の怪物は著者の所有になる〔作者による欄外注〕）〔図9〕。

ゼバスティアン・ミュンスター〔一四八九－一五五二年、ドイツの地理学者、主著は『コスモグラフィア』（一五四四年）〕は、一四九五年九月にヴォルムス近郊のブリスタンという村で、五体満足で均整がとれていたけれど、額は癒着したままで人間の巧技をもってしてもそれを離せず、鼻がほとんど触れ合わんばかりの二人の少女を見た、と書きつけている。彼女らは十歳まで存命した。片方が死んでもう片方から切断されて取り除かれたの

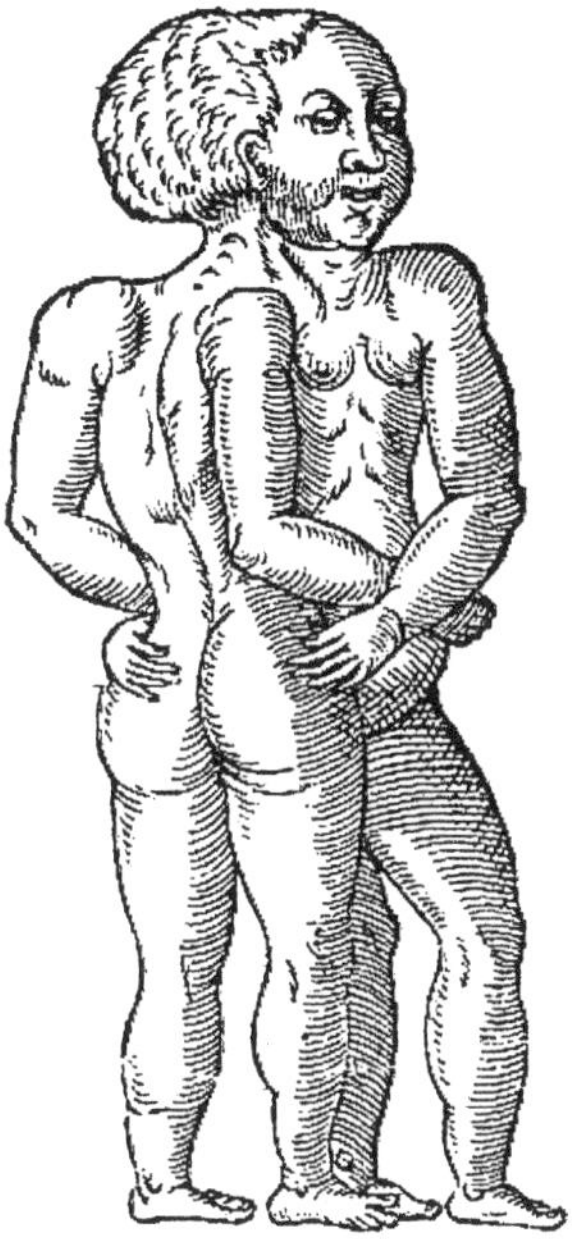

[図 9]

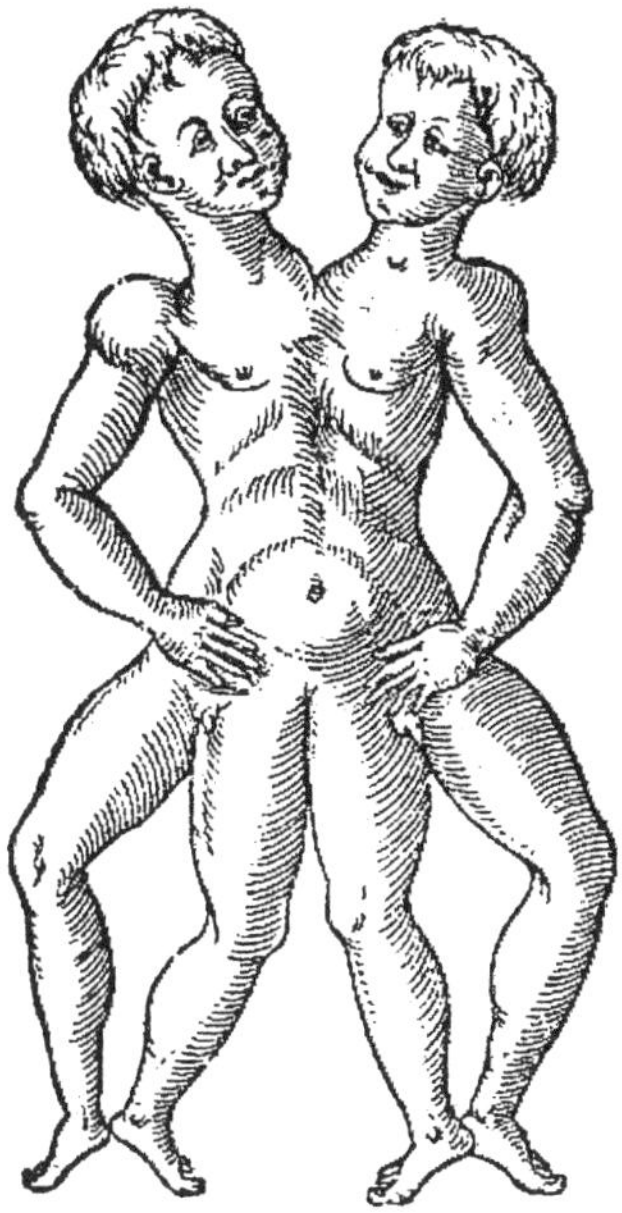

[図 8]

だが、生きながらえていたほうも、死んだ姉妹が彼女から切り離されるや、切断のときに負った傷がもとで直後に死んでしまった。彼女らの姿はここに描かれてある〔図10〕。

一五七〇年七月二十日、パリはグラヴェリエ通りに鐘の看板を出している店で、ここに描かれた二人の子どもが生まれ〔図11〕、外科医たちに男と女であると識別されてサン・ニコラ・デ・シャン教会で洗礼を授けられ、ルイおよびルイーズと命名された。父親の名はピエール・ジェルマン、別名プチ＝デュー、石工見習いを生業としており、母親はマテ・ペルネルといった。

一五七二年七月十日月曜日、アンジェ近傍のポン・ド・セ〔メーヌ＝エ＝ロワール県のレ・ポン＝ド＝セ〕の町で、二人の女児が生まれ、半時間だけ生きて受洗した。女の子たちは左手にたった四本の指しかないことを除けば均整がとれていて、身体は前部が、すなわち顎から臍までが結合して、臍も心臓もひとつしかなく、肝臓は四つの葉《よう》に分かれていた〔図12〕。

カエリウス・ロディギヌスは『古人を読むの書』第二四巻第三章で、キリスト紀元一五四〇年三月十九日にイタリアはフェラーラで怪物が生まれたと書いている。怪物が分娩されたとき、それはまるで産後四か月くらいの大きさで均整もとれていたが、男性器と女性器、それに片方は男の、もう片方は女の二つの頭をあわせもっていた〔図13〕。

ヨヴィアヌス・ポンタヌス〔ジョヴァンニ・ポンターノ、一四二六／九―一五〇三年、イタリアの人文主義者であるが、ここはパレの誤読〕の記すところでは、一五二九年一月九日、ここにその姿をご覧になるように(9)〔図14〕、四本の腕と四本の脚をもった男児がドイツで目撃された。

偉大なるフランソワ〔一世〕王〔在位一五一五―四七年〕がスイスと講和を結んだ同年〔一五一六年〕に、腹部中央に頭部がある怪物がドイツで生まれた〔図15〕。それは成人になるまで存命し、腹部の頭部はもうひとつの頭部と同様に食物を摂取していた。

[図 10]

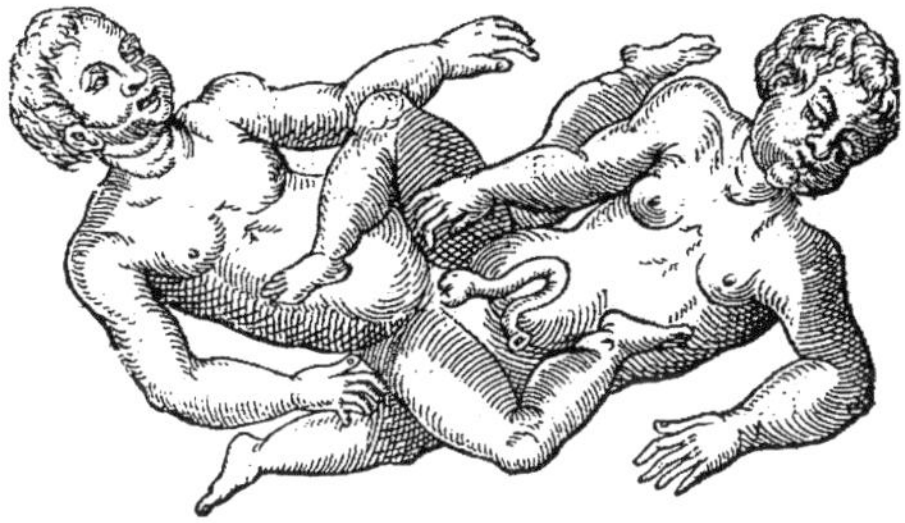

[図 11]

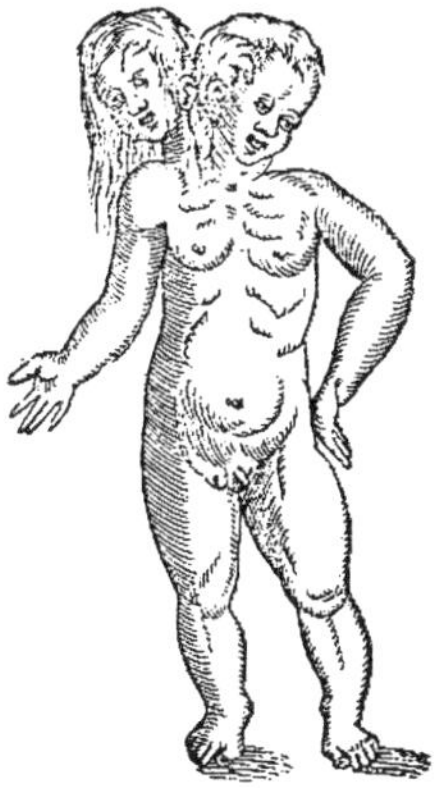

[図 13]

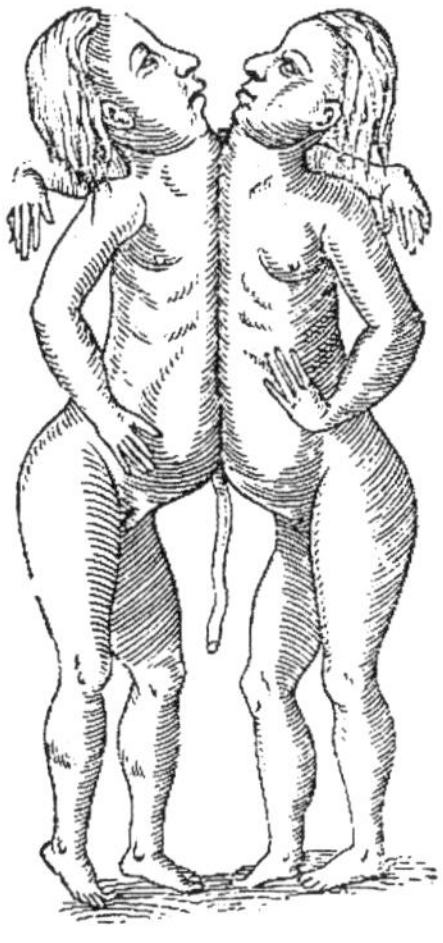

[図 12]

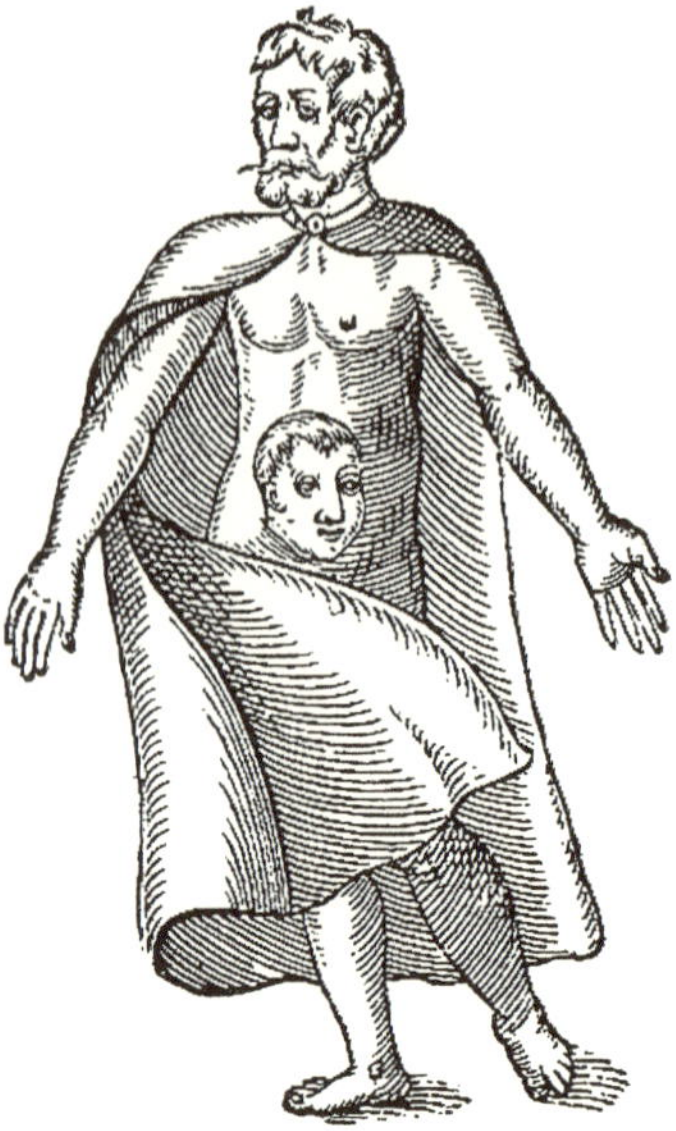

［図 15］

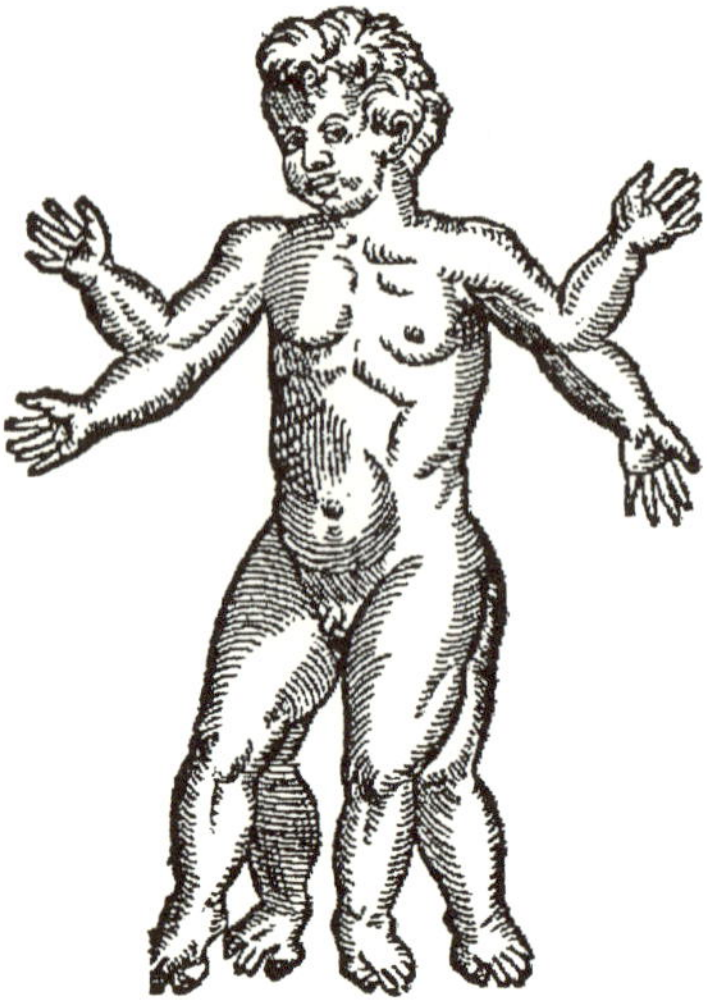

［図 14］

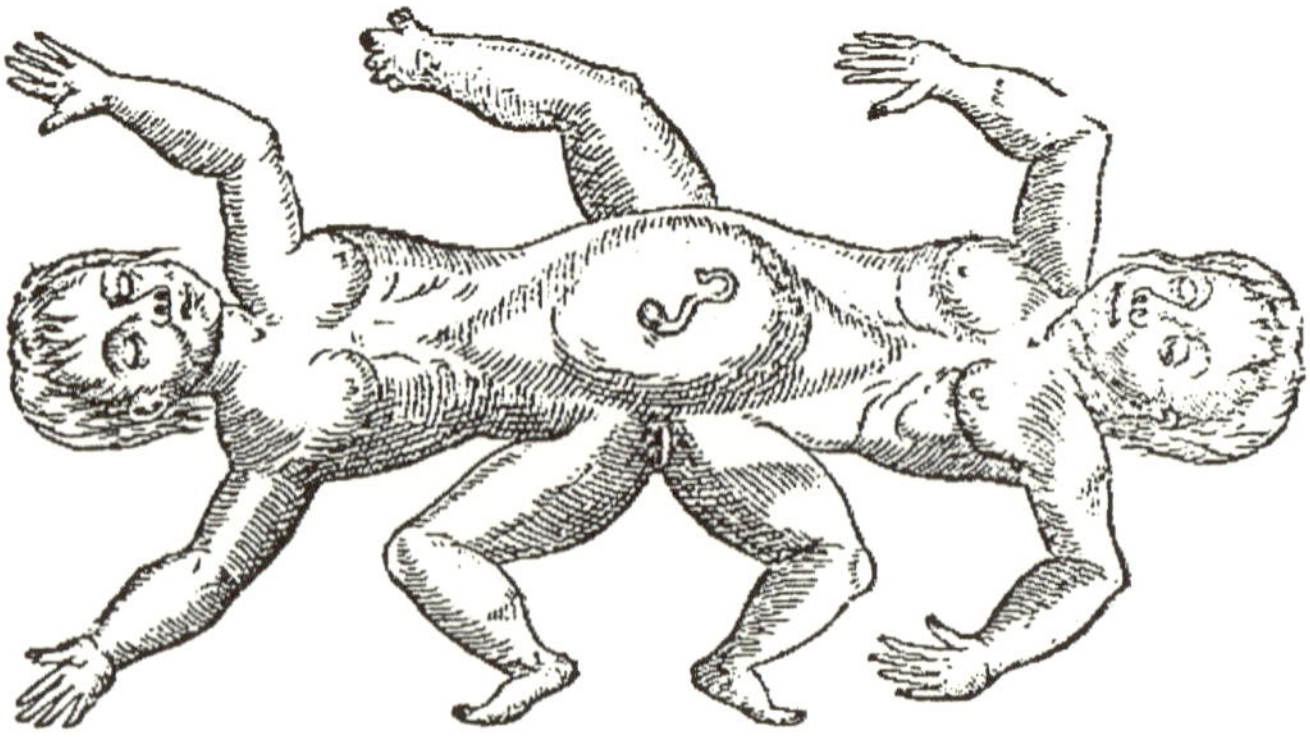

［図 16］

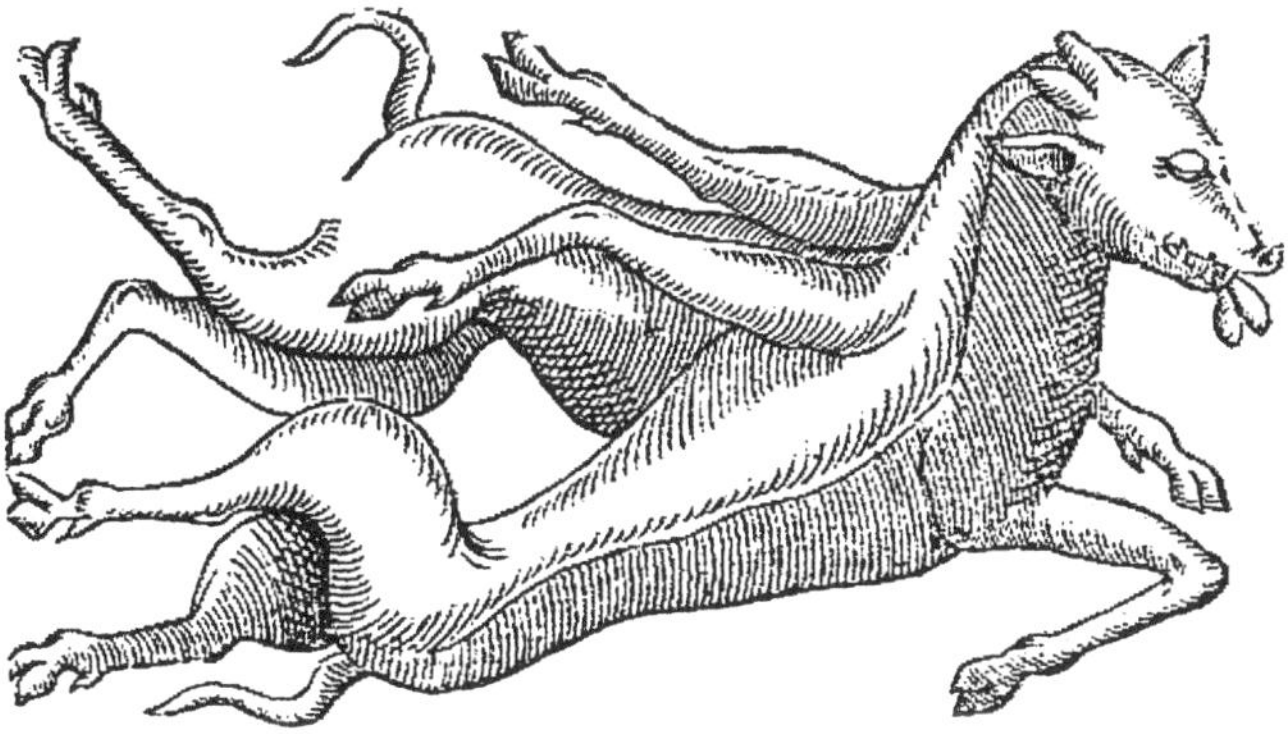

[図 17]

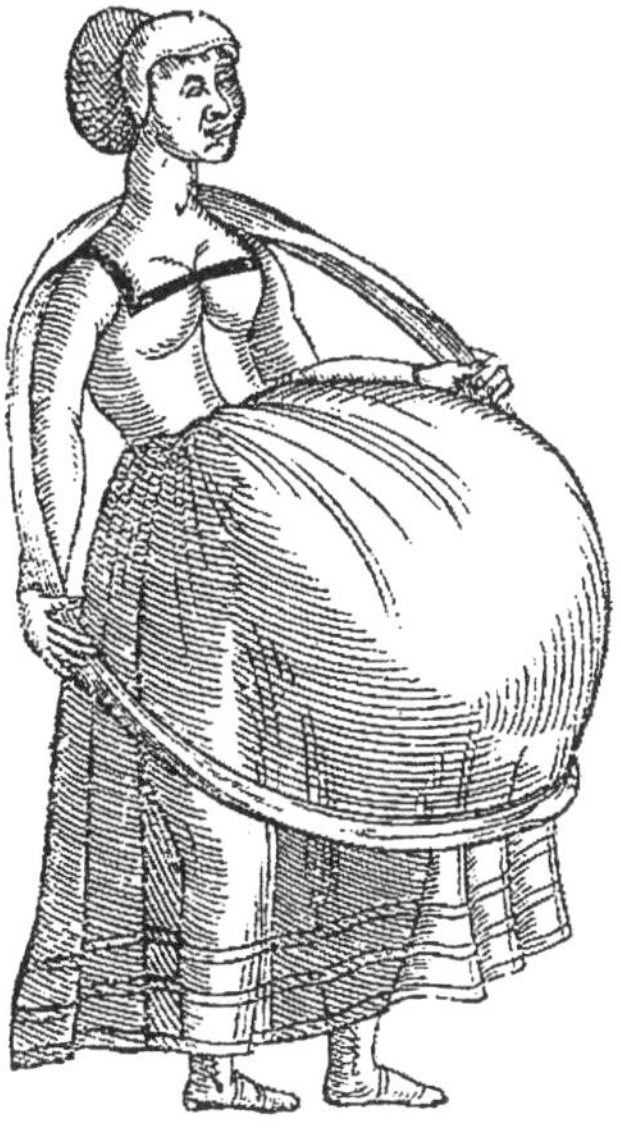

[図 18]

一五七二年二月末日、パリからシャルトルへ行く途中にあるヴィアバン小教区〔ウール＝エ＝ロワール県のヴィアボン〕のプチット・ボルドの地で、農夫ジャック・マルシャンの女房、シプリアーヌ・ジランドという女がこの怪物〔図16〕を出産、怪物はつぎの日曜日まで生存した。

一五七二年、復活祭の翌日、ロレーヌ地方のメッスにある旅館「聖霊」で、牝豚が、八本脚で、四つの耳、正真正銘の犬頭をもち、身体の後部はお腹のところまで分離し、そこからはひとつに結合した仔豚を産んだ。仔豚は口の中から二枚の舌をはみ出させ、四本の大きな歯を生やし、すなわち上顎下顎それぞれに〔計八本の歯を〕生やしていた。生殖器はいずれとも判別しがたく、それゆえ牡なのか牝なのか知ることはできなかった。それぞれが尻尾の下に管をひとつもっていた。この仔豚の姿は図で示されているとおりである〔図17〕。この図は、メッスの町に住む、医学博士にして学殖深き士、医学で豊富な経験を積んだブルジョワ氏から最近送ってもらったものである。

第五章　一回の妊娠で数人の子どもを宿す女たちについて

女は通常子どもひとりを分娩する。とはいえ、（この世には女性の数は多いのだから）双生児もしくは双子《ベッソン》と呼ばれる二人の子どもを分娩することも見うけられる。三人、四人、五人、六人、そしてそれ以上の子どもを分娩する人もいるのだ。多量の精液があると多数の子どもができる、とエンペドクレスが言っている〔多数の子どもが生まれる原因〔作者による欄外注〕〕。ほかに、たとえばストア派の哲学者たちは、子宮にいくつもの小部屋、障壁、空洞があるので多数の子どもが分娩されるのであって、精液がこれらの中に広がると数人の子どもができる、と言う[10]。だがそれは間違いである。なぜなら女の子宮の中にはひとつの空洞しかないからだが[11]、しかし、牝犬や豚などのような獣にはいくつもの小部屋があって、それが数匹の仔を宿すことになる原因である。アリストテレスは、女が一回の妊娠で五人以上の子どもを産むことはできないと書いた。しかるにそれがアウグストゥス・カエサル〔在位前二七—後一四年、初代ローマ皇帝〕の女中には起こったのである。というのも彼女は一度に五人の子どもを分娩したからであるが、子どもたちは〔母親と同様に〕ほんのわずかなあいだ生きただけだった。一五五四年、スイスはベルンで、医学博士ジャン・ジュランジェの細君もまた一度に五人の子ども、男三人に女二人を産んだ。アルブクラシス〔アルブカシス、九世紀のアラブの医師〕は、七人の子どもをつくった女性のことも、怪我をしたせいで一五人の正常な子どもを流産してしまった別の女性のことも確かなことだと言っている。プリニウスは〔『博物誌』〕第七巻第一一章で一二人の子どもを流産した女に言及している。同じ著者は、四回の分娩で、一回ごとに五人ずつ子どもを産んだ女がペロポネソスにいて、子どもたちは大部分生きながらえたことを語っている。ダレシャン〔ジャック、一五一三—八八年、フランスの植物学者、医師〕がその『フランス外科学』〔一五六九年〕第七四章、第四四八葉で述べるに、シエナの人ボナヴェントゥーラ・サヴェッリという貴族が彼に断言したところでは、貴族が養ってやっている奴隷女は一度に七人の子どもをつくり、そのうち四人が受洗したそうだ。そして私たちの時代にあっては、サルトとメーヌ〔ともにフランス北西部〕のあいだ、シャンベレー近くのソー小教区に、マルドムールと呼ばれる貴族の館があり、その細君は結婚した最初の年に二人の子どもを、二年目には三人を、三年目には四人を、四年目には五人を、五年目には六人を産んで、それがもとで死亡した。六人の子どものなかでまだ存命のひとりが今日も、件のマルドムールの地の領主でいる。アンジュー地方のボーフォール゠アン゠ヴァレでは、故マセ・ショーニエールの娘にあたる若い女性が子どもをひとり分娩し、八日後か十日後にもうひとり分娩したが、その子どもをお腹から引き出さねばならず、それがもとで彼女は死んだ。マルティヌス・

クロメルス〔一五一二—一八九年、ポーランドの歴史家〕の『ポーランド史』〔一五五八年〕第九巻の記述によると、クラクフ地方では、さる偉大な旧家の出自を誇るたいそう徳高いご婦人で、ヴィルボスラウスと呼ばれる伯爵の奥方マルグリットが、一二六九年一月二十日に一腹の三六人の子を生きたまま産んだ。

フラシスクス・ピクス・ミランドゥラ〔ジャンフランチェスコ・ピコ・デラ・ミランドラ、一四六九—一五三三年、イタリアの人文主義者、ジョヴァンニ・ピコの甥〕の記すところでは、ドロテアという名のイタリア女が二度の出産で二〇人の子どもを分娩した。すなわち一度は九人、もう一度は一一人を産んだのだ。彼女はこんな大きい重荷を抱えることでお腹が丸々とふくらんだので、この図でご覧のように〔図18〕、頸と肩に掛けた大きな帯で膝まで下がっているお腹を支えていた[12]。

さてたくさんの子どもを出産する理由について、解剖学にまったく疎い人々は、女の子宮にいくつかの小部屋と洞《とう》が、すなわち都合七つ、男子用に右側に三つ、女子用に左側に三つ、七つめは両性具有者用にちょうど真ん中にあることを納得させようとした（子宮の小部屋に関する謬見〔作者による欄外注〕）。しかも何人かはこの七つの空洞のそれぞれがさらにもう十の空洞に分割されると断じて、そのことから彼らは、一回の妊娠で多数の子どもを宿すのは精液のいろいろな分量がいくつかの小部屋に拡散され受け入れられることによるという結論を導き出すほど、この虚言が権威あるものとされてきた。しかしそのようなことはいかなる理由や権威によっても支持されるものではなく、ヒポクラテスは著書『子どもの本性について』でこの意見に与していたようだけれども、良識と観察に反している[13]。しかしアリストテレスは『動物発生論』第四巻第四章で、一回の妊娠で双生児ないし数人の子どもが生まれるのは手の六本指と同じようにしてできると考えている。すなわち質料の過剰のせいだと。質料が豊富にあるので、それが二つに分割されるようなことがあると双生児ができるというわけだ。両性具有者も質料の過剰に由来するのだから、その意味で私には両性具有者について〔次章で〕叙述するのが得策だと思われた。

第六章　両性具有者または半陰陽《アンドロギュノス》、つまりひとつの体に二つの性器をあわせもつ人々について

両性具有者または半陰陽（ギリシア語でアンドロギュノスは男と女、女と男を意味する〔作者による欄外注〕）とは男性器と女性器を二つとももって生まれてくる子どものことであり、それゆえフランス語では男女《おとこおんな》と呼ばれる。ところでその原因はというと、女が男と釣り合って同じくらいの精液を出すからであり[14]、これがために、いつも同類をつくろうとする、すなわち男の質料から男を、女の質料から女をつくろうとする生成力は、ひとつの同じ肉体に両性具有者と呼ばれる二つの性がときどき見うけられるように作用するのである。両性具有者には四つの異なった種類がある。すなわち、男の両性具有者は、完全な男の性器を有しているので受胎させることができ、会陰 perinaeum（陰嚢と臀部のあいだにある箇所）に外陰部の形をしていながら体内に貫入しておらず、そこからは尿も精液も出ない穴が開いている者である。両性具有の女は、そこから精液も経血も排出する然るべき外陰部のほかに、件の外陰部の上方、恥丘のそばに、包皮はないけれどめくったり裏返したりできないデリケートな皮膚をした、勃起もしなければ尿も精液も出ないペニスを具えている。そこには陰嚢の痕跡はなく睾丸もない。上記二つのどちらでもない両性具有者は、生殖からすっかり締め出されて繁殖力のない者たちである。彼らの性器はまったく不完全で、たがいに並んで付いていたり、ときには上下に付いていることもあり、性器が使えるのは排尿するためだけである。男と女の両性具有者、それは正常な二つの性器を具えている者たちであり、それらを使って生殖に役立てることができる。古代ならびに現代の法はこの者たちにどちらの性器を使いたいのか選択させたし、いまなお選択を強要している。そこか

ら生じうるさまざまな不都合に鑑みて、彼らが選択した性器以外を使用することは死刑をもって禁じられているのだ。というのは、双方を相互に使用することを通じて、あるときは男の、あるときは女の性器で淫蕩にふけるような、性器を濫用する者たちがいたからである。彼らはそのような行為に適した男と女の体質をもっていたがゆえであり、なるほど、アリストテレスも書いているように、彼らの右乳は男のそれのようだし、左乳は女の乳房のようなのだ[15]。

両性具有者が使ってことをおこなうのに適しているのはそのいずれの性器のほうなのか、両方の性器なのか、それとも両方ともなににも使えないのか、熟練した事情通の医師や外科医たちなら見極めることができる。そのようなことは生殖器で知られるであろう。すなわち女性器が男根を受け入れるのに適した大きさであるかどうか、経血が女性器から流れ出るかどうか。また顔つきからでもわかるだろう。髪が細いかごわごわしているか、言葉遣いが男っぽいかそれともかん高いか、乳房は男のそれに似ているか女のそれに似ているか。やはり同様に、からだの外見は頑健か女性的か、その者たちは豪胆か臆病か、ほかの所作が男に似ているか女に似ているか。男に属している生殖器についていうと、恥丘と尻のあたりにたくさんの体毛があるかどうかを見るべく診察しなければならない。というのは、通常、ほぼ例外なく女には尻に体毛がないからである（アリストテレス『問題集』、両性具有者の節、第三問および第四問。パウルス・アエギネタ〔七世紀のギリシア人医師、主著『外科学』〕第六巻。プリニウス〔『博物誌』〕第七巻第三章〔作者による欄外注〕）。同様に、男根が太さ長さともに均整がとれているかどうか、また、女と性交するときに、両性具有者の告白どおりに男根が勃起してそこから精液が出るかどうかをよく診察しなければならない。この診察から、男の両性具有者なのか女の両性具有者なのか、あるいはその両方なのか、それともどちらでもないのか、本当に識別して知ることができるであろう。もしも両性具有者の性器が女のものよりも男のものに似ているなら、それは男と呼ばねばならないし、女についても同じことがいえよう。そしてもし両性具有者が両方に相通ずるものが

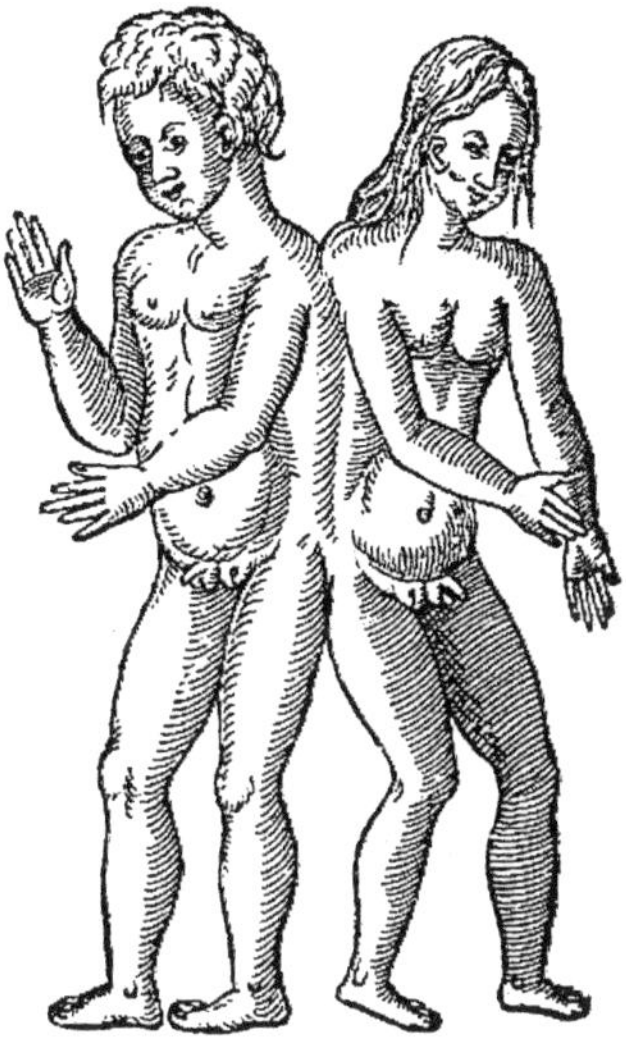

［図 20］

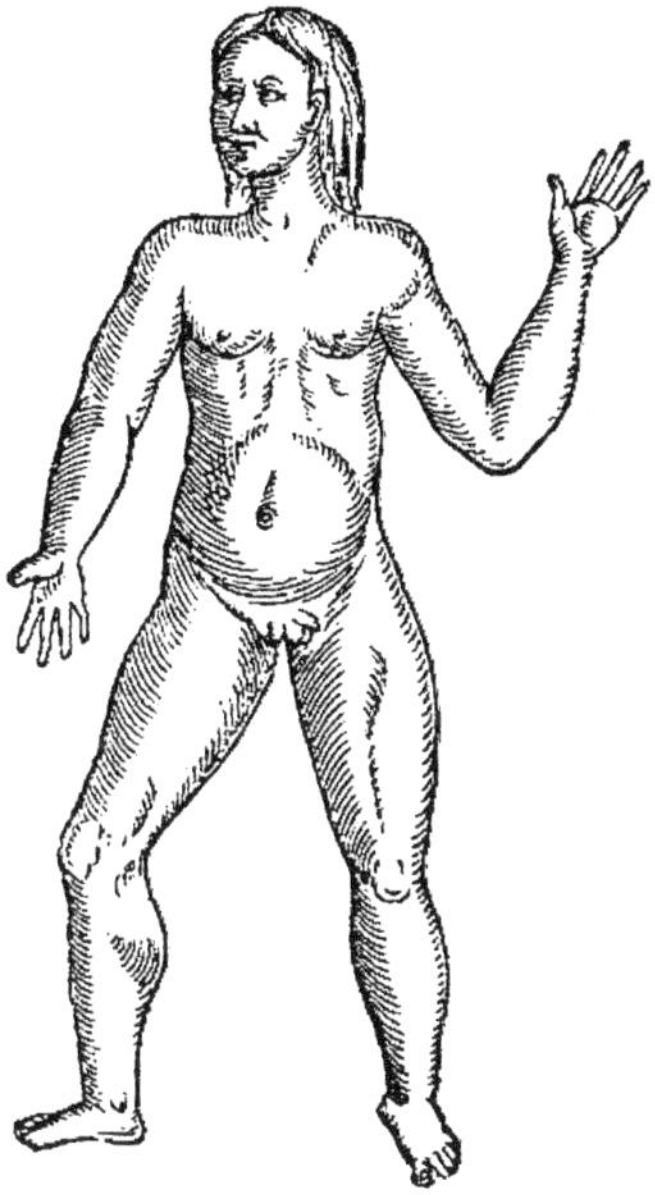

［図 19］

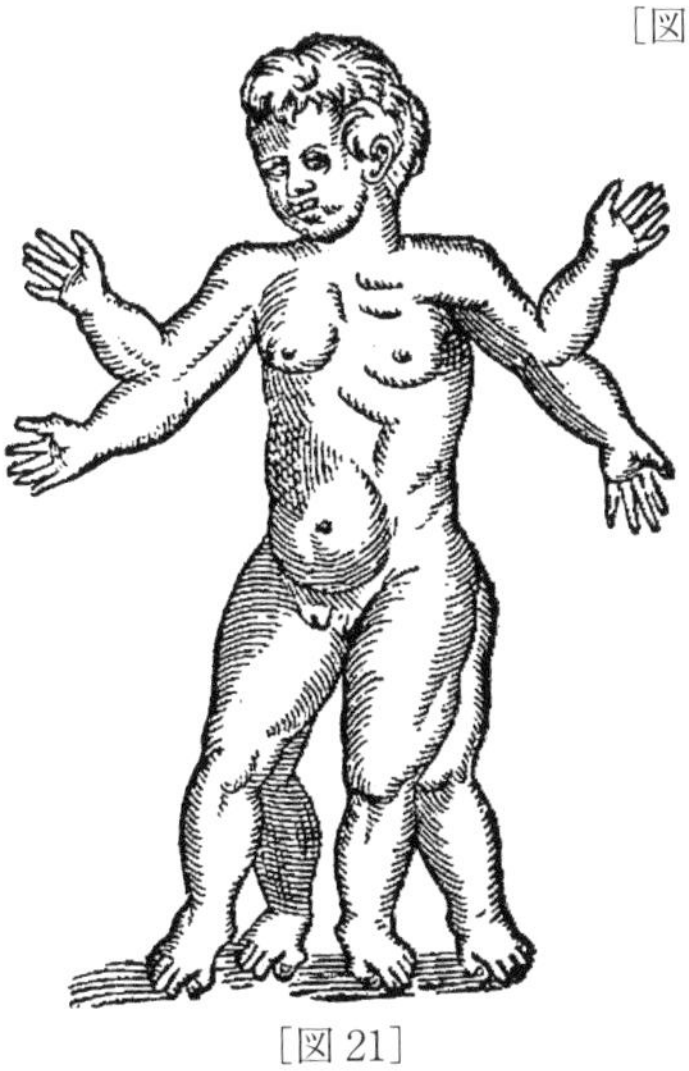

［図 21］

あれば、この図で見ることができるように〔図19〕、それは男女《おとこおんな》の両性具有者と呼ばれることになろう。

一四八六年のこと、プファルツ〔神聖ローマ帝国のライン河流域の領邦〕はハイデルベルクにかなり近いロルバルシーという邑《むら》に、背中合せで結合して一体となった二人の双生児が生まれたが、彼らはこの図に見られるように〔図20〕両性具有者であった。

ヴェネツィア人とジェノヴァ人が和解した日に、イタリアで（ボエスチュオが〔『驚倒すべき物語』三一で〕語るように）四本の腕と四本の脚をもち、頭はひとつだけ、肉体のほかの箇所はすべて釣合いがとれた一体の怪物が誕生し、受洗してしばらく後まで生きた。[16] チューリヒの外科医ジャック・リュエフ〔ヤーコプ・リュフ、一五〇〇頃―五八年、コンラート・ゲスナーもその産科的手腕を認める外科医。主著『人間の受胎と出産について』（一五五四年）は本書第二八章（未訳）で言及される〕はその同類を見たことがあると書いている。それは女の生殖器を二つ具えていて、この図でご覧になることができるとおりである[17]〔図21〕。

第七章　男になった女たちについての忘れがたい話

アマトゥス・ルシタヌス〔一五一一―六八年、ポルトガルの医者〕が語るところでは、エスグチナという邑にマリー・パテカと呼ばれる娘がいたのだが、女の子たちが初潮を経験する年頃を迎えて、彼女の体内からは件の月経ならぬ、それまで身体の奥に隠されていたペニスが出てきたので、それ以後彼女は女から男になった。それゆえ彼女は男の服を着せられ、マリーという名前もエマニュエルに変更された。この男はインドで長きにわたって交易に従事し、高い名声と莫大な富を得て、帰国後は結婚をした。だが著者〔ルシタヌス〕は、この男が子どもをもったかどうかまでは承知していない。著者曰く、髭があいかわらずなかったのは確かだと。

サン・カンタンの国王代理タイユ徴税官アントワーヌ・ロクヌーは、〔一五〕六〇年にある男をランスの旅籠「白鳥」で見かけたが、彼もまた同様に十四歳までは少女だと信じられていた、とかつて私に断言したことがある。その男は小間使いと寝そべりながらふざけて遊んでいたところ、男性器がむくむくと大きくなった。それを知った父母は教会の許可を得てジャンヌからジャンに名前を変更し、彼には男性服があてがわれた。

さらに、〔シャルル九世〕王に随行してシャンパーニュ地方はヴィトリ゠ル゠フランソワに逗留したときに〔一五七三年のこと〕、私はがっしりとした体格のよい中背の青年で、かなり濃い赤茶けた髭をたくわえたジェルマン・ガルニエ――少女だったときにマリーと呼ばれていたのでジェルマン゠マリーと呼ぶ人もいた――という人物に会った。彼は、十五歳になるまでなんら男らしい徴候も現れず、しかも女性服を着て女の子たちに混じっていたので、少女だとばかり思われていた。さて前述の年齢に達して、彼が野原で豚を元気に追い回していたとき、豚どもが麦畑のなかに入っていったので追いかけていくうちに、溝に気づいてそれを跳び越えようとした。跳んだまさにその瞬間、それまで生殖器を中に閉じこめ締めつけていた靭帯が切れたせいで（それで痛みが走ったが）、睾丸と男根がにょっきり生えてきた。泣きながら母親のいる家に帰り、内臓がお腹の外に飛び出したと訴えた。母親はこの光景にびっくり仰天した。これについて意見を求めるべく医師と外科医が招集されたところ、男であってもう女ではないことが判明した。すぐに、当時司教であったいまは亡きルノンクール枢機卿に報告されてから、ルノンクール枢機卿の権限および民会の意思に基づき、この青年に男の名前が授けられた。マリーの代わりに（というのも以前はそう呼ばれていたので）ジェルマンと命名され、男性服が彼に供された。彼も母親もまだ存命中だと思う(18)。プリニウスもまた〔『博物誌』〕第七巻第四章で、さる娘が少年になったために、腸卜官〔生け贄にされた動物の内臓を調べて神意を占う神官〕たちの判定で荒涼たる無人島に閉じこめられた、と述べている。こうした占い師たちは上に挙げた理由からそんなことをするいわれはなかったように私には思われる。にもかかわらず、このような異常なことは凶兆にして不吉な前兆であり、追放し駆逐する理由になると腸卜官たちは考えていたのである。

女が男になりうる理由は、男が肉体の外にあらわにするのと同じくらい女は体内に隠しもつからである。ただし、女が体質の冷たさによって体内に縛られたようになっているものを体外に押し出すほどの熱さも能力ももっていないことだけはさて措くとして。それゆえ、少年期の湿気のせいで熱がその本分を十全に果たすことができなくても、時が経つにつれてその湿気がほとんど発散されてしまえば、熱はよりいっそう確固とした、激しい、活発なものになるのであり、この熱がとりわけなんらかの激しい動きに助けられて、体内に隠されていたものを体外に押し出すことがあるとしても、それは信じられないことではない。ところでこうした変身は上述した理由と実例から自然のなかで起こることなのだから、〔逆に〕男が女になるということはどんな実話にもけっして見つからないのである。なぜなら自然はもっとも完全なものへとたえず向かうものであって、それと反対に、完全なものが不完全になるようなことはしないからである[19]。

第八章　精液量の欠乏の例

もしも精液の量が〔前述したように〕不足すれば、同様になんらかの肢体が多かれ少なかれ欠落することになろう。それで、子どもが双頭で腕が一本だったり、まったく腕がなかったりすることが生ずるのであり、さきに述べたような、腕も脚もなくほかの箇所も欠損した子どもや、身体の残るほかの部分はいたって申し分ないのに双頭で片腕だけの子どもができたりするのであろう〔図24〕。

一五七三年に、パリはサン・タンドレ・デ・ザール門で、ギーズから三里離れた近在の村パルプヴィルで生まれた九歳になる子どもを私は見た。父親はピエール・ルナール、その子を産んだ母親はマルケットといった。この怪物の右手には二本の指しかなく、また腕は肩から肘にかけてはかなり釣合いがとれているのに、肘から二本指まではひどい不具だった。両脚はないけれども、右臀部から足の不完全な形が突き出て、足指が四本ついているように見えた。もう片方の左臀部の真ん中からは二本の指が飛び出していて、そのうちの一本はほとんど男根そっくりだった。それはこの図で実物に即して示されている〔図22〕。

一五六二年十一月一日、ここにあるような無頭の怪物がガスコーニュ地方ヴィル＝フランシュ＝ド＝ベラン〔ロット＝エ＝ガロンヌ県のヴィルフランシュ＝デュ＝ケラン〕で生まれた。私はそれ〔たぶん、すぐあとに述べられる図版〔図23〕のこと〕をパリ大学医学部教授のオタン博士からもらいうけたが、その怪物の正面および背面の姿はここにあるとおりで〔図23〕〔無頭の女を見るとは、じつに驚くべきこと〔図23の傍らに付された作者による欄外注〕〕、博士はこの怪物を目の当たりに見たと私に断言された。

しばらく前のこと、年の頃四十かそこいらの、力持ちで頑健な腕なし男がパリで見られた。人が両手ですることのできる仕種ならほとんどどんなこともやってのけた。つまり、両腕を使ってならできるのと同じくらいしっかりと、彼は肩の付け根と頭部を駆使して木片に斧を投げつけて突き刺したし、同様に、馬方の鞭を音高く鳴らしたり、ほかにいくつも仕種をしてみせたりもした。また両足を使って飲み食いをし、トランプや骰子遊びをしたが、それらはこの図で見られるとおりである〔図25〕。おしまいには彼はかっぱらい、盗人、人殺しとなり、ヘルダーラント〔オランダの州〕で処刑された。すなわち絞首されてから車刑に処されたのだ[20]。

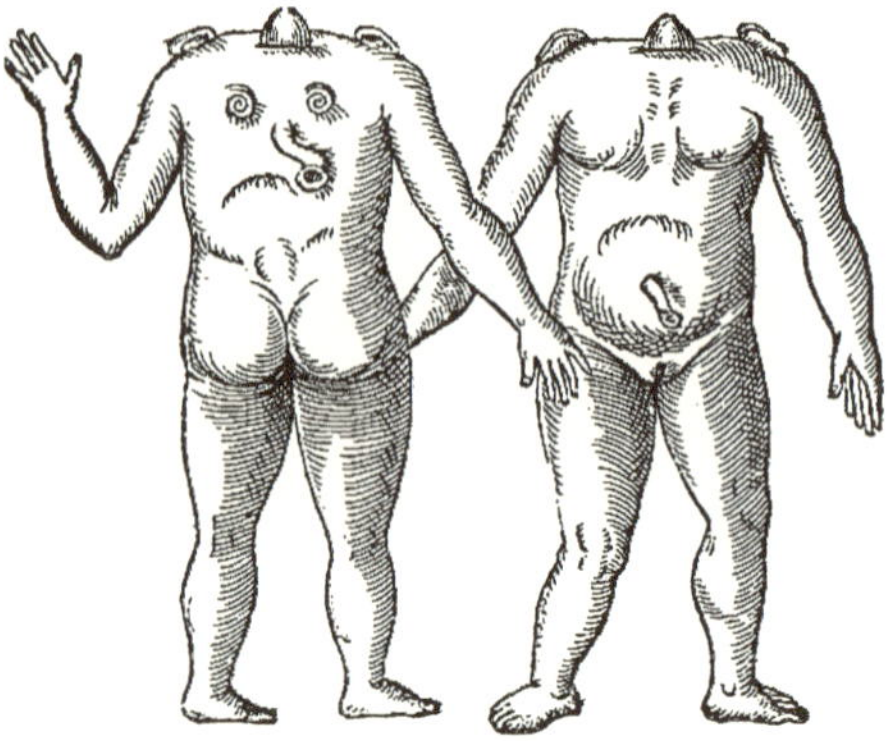

[図 23]

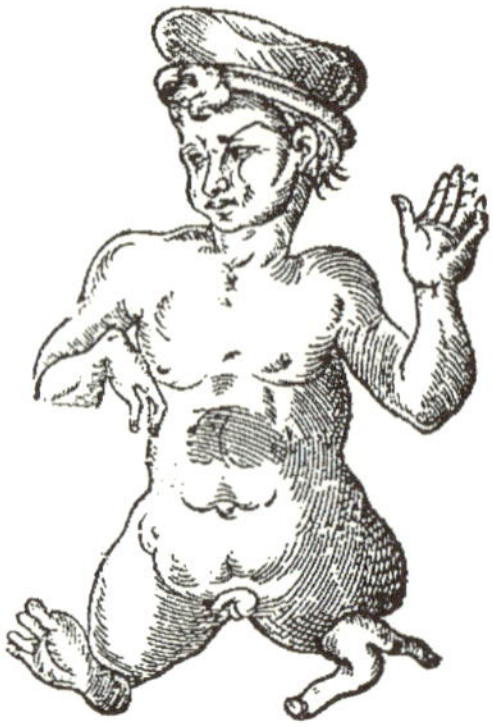

[図 22]

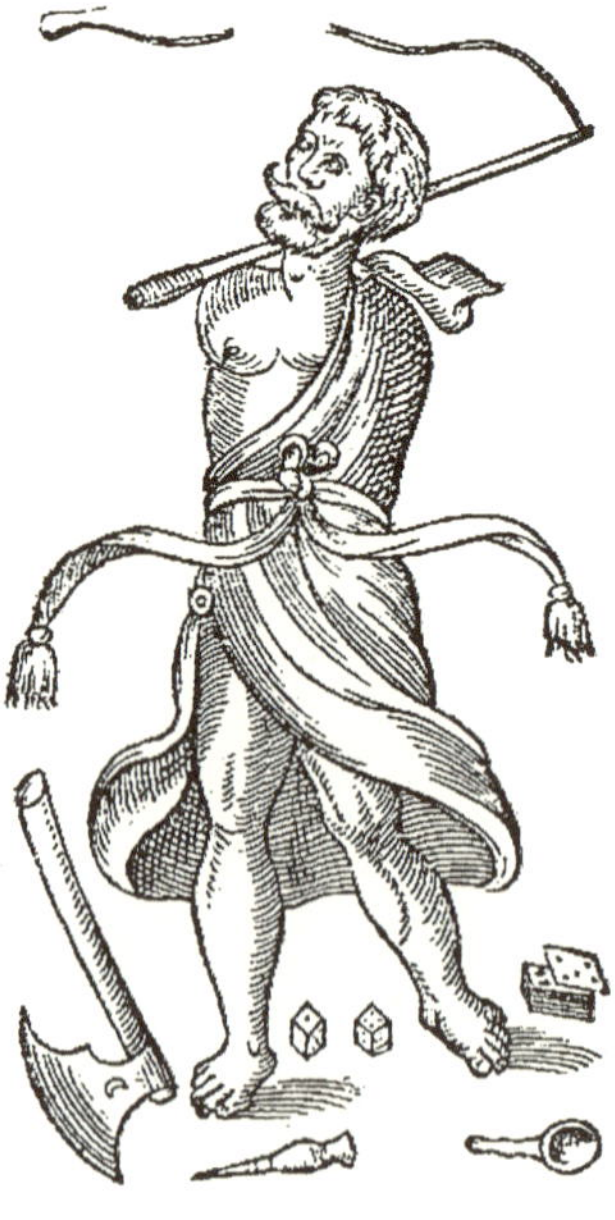

[図 25]

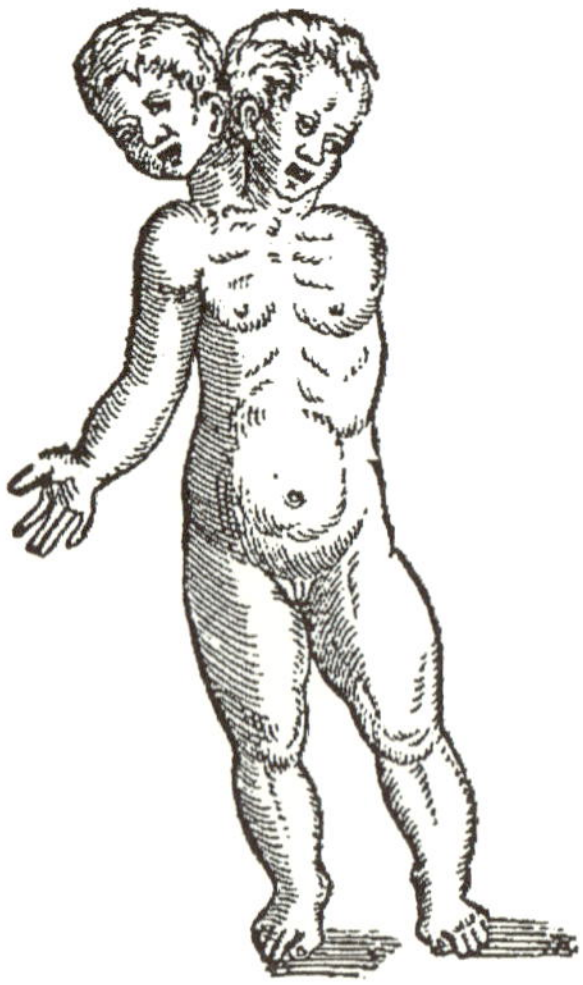

[図 24]

同じく、記憶に新しいところでは、腕がないのに裁ったり縫ったり、さらにほかの仕種をやってのける女がパリで見られた。ヒポクラテスが『流行病』第二巻（第二節〔作者による欄外注〕）で書くところによれば、アンティゲネス〔前五世紀のギリシア詩人か〕の妻は骨が一本もない、まったく肉だけの子どもを出産したが、それでも身体の部位はすべて正常だったという。

第九章　想像力からつくられる怪物の例

自然の秘密を探った古代人（アリストテレス、ヒポクラテス、およびエンペドクレス〔作者による欄外注〕）は畸形児の原因をほかにも教えていて、それを女性が妊娠する最中に抱くかもしれない強烈で執拗な想像力に帰した[21]。男か女が子作りに励んでいるときに心中に抱くなにかしらの事物や奇妙な夢や夜中の幻が原因となるのである（想像力のせいで子どもは数々の形状をとる〔作者による欄外注〕）。このようなことはモーセの権威からも立証されることであり〔「創世記」三〇・三一－四三〕、ヤコブが義父ラバンを欺いて、枝の皮をはぎ、牝山羊と牝羊がこれらの雑多な色の枝を見ていろいろなまだらやぶちのはいった仔を産むようにと、その皮をはいだ枝を水飲み桶のなかに入れることで家畜を増やした顚末がそこに示されている。想像力は精液と生殖にかくも大きな力を及ぼすので、その影響と性質が生まれたものに刻印されたままになるからである。その証拠に、ヘリオドロスは〔『エティオピア物語』一〇・一四、とくに第五－七節〕こう書いている。エティオピア王妃ペルシンナはヒュダスペス王とのあいだに、二人ともエティオピア人であったにもかかわらず、肌の白い娘をひとりもうけた。これは王妃が麗しのアンドロメダの似絵《にせえ》を見てもたらされた想像力がなした業だった。というのも、王妃が妊《みごも》ることになった性交の最中に、彼女の目の前にはその絵があったからである[22]。謹厳なる著者ダマセーヌ〔詳細不明〕は熊のように毛深い少女を見たと証言している。母親が妊るあいだに、ベッドの足もとに結わえてあった、毛皮をまとっている聖ヨハネ〔洗礼者ヨハネ〕の図像をあまりに注意深く見つめていたために、母親はこんなにも畸形の毛深い娘を産んだのだと。同じような理由から、ヒポクラテスは姦通の罪を負わされたさる王女の命を救った。王女が、自身も彼女の夫も白い肌をしているのに、まるでムーア人のように黒い子どもを産んだからで、子どもにそっくりのムーア人の肖像画がふだん彼女のベッドに結わえられていたためだというヒポクラテスの忠告から、彼女は無罪放免にされたのだった[23]〔図26〕。あまつさえ、白い場所に閉じこめられた兎と孔雀が想像力の働きで白い仔を産むのが目撃されている[24]。

〔妊娠する女たちへの教え〔作者による欄外注〕〕それゆえ、女性たちは、妊娠のときに、そして子どもがまだ形成されていないときに〔男児の場合は三〇日ないし三五日かかり、女児の場合は、ヒポクラテスが『子どもの本性について』の書で言っているように、四〇日ないし四二日かかる〕、異形のものを見たり思い浮かべたりしないことが必要だ〔女は妊娠と形成のときだけ胎児の成長に害を及ぼすことがある〔作者による欄外注〕〕。ところがいざ子どもの形成がなされたら、女性が異形のものをじっと注視したり思い浮かべたりしても、そのときは想像力はなんらの役割も果たさないだろう。子どもが完全に形成されて以後はまったく変化が生じないからである。

ザクセンはステケールという村で、牛の四本脚と、仔牛のにも似た眼と口と鼻をもち、頭の上部に円形の赤い肉を戴き、後部にもうひとつ、修道士の頭巾のような肉をつけた怪物が生まれた[25]。上に描かれた図でご覧のように〔図27〕、腿には随所に切り込みが入っていた。

一五一七年[26]、フォンテーヌブローへの途上、ビエールの森〔フォンテーヌブローの森の古名〕にあるボワ＝ル＝ロワ小教区にて、蛙面の子どもが生まれたので、国王砲兵隊付きの外科医ジャン・ベランジェ先生が彼を訪

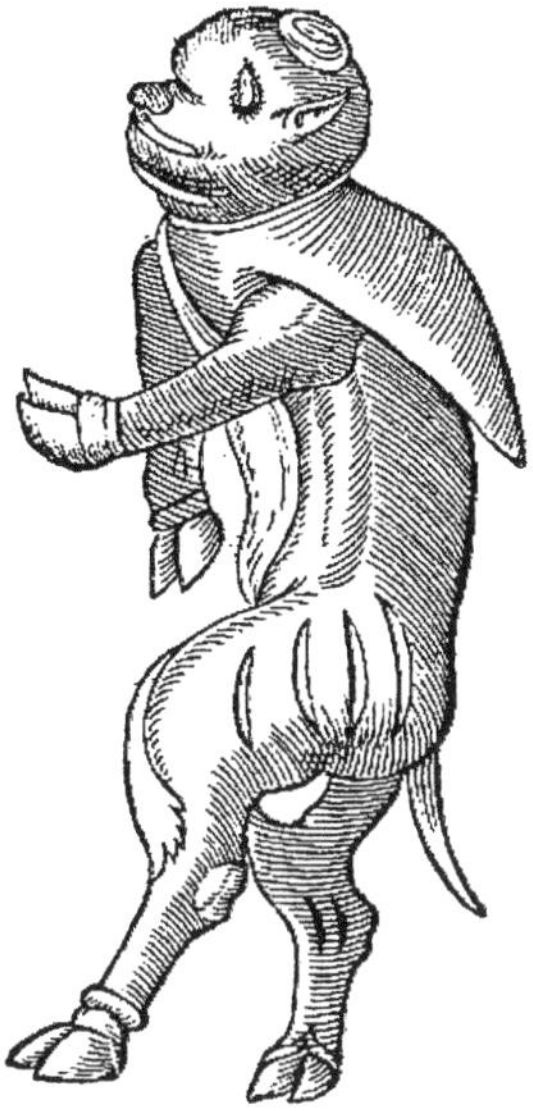

［図 27］

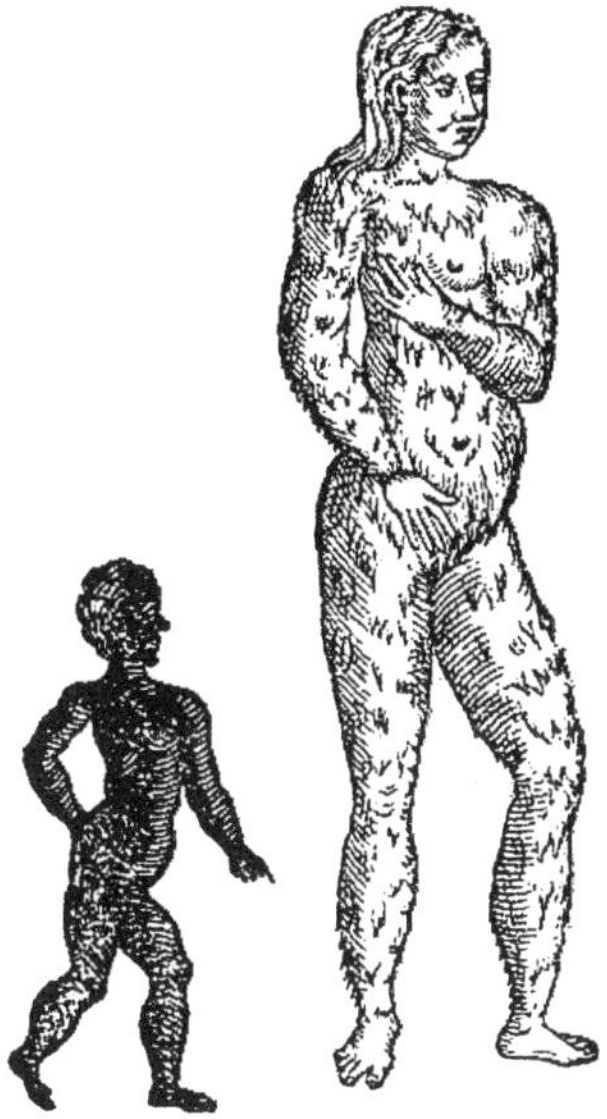

［図 26］

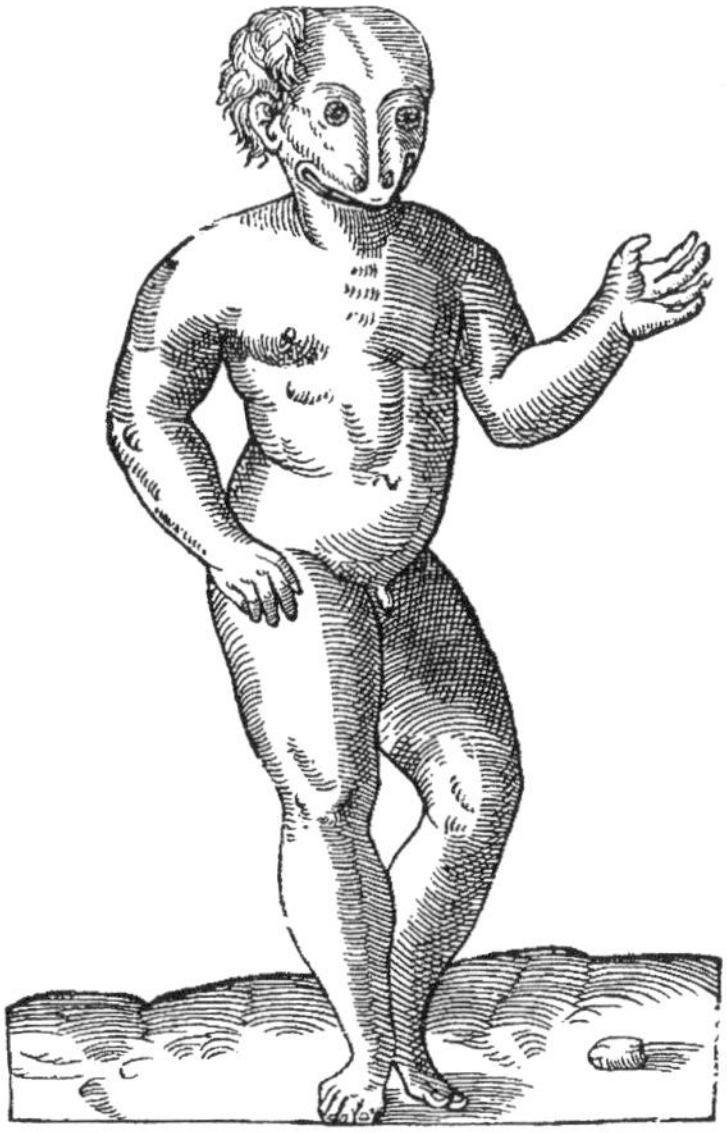

［図 28］

れて、アルモワ〔たぶんセーヌ＝エ＝マルヌ県のサモワ〕の裁判官衆、すなわち同地の国王代訟官で高潔の士ジャック・ブリボン、ムランの市民エチエンヌ・ラルド、ムランの国王公証人ジャン・ド・ヴィルシ等々が同席するなかで診断した。父親の名前はエスム・プチ、母親はマグダレーヌ・サルブーカといった。思慮分別の人である件のベランジェは、この怪物の原因を知りたく思い、この由来に心当たりがあるかを父親に訊ねた。父親が自分の考えを述べたところによると、細君が発熱したので、隣人の女のひとりが熱を下げるには生きた蛙を手につかんで、その蛙が死ぬまで握っているようにと細君に助言した。その晩、細君はあいかわらず蛙を手につかんだまま夫と床につき、夫と彼女は抱擁を交わし、彼女は妊娠したが、想像力でもって怪物がこのようにできてしまったのだと。この図でご覧になるとおりである〔図28〕。

第一九章　精液の混交と交雑の例

半分は動物、もう半分は人間の姿形のままで、あるいはいろいろな動物の姿形をそっくり保ったままで生まれてくる怪物が存在するが、それらは放埒のかぎりを尽くし、自然に反して動物と交合する男色家や無神論者から生まれるのであって〔男色家どものおぞましい冒瀆〔作者による欄外注〕〕、そこから見るも語るもじつに恥ずかしい、醜悪な怪物が何体も生まれるのである。とはいえ、恥辱は行為にあるのであって言葉にではなく、それがなされてしまうとはなはだ不幸な忌まわしいことであり、男ないし女にとって野獣と交尾し交雑するという身の毛のよだつことになって、その結果半ば人間で半ば動物というのが生まれる羽目になるのだ[27]。同じことはいろいろな種類の動物がおたがいに共住すれば起こるのであり、自然はいつも似たものをつくろうと努めるからである。かくして牡豚が牝羊と交尾したがために豚の頭部を有する仔羊が目撃された。小麦の穀粒から小麦が生えるのであって大麦ではないように、また杏の種から杏の木が生えるのであって林檎の木ではないように、無生物にすら見られることなのである。自然は属と種をつねに保存するものだからである。

一四九三年のこと、さる女と犬とのあいだに子どもができ、生まれたところ、臍から上部は母親の外観と姿に似て申し分なく、自然になんらの抜かりもなかったのだが、臍から下半身はすべてが父親たる動物の外観と姿にそっくりであった。それは〔ヴォラテラヌス〔ラファエッロ・マッフェイ、一四五一―一五二二年、イタリアの歴史家〕が書いているように〕当時地位にあった教皇〔アレキサンデル六世、在位一四九二―一五〇三年〕のもとに送られた。カルダーノ〔ジロラモ・カルダーノ、一五〇一―七六年、イタリアの医師、数学者〕が『事物の多様性について』〔一五五七年〕第一四巻第六四章〔正しくは第七七章〕でこれに言及している〔図29〕。

コエリウス・ロディギヌスが『古人を読むの書』〔一五一六〕で語るところでは、シバール〔イタリア南東、タラント湾岸にある古代都市シバリス〕のクラタンと呼ばれる牧者は自分が飼う牝山羊の一頭と獣欲行為〔獣姦〕に及んだために、しばらくしてからその牝山羊は人頭、それも牧者に似た頭部をもちながらも体の残余は牝山羊にそっくりの仔山羊を産んだ。

一一一〇年、リエージュ近傍の邑で、ある牝豚が人面の頭部、同様に人間の手足をもち、そのほかは豚そのものの仔豚を一匹産んだ〔リュコステネス〔作者による欄外注〕〕〔図30〕。

一五六四年、ブリュッセルはワルムースブルーク通りに住むユースト・ディックペールト某の家宅で、牝豚が六匹の仔豚を産んだ。そのなかで最初に生まれてきた仔豚は人面および人間の手と腕をもち、肩から上部は概して人間らしさを呈してはいるものの、豚の二本脚および後半軀に加え、牝豚の生殖器を有した怪物であった。ほかの仔豚同様に乳を飲み、二日生きたが、人々が恐れをなしたために牝豚とともに殺された。

［図 30］

［図 29］

［図 31］

［図 32］

ここにある図〔図31〕はできるだけありのままに描かれたものである。

一五七一年のこと、アントウェルペンはカメルストラーテで、「金の足《ピエ・ドール》」の看板を出している彫刻家ジャン・モランの家宅に住み込んでいるミシェルという名の印刷工の細君が、聖トマの祝日〔七月三日〕の午前十時ころに、極端に短い頸、鶏そのものの頭部をもち、無毛であることを除いては、正真正銘の犬の姿をした怪物を出産した。ただ細君が早産したので、それに生命が宿ることはなかった。出産するまさにその時刻に、彼女がぞっとするような叫び声を上げると〔驚嘆すべきことに〕、住居の暖炉が崩れ落ちたが、炉辺の周りに集まっていた四人の子どもたちは傷ひとつ負うこともなかった。これは最近の出来事なので、私にはここにその怪物の図〔図32〕を掲げておくのが得策と思われた。

ルイ・セレ〔コエリウス・ロディギヌスのこと〕は、じつに奇異なことに、牝羊が孕んでライオンを産んだとあるのをさる立派な著者の記述に読んだことがある、と〔『古人を読むの書』一三・一四で〕書いている。

一五七三年四月十三日、スザンヌのはずれ、シャンブノワという場所にある塩計量検査官ジャン・プーレの家で、一頭の仔羊が生まれた。この仔羊はほんのわずかだけ動くのが見えた以外は、命があるとは認められなかった。両耳の下に八目鰻の形にも似た開口部がひとつあった。その図はご覧のとおりである〔図33〕。

本年一五七七年に、ムランから一里半離れたブランディという村で、三つの頭がひとつになった仔羊が生まれた。真ん中の頭がほかの二つの頭よりも大きく、これらのひとつがメーと啼くと、ほかの頭もメーと啼いた。ムランの町に住む外科医ジャン・ベランジェ先生がそれを見たと請け合ったし、その姿を描かせもした〔図34〕。その絵は国王の特認[28]を得て、ほかの怪物二体の図と一緒に、パリ市中で呼び売りされた。そのうちの一体は接合した二人の女児、もう一体は蛙面の怪物で、これはさきに図示されたことがあるものである〔前出の図28を参照〕。

怪物には、とりわけ自然にまったく反して生じる怪物には、隠された賛嘆すべき神聖な事柄がある。とい

［図 33］

［図 34］

うのは、それら怪物には哲学の公理が適用できず、それゆえそれらに確たる判断を下すことができないからである。アリストテレスは『問題集』〔「怪物のこと」Ⅰ〕のなかで、怪物は子宮の不具合といくつかの星座の運行が原因で実際につくられる、と述べている。そのことはアルベルトゥス〔・マグヌス〕の時代に、さる小さな牧場で牝牛が半人の仔牛を産んだときに起こった。村人は牧者を怪しんで、牝牛もろとも牧者を焼き殺すよう言い張って裁判に訴えた。しかしアルベルトゥスは占星術を何度も試みていたので、彼曰く、自分はことの真実を知っており、しかもそれは特段の星回りから生じたことだと述べた。それで牧者は釈放され、そのような忌まわしい罪を犯していないことが認められた。アルベルトゥス殿の判断が正当であったかどうか、私はきわめて疑問に思っている（占星学者たちの判断はきわめて疑わしい。「エレミヤ書」第一〇章〔第二節〕。神は星辰の支配を受けない〔作者による欄外注〕）。

さてここで、ほかにも数多く生まれた同種の怪物について書くのはその図とともに差し控えておく。それらは見ることはもちろん、その話を聞くだけでもぞっとするし厭わしいからで、私は忌まわしさゆえにそれら怪物を語りたいとも描きたいとも思わなかった。というのも（淫乱な者どもにはすべからく重罪が科されるといった宗教的な話や世俗的な話を物語ったあとで、ボエスチュオが〔『驚倒すべき物語』三七で〕言っているように）無神論者どもや男色家どもはいったいなにを望みうるというのか。（前述したごとく）神に背き自然に反して野生動物と性交渉をもつ輩が〔「エフェソの信徒への手紙」〔作者による欄外注〕〕。これについて聖アウグスティヌス〔これはパレの誤記。作者による欄外注にあるように、ボエスチュオは「エフェソの信徒への手紙」四に言及している〕はこう言っている、淫乱な者どもへの刑罰は盲目に陥ることであり、神に見捨てられてから発狂することであり、よい忠告を聞くことができずに自分たちに対して神の怒りを招来しても、おのが盲目に気づかないことである、と。

第二〇章　一軒一軒物乞いして歩く悪意ある乞食の術策の例

一五二五年、アンジェにいたころのことだが、私はさる悪辣な乞食のことを覚えている。(29) 絞首刑に処された男の、いまや悪臭を放って胸が悪くなるような腕を切断し、彼はそれを胴衣《プールポワン》〔男性用の衣服で、上半身を包むチョッキの一種〕に結わえ付けフォークで体側に押さえつけて、縊死人の腕が彼自身の腕だと人々が思いこむように、自分の生まれもった腕は背後に隠してマントで覆ってしまい、聖アントニウス様〔手足の壊死などを引き起こす麦角中毒が「聖アントワーヌの火」と呼称されたことから〕にかけてどうかお恵みを、と教会堂の戸口で声を張り上げるのだった。ある聖金曜日に、人々は腐敗した腕を見てそれが本物だと思いこみ、彼に施しをしてやった。その乞食は長い間この腕をぶらぶらと動かしていたが、ついには取れて地面に落ちてしまった。すぐに拾い上げようとしたところ、縊死人の腕ではなくれっきとした腕を二本もっているのを何人かの人たちに見破られてしまった。それで囚人として引っ立てられ、行政官の命令で、腐った腕を頸から腹のまえに吊り下げたまま鞭打ちの刑に処され、永久国外追放となった。

第二一章　乳房に潰瘍ができているふりをする女乞食の騙り

ジャン・パレ〔一五四九年以前に死去〕という私の兄弟のひとりはブルターニュ地方の町ヴィトレに住む〔床屋

外科医であったが、ある日曜日に、乳房に潰瘍があるふりをしながら、教会堂の戸口で施しを乞い求めるぽっちゃりと太った女乞食に会った(30)。その潰瘍は、そこから流れ出て彼女が着ているリンネルの前部の布を汚しているらしい大量の膿のせいで、見るだにおぞましいものだった。私の兄は彼女の血色のよい、いたって健康であることを示す顔をじっくり見つめ、また潰瘍の周りの部分が白いままで色つやもよく、身体のほかの部分も良好であることを看て取ると、こんなにぽっちゃりと肥えて丈夫そうなのだからこの娘に潰瘍などありえないとひそかに考え、これは騙りであると確信するに到った。兄がこのことを行政官（その地方ではセネシャル裁判所代官《アルエ》と呼ばれる）に告発すると、行政官はそれが騙りであるとより確実に知るべく自分のもとへ彼女を連行することを兄に許可した。女が到着するや、行政官は彼女の胸全体をむき出しにすると、動物の血とミルクを一緒くたに混ぜてしみ込ませた、ひたひたのスポンジと、この混合物が潰瘍の偽の穴から彼女が着ているリンネルの前部の布に流れ出るように導いていく、小さなニワトコの茎を脇の下に忍ばせているのを見つけた。これによって行政官は潰瘍が人工物であると確かに知ることができたのである。それで彼はお湯をとって乳房を温湿布した。乳房を湿らすことで、黄土質の粘土(31)と卵白と小麦粉を使って――これは彼女が自白してわかったことだが――重ねて貼りあわされていた、何枚もの黒や緑や黄色がかった蛙の皮を取りのけた。皮を全部取りのけると、もとどおりの健康な、もう片方の乳房と同じくらい良好な状態の乳房が現れた。この騙りが露見するや、件のセネシャル裁判所代官は彼女を収監して尋問したところ、彼女はペテンを自白、このように偽装させたのは同じ乞食をしている夫であると述べた。夫もやはり同様に脚に大きな潰瘍ができているふりをしていて、実物の二倍にも大きく見えるように、適当にいくつか切開した牛の脾臓をば古いぼろ切れでもって両端をくくりつけ、脚の周りを脚づたいに貼りつけることでまるで本物そっくりに見せかけた。しかも見るだにいっそうおぞましく異常なものにするために、その脾臓にいくつもの穴をつくり、例の血とミルクの混合物を上から流してぼろ切れ全体に広げた。前述のセネシャル裁判所代官はこの乞食の親方、こそ泥、ペテン師を捜索させたが見つけられず、そこでこの淫売婦を鞭打ちの刑に処し、国外追放とした。ただしその当時行なわれていたように、結び目付きの綱からできた鞭でまず打擲されずにはおかなかったのではあるが。

第二五章　デーモンと魔術師が働く奇異なことどもの例

この世には、害毒を流す、毒を盛る、邪悪な、狡猾な、人を欺く魔術師〔魔女および男の魔女〕や魔法使いが存在するのだが、連中はデーモンと契約を結んでそのようになってしまい、その奴隷となり臣下となるのである。創造主にして救い主である神をまずもって否認しなければ、そしてみずから進んで悪魔と関係をもち友誼を結んで、悪魔を重んじ、生ける神に代わって悪魔を主人と認め、悪魔に身を差し出すのでなければ、なんぴとも魔術師にはなりえない（なぜ人間は魔術師になるのか〔作者による欄外注〕）。魔術師になりさがるこの手の輩ときたら、神の約束と助力に疑念を抱いて信じなかったり、軽蔑したり、あるいは隠微な将来のことを知りたいという好奇のせいで、あるいは極貧に窮して裕福になりたいと渇望するあまりにそうなるのだ。いまや魔術師が存在するのをだれも否定できないし、それを疑うべきでもない。なにしろ、古今の多くの博学の士や注釈者の権威でもってそれは証明されているのであり、人間、動物、樹木、草本、大気、大地、および海水のような被造物の身体、知性、生命、健康をば、抜け目ない、悪魔のごとき、未知のやり方により腐敗せしめる魔術師や魔法使いが存在するのは、解決済みのことだと考えられているからである。そのうえ、経験と理性からしても存在することを私たちは認めざるをえない。法がこの手の輩に対する処罰を定めているからである。ついぞ観察も経験もされなかった事柄について法を定めることはしないものだ。というのも法は、いまだかつて観察も認知もされなかった事例や犯罪を、ありえないことで実際には存在しないと把えるからである。[32] 魔術師たちはイエス・キリストが生誕されるまえから、しかもそれ以前のずっと昔から存在した。連中を神の明白な命令により罰したモーセが、「出エジプト記」第二二章〔第一七節〕と「レビ記」第一九章〔第二六節および第三一節〕で証言しているとおりなのである。アハズヤは魔術師や魔法使いを頼みとしたために預言者から死刑の判決を受けたのだ〔「列王記下」一〕。

悪魔どもはいろいろな奇怪な幻覚で魔術師の知性を攪乱するので〔ボダン『国家論』〔おそらく『魔女の悪魔狂について』――抄訳は本巻収録――の思い違い〕〔作者による欄外注〕〕、魔術師たちは自分たちの頭の中に悪魔が作り上げたものを見たり、聞いたり、言ったり、行なったりしたように思いこみ、遠く百里離れたところに行ったように思いこんだり、ほかに人間ばかりでなく悪魔にとってもまったく不可能なことすら盲信してしまうのである。それでいて魔術師たちはベッドやほかの場所から移動していないのである。しかしながら悪魔は魔術師たちを支配下においているがゆえに、悪魔が描いてみせるものの像を魔術師たちの想像力にしっかりと刷り込み、本当のことだと信じさせようとするものだから、実際はそんなではないと違ったふうに魔術師たちは考えることができず、本当にしてしまったとか、眠っているあいだも目覚めていたとか考えてしまうほどなのだ。悪魔どもに身を捧げて創造主たる神を否認するという魔術師たちの無信仰と悪意のせいで、こうしたことが魔術師たちの身に起きるのである。[33]

善き霊と悪しき霊が存在するとは聖書が私たちに教えるとおりである〔聖パウロの「ヘブライ人への手紙」第一章第一四節。「ガラテヤの信徒への手紙」第三章第一九節。「テサロニケの信徒への手紙一」第四章第一六節〔作者による欄外注〕〕。善き霊は天使と呼ばれ、悪しき霊はデーモンあるいは悪魔と呼ばれる。その証左に、法は天使を介して授けられているのだ。そのうえこう書かれてある、「私たちの肉体はラッパの音と大天使の声に復活するだろう」と。神が天使を遣わして天の果てから選ばれた人たちを呼び集めよう、とキリストは仰っている〔「マタイによる福音書」二四・三一〕。悪魔と呼ばれる邪な霊が存在することもまた同様に証明しうるのだ。そのとおりであることは、ヨブの話のなかに、悪魔が天から火を降らせ、家畜を殺し、家の四隅を揺るがす大風を引き起こしてヨブの子どもたちを押しつぶしたとあることから立証される〔「ヨブ記」第一章第六節〈作者による欄外注〉〕。〔イスラエルの王〕アハブの話には、偽の預言者の口に虚言の霊が存在したとある〔「列王記上」第二二章〈作者による欄外注〉〕。悪魔はユダの心にイエス・キリストを裏切るよう仕向けた〔「ヨハネによる福音書」第一三章〈作者による欄外注〉〕。たったひとりの人間の体内に大勢で潜り込んでいた悪魔どもはレギオンと呼ばれ、神の許しを得て豚のなかに入り込み、豚の群れを海中になだれ込ませた〔「マルコによる福音書」第一章第二六節、第三四節〈むしろ「ルカによる福音書」八・三〇―三三〉〈作者による欄外注〉〕。天使と悪魔がいることについては聖書にいくつかほかにも証言があるのだ。そもそものはじめから神は多数の天使を天に住むものたちとして創られたが、それらは神霊と呼ばれ、肉体をもたず、創造主たる神の御意《みこころ》を、裁きであるにせよ慈悲の御業であるにせよ、実行する使者である。けれども人間の救済にも専心し、その点では、生来、策謀や虚偽の幻覚や欺瞞や虚言を弄してたえず人類に害をなそうとする、デーモンとか悪魔と呼ばれる邪悪な天使とは正反対である。邪悪な天使どもが好き勝手に残酷な行為を働くことが許されていたら、実際、人類はまたたく間に堕落して破滅させられていたであろう。ところが連中がそうすることができるのも、連中の手綱を緩めるのが、神の意にかなうかぎりにおいてでしかない。連中はその傲慢のせいで楽園から追放、神の御前から放逐されて、ある者は大気中に、ほかの者は水中にとどまり岸辺や岸に上がって姿を現し、またほかの者は地上に、またほかの者は地中深くにいて、神がこの世を裁きに降臨されるまで存在しつづけることになろう。また、廃屋に住んで好きなようになんにでも変身する者もいる。雲が多種多様な動物やその他いろいろなもの、すなわちケンタウロス、蛇、岩、城館、男、女、鳥、魚などの姿形を取るのが見られるように、デーモンはあっという間に思いのままの姿形を取ることができ、蛇、蟾蜍《ひきがえる》、梟《ふくろう》、やつがしら、鴉、牡山羊、驢馬、犬、猫、狼、牡牛などのような動物に変身するのがよく見られるのである。しかも生者か死者かを問わず人体に取り憑いて、操り、ひどく苦しませ、ふだんの行動をとるのを邪魔する。連中は人間に変身するだけでなく、光の天使にも変身する〔「コリントの信徒への手紙二」一一・一四〕。拘束されて輪につながれているふりをするが、しかしこのような拘束は自分からしたことであり、まったき見せかけにすぎない。これらデーモンは欲しては恐れ、愛しては嫌悪する。神が悪しき天使たちを介してエジプトに御業を遣わしたことからも証明されるごとく、連中は悪人たちの罪と悪行に対して処罰する責任と役目を神から与えられている〔「民数記」第二二章第二八節〔パレがなぜバラムの驢馬の話を参照指示するかは不明〕〔作者による欄外注〕〕。連中は夜中にわめきちらし、まるで鎖につながれているような騒音を立てる〔「詩編」第七八編〔この欄外注は一五七五年版で明らかなように、前文「神が悪しき天使たちを介してエジプトに御業を遣わした」に照応する〕〔作者による欄外注〕〕。長椅子やテーブル、架台を動かし、揺りかごの子どもたちを静かに揺すり、将棋を指し、書物の頁をめくり、金の勘定をする。また、部屋じゅうを歩き回る音が聞こえるかと思えば、ドアや窓を開け、地面に皿を投げつけ、壺やコップを割り、ほかにも騒ぎ立てたりする。それなのに朝になると、もとの場所から動かされたものは何もないし、割れたものも見かけぬし、開け放たれたドアや窓を目にするわけでもないのだ〔ピエール・ド・ロンサール『讃歌集』〔「ダイモン讃歌」第二四四－二五〇行〕〔作者による欄外注〕〕。連中は、デーモン、悪霊、インクブス〔男夢魔〕、スクブス〔女夢魔〕、コックマール〔女夢魔〕、ゴブラン〔小妖精〕、リュタン〔小悪魔〕、悪しき天使、サタン、ルシファー、虚言の父、闇の王、レギオンといった多くの名前をもち、連中が犯す悪事や連中がたいてい棲み着いている場所の違いに応じて、〔ヨーハン・ヴァイヤーの〕『悪魔による眩惑』〔ラテン語初版は一五六三年、仏訳は一五六七年〕という書物に記されているように、そのほかにも無数の名前をもっているのである。

第三四章　これより海の怪物について語る

地上にさまざまな造作の奇異な動物がたくさん見られるように、海にも奇怪な種類の動物がいることは疑うべくもない[34]。たとえば腰から上部は男になっていてトリトンと呼ばれるもの、女の恰好をしてセイレーンと呼ばれるもの、それらはプリニウス（『博物誌』第九巻〔作者による欄外注〕）が記述するように鱗に覆われているのだが、さりとて精液の混交と融合について前述した〔本書第一九章参照〕理由ではかかる怪物がどうして生まれたか説明がつかないのである。そのうえ、岩石や植物に人や動物の像が見られることがあるのだが、それらにもなんら説明がつかない。自然がものを産み出すときに戯れたとしかいいようがないのである。

メナ〔東ローマ帝国マウリキウス帝（在位五八二―六〇二年）統治時代のエジプト長官メナス〕がエジプト長官だった時代のことである〔六〇一年〕。メナが日の出とともにナイル河の岸辺を散歩していると、ひとりの男が水から腰のあたりまでぬっと出てくるのを目撃した。それは、顔つきはいかめしく、髪は灰色の毛が混じった黄色で、胸と背中と両腕はよく整っていたが、そのほかは魚の姿をしていた。それから三日後、朝まだきに、もう一体、女の顔をした怪物もまた水から姿を現したが、優しい容貌と長い髪と乳房からそれが女であることがはっきりとわかった。二体とも長い間水の上に姿を現していたので、町じゅうのみんながそれらを両方とも思う存分に見たのであった[35]〔図35〕。

ロンドレ〔ギヨーム・ロンドレ、一五〇七―六六年、モンペリエの医師、博物学者〕はその『魚類誌』〔第一六巻第一六章、一五五四―一五五五年にラテン語版、一五五八年に仏訳版〕のなかで、海の怪物がノルウェーの海で目撃され、ただち

［図 35］

［図 37］

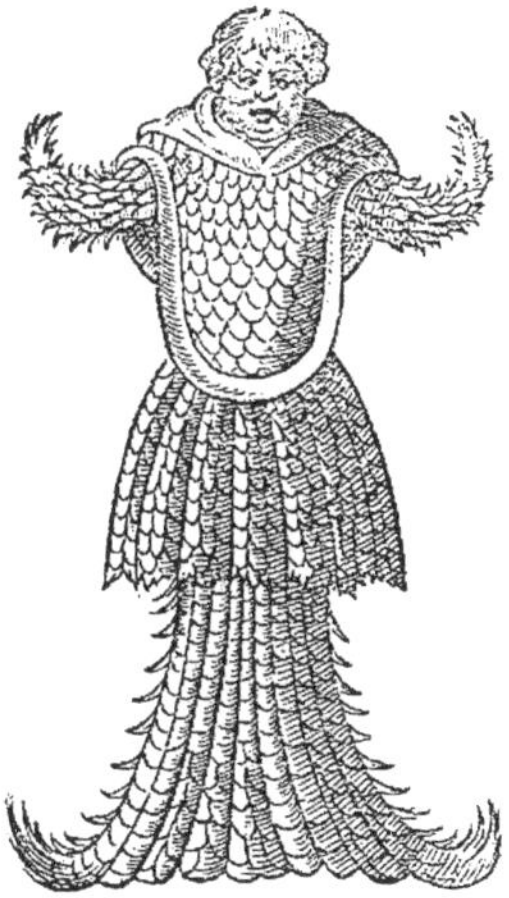

［図 36］

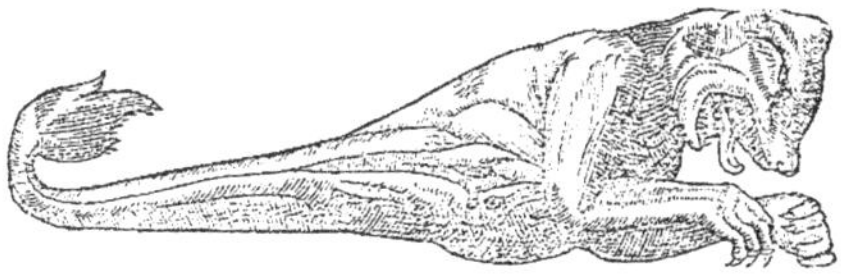

［図 38］

に捕獲されるやみんなから海坊主と命名されたと記している。(36) それはこの図でご覧になることができるとおりであった〔図36〕。

件のロンドレが記述する〔同上〕もう一体の怪物は、司祭の恰好をしていて、この図〔図37〕でご覧のとおり、鱗に身を包み、司教冠と司教の装身具を身につけていて、ゲスネルス〔コンラート・ゲスナー、一五一六―六五年、チューリヒの博物学者、書誌学者〕が記すように〔『水生動物図譜』（一五六〇年）〕、一五三一年にポーランドで目撃された。

ヒエロニムス・カルダヌス〔ジロラモ・カルダーノ（前出）〕はここにあるような怪物〔図38〕をゲスネルスに送った。それは頭部が熊のようで、両腕と両手がほぼ猿同然であり、残りは魚の恰好をしたもので、マセリー〔これは地名でなく「荒壁土でできた壁」の意で、パレがゲスナーのラテン語を誤訳したもの〕で発見された。

ティレニア海のカストル市付近で、鱗に覆われたライオンの姿の怪物が捕獲され、当時は司教で、教皇パウルス三世〔在位一五三四―四九年〕ご逝去の後に教皇位を継いだマルケルス〔二世〕〔在位一五五五年〕に贈られた。このライオンは人間と同じような声を発して、大きな驚きをもって市中に運び込まれたが、棲息地を失ったためかすぐに死んでしまった。フィリップ・フォレストゥス〔ヤコポ＝フィリッポ・フォレスティ、一四三四―一五一八年、イタリア人修道士、歴史家〕が『年代記』第三巻で証言するとおりであり、その姿はつぎのごとくである(37)〔図39〕。

一五二三年十一月三日に、五、六歳の子どもの大きさで、臍までの上半身は、両耳をべつにして、人間の姿だが、下半身は魚そっくりの海の怪物がローマで目撃された〔図40〕。

ゲスネルスは、二本の角と長い耳を有したとても獰猛そうな頭部をもち、正常に近い両腕を除いて身体の残りはすべて魚の恰好をした海の怪物に言及し、その実物をアントウェルペンで見た一画家の手になる絵図を入手していた(38)〔図41〕。それは岸辺に上がって手近にいた幼児を捕まえようとしていたところを、それに

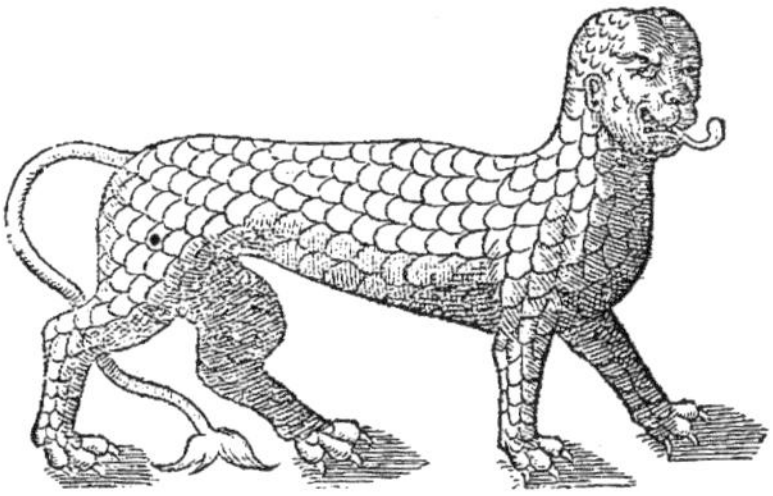

［図 39］

［図 40］

［図 41］

［図 42］

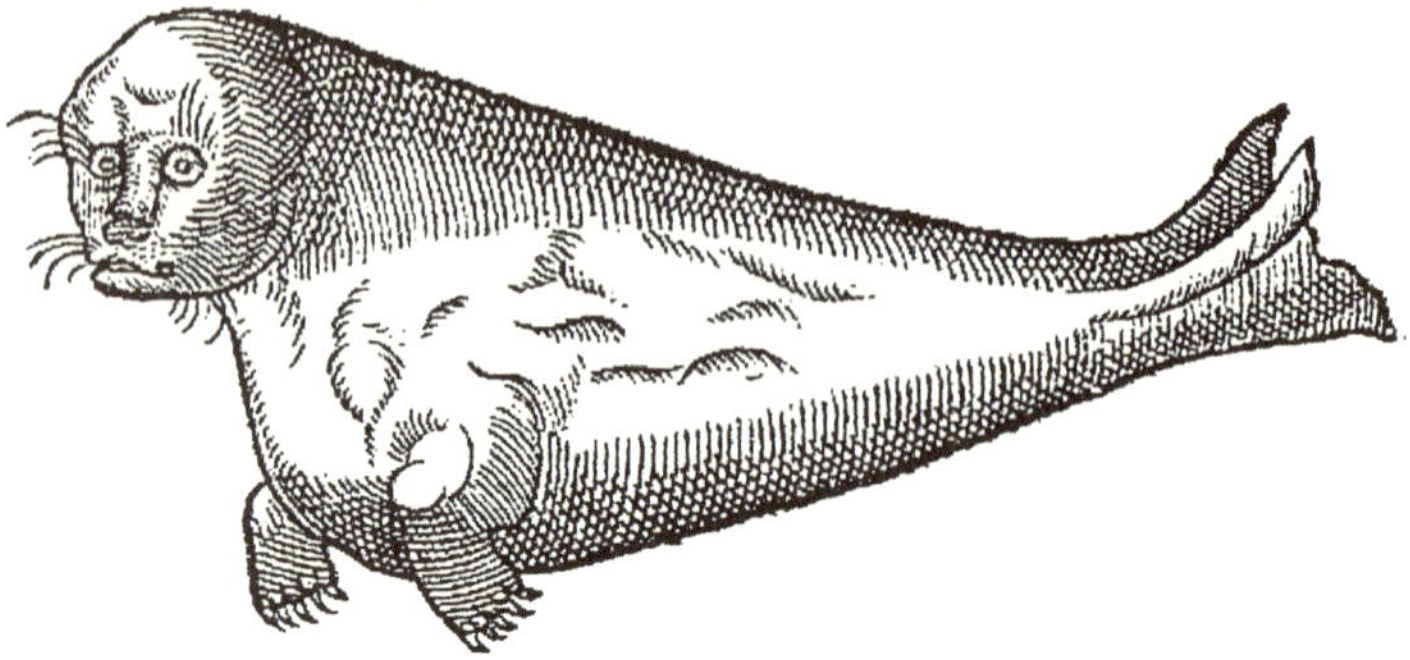

[図 43]

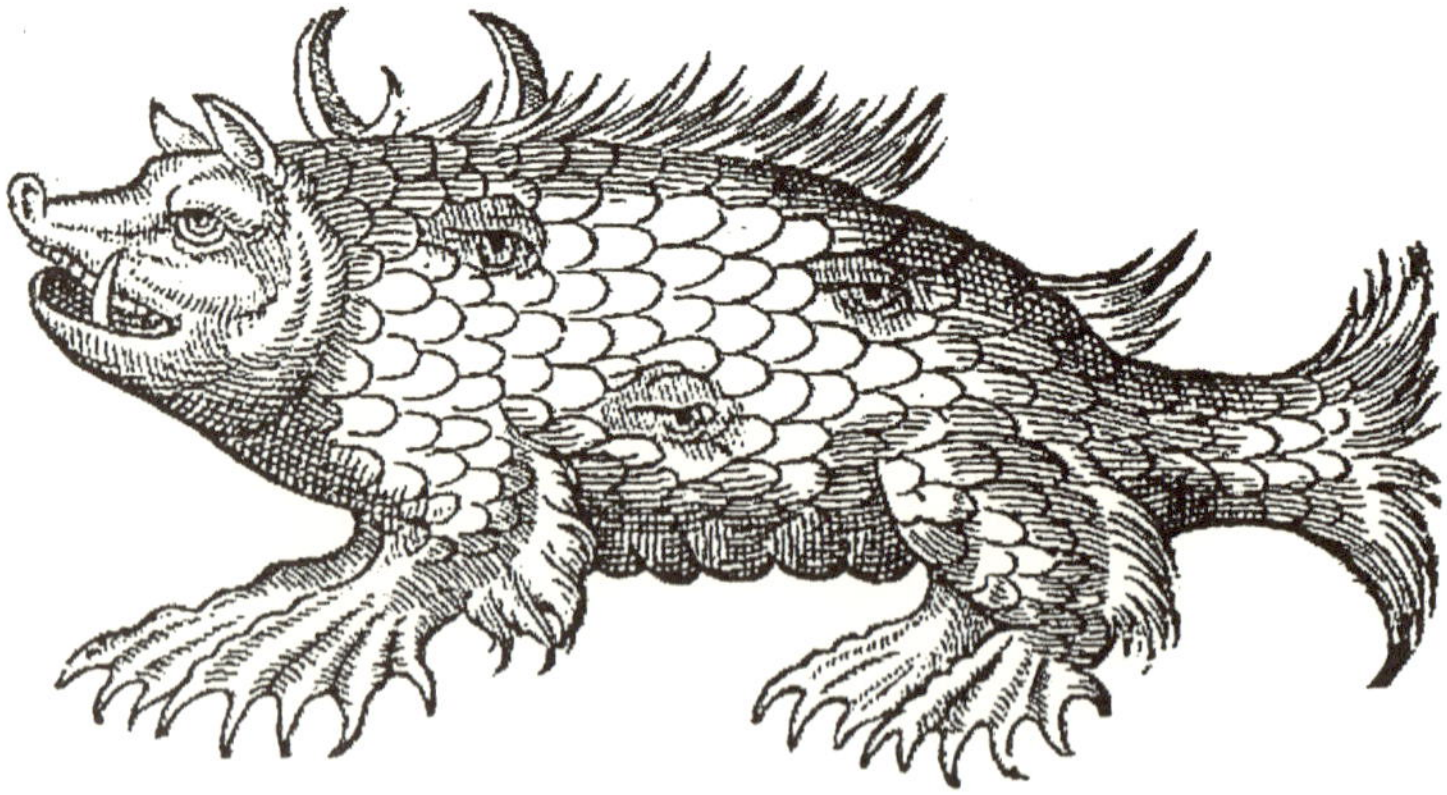

[図 44]

気づいた船乗りたちに激しく追いかけられたすえに、アドリア海で捕獲され、石を投げつけられて傷を負い、ほどなく海岸で死んでしまった。

馬の頭部とたてがみと前半軀を具えた海の怪物が大西洋で目撃された〔ゲスネルス〔作者による欄外注〕〕。その図はローマの、当時在位されていた教皇のもとに届けられた〔図42〕。

オラウス・マグヌス〔一四九〇－一五五八年、ウプサラの大司教、主著『北方民族文化誌』〔一五五五年〕〕はさるイングランド貴族からこの海の怪物〔図43〕を手に入れたと言っているが、ふだん棲息しているベルゲン〔ノルウェーの港町〕の海岸付近で捕獲されたものである。まだほんの最近のことであるが、亡き国王〔フランス王シャルル九世〔作者による欄外注〕〕に同類のものが献呈されて、王はかなり長いことフォンテーヌブロー宮でそれを飼育させていたが、それはしきりに水から姿を現してはまた水の中に潜ったりしていた。

ここに示す海の怪物は、オラウスの言うごとく、キリスト紀元一五三八年、北方に位置するティラン島〔グリーンランドのチューレ〕近海で目撃された。それはほとんど信じられないような大きさで、体長七二ピエ〔一ピエは約〇・三二五メートル〕、高さ一四ピエあり、二つの眼の間隔が七ピエかそこいらあった。その肝臓は樽を五つ詰め込められるくらい大きく、頭部は牝豚そっくりで、背に三日月を置き、体軀の両側の真ん中に眼が三つあり、そのほかは鱗で覆われていて、この図でご覧になれるとおりである〔図44〕。

紅海沿いにあるマズアン〔マゾヴァン〕山に住んでいるアラブ人はオロボンと名付けられる魚を食べて通常生きている。オロボンは九ピエから一〇ピエの大きさで、その大きさに応じて幅が広くなっていて、鰐のそれに似た鱗をまとっている。この魚はほかの魚に対してはすこぶる獰猛である。アンドレ・テヴェ〔一五〇二－九〇年、フランシスコ会修道士、旅行家、国王付きの修史官および地誌官〕がオロボンについては『世界地誌』〔一五七五年〕できわめて怪異な動物としてかなり詳しく陳述していて、私はそこからこの図を拝借したのである〔図45〕。

鰐は、アリストテレスが『動物誌』と『動物部分論』で書いているように、体長一五クデ〔一クデは一ピエ半に相当、約〇・五メートル〕の巨大動物である。鰐は仔を産むのでなく、鵞鳥の卵と同じ大きさの卵を数個産卵する。その数、多くて六〇個である。鰐は長命で、こんな小さい始まりからこんなに大きい獣が生まれてくるわけだ。小さく孵化するのは卵に比例してのことなのだから。未発達の〔退化した〕舌をもっているのでまるで舌がないようにみえ、そのせいでいくぶんは陸棲、いくぶんは水棲なのである。陸上にいるときはそれが舌の代わりになり、水中にいるときは舌がないのだ。というのは、魚は舌がまったくないか、動かない未発達の舌をもっているかのどちらかだからである。あらゆる動物のなかで鰐だけが上顎を動かし、足では捕まえたり押さえつけたりすることができないものだから下顎はびくともしないままである〔鸚鵡は上下の嘴を動かす〔作者による欄外注〕〕。眼は豚のよう、長い歯〔牙〕は口から突き出ており、爪ははなはだ鋭く、皮は堅さのあまり矢も投げ槍も突き抜けないほどである。鰐からクロコディレという名称の、眼内溢出〔視力のかすみ〕や白内障に効く薬がつくられる。それはそばかす、しみ、顔に出る吹き出物を治癒する。鰐の胆汁は眼に施されると白内障によいし、その血は眼に処方されると視力を高める。

テヴェが『世界地誌』第一冊第八章で語るところでは、鰐はナイル河の源流ないし源流からできた湖に棲息し、彼曰く、体長が六歩幅もあり、背中の広いところではたっぷり三ピエ以上ある、一目見ただけでぞっとするような鰐を一匹見たそうな。鰐を捕獲する方法は以下のとおりである〔図46〕。エジプト人やアラブ人はナイル河の水が減るのを見ると、ただちに長い綱を投げ入れる。その先端には、重さがおよそ三ポンドもある、かなり太く幅広の鉄製の釣り針があって、その釣り針に駱駝ないしほかの動物の肉片がつけてある。そこでその餌食に気づくと、鰐は必ずそれに襲いかかり呑み込んでしまう。釣り針が呑み込まれると、刺される痛みを感じて、鰐は空中や水中でもんどりを打つが、それを見るのは一興だ。鰐を捕らえると、未開人たちは棕櫚かほかの木に綱を渡してから、河岸近くに少しずつ引き寄せ、鰐が自分たちに襲いかかって貪り喰わないようにしばらく宙づりにしておく。彼らは木の棒で鰐を何度も殴打し、したたかに打ちのめして殺

［図 45］

［図 46］

し、それから皮を剝いで肉は食べる。肉をとても美味だと思っているのだ。
ジャン・ド・レリー〔一五三四―一六一一年、カルヴァン派の旅行家〕は『ブラジル旅行記』〔一五七八年〕第一〇章で、原住民は鰐を喰うとも、さらには、原住民が鰐の何匹かの仔を生きたまま家に持ち帰ったところ、頑是ない子どもたちがそれらの周りで遊んでいても鰐の仔はなんら危害を加えないのを見たことがある、とも述べている。

ロンドレは虫魚類、すなわち植物と動物の中間的な性格を有するもの〔植虫類のこと〕についての書〔『魚類誌』第二部「虫および植虫類のこと」第二一―二二章〕のなかで、二つの図を提供している。ひとつは、帽子につける羽飾りのかたちをしているところから「海の羽飾り」と呼ばれる。漁師たちは、ペニスの先端にかたちが類似しているというので、「飛び去る男根」などと呼んでいる。生きているときは膨らんでいっそう太くなり、死んでしまうとすっかり萎びてぐにゃぐにゃになるのだ。夜には星のように輝く。

海には陸に棲む動物の姿が見られるだけではない(39)、とプリニウスは書いているけれど〔『博物誌』第九巻第二節〕、この図はプリニウスが語っている葡萄の房であると私は思う。というのは、表面全体にわたって花咲く葡萄の房を表しているからである。それは長く、まるで尻尾からぶら下がっているいびつな塊のようだ。それらの姿形はここに示されている〔図47〕。

新大陸のエスパニョール島〔イスパニョーラ島のことか〕の海には怪異な魚が多く棲息するが、なかでもテヴェは現地の言葉でアロエスと称されるきわめて珍奇な魚を見た、とその『世界地誌』第二冊第二一巻第一二章で述べている。それは鵞鳥にも似て、高く伸びた頸、ボン＝クレチアンの梨(40)のように先が尖った頭をもち、ずんぐりとした身体は鵞鳥のそれで、鱗はなく、腹の下に四つの鰭《ひれ》があった〔図48〕。水上にいるところを見たら、読者諸氏だって海の波間で潜水する鵞鳥だと言うことだろう。

サルマチック海〔ドン河下流域にあるとされたサルマチア海とも、バルト海とも〕、別名東ジェルマニック海は、

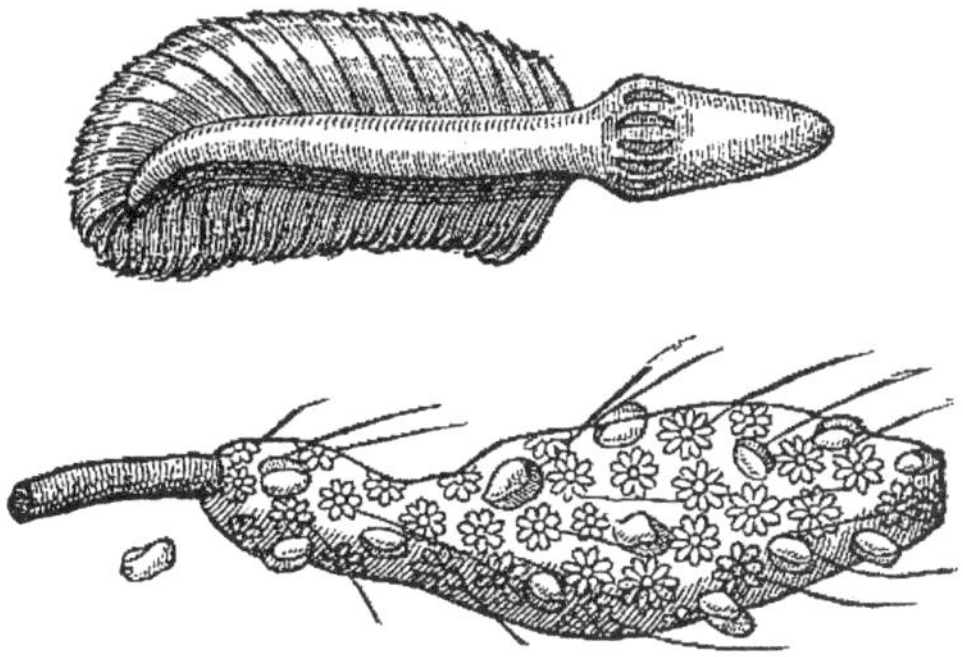

［図 47］

［図 48］

暑い地方に住む人々には未知の魚をたくさん、しかもこのうえなく怪異な種類を育んでいる。なかでも、まさに蝸牛《かたつむり》のようなものがいて〔図49〕、ただそれは樽のごとく太っており、ほとんど鹿のそれに似た角をもち、その角の先と枝角には、上質の真珠のように輝く、丸い小さな球がついている。はなはだ太い頸をしており、眼は蠟燭さながらにきらきら輝き、鼻はやや丸みを帯び、猫の鼻のようになっていて、その周りにわずかな毛があり、口は大きく裂けて、その下には見るだにおぞましい肉の突起が垂れている。四本の脚と、鰭の代わりになる鉤のかたちをした幅広の足をもち、虎の尾のようにいろいろな色で彩られて斑点のある、かなり長い尻尾をもっている。それは臆病なせいで沖に出たままである。そんなことを言うのも、きっとそれは水陸双方の性質を帯びた両棲動物だからだ。晴朗な天気のときには海岸の陸地に上がり、そこで見つかる一番おいしいものをむしゃむしゃ食べるのである。この蝸牛の肉は食するのにたいそう美味で満足のいくものだ。その血は肝臓をいためている人、肺疾患を患っている人によく、大亀の血が癩病者に適しているのと同じだ。テヴェ（『世界地誌』第二冊第二〇巻第一八章〔作者による欄外注〕）はこれをデンマーク国から入手したと言っている。

広大な淡水湖(41)――メキシコ王国の大都市テミスティタン〔メキシコシティー〕はその湖上でヴェネツィアと同じく杭の上に建造されている――に海の仔牛〔アザラシ〕のように大きい魚が棲息する〔図50〕。南極地方〔この場合は「西インド」と呼び慣わされていたアメリカ、南米を指すが、テヴェは「南極フランス」の呼称を選択していた〕の未開人はそれをアンデュラと呼ぶが、この国の野蛮人や、新大陸の征服により当地の主となったスペイン人はオガと呼んでいる。それは陸棲の豚とほとんど違わない頭部と耳をもっている。大きいバーブ〔鯉の一種で淡水魚〕の髭にも似た、長さが半ピエほどの口髭が五本ある。肉はとても上質で美味である。この魚は鯨のように仔を生きたまま出産する。水中を泳いで遊び戯れているときにそれをじっと観察すれば、読者諸氏はそれがカメレオンみたいにあるときは緑色、あるときは黄色、それから赤色になると言うだろう。ほ

［図 49］

［図 50］

かのどこよりも湖岸に棲みつき、その名前の由来となったオガの木の葉っぱを常食とする。それはしっかり歯が生えて狂暴なので、ほかの魚を、しかも自分よりもっと大きい魚すら殺しては貪り喰らう。だからこそ人々はそれを追いかけ、狩り出しては殺戮するのである。水路にでも入り込もうものなら、それはほかの魚を一匹たりとも生かしておかずに餌食にするであろうから。それゆえオガをもっとも多く殺す者がもっとも歓迎されるのだ。このことはテヴェによって『世界地誌』第二冊第二二章に書かれてあるとおりである。

アンドレ・テヴェは『世界地誌』第二冊第一〇章にて、海を航行中に、未開人がビュランペックと呼ぶ無数の飛魚を見たと言っている（もらいうけた一匹が私の書斎にあるのだが、記念に保管している〔作者による欄外注〕）。飛魚は海中から姿を現し海面からとても高く舞い上がるものだから、そこから五〇パ〔一パは約一・六二メートル〕離れたところに落下するのが目撃されることもある。飛魚は獲物を奪い合うほかの大きな魚から追いかけられるのでそうするのだ。この魚は鯖のように小さく、丸い頭、青色の背、ほぼ体長ほどもある長い二枚の羽をもち、羽はちょうどほかの魚が泳ぐのに使う〔鯨の〕鬚とか鰭のようにつくられているものだから、顎の下に隠しもっている。飛魚は大挙して飛ぶが、おもに夜間のことなので、船舶の帆にぶつかって船上に落ちてくる。未開人はその肉を食している〔図51〕。

ジャン・ド・レリーは『ブラジル航海記』第三章でこのことを確認して、魚の大群が（陸上で雲雀や椋鳥がするように）海から飛び出して空中に舞い上がるのを見たと言っている。飛魚はほとんど槍の長さほども海面から高く飛んで、ときにはおよそ一〇〇パも遠くに飛んだ。だが何匹かが船の帆柱にぶつかって船上に落下し、私たち〔ジャン・ド・レリーたち〕がそれらを手づかみにするというようなこともしばしばあった。この魚は鰊のかたちをしているものの、もう少し長くより丸々としている。顎の下に小さい触鬚《しょくしゅ》が生え、ほとんど体長と同じくらい長い、蝙蝠のに似た羽をもっている。味はたいへんよろしく、食べるとおいしい。私が観察したことがもうひとつある、と彼は続ける。かわいそうに、この飛魚は海中でも空中でもけっして

［図 51］

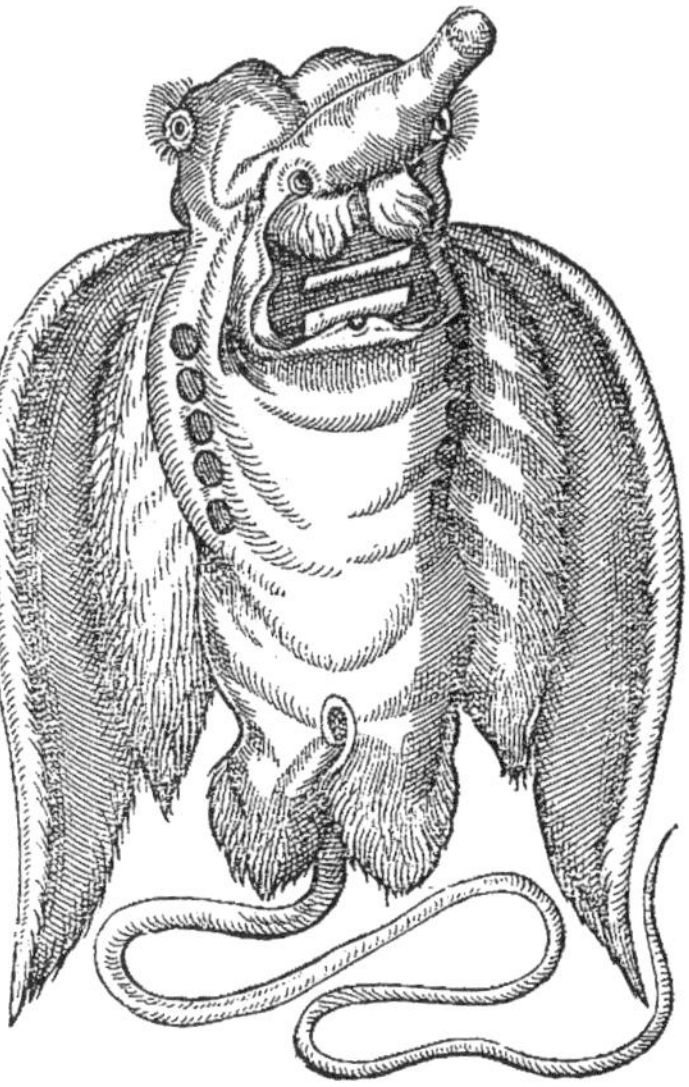

［図 52］

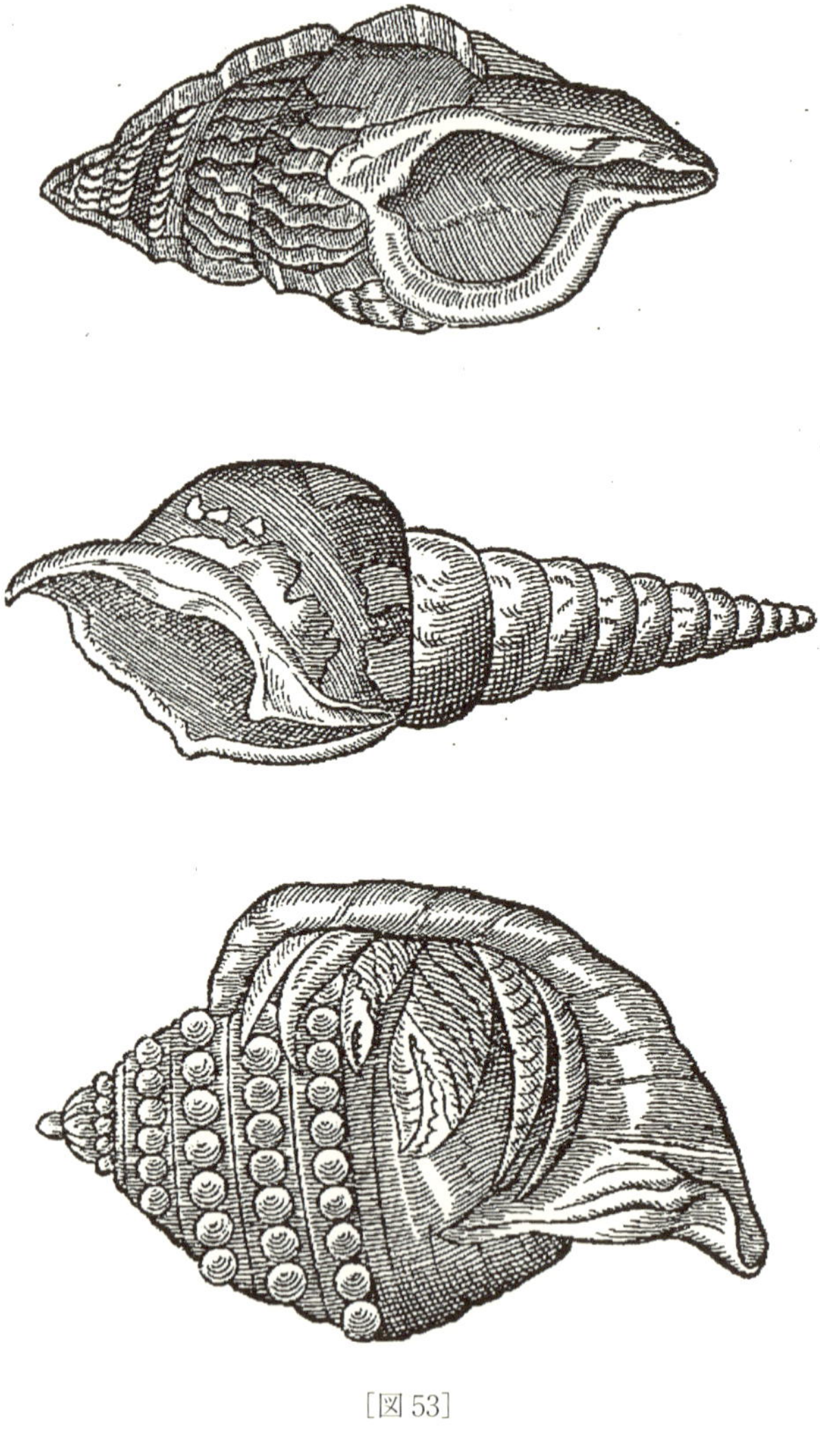

[図 53]

休むことがないというのだ。海中にいれば、大きい魚がこれを食べようと追いかけ、不断に戦いを挑んでくるからだし、それを避けるために空中に飛んで逃れようとすれば、捕まえて喰ってしまうある種の海鳥がいるからである。

（一五五〇年〔作者による欄外注〕）ヴェネツィアとラヴェンナのあいだ、キオッジャより北に一里ほどの、ヴェネツィア人の海〔ヴェネツィア湾〕で、見るだにおぞましく驚嘆すべき飛魚が一匹捕獲された〔図52〕。それは体長四ピエ以上、羽の一方の先端からもう一方の先端までの幅がその二倍あり、太さが優に一ピエ平方あった。頭が法外に大きく、両眼は上下にひとつずつあって、大きい耳が二つ、口が二つあった。鼻はたいそう肉付きがよく、色は緑だった。羽は二重になっていた。喉元には八目鰻のように五つの穴が開いていた。尻尾は長さが一オーヌ〔一オーヌは一・一八八メートル〕、その上部に二枚の小さい羽があった。それは生きたまま件のキオッジャの町に運ばれ、見たことがない珍無類として当地の貴族たちに披露された。

海にはたいそう奇妙でさまざまな種類の貝殻があるので、偉大なる神の小間使いたる自然がこれらを造作するときには戯れているといってもよいくらいだ。そのなかから私は熟視し賛嘆するに値するつぎの三つの貝殻を描かせた〔図53〕。その貝殻のなかに、殻に閉じこもる蝸牛のように、魚が入り込むのだ。アリストテレスは『動物誌』第四巻でカンケッルス〔ヤドカリのこと〕と呼んでいるが、それらは殻と硬い外殻に覆われた魚の仲間で、伊勢海老に似ていて、それ自身だけで〔貝殻なしに〕生まれてくる。

〔引きつづきロンドレ、アエリアノス、プルタルコスなどを典拠にしてヤドカリについて記述されるが、省略――訳者による〕

ラミアについて

ロンドレが『魚類誌』第三巻〔正しくは第一三巻〕第一一章で書いているところでは、この魚はときにはとてつもなく大きくて、二輪荷車に積んで馬二頭でどうにか曳くことができるほどだ。ロンドレ曰く、それはほかの魚を喰らい、とても貪欲で、事実人間を丸ごと呑み込む。これは経験から知られたことだ。ニースとマルセイユでその昔ラミアが捕獲され、その胃袋から武装した男がそっくり発見されたからである〔図54〕。ロンドレが言うに、サントンジュ地方〔フランス西部〕でラミア（この魚は一種の鯨のようなものである〔作者による欄外注〕）を一頭見たが、大柄の肥えた男ひとりがたやすくなかに入るほど大きな喉をもっていた。したがって口籠《くつこ》を用いて口を開いたままにすると、何匹かの犬がやすやすとなかに入って胃の中のものを食べるのである。これについてもっと知りたい読者はロンドレを引用箇所で読まれるがよい。同様にコ〔ン〕ラドゥス・ゲスネルスも『動物誌』第一五一葉第一〇項でロンドレが書いたことを間違いないとし、あまつさえ、件のラミアの胃袋を開いたところ、その中に数頭の犬がそっくり見つかったとも、ラミアは鋭利で尖った大きな歯をもっているとも述べている。ロンドレはまたつぎのようにも言っている。その歯は、鋸のように両側にぎざぎざをつけた、三角形の形状をして、きちんと六列に並んでおり、一列目の歯は口の外に現れて前方に突き出ているが、二列目の歯はまっすぐ、三列目、四列目、五列目、六列目の歯はたいてい口の内部のほうに曲がっている。金銀細工師はこれらの歯を銀で飾り付けて、蛇の歯と呼んでいる。婦人たちが子どもの頸にそれらを掛けるのも、子どもに歯が生えるときそれらが子どものためになると考えているからであり、それらのおかげで子どもが怖がらなくなるとも考えているからだ。私は、リヨンのさる裕福な商人の家で、ここに記載したものにそっくりの歯をもった大きな魚の頭を見た記憶があるが、その魚の名前を知ることができなかった。いまでは、それがラミアの頭だったと思っている。信用のおける驚くべきことどもを人一倍ご覧になりたがる、好奇心旺盛な、いまは亡きシャルル〔九世〕王に、私はこれをお目に掛けたいと申しでた。だが、それを持ってこさせようとした二日後に、その商人、細君、召使いのうちの二人がペストで斃れたと私は聞かされた。このため、王はそれをご覧にならずじまいであった。

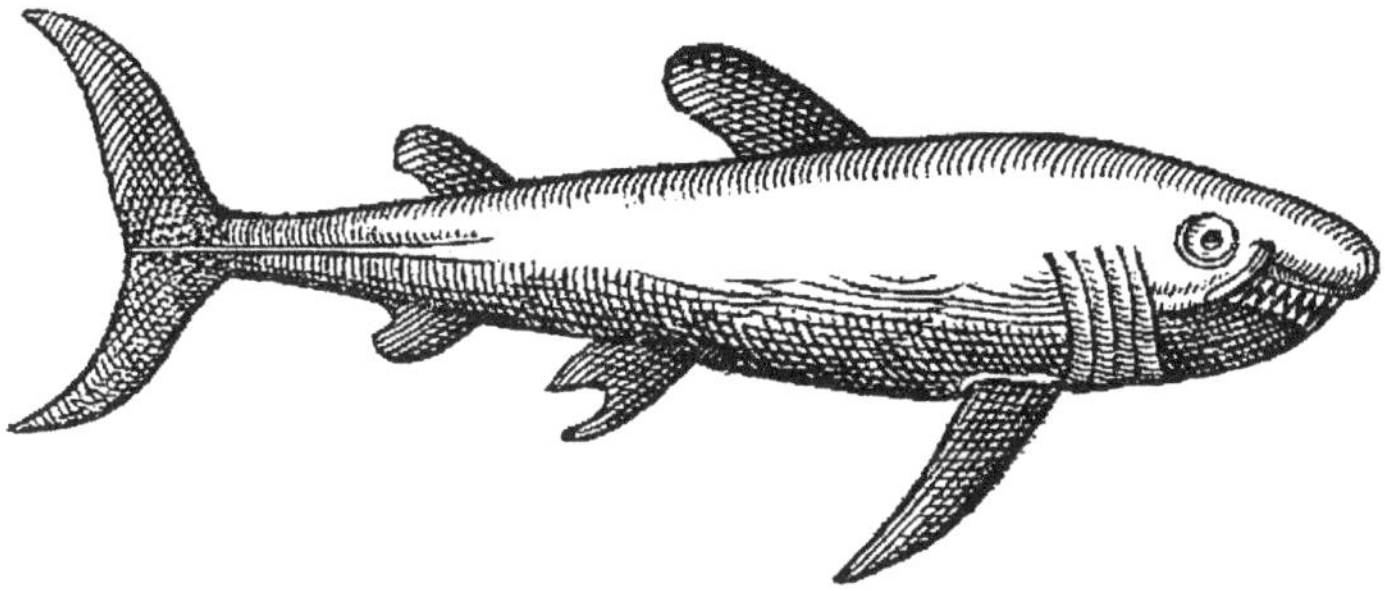

［図 54］

［図 55］

プリニウスは『博物誌』第九巻第三〇章〔正しくは第二九章〕でこの魚〔図55〕をナウティルス〔フネダコの意〕ないしナウティクスと命名しているが、それは海面に揚がるために仰向けになり、泳ぐのにもっと軽くなるようにと、ちょうど船の淦《あか》を排出するかのように殻に入っている海水を流出させて少しずつ浮上する、とまさに考えられている〔魚の驚くべき技巧〔作者による欄外注〕〕。海面に出ると、それはごく薄い膜で結合された足の二本を上方に曲げて、帆の役割をなし、腕を櫂として使い、舵の代わりに尻尾をつねに真ん中にくるようにする。こうして丸木舟〔帆・櫂で進む細長い舟〕やガレー船が進むように海上を進んでいく。身の危険を察知するとその装備をしまいこんで、殻を海水で満たして殻を沈めながら、海底へと降下するのである。

鯨の描写

本論考をさらに内容豊かにすべく私たちは怪物という言葉をときには拡大解釈している。鯨もこの範疇に入れよう。そしてそれが海に棲むもっとも大きな怪魚であると言おう。体長は多くの場合三六クデ、幅は八クデ、口を開けると一八ピエあり、歯は一本もなく、代わりに顎の両側に黒い角のような薄板〔鯨の鬚のこと〕があり、その先端は豚の剛毛に似た毛となって、口から外に出ていて、鯨が岩礁にぶつからないように進路を指し示すガイドの役割をしている。眼と眼との間隔は四オーヌあり、眼は人間の頭よりも大きい。鼻面は短く、額の中央には空気を引き込む導管があり、多量の水を黒雲のように放ち、その水で小舟やほかの小型船を満水にして海中に転覆させることもありうる。鯨は満腹になると吼え、思い切り咆哮するので、一フランス里〔フランスでは一里は約四・五キロ〕ほど離れたところでもそれが聞こえるくらいだ。両脇に大きな二枚の羽があって、それでもって泳いだり、仔らが怖がるときにはそれで隠してやるのだが、背には羽はまったくない。尻尾は海豚《いるか》のにそっくりで、それを動かすことで海水を強く揺さぶって、小舟を転覆させるようなこともありうる。鯨は硬く黒い皮膚で覆われている。鯨が生きた仔を生み、仔らに授乳することは、解剖から確かなことである（鯨は胎生である〔作者による欄外注〕）。というのは、牡には睾丸とペニスがあり、牝には子宮と乳房があるからだ。

鯨は冬のある時期にいろいろな場所で、とりわけバイヨンヌ[42]の海岸沿いの、その町〔バイヨンヌ〕から三里ほど離れたビアリッツと呼ばれる小村の近くで捕獲される。ご病気でその村に逗留されていたラ・ロッシュ＝シュル＝ヨン親王殿下〔モンパンシエ公ルイ・ド・ブルボン二世〕を治療するために、私は（その当時バイヨンヌに滞在中の）王のご命令によりそこに派遣された。鯨を捕獲するのにとられる方法を、ロンドレ氏が魚類について著わした書物〔『魚類誌』第一六巻第七章〕ですでに読んではいたけれど、私はそこで知り確認したのである。それは以下のとおり。件の村の反対側に小山がそびえていて、その頂上にはずっと以前から、当地を通り過ぎる鯨を発見するべく昼夜を問わず監視するために、塔がわざわざ建てられていた。そして鯨がたてる大きな騒音のせいで、また額の中央にある導管から噴き上げる海水のせいで、鯨が来たと気づくのだ。やってくるのに気づくと鐘が打ち鳴らされ、その鐘の音で全村民が捕獲するのに必要な装備はなんであれ持ち寄って速やかに駆けつけてくる。村民は何艘もの小舟と小艇を所有していて、その数艘には海に落ちた人々を引き上げることだけを任された男たちが乗り込み、またほかの舟は〔鯨と〕闘うのにとくに充てられていて、各々の舟に、櫂を漕ぐのに長けた逞しい屈強の男たち一〇名と、綱でくくりつけられた逆刺《さかとげ》のある槍〔銛のこと〕――自分のものとわかるようにそれらには自分たちのマークが刻印されている――を持ったほかの数名が乗り込んで、鯨めがけてありったけの力でその槍を投げつけるのである。鯨が傷を負ったとわかるや――流れ出る血からそれが知れるのだが――、槍の綱を緩め、鯨を疲れさせてもっと易々と捕獲できるようにその後についていく。海岸に鯨を引き寄せると、彼らは浮かれ騒いでお祭り気分になり、鯨を分け合い、彼らが履行した義務に応じてめいめいが割当てを手に入れるのである。義務を果たしたかどうかは槍の数で知られることだ。投げつけた槍が体内に残っていてそれが見つかると、自分たちのマークで槍が識別できるのである〔図56〕。ところで牝は牡よりも捕獲するのが容易である。牝は仔を助けることに心を砕き、かくまうことばかりに気をとられて、逃げるのは二の次になるからだ。

鯨肉はなんら珍重されないが、舌は柔らかく美味なので塩漬けにし、同様に脂肉も多くの地方に頒布して、四旬節に豌豆豆と一緒に食される。脂肪は溶けこそすれ凍ることは断じてないので、彼らは煮炊きしたり船を磨くために脂肪を保存する。口から突き出ている薄板〔鯨の鬚〕から、女性用のヴェルチュガル〔十六−十七世紀に流行した、スカートをふくらせるために用いた腰当て〕やビュスク〔コルセットの張り骨〕、ナイフの柄、そのほかいくつかのものがつくられる。骨はどうかというと、地方の住民はそれで庭の柵をつくり、椎骨からは踏み台や家の中で座る腰掛けをつくっている。私はそのひとつを取り寄せて、奇異なものとして自宅に保管している。

ここに一頭の鯨の正真正銘の絵〔図57〕があるが、一五七七年七月二日にエスコー河〔スヘルデ河。フランス北部からベルギー・オランダを北東に流れて北海に注ぐ〕で捕獲された三頭の鯨のひとつであり、一頭はフレサンジュ〔スヘルデ河口のオランダの港町フリッシンゲン〕で、もう一頭はサフラング〔サフリンゲン〕で、そしてこの絵にあるのはアントウェルペンからおよそ五里ほど離れたアスタング・オ・ドエル〔不詳〕で捕獲されたものである。その色は濃紺で、頭部に海水を噴き出す鼻孔〔噴気孔〕があり、全長五八ピエ、高さ一六ピエだった。尻尾は幅が一四ピエあり、眼から鼻の前部までは一六ピエの間隔があった。下顎は長さ六ピエあり、その両側に二五本の歯が生えていた。しかし上顎には同じ数だけの穴があって、下の歯がその穴の中に入り込むようになっていた。奇異千万なことだ、食物にありつくために下の歯と向かい合っているはずの歯がない上顎を目にするとは、そして歯の代わりに無用の穴を目にするとは。これらの歯で一番大きいのは長さが六プース〔一プースは一二分の一ピエ、一インチに相当〕あった。このような動物の桁外れの大きさと太さのせいで、鯨全体は目を凝らして見るだに驚くべき、かつ恐るべきものであった。その姿形はここに描かれてある。

［図 56］

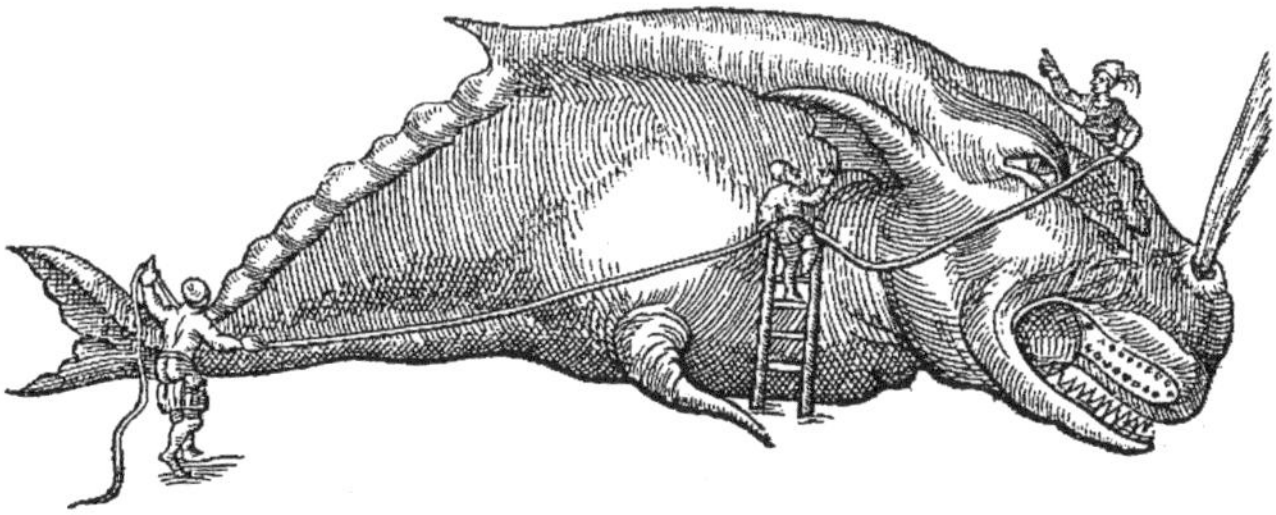

［図 57］

プリニウスは〔『博物誌』〕第三二巻第一章で、ある人からはエケネイス〔ギリシア語名で「船を停めること」を意味する〕と、またある人からはレモラ〔小判鮫〕と命名されている、大きさがたったの半ピエしかない、小さく貧相な魚が存在すると述べている。それはここで驚くべき奇異なことどものなかに加えられるに値する。それが船にはりつくと、航海船がどんなに大きかろうとそれを引き留めて停船させてしまうからだ。たとえ海や人間たちが反対のこと〔船を動かすこと〕に全力を尽くそうとも無駄だ、潮や波、それに帆をいっぱいに膨らませる風でも、また櫂とか太綱の助けを得ても無駄なように。てこでも動かぬこと、錨がどんなに大きく重かろうともそれにもまさる。実際に、アルバニアの都市アクティウムの敗戦〔ギリシア西北海岸沖。前三一年、アウグストゥス（オクタウィアヌス）がアントニウスとクレオパトラの東方軍を撃破した海戦〕のときに、この魚がマルクス・アントニウスの乗った旗艦を停めたので、彼は櫂を漕いで別のガレー船に乗り移り、部下たちを激励したらしい。この間、アウグストゥス軍はこの混乱ぶりを見て、いきなりマルクス・アントニウス軍を攻囲しこれを撃破した。同様なことがカリグラ帝〔在位三七―四一年〕のガレー船にも起こった。軍船のなかでも皇帝が乗った船だけが、長い腰掛けごとに五人の漕手が漕いでいるのにもかかわらず、まったく前進していないことを知るや、皇帝は停船の原因がたちどころにわかった。さっそく多くの潜水夫が海に飛び込み、このガレー船を停めたものを船の周りに探して、舵に付着したこの小さい魚を見つけたのである。カリグラのもとにこれが運ばれると、彼はこんな小魚がガレー船に乗船する四〇〇人の整調〔漕手全員の拍子をとる漕手〕と漕手の骨折りに逆らう力をもっていることにたいそう立腹した。

〔続いてフランスの同時代の新教徒詩人デュ・バルタスの詩句が引用されるが、省略――訳者による〕

図版一覧

・テクストでは、本文にも図版にも通し番号は付されていない。セアール校訂本を参考にしながら、読者の便宜を考慮して訳者が付したものである。
・図版は、明らかな間違いである図14と図21を差し替えた以外は、テクストにあるとおりの順番に並べられている。本文もほぼ図版の順に対応しているものの、図24のみは本文と置かれてある図版の位置が一致しないので、本文中では図23と図版指示の順序が逆になっていることを諒とされたい。

図1　人間の頭をした仔馬の姿
図2　驚嘆すべき怪物の図
図3　〔キャプションなし〕
図4　後部で接合してつながった双子の女児の姿
図5　腹部からもうひとりの男が飛び出している男の姿
図6　〔キャプションなし〕
図7　〔キャプションなし〕
図8　双頭、二本の腕、四本の脚をもつ子どもの姿
図9　頭がひとつしかない双生児の姿
図10　額で結合した双子の女児の姿
図11　パリで最近生まれた二体の畸形児の姿
図12　アンジェ近傍のポン・ド・セの町で最近生まれた、合体した二人の娘の姿
図13　片方は男の、もう片方は女の、二つの頭をもった怪物の図
図14　四本の腕と四本の脚をもった男児の姿
図15　腹部の中央に頭がある男の姿
図16　女性器がひとつだけ見える、二人の異形きわまりない子どもの図

図37　司教の法衣をまとった、司教に似た海の怪物の姿
図38　熊の頭部と猿の腕をもった海の怪物の姿
図39　鱗に覆われた海のライオンの姿
図40　人間の姿をした海の怪物の絵
図41　海の悪魔の醜悪なる姿
図42　海馬の姿
図43　海の仔牛〔アザラシ〕の姿
図44　海の牝豚の姿
図45　オロボンという魚の図
図46　鰐捕獲の図
図47　二匹の魚、うちひとつは羽飾りのような、もうひとつは葡萄の房のような魚の姿
図48　怪魚アロエスの図
図49　サルマチック海の蝸牛の姿
図50　怪魚オガの図
図51　数匹の飛魚の図
図52　もう一匹の異形きわまりない飛魚の姿
図53　さまざまな貝殻、あわせてその貝殻のなかにいる魚、別名ヤドカリの図〔底本には「貝殻をつけないヤドカリの図」も掲げられているが、これは省略。上から順に〕
・二つの空《から》の貝殻の図
・ヤドカリが入り込んだ貝殻

図54　ラミアの姿がここに示されるも、私はこれをロンドレとゲスネルスの著書から引いてきた
図55　ナウティクスと呼ばれる魚の図
図56　捕獲された鯨の姿、ならびにその分配
図57　別種の鯨の姿

訳注

＊本書には、本文に照応する注が作者みずからによって欄外に多く置かれてある（欄外注）。たんなる見出しや人名を指示するだけであまり意味のないものは省いたが、内容の要約、出典明示、作者の考えを表明して興味深いものについては〔……（作者による欄外注）〕と明記して本文に組み込んだ。

（1）十六世紀後半から十七世紀にかけてのヨーロッパでは、怪物を扱った著作やチラシ、瓦版などが溢れかえっていて、以下の訳注にも記すように、パレはここにみずから列挙した以外の典拠も参照している。その出典の多様性、それに比して医学関係の文献の稀少、出典の年代への無頓着には驚かされるし、当時は怪物が医学だけの領域ではなかったこと、古典古代と神学関連の文献に重きが置かれていたことにも注目される。ともあれ、この時代の怪物論は、神学への準拠、哲学的な問題、作り話、異常な物語、正確だったり不正確だったりする所見、試行錯誤の実験、解剖報告など、多様な知が混淆して採り入れられるのを特色とした。

（2）ウルガタでは「第四エズラ書」、新共同訳で「エズラ記（ラテン語）」とそれぞれ表記される、旧約偽典に属する黙示文書に、「〔……〕月経中の女は怪物を産むだろう」（五・八）とある。

（3）「問——経血がまだありながら妊娠する女がはなはだしく低能な子どもや癩病に罹りやすい子どもを産むのはなぜか。答——なぜなら経血はきわめて有毒だからであり、生理のある女はこのうえなく有毒だからである。その原因は結果に現れている。哲学者によれば、結果は原因に類似したものを保有している。それゆえこのようにして生まれた子どもは

不健康なのである」(〔偽〕アリストテレス『問題集』「経血について」XIII、ジャン・ド・トゥルヌ、一五五四年、九九頁)。

(4) 「怪物」は語源的に「見せる」「警告する」を意味することから、十六世紀においても、怪物が神からの忠告とか、注目すべき出来事、驚くべきことの前兆とか、災厄の徴と見なされた。したがって怪物の概念を畸形や想像上の化け物などの生き物に限定するのは適当でなく、彗星、幻日、蝕などの天体現象、大洪水、すさまじい嵐などの自然現象、腎結石、胆石などの無機物も含まれることになる(本書第三七章「空の怪物について」、第一五章「人体に生ずる石について」、いずれも未訳)。宇宙的な力と認識されていた自然には人智のおよばない神秘の力が働くこともあり得るわけで、自然が与える驚異に怪物は連なるのである。それゆえ、怪物の誕生と彗星の出現ないし洪水の発生とのあいだにつながりを認めようとする心的傾向が一再ならず見うけられるのである。

(5) これはおそらくパレの思い違いで、たいていの典拠では「ラヴェンナの戦闘のほんの少し前」と明示されている。

(6) パレはこの有名なラヴェンナの怪物を、初版(一五七三年)および最初の作品集(一五七五年)では両性具有者の例として第六章に置いたので、怪物の胸にあったとされるY(イプシロン)と十字のマークを図版から除去し、それに対応する文言も削除した。しかし後続の版で神の怒りの例として第三章に移すときに、神の懲罰を強調するには欠かせないはずのこれら削除部分を旧に復することを忘れてしまい、このような表現と図版のままになったのである。

(7) この怪物も、ラヴェンナの怪物と同じく、いくつかの情報が錯綜、融合してできあがったもので、文献上複雑な過程を経て伝わってきた。

(8) ギリシア語を皆目読めず、ラテン語は少々しか読めなかったパレがアリストテレスの『問題集』を参照したのは、訳注(3)にも記載したリヨンの書肆ジャン・ド・トゥルヌから一五五四年に出版されたものである。しかし、これは実際にはジョルジュ・ド・ラ・ブーチエールなる者によって著されたらしい。該当箇所は「怪物について」III(一〇九頁)。

(9) 底本とする一五八五年版では〔図14〕に相当する図が女児であって、明らかに男児を描いた〔図21〕に相当する図と入れ違っている。一五七五年版では正しく配置されているので、ここでは、本来あるべき順番に修正しておく。

(10)「エンペドクレスによると、双子や三つ子は種子〔精子〕の過多と分裂によって生まれる。〔中略〕ストア派の人々は、子宮内の複数の場所にその原因をみとめている。すなわち、種子が第一番目と第二番目の場所に入っていくと、その場合、追加の妊娠が起こり、双子や三つ子が生まれるのである」(プルタルコス「哲学者たちの自然学説誌」五・一〇「双子や三つ子が生まれるのはどうしてか」、『モラリア11』三浦要訳所収、一五五―一五六頁)。

(11) ヒポクラテスやガレノスら、先人の意見に反して、子宮にはひとつの空洞しかないと主張したのはアンドレアス・ヴェサリウスであり、これにヤーコプ・リュフやパレは追随しているのである。

(12) 前段のマルグリットとこのドロテアの有名な話を、パレはテスラン『驚倒すべき物語』(ボエスチュオの同名の著作[一五六〇年]の続編)第七章「たくさんの子どもを産んだ女たちのこと」から引用している。

(13) ここでパレは、みずから人体を解剖し、ガレノスのテクストに注釈を打つことよりも仔細に観察することを実践したヴェサリウスの実験証明に与しているといえる。パレの外科医としてのカノン(規範)のひとつに、「経験の伴わない学識は/大した確証ももたらさない」(マルゲーニュ版『パレ全集』、第三巻、六四九頁)という二行詩があったことを想起すべきであろう。

(14) 古代からの生殖理論には大まかにいって二つの意見が主張されていた。ひとつは、男が子どもを形成するのに必要な精液を出し、女はたんに子ども形成の場を提供するにすぎない、というもの。つまり男が質料を提供、女はまかれた種を育む肥沃な土というわけだ。これに対して、胎児は男の精液と女の出す精液が混合することで形成される、とする意見もあった。男も女も精液を出すのである。男と女が強い精液を出したときに男の子ができ、両方が弱い精液を出せば女の子ができる。どちらかが強い精液を、もう一方が弱い精液を出したときは、二つの精液が混合したときにどちらの精液が多いかによって子どもの性別は決定される。したがって同じ釣合いで強い精液と弱い精液が出されると、拮抗して半陰陽が生まれるということになる。

(15) パレはここではテスラン『驚倒すべき物語』二の記述に従っている。

（16）この話の典拠となっているリュコステネスはこの平和条約の締結を一三八九年のこととしているが、正しくは一三八一年。

（17）訳注（9）を参照されたい。入れ違いになった図版を本来の順番に入れ替えて掲載しておく。

（18）モンテーニュ殿もイタリア旅行の途次、立ち寄ったヴィトリ＝ル＝フランソワで「髭のマリー」の噂を聞き、パレのこの記述を確認している（モンテーニュ『旅日記』関根秀雄・斎藤広信訳、七―八頁参照）。モンテーニュは『エセー』一・二〇（従来のボルドー本では二一）でもこの話を採り上げ、女から男への変容を想像力のなせる業としている。

（19）アリストテレス的な概念では、自然は宇宙的な力であり霊魂とつながりがあって、無駄なことはしないで、無意味なものはなにも造らなければ偶然に造るということもせず、有用と美を優先する目的と意図をもって働きかける。アリストテレスによれば、運動原理たる自然は、植物から動物的生命へ、さらに人間へ、とりわけ男性へといった上昇を描くダイナミックな一体性として現れる。それゆえ、男と較べて女は「毀損された男」のようなものだと主張された。パレがよく知っていた［偽］アリストテレスの『問題集』につぎのような一節がある。「問――女はなぜ自然のなかでは怪物なのか。答――なぜなら『自然学』第二巻に書かれてあるとおり、ほんの偶然に生まれたものはことごとく怪物だからである。さて女は偶然に生まれたのである。したがって女は怪物ということになる。〔中略〕自然は女を産み出そうとは断じてせず、もっと完璧なものとして男をいつも産み出そうとしているからだ。〔後略〕」（「怪物について」V、前掲書、一一〇頁）。ゆえに、上昇の運動原理たる自然が完全な男をわざわざ不完全な女にすることなどありえないわけである。十六世紀の医学書では、「自然」「目的」「生命原理」「霊魂」がありふれた観念であり、アリストテレスに発する考えがしみ込んでいた。

（20）モンテーニュが記述する腕なし男（『エセー』一・二二［従来のボルドー本では二三］）、あるいはピエール・ド・レトワールが日記に書くナント生まれの男（一五八六年二月十日の項）と比較されたい。

（21）妊婦の想像力が胎児に影響を及ぼすという考えは十八世紀に到るまで有力な説でありつづけた。なお、この章は多くボエスチュオ『驚倒すべき物語』五からの引用である。

(22) ヘリオドロス『エティオピア物語』一〇・一四、下田立行訳。[偽]アリストテレス『問題集』「子どものこと」Ⅱ(一一一頁)にも例示されている。
(23) 毛深い娘と黒い肌の子どもの話にはモンテーニュも触れている(『エセー』一・二〇、従来のボルドー本では二一)。
(24) 「親鳥の巣の周りに白布を掛けることで白い孔雀が生まれる」(アグリッパ・フォン・ネッテスハイム『隠秘哲学』一・六五)。
(25) この「坊主仔牛」はマルティン・ルターが反カトリックの材料として紹介したことでよく知られた怪物。
(26) これが「一五七七年」の誤記ではないかと推測する研究者もいる。
(27) 第三章を参照。自然界ではありえない半ば人間、半ば獣の怪物――ギリシア神話のケンタウロスのような――を「見た」と主張する証言は、リチェティ、リュフ、アンドレ・デュ・ローランのような医学者からも唱えられている。産科学黎明期の論考にしばしば表明されるかかる証言は計り知れない反響を引き起こした。この混合の怪物が当時の医学文献で重要な位置を占めていたのは、注(4)で指摘したように、怪物の誕生が自然の驚異と連関をもっていたからであり、天から罪人たる人間に送られる神の怒りの徴と解釈されていただけに無視し得ぬものがあったからである。怪物が人智を超えているとは、パレ自身が後段で「隠された賛嘆すべき神聖な事柄がある」と書いているとおりである。
(28) 一種の出版独占権で、独占的な出版権の付与を政府に願い出て許可を得るもの。国王が名目的な授与者になっていることが多い。
(29) ハイナー・ベーンケ、ロルフ・ヨハンスマイアー編『放浪者の書』一・四、永野藤夫訳にもこの手のペテンが語られている。なお、本章および次章、それに訳出しなかった第二二―二四章は巧みなストーリーテラーとしてのパレ、モラリストとしてのパレを表す好例となっている。
(30) 同上、一・一三を参照。
(31) 昔の薬局方では強壮剤や収斂剤として処方された。

（32）魔女や魔術師に対する法が存在すること、それが実態を証明するものだという論法はよく見られる。ところで、この章はピエトロ・マルティレ・ヴェルミリ（ルートヴィヒ・ラファーターを介して）とピエール・ド・ロンサールに多くを負っている。

（33）この段はヨーハン・ヴァイヤー『悪魔による眩惑』（一五六三／仏訳一五六七年）を正確に要約したもの。

（34）これはミクロコスモスとマクロコスモスとのあいだに類比と照応があると考えられていたことと無縁ではない。カルダーノが「自然は陸上のあらゆる動物の形態を魚に表現した。男をトリトンで表し、女をネレイスで表した」と主張するように、ルネサンスでは陸上の生物と海の生物とのあいだにアナロジーが機能していると認識されていた。事実、パレは人体（「ミクロコスモスないし広大な世界の要約された姿」）に発現する形態を、宇宙で生じる現象の縮小された反映と連関させることで、類比の理論を顕彰しているのである。パレ『作品集』序文「読者へ」を参照。

（35）テスラン、前掲書、第五章「海の怪物のこと」のほぼ再録。

（36）この「海坊主」はリュコステネス、ロンドレ、ブロン、ゲスナーなども言及するところであるが、たとえばゲスナーはこの怪物の存在を疑っているにもかかわらず、パレはかようなことを一顧だにしない。以下、逐一指示することは避けるが、パレは典拠に散在する怪物の存在を疑う表明を切り捨てることがよくある。パレにとって、まるで図さえあればそうした疑いも一掃されるかのごとくである。

（37）急いで執筆したせいであろう、パレはここで不正確な記述をしているらしい。

（38）ゲスナーから借用してきたこの図に、「海の悪魔の醜悪なる姿」とのキャプションが付されているが（「図版一覧」参照）、さる動物学者の説によると、この「海の悪魔」とはたんなるアンコウのことらしい。

（39）パレはこの一節もロンドレを介して間接的にプリニウスを引用しているにすぎず、ロンドレ自身は「海には、プリニウスも書くように、動物の姿だけではなく、葡萄、ナイフ、鋸のような陸上のものも見られるのである」と書いている（『魚類誌』第二巻「虫および植虫類のこと」一二三）。パレの借用した文章は不完全だといわざるをえない。

（40）　コットグレイヴの仏英辞典（一六一一年、ロンドン）によれば、甘味の強い冬に熟する梨の一品種。オリヴィエ・ド・セールは「ベルガモット、ポワール＝シャ、ボン＝クレチアン、アングベールなどのような秋と冬の上質な梨から、〔中略〕おいしいジャムがつくられる」と記している（『農業劇場』八・二、一六〇〇年）。ラブレー『第四の書』五四にも言及が見られる。

（41）　原文は“lac Doux”。これを「淡水湖」と解釈して、Chalco 湖に同定する説もあり、ここではこれに従った。

（42）　捕鯨の中心地だった。一五六五年に、パレは国王シャルル九世に随伴してここに滞在していた。

［付記］　今日からすれば明らかに不適切な表現が本文中に使用されているが、本書が書かれた時代的背景と、本書の有する歴史性を考慮してそのままとした。読者のご理解を願いたい。

サチール・メニッペ（抄）

菅波和子訳

解題

十六世紀後半のフランスでは、三十数年にわたって宗教戦争の嵐が吹き荒れたが、終盤に入ると、それは王位継承権争いにまで発展した。とりわけ、一五八九年夏にアンリ三世が暗殺され、アンリ・ド・ナヴァールがアンリ四世として王位に就くと、ユグノーである彼を国王として認めるわけにはいかないカトリックの〈リーグ派〉は「では、彼に代えて誰を国王に推すべきなのか」を論議せざるを得なくなる。その問題を解決すべく、王国総代理官マイエンヌ公シャルルが〈一六区総代会〉〔パリのカトリック過激派の組織〕の突き上げもあってやむなく開催したのが、一五九三年初頭からの〈パリ三部会〉だった。

その三部会を嘲笑、揶揄する目的で執筆されたのが『サチール・メニッペ』である。最初にその構想を抱き、全体の骨組みを作り出したのはピエール・ル・ロワであると言われているが、ピエール・ピトゥーやニコラ・ラパン、フロラン・クレティアン、ジャン・パスラ、ジャック・ジヨも加わり、彼らの合作で出来上がったものである。

この作品は草案が出来上がるやすぐに、手書きの写しという形で世間に出回ったが、それにさらに手を加え、量的にも五、六倍に膨らませて印刷本としたのは一五九四年春先、アンリ四世がついにパリ入城を果たす直前だった。

『サチール・メニッペ』とは古代ローマのウァッロによる同題の作品と同じく、ギリシアの風刺作家メニッポスの作風を真似たもので、散文と韻文の混交体でできている。作品の中核を成しているのは〈パリ三部会〉に参加した主要な七人の代表の演説だが、ここでは会議が始まる前のルーヴルの中庭にいる香具師の様子、及び会議場にかけられたタピスリーを描写した部分を訳出する。

時局風刺の作品ゆえ、作者名も出版社名も伏せられたまま出され、また版を重ねるごとに、風刺の対象とされる人物名も入れ替えられ、どれが初版であるのかさえわかっていないのだが、差し当たって以下の版を底本にした。

La Satyre Ménippée ou la vertu du catholicon, éd. par Ch.Read, Paris, Librairie des Bibliophiles,1876

サチール・メニッペ

カトリコン[1]の効能、および熱烈なカトリックの読者への前口上

先頃、パリで開かれたカトリック側の三部会は、どこにでもある、ありふれた並みの三部会ではなく、これまでにフランスで開かれたどんな三部会にもまして珍しく特異な点[2]があるので、その概要を記して、善良かつ熱烈なカトリック教徒たちを喜ばせ、信仰を高めるお役に立ちたいと思った次第である。いわば、この記録は当舞台で活躍する主要人物たちの演説ばかりか、その目論見や言い分からも汲み上げ抽出した妙薬、神髄である。

各地方には長期にわたって召集令が出されていたが、白綬軍[3]が代議員たちの道筋に立ちはだかったため、何度もつぶされ、指定の期日には集まれなかった。それだから会議は、実のところ期待し望まれたほど大規模ではなかった。とはいえ高名な錚々たるお歴々も加わっており、髭の見事さや恰幅のよさという点で、彼らはフランスの昔の大貴族たちに何らひけを取りはしなかった。カトリックの聖職者らしき丸帽を被った、よく知られている顔触れが少なくとも三人はいたし、もう一人は大きな帽子を被って、滅多に脱がなかった。〈ポリティック派〉の輩はパリにまだ一六人以上[4]いるが、彼らはろくでもない見方をして、三人の丸帽組は白癬《はくせん》病みで、大きな帽子の男は詩人のアイスキュロスのような頭をしていると言っていた。そんなわけで彼らの共通の言い草では「三部会には三人の白癬病みと一人の禿げしかいない[5][6]」のだ。だが、スペインの異端

審問制度が早くに導入されていたとしたなら、このような不埒な発言をしては、ブリッソン長官が絞首刑にされた[7]のと同様の処罰をくらう連中が五〇〇名、いや、そんな数ですむものか、五〇〇〇名以上にもなっていよう。

　だが彼らの誰もそんな運命にならずにすんだのに、ある哀れなロバ引きが憂き目を見た。この男は、叩かれたり荷物を背負わされたりで、へとへとになっている自分のおいぼれロバをせきたてて、「おい、トンマめ、三部会行きだ！」と破廉恥な罵詈雑言を人にも聞き取れる声で口にしたのだ。この言葉はすぐさま〈三乗の二乗〉の組織[8]の一、二の人の耳にも届き、マショー[9]とド・エール[10]という二人の信仰検察官のもとに訴えられ、冒瀆的な言葉を吐いたこの男は聖なるカトリックらしいやり方で刑を宣告され、裸にされてパリの辻々で叩かれ、自分のロバの尻尾で鞭打たれることになった。よってこの厳粛な措置を見にやってきたあらゆる人々に、全身分会議の法的手続きが、上記判決がそうであるように、正義と公平に十分かなっていることを示す確実この上ない前触れとも、際立った前兆ともなった。同判決は今後の三部会決定の正当性を告げる一大判決でもあった。

　さて、ルーヴル宮（歴代国王のかつての御座所でお住まい）では準備やら会場設営をしながら、各地からの代議員を待ち受けていたが、彼らは毎月毎月ひっそりと（かつてわれらの祖先が増長と堕落から奢侈と悪しき華美を取り入れた時のような）華やかな賑々しい供回りなど引き連れずにやってくるのだった。そんな頃、ルーヴル宮の中庭には二人の香具師がいた。一人はスペイン人、もう一人はロレーヌ人[11]で、びた一文払わずに見物に来たいと思う客相手に、日がな売薬の口上を述べ、余興を演じる様はなかなか見ごたえのあるものだった。

　スペインの香具師はひどく陽気で、小さな壇に上り、ヴェネツィアのサン・マルコ広場でもよく見られるように、小型オルガンを奏でながら商売に励んでいた。その壇には幾つもの言語で記された上、金、鉛、蠟による封印が五つか六つ押された一枚の大きな羊皮紙が貼り出されていた。表題は金文字で、次のように書かれていた。

スペイン人某の職能
およびその売薬の驚異的効能についての証書
品名〈地獄の無花果《いちじく》[12]〉
または〈合成カトリコン〉

その掲示をかいつまんで言えば、この香具師はムハンマドの教えを奉じたためアフリカに追放されたグラナダ出身のあるスペイン人の孫で、祖父は現地首長の侍医となった。その首長は〈無花果〉らしきものの力でモロッコ国王になってしまった。だが孫は父が亡くなるとスペインに来てトレド[13]のイエズス会学院で働き始めたが、〈ローマの単一成分カトリコン〉には精神を高める効果こそあれ、あの世に行かないことには救いや至福をもたらしてくれないとわかって、その期間の長さに憤慨し、父が言い遺した勧めに従って〈カトリコン〉を合成する気になった。というわけで同学院で捏ねたり、かき混ぜたり、蒸留、焼成、昇華をくりかえした末、効き目絶大な練薬を作り出した。それはどんな化金石〔錬金術師が探究し続けた驚異的効力のある物質〕にも勝るもので、その効能は以下の五十箇条に詳述されているとおりである。

一　かの哀れにもお気の毒な皇帝カール五世[14]が全兵力を結集し、ヨーロッパ中のあらゆる大砲をもってしても成し遂げられなかったことを、ご子息のドン・フェリーペ[15]はこの薬物のおかげで一万二〇〇〇から一万五〇〇〇の兵力を率いるだけの一代理官[16]と組むことでやってのけた。

二　旗幟《のぼり》や軍旗に〈カトリコン〉をつけると、その代理官は戦わずして敵国内に入りこめ、人々が十字架や幟《のぼり》を立てて、教皇特使や首座司教(17)をも引き連れて彼を出迎えにやってくるであろう。それに、破壊し、荒らし、奪い取り、虐殺し、何もかも略奪しても、あるいは持ち去り、強奪し、焼き払い、何もかも荒廃させようとも、この国の民は「これぞ我らの味方で〈良きカトリック教徒〉なのだ。彼らがこんなことをするのも平和と母なる聖教会のため」というであろう。

三　引きこもりがちな某国王(18)がエル・エスコリアル宮で、この薬物の精製に励み、フランドルにいるイグナティウス神父(19)に一筆したため〈カトリコン〉で封印をすれば、武力では二〇年かけても倒せなかった宿敵(20)を、〈まっとうな良心をもって〉暗殺してくれる男を見つけてもらえよう。

四　かの国王が自分の死後も、子孫には領土を保全し、大した金も使わずに他の王国を侵略したいと思うなら、大使のメンドーサ(21)かコモレ神父(22)にその旨、一筆したため、書状の下のほうに〈地獄の無花果〉で〈朕は国王なり〉と記せばよい。信仰を棄てた一人の修道士(23)を調達してもらえよう。その男はユダのように何食わぬ顔で、落ち着き払い、神をも人をも恐れずに、かの国王の義弟にあたる偉大なフランス国王(24)をその陣営のただ中に暗殺しに行ってくれる。おまけに彼らはこの殺し屋を列聖し、このユダを聖ペテロ以上に奉り、大それたこの恐ろしい大罪を〈天罰(25)〉と命名するが、その際に代父となるのは枢機卿に教皇特使、首座司教たちである。

五　勇ましく雄雄しい強大なフランス軍が、王座と祖国の防衛のため、また、かくもおぞましい暗殺の復讐のため立ち上がろうとしても、その軍の中にこの薬物をごく少量でも投げこめば、勇敢かつあっぱれな兵士たちの腕を麻痺させることができる。

六　野営地、塹壕、砲撃台、国王の寝室で、また国務会議の際にスパイ(26)を働くもよい。何者なのかは見破られてしまうが、〈無花果〉を一粒、朝から服用しておけば、誰であれ見咎める者のほうが、ユグノーか異端の庇護者と見なされる羽目になる。

七　両面作戦に出て、不実、不忠であり、戦をするには国王の金庫に手をつけ、一切ことを荒立てず、思う存分、敵とも取引をするがよい。〈カトリコン〉を入れて剣を鞘に押し込んでおけば、まことに立派な人物と見なされよう。

八　いずれの側にもつかず、高みの見物を決め込みたいなら、家のまわりに聖アントニウスの火(27)ではなく〈無花果〉による十字印を描かせればよい。鎧下の着用も召集も免れられる。

九　半エキュ金貨ほどの目方の〈カトリコン〉を携帯するがよい。トゥールでもマントでも、オルレアンでもシャルトルでも、コンピエーニュでもパリであっても(28)、そこに迎え入れられるには、これほど有効な通行証はまたとない。

十　スペインの禄を食む者と認められるもよい。また王侯たちに陰謀を企て、裏切り行為を働き、主君を取り替えて売り渡したり、取引の対象にし、仲を分裂させるもよい。口に一粒の〈カトリコン〉さえ含んでおけば、相手は抱擁もしてくれようし、忠実この上ない昔からの家臣のほうをこそ、不実でユグノーだと見て不信感を抱くようになろう。その者たちが相変わらず立派なカトリック教徒であろうとも。

十一　何もかも悪いほうに向かい、敵方は計略を推し進め、相手の方が優勢に立っているとわかって、さらにうわ手に出ようと講和からは遠ざかるように。また、カトリック教会自体にも、まともなフランス語が話せないせいで、宗教的にも世俗的にもあらゆる面で堕落の危険が生じるように。少量の〈無花果〉を抜かりなく一面に蒔くがよい。誰もそれを気にかけないし、［ユグノーだと］譴責されるのを恐れ話題にもしないだろう。

十二　ル・アーヴルからメズィエール、ナントからカンブレまでの国王の諸都市[29]に立てこもり、傲然と居座るがよい。邪悪、変節漢、裏切り者となり、神にも王にも法にも従わぬがよい。そうしてわずかな〈カトリコン〉を手にし、持っていることを地域に喧伝すれば、立派なカトリック教徒と言われよう。

十三　ポン゠トードメールやヴィエンヌの不忠な要塞長官たち[30]のように、面目を失った顔つきや恨みがましい表情をして見せるがよい。霊験あらたかなこの妙薬で眼を少々擦るなら、我ながら篤実で裕福な者に思えよう。

十四　シクストゥス五世[31]のような教皇があなた方の意に添わぬことをした場合でも、インクの中に僅かでも〈無花果〉を入れておけば、〈良心の呵責なしに〉教皇を憎み、罵り、非難し、罵倒することができよう。

十五　信心などせず、坊主や教会の秘跡、また神や人間のあらゆる権限を思い切り馬鹿にし、教会がどう言おうと四旬節に肉食をするがよい。ほんのわずかな〈カトリコン〉さえあれば、ほかに罪の許しもスペイン薊[32]もなくてすむ。

十六　すぐにも枢機卿になりたいというのか。〈無花果〉で聖職者用角帽の一角を擦ればよい。その帽子は赤くなり、この上なく身持ちが悪く野心家の首座司教であれ、枢機卿になれる。[33]

十七　ラ・モット・セラン[34]ほどの犯罪者となるもよい。マンドルヴィル[35]のような贋金作り、セノー[36]のような男色者、ビュスィー・ル・クレール[37]のような悪党、海軍将官団にいる某詩人[38]のような無神論者で恩知らずとして有罪にされるもよい。〈無花果〉液で身を洗うなら、汚れなき子羊にも、信仰の柱にもなれよう。

十八　誰か賢明な高位聖職者なり、真のフランス人カトリック教徒である国王諮問会議参議なりが、国家の敵の狡猾な企てを妨げようと躍起になるもよい。舌先に一粒の〈カトリコン〉さえ乗せておけば、英国で起きたように、神がまどろんでおられる間に、信仰を滅ぼそうとしたといって、この者たちを咎めることができよう。

十九　学を衒ったりしない誰かすぐれた説教者が、素朴な民衆を迷妄〔王党派支持に大きく傾いている心理状態〕から解き放ってやろうと、叛徒の側〔リーグ派〕の都市から出かけて行った場合でも、頭巾のなかにほんの少し〈無花果〉を入れておけば、戻って来られる。

二十　スペインはフランスの名誉を踏みにじり、ロレーヌの一族は国王の血筋につながる親王たちから正当な相続権を簒奪しようと、激しく狡猾な争いを起こし、王位を奪い取ろうとするがよい。そうなったら〈カトリコン〉を用いるのだ。人々は恐れおののいているいかさま師同然の圧制者たちの攻撃の手を緩めさせようとするより、デュ・プレシの玄関先階段《ペロン》で時ならずして起こった、どうでもよい論争[39]の様子を見るほうに夢中になっていることがわかる。

以上がスペインの香具師の提示していた効能書きのほぼ半分だが、時間をかければ残りの部分も読めるであろう。

ロレーヌの香具師の前には古びた布を掛けた小さな台があるだけで、片側には小銭箱、もう一方の側にはこれまた〈カトリコン〉の詰まった箱が載せてあったが、売れ行きは芳しくなかった。というのも、何より必要な黄金という含有成分を欠いていて、変質し始めていたからだ。その箱には次のように記されていた。

しどろもどろの口上
または〈合成カトリコン〉
瘰癧《るいれき》に効き目あり[40]

哀れなこの香具師は、この商売だけで生計を立てており、毛皮付き外套とはいえ、およそ毛のはげたものを着ていたので、ひどく寒気を覚えていた。それゆえ小姓たちには〈ペルヴェ殿〉〔毛をむしりとられたお方〕と呼ばれていた。だが、スペインの香具師の方は、ひどく陽気で愉快だったので〈プレザンス殿〉〔愉快な御仁〕と呼ばれていた。事実、この男の薬は効果抜群だった。筆者はブーローニュ伯のドーマル殿[41]に会ったが、この薬のおかげで悩まされていた〈金欠黄疸症状〉から回復していたし、海軍将官団に身を寄せた詩人[42]は骨まで喰いこんでいた疥癬《かいせん》が直った。書記官のセノーの赤痢も治り、また一万人以上の熱烈なカトリック教徒たちは、首吊り紐によるひどい痛みから解放された。だが千名ほどの人々は、〈無花果〉がなかったため獄中死することになった。また、ヴェルヌイユの要塞長官[43]がしかるべき折にこの薬物をもっていたなら、ルーアンの聖ロマンの聖遺物箱を担がずにすんだであろう。[44]マイエンヌ殿はなんとも厄介なたちの悪いしゃっくりを治そうと、一杯のロバの乳に毎日、それを入れて飲んでいる。サヴォワ公[45]も空腹病と大食いの治療のため服用したが、気の毒千万！　みな吐き出してしまった。サン＝マロ長官フォンテーヌ殿の召使いだったカトリック教徒は、母なる聖教会のため二〇〇〇エキュで就寝中の主人の喉を掻き切ったが、[46]ブルターニュにはもっとひとでなしの聖人たちがいる。敬虔なそのキリスト教徒は〈無花果〉も〈カトリコン〉も手放したことがなかったため、低地ブルターニュ人からは第二の聖イヴ[47]と見なされている。要するに、教皇勅書〈イン・ケナ・ドミニ[48]〉に挙げられているどんな罪障も、カトリック的でイエズス会的なこのスペインの霊薬で完全に消滅する。

訳注

（1）〈カトリコン〉とは現代語でも〈万能薬〉を指す語だが、ここではリーグ派とその後ろ盾だったスペインのカトリック精神を揶揄する意図もこめられている。

（2）〈パリ三部会〉は王国総代理官マイエンヌ公の名で招集されたが、本来〈三部会〉招集権は国王にしかなく、国王不在のルーヴル宮で開催されたという点でも異常な〈三部会〉だった。リーグ派主催の三部会という考えは九一年から出されていたが、マイエンヌ公自身は乗り気ではなく、パリでの開催にも消極的だった。一方、アンリ四世は〈パリ三部会〉に出席する者は、大逆罪に処すとの触れを出していた。

（3）〈白綬軍〉とは王党派軍を指す。対するリーグ派の標章は赤いロレーヌ十字（長短二本の横棒がある十字架）。

（4）〈一六〉という数字は〈一六区総代会〉を揶揄したもの。

（5）ペルヴェ枢機卿（一五一八－九四年）に対する風刺。彼はアンリ三世の国策に逆らった咎で、八五年から仏国内の聖職禄を剝奪されていた。それゆえユグノーを始めとする彼の敵からは〈ペルヴェ〉の名をもじって、〈プレ〉〔pelé、〈無一文にされた〉または〈禿げ〉の意〕と渾名されるようになった。そこから古代ギリシアの悲劇作家アイスキュロスの死因にまつわる伝説が呼び起こされている。プリニウスなどが伝えるところでは、アイスキュロスは空を飛ぶ鷲が獲物としてくわえていた亀を地上に落とした際に、それに禿げ頭を直撃されて死んだのである。

（6）「三人の白癬病みと一人の禿げ」はラブレー『第二の書・パンタグリュエル』第五章にも見出せる〈ろくでなしばかり〉の意。

（7）ある事件に対するパリ最高法院長官バルナベ・ブリッソンの穏便な判決に憤激した一六区総代会は九一年十一月十五日、彼を絞首刑にし、遺体をグレーヴ広場に晒した。この事件は王党派にもリーグ派にも大きな衝撃を与えた。

（8）〈三乗の二乗〉の組織とは一六区総代会を指す。初めはごく少数の人々による秘密組織であったのに、瞬く間にパリ全市を掌握するほどに膨れ上がっていったことへの皮肉がこめられている。

（9）パリ最高法院評定官で、一六区総代会の一員。

（10）シャトレ裁判所やパリ最高法院の評定官で、積極的にリーグ派に加担した。だが、後にはアンリ四世に忠誠を誓ったため、『サチール』の後の版ではその名が削除され、別の人物名に入れ替えられている。

（11）スペインの香具師が〈パリ三部会〉に教皇特使として送り込まれたプレザンス枢機卿（実際の彼はイタリア人である）の、またロレーヌの香具師が当時ランス大司教だったペルヴェ枢機卿の戯画であることは、このテクストの末尾で明らかにされているとおりだが、リーグ派を支援するスペイン国王、及びマイエンヌ公を首領とするロレーヌ＝ギーズ一族に対する風刺ともなっている。

(12)〈地獄の無花果〉については『サチール』に付された「出版屋の第二の辞」の中で詳述されている。それによれば、無花果は聖書のなかでも、おぞましい呪われた木とされており、花も咲かず、匂いもなく、その実は落ちやすく、リーグ派の悪徳を象徴している。実の形は冠型で、スペインやリーグ派が狙っている〈フランスの王冠〉を、また、中の赤い果肉は彼らが流させた多くの血を象徴しているという。

(13) トレドは中世以来、アラビアの魔術や錬金術研究の中心地だった。

(14) スペイン国王カルロス一世で、神聖ローマ帝国皇帝カール五世でもあったこの人物(一五〇〇-五八年)は、とりわけ仏国王フランソワ一世の宿敵であり、両者はヨーロッパの覇権を競い合った。

(15) カルロス一世の後を継いだフェリーペ二世(一五二七-九八年)も父親と同じく反仏政策を推し進め、またプロテスタントや異端に対する弾圧を強化した。

(16) 誰を指すのか、不明。

(17)〈パリ三部会〉に教皇特使としてやってきたのは、プレザンス枢機卿とガエターノ枢機卿。首座司教とはランスのペルヴェ枢機卿とリヨン大司教のデピナック。

(18) フェリーペ二世を指す、彼はマドリッドの北西にあるエル・エスコリアルという小村に一五六三年から八四年までの二一年をかけて、王宮でも修道院でもあり、王家の霊廟でもある巨大で厳めしい建物を造り、そこに閉じこもって政治を行なった。

(19) イグナティウス神父といわれれば、直ちにイグナティウス・デ・ロヨラが創設したイエズス会が想起されるが、フェリーペ二世自身はむしろ〈反イエズス会〉政策を取っていた。アンリ三世暗殺事件も、九四年暮のアンリ四世暗殺未遂事件も、黒幕はイエズス会と見なしたがるポリティック派である作者たちの心情が、ここにはうかがえる。

(20) ネーデルラントのオラニエ公ヴィレム(一五三三-八四年)を指す。彼はフランスの支援を得て、スペインのネーデルラント支配に対する抵抗運動を組織したが、フェリーペ二世の方は賞金を賭けて彼の命を狙わせたため、八四年六月、ついにデルフトで暗殺された。
(21) メンドーサ家はスペインの名門貴族の家系で、ここでは駐仏大使としてリーグ派支援に暗躍したベルナルディーノ・デ・メンドーサを指す。
(22) ジャック・コモレ(一五四八-一六二一年)はイエズス会の有名な説教家で、クレルモン学院の哲学教授。後にはイエズス会フランス副管区長にもなった。
(23) 八九年八月にアンリ三世を暗殺したジャコバン会の若い修道士ジャック・クレマンを指す。彼はその場で逮捕され死刑となったが、リーグ派は彼を殉教者、聖人扱いにした。
(24) フェリーペ二世の三番目の后、エリザベートはアンリ三世の姉。よってアンリ三世はフェリーペ二世の義弟にあたる。
(25) アンリ三世が暗殺されると、前年暮に二人の兄をこの国王によって暗殺されたマイエンヌ公は「天罰!」と叫んだと言われている。
(26) 国務長官ヴィルロワ(一五四二-一六一七年)へのあてこすり。彼はアンリ三世の寵臣だったが、もう一人の寵臣デペルノン公と不和になったことが原因で、八八年以降リーグ派に接近し、八九年初めにマイエンヌ公が国務会議を結成した際には、その一員として起用された。だが、九四年初めにアンリ四世が優勢になると、以後はこの国王に恭順を誓った。そのような経歴から、『サチール』が執筆、出版されたばかりの頃は、どの陣営からも〈うろんな立ち回りをする男〉と、不審の目で見られていた。
(27) 中世以来〈聖アントニウスの火〉と呼ばれた病気があり、壊疽、脱疽、丹毒、穀物の新芽や麦角による中毒などを指したらしいが、なぜこのように命名されたのかは不明。そのような患者を隔離収容した病棟の外壁や塀には、目印として焔のしるしが付けられた。
(28) ここではトゥール、オルレアン、コンピエーニュという王党派の都市と、マント、シャルトル、パリというリーグ側の都市が対比的に組み合わされている。ただし、両派の勢力分布図は時とともに変化したため、『サチール』の後の版では都市名が入れ替えられている。
(29) これらの都市は〈パリ三部会〉当時、リーグ派に抑えられていた。
(30) ポン＝トードメール要塞もヴィエンヌ要塞も王党派が抑えていたが、九二年に長官自身によりリーグ派に明け渡された。
(31) シクストゥス五世（在位一五八五－九〇年）は八五年にはアンリ・ド・ナヴァールとそのおじコンデ公を破門にし、王位継承権を認めないという勅書を出したが、やがてスペインの対外政策や、リーグ派の動きに批判的になり、この両者から敵視された。
(32) スペイン薊とはアーティチョークのような植物で、ローマ時代から肉料理のソース、味付けに用いられた。肉食禁止の四旬節などにこのソースで覆って、ひそかに肉を食べていた人たちが聖職者の中にもいたことへのあてこすり。
(33) 野心家で好色なリヨン大司教へのあてこすり。彼は姉妹との近親相姦が取り沙汰され、そのせいもあってついに枢機卿にはなれなかった。なお、枢機卿になると赤帽を着用することになる。
(34) アンジュー地方の貴族。アンリ・ド・ギーズの庇護のもとに、ユグノーと戦うという大義名分で、敵にも味方にも残虐非道を働いた。
(35) 彼は八八年にリーグ派により、サント＝ムヌー長官に任命された。
(36) パリ最高法院、ついで神聖同盟の書記となった一六区総代会の重要な活動家で、九四年春にアンリ四世によりパリから追放された。
(37) 彼は八八年五月の〈バリケード事件〉以後、バスティーユ長官だったが、九一年暮の〈ブリッソン処刑〉に関わった咎で、マイエンヌ公によってパリから追放された。
(38) 聖職者で詩人だったフィリップ・デポルト（一五四六－一六〇六年）を指す。彼はジョワイユーズ公とともにアンリ三世の寵臣だったが、ジョワイユーズ公も国王も暗殺されると、ジョワイユーズ公のいとこにあたる、リーグ派のル・アーヴル長官で海軍司令官のヴィラールのもとに身を寄せた。後にはアンリ四世に恭順を誓い、その信頼を得るようになるが、『サチール』が刊行された当時は、作者たちが槍玉に挙げるのに格好の詩人だった。

(39) フィリップ・デュ・プレシ゠モルネ(一五四九―一六二三年)はカルヴァン派の政治家で、九九年にはソミュールにフランス初の本格的カルヴァン派の教育機関となる〈アカデミー〉を創設することになる。ペロンとはエヴルー司教で、後には枢機卿にもなった、デュ・ペロンを指す。アンリ四世の改宗に多大な貢献をした元ユグノーのこの司教とデュ・プレシ゠モルネは生涯に幾度も神学論争をかわした。

(40) 中世以来、フランスでは、国王とは神に選ばれた特別な存在で、手を当てるだけで瘰癧患者を治すことができると信じられてきた。ここでは王位継承権を主張しているマイエンヌ公を初めとするロレーヌ一族に対する風刺。

(41) マイエンヌ公のいとこ、シャルル・ドーマル(一五五三―一六三一年)を指す。彼は八八年暮にギーズ兄弟が暗殺されるとすぐに、〈一六区総代会〉によりパリ総督に祭り上げられたが、当時の彼は借金まみれだった。返済できぬほどの借財を背負った者の家に付けられたのが、黄色の目印。そこから〈黄疸病〉患者とされている。

(42) フィリップ・デポルトを指す。訳注(38)を参照。

(43) リーグ派の支配下にあったヴェルヌイユ要塞は、九〇年初めに王党派のものとなったが、すぐにまた奪い返された。

(44) 聖ロマンは七世紀前半のルーアンの司教。十二世紀以来、この町では〈昇天祭〉の聖体行列の際に、一人の死刑囚を選び、聖ロマンの聖遺物箱を担がせたうえで、無罪放免にする習慣があったが、リーグ派はこの特典を濫用していた。

(45) シャルル・エマニュエル・ド・サヴォワ(一五六二―一六三〇年)を指す。彼もフランスの王位継承権を主張している一人だった。

(46) フランスの副提督でブルターニュ代理官、サン゠マロ長官のフォンテーヌはあまりに裕福なのを妬まれ、リーグ派への忠誠に疑わしい点があるという理由で、どうやらブルターニュ総督メルクール公に買収されたらしい自分の召使いに九〇年三月のある晩、殺された。

(47) 聖イヴ(一二五三―一三〇三年)はブルターニュで布教活動に励み、特に貧民の救済に尽力したため、〈貧者の弁護人〉と呼ばれ、その遺体はトレギエの司教座教会に収められた。

(48) ルター派思想をはじめ、種々の改革派思想の出現とその蔓延、英国教会の離反といった未曾有の宗教的混乱期を迎え、一五三六年、教皇パウルス三世はローマ教会に敵対する者はすべて破門に処すと宣言した。その時の勅書。

三部会議場に掛けられたタピスリー

さて、この三部会の諸行事や会議日程について語る前に、会議が行なわれることになる議場のしつらえについて描写しても悪くはあるまい。座席の構成、配置は一四二〇年頃、国王シャルル六世の御世に、英国王とブルゴーニュ公の要請、強要にあってトロワで開かれた三部会の時とまったく似通っていた。王太子でフランスの真の王位継承者だったシャルル七世が、その権利を剥奪され、王位継承ができないと宣告されたのはその時だった[1]。鐘が鳴り響き、蠟燭の火が消された中で、王太子とその支持者や味方は皆、破門され譴責につぐ譴責を受け、それから〈当面〉追放とされた。ところで今回の議場に掛けられたタピスリー（一二枚かそこいら）は縦型織機で豪華に織られた新しいもので、わざわざ作られたらしい。天蓋も同様で、王国総代理官殿はその下に着座されることになっていた。

天蓋の、ある一方の上部垂れ布には、内側にセルトリウスらしき姿[2]がありありと描かれていた。フランス風の衣服をまとい、スペイン人のなかにいる彼は不思議な力を備えた牝鹿に伺いを立てて、神々のみ旨を承っているのだと述べていた。

別の垂れ幕には奴隷軍団に訓示するスパルタクスの肖像があった。その軍団を用いてローマ帝国に武装叛乱を企てたのである[3]。

三枚目には、ある寺院に火を放ったばかりのこの男が松明を手にしている姿があった。垂れ布の裾には〈水攻めでうまくいかぬというのなら、瓦礫の下敷にし息の根を止めてやろう[4]〉と記されていた。

四枚目のは逆光による暗がりのせいで見えなかった。頭上の天蓋の奥のほうには、パリの最新の標章〔リーグ派のしるし?〕が付いたキリストの磔刑像があった。左手は十字架に打ち付けられていたが、右手は自由で抜き身を握っており、その剣のまわりには〈汝の上、そして汝の血筋の上に〉という銘文があった。

手前の三枚の垂れ布の外側には、イカロス[5]とパエトン[6]の墜落の様が入念に描かれており、パエトンなる若者の姉妹たちがポプラの木になり果てるさまも見事に示されていた。そのうちの一人は弟を救おうと駆け寄って腰の骨を折ってしまったが、髪を振り乱したモンパンシエ公の未亡人[7]に生き写しだった。

天蓋に近い最初のタピスリーは〔「出エジプト記」三二章に記されているとおりの〕黄金の仔牛の話で、モーセとアーロンは亡き国王アンリ三世と故ブルボン枢機卿[8]殿の姿で表されていた。だが、黄金の仔牛は故ギーズ公の姿で、民衆に祭り上げられ、崇められていた。二枚の板にはブロワ三部会の基本法と一五八七年七月勅令[9]が報じられていて、タピスリーの裾のほうには〈わたしの裁きの日に、わたしは彼らをその罪のゆえに罰する[10]〉という語が記されていた。

二枚目は古今のさまざまな挿話を一つの大きな絵に仕立てたもので、それぞれ別の切り離された話であるというのに、巧みに関連づけられ同一構図内に収められていた。もっとも高いところには、ジャン・ド・ブルゴーニュ公が深夜にパリ入城を果たした際の見事な光景が描かれていたが、その折にパリ市民は万聖節だというのに、はや〈クリスマス おめでとう〉Noël と叫んだのだ[11]。

ある隅にはルーアンの暴動の図があった[12]。ル・グラ〔「太っちょ」の意〕と渾名されたある商人が下層民に担がれて王にされた時のことだ。別の隅にはギヨーム・カイエを頭としたボーヴェズィのジャックリーの乱[13]、下の隅には徒党を組んだリヨンの豚ども[14]、もう一つの隅には屠殺業者や皮剥ぎ職人の王であるシモーネ、すなわちカボシュやジャック・オーブリヨを頭領とした、かつてのマヨタンの輩の蛮行の図[15]。だが縮小サイズの人物像から成るそうした部分は、すべて背景でしかなく、タピスリーの奥の中央に描かれていたのはパリの〈バリケード事件〉だった[16]。パリ市民にあれほどの恩恵を施し、特権を与えた素朴で善良なカトリック教徒である国王を館から追い出し捕らえようと、酒樽や大樽で四方八方から攻め立てている図であった。トレモン、シャティニュレ、フラヴァクール[17]、その他の狼藉者たちを名誉ある地位に上らせた数々のあっぱれな策謀も表されており、下のほうには次のような四行詩が記されていた。

ユピテルは持っている諸樽から
福と災いをわれらに注がれる〔ホメロス『イリアス』第二四歌五二七行を踏まえた表現〕
だが　こちらの樽はどれもまっさら
何もかも　あべこべに入れておられる

三枚目のタピスリーは父親をバリケードで包囲し、エルサレムの町から追い出したアブサロムの話であった[18]。彼は下賤な輩のなかでも、とりわけ卑しくさもしい連中を不当なまでにちやほやし、味方に引き入れ買収したのだ。それで、どんな報いを受けたのか。またろくでもない参謀だったアヒトフェル[19]がいかに無残な最期を遂げたかも見てとれた。どの顔も例の三部会に出席した人物の誰かに似ており、ジャナン長官[20]、マルトー[21]、リボー[22]、その他ブロワ三部会の際に故ギーズ公に懐柔された人たちの顔はすぐにわかった。それにシューリエ[23]、ラ・リユ[24]、ポカール[25]、セノー[26]、その他の屠殺業者に悪徳商人、ドブ浚いまでも見られた。彼らは皆、そのなりわいでは秀でた御仁で、殉教した亡き公[27]は熱烈な信心から、唇への接吻を贈ったものだ[28]。
四枚目は別名〈ベドウィン族〉とも〈アルケサス族〉とも呼ばれる古今の〈暗殺教団[29]〉の武勲のあらましを伝えていた。彼らは主君と思いこんでいる〈六つ、ないし七つの山の長老〉ともあだ名されるアラディン[30]に命令されると、寝室や寝台にまで踏みこんで、人を殺すのをなんとも思わぬ輩だった。それに、とりわけ目立つ人物が二人いた。一人はトリポリ伯[31]で、その手に接吻を贈っている熱烈な信心家であるサラセン人に暗殺された。もう一人はフランスおよびポーランドの国王だった人物[32]で、ひざまずいて一通の書簡を差し出す狂信的破戒僧に短刀で騙まし討ちにされた。その坊主の額には大文字で、その名（ジャック・クレマン修道士[33]）**Frère Jacques Clément** のアナグラム、〈我を造りしは地獄〉**C'EST L'ENFER QUI M'A CREE** と書かれていた。

五枚目はドーマル殿[34]が総司令官とされたサンリスの戦いの図。この殿に翼を備えた強力な拍車を贈呈しているのは、ポリティック派の君なるロングヴィル公[35]と鉄義腕のラ・ヌー[36]、及びその腹心のジヴリ[37]で、図のまわりには次のような四行から成る詩句が記されていた。

誰にでも〈自然〉は足を
与えている　助けてやろうと
足こそ人を救うもの
駆けだしゃ良いのさ

かのあっぱれなドーマル殿は
見事な走りを見せたため
手荷物こそ失おうと
命は落とさずすんだのさ

あとに続いた者たちも

一睡とてもせずじまい
運良くも逃げおおせ
一命落とさずすんだとさ

城門が開いていたなら
非難を浴びはせぬだろうかと
下がっていては話にならぬ
駆けだしゃ良いのさ

駆け出すことこそ値千金
走り去る者がまことの志士
トレモン[38]もバラニー[39]自身も
コンジー[40]もその心得はあったのさ

駆け出したとて咎にはならぬ
賞を得ようと走るのは
立派な働き
足が速けりゃ捕まるものか
逃げ足の速い者こそ有能で

神を恃みとしている者
だがシャモワ(41)もメヌヴィル(42)も
さほど健脚ではなかったのさ

よくあることだが、ぐずぐずしてては
ろくな目にあわぬ
さっさと逃げだしゃ
また戦える(43)

戦《いくさ》じゃ足を使うがよい
風を切って進むのさ
先手を打てずに
殺されたり打ち負かされるぐらいなら

生きて名誉を得たいなら
ともあれ　死んでは話にならぬ
命に関わる場合には
逃げ出しゃ良いのさ

このタピスリーの隅には病床に伏せるピジュナ(44)の姿があった。彼はこのような運命に憤慨し、この上なく善良なフランスの女人、聖ジュヌヴィエーヴ[45]宛てに急いでしたためた手紙に、返事が来るものと待っているところだった。

六枚目にはアルクの奇跡[46]が描かれていた。五、六〇〇〇人の気力を失った兵たちが泳いで海を渡ろうとしながらも、敵を嘲って見せ、一万二〇〇〇から一万五〇〇〇人の威勢もよければ、鼻っ柱も強い向こう見ずな者たちを〈ベアルンめ〉の魔力によって敗走させていた。もっとも見ものだったのは、捕虜として縛られ繋がれた〈ベアルンめ〉を意気揚々と連行してくるさまを見ようと、窓辺にいたパリのご婦人がたや、サン＝タントワーヌ街の店や仕事場に十日も前から席をとっていた人々だった[47]。だが、この〈ベアルンめ〉はそれとは違った出で立ちでフォーブール・サン＝ジャックとサン＝ジェルマンを通ってやってきたのだから、見物人たちはまんまと一ぱいくわされたわけだ[48]。

七枚目はイヴリ・ラ・ショセの戦い[49]で、スペイン人、ロレーヌ人その他の熱烈なカトリック教徒たちは嘲ける気なのかどうかわからないが、王党派側に後を見せて逃げ出したので、いきりたった〈ベアルンめ〉は馬に跨り全速力で〈神聖同盟〉を追っていた。王国総代理官はひたすら潰走し、エフモント伯[50]など見殺しにしても高くはつくまいと思い誤り、人質として置き去りにするが、トルコ産の馬で疾走するその様はなかなか見ごたえがあった[51]。マントに着いて、くぐり戸から入ると彼は低い声で喘ぎながら「諸君、わが身とわが兵士を救ってほしい！　万策尽きたが〈ベアルンめ〉は死んだのだ！[52]」と住民に告げた。殊に見惚れてしまうのは、彼が長持や櫃をつぶさに点検し、恭しく〈信仰〉の御旗を取り出す光景だった。その旗には、黒のタフタ織りの布に磔刑の図が描かれ、〈キリストの庇護のもとに〉と記されていた[53]。それは今、マントの教会に掛けられている通りのものである。キリスト教徒たちよ、この旗こそ、いつの日か、綱の切れぬ限り、彼の後を継ぐ王たちの国王旗となるであろう。小さなタピスリーの隅には羊飼いと農民の踊りの光景があり、その傍らの枠らしきものの中には、次の歌が記されていた。

もいちど踊りを始めよう
あんなことは、もうたくさん
春が来て
王様たちは消え失せた

休戦にしようじゃないか[54]
もうへとへと
空豆の王様たちには[55]
閉口したよ

残っているのは一人の王様
阿呆どもは追放された
運命の女神は今
壺こわし遊び[56]に興じている

仕返しはたっぷりしてやらにゃ
途方にくれている王様たちに
なにもかも得ようとして
なにも手に入れられなかった王様たちに

一人の偉大な大将が
あなたがたを打ち負かした
さあ　ジャン・ドゥ・メーヌよ[57]
王様たちは消え失せた

八枚目のは〈数多くある〉パリの壮麗な祭壇を表しており、内部にある聖体容器の上の方には三人の聖人の画像[58]があった。グレゴリウス暦になってから[59]あらたに印刷されたもので、聖人たちは普通の倍もの断食に耐えている様子だった。その中の一人は百舌《もず》のように黒と白の衣服をまとい〔敬虔でも悪辣でもある様子〕、聖バルテルミー[60]の時の巾着切りとはおよそ違ったふうに小さな短刀を手にしていた。もう一人〔ランス大司教で枢機卿でもあったルイ・ド・ギーズ〕は赤い長衣をまとい、下には鎧をつけており、長い紐の付いた同じく赤い帽子を被り、血潮を湛えた杯を手にし、さも飲みたそうにしていた。その口元から出ているのは、〈兜を被って立ち、槍を磨き、鎧を身につけよ〉〔「エレミヤ書」四六章四節〕と記された書き物だった。

三人目は聖ゲオルギウス[61]のように馬に跨った聖人で、足元にはあまたの婦人や娘たちがいた[62]。彼女たちのほうに手を差し伸べ、王冠を掲げて見せていたが、それこそ彼が喘ぐほど求めていたもので、〈美しきものは手に入れ難し〉という銘があった。人々は奇跡を起こしてくれるようにと、この聖人たちにお灯明をあげ、あらたなとりなしの祈りを捧げていたが、風がなにもかも運び去り、吹き飛ばすのだった。このタピスリーの縁取りは白衣の行列と、一段と熱を帯びてきた説教、および〈テ・デウム〉の祈りの光景で、ブーシェ[63]とランセットル[64]とフイヤン修道士[65]の姿が小さく見えている。彼らは民衆に平和を訴えているのだが、言葉と本心はまるで別という表情である。

九枚目には、地面に横たわって、蝮《まむし》やあれこれの怪物を月足らずで無数に産みおとしている巨大な女の姿が、ありありと描かれており、生まれたものには〈ゴーティエの輩〉[66]とか、〈カティヨンの連中〉[67]、〈略奪者〉、〈リーグ派〉、〈熱烈なカトリック教徒〉、〈シャトー・ヴェールの輩〉[68]という名が付けられていた。この巨大な女の額には、

これぞ麗しのルテティア[69]
お気に入りの小姓相手に色事にふけろうと
父や夫を殺せし女

と記されていたし、スペインの奥方は生まれたものを引き取り、乳を飲ませてやろうと、産婆と乳母役を務めていた。

十枚目には、ドーマル騎士によるサン゠ドニの町の攻略の様子が詳しく描かれており[70]、ヴィック殿[71]や、彼の足に木をあてがって補強してやっているフランスの聖使徒[72]、それにパリの住人を怯えさせようと火薬に火を放った聖アントワーヌ・デ・シャンの姿[73]もあった。このタピスリーの上方には、次のような言葉が記されていた。

聖アントワーヌはリーグ派の頭[74]の略奪にあい
もっとも頼りになる聖ドニのもとに嘆きに行った
すると　この非道の仕返しを約束してくれた
程なく　あの不埒者はサン゠ドニ奪取を

企てた。だが聖ドニはやつを捕まえ
今回と前回の攻撃に仕返しをした

下方にはドーマル騎士の墓碑銘があった。遺体が家鼠か、はつか鼠に喰われたとはまったく記されていないが、(75)以下のとおりである。

ここに眠るは命知らずの剛の者
サン＝ドニに対し鮮やかな戦いを挑んだ者
だが　聖ドニの攻めはもっと鮮やか
攻略されたその町で　やつを捕まえ討ち取った

十一枚目でもっとも手前に見えるのは、哀れなブリッソン長官とその補佐官たちの無念そうな表情で、神聖同盟の勲章を授与し、(76)グレーヴに推挙するから、(77)告解を済ますようにと言われている。このタピスリーは入口の扉を覆えるほどに幅広くはなかったので、半分の大きさのタピスリーが付け加えられていた。それは聖福音史家で殉教者の聖ルシャール、聖アムリーヌ、聖アンルー、聖エモノという四人の人物が(78)首吊りにされて、崇拝の対象というか、聖人扱いにされている図で、足元には次の四行詩があった。

ならず者よ　裁判官を縛り首にし
罪にならぬと言い張っているが
そんなわけにはいくまいぞ

ならず者でも裁判官を殺《あや》めたためしはない

窓辺にある十二枚目で最後のタピスリーは、王国総代理官殿の全身を映しだした肖像画だった。〈ガリアのヘラクレス〉[79]といった身なりで、夥しい数の手綱を握り、夥しくいるぐうたらどもを牛耳っていた。頭上には雲に浮かんでいるかのようにニンフがいて、〈ぐうたらにならぬようご用心〉と記された書き物を手にしていた。

また王国総代理官の口からは、もうひとつの書き物が吹き出ていて、〈わたしはそうなるだろう〉[80]と記されていた。

以上が、できるだけ近寄ってタピスリーのなかに見てとれたものである。三部会議員諸氏が座ることになる長椅子や腰掛はどれも織り布で被われており、そこには黒と赤の小さなロレーヌ十字と、半分本物、半分まがい物の銀の雫《しずく》模様がちりばめられていた。式典にふさわしく、全体は充実しているというより、空疎であった[81]。

訳注

(1)　百年戦争も終盤を迎えた一四二〇年五月、仏国王シャルル六世は英国王ヘンリー五世と〈トロワ条約〉を結び、王太子シャルルを廃嫡にしたうえで、ヘンリーのもとには王女カトリーヌを嫁がせ、自分が亡き後は英国が仏国王座を継承してよいと認めた。だが、周知のとおり、やがて仏国王座に就いたのは廃嫡にされた王太子、シャルル七世である。このシャルルとイメージが重ねあわされているのが、新国王アンリ四世である。

(2)　クイントゥス・セルトリウス（前一世紀）はイベリア半島を支配したローマの軍人。彼は真っ白な牝鹿を飼いならし、自分はその鹿を通して、未来を予知できると、人々に信じこませた。そのようなセルトリウスの姿を描くことで、作者はスペイン寄りのリーグ派の指導者を揶揄している。
（3）スパルタクス（?―前七一年）はトラキア出身の奴隷で剣闘士。前七三年にヴェスヴィオ火山あたりを拠点に奴隷軍団を組織し、イタリア全土を震撼させた、いわゆる〈スパルタクスの叛乱〉の首謀者。ただし、この時期のローマはまだ帝政にはなっていない。
（4）前一世紀のローマの政治家で歴史家でもあるサッルスティウスによる『カティリーナの陰謀』三一段にある語句を踏まえた表現であろう。
（5）ギリシア神話中の人物。クレタ王ミノスの怒りに触れて、父ダイダロスとともに迷宮に幽閉されたが、父の考案した翼を用いて脱出に成功。だが、あまりに高く飛んだため、太陽の熱のせいで翼の蠟が溶け、海中に墜落して死んだ。
（6）ギリシア神話中の人物。ある日、父の太陽神ヘリオスから太陽の戦車を強引に借り出し、走らせたが、制御する力がなく、宇宙を焼き滅ぼしそうになり、怒ったゼウスの雷に打たれ、死亡した。その死を悼む彼の姉妹たちは、やがてポプラの木になり果てた。
（7）マイエンヌ公の姉で、モンパンシエ公未亡人のカトリーヌを指す。彼女は、片足が不自由だった。
（8）アンリ四世のおじ、シャルル・ド・ブルボン（一五二三―九〇年）を指す。この枢機卿は八九年暮から亡くなる九〇年五月までの半年間、リーグ派に担がれて〈仏国王シャルル十世〉とされた。
（9）ブロワ三部会の基本法とは、アンリ三世がギーズ一族の圧力に屈してやむなく発した、いわゆる〈同盟勅令〉で、国内には一つの宗教しか認めず、異端のアンリ・ド・ナヴァールには王位継承権がないことをあらためて宣言したもの。本文では一五八七年七月勅令とされているが、八八年の間違いで、この基本法は同年秋のブロワ三部会でも再確認された。
二枚の板とは、モーセが神から授かった「十戒」の記された板でもある。
（10）「出エジプト記」三二章三四節。聖書の中でこの言葉を発しているのは神だが、アンリ四世の姿を重ね合わせることもできよう。

(11) 百年戦争中、ブルゴーニュ派とアルマニャック派が熾烈な戦いを繰り広げていた一四一一年十月末、ブルゴーニュ公が約八〇〇〇名の英国兵を率いてパリ入城を果たした時のことを指しているのだろう。ブルゴーニュ公にはアンリ・ド・ギーズのイメージが重ね合わせられている。〈Noël〉という語はクリスマスを指すだけではなく、古くは種々の慶事の際に発された歓呼の声でもあった。
(12) 一三八二年、ルーアンの市民はブルゴーニュ公フィリップ二世の重税政策に抗議して、叛乱を起こした。
(13) 一三五八年五月末から六月末にかけて、北仏全体に広がった農民を中心とする叛乱。〈ジャックリー〉とは蔑称で、〈百姓、不逞の輩〉の意。
(14) 一三八五年にリヨンで発生した暴動。
(15) 一三八二年にパリ市民が起こした叛乱。
(16) 一五八八年五月にパリ市民が起こした暴動。アンリ三世は直ちにルーヴル宮から脱出し、パリを離れたため、いっそう民衆の反感を買うことになった。
(17) 三人ともギーズ公の部下。
(18) 「サムエル記　下」一三―一九章参照。父ダビデに叛旗を翻したものの、結局は打ち負かされたアブサロムには、アンリ三世に暗殺されたギーズ公の姿が重ねあわされている。
(19) 「サムエル記　下」一五―一七章参照。ダビデの顧問だったが、アブサロムの叛乱に加担し、最後は自殺に追いやられた人物。
(20) ブルゴーニュ高等法院長官だった人物で、一六区総代会の一員。
(21) 彼は一六区総代会の指導者だったが、九〇年初めにこの組織を離脱した。
(22) マイエンヌ公の財務官だった人物。
(23) 最後まで一六区総代会の熱心な一員で、〈ブリッソン処刑〉にも関わり、後にアンリ四世により、パリから追放された。

(24) 仕立て屋の親方で、始めは一六区総代会の一員だったが、〈ブリッソン処刑〉に衝撃を受け、この組織を離脱した。
(25) 錫職人で初めは一六区総代会に加わったが、〈ブリッソン処刑〉事件後、この組織を離脱した。
(26) パリ最高法院の書記で、マイエンヌ公に最後まで忠誠を尽くした。
(27) アンリ・ド・ギーズを指す。
(28) 唇への接吻という風習はイタリアから伝わって、アンリ三世の宮中で流行した。
(29) 十一世紀末から十三世紀後半にかけて、今日のイランからシリアに及ぶ地域で勢力を握ったイスラム教シーア派の秘密結社で、宗教的恍惚に浸るため、または敵を暗殺するために大麻（ハシッシュ）を用いたことで知られる。
(30) 右記暗殺教団の首領は代々〈山の長老〉と呼ばれ、アラディン（一二一一－七二年）もその一人。この称号から連想されるのは〈七つの丘からなるローマの長老〉ローマ教皇である。
(31) 第一回十字軍に参加したトゥールーズ伯の子孫。前者が築いたトリポリ伯領（東方ラテン国家の一つ）の領主だったが、一一五二年にどうやら〈暗殺教団〉によって殺されたらしい。
(32) アンリ三世を指す。
(33) アンリ三世を殺害したジャコバン会の修道士。狂信的信者ではあったが、この事件には別に黒幕がいたとも言われている。彼の名のアナグラムは、当時よく知られていた。
(34) 彼は八九年五月のサンリスの戦いで総指揮官を務めたが、ユグノーであるラ・ヌーの率いる軍に敗れ、サン＝ドニに逃げ込んだ。
(35) ピカルディー総督ロングヴィル公アンリ・ドルレアン（一五六八－九五年）は常に王党派の陣営にいて、実際〈ポリティック派の君〉と呼ばれていた。
(36) フランソワ・ド・ラ・ヌー（一五三一－九一年）は改革派の信仰をもった軍人で著作家。一五七〇年の戦いで左腕を失ってからは、鉄の義腕を取り付けていたため、〈鉄義腕〉とあだ名された。

(37) ジブリ男爵アンヌ・ダングリュール（?－一五九四年）は、サンリスの戦いでラ・ヌーの片腕として活躍して以来、その〈腹心〉と呼ばれるようになった。

(38) 彼はマイエンヌ公の護衛隊長だったが、〈ブリッソン〉事件以後、ビュスィー・ル・クレールに代わってバスティーユ長官に任命された。

(39) 彼は、ヴァランス司教ジャン・ド・モンリュック（ブレーズ・ド・モンリュックの弟）の息子。リーグ派に加わって活動したが、後にはアンリ四世の信頼を勝ち得て、フランス元帥に任命された。

(40) コンジーとはパリ高等法院弁護士のコワニェを指すのであろう。トレモンもバラニーもコンジーもサンリスの戦いでは敗走を余儀なくされた。

(41) 故フランソワ・ダンジュー公（アンリ三世の弟）の家臣だったが、サンリスの戦いで死亡。

(42) マイエンヌ公に仕えていた人物だが、サンリスで戦死。

(43) この節の最後の二行はラブレー『第四の書』第五五章にある表現を踏まえているのであろう。

(44) イエズス会士のオドン・ピジュナ（一五三四－一六〇七年）を指すのか、それとも、その兄弟で一五九〇年に亡くなったサン＝ニコラ＝デ＝シャン教区司祭のフランソワを指すのか不明だが、二人ともリーグ派の熱心な活動家。

(45) 五世紀半ば、フン族がパリに攻め入ろうとした時、修道女ジュヌヴィエーヴは民衆を励まし、神に祈り続けて町を守り抜いたため、のちにパリの守護聖人とされた。

(46) 八九年九月、ノルマンディーのディエップ港近くで展開された戦い。国王軍は形勢不利であったにもかかわらず、マイエンヌ公の軍に対して奇跡的な勝利を遂げた。

(47) このあたりの描写はほぼ事実に基づいている。アンリ四世はベアルン地方の生まれゆえ、敵方からは〈ベアルンめ〉と呼ばれていた。

(48) ノルマンディーから戻った国王軍がパリの南郊から攻め入ってきた時、リーグ派が優勢だと聞いていたパリ市民は真底、驚きあわてふためいた。
(49) 九〇年三月のイヴリの戦いで、国王軍はリーグ派の半分の兵力だったが圧勝した。
(50) スペインからの独立をめざして立ち上がったかどで、六八年にブリュッセルで処刑されたフランドルのエフモント伯の息子。彼はイヴリの戦いの折、フランドル軍を率いてマイエンヌ公のもとにはせ参じたが、戦死した。
(51) 事実、マイエンヌ公はトルコ産の名馬に乗ってイヴリの戦いに臨んだ。
(52) このあたりの描写はほぼ事実に基づいている。
(53) イヴリの戦いでリーグ派は、ここに描写されているとおりの旗を国王軍に奪われた。
(54) イヴリの戦いの後、夏には国王軍とリーグ派軍との間で、一時停戦が成立。
(55) 一月六日の公現祭の折に、空豆（キリストの生誕を祝うため、ベツレヘムまで旅をしてきた東方の三人の博士、または王を表すもの）入りのパンケーキを焼く習慣があるが、ここでは数多くいる王位継承権主張者に対する風刺。
(56) 王位継承権を主張していた人々が次々と脱落していったことを皮肉っているのだが、当時は実際に〈壺こわし〉というゲームがあった。
(57) マイエンヌ公の渾名。
(58) アンリ三世を暗殺したジャック・クレマンと、この国王に暗殺されたギーズ兄弟を指す。彼ら三人はリーグ派では殉教者としてたたえられた。
(59) フランスでグレゴリウス暦が採用されるようになったのは、一五八二年末からである。
(60) 聖バルテルミー（バルテロマイ）はキリストの十二弟子の一人で、生きたまま皮を剝がれて殉教したと伝えられている。そのため、剝がされた皮や処刑道具の小刀とともに表されることが多い。ここでは一五七二年の〈聖バルテルミーの大虐殺〉とジャック・クレマンの剣による国王暗殺のイメージが重ねあわされている。
(61) 四世紀初め、ディオクレティアヌス帝の迫害にあって殉教の死を遂げた聖人。

(62) 聖ゲオルギウスは普通、足で竜を踏んづけている姿で表されるが、その姿をもじって、色男だったアンリ・ド・ギーズの足元には多くの女性たちが配置されている。
(63) ジャン・ブーシェはソルボンヌの博士でサン＝ブノワ教区司祭。一六区総代会の熱心な活動家。
(64) サン＝ジェルヴェ教区司祭でリーグ派。
(65) 〈プティ・フイヤン〉とあだ名された説教家のベルナール・ド・モンガイヤールはアンリ四世がパリに入城すると、フランドル地方に亡命。
(66) リーグ派の反抗的農民で、とりわけラ・シャペル・ゴーティエなる人物の指揮下に八九年、ノルマンディーで起きた叛乱に加わった者たちを指す。
(67) アミアンの近くのカティヨン（またはシャティヨン）の町のリーグ派。
(68) リーグ派の反抗的な農民に対する蔑称。
(69) ルテティアとはガロ・ロマン時代のパリの名称で、ここではリーグ派が多数を占めるパリ市民へのあてこすり。
(70) 彼は九一年一月三日、サン＝ドニの町を急襲したが、王党派軍に敗れて戦死。皮肉にもこの日は聖ジュヌヴィエーヴの祝日。
(71) ドミニック・ド・ヴィックは初め、反ユグノーだったが、やがてアンリ四世の陣営に加わった。戦場で負傷し、右足を切断。一六一〇年、アンリ四世が暗殺されると、それに衝撃を受け、数日後に彼も世を去った。
(72) 三世紀頃のパリの初代司教、聖ドニ（聖ディオニシウス）。
(73) 擬人化された表現になっているが、サン・タントワーヌ・デ・シャンとは、今日、パリのサン＝タントワーヌ病院が位置しているあたりにあった尼僧院の名。九〇年五月、ドーマル騎士はサン＝タントワーヌ城門を拡大、補強するという名目で、そのあたりに向かい、家来たちが同尼僧院を略奪するのを黙認した。
(74) ドーマル騎士を指す。

(75) サン＝ドニ修道院に運ばれたドーマル騎士の遺体はしばらく納棺されなかったため、鼻先が鼠に喰いちぎられたという。
(76) 絞首刑のための綱を指す。
(77) グレーヴ広場で処刑し、遺体を晒すこと。
(78) 彼らはいずれも熱心な一六区総代会の活動家。〈ブリッソン事件〉にかかわった咎で、マイエンヌ公に直ちに処刑された。それゆえ一六区総代会では彼らを殉教者扱いにした。
(79) ヘラクレスはギリシア神話に出てくる怪力無双の英雄で、ジブラルタル海峡に二本の巨大な柱を打ち立てたとされているが、十六世紀の仏国王はしばしば〈ガリアのヘラクレス〉と呼ばれた。『サチール』が出された頃にこの名に値したのはもちろん、アンリ四世であり、マイエンヌ公はヘラクレス気取りと揶揄されている。
(80) マイエンヌ公は仏国王座を狙っていながら、実際の行動面では消極的で優柔不断だった。そのため〈ぐうたら〉扱いにされている。
(81) パリ三部会への出席者が、当初の見込みの三分の一にも達さなかったことを皮肉っている。なお、この一節には、フランス王国の象徴である百合の花への言及がないことに注目すべきである。

ルネサンス期フランスの学問と宗教と――伝統と逸脱との狭間で

第一巻なので、あえて紙幅を割き、当時の知的・宗教的状況に関し、一種の俯瞰図を提供することも意識しつつ記述をおこないたい。

フランス十六世紀（ルネサンス期）の学問と宗教に関しては、渡辺一夫以来、多くの知見が披露され、そのエッセンスは、文学史のマニュアル類などに簡潔に紹介されているため、わが国でも比較的よく知られている。ここでは教科書的な概説は必要最小限にとどめ、本シリーズ・第一巻を理解するうえで、特に有益と思われる情報を提供してみたい。なお、私が専門とするフランソワ・ラブレーを媒介項にしつつ、本巻に収めた諸作品と、その周囲を彩る当時の学問領域とを、緊密に数珠繋ぎにしていく方法を原則としてとりたい。

ルネサンス期を特徴づけるユマニスム（人文主義）は、言うまでもないが、印刷術の発展と不可分の関係にある。もちろん、ユマニスムが純粋な学問的好奇心のみに駆動されて、十六世紀フランスを席巻したわけではない。それは往々にして、社会的上昇を手繰り寄せる実践的手段の伝播とも、緊密に結びついていた。新たな官僚国家において、印刷術は掌を返すがごとく容易に、教室における知的訓練のマニュアルを量産し準備する。個人個人はそれらを経由して、行政機構の内部に進出するにふさわしい教養を身につけ、職業上必要不可欠な技術（特に雄弁術や翻訳術の獲得など）を、効率的に習得していく。ユマニスムが、当時の意欲ある若者たちに、言わば当世風の「就活」に必要な知見や教養、学識や技能を提供し、新たな公人層の形成に寄与したことは、当然忘れてはなるまい[1]。

この新技術は同時に、書籍流通の一大市場を開拓し、ユマニスムをヨーロッパの端々にまで浸透させるうえで大きな役割を担った。それは、制度的アカデミスム（大学）の外部に、新たな知的ネットワークを幾重にも張り巡らせる装置としても機能したのである。この量的拡大は、文献学の質的変革をも、もたらさずにはいなかった。

世俗的権力が整序されるにつれ、文献学は、いわゆる神聖なる領域から、徐々に世俗的分野へと、その焦点を変位転換させていく。つまり、そこに占める神学知の比率は、世俗知のそれに凌駕される。さらに、「編集」という作業が職業として独立し、その周辺に、類縁的な協業（翻訳、模倣、監修、編纂など）を成立させる。そのうえ、著作業は、印刷出版業と軌を一にして一定の独立性を獲得する。こうしたプロ集団の形成は、注や余白やインデクスの活用に代表される新たな記録技術の駆使をもたらし、文献読解の領野に、清新な解釈学の方法論を打ち立てる絶好の機会ともなった。

知識人たちは軽やかな知的フットワークで、多様な分野を横断し、拡大する情報組織網の内に「知」を統合していく。こうした環境下で、たとえばエラスムスは『警句集』*Adages* を編み、膨大な古典的コーパスに探り当てたユマニスムの精髄を、截然と識別、分類し有機的に連鎖させていく。そのうえで、エラスムス独自の注解のプリズムを通過させ、既往の叡智に新たな生命を吹き込んでいく。こうして『警句集』は、世俗知の総合を実践し、後継者たちに対し、蘇生した古代の知的資源を提供し続ける。ラブレーのような才人は、この知的な「豊穣の角」と机上で真摯に向き合いながら、種々の格言を闊達な文学的創造へと跳躍させ、その成果を『パンタグリュエルとガルガンチュア』という前代未聞の「コミカルな福音書」として世に送り出す。一連の作品は、周知の通り、旧弊なものの見方を打破し、ソルボンヌに代表される守旧派的（非）知性を、「暗黒の中世」に追いやっていく。もちろん、ラブレーの「中世蔑視」は、価値の基準軸を歴史学的現在に設けるなら、当然誤った時代認識（時代錯誤）であるが、当時の知的風潮という文脈内では、相当の整合性を保っている。その諸作品には、旧制度とそこに巣くう敵方に対して、あるいは自らの身辺に跋扈する前世代に対して、彼が覚えた強烈な反感すら、その息づかいとともに感受できるほどだ。さらに言えば、前世代への拒絶宣言は、いつの時代にも通じる感受性であり、知的イニシエーションに内在する必然とすら解しうるかもしれない。

ところで、印刷術を「後見人」とするユマニスムが、最大の関心を寄せた主題は、印刷そのものとも密接に関連する言語の、その神秘性である。言葉の核心に迫ろうとする情熱は、現代人のルネサンス観には馴染みにくく、ややもすると時代把握の営為から欠落しかねない。当時のフランスないしヨーロッパの知識層は、多種多様な観点から、言語の秘奥に切り込もうと努めている。中でも彼らの関心を強く引いたのは、言語の恣意性と自然性をめぐる問題系であろう。言うまでもなく、この切り口は、記号《シーニュ》を基軸に据えた論考内に包摂される、重要な問題群の一つと捉えてよい。さて、たとえば先のラブレーはパンタグリュエルにこう宣言させている。「われわれが自然に言語を持っている«(…) que (nous) ayons langaige naturel» などというのは、全くの誤謬にすぎない。言語というものは、どれも恣意的な制度«institutions arbitraires»と、人々の約束«convenences des peuples»でできているだけなのだぞ。弁証法学者も述べるとおり、単語には本来意味はなく、それは好き勝手なものなのだ。«les voix (…) ne signifient naturellement, mais à plaisir»」[2]。以上を大雑把にまとめれば、『パンタグリュエル』の産みの親は、アリストテレスやヘルモゲネスに由来する「言語の恣意性」という立場を支持していると単純化できる（より広くは「記号の恣意性」に賛同していると言える）。しかし、彼は主として後期作品で、プラトン（の特に『クラテュロス』）を淵源とする「言語の自然性」（言葉は物に自然に寄り添う）という見解をも、巧みに作品内に導入している。たとえば、喜怒哀楽を表出する音声は、犬などの動物が発する「非言語的発生音」（スクリーチ）と同じく、人間の感情をそれに寄り添うように自然になぞる。ゆえに『第四の書』でパニュルジュが上げる泣き言や叫び声は、彼の心情をありのままに吐露している。さらに、『パンタグリュエル』に描かれた身振《ジェスト》りを駆使するトーマストとパニュルジュの「議論」は、より広闊な記号論的風景の中で、シーニュの恣意性と自然性との対比を際立たせてみせる。ラブレーは、一見矛盾するこれら二つの立場を、アンモニウス・ヘルマエウスに由来する「統合的解釈」を実に鮮やかに運用しつつ両立させているのだが、その詳細は複雑であり、博学多才なラブレー学者マイケル・スクリーチの精緻な論考に譲ることにしたい[3]。

　ルネサンス期の人文主義者たちは、言葉と物とが乖離しがちな世界内にあって、それらが稀に「一致」するある種の理想状態を、バベル以前の「共通言語」と連接させて把握する傾向が強かった。特にこの母型言語としてヘブライ語を措定し、そこにフランス語との類縁性や近似性を見出そうと努める傾向は、ギヨーム・ポステルやジョフロワ・トーリーを始めとする独創的な学究にしばしば見出せる。母型言語（ヘブライ語？）は、確かにバベルの塔に象徴される人類の罪を発端として、神（ヤーウェ）による強制的な分散を余儀なくされた。この言葉の分裂・分化現象は、逆に、一定の言語的統一を古典語の内に求める動きとも無縁ではない。ヘブライ語、古代ギリシア語・ラテン語（および数学）を教授する「王立教授団（三カ国語学院）」（コレージュ・ド・フランスの前身）の創設は、こうした傾向の制度的具現化とも捉えうる。

同時に、フランク族のトロイア起源伝承と並行するかのごとく、アダムの言語（ヘブライ語）が、ギリシア語を経由してフランスの地に流入したと論定する説も、中世を経てルネサンス期に至るまで粘り強く残る。文化面でローマやラテン語よりもギリシアとその言語を優位に置く志向は、当時の文化的先進地イタリアおよびその母語への対抗意識と折り重なるように相乗されていく。当然の帰結として、フランス語の内に、ギリシア語の足跡を見出す姿勢は随所で顕著となり、たとえば**アンリ・エチエンヌ**は『フランス語のギリシア語との一致に関する論考』*Traicté de la conformité du language françois avec le grec*（一五六五年）を著し、自らが属する共同体の言語の卓越性を強調してみせる。

フランス語を顕揚するナショナリズム的風潮は、ガリア（ゴール）起源説の趨勢にも弾みをつける。**トーリー**は、ルキアノスの口を借りて、本巻に収めた『**万華園**』の一節で「ガリアのヘラクレス」伝説を披露している。ここでのヘラクレスはもはや怪力にではなく、修辞に穎脱《えいだつ》した人物として表象されている。つまりヘラクレスは、国家の威信を高める上で、フランス語による雄弁の魅惑の方が、物理的な力の行使よりも遥かに有効性が高いことを、実質的に象徴する存在として把捉されているのである。**ジャン・ボダン**もその『**国家論**』・「第四の書」でこの伝説を収録し、王権にとっては、武力よりも修辞力に訴える方が、支配の原理としてはより有用である点を強調している[4]。さらに、フランソワ一世をこのガリアのヘラクレスの姿に重ね合わせて、雄弁術と濃厚に関与させる図像も、同伝説を特権化する装置として当時は十全に活用されている。なお、一五三九年に国王フランソワ一世が署名したヴィレル・コトレの勅令は、公文書におけるフランス語の使用を義務化し、国民国家の言語的土台からラテン語を放逐する戦略を具体化させている。さらに、ジョアシャン・デュ・ベレーを筆頭とするプレイヤッド派が著した『フランス語の擁護と顕揚』（一五四九年）は、自分たちの現地語の豊穣なる繁衍《はんえん》を経て、その詩的創造力を高めんとする企図を鮮明に打ち出しており、文化的なナショナリズムの屹立に大きく貢献している。

ところで、ラブレーの処女作『パンタグリュエル』（一五三二／一五三三年）では、みすぼらしい姿ながらも、実に派手な仕方で、われらがトリックスターのパニュルジュが舞台に乱入してくる。彼は、四つの架空言語を含む一四の言葉をパンタグリュエルの一行に連射的に浴びせかける。言わば「猛烈なるマルチ言語能力」[5]を十二分に発揮し、「何か食べものを恵んで欲しい」と要約できる貧相な内容を、絢爛たる外国語の連打で賑やかに覆い尽くす。この過剰なポリグロット性の発露が、バベルの神話を背景に構築されているのは間違いなかろう。パニュルジュは、ヤーウェによるバベルの塔の壊滅と、それが惹起した言語的分裂とを、事後的に引き受けて再び辿ってみせるからだ。それは、言語の分割に伴う伝達不可能性の始原へと、パンタグリュエル一行および読者を、一気に連れ戻さずにはいない(6)。ルネサンス期における言語の多様化には、バベリスムという、人間の原初的な罪が刻印されている点に注意したい。と言うのも、多彩な言語の絢爛さが、神学的な罪業の結果であると解釈されているからである。記号の多様性に対するこのマイナスの感受性は、当時の（カトリックの）言語観の特異性を物語ってあまりある。パニュルジュはいったん散逸したはずの諸言語(7)を、同一場にて巧みに結集させる営為の中で、バベル以前の絶対的にして質的な統一を、相対的言語目録を素地にした量的な反復により、象徴的に喚起してみせる。末端の「多」が源泉の「一」を志向する試みは、当時の宗教的分裂に再び同一性を取り戻そうする密やかな摧身《さいしん》と重複し、より高次元の立体として浮かび上がるだろう。こうして、言語は、深層回路により、宗教と通底しているのが如実に感受できる。

　因みに、いかがわしいラテン語交じりのフランス語文を披瀝して得意になっている「リムーザン男」(8)は、言葉の無用な混合により、バベリスムがもたらした混迷にさらに拍車をかける。同時にそれは、パリ大学の中世的な衒学趣味を模写した言動に他ならない(9)。この学生は、当時のソルボンヌ式教育の犠牲者として、パンタグリュエル一行の嘲笑の的になる。こうしたラテン語交じりの「マカロニ風文体」に対しては、ファブリやトーリーも痛罵を浴びせていた。この種の語法は、「知的虚栄心」«*libido sciendi*»(10)により、整序された文化的言語内に、過剰な歪曲をもたらす悪弊として忌避されたのである。

　言語をめぐるルネサンス人たちの思考は、言葉が内包する政治性をもその水路に引き込む。いつの時代にも通用する「真理」かもしれないが、言葉«parole»はその伝達能力により人々の社会的紐帯を深める一方で、常に解釈の多様性と分裂の危険を誘引しうるがゆえに、政治的・社会的・宗教的な騒擾や断絶をも惹起しかねない。聖書の現地語への翻訳や、教義上の分離・懸隔をめぐって、無数の騒動や擾乱がフランスを中心とした欧州に、燎原の火のごとく広がった事実は、周知の通りである。たとえば、一五三四年十月に起きたいわゆる「檄文事件」

は、新教側の言語的挑発が、旧教側の弾圧や抑圧を招き寄せるという方程式で通常は解を得る。しかしここにとどまっていては、当時の複雑な諸相をつかみきれない。

たとえば、ソルボンヌの神学者たちを中核とする反動勢力が、福音主義者たちを圧伏するために、怪しげな文書を撒き散らしている状況を、ラブレーは『ガルガンチュア』の初版の中でこう揶揄している。「かくしてパリ中は騒乱状態に陥ったのであるが、皆さんもご承知の通り、パリの人々は、いともたやすくこのようになってしまうわけで、諸外国も、歴代のフランス国王の辛抱強さ、もっとはっきり言えばその無関心さ«stupidité»（stupidité = apathie）にはあきれかえっているほどだ。なにしろ国王方ときたら、弾圧などすれば、日に日に状況が悪化するばかりと考えて、しかるべき裁きにより騒乱を抑えることをあまりなさらないのだから。願わくば、こうした謀反やら陰謀が画策されている場所を突き止めて、そこで格好のいいウンチの檄文《プラカール》«placquars de merde»でも作れないか確かめたいものだ[11]」。繰り返しになるが、多くの研究者は、ここでの「檄文」が、いわゆる反ルター派による一五三四年の事件を指示するのではなく、福音主義者たちを標的に、ソルボンヌ大学理事のノエル・ベダたちが主導した、悪意ある一連のプロパガンダ作戦を指すという解釈で一致している。敵方の策略に業を煮やしたシノンの大作家は、国王を焚きつけて、この政治的謀略を骨抜きにしてやろうと企図しているが、そのあまりに大胆な筆法に自ずと危険を感じたのか、初版以降は部分的にだがより穏当な表現に改めている。いずれにしろ、印刷媒体が伝播する言語的メッセージが、「大衆」を使嗾《しそう》し政治的秩序に決定的な亀裂を入れる点に、彼はきわめて意識的であった。友人マロもラブレーの信条を共有し、その旨を文章に綴っている[12]。

ここで、聖餐論の教義をめぐって、新旧両派が激しい非難の応酬を繰り返した事実を思い起こしてもよい。ペンによる激越な論弁が、剣による悲惨な流血（内戦、宗教戦争）へと発展した典型例として、これは記憶に値する現象であろう。ここではその詳細に立ち入らないが、モンテーニュはパンとワインが実体変化（実存変化）を引き起こすか否かという「問題」を、言語による解釈公理に押し込めることの愚を説いて止まない。彼は言う。「われわれの訴訟は、もっぱら、法律の解釈をめぐる争いに起因するのだし、ほとんどの戦争は、君主間の協定や条約の内容を、明快に表現することができなかったことに発している。『これ《ホック》』という単語の意味をめぐる疑義から、どれほどの対立抗争が、それもゆゆしき対立抗争が生じたことだろう[13]」。「マタイ」第二六章・第二六節に見出せる「これは私の体である」Hoc est corpus meumというイエスの発言をめぐる解釈が、言葉の遠心分離機にかけられ、多義性の彼方へと飛散する。そのうえで、各々の通釈がドグマ上の「正解＝正義」の占有をめざす愚挙（流血）へと立ち至ることを、モンテーニュは怜悧に直覚していた。ワインの内にキリストの血が「実質的に現存」するのか「霊的に共存する」のか「象徴的に息づく」のか。何であれ、四方に散じる読解を、唯一の実存形態に収斂させるのは不可能である。ボルドーの賢人は先の引用の直前で、簡潔にこう喝破してもいる。「われわれの言語もまた、それ以外のものと同じく、欠点や弱点を持っている。世の中の混乱の大部分の原因は文法的《グラメリエンヌ》レベルのことなのだ[14]」。さまざまなニュアンスの混入と、恣意的な差異化を免れない神学論争において、奇蹟的にアリアドネの糸を手繰り寄せるには、厚みある歴史と揺るぎなき文法および不動の意味場に支えられた、堅固な言語体系が完備されねばならない。モンテーニュは、根幹の文法を共有できない砂上の楼閣で、概念を操作することの虚しさを簡潔に言い当ててみせたのだ[15]。

ボダンがジョフロア・トーリーに倣ってガリアのヘラクレス像を引用し、ペンの剣に対する優位を力説していたのは先述の通りである。しかし、ポリティーク派の一人に分類できるこの思想家は、宗教戦争という愚昧な混沌《カオス》を引き受けざるを得なかったがゆえに、言説の孕む政治的危険性に対し非知を押し通すわけにはいかなかった。彼は言う。「私は雄弁《éloquence》を賞讃するためにではなく、それが発揮する力のゆえに以上のごとく述べたのだ。人々は雄弁を、善のためにではなく、むしろ悪のためにより頻繁に用いるものだ。（中略）立派な演説家の評判を得ているすべての連中をよく観察してみるがよい。そうすれば、これらの人種が、人々を騒乱へと煽動してきたことが理解できるだろう。なるほど、多くの者が（雄弁により）法、慣習、宗教、国家に変革をもたらした。が、その他の大勢が、それらを根底から破滅に追い遣り、ほとんどの場合、激越な死によりすべてに終止符を打ったのである。（中略）したがって、暴虐な弁舌家の口に上る雄弁は、凶暴な男が手にした危険極まりない短刀に他ならないのだ[16]」。言語は、特にその精華とされる雄弁術は、文化の精錬と破壊の双方を行動基準の境域に引き込みうる、諸刃の剣以外の何ものでもない。ゆえに**ボダン**の筆は、言語を哲学や美学の相の下によりは、むしろ政治的秩序の相の下に把握しようとする。言説は、王権とその秩序の内部に、人々を繋留すべき静謐な弁論へと昇華されねばならない。「最も反逆的なる者たち[17]」の心を融解せしめる、静寧な修辞学こそが希求されるべきなのである。

言語の政治性に最も鋭敏な感受性を示しているのは、本邦で初の全訳となる『キュンバルム・ムンディ』だと思われる。その著者には、作品同様不明な点がつきまとうが、ここでは仮説と知りつつもボナヴァンテュール・デ・ペリエの筆になると推測して話を進める。さて、この不可思議な作品は一五三七年に発行されるや即座に禁書処分に処される。十九世紀以来、当作品には正反対もしくは相矛盾する多義的な解釈が施されてきた。まさに言語の一元的解釈の不可能性を、十六世紀の一書物が身をもって証明している好例である。十九世紀には、この著作に関して、反キリスト教を奉じる不敬な作品と断定する読解が優勢だったが、その後、多様に分岐する解釈が出現する。たとえばソーニエは福音主義を擁護する意図を抽出してみせ、ナースもその延長線上で、キリスト教の霊的受容を弁護する試みを前面に打ち出す。一方でスクリーチは、反改革派のパンフレ的側面を力説して見せる。その他数多の通解が提出されては、さらなる新釈の登場により「上書き」が重ねられ、結局はテクストの多声性《ポリフォニー》が、読解の単一化を頑として拒む。その後も、視点の入力値に応じて変幻自在なデフォルメを多様に繰り返すため、「滋味ある骨髄」（ラブレー）の探索を、不可能の外部に追い払おうとする韜晦なる戦略、それも著者が仕掛けたかもしれぬ巧みなストラテジーを、そこに感知したくなるほどだ。ここでは、言語への問いかけという観点を重視したイヴ・ドレーグの着眼点に依拠したい[18]。

本作品は四つの架空の会話から成る。第一のそれでは、メルクリウスが、ユピテルから預かった書物の修繕のために天界から地上に降り立ち、ペテン師のビュルファネスとクルタリウスの二人と話す。現世の詐欺師たちは、不老不死を約束された者のリスト（ユピテルの書籍）を、メルクリウスからまんまとせしめる。第二のダイアローグは、メルクリウスとトリガブスとの間で交わされる。前者は円形闘技場の砂上に、「賢者の石」«pierre philosophale»の破片をばらまく。すると、その発見者の資格を争って、三名の「哲学者」たち（おそらくルター、ブーツァー、ジェラール・ルーセル。以上はアナグラムの解読に基づく推定）が激しく言い争う様が描出される。第三の会話は多少込み入っているが、まずはメルクリウスとキューピッドの語らいを通して、ユピテルの書が悪党二人により奪取されたうえ悪用されている旨が告げられる。次いで、メルクリウスの秘密の計らいで突然馬のフレゴンが話術に恵まれ、冷酷な馬丁スタティウス相手に丁々発止と渡り合う。第四の対話では、言葉の才に恵まれた二頭の犬ヒュラクトールとパンファグスが、口をきける動物の特権を活かすべきか、それよりもむしろ沈黙を金とみなすべきかに関し押し問答を重ねる。最後に「劣等対蹠地人《アンチポード・アンフェリウール》」からの不可思議なメッセージが紹介されるが、その全文は明らかにされないため、読者はある種の「宙づり」の状態に放置され置き去りにされたという感覚を覚えるであろう。

　詳細については、翻訳の本文に譲りたい。重要なのは、全体に横溢する滑稽な響きと、それが発散する意味を取り巻く無意味《ナンセンス》への、鋭敏な予覚と直観であろう。バベル以前の言語はおそらく自然に寄り添いながら、超越的真理（神）に直結しえたのだろう。しかし、天空を目指さんとする摩天楼には人間の罪が凝縮されてしまう。これ以後分散を余儀なくされた言語は、真理の的を射貫く能力を喪失する。現代思想風の表現に倣えば、「トーラス」の中空を埋める智恵を、シニフィアンとして貫通する驥足《きそく》を、人の言語はもはや有しない。であるのに、俗人たちはモンテーニュのように「世の中の混乱の大部分の原因は文法的《グラメリエンヌ》レベルのこと」だとは理解できずにいる。ゆえに凡百の人々は、薄弱で無根拠な語法を放置したまま、「真理の保有者」としてひたすら語りたがる。だが、真に重要なのは語る内容の信憑性ではなく、語り口を彩る方法論ではなかろうか。と言うのも、言葉に宿る遊戯性や多層性を敢えて逆手にとり、パロールの意味の無意味を、もしくは無意味の意味を、全方位に向け創造的に積み上げる営為が、文学の方法論ないしジャンルの内に芽生えつつあったからだ。たとえば当時、ラブレーは既にその離れ業を、奇想天外の虚構空間の創造により、既に彫琢しつつあったのではなかったか。

　ラブレーはそれでも信仰の精髄をそこかしこに凝縮させている。だが、ド・ペリエの関心はそこにはない。むしろ、「信仰の真理」を占有しようとする言説の節々を脱臼させ、ある種の嘲笑を込めて、動脈硬化に陥った言表をひたすら解《ほぐ》しにかかる。言語に内在する遊戯性や逆説的な潜勢力を巧みに操作しながら、単線的な「権威の言葉」の無根拠を笑ってみせる。イヴ・ドレーグが強調するように、『キュンバルム・ムンディ』は、「言葉」«**parole**»によって発せられるあらゆる「意見」«**opinions**»を一笑に付す。換言すれば、この作品は、「臆見」«**doxa**»が思想として固定化する、そのいかなる様態も認めない。ゆえに、ここに「懐疑主義」などに還元しうる静態的な思潮は読み取れず、ただひたすら、言語に対する問い掛けだけが開かれてある。[19]

　だがこの理解に留まるのは危険である。なぜなら、言語は「真理」を担保する手段にはなり得ずとも、その「真理性」を信じさせる手段にはなり得るからである。メルクリウスは円形闘技場の砂上に「賢者の石」の砕片を撒き散らす。哲学者や宗教家たちは、破片にすぎない宝石を崇めたて、我こそはその正統なる保有者であると喚き続ける。その上でたとえばレトゥルス〔ルターのアナグラム〕は断言する。「拙者なんぞは、金を鉛に――もとい、鉛を金にじゃった――、とにかく金属を変質させるのみならず、人間どもの変質までもしてのけるんじゃぞ。いかなる金属よりも硬い彼らの考え方を、錬金の術により変質させてな、それまでとは別の生き方をさせるのよ。たとえばじゃな、ほんの少し前までは尼《ヴェスタル》さんたちを見る勇気もなかった連中をじゃな、いっしょに寝るのもいいものだと思わせたり」できるのだという（本巻、二八頁）。ここには、聖職者も結婚しうるとするルターの教説への揶揄が容易に感知できる。だが、問題はむしろ、神ではない人間が、言葉の魔力を借りて、他人を完全に「一変」させうると見なすその傲慢さである。実のところレトゥルスは、自らの言語操作により、人間の現実を根底から変異させるのではなく、人間の「意見」、「ドクサ」、「臆見」に、変換の力学を見かけ上絡ませているにすぎない。それは言葉というカードを巧妙に繰りながら、他者の思考回路を惑わせる手品の一種として、世界の外観に混乱の渦を巻き起こしてみせる幻惑に他ならない。上で**ボダン**が危惧していた通り、レトリックは人を眩ませ、奈落の底にすら突き落としうるのである。

さらに、「賢者の石」によって貧者を富者に引き上げてやれないのか、と問い質すメルクリウスに対し、レトゥルスは現実を変革する困難を持ち出してこう弁じる。「貧民や乞食こそ、世界の必需品なんじゃ。みんな豊かになってしまったら、喜捨という美徳をほどこすにも、その相手が見つからなくなってしまうじゃないか」、と（本巻、三〇頁）。さらに「賢者の石」が、党派よりも高次元の真理を提示したり、あるいは重病人を治癒せしめたりする効果を、わざわざ発揮するにはおよばないという。なぜと言って、そうなれば、法律家や法典は無用となり、高名な医者や有益な医学書にも出番がなくなるではないか。直球勝負でシャープに切り込んでくるメルクリウスに対し、「哲学者」はこの種の無気力な詭弁を弄し続ける。つまるところ、言葉に現実を変革させる意志と能力を授けてはならないのだ。言葉は、あるがままの社会を、換言すれば、「支配層」に都合のよい現状を、半永久的に維持する装置として馴致されねばならない。言語を社会的支配や政治的現状の維持に寄与させるには、それを都合良く操作し制御する意志と能力とが常に求められる。結局レトゥルスは、支配層の安定的地位を現状のまま維持するために、政治的な言葉の詐術を密かに励行して恥じるところがないのである[20]。

デ・ペリエはこうして、現実の変革を唱えながら、現況の安定的固定化へと、言説が秘密裡に色調を変じる様相を、繊細な技巧を駆使し示唆する。こうして、真理と虚偽の境界線を、瞬時に消し去る言葉の錬金術が見事に成就する。なるほど、エラスムスの「女神」が痴愚を礼賛し、パニュルジュが借金を鑽仰する演説は、つまりデクラマチオー（雄弁術の練習）というジャンルは、言語内で作動しうるこの種の「黒の過程」を、意図的・意識的に利用した所産である。つまり、最初から嘘を前提とする嘘であるがゆえに、それが真理のヴェールをまとう危険性は低い。だが、真理と嘘とを暗々裡に混淆した虚偽は、高次の（レ）トリックにより社会全体を巨大な錯覚の罠に絡め取り、世界を誤謬の楼閣に仕立てたまま放置するであろう。

だが、『キュンバルム・ムンディ』は、言葉の無力や恣意性や非決定性を前に、思考を容易には麻痺させない点で痛快でもある。第三のダイアローグの内部で、メルクリウスは魔術的な言辞を弄し、突如馬のフレゴンに言語能力を与える。フレゴンは、冷酷な馬丁のスタティウスに猛然と噛みつく。お前ら人間はわれわれ馬をこき使い、叩きまくり、殴り倒すくせに、堂々と背中に乗ってわれらをこき使う、そのくせ碌なものも食わさず、自分だけが美味い馳走にあずかってご満悦という有様だ、何と怪しからぬ連中ではないか！　云々。スタティウスの脅迫交じりの怒声をものともせず、馬のフレゴンはひたすら動物の置かれた不条理を訴え続ける。この、一介の馬に突然垂直的に下った霊感は、人が馬を乗り回し酷使するという日常的平板を、一気に転覆させる。こうして言語は非抑圧者の置かれた「真理」を暴露し、ドレーグの指摘を俟つまでもなく[21]、世界を下層から一気呵成に転倒させる。ここにカーニヴァル的力学が作用しているのは自明であろう。普段、言語は支配の道具として作用し、それを持たぬ動物は、人間に抑圧される運命に逆らえない。「発話というものが、人間にだけ残されて、われわれ哀れな動物たちは、口をきけないがために、相互理解ができなくなりましたし、ご承知のごとく、あなたがたは、われわれからすべての力を巧みに奪いとったのです」（本巻、四三頁）。言語が不平等の起源だと言い募るフレゴンは、ルソーをすら想起させるだろう[22]。こうして言葉は、世の不正や邪曲やスキャンダルを告発し、上述したあの煮え切らぬ体制順応主義を一気に脱ぎ捨て、戦闘的な衣装を身にまとう。言葉はその多重の機序を隠蔽しつつ権力や秩序を維持する装置として作用する一方で、突然祝祭的な号砲とともに、権威や権益が総体的に温存しようとする、耐え難き矛盾や不条理を猛然と爆撃し始める。ここで選ばれた動物が馬である点も重要である。それは、狡知に長けた狐や、熊を追いやって百獣の王にのし上がったライオンや、天井裏を駆け回る姑息な鼠たちであってはならない。あくまで人間への忠誠を前提に飼い慣らされた馬こそが、人間の武器たる言葉を得て、一気に反撃に出る資格に最も恵まれている。デ・ペリエの筆の冴えを、如実に感じさせる選択肢と言うほかない。

最後の会話も言葉の才に恵まれた二頭の動物（今回は犬）を登場させる。もはや長々と論じるのは避けるが、同じ弁才に恵まれた仲間を探して放浪するヒュラクトールは、言語の交換（交歓）がもたらす孤独からの解放、あるいは他者の愛情表現を渇望する心裡を象徴している、と見なしうる。他者と話す過程は、自らの存在論的重量を外部に投棄し、実存的な軽やかさを手に入れる契機となる。だが同時に、言語が保証する才知により社会的上昇を試みようとする彼の魂胆は、共同体的紐帯から徐々に遠ざかり、個人的な投機や実利的優位性へと傾斜していく様を物語る。他方、パンファグスにとって、言葉は、特権、栄誉、恩恵を引き寄せる手段、「良心なき学問」〔ラブレー〕《science sans conscience》を虚空に捏造するための虚栄心にすぎない。ゆえにおそらくは「魂の破滅」《ruine de l'âme》〔ラブレー〕を恐れる彼は、ヒュラクトールの意見に与せず、言語能力の誇示を忌み嫌い、逆に沈黙の価値を強調してやまない[23]。

繰り返すが、『キュンバルム・ムンディ』は一元的な還元主義を拒む作品である。それを、危険な無神論の書物と断じたり、ルキアノス流の宗教的諷刺と定位したり、懐疑派的ないしはエピクロス派的な主義主張の喧伝と見なしたり、福音主義と密やかな親和性を示す作品として把握したり、保守的カトリックの立場から改革派を中傷したと理解したりする、さまざまな立場が長きにわたり擁護されてきた[24]。もちろん、ここに言語の機能に関する根源的思惟のみを読解すれば、それで事足りるとは到底思えない。しかし、言語をめぐる当時の思索と交錯する舞台設定が、あまりに明白である点は否めない。イヴ・ドレーグは、この作品が四幕から成る笑劇として構想されていた可能性を示唆しているが[25]、これは卓見である。愚者が容赦なく叩きのめされる世界、それこそが笑劇の本質を成すからである〔モリエールやラブレー、シェークスピアを思い起こしてほしい〕。喜劇によって言語の限界と可能性を探索する試みは、当然ながら、ラブレー『第四の書』のさまざまなエピソードを特に強く想起させずにはおかない。なお、この作品が、当時のアクチュアリティーを反映している可能性も示唆しておきたい。ローラン・カルヴィエが紹介している通り、一五三〇年代には、干魃に由来する不作と、悪徳商人による麦の買い占めにより、多くの庶民が飢えに苦しんだ事実が伝わっているが、この社会現象が、作品の秩序紊乱的な側面に反映しているのは、ほぼ間違いないと思われる。[26]

言語とその解釈の問題は、世紀後半に入ると主にモンテーニュに引き継がれていく。ボルドーの判事にとって、ソクラテスが裁判官たちの眼前で披瀝した言葉は、学問が教える虚飾や美辞麗句とは全く無縁な、高貴にして剛毅なる言明と直結している。それは、「素朴で平明で考えられないほど気高い」**«naïf et bas, d'une hauteur inimaginable»**。[27] なるほど、ソクラテスの言説は、時間の試練を超越した、揺るがしがたい権威の光臨に包まれている。だが、彼の精神は「自然に平凡に動いている」**«Socrates fait mouvoir son âme, d'un mouvement naturel et commun»**にすぎない。彼は「百姓や女と同じ喋り方をしている」のである**«Ainsi dit un paysan, ainsi dit une femme»**。[28] こうして権威と平俗とが、あるいは、名高い賢人の叡智と無名な農民の智恵とが、『エセー』においては、寸分違わず重なり合う。当然の帰結として、言説の序列化とそこに由来する解釈学の多様性とが消失点へと向かい、剛直にして不屈なる単純さが読者の眼前に屹立する。結局は、質実剛健な真理のみが、それにふさわしい簡潔な表現の器に過不足なく収まるのである。こうして、知的言語の遠心的な散逸が退けられ、そのアレゴリカルな把捉に対する懐疑的な態度が結晶化してくる。[29] だが、以上のように言語行為の孕む多様性や、その光度の陰影に思考を巡らせた作家は、徐々に少数派の圏域へと追い遣られていくであろう。

世紀後半（内戦期）には、時代の必然的帰結と言わざるを得ないが、誹謗中傷文書（パンフレ）が、その言語の政治性を今まで以上に研ぎ澄ませ、怨敵を貶める先鋭的な道具として、（相手の）残虐の告発に奉仕するようになる。たとえば本巻にもその一部を収めたヴェルステガンの手になる『残酷劇場』は、「力動的な図像（版画）」の周囲に、解説的散文と感性的韻文とを巧みに配置し、プロテスタントが欧州の各地（英国、スコットランド、フランス、オランダ）で展開した悪辣非道な残虐行為を、あたかも記憶術に訴えるがごとく、広範なる読者の脳裏に刻みつけていく。各版画は、空間的・時間的な整合性を無視し（恣意的に混ぜ合わせ）、当時流行した「劇場としての世界」なる比喩的宇宙内に、もともと個々に独立した残忍な情景を、随意に配置し蓄積していく（「劇場」

について付言するなら、ロンドンのグローブ座の妻壁には「全世界が劇場である」と記されているし、アグリッパ・ドービニエの『悲愴歌』の原文タイトルも「悲劇」*Les Tragiques* である点に注意すべきだろう！）こうして、時空間の一致を黙殺してまで一画像内に複数の暴虐を同居させ、最大限の情的ショックを与える技巧を、ヴェルステガン（本名：リチャード・ローランド）は最大限に活用している。ここでも印刷術の普及が、版画の浸透と共鳴していることに注意せねばなるまい。さらに、図版は韻文を伴うことで、その告発の強度を累増させている点にも留意したい。研究者レストランガンも指摘する通り、「肉体」としての図版は、「魂」としての韻文を吹き込まれ、それゆえに読者の想像力を強烈に揺さぶる凝縮の技法をまとっている。『残酷劇場』は、知性にではなく、感情に直接訴える叙法により、人間の身体の解体を触知可能なレベルにまで具象化する。宿敵の残酷さを見せること、それはとりもなおさず、味方による敵方の殲滅を煽ることに直結する。[30] つまり、暴力の視覚化は、さらなる暴力の連鎖を扇動する、情的感染のロジックを内包しているのである。『残酷劇場』に代表される旧教側のプロパガンダ作品は、世界を拷問と殺戮の舞台に変じ、その責任を新教側に一方的に担わせる。それは反宗教改革運動と密接な関係にあり、ゆえにイエズス会の新教に対する巻き返しの厳然たる証拠として、今日の読者にすら多くを語りかける。特に解体され無残に損ねられたうえで、無頓着に放置された身体（遺体）は、カトリック信徒の強烈な同情を誘い、その復讐心を焚きつける雄弁性を発揮する。ここでは、絵画的表象の内に偶像崇拝を無意識理に連想し忌避するプロテスタントには、およそ着想不能な手技が用いられているのである。もちろん、新教の喧伝家たち（テオドール・ド・ブリーなど）が『残酷劇場』から影響を受け、図版の喚起力に伝染しなかったとは言い切れない（旧教の司祭ラス・カサスや、新教の牧師で旅行記作者ジャン・ド・レリーも影響を被っている）。その一方で、ジュネーヴ側による「殉教録（殉教者列伝）」は、後述するように、あくまで犠牲者の平準化された、ある種の紋切り型の「パロール」に焦点を絞らざるを得なかった。この点で、ジュネーヴの叙法は、ローマ側の戦法とは一線を画していることも見逃すべきではない。

十六世紀後半のフランスは、筆による闘いと剣による戦闘とが、相乗的に劇化した時代を生きている。換言すれば、宗教戦争がパンフレ文学の悲劇的な繁茂を促し、逆に、誹謗中傷の応酬は、暴力の導火線への無限の点火をもたらした。新教側で特に目を引くのは、一五五四年、法律家で印刷業者のジャン・クレスパンが編んだ膨大な『殉教録』*Livre des martyrs* であろう。イン・フォリオ判で千ページを優に越すこの大著を、ジャンは一五六四年、次いで一五七〇年にも再版する。その後、彼の後継者シモン・グーラールが、一五八二年および一六一九年にその増補版を世に問い、大きな反響を呼んでいる。この作品は、宗教戦争期（およびその前後）に、「福音の真理のために迫害され死に追い遣られた殉教者たちの歴史」[31]を、何百何千もの逸話を「証拠」として積み上げていく無限の加算法に拠りつつ、「新教側の悲劇」を立体交差的に増幅させて見せる（この著作が、アグリッパ・ドービニエの『悲愴歌』と内容面で連動している点は間違いない）。この類似的反復が、無数の殉教者たちの総覧を編み上げ、言わば比例的に改革派の真理性を担保するという、物量作戦にも似た構文法が成立する。「殉教者たち」は、カトリック側の主導する裁判により死刑宣告を受け、公開の場で残忍な火炙りの刑に処されるが、彼ら彼女らは筆舌に尽くしがたい苦痛の中にありながらも、カトリックの偶像崇拝や実体変化などの教義を言語《パロール》により明確に否定し、賛美歌を歌いながらその魂を神に引き渡す。この「ストーリー」の骨子は、少なくとも内戦時の大量虐殺が、固有名をまとった各個人の「殉教」を、無名性の闇に追い落とすまで（一般的には一五七二年の「サン・バルテルミーの大虐殺」までを意味する）、ほぼ揺るぎなく受け継がれていく。レストランガンも指摘するように、ここでは司法的な枠組が一義的な意味を帯びる[32]。なぜなら、宗教上の「大義」《Cause》を保証し、「殉教者」を「義人」たらしめるのは、いかなる悪法であれ法律をおいて他にないからだ。法により「異端」の烙印を押されるプロセスこそが、パラドクシカルにも「殉教者」の正当性を打ち建てる。だからこそ、その帰結としての残忍な処刑を境に、火の時代の犠牲者は神による救済に与り得るのである。比喩的に別言するなら、天界の法が世俗のそれを転覆させるには、先ずは後者が一時的に凱歌を奏することが、大前提ないしは必要条件とならざるを得ない。

「殉教伝」は、十六世紀の宗教迫害の犠牲者を、初期教会の使徒や殉難者と、ひいてはイエス・キリストの「犠牲」そのものと折り重ねる意図に貫かれている。しかし、この一見巧妙な戦略には、常に旧教が陥っている（と見なされる）罠に、改革派が自らも嵌まり込む危険を孕んでいる[33]。当時の宗教上の論争で最大の争点となったのは、言うまでもなくカトリックの主張した実体変化論《transsubstantiation》である。本書にも収録したヴェルステガンの図像の一つに、腹を裂かれ、自らの恥部を食わされる老司祭が登場しているが（本巻、三二八－三二九頁）、プロテスタント教徒が旧教徒の身体の消化過程に関心を抱いた背景には、明らかに「実体変化論」に対する疑念が強く作用している。それは、カトリック側にとって神聖なる盛典（聖体拝領）を、肉体的下層の圏域に絡み取り、彼ら旧教徒をカンニバルと通底する「神喰らい」にまで貶める一種の「寝業」と言えよう。プロテスタント側に言わせれば、全実体変化の教義は、イエスによる人類の救済を無に帰せしめる愚挙である。なぜなら、ミサの度にイエスの血と肉とを実質的に地上に引き摺り降ろし、それらを摂取する儀式は、仮にそれが事実だとするなら、イエス・キリストを反復的に「犠牲」に供する暴挙に他ならなくなるからだ。そうなると、イエス・キリストが人類の贖罪のために流した血の一回性・唯一性が、完全に無化（ないし無意味化）されずにはいない。結局は十字架から真摯な神学的意義が剝落し、人間による空虚な暴力的「犠牲」の反復のみが残る。

しかし、イエスの「犠牲」を模する新たな「殉教」の儀式を野放図に蒸し返し、新教徒自身が血塗れの「供儀」（処刑）を積み上げる営為、およびそれを定着させるエクリチュールもまた、一度きりの贖罪の儀礼を、あえて繰り返す陥穽に嵌まってはいまいか。イエスによる十字架上の贖罪は、唯一無二の（一回限りだからこそ有効な）儀礼であり、無数の「殉教者」たちによる模倣反復を必要とはしないはずである。また、初期教会の時代の延長線上に、「殉教者」をカタログ化し神聖化する試みは、自分たちが非難して止まないカトリックの聖人伝（偶像崇拝）の「悪弊」へと陥る危険を孕みはしないだろうか。クレスパンやグーラールはこうした「矛盾」ないしは自己撞着に陥る危険を察知していた節がある。

だが、ユグノー教徒たちは、「殉教者」によるイエスの模倣という概念を退け、イエス・キリストの言葉《ロゴス》すなわち「パロール」とその実践を繰り返し喚起し、自分たちは改革派の霊的真理を歴史的に担保し続けていると言い募る。この立場を敷衍するならば、自分たちは、責め苛まれた肉体や遺体を偶像化し堆積しているのでは毛頭ない、むしろ、責め苛まれてもイエスの真のメッセージを文字通り死守した者たちを、真正なるキリスト教徒の霊的な歴史の中に位置づけているにすぎない、という主張となる。現に、クレスパンの後継者グーラールが *Histoires des martyrs* （…）『殉教者の歴史』というタイトルを付与している事実の背後には、初期の先駆者たちの軌跡上に、ひいてはイエス自身の足跡上に、同時代の「殉教者」たちの言動《パロール》を、幾重にも反映させる意図を感知できる。言わば、肉体によるのではなく、霊による、かつ霊のみによる言葉《ロゴス》の真理性を、「殉教者」は再び辿っているにすぎない(34)。したがって、それは血生臭い「犠牲」の反復儀礼ではない、という論理が前面に押し出される。だが、そうであるがゆえに、「殉教者」たちの足跡や最期の言動には、紋切り型としてのモデルが、執拗に蒸し返されずにはいないのである（天に視線を向け、聖書のみを真理とする旨の演説を、懊悩の直中にあって神に捧げる言動等々のステレオタイプを指す）。

　聖パウロに倣い、「死んだ文字」《lettres mortes》の上にではなく、「生きた言葉」《parole vive》の模範内に[35]、殉教の文化の識閾を設定する戦略は、十六世紀後半から十七世紀初頭の新教圏で説得力を増し、カルヴァンからドービニエやベーズへと引き継がれていく。だが、厳密に宗教学的な意味での「犠牲」や「供儀」の意味をあえて棚上げするにしても、宗教共同体内から「身近な」神の息吹をすべて放逐するプロテスタントの戦略は、カトリック側からの冷徹な拒否を招く。たとえばロンサールは、「神を永遠の孤独に幽閉する」、といった主旨の詩句で、神が人間から無限に遠退く恐怖を煽っている。いずれにしろ、火に油を注ぐがごとく、神学と暴力との間を往還するこの種の誹謗中傷文書ないしは護教論的なプロパガンダが、つまりは紙と筆による闘争が、剣による戦闘を煽動しエスカレートさせたことは疑い得ない。この時代の文化的事象を分析する上で、たとえば「純文学」や「芸術至上主義」などの概念が、いかに不毛な切り口にしかなり得ないかは、瞬時に理解できるであろう。文字通りアンガージュマンの「文芸」である以上、政治的・宗教的な正義、大義、倫理、忠義、説伏、主義、信条、教理が、叙法や筆法の実体を成すのは当然だ。仇敵を断固たる否定辞に括って拒絶する言説は、予め自己懐疑の芽を毟《むし》り取り、「他者」を己の視界から放逐する場所にしか成立しない（デ・ペリエの「賢者の石」を巡る逸話は、この点を強調しているかに映る）。ゆえに、言語の多義性への問いかけは前もって消尽点に没しているため、自己を他者に押しつける一元的な発語が幅をきかす。後述するが、自己を相対化する術を説く寛容の文学は、無条件な不寛容の排他性を前にすると立ち竦《すく》む以外にない。しかし、言語哲学的発問とは対蹠的な位置を占める、こうした煽動的言説もまた、ルネサンス期の活字世界を最大限に活用した「メディア」であったことは、その時代背景とともに記憶されねばならない。こうしたプロパガンダの存在が、稀にとは言え、文学的資質に恵まれた才人たち、例えばラブレー、ロンサールあるいはドービニエの芸術的開花を促したがゆえになおさら、当時の「喧伝の文学」を、美的レベルの劣等性を理由に水に流すわけにはいかないのである。そもそも、**ヴェルステガンの『残酷劇場』**に、一切の「美意識」を認知しない狭隘な見方は成立しない。「残虐の文芸」も、それにふさわしい「美学とレトリック」を備えていなければ、強靱な「説得力」を獲得するには至らない。この点は、ドービニエの『悲愴歌』を想起すれば即座に理解できるだろう。

さて、一五六〇年代以降のフランスは、こうしてパンフレ、中傷文書、ビラ、張り紙などに埋め尽くされていく。だが、すべてが自陣の正義の単線的で一方的な押し売りに終始したわけではない。諧謔の精神という迂回路を経て、敵方を言わば嘲笑の「変化球」により揶揄する高等戦術も採用された。つまり、怨敵を痛烈に愚弄し嘲笑する皮肉や諷刺を浴びせるわけだが、あくまで遊戯的精神を自在に稼働させる術を忘れないのである。これは、普遍的な笑いの域にまで達していたがゆえに、敵側の一部をも読者層に引き込むほどの魅力を放ち、人心を幅広く収攬《しゅうらん》したのである。この高等戦術を駆使した代表作が、本巻にも一部を収めた『サチール・メニッペ』である。この傑作は、カトリックの超保守派であるリーグ（神聖同盟）と、その過激派的支持母体である「十六区総代会《les Seize》」を、ラブレー流の虚構と駄法螺の内に換骨奪胎したうえで、徹底的に嘲弄している。彼ら過激な保守派たちは、ジャック・クレマンに暗殺されたアンリ三世の後継として、一五八九年に即位したアンリ四世（アンリ・ド・ナヴァール、当時はユグノー教徒）を異端として排斥し、決して国王として認めようとはしなかった。一方、それ以前にアンリ三世の刺客の手にかかり、一五八八年に絶命したアンリ・ド・ギーズには、シャルル・ド・ギーズ（マイエンヌ公）という末弟がいた。この公爵を長にいただいたリーグ派貴族たちは、後継者（新王）の選出を目指して、一五九三年にカトリック同盟派による三部会をパリにて招集する。こうして宗教戦争は王位継承問題と交差し、玉座には複数の候補者が名乗り出る始末と相成った。この混乱と王位への滑稽な野心とを、痛烈に茶化した文書が、九三年に草稿の状態で出回り、九四年には初版が刊行されるあの『サチール・メニッペ』である。ところが、ポリティーク派の著者たちの手になるにもかかわらず、この諷刺は、ユグノー派（王党派）、リーグ派［ウルトラ・カトリック］のいずれからも熱狂的に迎えられる。そもそも、スペインのフェリペ二世は、ヴァロワ朝の血を引く娘イザベルをフランス王位につけるために、さまざまな画策や陰謀を前々から積み重ねており、その代弁者に近いパリの民衆勢力でもある「十六区総代会」は、徐々に、リーグ派貴族との対立、離反そして亀裂を深めつつあった。さらに、直系の嫡出の男子しか王位を継承できないとするサリカ法の存在が、見方によってはスペイン王家主導とも言える継承騒動を、一種の「茶番劇」へと変質させつつもあった。しかも、一五九三年五月二日にアンリ四世がサン・ドゥニ教会でカトリックに改宗したため、リーグ派や「十六区総代会」の苦肉の策は、ほぼ空中分解を余儀なくされてしまう。諷刺作品の背景を彩るこうした社会的・政治的な諸因子が、リーグ派には不利な変位を遂げるにつれ、この快著は、一層辛辣なトーンを公然と帯びるに至り、結局は、その精緻な象徴表現も手伝って、外部状況からもある程度自律した、豊穣な文学性を獲得するに至るのである[36]。

パリ三部会が開催されて間もなくの頃、ポリティーク派の代表的人物たち（六名）が、オルフェーヴル河岸近くのある屋敷で想を練り、後世に残る名作の共同執筆に着手したとされている。全員の氏名を連ねるのは控えるが、ジャック＝オーギュスト・ド・トゥーがその様相を現代に伝えている点は指摘しておきたい。なお、菅波和子の示唆する通り[37]、「リヨン大司教」や「パリ大学総長ローズ」ら超保守派の滑稽な演説を分担執筆したのが、詩人で一流の法曹家たるニコラ・ラパンであり、逆に、ポリティーク派を代弁するドーブレの卓絶した議会演説を起草したのが、パリ高等法院の要職を経験したピエール・ピトゥーであることは、記憶に留めるに値する。なお、印刷出版を請け負ったのは、トゥールの「王室御用達印刷業者」ジャメ・メタイエであった。当時、パリを牛耳っていた「十六区総代会」の監視網を、巧みにかわしての早技であった。

『スペインの万能薬カトリコンの効力、およびパリ三部会の報告抄について』では、まず二人の香具師が、無花果を思わせる万能薬カトリコンの薬効を列挙する様子が語られる。「カトリコン」は、いかなる虚偽、絵空事、無理難題をも実現させうる、不可思議な万能薬であり、今風に言えば当時の「空想上の脱法ハーブ」であった。カトリコンさえ手元にあれば、国境は存在しないに等しく、それで身体をこすれば枢機卿に選ばれるのは必定であり、この麻薬さえ身につけていれば、四旬節に肉を喰らおうが、いかなる禁忌を犯そうが我が身の安全は常に保証され、さらに黒を白と言いくるめて敵を貶めるなど朝飯前となる、云々。「カトリコン」は、保守過激派カトリックの悪徳を、括弧付きの美徳に反転させ凝縮させうる、霊験あらたかな幻の薬剤である。その黒魔術的な薬効を称揚する手口は、これも今風に翻訳すれば、「褒め殺し」の嚆矢ないし元祖と言えるかもしれない。

『サチール・メニッペ』は二部構成からなる。第一部冒頭で、二人のいかがわしい香具師が、怪しげな薬物「カトリコン」を売る場面は、それだけで既に祝祭的な雰囲気を醸し出す。そもそも毒薬と等価の「カトリコン」を逆説的に称揚して見せ、ロバの隊列を思わせる奇妙奇天烈な宗教行列の様相を描出する叙述には、明らかにカーニヴァル的な逆転を感知しうる。さらにローズやペルヴェといったウルトラ・保守の連中の、箍《たが》が外れた珍奇な演説は、ラブレー『ガルガンチュア』に登場する愚昧な神学者ジャノートゥスの長広舌を髣髴とさせるがゆえに、ここでは正統なる価値の序列が意図的に転倒されていると即座に理解できる。しかも、パリ大学総長や枢機卿や大司教の演説は、国王の廃位と即位を巡って展開している。つまり、正統なる国王を押し退け、「狂人」«fou» を即位させる所為により無秩序を現前させ、ヒエラルキーの作意的転覆を企図している構図が、瞬時に浮かび上がるのである。ここではアンリ四世の廃位と資格亡き「道化＝偽王」(マイエンヌ公など)の即位とが、カーニヴァルの喧騒内で喚起されている。本物を放逐した上で、偽王を祭り上げる祭儀が、一種の迫真の演技で仮構されていると言い換えてもよい(38)。

このテクストでは、議会演説における雄弁術が、支離滅裂な言語運用に取って換わられる。荒唐無稽かつナンセンスな発語の先に、非合法なる政治的主張が巧妙に立ち上がり、読者の失笑を誘う。だからこそ、厳密な秩序と論理性を下敷きにしたドーブレーの真摯な演説は(より正確には、真摯さのロジックとレトリックを付与された演説は)、それまでの人工的に倒立したカーニヴァル世界を、神と自然の掟が律する正則の次元へと引き戻すうえで、きわめて効果的に作用する。ドーブレーの言説は、国家の強奪者を押し退け、サリカ法の中軸に結晶する伝統を蘇生し、現実の倒立や狡猾な歪曲を遠ざけて、正統秩序が律する世界を再建する。この雄弁は、酩酊の言説を素面の言辞に引き戻す役割を負い、それゆえに、最新の見事な校訂版を世に問うたマルタンが強調するがごとく、無用な多数の「虚偽」の乱立から、正真正銘たる「一者」«Un» への収斂を説く。要は、フランスの真の国益のためにも、ポリティーク派の求める「統一国家」の正道へと戻ることを主唱する。より具体的に敷衍するなら、「リーグ派の都会的な虚偽(人工)」から離脱し、言わば「伝統と牧歌(自然)」とが結びつく「古き良きフランス」を、アンリ四世の内に再現せねばならぬという主張へと行きつく(39)。

ドーブレーは言う。「我々はすべてに命を下す一人の国王のみをいただき、その下で、こうした一切の小暴君どもに、畏怖と義務の念を取り戻させるであろう。国王は暴虐的、反逆的なる者を厳罰に処し、剽窃の徒、略奪する輩を粉砕し、野心家どもの翼をへし折り、公金の横領者や強奪者どもから富を取り返し、各人に身のほどを知らしめ、誰もが平穏と平安の内に暮らせるようにしてくださるだろう」[40]（拙訳）。ピトゥーのペンは、現世の国王の統一性、単一性を説く。この信条は当時の王党派（この場合ポリティーク派）の数々の主張と焦点を同じくしている[41]。天界の神と同じく、俗界の国王もまた唯一でなければならない。さもなければ、愚昧な指導者たちが浅薄な民衆を従え、ゆえにすべては混乱と無秩序の内に熔解してしまうだろう。政体が「一」《Un》であるのは当然だが、同時に、身体は死すべき運命にあろうとも、国王もまた身体的に「一」《Un》でなければならない。カントローヴィチ風に別言すれば、国王の自然的身体は、その政治的身体と有機的に合一し、公共権力の継続性を永久に保証せねばならない[42]。ここから、無限かつ絶対的にして「一」《Un》なる王権、というボダンの主権論に至るまでに、それほど大きな距離はない[43]。いずれにしろ、分裂へと遠心する権力様態を、単一の歴史的軌道に整然と引き戻すこと、リーグ派と「十六区総代会」が分散させようと企図する政体や国権の政治的求心性を、アンリ四世の二重の身体に具象的に統合すること——以上が、ドーブリーの「議会演説」が目指す方向性なのである。

右の部分的な例からも察せられる通り、宗教戦争時には、新旧両派が、印刷媒体を用いた物量作戦をフルに展開し、自説の「大義名分」と敵側の「悪逆非道」を、露骨な中傷や記憶術に訴える図像、身体的下層の巧みな操作ないしは痛烈な風刺や皮肉などを織り込んで、読者の脳裏に刻印しようとした経緯が浮揚してくる。もちろん、リーグ派も新教側も一枚岩ではない。たとえば前者では、スペインの傀儡、マイヨンヌ公を中核とする貴族層、そしてパリの庶民に代表される熱烈な民衆的カトリック層のおおよそ三派に別れる。後者ならば、王党派、穏健的なポリティーク派、急進的ユグノー派などに細分類することも可能であろう。それでも、激越な内容のパンフレの大部分にあっては、新旧両教徒の教義上の過激派と、国家理性の作動により宗教上の紛争を相克せよと主張するポリティーク派とが、主たる「生産＝広告媒体」として特に有効に機能したのは否めない。こうして、自己の正義の露骨な顕揚が、敵対的プロパガンダを手繰り寄せ、結果として読者は、世界劇場が二分、三分される過程に立ち合う。しかし同時に、一方的な正義の貫通を挫き躓かせるような、カーニヴァル的世界観や転倒のレトリックが、一定数のパンフレ作品に美学的＝文学的な価値を付与し続けていることも否定できない。そこでは、ラブレー流の想像力＝創造力が、哄笑の響く壮大な虚構世界すなわち笑劇として立ち上がるのである。

ステレオタイプの歴史観に寄り添うなら、ルネサンスは近代の科学的精神を涵養した時代と総括できる。無論、これは一概に間違いとは言えない。一例のみ挙げるなら、「我包帯し、神癒し給う」《Je le pensay, Dieu le guarist》というあの有名な文言を残したとされるアンブロワーズ・パレも、戦場における治療の実体験から、煮沸油を使った焼灼《cautérisation》よりも、ある種の軟膏を用いた治療法の方が、銃創の施療においてはより有効性が高いと結論している。また、試行錯誤の末に、血管を縛る結紮《けっさつ》法が、強い止血効果を有することを「発見」してもいる。こうした観察・体験の精神が徐々に教化の領域に浸透していったのは確かである。だが、そもそもルネサンス期のユマニスムは、古典古代の「権威」およびそれへの信頼を前提に成立している。ゆえに人文主義者たちのオーソリティーに依拠した知的探究は、必ずしも「科学的精神」と両立するわけではない。インテレクチュアルの使命は「学ぶ営為」の内に存し、「発見する視線」とは深い縁がないとも言える。ゆえにダニエル・メナジェも指摘する通り、「驚異は観察を圧倒していた」《(...) le merveilleux l'emporte sur l'observation》のである(44)(プリニウスを始め、古代の文献にも驚異は満ち溢れていた)。これはたとえば、ラブレー作品全編を貫く公理でもあり、また、当時の大衆文化全般を染色する色調でもある。つまり、世界を観察し分析し分節化する以前に、その多様性に驚嘆し驚愕する心理的メカニズムこそが、ルネサンス人の心性《マンタリテ》を規定していたのである。

「怪物」は一般的に、日常や自然の流れから甚だしく逸脱した、きわめて異様な存在や現象の表出を指している。パレは『怪物と驚異について』で、こうした怪異なる存在を、視覚に強烈にかつ詳細に訴えつつ表象して見せる(当時の印刷業界において、版画を掲載することがいかに費用のかかる贅沢であったかを理解しておきたい)。この作品は、ピエール・ボエスチオー Pierre Boaistuau の『驚異的物語』*Histoires prodigieuses*(一五六〇年)の成功に触発され着想されている。ただし、パレは、いわゆる「奇形」や奇形学にのみ関心を集中させたりはしない。人間界、自然界の別を問わず、彼は規格外の世界に属する一切を、我が目で「見る」(アウトプシア *αυτοψια*)ことを希求する。ただしこの憧憬は裏切られ、実際には他作品からの「借用」が累増する。いずれにしろ、異常な天体現象などに代表される「超自然の記号」以上に、目にする頻度の少ない動物、別言すれば、自然に存在はするが、個体数がきわめて稀有な動物もまた、怪物の範疇に括りうる存在としてパレの関心を強く刺激するのである。こうして我らが床屋外科医は、書物の内に一種の「珍品陳列室」《cabinet de curiosités》を実現し、「異体」

を収集していく。彼にとっては、怪物ですらも世界を構成する不可欠な要素であり、神が創造した世界の多様性を保証する実例として存在感を示す。ここでの著者は明らかに、自然の無限なる多彩さに心底驚いているのだ。それは恐らく「新世界の発見」と無縁ではない。なぜなら、グリーンブラットも力説するように、「新世界の発見によって、（…）かつては大法螺と大嘘に見えていたものが、実際的には根源的他者性を冷静に説明したものではないかと提起され」(45)るに至ったからである。しかもこの文脈下において、驚きとは、「新しいものに直面して本能的〔直観的〕に差異を認識すること、注意力の高まりを示す印、デカルトの言葉で言えば、『魂が突然ビックリすること』」を意味する。ゆえに驚きは、異様な事物体験の「否定不可能性、緊急性を主張するもの」となる(46)〔強調は筆者〕。つまり驚嘆は、喫緊の瞬間に立ち会う特権である。この特権的感覚が立ち去る時期になってはじめて、「筆者」はその対象と徐々に距離をとるに至り、やがては分類し目録化する作業に没頭しだす。その結実たる本作品が、世界の多様性を、ひいてはその連続性を改めて読者の脳裡に、驚きの余韻を漂わせながら刻みつける。ゆえにこの力作は、ジャン・セアールが指摘するように、個物としてのアイデンティティーを担保しつつ、「土、ミネラル、金属」、「石、サンゴ、植物」、「陸生動物、両生類、水性動物」〔以上は**ボダン**に由来する表現を単純化したもの〕のように事物が滑らかに連結する世界を、あるいは孤立せずに連続する世界を、空虚を補完するが如く描き出している。セアールに倣えば、「怪物」は世界を繋ぎ合わせるうえで、その周縁や中間や境界領域の空位を占める貴重な存在である(47)。それは、世界の「調和的なリエゾン（連結性）」(48)を請け合う、数々のミッシングリングを復元する要素として作用する。怪物は宇宙の調和（ハーモニー）を、種々に変奏してやまない神の創造物である。**パレ**の試みは、それを精緻な版画が構成する「絵本」《Livre d'images》の内に再現し、「驚異」が自然の連続性を確保しつつ同時に他者との識別の符丁としても機能する「不思議の国」へと、読者を引き込んでいく。『**怪物と驚異について**』は、絵画的表象の合間に物語る愉悦を鏤め、ゆえに無尽蔵なる自然の秘奥を、文字と図像で二重に可視化（形象化）する広義の「文学作品」として読解できるであろう(49)。その意味で、**アンブロワーズ・パレ**は、ブロン **Belon** やゲスナー **Gesner** のような自然学者として振る舞ってはいない。卓絶した我らが外科医は、怪物を自然から隔離し、理知の彼方もしくは神秘の暗部にわずかな居場所を見出してやる姿勢、したがって異常を類別し孤立させせんとする姿勢とは相容れない。つまり彼は、平準値から「アウトサイダー」を弾き出し、その隔離に向かう発想とは無縁なのである。本作品の筆者は「自然の異端審問官[50]」として怪物を「破門」するわけではない。むしろ、怪物をも世界というテクストに融合せしめる、自然の「摂理」の熱烈な弁護人として語りを紡ぎ続けて止まないのである。

だがパレもまた時代の申し子であったことは否めない。その序文に曰く、「怪物とは、通常に反して生まれてくる片腕だけの子どもやら双頭の子どもやら余分な四肢をもった子どものように、自然の経過に反して現れる（たいていは来たるべき禍の徴候となる）ものである。驚異とは、女が蛇とか犬とか自然に反するものとかを産むといったような、完全に自然に反して生じるもの」〔強調は筆者〕である（本巻、三八九頁）。さらに「第三七章：天体の怪物」においてはイエスの死後天空に出現した彗星に凶兆を読み取りこう述べている。「（…）イエス・キリストの受難後、エルサレムの街の哀れむべき破壊が、多くの徴《しるし》«signes»により予告された。中でもとりわけ剣の形をし、火炎の如く輝く恐るべき彗星が挙げられる。それは寺院の上空に一年の長きにわたり現れたが、この彗星は、神の怒り«l'ire divine»がユダヤ人の国に対し、火炎と血と飢餓をもって復讐を果たすことを示していた。これは現実となり、破滅的な飢餓を招来し、母親が自らの子供たちを貪り食う悲劇を引き寄せた[51]」〔強調は筆者〕。怪物は主として天界による懲罰という重要な意味を担った記号として把握されている。この警告のシーニュという見方は、ルネサンス期を通して見られる定型的発想である（なお、エルサレムに関わる以上と相似的な記述は、ボダンなど多くの著作家たちにも見られる）。我らが外科医もまた、このステレオタイプを共有していた点は否めない。ただし、彼の場合、神が警世の意味を怪物に込めるのは、世界の多様性と調和とが危機に瀕した状況下であるというニュアンスが強く感知できる。種々の奇形の誕生や、人間と動物との混淆的存在の出現といった神秘的変容について、名医はその因果関係を詮索するよりも、むしろその不透明性の厚みを増す曖昧な書き方をより好む。それらが超越的な記号として機能している側面を受容しつつも、パレはそうした神聖なる意図の背後に、人々を被造物たる世界や自然の無限の多彩さへと誘う、創造主のより高次な融和的意志を措定しているからである[52]。

このように、アンブロワーズ・パレの『怪物と驚異について』は、記号の解釈学という認識論的問題と無縁ではないが、読者はその点にこだわりすぎる必要はない。むしろ本作品が、怪物の孕む根源的な脅威を削ぎ落とし、その怪異性を多種多様な自然の均衡関係の網の目に絡め取り、言わば本源的な無秩序を、より文化的な審級の高い秩序の側に回収してしまう点にこそ、その要諦を読み取るべきかもしれない。こうして怪物も驚異も、解釈学的な安定圏に取り込まれるため、本来触知可能な生々しいグロテスク性は、新たな記号的範疇の内部で解消されてしまう。つまりシャルル九世の筆頭外科医は、怪物もまた世界の生成と存続に寄与するという斬新な見方を提供し、ひたすら疎外を旨とする伝統的神学から、古色騒然たる固定化した記号《シーニュ》観を解放する、強力な推進力を示し得たのだ。この書物から、本物の珍品陳列室«cabinet de curiosités»までの距離は、実は予想以上に短いのである。怪物の記号性を世俗化し、神による警告から自然による識別符号へと変位せしめた、外科医パレの功績は非常に大きいと言ってよい。

　周知の通り、ルネサンス期は、書物の内側で思索を重ねるユマニスムのエネルギーを、印刷術の全面的援助を得て充溢《じゅういつ》させていった。ゆえに、権威に依拠するレクチュールが、「物」との直接的接触を前提にする観察眼の成長をある程度抑圧したのは事実であろう。しかしながら、特に十六世紀後半に至ると、いわゆる「科学的領域」においても、「近代的」と命名しうる知性が急成長を遂げたことは否めない。科学的知識の前提ともなりうるプリニウスが大量に印刷された事実は、この新傾向と無縁ではなかろう（プリニウスが驚異にも満ちていることは事実だとしても）。話を医学に限れば、近代解剖学への道を開いたウェサリウス André Vésale（一五一四－六四年）は、権威を帯びた古代医学の読解よりも、むしろメスによる操作に、医療の知的根拠を置くべきだと主張している。こうした十六世紀における「実体験思考」の積算は、次世紀におけるハーヴェイの「血液循環論」（一六二八年）をはじめとする、近代的な「医学的発見」を準備したと推定できる。医学のみならず、「科学」ないしは自然学の領域にあっても、ブロン、ゲスナー、ロンドレなどのスペシャリストたちが、観察と分類にまつわる方法論を錬磨していく。「科学の世界」はデュ・バルタスやラ・ボルドリーの詩的圏域にも影響力を及ぼさずにはいなかったほどである（パレの著作にはロンドレをはじめとする自然学者たちの固有名が、引用元や論拠として頻繁に引用されてもいる）。

　既に一五三〇年代初頭に刊行されたラブレー『パンタグリュエル』の内に収められている、有名な「父君ガルガンチュアからの手紙」に次のような文言が見出せる[53]。「今や、あらゆる学問《ディシプリーヌ》は復興され、諸言語の研究も再興された。たとえばこれを知らずして、知識人を自称するなど恥ずべきことであるギリシア語をはじめとして、ヘブライ語、カルディア語、ラテン語といったものだ。（…）私の見るところ、当世では、強盗、刑吏、傭兵、馬丁といえども、かつてのわが時代の博士や説教師よりも博学とも思われるぞ。（…）自然の事象に関しては、これを知るべく大いに熱意を注ぎ、いかなる海洋、河川、湖沼にしても、そこに住む魚類を知悉し、空を飛ぶ鳥類、森の樹木や大小の灌木、大地の草花、さらには地中の奥深くに潜みし金属、オリエントや南の国々の宝玉なども、なにひとつ知らぬものがないようにするがいい。それから、ギリシア語、アラビア語、ラテン語の医学書を念入りに繙読する一方で、タルムード編纂者やカバラ学者をもないがしろにすることのないように。しばしば解剖《アナトミー》をおこない、人間という、このもうひとつの宇宙に関する完璧なる知識を身につけてほしい」[54]。書斎での研究に比重を置きつつも、自然の内に抱かれながら視線を外部に疾駆させる必要性をも巧みに織り交ぜたラブレーのこの一文は、あえて言えば、ユマニスムとサイエンスとが微妙な緊張と協力の関係を切り結びつつあった、特にルネサンス後半の学問的状況を、物の見事に予告し得ているのではないか。ラブレーの予徴する学問的探究は、あるいは今風に言い換えれば「知」の変革とその思想上の「布教的意志」は、印刷術に加えて、当時の教育の制度的充実に、背を強く押されて「実現」した現象であるという点を、決して見逃すべきではない。ヨーロッパ中で、反宗教改革という名の運動の下に、イエズス会系の学校が整備されていき、それに比例する率で学生人口が増大していく。この、前代未聞の規模で近世西洋を覆い始めた「学校化社会」（イリイチ）が、新たな教育法や知的伝授の作法を生み出す契機となる。同時に、いわゆる「知」の秘密資源は、大学が占有する特権的倉庫から世間の裏通り、次いで表通りへと漏出していく。こうして、古《いにしえ》より存続する制度的保証圏域の外部から、王権を筆頭とする世俗権力が贔屓し重用する、全く新しいタイプの「知識人」が颯爽と登場する。床屋外科医のアンブロワーズ・パレはシャルル九世の筆頭外科医に登用されており、また、一介の陶工にすぎなかったベルナール・パリシーも、新教徒でありながら、アンヌ・ド・モンモランシー大元帥やカトリーヌ・ド・メディシスの寵を得ている。名陶工は、前者、続いて後者の依頼に応じ、チュイルリー宮に琺瑯《ほうろう》引きの技術を用いた「人工洞窟《グロッタ》」を製作している。さらに、パリシーは首都パリで地質学、鉱物学、博物学、さらには土壌、水質、農耕技術、森林伐採法、生物学（彼は貝類の観察者としても有名である）などきわめて多岐にわたる分野に関して、当時としては画期的な「科学講演」を実施し、フランシス・ベーコンに加えてパレもその幾つかを聴講したという「伝説」まで広く浸透している。ベルナール師匠は園芸家としても名を馳せ、本書にも収めた『確実な道』にもその精髄を発揮している[55]。われらの外科医が戦場の現場で医学的処置法を開拓したのと同じく、釉薬《ゆうやく》による名人芸を披露した巨匠は、農地、森林、海辺、砂地あるいは緑地などを軽快な足取りで「フィールドワーク」して回り、自然の内側に分け入り、直接その秘奥に迫る方法論に先鞭をつけたのである。こうして書斎で磨いた見識や博学多才は、外界における観察、戸外で蓄積した経験値により、徐々に大幅な修正を迫られる運命にあった。

パリシーもパレも、当時の制度的エリート教育の軌道には乗れず、ゆえにラテン語やギリシア語の素養を身につける機会には恵まれなかった（独学で古典語に没頭する好条件にも恵まれなかった）。しかしだからこそ、かえって古典的書物という旧式の権威の「重圧」から解放され得た。別言すれば、新たな制度的学問の地位を獲得しつつあったユマニストの運動とは一線を画する位置取りができたのである。この点に触れて、十六世紀随一の陶工は、当時の「メセナ」の実践者モンモランシー大元帥に宛てた献辞を締めくくる直前に、一見きわめて率直な筆法でこう述べている。「（どうか殿下が当作品の不出来をお許し下さるようお願い申し上げる次第です）と言いますのも、私はギリシア人でもヘブライ人でもなく、詩人でも修辞学者でもなく、文学の素養などほとんど有しない一介の職人にすぎないからです。しかしながらそれゆえに、より雄弁なお方がなさった場合に比べて、本作が内容の有効性において劣るわけではございません。私は修辞的な言語で嘘を書き連ねるよりも、素朴な言葉で真実を述べる方をよしとするのです[56]」。レストランガンも指摘するように、これは明らかに「謙遜のトポス」«le *topos de l'humilité*» に属しており、当文言の背後に、「理論に対する実践の優位」が、この謙譲の美徳を凌駕するが如く脈動している点は、容易に感知できる[57]。それというのも、言葉にすべき真理が存在するのに、それを敢えて看過し隠蔽する姿勢は、改革派信者にとっては神から与えられた使命と才幹を裏切る営為に等しいからである。ゆえに、サントの陶工を、俗語＝フランス語による「主張」の披瀝に踏み切らせている、その信仰上の堅牢《けんろう》なる信念もまた見逃してはならない[58]。

最新の研究成果は、ベルナール・パリシーの参照元が、プリニウスやウィトルウィウスら古代人、カルダーノ、オリヴィエ・ド・セール、アグリコラ〔一四九四—一五五五年、ドイツの鉱山学者〕、さらには彼が一見軽視しているかに見えるパラケルススおよび「錬金術文学」一般の広範なコーパスにおよぶことを、徐々に明らかにしつつある[59]。したがってサントの名工が、古代の権威や理論から離陸し、近代的科学に着地するわずかに前方の寄港地（中継地）を拠点に、目覚ましい活躍をしたと過度に称揚するのはためらわれる。彼の学説に「壮大な混合的手法《シンクレティズム》」の凝集を看取する立場、または、ある種の百科事典的混淆を見定める立場にも、それ相応の説得力があるからである。しかしながらなお、権威や理論に対する、経験や実験の優位を科学研究の歴史圏に誘引した点で、彼が革新的であったと形容する定説もまた、否定のしようがない。逆方向の磁力線がほぼ平等に作用しているがゆえに、仮にそこに「新旧論争」を持ち込んでも、その是非に明快な白黒をつけがたい時代――それがルネサンス期なのである。

その時代の名職人が「実践知」を注ぎつつ、一五六三年に世に問うた『確実な道』は、農業論（特に堆肥論）、庭園論、サントンジュでの改革派教会創設に伴う苦労話（要塞論を含む）という三つの大きな主題を軸に据えている。「問い」《Demande》と「答え」《Réponse》とを繰り返すダイアローグ方式は、当時流行したスタイルであり、パリシーの独創とは言い難い。ただ、彼の場合「問い」（を発する者）、つまり質問者（＝読者）は、知的レベルの極端に低い、かつきわめて頑迷な偏見の持ち主へと、故意に転落せしめられている。その無知を「答え」が啓蒙、教化、教導するのである。これは、農民も哲学を必要とする、という信念の持ち主が、一工夫の末に編み出した独特の趣向だと言えなくもない。だが同時に、「問い」は「答え」の思考を整然たる知的工程に導き混む装置だとも理解できる。あたかもラブレー『第三の書』のパンタグリュエルが、結婚の是非を巡って長々と理屈を並べ立てるパニュルジュに対し、「ならば結婚するがよい」「ならば結婚などやめるに如かず」と、簡潔に切り詰めた即答を返すプロセスを経て、言わばパニュルジュをパニュルジュ自身と対峙・対話させているかの如く[60]、「科学の伝道師」は、自己自身との対話を弾ませる仕掛けとして、「問い」を設定しているかのような印象を強く受ける。つまり、土質、塩分、堆肥、森林の機能に関する「一問一答」の世界は、著者自身が世界と対峙する弁証法的な磁場に他ならないことを、読者は読み進むに従い強く直覚する。ここから立ち上がってくるのは、宇宙、世界、自然と、たった一人で「孤独に」対峙している「近代的個人」ではなかろうか。そしてその個人性は、聖書のみを通して神と繋がる、同じく近代的で個人的な神学上の契約と深層で繋がっているのではなかろうか。「科学的探究」の内側から現出してきた個人の孤立ないし孤独は、神による選別の唯一性、独自性というプロテスタント的心性と、深部の思考回路で連結していると思われてならない(61)。

熱心な改革派教徒として、ベルナール師匠は、迫害の被害者たる改革派教徒の避難所を兼ねた庭園（イタリア式庭園、人工洞窟を伴うことが多い）の創造法についてもペンを走らせる。しばしばその発想源をフランチェスコ・コロンナの『ポリフィロス狂恋夢』（『ポリフィールの夢』）に求められがちなこの庭園に関する記述は(62)、源泉になった作品とは全く異なり、庭園内の様子や建物などを描いた図像を一切含んでいない。そもそも少女たちが謳っていたマロ訳「詩篇」一〇四番を表現した庭園は、神のロゴスと聖霊の息吹を、文字列で再表象した名園および建築物の集積である。これは本来絵画的表象に馴染むテーマではあるが、カルヴァン派にふさわしい「イマージュ」への過剰とも言える警戒心から、絵図による表出は慎重に避けられている（本巻、三四三頁）。釉薬術の名手が唱道する造園術は、当然、ラブレーの筆になる「テレームの僧院」を喚起せずにはいない。つまり我らの師匠が夢見る庭園は、あくまでユートピアとしてのみ存在する「不在の表徴」にすぎないのである。レストランガンの表現に倣えば、それは女性の創造以前のアダムすなわち孤独なる人間がその中を遊歩していた、既に失われた自然であり、社会の誕生以前の原始状態を復元する試行錯誤が創出した空間である(63)。言い換えれば、非抑圧者である改革派の避難所の役割を負いながらも、その叙述には、社会性を感知させる要素がほとんど見当たらない。彼の造園術が表出する空間は、「泉や小川が流れる」場でなければならず、また「失われた楽園を別にすれば、いまだかつて存在したことのないほど美しい庭園(64)」に仕上がる必要がある。パリシーの文字列が造園していくスペースは、まちがいなくパストラル文学に描かれる「美しい場所《ロクス・アモエヌス》」≪locus amoenus≫であり、ゆえにそれを再現する文字の連なりは、当然ながら「エクフラシス」≪ekphrasis≫として、すなわち美しい絵画的表象の、言葉（言語的描写）による再現のジャンルとして屹立してくる(65)。テクストに見出せる草地、樹木、泉、小川への言及は、古典的修辞である≪locus amoenus≫を成立させるに十分である。キリスト教的文脈に翻案すれば、神を讃えるにふさわしい調和に満ちた美的景観が読者の眼前に広がるうえで、不可欠な「風光の小道具」が、ここには「霊的に」並べられていることになろう。名匠によるこの文学的造園術は、言わば世界創造を更新する契機となる。それは原初の調和を回復する主旋律として律動せずにはいないのである。

それにしても、原罪以前のエデンの園に極力近い場所を夢想する営為は、迫害の的となる新教徒の避難所を提供する「現実的」な目的や意志と、大幅な齟齬を来しはしまいか。アキク貝をモデルに構想された螺旋型の要塞自体が、そもそも実現不可能な幾何学的困難を抱えている。現に、ユートピアとしての悦楽境は、農村の美しき営みと、都市部の先鋭的な防御のシステムとを、逆説的《パラドクシカル》な仕方で共存させているに過ぎない[66]。牧歌的な環境下で桑や犂を駆使しながら働き、自らのタラントン（能力）を神に返却すべき場は、一方で新教徒に門戸を開かねばならぬが、他方で義人の隠れ家として、極力秘されねばならない。神との合一を目指す平穏な庭園は、同時に敵を撃退すべき攻撃力を備えねばならない。当時の多くの理想都市と同じく、空虚なままに放置される以外にない「異体」としての要塞（ラブレー、モアなど）は、同時に、義人の共同体に釣り合った社会的ディメンションを獲得せねばならない[67]。以上を逆言するならば、サントの改革者が思い描く理想郷は、鏡の向こう側の不思議な国として、靄の中に朧気にその姿を見せるしかない。レストランガンも示唆する如く、サントンジュの職人が想像する庭園と城塞は、信仰の出発点であり、創造行為の終着点でもある[68]。両者は発せられた言葉とともに一瞬立ち上がっては散逸していく。換言すれば、名園が城市と共存する場は、言語的表象の持続する範囲内でのみ存続を許されている。ゆえにこの「文学場」は、田園と都市とが同居する不在の失楽園、ないしはそのメタファーとして機能する以外にないのである。

ユートピア的世界観という可能態としての桃源郷を探る観点に立ち、その立脚点から、現実社会の不条理や不平等を駁撃《ばくげき》する思想的ポジションは、しかしながらルネサンス期のユマニストのすべてを惹きつけはしなかった。なぜなら、「新大陸」に関する膨大な知識が、「旧大陸」の体制的疲弊を矯正する契機になり、しかも「良き野蛮人の神話」に清新な息吹を吹き込んだため、地政学の成果の方が、ユートピアからの逆照射以上に、「自然状態」への憧憬をより濃厚に醸し出す結果を招いたからである。それでも、この相対的立脚点に位置し、文明人の虚栄や粉飾を糾弾する方法論もまた、少なからぬ支持を得た。ただし大きな合意形成には至らなかっただけである。換言すれば、政治的思考法が新たな経験知を利用する場合、「原始社会の平等性」という仮説は、一種の「詩人の空想」として退けられるケースが多かったことになる。なかんずく、ジャン・ボダンをはじめ、法学の理論家や専門家は、文明国における政治的手法や法律制度に、現実的な関心を向けて止まないため、理想家が文学的に構想する「平等社会」を全く受け入れはしなかった。ただし、法学でいう一般的概念と、(当時の)地理学や地誌学(一種の「比較社会学」?)が提供する多様な世界の存在形態とを、相互連関性の内に把握する視点は持ち合わせていた。したがって、啓蒙の世紀におけるように、旅の記録がそのまま現行の制度批判と直結するケースはほぼ皆無だが、気候や地理的条件などの「自然法則(ないしは「自然状態」)が、国家形態や政治的・社会的輪郭に、いかなる影響を与え、特殊な具象性を付与するのかに関しては、大いにインクが費やされたのである。もっとも、**ボダン**のように、「気候の理論」が「法律のあり方」に影響を与えるとする立場が一般視されたわけではない(反対派の筆頭はポスヴァン神父)。と言うのも、ダニエル・メナジェも指摘するように、十六世紀の人間は、いまだに「複数形の人類」の存在を後景に退け(地理的影響に応じて、異なる政治的体制や社会的習慣を育むようになる、そういう多様な人類の存在形態を忌避し)、あくまで「単数の人類」への信仰に束縛され続けたからである[69]。

支配形態として十六世紀の政治学の領域で主として議論の俎上に上がったのは、君主制、貴族制、民主制の三種の制度である。当時の経世思想家たちは、世界の調和と国家の調和とを重ねて考察する傾向が強い。特に十六世紀のモンテスキューと評されたわれらが思想家は、君主制こそが国家内で適材適所を実現し、最も調和ある国家を形成するうえで、最大の効果を発揮すると見なす。以下は当時の紋切り型であるが、動物界には「百獣の王」(この当時はライオン)が存在し、ミツバチの世界では「女王蜂」が君臨している。われらの政治思想家は、こうした自然の秩序に最も相同ないし類同する統治形態は、「君主制」以外にないと断じている。こうした見解の背後には、国王が聖別を受けており、「奇蹟」を実践する魔術師的側面を備え、その証拠に瘰癧を治癒せしめる能力に恵まれていると見なす、きわめてキリスト教色の濃厚なバックボーンが垣間見える[70]。しかし**ボダン**は、神の垂直的な摂理が、世俗の経国済民の原理を貫通するとは見なさない。

『国家論』*Les Six Livres de la République* の著者は、先ずは国家を徹底的に世俗的な次元から考察する。そして、いかなる国家であれ、それを成立せしめる根源的な原動力は、「主権」«souveraineté» であると定位する。この主権は、「神や自然の法則」が支配しない「世俗の」空間において、言わば自発的、自然発生的に生じた即時的概念である。さらに、主権は無限にして分割不能である。**ボダン**の独創は、このように主権概念を、いかなる制限にも拘束されない世俗権力が有する、所与の絶対的原理として措定した点に求めうる。この「発明」の背景に、国王の至上の権威を復権させようと目論む、ポリティーク派のイデオローグとしての**ボダン**を透視することは容易であろう。こうして、彼の関心は、至上権としての主権を脅かす外部の因子を、秩序の側に回収し、一切を君主の主権に従属させる方法論に向き始める。有能な海賊の首領を制度上の海軍の士官として採用する遣り方は、この種の知謀の一つに数えうるだろう。こうした一方的な主権は、上述した通り、分割不能であるがゆえに、それを譲渡するいかなるケースも想定の範囲外に弾き出される。ゆえに、彼は、セイセルたちが唱えた混合形態国家論にも明確に反対する。これは理の当然で、主権が分割不能すなわち共有不可能である限り、補完的組織体（下位組織や、並行的権力など）の拘束を受ける事態は、想定しがたいからである。

　十六世紀のモンテスキューの政治的思考法は、徹底的に世俗的である。それが、イエス・キリストの教えと接続する経路は、本書には全く見当たらない。ジェラール・メレも強調するように、「（ここでの）『神の法』への参照は『モーセの法』へのそれを指すにすぎない、（…）したがって、**ボダン**の国家（*res publica*）は、主権者の法に従うのであり、神の法に従属するわけではない」[71]。もちろん、君主は神のイマージュ（似姿）である。換言すれば君主は、神の無限が、俗界の歴史内の有限に翻訳されて一定期間顕現する際の主体そのものである。ゆえに、その主権の発現法は、信者に対する神の絶対的主権の発現法を、より低次で模倣せずにはいない。つまり、君主の臣民へのコミュニケーション（「記号」の伝達法）は、神の信徒へのそれを、形態的に模倣する[72]。加えて、神のイマージュとしての君主が、善と高徳とを備えている方が好ましいのは当然である。ゆえに、国王の高徳を讃える十六世紀に定着した立場が、『国家論』から削除されているわけではない。ただ、主権の概念は原理的に世俗化を前提としているため、君主の倫理的モデルを提示するに際しては、この世俗世界は無力であるがゆえに、その方法はキリスト教への漸近線を描く以外に方法がなかったのである。以上の点に、我らが経世思想家と、エラスムスらユマニストとの接点を想定できるかもしれない。同時にこの立場は、効率的な統治のためには、美徳や憐憫や人民による評価を無視し、敢えて悪徳や残酷に訴える必要もあると説く、宮廷人や専制君主に親和的な「実践的教科書」として機能したマキャベリとは、決定的な一線を画していると言ってよい。因みに、**ボダン**の「反・

マキャベリズム」には、ナショナルな因子が強く反映しており（反イタリア）、フランスの多くの政治思想家の意見をも代弁しているが、ここではその詳細には立ち入らない。

　ところで、あまり知られていないが、魔女狩りが猖獗を極めたのは、実は中世ではなくルネサンス期である。その点は、「判事たちのマニュアル本」（ミシュレ）として威力を発揮した『魔女への鉄槌』*Le Marteau des Sorciers* の出版状況に着目すれば一目瞭然である。この手引書は、一四八六／八七年から一六六九年までの約二世紀間に、判明しているだけで三四の版を数えるが、その刊行時期は等間隔に並んでいるわけではない。資料を精査すると、そこに三つの区分を設定するのが妥当だとわかる。まず、一四八六／八七年から一五二〇年までの第一期に一五の版が、次に第二期に相当する一五七四年から一六二一年の間に一六版、最後の一六六〇年から一六六九年の第三期に三版が刊行されている。解説者ダネも指摘している通り、第一期と第二期における出版ラッシュは、実は魔女狩りの激浪が押し寄せた時期とほぼ重なっている。ただこの二期は、五〇年以上の隔たりにより分かたれている（一五二〇年―一五七四年、正確に言えば一五二一年―一五七三年[73]）。この五〇年間は、宗教改革派の勃興から宗教戦争の勃発へと至る時期に、換言すれば、新旧両教徒が統一と分裂の間で揺れ動き、ゆえに魔女狩りが小康状態を保っていた期間と、ほぼぴったり重なるのである。逆に言えば、十六世紀に限ると最初の二〇年間、および七四年以降の三〇年足らずの間に、魔女裁判用のマニュアルへの需要はピークに達すると考えられる[74]。

　そのピークの真っ最中、すなわち一五八〇年にジャン・ボダンは『魔女の悪魔狂』（以後他書からの引用部以外は『魔女論』と表記する）を上梓する。これが十六世紀のモンテスキューとして持て囃されてきた偉大な経世思想家の権威を、一気に失墜させる。進歩史観に基づき彼を糾弾している学者は枚挙に暇がないので、ここでは一例のみ挙げるに留めよう。魔女狩りの専門家として名高いトレヴァー・ローパーはこう指弾している。「ボダンは十六世紀のアリストテレスであり、モンテスキューであった。彼は比較歴史学、政治理論、法哲学、貨幣数量説およびその他の多く（の分野）での先駆者である。ところが、その彼が、他のいかなる書物にもまして、ヨーロッパ全土で魔女に対する火炙りの炎を煽《あお》り立てた、例の書物を一五八〇年に著したのである。ボダンの書『魔女の悪魔狂』の頁をめくるのは、そしてまた、十六世紀の誰もが認めるこの思想の達人が、魔女のみならず、この新しい神話のグロテスクな細部をたった一つでも疑う輩すべてに対しても、火刑台上の死を求めていたのを知るのは、愕然とさせられるような経験である[75]」

ここで詳述する余裕はないが、ボダンの『魔女論』が魔女狩りの現場で影響力を行使したという証拠は見当たらない[76]。それでも『国家論』の著者の筆がこの著作を産み落とした事実は否定できない。しかし、一方は理性の、他方は狂気の産物として弁別し、後者の特異性をことさら強調するのは適切だとは思われない。先ず、この書が記された一五八〇年およびそれに近接する時期の、フランス人のメンタリティーの深奥を測量してみる必要がある。一五八〇年は第七次宗教戦争が戦われた時期と一致する。一五八〇年九月にはペリゴール地方のフレックスFleix で和平協定が結ばれ、以後一五八五年まで全国規模の戦争は再燃しない。しかし地方での衝突は頻繁に起き、八〇年には和平の効果もなく、新教派はピカルディー地方のル・フェール伯爵領を失う羽目に陥る。この領地は七八年から七九年にかけて我らの大学者が裁判官を務めていたランの町と同じくエーヌ県に属している。随所で経験した戦闘での敗北や戦禍の凄惨さを、ボダンを含め多くの者たちは「神の怒り（の表明）」«(manifestation de) l'ire de Dieu» として受け止めている。ボダンは「第一の書」第七章でこう綴っている。「なぜペスト、飢饉、そして戦争は起こり続けるのか。（…）これらは神から送られた記号《シーニュ》であり、各々は神を讃えながら自らの無知を告白せねばなるまい。（…）我々は季節が逆転し、家畜類が死に絶え、飢饉が襲い、血や石の雨が降り注ぎ、その他奇妙な事柄が生じるのを目撃している。星辰の動きは今のところ正常ではある。しかし神は時には大地から、時には水辺から、時には家畜類から、そのご加護を引き離されるのである（…）」。「したがって、こうした事柄は通常の自然な現象ではなく、自然の流れを逸脱した奇蹟であり、我々に神の怒り«l'ire de Dieu»を提示していると見なしうる。これを防ぎうるのは、改悛と祈り以外にない[77]」。同時代人のボエスチオーやベルフォレたちの著作からも、フランス王国を決壊せしめる超自然の諸現象や戦争による災厄の叙述を容易に引用できる。要するに、社会全体が恐怖に戦慄し、人々の感性は黙示録的瓦解への恐れに押し潰されているのだ。さらに、現実的な次元で、社会の秩序すらもが維持不能となる。ジャン・ドリュモーによれば、ペストや戦禍に見舞われた際に、死体を墓地に運び、街中の浄化の務めを果たす人々が（monatti）、略奪や脅迫や金品の要求を平然と行なう風潮が主にイタリアで広まっている[78]。神による怒りの警告に言及する著作家たちは、国内のすべての無秩序の内に、「サタンの解放」を看取している。無限に善良なる神は、自ら鉄槌を下されたりはせず、サタンとその手下（悪魔、そしてその「子分」の魔女）を解き放たれる。こうして悪の執行者たちは、現世に倒壊の兆しを刻印していく。ボダンの『魔女論』執筆の背後には、こうしたアポカリプス的状況への強い危機意識が作用していると理解せねばならない。それは、国家の内側からの崩壊を惹起する悪魔的な勢力を排除し、『国家論』が明快にその輪郭を描出してみせたあの「主権」が、改めて神聖不可侵なる実効性を持つよう、王国全体を邪悪なセクトから解放する試みと理解せねばならないのである。

ゆえに『国家論』と『魔女論』とは、方法論上も全く同じ手段を駆使する。前者の冒頭に曰く、「国家とは、いくつもの家族およびそれらが共有するものから成る、かつ主権を備えた正当な政体のことである。われわれは最初にこの定義を置くが、それは、何事にあっても先ず主要な目的を探るべきで、その後にそこに至る手段を求めればよいからだ」（本巻、一七一頁）。後者に曰く、「魔女とは意図的に悪魔的手段を用いて何事かを実現しようと目論む者である。私が掲げたこの定義は、当論考を理解するのに必要であるばかりでなく、魔女たちに対していかなる審判を下すべきかを理解する上でも重要である」（本巻、二〇五頁）。両著作はこのあと国家《République》、そして魔女《Sorcière(s)》の定義を構成する各々の術語を、ともに詳細に吟味し、それぞれの定義の真理性を確定しようと試みる。換言すれば、両者とも、帰納法的論理学という全く同一の方法論を駆使した論考として理解されねばならない[79]。以上をまとめると、『魔女論』は『国家論』の一種のネガとして把握できる。陽画を転倒した陰画は、当たりまえだが、結局はコインの表裏という関係を結ぶはずだ。

『魔女論』には、魔女の母親ないしは父母が、サタン（悪魔）に子ども、特に娘を捧げ、そのために、いわゆるサバトに子女を同行させるのが常である、という記述が執拗に反復されている。本巻に訳出した箇所にも、魔女を検挙する有効な手段の一つとして、「魔女たちの若き娘を捕まえる」という方法が提起されている。「というのも、娘たちが、母親からこの種の知識を授けられ、集会に連れて行かれるというケースは、何度も確認されているからだ」（本巻、二二四頁）。あるいは曰く、「自分たちの子どもを生まれると同時にサタンに捧げる男女の魔女たちも、父母同様の憎むべき生活を続ける子どもたちも、悪魔的な本質に支配されている[80]」。以上をより客観レベルを上げて把握すれば、魔女の家系は代々伝承されていく、と一般化できる。ここには『国家論』において国家《République》を構成するユニットとして挙げられている「家族」《famille(s)》(「幾つもの家族およびそれらが共有するもの」)を念頭に置いた、一種の「反・家族」《anti-famille(s)》の概念とモデルとが、おそらくは無意識裡に導入されている。アンジェの法曹家にとって、魔女の家族内における教育は、通常の家庭でなされる教育を反転させた「反・教育」である。それは、公序を脅かし、国家の根幹を突き崩すべきアナーキズム的な「教練」として、政治的秩序の基礎を支える家族制度を踏み倒すべき役割を担う。魔女術の教育は、その必然的帰結として、犯罪の教唆や規律の破壊へと収斂していく。また、主として母系を経由して受け継がれる魔女的教育は、徹底的な父権性に基盤を置くボダンの主権概念と、真っ向から背馳ないしは矛盾を引き起こす。こうして、魔女の家族は、「反・社会」、「反・法律」の実践を次世代へと効率的に伝授していく。以上の本質に貫かれた魔女たちを、集団的次元で把握した場合、それはもはや、正当な国家内にいつの間にか形成された邪悪なる「反・国家」となって現出するはずである。であるがゆえに、魔女の勢力は宮廷内の貴族層をも「反・国家」の内部に取り込み、言わば正当な主権を帯びた君主政体を脅かす、不当な「国家内国家」の捏造へと駆り立てていく[82]。こう考えてくるとジャン・ボダンの『魔女論』は、同著者による『国家論』と自己撞着を起こすはずがない。『魔女論』は、『国家論』の定義内に示唆されていた「正当な政体」を転覆させる勢力を殲滅すべく構想されており、ゆえに『国家論』の続編として出現しているからだ。ただ、その中心的視座を合法的国家の実相から違法的国家のそれへと変位させているにすぎない。したがって、この『魔女論』は、超自然現象を善悪に腑分けし、悪事を宗教的異端に繰り入れることを全く意図していない。それは『国家論』の延長線上で、主権に基づく「正当な政体」を窮地に陥れようとする広義の刑事犯を告発し、世俗的権力の地平から追い落とすことを究極の目標にしているからである。

ルネサンス期後半から十七世紀初頭にかけて、アンリ・ボゲ、ニコラ・レミ、ピエール・ド・ランクル、ジャン・ヴァイヤーなどの多くの「魔女学者」たちが活躍している。しかし、それらの頁を繰ったからと言って、箒に乗って空を飛ぶ魔女や、大きな釜でグロテスクな食材を煮立て、呪文で人や家畜を殺し、サバトで乱痴気騒ぎに耽る女たちを、興味本位で描いたと思しきケースは、必ずしも多くは見当たらない。たしかにド・ランクルはサバトを巡る紋切り型の形成に一役買っただろう。しかしそれはバスク地方全体を異質な「新大陸」として扱った旅行記としても読める。あるいは、ヨーハン・ヴァイヤーは魔女の「救済」に貢献したと称揚される。しかし、彼自身が「笑いにより真実を歪曲する魔女」としてボダンに糾弾されている。魔女論の世界は、まだまだ開拓の余地が残る処女地が、広々と横たわっている領野である。

物語るとは何か。逸話、例話、漫談、脱線、ゴシップの類は些細かつ無意味な、単なる文字の浪費なのか。あるいは、種々のコミュニケーションの営為や、古《いにしえ》から伝達された記号の感受に、真偽の区別を持ち込むのは妥当か（あるいは無意味か）。以上の問題に、歴史とは何か、宗教とは何かという別の問題系を交錯させ、逸話（物語）、歴史、宗教という三軸から成る空間に、何らかの立体的言説を具現化しうるだろうか。常識的な思考回路は、このような言語上の関数軸の設定そのものに困難と困惑を覚える。そこに何らかの有益な立体が実を結ぶとは到底思えないからである。だがそれを可能にしたのが、アンリ・Ⅱ・エチエンヌの『ヘロドトス弁護』（一五六六年）*Apologie pour Hérodote* に他ならない（以後、「アンリ・エチエンヌ」と表記する）。

エチエンヌ家は出版社の家系として十六世紀後半から十七世紀初頭にかけ、アンリ一世、シャルル、アンリ二世、ロベール、と多くの逸出した人材を世に送り続けた一家として知られている。特にアンリ二世すなわち我らがアンリは、幼い頃からギリシア語、ラテン語に親しみ、卓絶した語学の才を示すと同時に、数学、幾何学にもずば抜け、才学ともに優れた人物として一世を風靡する。ヨーロッパ言語のほぼすべてに通じていたとされ、特にイタリアには最低でも三度は足を運び、優れた写本を収集している。稀覯本ハンターの獲物はヨーロッパ全土に及ぶ。トゥキディデス、ディオゲネス・ラエルティオス、ヘロドトス、クセノフォン、アイスキュロス、アッピアノス、アナクレオン、ホラティウス、ウェルギリウス、プリニウス等々の優れた著述家、歴史家、詩人らの極上のマニュスクリが、彼のお陰で、闇に埋もれる運命を回避し救済の光により日の目を見たのである。旅する世紀の大学者は、後にこれらの作品の詳密にして堅実なる校訂版や翻訳本を、その印刷機をフル回転させて世に送り出している。「虚学」の「滋味豊かな精髄」（ラブレー）を的確に引き出す学才と、印刷術を操る「実学」の技能とを見事に繋ぎ合わせた、ユマニストの名に値する離れ業である（ただし、ルネサンス期にあっては、一人物の内に学識と技量の結合を見る例は比較的多いが）。もっとも、遠方へのこうしたマニュスクリ探索の旅は、印刷業者としての資金の涸渇をもたらすが、幸い当時のアウグスブルクの豪商フッガー家による援助を得て、その文化活動を何とか続行するを得る。また、自身もその抜きん出た語学力を生かして、『ギリシア語宝典』（一五七二年）、『フランス語とギリシア語の一致について』（一五六五年）、『イタリア語化された新フランス語についての対話』（一五七八年）、『フランス語の卓越性についての試論』（一五七九年）などの優れた著作を矢継ぎ早に刊行し、古典語、中でもギリシア語とフランス語との類似性を強調する比較の手法を鮮やかに駆使し、フランス語の優越性をラテン語以外の「外部」から照射しつつ論証しようと試みている[83]。アンリは父親に連れられてジュネーヴで印刷業に従事するが、その雅量に富む精神は、偏狭と形容されがちな新教の牙城とは折り合いが悪く、しばしばレマン湖畔の町を留守にし、フランクフルトやハイデルベルクあるいはパリへと逃れるのを躊躇しなかった。『フランス語の卓越性についての試論』（一五七九年）により、アンリ三世から三〇〇〇リーヴルの賞与を約束されるなど、カトリック側によるメセナにも惹き寄せられている（フランスの国庫の困窮から結局は実現しないが）。詰まるところ、彼は、新教徒としてジュネーヴの牙城に籠もるには異教に関するあまりに該博な知識に恵まれ、旧態依然たるカトリックに留まるには、やはりあまりに高い学殖識見と、鋭利なほどに廉直で高潔な倫理観とを、自らの内部に研ぎ澄ましていたと形容する以外にない（もっとも、彼が「カルヴァン派」の信仰を堅持し続けた事実は残る）。

さて、われわれは上述の通り、「逸話（物語）、歴史、宗教という三軸から成る空間に、何らかの立体的言説を具現化」し得た例としてアンリ・エチエンヌの名を挙げた。言うまでもなく『ヘロドトス弁護』（一五六六年）がその成果である。タイトル全体を翻訳すると、『古代の驚異と現代の驚異との一致点を巡る議論への導入、あるいはヘロドトス弁護のための予備的考察』*Introduction au traité de la conformité des merveilles anciennes avec les modernes, ou traité préparatif à l'apologie pour Hérodote* となる。当時人々は、一方でツゥキディディスを真実«rei veritas»を伝える歴史家と崇め、他方でヘロドトスを、物語る欲望«voluptas»に身を任せ、大法螺や嘘八百を並べ立てる「虚偽の父」«mendaciorem pater»として愚弄、断罪するのが常であった[84]。われらが博雅の士は、そうした傾向に真っ向から挑戦状を叩きつける。ここで、タイトルに訳出した「驚異」«merveille(s)»という語が読解上のキーポイントとなる。なぜなら「驚異」とは「驚愕すべき内容」、「驚嘆すべき事象」、ゆえに容易には信じがたい事柄と見なされる。ヘロドトスが伝える逸話は、自然界に関するもの、人間界における事象の二種類の範疇に括られるが、いずれも「本当らしさ」を徹底的に欠いているがゆえに、これを事実として真に受けるわけにはいかぬ。たとえば、「歴史の父」は矮人や巨人についてとうてい信を寄せがたい驚駭《きょうがい》すべき話や、数百年生きた人物、あるいは通常の妊娠期間を超越して何年も胎児を腹に保ち続けた女たちについて、長々と言及している。以上の箇所を読み、「ヘロドトスを嘘つきと見なして、巷間の噂にばかり信を置くひとびと」(本巻、二七二頁)は、実に無意味な憶断を下していると、**アンリ・エチエンヌ**は反駁する。たとえば妊娠期間については、ヒポクラテス、ガレノス、プルタルコス、プリニウスなどの著作を繙いてみれば、こうした情報に溢れかえっている頁に出くわす。また、巨人や矮人、途轍もない長寿者については、何よりも聖書が決定的な証拠を突きつけてくる。そもそも自然の驚異は万能たる創造主が担保する領域であるため、それを根拠に懐疑主義者らに論駁を加えるのは容易である。だが、「人間界」の驚異も実は簡単に弁護できる。ヘロドトスは、(リビアの)カンダウレス国王が、自分の「裸の妻を召使に」見せたと語っているが(本巻、二七六頁)、とうてい信じがたい愚挙だと大多数の読者が反発するに違いない。しかし、信頼の置ける歴史家たちを繙けば、かかる愚行が孤立的例外ではない現実を、瞬時に呑み込めよう。さらに、われらが碩学**エチエンヌ**は、スエトニウスの『皇帝伝』を引き、カリグラが自分の妻を奇妙に飾り立てたうえで馬に乗せ、その様相を人前で披露したこと、その裸体を友人たちには、あろうことか眼前で見せてすらいたという軽挙妄動を報告している事実にも、読者の注意を引く。こうして碩学アンリは、言わば「証言の歴史的一致」«conférence des histoires»の手法に訴え、驚異を迷信の世界から事実の範疇へと引き上げるのである。

エチエンヌ家随一の篤学の士は、時空間を隔てる価値尺度上の齟齬や、慣習間の埋めがたい懸隔に、こうした「不信」の源泉を求めうると論じている。しかし、「わたしたちの国のやり方と隣りあった民族のそれとのあいだに、どのような違いがあるか見てみるなら、その違いはヘロドトスに比べて、それほど小さくないのを見出すであろう」(本巻、二七九頁)。遠く離れた時代や地域との間に見られる慣習や常識の隔たりは、われわれと「隣人」との間の相違点より、意外にもその距離が短いケースがあり得る。さらに、現代の驚異の方が、邪道さという点では、古代から伝わる驚異を遥かに凌ぐ場合すら容易に見出せるではないか。アンリは言う。ヘロドトスが描くエジプト人たちは、「けだものを崇拝」(本巻、二六八頁)していたがゆえに嘲弄の的になっている。しかし、生命を内包したことのない事物を崇拝している、現代の「ミサ愛好家」（実体変化論を信じるカトリック信者を指す）たちよりも、生き物を仰ぐエジプト人の方が遥かに立派である。そのうえ、異教徒は金銀で神々の彫像を作成したにすぎないが、われわれの「隣人」たちの中には、石や木を素材にした事物を崇めている輩がいるではないか。さらに、食人どころか「食神」なる愚挙に熱中している連中が、宗教を冒瀆さえしている（聖体拝領への批判）。こうした不条理の方が、古代の驚異を遥かに凌駕する邪曲を宿しているとは言えないだろうか。

　こうして、アンリ・エチエンヌは、時空間をいとも容易に越境する「驚異の普遍性」と、実体変化論への固執や偶像崇拝に代表される「カトリック教義の不当性」とを巧みに縫合させる。加えて、議論の合間合間に証拠としての例話や逸話を鏤《ちりば》める叙法を活用して、「ヘロドトスを弁護する」形式に則りつつ、当代の宗教や社会の問題に対しても、強烈な諷刺と皮肉のアッパーを浴びせていく。つまり彼は、ヘロドトスの物語る内容の信憑性を、ルネサンス期における驚異の受容法に照らし合わせながら弁護し、それと並行して、反カトリックのパンフレとしての色合いをもそこに塗り込めていく。こうして独自の観点から歴史学の概念を押し広げ、それを物語（逸話）と宗教（信仰）を巡るディスクールと繋ぎ合わせ、一見雑多に思われるジャンルの混淆に一貫性を付与する。もちろん、カトリックの聖職者たちが、単純素朴な信徒たちを騙し込む様相に、強烈な諷刺と揶揄の鉄槌を下す意図が、この作品の統一性を担保しているのである。

　それにもかかわらず、『ヘロドトス弁護』は、雑然たる要素の寄せ集めに過ぎないとする非難が執拗になされ続けてきた。性急に印刷に付されたがゆえに、繰り返しや冗長さが残ったこと、一つにまとめられるべき章が分離したまま放置されているケースが見出せること、議論の筋が時として継続性に欠けること、聖俗の主題の混淆が少なからず起きていること、等々が本書の雑ぱくな編集を立証しているだろう。だがこの種のぎこちなさ、反復、逸脱により、各章間に矛盾や背馳が生じる結果を免れない一方で、ブードゥーの主張する通り、「普遍（＝一般）から特殊へ」と辿ろうとする演繹的な方法論[85]や、それに基づいて特定の章の間に照応関係を設け、一つのテーマ（たとえば修道士の悪徳）が幹から枝葉へと連鎖的に繋がるよう工夫が施されているケースも見当たる（ここでは悪徳の下位区分へと降りて行くこと）。さらに「送り」や「予弁法」の使用も示唆する通り、綻びの分散や拡散に抗するかのように、議論の糸（意図）を制御しようとする著者の意向が伺える[86]。その一方で、『ヘロドトス弁護』

は著者の創意工夫とは裏腹に、未刊の書に留まっており、司法的な領分でカトリックの悪弊を難じる仮判決の宣告の域を出ていない。そこに、書物とは、読者による補完を得て初めて完成すると見なす「ヴォルテール的な」見解が、既に脈打っていると見なす読解も可能である。[87]

エチエンヌは「類似的推論」«**raisonnement analogique**»を駆使し、[88]古代の驚異の異質性を無意味化する方法論に訴える。十六世紀の人間にとって、まだ至近距離内に収まっている十五世紀ですら、もう理解を拒絶する驚異に満ちている。ここから推論すれば、古代の驚異が「現代人」の解釈を拒むのは、理の当然と言える。過去を遡るにつれ、非連続性の関数値は比例的に上がるからである。ゆえに、古代の驚異は理解の反射神経の反発を一旦は招く。しかし、異質度が高まっても、それが虚偽だという証拠にはならない。ここに、「証言の歴史的一致」«**conférence des histoires**»の手法を適用すれば、結局は暗合の複数化を見るため、古代の驚異も徐々に相対化され信憑性を獲得していくのである。こうして、過去の諸時点における驚異的現象は、理性による到達可能性を内包することになる。我らの俊才アンリは、かくして歴史の領域に、距離感と遠近法を持ち込み、各時代の特異性を尊重する思考原則を打ち立てたと言っても過言ではなかろう。

『**ヘロドトス弁護**』では、歴史が神学と密接に連結している事実にも改めて注意を喚起しておかねばなるまい。カトリックの聖職者たち（特に修道士たち）が同時代に実践し累積せしめた無数の悪行は、既に古代の驚異を凌駕するほどの、文字通り驚倒すべき邪悪度に達しつつある。そこでアンリは、悪徳の具体相を、分類の区分に沿いつつ、木の幹からその枝葉へと下って見せる。たとえば第六章では「淫乱の罪一般」«**la paillardise en general**（…*luxuriam*）»について語っている。その一節では、「嗚呼、私は、我らが主イエス・キリストが受肉なさって以来、淫乱さが現代のパリにおけるほど支配的となった時代があるとは思えない」と慨嘆している。[89]続く第七章でも淫蕩の罪が先ずは俎上に上げられるが、記述は徐々に具体性を増す。聖職者が政府の高官たちをコキュ（妻を寝取られた夫）にする例は無数にあり、教皇も荷担しているほどだが、先ずは町の司祭たちから筆を起こすと断り、「奴らは女たちの告白を聞くと、日々淫乱な行為に耽る連中を嗅ぎ分け、その尻を追い回す[90]」と記す。こうした反聖職者の言説は、当時の紋切り型としてよく知られたテーマである。しかし、ローマ・カトリックに敵対的な多数のエピソードを数珠繋ぎにする遣り様は、ファブリオーや中世の小話の系譜上に再布置できる方法論で、そうであるがゆえに、テーマの深刻さと語り口の軽快さとが、奇妙に混淆する文体が構築される。**アンリ・エチエンヌ**が、ローマのみならず、自らの神学的根拠を提供するはずのジュネーヴとも、親和的な関係を結べなかったのは、教義を弁護するに当たっても、笑いの仕掛けを随所に鏤めながら物語る愉悦に、決して逆らえなかったがゆえであると思われる。[91]

上述した通り、十六世紀後半のフランスは、熱狂的な言論により人々を暴力へと駆り立て、同じキリスト教信仰を抱く同胞を殺戮することを、何の躊躇いもなく正当化する言説に覆われていく。しかし、文字通り血が滾《たぎ》るがごとき内戦の異常な状況下にあって、暴力の行使に反対し、相互寛容を説いた思想が存在しなかったわけではない。もちろん、妄断的な言論の暴風に気圧されて、その理性の声は、多大な影響を同時代に与えるには至らない。しかし、ミシェル・ド・モンテーニュ、ミシェル・ド・ロピタル、そして**セバスチャン・カステリヨン**の名前が即座に思い浮かぶように、大なり小なりエラスムスの系譜上にあると見なしうる寛容思想の代弁者たちは、僅少ながらも確実に存在した。本巻では**カステリヨン**の代表作に数えられる**『悩めるフランスに勧めること』**を、二宮敬の優れた翻訳で読めるよう（難読漢字の修正を施したうえで）、ここに再録し読者に提供するものである。

ルネサンス期におけるこの寛容の「伝道師」を語るうえで欠かせないもう一冊の著書は、言うまでもなく『異端者を処罰すべからざるを論ず』（一五五四年）であろう。[92] ブレス地方出身の若きユマニストは、リヨンで学業を修めたのち、一五四〇年頃ストラスブールにてカルヴァンの「謦咳」に接する。その二年後にはジュネーヴの学院《アカデミー》長に任命され、改革派の後進の指導に当たったとされる。しかし、カルヴァンの厳格な気質やジュネーヴ当局の硬直化した態度（その意味では、彼ら改革派が批判の的にしたローマに対し、いつの間にかジュネーヴも漸近線を描きつつあった）に強い違和感を覚え、一五五三年には遂に亡命を果たし、バーゼル大学のギリシア語教授に就任している。一五五三年、スペイン人の医者で神学者のミシェル・セルヴェ（ミゲル・セルベト、以後はこのスペイン語読みの表記を採用する）が、三位一体説およびキリストの神性を否定する著作を刊行した廉で、ジュネーヴにて逮捕され、同年十月末にカルヴァンの主導下で火刑に処され殺される。[93] この事件に触発された**カステリヨン**は、即座に寛容論の立場から『異端者について』（一五五四年）*De haereticis, an sint persequendi*（仏

語訳は *Traité des hérétiques, à savoir si on doit les persécuter*）を上梓し、カルヴァンたちジュネーヴ当局の峻厳すぎる判断と残酷な実践とを激越に非難する。レマン湖畔の町も反撃に出る。カルヴァン、次いでその思想的腹心テオドール・ド・ベーズは、それぞれ『ミゲル・セルベトの誤謬について』、『異端者は世俗的権威（行政官）により裁かるべきこと』（ともに一五五四年）を世に問う。『反ベリウス論』と呼び習わされているベーズの著作は（カステリヨンは自著の中で自らをマルティヌス・ベリウスと名乗っている）、カステリヨンとその「一派」の議論を特徴づける「教義の不在」に論難を加える。もしセルベトと同じく、三位一体の教義を否定ないし軽視するなら、キリスト教信仰の根幹が崩落し、信仰そのものが成立しなくなる、ゆえにこのような言辞を弄する者たちは、カトリックとの抗争劇のただ中にある新教会を、したがって未だ危殆に瀕している改革派教会を、内部から蝕む裏切り者として極刑に値する、とカルヴァンの側近は、激高に駆られつつペンを運んでいく[94]。

バーゼル大学の神学者は、自分に対するベーズの論難の全景を見定めた上で、その細部の逐一に反論する著作『異端者を処罰すべからざるを論ず』を世に送る。ここでは、彼の精緻な議論や反証を詳細に追うことは省く。ただ、「ベリウス」の寛容論の立脚点が、汝の隣人を愛すること、己の欲しないことを他人に強制してはならないこと――という信仰の単純明快な実践的準則に根差す事実を忘れるべきではない。さらに、霊的な問題を解決するに際し、肉的な手段（武器）に訴えることは、キリスト教の「愛と平和」の信条に反するという確信が、バーゼルの神学者の思想的骨格を支えている。自分のドグマの絶対性に固執し、それを他者に強制する誘惑に人間は常に駆られるものだ。しかし、唯一無二の絶対善を根拠に、意見の異なる者たちを、それも同胞のキリスト教徒たちを、異端として誅殺する者は、その論理的帰結として、別の者たちが、別の不可侵なる絶対善を掲げて、自分たちを憎悪の刃で殺戮する権利をも、認めざるを得ないことになる。そこでカステリヨンは、キリスト教徒が現世で置かれている「暫定性」（自己相対性）に着目する。「父なる全能の神、その御子、聖霊を信じること、聖書に含まれるまことの敬虔の戒めを是認すること[95]」を別にすれば、つまりはキリスト者にとって明らかに揺るぎない根源的な信条（根本的信仰内容）を別にすれば、その他はとどのつまり枝葉末節に属し、ゆえにそれらは多様な解釈を許容せずにはいない。こうした曖昧な教理の正誤をめぐって、キリスト教徒同士が、互いに絶対性のイデオロギーから他者の信仰や教義を抑圧し強制するのは、明白に傲慢の罪に発出する悪と定位できる。それは束の間の暫定的な「正義」でしかない。結局はキリストの再臨および最後の審判にすべてを委ねる以外に収束不可能である以上、それに至るまでの「中間帯」に生きる現世の信徒は、絶対を信じつつ自己を相対化せざるを得ない。その時有効な指針になり得るのは、聖書と真の教会およびイエス・キリストの教え以外にない。我らが神学者は言う、「われわれは、われわれの間の対立について、天なる霊のエルサレム、すなわち教会と、天なる大祭司、すなわちキリストに指示を仰がねばならないのである」と（本巻、一一八頁）。さらに曰く「諸君は、自分が人からしてもらいたいように他人にもしてやったとは言いきれないのだから、即刻心を改めないかぎり真理の神の審判において有罪を言い渡されることになるのだ」（本巻、八七頁）。

一五六二年、カステリヨンは『悩めるフランスに勧めること』を世に問い、暴力により他者の信仰と良心を蹂躙する新旧両教徒に直諫《ちょっかん》している。「それというのも、わたしは他人の良心を侵害する人びとに対して、『諸君は人から自分の良心に暴力を加えられたいのか？』«(…) voudriez vous qu'on forçat les vôtres（vos consciences）» と問えばすむからである。するとたちまち、百千の証人にもまさる彼ら自身の良心に説き伏せられて、彼らは一様に周章狼狽するであろう」（本巻、八六頁）。「同じようにこうも言えるのではないか？『君は良心を侵すなかれと説きながら自ら他人の良心を侵している』と。（…）いずれにしても審判の日が来れば諸君自身の良心がお互いに諸君を糾弾することになる」（本巻、八七頁）。他人の良心（信仰）を強制する心理的メカニズム、それこそがフランス王国の陥っている不幸の淵源を支配している。一つの国家に一つの信仰という強迫観念が、「絶対的他者」の存在の峻拒と結びつくからである。新旧両教徒は、この心理的絡繰りを互いに無限に乗法させ、「敵」を逼迫させる熱情に駆られる。それはしかし、相手の精神のさらなるダイナミックな反動を呼び込む。この悪循環から逃れるには、先の妄念から自由になり、二つの信仰の暫定的共存を認める以外にない。バーゼルのユマニストはしたがって、政治に重心を置くポリティーク派とは一線を画する宗教的寛容の精神を、鮮明に屹立せしめるのである。

「良心に関わる事柄で、力と権威を用いるやり方には何の根拠もない」とジャック・ビェナスィは言う。また、「良心とはその本質上強制され得ないものだ。それは教示さるべき事柄であり、馴致ないし侵害されてはならぬ。そうではなく、真正なる十分な根拠をもって得心させせられねばならぬ。信仰もまた強制されれば、もはや信仰ではなくなってしまう」[96]。このように、寛容の擁護者として名高いミシェル・ド・ロピタルも、良心《conscience》と信仰《foi》の内実をオーバーラップさせながら、霊的問題を肉体的破壊による解決に収斂させることの愚劣さを、きわめて印象的に唱道してみせる。上にも示唆したとおり、敢えて単純化するならば、当時の寛容論には、ポリティーク派の思考法に由来し、政治的秩序を実現するために新旧両派に相互的な寛大さを説く潮流、および、カステリヨンに代表されるように、むしろ神学的な事由から導出される寛仁の精神を主唱する潮流の、二系統を把握できるだろう。ここでは後者に的を絞って論じてきたが、彼らにとっていかなるクリスチャンにも自明の「真理＝教理」（キリストの復活、唯一の神、魂の不死など）を別にすれば、その周縁に位置する二次的な教義には、必ず微妙な差異を分岐的に生成する余地が胚胎されている。ゆえに、その微弱な差異を神の審判に預けずに、人間の脆弱な理性で解決しようとする試みは、先ず無意味であり、次に傲慢である。正しいことを知るのは神のみであり、ゆえに、正義の名の下に、自らとは異なる、ただし誤差の範囲内でのみ異なる正義を奉じる者たちを、異端として殺害する者は、神のロゴスが一言も命じていない蛮行を、人間の拵《こしら》えた小賢しい尺度にのみ従って実践する単なる殺人鬼に他ならない。近藤剛は、こうした寛容論の概念が、自由論との関連関数として寛容を論じたミルトンやロックへと引き継がれ、やがては「新教の自由」という制度的枠組に結実すると縷説《るせつ》しているが[97]、この問題には、ここでは深入りしない。われわれは、カステリヨンの寛容論に強く影響を被った二十世紀の人物を二人だけ挙げるに留める。言わずと知れたオーストリアのステファン・ツヴァイク（ツワイク）は、亡命先のロンドンで『権力とたたかう良心』（一九三六年）を刊行し、圧制者カルヴァンに対抗したカステリヨンの剛毅な精神を称揚する。その思考過程を経て、思想や意見や世界観を強制される時代は、人間の精神の自由を求める本能的欲求の前に必ず損壊すると力説している。また、本邦では周知の通り渡辺一夫が、戦中、戦後の動乱期を苦衷とともに生きたその体験を、ルネサンス期と重ねつつ描いていく。その過程で、カステリオンの寛容論は、渡辺の自由への渇仰を指示する符丁として機能したと考えられよう。ただしいずれの場合も「寛容」は、ナチスの圧政や大戦の時代を忌避し嫌忌する動機と密接に縒《よ》り合わされた概念として理解されねばならない。もちろん、現代世界がこの概念を今までにも増して切に必要としていることは説明を要しないだろう。われわれにはむしろ、その後に寛容論が辿るはずの、より多角的な視点を繰り込んだ思索を、改めて辿り直す新たな知的誠実も求められて然るべきだと思われる。なぜなら、寛容は、他者の承認であると同時に、その無頓着で無責任な回避ともなり得るし、逆に他者の過剰な受容が、自己の思想的渇望の抑圧として作用しないとも限らないからだ。一体、「他者の承認」が「自己の禁欲」とどう折り合いをつけ得るのかという問題は、一刀両断に決裁しうるものだろうか。あるいは、寛容の実質が内面性や積極性の欠如、ひいては他者への関心の希薄化（消極化）に漂着するという、別種の危険がこの概念の暗部に巣くってはいないか。こうした現代的なアポリアも、われわれの思想的射程圏に入って来ざるを得ない。また、愛や慈善の思想と比較考証した場合の、寛容の倫理的な重度（ないしは軽度）に対してもわれわれの思索はベクトルを向けるべきであろう。[98]だが、ひとまずは隣人たちの殺人にすら熱狂した時代に、カステリヨンが示した深い叡智におそらくは無言の敬意を表し、同時に相対的価値観の中に宙づりにされている現代人の悲劇をも射距離に収めた、ミラン・クンデラの言葉を引いてこの議論にはピリオドを打つことにする。「人間は、善悪が明確に区別できる世界を望むものである。と言うのも、人間の内部には、理解するよりは、むしろ判断を下してしまいたいという、生得的で御しがたい欲望が潜んでいるからである。あらゆる宗教やイデオロギーは、こうした欲望を基盤として成立しているのである。（…）この『あれかこれか』の論理は、人間界の出来事が本質的に孕んでいる相対性に、何とか耐えようとする能力が欠如していることを、言い換えれば、『至高の審判者』の不在を直視する能力が欠如していることを、見事に証している。こうした能力の欠如のゆえに、小説の叡智（不確実性を認める叡智）を受け入れ理解することは、困難とならざるを得ないのである[99]」。「至高の審判者」の有無にかかわらず、寛容の概念は、絶対と相対の狭間に生きざるを得ない人間の本質に、いまだ鋭利な難問を突きつけている。

ルネサンス期の知識人たちは、主としてラテン語で書簡を交わすのを無類の楽しみにしていた。当時、ラテン語がヨーロッパ圏では知識層に共通の言語であった事実はよく知られている。書簡の出版を前提にして、そのコピー（写し）を保管する風習も当時は広く行なわれている。エラスムスは無数の手紙を友人や識者、印刷出版業者などに宛てており、その内一二〇〇通の書信を印刷し刊行したとされる。たとえ出版を意識していたにしろ、書簡は、個人的な意見や情感、さまざまな人物や出来事に関する活き活きとした叙述、特定の著作やその筆者に関する秘められた感想、芸術や文学をめぐる閃きに富んだ見解、友情の流露や不遇にある友垣への激励や助言など、一般の著作からは窺い知ることのできない貴重な情報を満載している。ラブレーはエラスムスに宛てた書状で、彼を「最大のユマニストたる我が父（…）であり母である」《pater mi humanissime (...) matrem (...)》と持ち上げ、自分はその「真正なる学識の純粋なる（豊饒なる）乳房により育成され涵養された」《(...) sic educasti, sic castissimis divinæ tuæ doctrinæ uberibus usque aluisti》と彼に最大限の賛辞を捧げている。[100] だがその一方で、エラスムスの「キケロ主義批判」を論難したジュール・セザール・スカリジェ（ユリウス・カエサル・スカリゲル）を槍玉に挙げ、わざわざギリシア語を用いて「この輩は間違いなく悪魔なのです」《εστι τοινυν διαβολος εκεινος》と罵倒を浴びせている。『ガルガンチュアとパンタグリュエル』に付された前口上で、最初に読者を香具師の口上で賞讃し、最後に怨敵の修道士たちに悪口雑言を浴びせるラブレー特有の技法の相似形をここに見出すのも可能だが、書簡全体からは、私信にふさわしい個人的な息づかいが多少とも感受できる。とは言え、この例は私淑する世紀の偉人に宛てた初めての寸書であるがゆえに、肩にはまだ余計な力が入っている。しかし、当代のインテリが取り交わした書簡は、その長短やテーマを問わず、人情味溢れる筆のタッチで綴られている。ちなみに、公的なテーマが皆無とは言い難いものの、それでも建前は「私信」である以上（＝いかに出版を意図していようとも）、朋友との関係を崩さないための、暗黙のルールが存在していたと思われる。たとえば先のエラスムスは、自らの手簡の中で「新約聖書」を話題に挙げることはほとんどなかったという。文通相手である彼の畏友たち――トマス・モアやジョン・フィッシャー――も同様に、文面を説教に転化してしまう話題は極力避けたと言われている。[101] これは、ルネサンスを代表する福音主義の論客たちですら、この時代には既に「私生活」の一領域を確保しつつあった証拠だと言えなくもない。

　だが、のちに刊行される予定の書簡を、私的領域にのみ囲い込むことは適切ではない。ルネサンス期に産出された膨大な量の書簡は、当然一つの文学ジャンルとして把捉されねばならない。このジャンルは、キケロが区別した三種の雄弁論の中でも、「簡素体」*genus humile* と命名された第一段階の規則に従わねばならない（ここでは雄弁術における三分割には触れない。他の二つは「中間体」*genus medium*、「崇高体」*genus vehemens* である）。この「簡素体」は、会話に内包される自由闊達を理想とするが、同時に「健全さ」《sanitas》すなわち一定以上の良質な文体（キケロの場合はラテン語の文体）を要請しもする。そのためには、「周到なる無頓着」«neglegentia diligens» すなわち優雅さと自然さとを同時に感知させる技芸が適用されねばならない[102]。ルネサンス期の知識人たちは、キケロとの距離の取り方をめぐり意見を異にしたが、いかなる立場にあれ、この雄弁術のイロハには精通していたから、書簡を認《したた》めるに当たり、ある種の「人工的な自然」が息づく文体に意を用いたのは確かであろう。もちろん、イタリアの先例、たとえばペトラルカの書信などが、ガリアの書簡文学の範となった点も忘れるべきではない。

　本巻では『フランスの探究』で名高い歴史家、ユマニスト、詩人、法学者の**エチエンヌ・パーキエ**の書簡を五点紹介している。**パーキエ**もまた、無数の手紙を残し、その少なからぬ書面を印刷機にかけた一人である。いつの時代にも通じることだが、それがいかに秘匿されたレトリックに操作されていようとも、手紙の文面には、大学者の素顔や交友関係あるいは当代の学芸に関する思いがけない私見や真情が流露している。**パーキエ**の書簡の中には、法学や歴史学を議論の俎上に上げた専門的論考や、宗教的な瞑想に言及した比較的堅いテーマの文面も見出せるが、ここではより親しみやすい私書五編を選んでいる。そこを覗くと、モンテーニュのモラリスト的力量を示す具体例や、ロンサールの「世俗的迎合」への苦言が率直に吐露され、学問の意義や「新大陸」の噂の周囲を軽快に回遊する文面が披露され、田舎に隠遁した有能な友人を都会の責務へ引き戻そうとする説得調の才筆が、やや婉曲的な口調で振るわれているのに出会う。この他にも、パリの邸宅を訪れたモンテーニュやシャルル九世の様子、その屋敷で開かれた豪勢な宴会などが活写され[103]、大学者が、他の歴史上の人物を描く独自の筆運びが、同時に貴重な時代の証言としても鼓動する様子に、読者は強い好奇心を抱かずにはいないだろう。**パーキエ**の書簡は、しばしばそれへの返信とともに刊行されている。そこでは、多角的なプリズムを通した、当時の風俗、社会、学芸、慣習、人物像が、多種多様に交差し、精彩ある世界をありのままの複雑さの内に蘇生させている。なお、知識層がフランス語で頻繁に書簡を交わすようになるのは、十六世紀後半以降のことである。

　書簡の形式は、それを意図的に利用した作品群をも生む。中世の『アベラールとエロイーズ』の往復書簡から、古典期の『ポルトガル文』を経て、モンテスキュー『ペルシア人の手紙』、ルソー『新エロイーズ』、ラクロ『危険な関係』などの啓蒙期に隆盛を極める書簡体小説は、十九世紀に入りバルザック『二人の若妻の手記』にまで到達する（現代の「携帯小説」にもこの系譜上に位置する作品が見出せるかもしれない）。こうした書簡体小説の隆興には、家族制度の桎梏から解放された「個人」の内面性の発見が大きく寄与しているだろう。だが同時に、書簡体小説以上に、作家たちの「手紙文」というジャンルは、より強靱な生命力を示しつつ独自の発展を遂げ、やがては独立した雄弁術の規則から徐々に離脱していき、「私の言説」として内在化する契機を、それほど遠くない将来に摑むこととなる。この現象はもちろん、十五世紀以降フランスで徐々に発展していった飛脚による大学郵便や国王郵便、ひいては神聖ローマ帝国皇帝マクシミリアン一世による郵便網が築き上げたネットワーク(104)などの、物理的因子を抜きにしては語れない。一人称において語る仕草の本質を包摂し、それに応える別の一人称との共鳴や反発を誘い出し、別々の「私」が鋭敏にクロスするこのジャンル、つまりは言語が、一方で「個人的自我」の美学を模索し、他方で「集団的自我」の伝達（コミュニケーション）を希求するこのジャンルは、個人性と社会性との接点に位置する、現代人にもきわめて魅惑的な範疇だと言って差し支えない。さらに、告白体の文学や自伝的作品との緊密な繫がりにも、読者の想像力は吸い寄せられていく。ジャンルとしての書簡は、発話と修辞と伝達とが立体交差する言語世界として、限りなく開かれている。こうして私たちは、バベル以前の言語を出発点とし、フランス・ルネサンス期の芸術、社会、文化、政治、心性の諸領域を経巡り、再び言語の魅力と不可解さの問題へと逢着せざるを得ないようである。

「解説」は簡潔な方がよいのかもしれない。しかし、猛烈なスピードで現代人を置き去りにしつつあるフランス・ルネサンス期は、予備知識を抜きにして接する贅沢をもはや許してくれそうにもない。自然と、私の筆が煩瑣な細部にまで潜り込まざるを得なかったことは釈明しておきたい。それでも、読者にはかなり冗長な解説になった点を深くお詫びしたい。

第一巻の訳者の方々、および編訳者である宮下志朗氏、伊藤進氏の献身的なご協力なくして、本巻の完成はとうてい日の目を見なかったであろう。ここに深く謝したい。また、最後になってしまい恐縮だが、繁雑な作業を引き受けてくださり、われわれを目的地にまで導いて下さった白水社の芝山博さんにも、この場を借りて深謝の念を表したい。

平野隆文

注

（1） ジェリー・ブロトン『はじめてわかるルネサンス』（高山芳樹訳）筑摩学芸文庫、二〇一三、第二章、特に七九－九〇頁。

（2） ラブレー『第三の書（ガルガンチュアとパンタグリュエル3）』（宮下志朗訳）ちくま文庫、二〇〇七、三三一、三三三頁、注（5）。François RABELAIS, *Œuvres complètes,* （éd. Mireille Huchon, avec François Moreau）, Paris, Gallimard, «Bibliothèque de la Pléiade», p. 409. なお、「宮下訳」を引くに当たっては、字句に多少の変更を加える場合がある（以下、訳書に関しては同じ）。

（3） マイケル・スクリーチ『ラブレー　笑いと叡智のルネサンス』（平野隆文訳）、白水社、二〇〇九、一九六－二一二、七〇四－七三七頁。

（4） この具体例は簡略なポケット版でも確認できる。以下を参照せよ。Jean BODIN, *Les six livres de la République,* （éd. de Gérard Mairet. Un abrégé du texte de l'éd. de Paris de 1583）, Paris, Le Livre de Poche, coll. «Classiques de la philosophie», pp. 404-405.

（5） 宮下志朗の表現。ラブレー『パンタグリュエル（ガルガンチュアとパンタグリュエル2）』（宮下志朗訳）ちくま文庫、二〇〇六、四六二頁（「解説」）。

（6） Gérard Milhe POUTINGON, *Pantagruel de François Rabelais,* Paris, Gallimard, coll. «Foliothèque», 2010, pp. 42-43.

（7） *Ibid.,* p. 143.

（8） 『パンタグリュエル』（前掲書）、第6章、七八－八四頁。

（9） 前掲書、八一－八三頁、訳注（4）を参照のこと。さらに、Rabelais, *Œuvres complètes, op. cit.,* p. 1258, note 1 も役立つ。

（10） Emmanuel NAYA, *Rabelais : une anthropologie humaniste des passions,* Paris, PUF, 1998, pp. 47-48.

（11） ラブレー『ガルガンチュア（ガルガンチュアとパンタグリュエル１）』（宮下志朗訳）ちくま文庫、二〇〇五、一四一（一四二）―一四三頁。訳注（5）、（9）、（10）も参照のこと。同時に以下も見よ。Rabelais, *Œuvres complètes*, *op. cit.*, p. 49, p. 1108, notes 9, 10 et 11.

（12） Rabelais, *ibid.*, notes 10 et 11.

（13） モンテーニュ『エセー 4』（宮下志朗訳）白水社、二〇一〇、一六〇頁（『エセー』第2巻・第一二章）。Michel de Montaigne, *Les Essais*, éd. Jean Céard, Paris, Le Livre de Poche, 2001, p. 821.

（14） 前掲書、p. 159. Montaigne, *ibid.*, p. 820.

（15） 以上の「聖餐論」をめぐるモンテーニュの姿勢に関しては、以下の論考で既に採り上げた。ここでは表現をかなり修正ないし変更しつつ、該当部分を再び引用した。平野隆文「キリストの血と肉をめぐる表象の位相――ラブレーからド・ベーズまでの文学と神学の交錯点」、『知のミクロコスモス：中世・ルネサンスのインテレクチュアル・ヒストリー』、中央公論新社、二〇一四、一九二―二二八頁、特に二〇六―二〇八頁を参照のこと。

（16） Bodin, *op. cit.*, pp. 404-405.

（17） *Ibid.*, p. 405.

（18） 以上の多種多様な解釈については、主に以下の校訂版のイントロダクションを参照せよ。Bonaventure Des Périers（?）, *Cymbalum Mundi*,（texte étabali par P.H. Nurse, Préface de Michael Screech）, Genève, Droz, 1999, «Préface», pp. 3-17, «Introduction», pp. vi-xlv. / Bonaventure des Périers, *Cymbalum Mundi*,（adaptation en français moderne, préface, notes et dictionnaire par Laurent Calvié）, Toulouse, Anacharsis, pp. 5-42. / Bonaventure Des Périers, *Le Cymbalum Mundi*,（introduit et annoté par Yves Delègue）, Paris, Honoré Champion, 1995, «Introduction», pp. 9-40.

（19） Yves Delègue, «Introduction : Le *Cymbalum Mundi* ou la parole en question», dans B. Des Périers, *op. cit.*, p. 11.

（20）　以上の議論もイヴ・ドレーグに負うところが大きい。Voir le remarque de Yves Delègue, p. 21. また、本巻の二九一―三一頁も参照せよ。

（21）　*Ibid.*, pp. 25-26.

（22）　*Ibid.*, p. 26.

（23）　*Ibid.*, pp. 27-32.

（24）　Bonaventure Des Périers, *op. cit.,* Anacharsis, «Préface»（Laurent Calvié）, en particulier pp. 17-30.

（25）　Yves Delègue, «Introduction», *op. cit.,* p. 19, note 1.

（26）　Bonaventure Des Périers, *op. cit.,* Anacharsis, «Préface»（Laurent Calvié）, pp. 33-36.

（27）　モンテーニュ『エセー』（6）［第3巻・第12章「人相について」］（原二郎訳）ワイド版岩波文庫、一九九一、九八頁。Michel de MONTAIGNE, *Œuvres complètes,*（éd. de A. Thibaudet et M. Rat）, Paris, Gallimard, coll. «Pléiade», 1962, p. 1031. cf. MONTAIGNE, *Les Essais,*（éd. de D. Bjaï, B. Boudou, J. Céard et I. Pantin）, Paris, Le Livre de Poche（*La Pochothèque*）, coll. «Classiques Modernes», Paris, La Pochothèque, 2001, p. 1637.

（28）　モンテーニュ『エセー』、前掲書、六九頁。Montaigne, *Essais, op. cit.*, Le Livre de Poche, p. 1610.

（29）　モンテーニュにおけるアレゴリーの問題については、以下に有益な指摘が見いだせる。Antoine COMPAGNON, *Chat en Poche. Montaigne et l'Allégorie,* Paris, Seuil, coll. «La Librairie du XXIe Siècle», 1993, *passim,* en particulier, pp. 92, 118-119.

（30）　*Théâtre des Cruautés des hérétiques de notre temps, de Richard Verstegan*（texte établi par Frank Lestringant）, Paris, Éditions Chandeigne, 1995, «Préface», p. 17.「力動的図像」«images agissantes»（*imagines agentes*）については、pp. 12-13を参照せよ。

(31) Jean CRESPIN, Simon GOULART, *Histoire des martyrs persecutez et mis à mort pour la vérité de l'Évangile, depuis le temps des Apostres jusques à l'an 1574. (...)*, Genève, Eustache Vignon, 1582. ここではタイトルの一部を使用した。

(32) Frank LESTRINGANT, *Lumière des Martyrs. Essai sur le Martyre au Siècle des Réformes,* Paris, Honoré Champion Éditeur, 2004, pp. 73-74.

(33) この点もレストランガンの分析に多くを負っている。*Ibid.,* «Avant-Propos», en particulier, pp. 11-13.

(34) *Ibid.,* pp. 12-14, 33-34.

(35) *Ibid.,* p. 34.

(36) 『サチール・メニッペ』の成立やタイトルを巡る試論として、以下の明快な論考を紹介しておく。菅波和子「『サチール・メニッペ』研究――序――」『仏語仏文学研究』、東京大学仏語仏文学研究会、一九九〇、一二七－一三九頁。

(37) この段落にみる情報は、前掲論文、一三一－一三四頁に多くを負う。

(38) *Satyre Menipee de la Vertu du Catholicon d'Espagne et de la tenue des Estats de Paris,* (Édition critique de Martial Martin), Paris, Honoré Champion, coll. «Texte de la Renaissance», n° 117, «Préface», pp. LIV-LVI. (『サチール・メニッペ』の紹介では、この文献に多くを負っている)。

(39) *Ibid.,* «Préface», p. LXVI, «du *Multiple* fauteur de troubles à l'*Un* garant d'ordre et d'harmonie».「古きよきフランス」と要約した箇所については、同書、p. LXIV を参照のこと。

(40) *Ibid.,* p. 119. Cité aux pages pp. LXVI-LXVII. Voir aussi p. 399, note 931.

(41) *Ibid.,* p. 399, note 931.

(42) Ernst H. KANTROWICZ, *The King's two bodies. A Study in Medieval Political Theology,* Princeton University Press, 1957, p. 273 et *passim.* エルンスト・ハルトヴィヒ・カントローヴィチ、『王の二つの身体―中世政治神学研究』(小林正訳)、

ちくま学芸文庫、上下、二〇〇二、各所。

（43） Denis CROUZET, *Les Guerriers de Dieu. La violence au Temps des Troubles de Religion.*（*vers 1525-vers 1610*）, Seyssel, Champ Vallon, 2 vol, 1990, t. 2, pp. 546-549, en particulier p. 548 ; voir aussi p. 605, note 24. ドニ・クルゼはカントローヴィチの議論に多くを負っている。

（44） Daniel MÉNAGER, *Introduction à la vie littéraire du XVIe siècle,* Paris, Bordas, 1968（nouvelle édition, 1984）, p. 123. メナジェは、アンドレ・シャステルの議論を下敷きにしており、筆者もその論点を踏襲している。

（45） スティーヴン・グリーンブラット『驚異と占有——新世界の驚き』（荒木正純訳）みすず書房、一九九一、三五頁。なお、一部字句に修正を加えた。

（46） 同書、p. 32.

（47） Ambroise PARÉ, *Des monstres et prodiges,*（éd. par Jean Céard）, Genève, Droz, coll. «THR» nº 115, «Introduction», p. xli.

（48） *Ibid.,* p. xlii.

（49） *Ibid.,* pp. xxv-xxviii.

（50） *Ibid.,* p. xxvi.

（51） *Ibid.,* pp. 143-144.

（52） *Ibid.,* «Introduction», pp. xxxii-xxxv. ここでの議論もセアールに多くを負う。

（53） Rabelais, *op. cit.,*（éd. Mireille Huchon）, *Pantagruel,* ch. VIII, «Comment Pantagruel estant à Paris receut letres de son pere Gargantua et la copie d'icelles». この書簡は正反対とも言える両極的な解釈の間に、さまざまな波長の読解をスペクトルのごとく展開させるに至った。一方に M.-A. Screech や E. Duval のように、この手紙の内容を、中世の学問の対極

に位置づけ、ユマニスム的教育法の礼賛を行なっているとする通釈があり、他方に、G. Defaux や J. Brault のごとく、中世の哲学や教育法に依拠した「暗愚な文教論」を露呈していると見なす研究者が控えており、一筋縄ではその複雑な意図（糸）を到底解きほぐせない。ここでは、テクストの文字列が伝える第一義のみに注目することとする。cf. *Ibid.*, p. 1268-1269, note 11 pour la page 241.

（54）ラブレー『パンタグリュエル（ガルガンチュアとパンタグリュエル２）』、前掲書、「第八章　パリ滞在中のパンタグリュエルが、父君ガルガンチュアより手紙を受領したこと、ならびにその写し」、一一〇－一一五頁。

（55）一八七一年（明治四年）、中村正直が英国のスマイルズ著『自助論』を『西国立志編』と銘打って出版し評判を得る。その中にパリシーへの詳しい言及があるため、わが国では明治時代から親しまれた釉陶の名匠である。また、本巻に収めた専門家による部分訳に加えて、以下の全訳も参照されたい。ベルナール・バリシー『陶工パリシーのルネサンス博物問答』（佐藤和生訳）晶文社、一九九三。cf. サミュエル・スマイルズ『（現代語訳）西国立志編（スマイルズの「自助論」）』（『自助論』、中村正直・金谷俊一郎訳）ＰＨＰ研究所、二〇一三。なお、『西国立志編』は福沢諭吉の『学問のすすめ』と並ぶ明治維新期の大ベストセラーである。

（56）Bernard PALISSY, *Recette véritable*（*1563*），（éd. par Frank Lestringant）, Paris, 1996, Éditions Macula, coll. «ARGÔ», 1996, «Dédicaces», p. 57.

（57）*Ibid.*, p. 57, note 4.

（58）Bernard PALISSY, *Recepte veritable*,（éd. par K. Cameron）, Genève, Droz, coll. «TLF» n° 359, 1988, «Introduction», pp. 16-17. 校訂者キース・カメロンは、カルヴァンの言葉を紹介している。すなわち、真理を知りつつ沈黙する営為は、信者の義務に反する重大な罪である、と見なす見解を引いている。

（59）Bernard PALISSY, *Œuvres complètes*,（éd. présentée par K. Cameron, Jean Céard, M.-M. Fragonard, M.-D. Legrand, F.

Lestringant, G. Schrenk, 2ème édition revue et augmentée), Paris, Honoré Champion, 2010. Voir en particulier, «Introduction», pp. 33-37.

(60) ラブレー『第三の書』前掲書、第9章、一三〇–一三六頁が典型的な箇所である。

(61) レストランガンは、この書に見出せる以上のような「個人的孤立」«isolement personnel»を「神による選別の徴」«le signe de l'élection divine»と結びつけている。voir Bernard Palissy, *Recette véritable*, *op. cit.*, «Préface», p. 10.

(62) Bernard PALISSY, *Recette véritable* (*1563*), *op. cit.*, p. 56を参照のこと。著者パリシー自身が、自分の作品内の叙述を、コロンナの『ポロフィールの夢』に求める輩がいることだろう、と予め釘を刺している。ただ、ルネサンス期における「夢の庭園」で、コロンナの作品と無関係のものは存在しないと言ってもよく、パリシーもその影響下にあるのは間違いないという。同書、p. 56, note 3を参照のこと。なお、『ポリフィロス狂恋夢』は、渋澤龍彦がその著書『胡桃の中の世界』で発案した翻訳である。

(63) Bernard Palissy, *Recette véritable*, *op. cit.*, «Préface», p. 12.

(64) *Ibid.*, pp. 124-125. «(...) quelque fontaine ou ruisseau qui passe par le jardin : (...)», «(...) je ferai un autant beau jardin qu'il en fut jamais sous le ciel», etc.

(65) *Ibid.*, «Préface», p. 24. «locus amoenus»については、クルツィウスの古典的著作を見よ。E.-R. クルツィウス『ヨーロッパ文学とラテン中世』(南大路振一、岸本通夫、中村善也訳)、みすず書房、一九四八、二七七頁を参照せよ。

(66) Bernard Palissy, *Recette véritable*, *op. cit.*, «Préface», p. 21.

(67) *Ibid.*, pp. 40-44を主として参考にしたが、筆者はここでの分析において、レストランガンとは異なった観点をも導入する必要を感じている。

(68) *Ibid.*, p. 44. «La Nature, ici confondue avec la Parole divine, y est à la fois l'origine et le terme (...)»以下を参照せよ。

（69） Daniel Ménager, *op. cit.*, p. 122. なお、この段落は十六世紀に関する常識ではあるが、記述に当たっては、メナジェの簡潔な説明に多くを負っている。

（70） *Ibid.*, pp. 136-137. この段落もメナジェに拝借した着想が多いことを断っておく。

（71） Jean BODIN, *Les Six Livres de la Rébublique*（*Un abrégé du texte de l'édition de Paris de 1583*），（édition de Gerard Mairet），Paris, Le Livre de Poche, 1993, «Présentation», pp. 12-13.

（72） *Ibid.*, p. 13.

（73） Henri INSTITORIS, Jacques SPRENGER, *Le Marteau des Sorcières*（*Mallus Maleficarum*），（1486），（éd. par Armand Danet），J. Million, 1990, «L'Inquisition et ses sorcières», pp. 16-17.

（74） 詳しくは以下の拙著を参照のこと。平野隆文『魔女の法廷――ルネサンス・デモノロジーへの誘い』岩波書店、二〇〇四年、特に三二―三四頁。

（75） H.-R. TREVOR-ROPER, *De la Réforme au Lumières*,（traduit de l'anglais par Laurence Ratier），Paris, Gallimard, coll. «Bibliothèques des Histoires», 1972（1956），p. 166.

（76） 平野隆文『魔女の法廷』、前掲書、六一―六四頁を参照のこと。

（77） Jean BODIN, *De la Démonomanie des sorciers. Par J. Bodin Angevin*, À Paris, Chez Jacques du-Puys, 1587,（Gutenberg Reprints），f-53r°-54r°.（二つの引用部を含む）。なお、ここでの分析を行なうに当たっては、Gutenberg Reprints 版に付された小冊子、Michel MEURGER, «*De la Démonomanie des Sorciers* par Jean Bodin», s.l. s.d., sans pagination に多くを負っている。

（78） Jean DELUMEAU, *La peur en Occident*（*XIVe-XVIIIe siècles*），Paris, Hachette, coll. «Pluriel»,（Fayard, 1978），p. 165 et *s.*, en particulier, pp. 167-169.

(79) 平野隆文、『魔女の法廷』、前掲書、六六−六八頁、「『魔女論』と『国家論』」を参照のこと。またマキシム・プレオーの以下の論文は非常に示唆的であり、拙著の執筆に当たって大いにインスパイアーされた研究である。Maxime PRÉAUD, «La Démonomanie des Sorciers. Fille de la République», in *Jean Bodin. Actes du Colloque Interdisciplinaire d'Angers*（*24-27 Mai 1984*）, Angers, Presses de l'Université d'Angers, 2 vol., t. 2., pp. 419-425.

(80) Jean Bodin, *De la Démonomanie*, *op. cit.*, f.-4r°.

(81) Michel Meurger, sans pagination, *op. cit.*,（à la 10ème page）を参照した。「反・家族」の概念をめぐる議論では、Meurger に多くを負う。

(82) 平野隆文、『魔女の法廷』、前掲書、一一六−一一七頁。Meurger, *op. cit.*, à la 10ème page も参照した。

(83) アンリ・エチエンヌの生涯および『ヘロドトス弁護』の概要については、以下の論文が役立つ。志々見剛「『驚嘆すべきこと』と『真実の話』――アンリ・エチエンヌの『ヘロドトス弁護』――」『仏語仏文学研究』34号、二〇〇七、三−二七頁。ただし、二五頁の訳文が誤っており、その誤訳に基づいて論じた箇所については修正が望まれる。

(84) 前掲論文、七頁を参照した。

(85) Henri ESTIENNE, *Traité Préparatif à l'Apologie pour Hérodote*,（éd. critique par Bénédicte Boudou）, 2 vol., Librairie Droz, Genève, 2007, t. 1, «Introduction», pp. 21-22.

(86) *Ibid.*, p. 22.

(87) *Ibid.*, pp. 22-23. Voir aussi note 51, à la page 23. 以上の主張はベネディクト・ブードゥーの指摘に多くを負う。

(88) この段落での記述内容も、ブードゥーに触発された側面が大きい。*Ibid.*, pp. 38-39.

(89) *Ibid.*, pp. 174-175.

(90) *Ibid.*, p. 212.

（91）ブードゥーが指摘している通り、アンリ・エチエンヌは、神の恩寵が人類すべての頭上に施されるさまを指摘するに当たって、ヤギが随所に「糞を垂れる」という比喩を用いているほどである。*Ibid.*, p. 29 et tome 2, p. 811 (ch. XXXVI).

（92）最近読みやすい翻訳が刊行された。以下のご一読をお勧めする。セバスティアン・カステリヨン『異端者を処罰すべからざるを論ず』（フランス・ルネサンス研究チーム訳（責任者：高橋薫））、中央大学出版部、二〇一四。なお、本解説のタイトルはこの訳書のそれに倣った。

（93）ミシェル・セルヴェ（ミゲル・セルベト）およびカステリオンの生涯や宗教思想については、多少情報が古いが、渡辺一夫の著名な書を参照されたい。cf. 渡辺一夫『フランス・ルネサンスの人々』岩波文庫、一九九二（筑摩書房、一九七一）。

（94）以上を記すに当たっては、以下の大著を参照した。ハンス・R・グッギスベルク『宗教寛容のためのたたかい――セバスティアン・カステリョ』（出村彰訳）、新教出版社、二〇〇六、特に一五四－一五七頁。

（95）セバスチャン・カステリョ『異端は迫害さるべきか』（出村彰、丸山忠孝、飯島啓二訳）、『宗教改革著作集10 カルヴァンとその周辺』、教文館、一九九三、四九頁。この段落を記すに当たっては以下の論文に多くの示唆を受けている。近藤剛「宗教的寛容の源流と流路――神学的基礎付け・哲学的概念化・合法的制度――」、『人文知の新たな総合に向けて』、京都大学大学院文学研究科、二〇〇四。ここでは特に一四〇頁を参照した。カステリョの引用も見出せる。

（96）以下の優れた研究書に引かれている文言を紹介した。Joseph Lecler, *Histoire de la tolérance au siècle de la Réforme*, Paris, Albin Michel, coll. « Bibliothèque de *L'Évolution de l'Humanité* », 1994（Éditions Montaigne / Desclée de Brouwer 1955）, p. 459. 十六世紀後半における寛容思想の展開を知る上では欠かせない良書である。

（97）近藤剛、前掲論文、一四一－一五〇頁。寛容の精神は、公共の福祉に明らかに反する社会悪に対しても適用可能なのか、という問題意識、すなわちメンダスの言う「寛容のパラドックス」の問題にまで踏み込んでいる。

（98）寛容論の現代的な意義については、ジャンケレヴィッチの次の著作が示唆に富む。ここでの考察でも大いに参照させてもらった。Vladimir Jankélévitch, *Traités des vertus,* tome II, *Les vertus et l'amour* 2ème partie, Paris, Flammarion, coll. «Champ Essai», 2011,（1970/1986）.

（99）Milan Kundera, *L'Art du Roman,* Paris, Gallimard, coll. «folio», 1986, pp. 17-18. ここでは拙訳を使用。翻訳も存在する。ミラン・クンデラ『小説の精神』（金井裕、浅野敏夫訳）、法政大学出版局、一九九〇。

（100）以上の引用は以下の校訂版による。F. Rabelais, *Œuvres complètes,*（éd. Mireille Huchon）, *op. cit.,* pp. 998-999.

（101）*La Correspondance d'Erasme et l'épistolographie humaniste. Travaux de l'Institut Interuniversitaire pour l'étude de la Renaissance et de l'Humanisme,* t. VIII, Bruxelles, L'Université de Bruxelles, 1985,（Germain Marc'hadour, pp. 67-83）. Voir aussi, Franz Bierlaire, *Revue belge de philologie et d'histoire,* Année 1990, v. 68, nº 68-4, pp. 992-994, «Compte rendu».

（102）以上、「簡素体」に関する記述はフュマロリの大著を下敷きにしている。Marc Fumaroli, *L'Âge de l'éloquence,* Genève, Droz, coll. «titre courant» nº 24, 2009（1980 / 1994）, pp. 54-55.

（103）Estienne Pasquier, *Lettres Familières,*（publiées et annotées par D. Thickett）, Paris-Genève, Droz, coll. «TLF», «Introduction», en particulier pp. viii-ix.

（104）菊池良生『ハプスブルク帝国の情報メディア革命——近代郵便制度の誕生』、集英社新書、二〇〇八。

あとがき

『フランス・ルネサンス文学集』第一巻の刊行にあたって、この企画の成立事情について、ごく簡単に記しておきたい。

わたしは、なにかにつけて二宮敬先生のお宅におじゃましては、先生ご夫妻と、ときには編集者の方もまじえて、飲食と四方山話を楽しんでいた。以前は、朝帰りということもけっこうあり、先生の貴重な時間を奪いとっていたのだった。二〇〇二年に先生が亡くなられてからも、その習慣にさしたる変化はなく、祖師谷の一戸建てから浜田山のマンションへと、場所こそ移ったものの、夫人である二宮フサ先生のところに折りにふれて顔を見せては、ぎっしりと書物がつまった特別あつらえの書棚に囲まれた居間で、思い出話に花を咲かせたり、あるいは、この大量の蔵書はどうしましょうかという相談に乗ったりしていた。そんなある日、フサ先生が、「こんなものが出てきたわ」といって、数枚の紙を見せてくださった。それはなんと、「フランス・ルネサンス文学集」の企画書なのであった。「趣旨」「構成」「基本方針」が簡潔に記されて、別の紙には、欧文タイプで――敬先生はワープロもパソコンもなさらなかったので――、収録予定の作品名が、四〇〇字換算の枚数の目安とともに、打ちこまれていた。ルフェーヴル・デタープルから始まる第一巻から、デ・ペリエ、ラベ、『サチール・メニッペ』などが含まれる第六巻までと、まことに壮大なプランであった。フサ先生にうかがうと、そういえば白水社とそんな話があって、これこれの作品はだれだれ君に頼もうかなどと、楽しそうに話していたとのこと。わたしは、このような企画が存在したことは、敬先生から聞いたおぼえがなく、びっくりしてしまった。とはいえ、どうやら、この企画は具体的に検討されることがないままに、いつのまにか立ち消えになってしまったらしいのである。

その瞬間、ひらめきが走った――版元が白水社ならば、この「古証文」を活かして、企画を実現させることができるのではないかと。白水社は、大学院時代に辞書のアルバイトをしていて、社員旅行にも加わったりと、わたしにとってはもっとも長く親しい付き合いの出版社にほかならない。この書肆が、フランス文学の出版における老舗であることはいうまでもないけれど、十六世紀文学とも非常に縁が深い。思い起こしてみれば、渡辺一夫訳のラブレーも、関根秀雄訳のモンテーニュも、白水社が世に送り出したのだ。そしてわたし自身、非力も顧みず、白水社版『エセー』の新訳という大仕事を始めたところなのだった。

　で、まずは旧知の芝山博さんを味方に付けて、「古証文」の事情を知る山本康さん（当時、編集担当の役員であった）と交渉して、さいわいにも前向きな返事を頂戴することができた。「古証文」が出てこなければ、この企画の「復活折衝」は行なわれなかったわけで、幸運な発見としかいいようがない。しかしながら、二宮案の全六巻の実現は、いくらなんでも不可能であるから、芝山さんと相談して、まあ三巻ぐらいが妥当ではないかという話になった。一九九〇年代に白水社から出版された『フランス中世文学集』が、当初全三巻でスタートしたことに倣ったのである（なお『フランス中世文学集』は好評を博し、日本翻訳出版文化賞を受賞、その後、第四巻を上梓した。そして二〇一三年には、続編ともいえる『フランス中世文学名作選』が出された）。そこで全三巻を念頭に置いて、伊藤進、平野隆文両氏という、強力な援軍を編者に引っぱり込んでから、二宮案をも尊重しつつ、二〇〇五年から翌年あたりにかけて、われわれのプランを練り上げたのである。

　以上のように、二宮敬先生の残した「古証文」をきっかけとして、このシリーズは実現したのであるから、わたしとしては、ぜひとも恩師の翻訳を入れて記念したく思った。そこで、カステリヨン『悩めるフランスに勧めること』を本巻に収録した次第である。新訳・初訳を謳いながら、なぜまたひとつだけ旧訳が挟まっているのかと疑問に思う向きもあるに相違なく、本企画成立の特別な事情について付言させていただいた。あらためて、本企画の実現を後押ししてくれた、山本康さん、芝山博さんを初めとする白水社の方々に心からの感謝の念を捧げたい。

二〇一五年一月

宮下志朗

付記

芝山博さんから「昨日、校了となりました」というメールが、三人の編者に届いたのは、二月四日の午後。大学にいたわたしは、この企画の成立事情などを思い起こし、とてもうれしかった。と同時に、まだ第二巻、第三巻が残っているのだからと気を引きしめた。やがて会議が終わり、ケータイでメールを確認すると、芝山さんと妻から、平野さん逝去の知らせが届いていた。呆然とするしかなかった。

彼は大病を乗り越えて、以前と変わらぬ情熱で授業に臨んでいたし、この『フランス・ルネサンス文学集』第一巻でも、編者として、すべての訳稿に目を通し、斧鉞を加え、長大な解説を執筆した。そして、自分が責任編者をつとめた巻の校了を見届けるようにして、逝ってしまったのである。昨年の十一月に再び病に倒れた彼の「代講」を立教大学で行ないながら、わたしは彼の回復をひたすら祈願していたのだが、それもむなしかった。

平野隆文とは二十年近い付き合いである。彼の豪腕がなければ、迷走気味であったスクリーチ『ラブレー』の翻訳プランも実現しなかったにちがいない。また、平野・伊藤という最強コンビの力がなければ、『フランス・ルネサンス文学集』も出版の軌道に乗らなかったかもしれない。ありがとう。浪曲師さながらのだみ声による、彼の威勢のいい啖呵や武勇伝も聞けなくなってしまった。寂しいかぎりだ。いまは彼の冥福を心から祈るとともに、残されたわれわれの力で、第二巻、第三巻の編集を迅速、確実に進めていくことを誓いたい。

宮下志朗

二〇一五年二月五日

白水社の本

エセー　全7巻

＊第6巻まで既刊・以後続刊（2015年3月現在）

ミシェル・ド・モンテーニュ　宮下志朗訳

知識人の教養書として古くから読みつがれてきた名著。これまでのモンテーニュのイメージを一新する平易かつ明晰な訳文で古典の面白さが存分に楽しめる、待望の新訳。

ラブレー　笑いと叡智のルネサンス

マイケル・A・スクリーチ　平野隆文訳

ルネサンス時代の言語感覚や、宗教・哲学・時事問題を解説しつつ、ラブレーのテクストの意義を説き明かす。巨人王たちの物語を十二分に読みこなすための歴史的名著。

フランス・ルネサンス文学集 1　学問と信仰と

2015年 3月 1日　印刷
2015年 3月15日　発行

編訳者 ©　宮下志朗／伊藤進／平野隆文
訳　者 ©　江口修／小島久和／菅波和子
高橋薫／二宮敬
発行者　及川直志
印刷所　株式会社 理想社

〒101-0052 東京都千代田区神田小川町3の24
発行所　電話 03-3291-7811（営業部），7821（編集部）　株式会社 白水社
http://www.hakusuisha.co.jp

乱丁・落丁本は，送料小社負担にてお取り替えいたします．

振替　00190-5-33228　　株式会社 松岳社

ISBN978-4-560-08431-1

Printed in Japan

編訳者略歴

伊藤進（いとう・すすむ）

1949年生まれ. 名古屋大学大学院修士課程修了. 中京大学国際教養学部教授. 主要著訳書：『怪物のルネサンス』（河出書房新社），『森と悪魔——中世・ルネサンスの闇の系譜学』（岩波書店），『ノストラダムス　予言集』（共訳，岩波書店），Y. ベランジェ『プレイヤード派の詩人たち』（共訳，白水社）など.

平野隆文（ひらの・たかふみ）

1961年生まれ. パリ第10大学博士前期課程修了（D.E.A.）. 東京大学大学院博士課程修了（文学博士）. 主要著訳書：『魔女の法廷——ルネサンス・デモノロジーへの誘い』（岩波書店），M.-A. スクリーチ『ラブレー　笑いと叡智のルネサンス』（白水社），G. ミノワ『悪魔の文化誌』（白水社），M. パストゥロー『熊の歴史』（筑摩書房）など.

宮下志朗（みやした・しろう）

1947年生まれ. 東京大学大学院修士課程修了. 放送大学教授，東京大学名誉教授. 主要著訳書：『本の都市リヨン』（晶文社），『読書の首都パリ』（みすず書房），『神をも騙す』（岩波書店），ラブレー《ガルガンチュアとパンタグリュエル》全5巻（ちくま文庫），モンテーニュ『エセー抄』（みすず書房），同『エセー』全7巻（白水社，刊行中）など.

訳者略歴

江口修（えぐち・おさむ）

1950年生まれ. 東北大学大学院博士課程単位修得修了. 小樽商科大学特任教授. 主要訳書：M. ヤグェーロ『言語の夢想者』（共訳，工作舎），C. ベーネ／G. ドゥルーズ『重合』（法政大学出版局），T. トドロフ『われわれと他者』（共訳，同上），J. ドリュモー『罪と恐れ』（共訳，新評論）など.

小島久和（こじま・ひさかず）

1959年生まれ. トゥール大学博士前期課程修了（D.E.A.）. 明治大学大学院博士後期課程退学. 明治大学文学部教授. 主要訳書：A. シャステル『ルネサンスの危機』（平凡社）など.

菅波和子（すがなみ・かずこ）

1943年生まれ. 東京大学大学院博士課程中退. 元日本大学国際関係学部教授. 主要著訳書：『世界文学辞典』（共同執筆，集英社），『レオポルド＝セダール・サンゴール詩集』（共訳，日本セネガル友好協会刊），M. ラザール『リヨンのルイーズ・ラベ——謎と情熱の生涯』（水声社）など.

高橋薫（たかはし・かおる）

1950年生まれ. 筑波大学大学院博士課程単位修得修了. 中央大学法学部教授. 主要著訳書：『言葉の現場へ　フランス16世紀における知の中層』（中央大

学出版会)，『歴史の可能性に向けて　フランス宗教戦争期における歴史記述の問題』(水声社)，『〈フランス〉の誕生　16世紀における心性のありかた』(水声社)，L. フェーヴル『ラブレーの宗教　16世紀における不信仰の問題』(法政大学出版局) など.

二宮敬 (にのみや・たかし)

1928年−2002年．東京大学文学部卒．東京大学名誉教授．主要著訳書：『人類の知的遺産23 エラスムス』(講談社)，『フランス・ルネサンスの世界』(筑摩書房)，メリメ『シャルル九世年代記』(中央公論社，新集世界の文学13)，L. フェーヴル『フランス・ルネサンスの文明』(ちくま学芸文庫) など.

書誌

書誌 I　ルネサンス文化全般

伊藤博明責任編集『哲学の歴史　第四巻　ルネサンス（十五－十六世紀）』中央公論新社，2007.

柴田三千雄・樺山紘一・福井憲彦編『世界歴史大系　フランス史 2』山川出版社，1996.

渡辺一夫『フランス・ルネサンスの人々』岩波文庫，1992（1964）.

———，『フランス・ルネサンス文芸思潮序説』岩波書店，1960.

二宮敬『フランス・ルネサンスの世界』筑摩書房，2000.

山本義隆『一六世紀文化革命』みすず書房，全 2 巻，2007.

宮下志朗『本の都市リヨン』晶文社，1989.

伊藤進『森と悪魔——中世・ルネサンスの闇の系譜学』岩波書店，2002.

平野隆文『魔女の法廷——ルネサンス・デモノロジーへの誘い』岩波書店，2004.

フランセス・A・イェイツ『十六世紀フランスのアカデミー』高田勇訳，平凡社，1996.

スティーヴン・グリーンブラット『驚異と占有——新世界の驚き』荒木正純訳，みすず書房，1994.

アンドレ・シャステル『ルネサンスの神話　1420-1520 年』阿部茂樹訳，平凡社，2000.

———，『ルネサンスの危機　1520-1600 年』小島久和訳，平凡社，1999.

ヴェルダン＝ルイ・ソーニエ『十六世紀フランス文学』二宮敬・山崎庸一郎・荒木昭太郎訳，白水社，1990.

ナタリー・Z・デーヴィス『愚者の王国　異端の都市——近代初期フランスの民衆文化』成瀬駒男・宮下志朗・高橋由美子訳，平凡社，1987.

ウィリアム・J・バウズマ『ルネサンスの秋　1550-1640』澤井繁男訳，みすず書房，2012.

リュシアン・フェーヴル『フランス・ルネサンスの文明』二宮敬訳，ちくま学芸文庫，1996.

ヤーコプ・ブルクハルト『イタリア・ルネサンスの文化』新井靖一訳，筑摩書房，

2007.
ジェリー・ブロトン『はじめてわかるルネサンス』高山芳樹訳，ちくま学芸文庫，2013.
ヨハン・ホイジンガ『中世の秋』堀越孝一訳，中公文庫，全2巻，1976.
ジョルジュ・リヴェ『宗教戦争』二宮宏之・関根素子訳，白水社，1968.

Aulotte, Robert（dir.）, *Précis de littérature française du XVIe siècle*, Paris, PUF, 1991.
Cave, Terence, *The Cornucopian Text. Problems of Writing in the French Renaissance*, Oxford, Oxford U.P., 1979（trad. fr. *Cornucopia. Figures de l'abondance au XVIe siècle*, Paris, Macula, 1997）.
Céard, Jean, *La Nature et les prodiges. L'insolite au XVIe siècle*, Genève, Droz, 1996（1977）.
Crouzet, Denis, *Les Guerriers de Dieu. La violence au temps des troubles de religion (vers 1525-vers 1610)*, Paris, Champ Vallon, 1990, 2 vol.
Jeanneret, Michel, *Perpetuum mobile. Métamorphoses des corps et des œuvres, de Vinci à Montaigne*, Paris, Macula, 1997.
Jouanna, Arlette *et al.*, *La France de la Renaissance. Histoire et dictionnaire*, Paris, Laffont, 2001.
———, *Histoire et dictionnaire des guerres de Religion*, Paris, Laffont, 1998.
Le Roy Ladurie, Emmanuel, *L'Etat royal. De Louis XI à Henri IV (1460-1610)*, Paris, Hachette, 1987.
Mandrou, Robert, *Introduction à la France moderne 1500-1640. Essai de psychologie historique*, Paris, Albin Michel, 1974（1961）.
Ménager, Daniel, *Introduction à la vie littéraire du XVIe siècle*, Paris, Bordas, 1968.
Simonin, Michel（dir.）, *Dictionnaire des lettres françaises. XVIe siècle*, Paris, Fayard, 2001（1951）.

書誌 II

〔以下に各作品ごとの書誌を掲げる．［1］が「エディション，翻訳」，［2］が「研究書，研究論文」，［3］が「訳注に挙げた文献，その他」となっている．なお［Gauna］とあれば，訳注でそのように略記してあることを示す〕

ボナヴァンテュール・デ・ペリエ『キュンバルム・ムンディ』
〔1〕
Cymbalum mundi, Paris, Jehan Morin, 1537（facsimilé, éd. P.P. Plan, Paris, Société des Anciens Livres, 1914).〔底本〕
Cymbalum Mundi, éd. par P.H. Nurse, Préface de M.A. Screech, Genève, Droz, 1983.〔1958 版の再刊で，スクリーチの序文が重要〕
Cymbalum Mundi, éd. par Y. Delègue, Paris, Honoré Champion, 1995.
Cymbalum Mundi, éd. par M. Gauna, Paris, Honoré Champion, 2000.〔p. 65, 79, 87 に本文の脱落がある〕［Gauna］
Cymbalum Mundi, translated by B.L. Knapp, Introduction by D.M. Frame, New York, Bookman Associates, Inc., 1965.〔英訳〕
『キュンバルム・ムンディ』二宮敬・山本顕一訳，鈴木信太郎・渡辺一夫編《世界短篇文学全集 5》（フランス文学，中世・18 世紀），集英社，1963 所収.
〔2〕
Le Cymbalum Mundi. Actes du colloque de Rome, éd. par F. Giacone, Genève, Droz, 2003.〔約 600 ページという分厚さが，『キュンバルム・ムンディ』への関心を物語っている〕
山本顕一「デ・ペリエとナヴァール女王――『キュンバルム・ムンディ』の謎の解明のために」，『立教大学フランス文学』2 号，1972.
――――，「『笑話集』の真の作者は？――『キュンバルム・ムンディ』の謎の解明のために (2)」，『立教大学研究報告・人文科学』35 号，1976.
――――，「『キュンバルム・ムンディ』ふたたび」，『立教大学フランス文学』30 号，2001.

セバスチャン・カステリヨン『悩めるフランスに勧めること』
〔1〕
Conseil à la France désolée, s.l., 1562. AV（BNF, F5380).〔底本〕
Conseil à la France désolée, éd. par M.F. Valkhoff, Genève, Droz, 1967.
〔2〕
Buisson, Ferdinand, *Sébastien Castellion: sa vie et son œuvre (1515-1563)*, édité et introduit par M. Engammare, Genève, Droz, 2010.〔1892 年版の再刊〕
ハンス・R・グッギスベルク『セバスチャン・カステリョ』出村彰訳，新教出版社，2006.
渡辺一夫「ある神学者の話 (b)――セバスチヤン・カステリヨンの場合」，『フランス・ルネサンスの人々』所収.
出村彰『カステリョ』清水書院，1994.

〔3〕
セバスティアン・カステリヨン『異端者を処罰すべからざるを論ず』フランス・ルネサンス研究チーム訳，中央大学出版部，2014.〔巻末に，カステリヨン関連の邦語文献が網羅されている〕

ジョフロワ・トリー『万華園』
〔1〕
Champ Fleury, ou l'art et science de la proportion des lettres. Reproduction phototypique de l'édition princeps de Paris, 1529, précédée d'un avant-propos et suivie de notes, index et glossaire par Gustave Cohen, Paris, Charles Bosse éditeur, 1931.〔底本〕
Champ Fleury（1529）, introduction par J.W. Joliffe, New York, Johnson Reprint Corporation, 1970.
Champ Fleury, ou l'art et science de la proportion des lettres, précédé d'un avant-propos et suivi de notes, index et glossaire par Gustave Cohen ; avec une nouvelle préface et une bibliographie de Kurt Reichenberger et Theodor Berchem, Genève, Slatkine Reprints, 1973（1931）.
Champ Fleury, translated into English and annotated by George B. Ives, New York, Dover Publications, 1967.
〔2〕
Bernard, Auguste, *Geofroy Tory, peintre et graveur, premier imprimeur royal, réformateur de l'orthographe et de la typographie sous François Ier*, Paris, Tross, 1857.
Cohen, Gustave, « *Un grand imprimeur humaniste au XVIe siècle. Geoffroy Tory de Bourges et son Champ Fleury* », in *Annales de l'Université de Paris,* nº 7, 1932, pp. 209-222.
Geoffroy Tory, imprimeur de François Ier, graphiste avant la lettre, Paris, Editions Rmn-Grand Palais, 2011.〔2011 年に Ecouen の Musée national de la Renaissance と BNF の 2 箇所で開催された展覧会のカタログ〕

ジャン・ボダン『国家論』
〔1〕
Les six livres de la République de J. Bodin Angevin, Paris, Jacques du Puys, 1576.〔底本〕
Les six livres de la République de J. Bodin Angevin, Genève, Estienne Gamonet, 1629.
Les six livres de la République. Un abrégé du texte de l'édition de Paris de 1583, éd. par G. Mairet, Paris, Le Livre de Poche, 1993.

Les six livres de la République, Livre premier (De Republica libri sex, Liber I), éd. Mario Turchetti, Paris, Classiques Garnier, 2013.
On Sovereignty. Four chapters from The six Books of the Commonwealth, ed. and transl. by Julian H. Franklin, Cambridge, Cambridge University Press, 1992.〔英訳(抄)〕
［2］
Denzer, Horst, *Verhandlungen der Internationalen Bodin Tagung in München*, München, C.H. Beck, 1973.
Franklin, Julian H., *Jean Bodin and the Rise of Absolutist Theory,* Cambridge, Cambridge University Press, 1973 (Reissued, 2009).
Goyard-Fabre, Simone, *Jean Bodin et le droit de la république,* Paris, PUF, 1989.
«La *République* di Jean Bodin», in *Il Pensiero politico,* XIV, 1, Firenze, Olschki, 1981.
Jean Bodin. Actes du Colloque Interdisiplinaire d'Angers (24-27 mai 1984), Angers, Presses de l'Université d'Angers, 1985, 2 vol.
明石欽司「ジャン・ボダンの国家及び主権理論と『ユース・ゲンティウム』観念(1)-(2・完) 国際法学における「主権国家」観念成立史研究序説」,『法学研究』第85巻11号, 慶應義塾大学法学研究会, 2012, 1-30頁; 同巻12号, 2012, 1-43頁.
清末尊大『ジャン・ボダンと危機の時代のフランス』木鐸社, 1990.
佐々木毅『主権・抵抗権・寛容――ジャン・ボダンの国家哲学』岩波書店, 1973(岩波オンデマンドブックス, 2014).
［3］
Les Paradoxes du Seigneur de Malestroict, conseiller du Roy et maistre ordinaire de ses comptes, sur le fait des monnoyes, presentez à sa Majesté, au mois de mars 1566, avec la response de M. Jean Bodin ausdicts Paradoxes, Paris, Martin Le Jeune, 1568.
Mesnard, Pierre, *L'Essor de la philosophie politique au XVI*e *siècle,* Paris, Boivin, 1936.
佐々木毅『近代政治思想の誕生――16世紀における「政治」――』岩波新書, 1981.

ジャン・ボダン『魔女論(魔女の悪魔狂について)』
［1］
De la Démonomanie des sorciers, par J. Bodin, Angevin, Paris, Jacques du Puys, 1587 (Gutenberg Reprints, 1979).〔底本〕
J. Bodini andegavensis de magorum daemonomania livri IV (...), Basel, Thomas Guarinus, 1581 (Réimp. anast., Hildesheim, Olms, 1972).
La Démonomanie des sorciers, (4e éd. de 1598), Hachette Livre-Bnf, 2012.
On the Demon-Mania of Witches, transl. by Randy A. Scott, Toronto, Center for

Reformation and Renaissance Studies, 2001.
〔2〕
Closson, Marianne, *L'Imaginaire démoniaque en France (1550-1650). Genèse de la littérature fantastique,* Genève, Droz, 2000.
Diable, diables et diableries au temps de la Renaissance, Centre de recherches sur la Renaissance, directeur de la publication, M.-T. Jones-Davies, Paris, Jean Touzot, 1988.
Houdard, Sophie, *Les sciences du diable. Quatre discours sur la sorcellerie (XVe-XVIIe siècle),* Paris, Cerf, 1992.
Mandrou, Robert, *Magistrats et sorciers en France au XVIIe siècle. Une analyse de psychologie historique,* Paris, Seuil, 1980.
上山安敏『魔女とキリスト教――ヨーロッパ学再考』人文書院，1993.
上山安敏・牟田和男編『魔女狩りと悪魔学』人文書院，1997.
平野隆文「ジャン・ボダン『魔女論』に於ける契約と自由意志の概念を巡って――『ヨーハン・ヴァイエルの妄説への反駁』を中心に」，『仏語仏文学研究』12 号，東京大学仏語仏文学研究会，1995，3-31 頁.
森島恒雄『魔女狩り』岩波新書，1970.
〔3〕
Lever, Maurice, *Canards sanglants. Naissance du fait divers,* Paris, Fayard, 1993.
ノーマン・コーン『魔女狩りの社会史――ヨーロッパの内なる悪霊』山本通訳，岩波書店，1999.
ジャン・ドリュモー『恐怖心の歴史』永見文雄・西澤文昭訳，新評論，1997.

エチエンヌ・パーキエ『書簡集』

〔1〕
Lettres, in Estienne Pasquier, *Œuvres*, Amsterdam, Compagnie des Libraires Associez, 1723, 2 vol.〔底本〕
Choix de Lettres sur la Littérature, la Langue et la Traduction, éd. D. Thickett, Genève, Droz, 1956.
Lettres Familières, éd. D. Thickett, Genève, Droz, 1974.
Œuvres choisies, éd. L. Feugère, Paris, Firmin Didot, 1849, 2 vol.〔2 ペルヴェ宛，及び，3 モントロー宛書簡がそれぞれ転載されている〕
〔2〕
Baudrillart, Henri, *Etienne Pasquier, écrivain politique*, Paris, Institut Impérial de France, 1863.
Bouteiller, Paul, *Recherches sur la vie et la carrière d'Etienne Pasquier*, Paris, ISI,

1989.
Cahiers V. L. Saulnier, 8, Etienne Pasquier et ses Recherches de la France, PENS, 1991.
Dahlinger, James H., *Etienne Pasquier on Ethics and History*, New York, Peter Lang, 2007.
———, *Saving France in the 1580s*, New York, Peter Lang, 2014.
Keating, L.Clark, *Etienne Pasquier*, New York, Twayne Publishers Inc., 1972.
Moore, Margaret J., *Estienne Pasquier, Historien de la poésie et de la langue françaises*, Poitiers, Société Française d'Imprimerie et de Librairie, 1934.
Rechard, Lutri Joseph, *A New Look at Etienne Pasquier: The Historian as a Letter-writer*, PH..D, 1974.
Thickett, D., *Estienne Pasquier (1529-1615), The Versatile Barrister of 16th century France*, London and New York, Regency Press, 1979.
———, *Bibliographie des Œuvres d'Estienne Pasquier*, Genève, Droz, 1956.
———, « Supplément de la Bibliographie des Œuvres d'Estienne Pasquier », *Bibliothèque d'Humanisme et Renaissance*, t. XXXVII, 1975, pp. 251-263.
Trocmé Sweany, Suzanne, *Estienne Pasquier (1529-1615) et nationalisme littéraire*, Paris-Genève, Champion-Slatkine, 1985.
葉狩隆夫「エティエンヌ・パスキエにおける国家理性の問題（1）－（3）」,『ソフィア』, 上智大学，2001－2002.
伊藤玄吾「エチエンヌ・パスキエの韻律論――『フランス考』第7巻を中心に」,『関西フランス語フランス文学』第13号，2007，24-25頁.
高橋薫（翻訳・注解）「イエズス会に対する，パリ大学の口頭弁論（1）－（11）」，『白門』，中央大学通信教育部教材，1996年－2009年.
———，『歴史の可能性に向けて　フランス宗教戦争期における歴史記述の問題』水声社，2009.

アンリ・エチエンヌ『ヘロドトス弁護』

［1］
Apologie pour Hérodote. Satire de la société au XVIe siècle, éd. P. Ristelhuber, Genève, Slatkine Reprints, 1969（1879), 2 vol.〔底本〕
Traité preparatif à l'Apologie pour Hérodote, éd. Bénédicte Boudou, Genève, Droz, 2007, 2 vol.
［2］
志々見剛「驚嘆すべきことと真実の話：アンリ・エチエンヌの『ヘロドトス弁護』」,『仏語仏文学研究』34号，東京大学仏語仏文学研究会，2007，3-27頁.

［3］

Boudou, Bénédicte, *Mars et les Muses dans* L'Apologie pour Hérodote *d'Henri Estienne*, Genève, Droz, 2000.

Cahiers V. L. Saulnier, 5, Henri Estienne, PENSJF, 1988.

Céard, Jean（dir.), *La France des Humanistes: Henri II Estienne éditeur et écrivain,* Turnhout, Brepols, 2003.

Clément, Louis, *Henri Estienne et son œuvre française. (Etude d'Histoire littéraire et de philologie)*, Genève, Slatkine Reprints, 1967（1898).

ジャン・クレスパン『殉教録』

［1］

Histoire des Martyrs Persécutez et mis à mort pour la vérité de l'Évangile, depuis le Temps des Apôtres jusques à Présent (1619), éd. nouvelle par Daniel Benoît, Toulouse, Société des Livres Religieux, t. 1, 1885.（t. 2, 1887, t. 3, 1889).〔底本〕

Le Livre des Martyrs, [Genève], Jean Crespin, 1554.

Actes des Martyrs deduits en sept livres, depuis le temps de Wiclef et de Hus, jusques à present. Contenant un Recueil de vraye histoire Ecclesiastique, de ceux qui ont constamment enduré la mort ès derniers temps, pour la verité du Fils de Dieu, Genève, Jean Crespin, 1564.

Histoire des Martyrs persecutez et mis à mort pour la verité de l'Euangile, depuis le temps des Apostres jusques à l'an 1574. Comprinse en dix livres, contenans Actes memorables du Seigneur en l'infirmité des siens : non seulement contre les efforts du monde, mais aussi contre diverses sortes d'assaux et heresies monstrueuses. Les prefaces monstrent une conformité de l'estat des Eglises de ce dernier siecle auec celuy de la primitiue Eglise de Iesus Christ. Reueuë, et augmentée d'un tiers en ceste derniere Edition. Avec deux indices, Genève, Eustache Vignon, 1582.

［2］

El Kenz, David, *Les Bûchers du roi. La culture protestante des martyrs (1523-1572),* Seyssel, Champ Vallon, 1997.

Gilmont, Jean-François, *Jean Crespin. Un éditeur réformé du XVIe siècle,* Genève, Droz, 1981.

Lestringant, Frank, *Lumière des Martyrs. Essai sur le Martyre au Siècle des Réformes,* Paris, Honoré Champion, 2004.

ジャン・オリユー『カトリーヌ・ド・メディシス――ルネサンスと宗教戦争』田中梓訳，河出書房新社，上下2巻，1990.

〔3〕
Bèze, Théodore de, *Histoire ecclesiastique des Eglises reformées au royaume de France,* Genève, Jean de Laon, 1580.
Delumeau, Jean, *Naissance et affirmation de la Réforme,* Paris, PUF, 1968（8e éd. augmentée, 1997）.
高橋薫『改革派詩人が見たフランス宗教戦争――アグリッパ・ドービニェの生涯と詩作』中央大学出版部，2011.

リシャール・ヴェルステガン『残酷劇場』

〔1〕
THEATRE des Cruautez des Hereticques de nostre temps, traduit du Latin en François, Antwerpen, Adrien Hubert, 1588.〔底本〕
Theatrum Crudelitatem Haereticorum nostri temporis. Pro Deo et pro ecclesia, Antwerpen, Adrien Hubert, 1587.
Le Théâtre des Cruautés des hérétiques de notre temps de Richard Verstegan（1587）, texte établi par Frank Lestringant, Paris, Éditions Chandeigne, 1995.
〔2〕
El Kenz, David, «Le *corpus dolens* dans les stratégies de propagande, au temps des guerres de Religion», in *Corpus dolens. Les représentations du corps souffrant du Moyen Âge au XVIIe siècle. Actes du colloque de Montpellier (17-20 mars 1994),* Études réunies par L. Borot et M.-M. Fragonard, Montpellier, Université de Montpellier III, 2002.
Petti, Anthony G., «Richard Verstegan and Catholic Martyrologies of the later Elizabethan Period», in *Recusant History. A Journal of Research in Post-Reformation,* t. V, 1959-1960, no 2, pp. 64-90.
Ruelens, Charles, «Un publiciste catholique du XVIe siècle. Richard Versteganus», in *Revue catholique,* quatrième série, troisième volume, no 7, 1854, pp. 477-490 ; no 8, 1854, pp. 549-565.
〔3〕
Lestringant, Frank, *La Cause des Martyrs dans «Les Tragiques» d'Agrippa d'Aubigné,* Mont-de-Marsan, Éditions InterUniversitaires, 1991.
———, *Une Sainte Horreur ou le Voyage en Eucharistie : XVIe – XVIIIe siècle,* Paris, PUF, 1996.
フランセス・A・イエイツ『記憶術』青木信義・篠崎実・玉泉八州男・井出新・野崎睦美訳，水声社，1993.

ベルナール・パリシー『確実な道』
［1］
Recepte veritable... , La Rochelle, Barthélemy Berton, 1563.（BNF. Rés. Z-1111）.〔底本〕
Recepte veritable, éd. par K. Cameron, Genève, Droz, 1988.
Œuvres, publiées par Anatole France, Genève, Slatkine Reprints, 1969（1880）.〔佐藤和生訳の底本〕
『陶工パリシーのルネサンス博物問答』佐藤和生訳，晶文社，1993.
［2］
Lestringant, Frank, « Le prince et le potier : introduction à la *Recepte veritable* de Bernard Palissy（1563）», in *Nouvelle Revue du XVIe siècle*, nº 3, 1985, pp. 5-24.
渡辺一夫「ある陶工の話――ベルナール・パリッシーの場合」，『フランス・ルネサンスの人々』所収.
［3］
ピエール・ガスカール『ベルナール師匠の秘密――ベルナール・パリシーとその時代』佐藤和生訳，法政大学出版局，1986.

アンブロワーズ・パレ『怪物と驚異について』
［1］
Les Œuvres d'Ambroise Paré, Paris, Gabriel Buon, 1585.〔底本〕
Œuvres complètes, éd. J.-F. Malgaigne, Genève, Slatkine Reprints, 1970（1840-41）, t. III.
Des monstres et prodiges, éd. J. Céard, Genève, Droz, 1971.〔詳注を具えた信頼できる校訂本〕
On Monsters and Marvels, transl. by J. L. Pallister, Chicago and London, The Univ. of Chicago Press, 1982.〔英訳〕
［2］
Berriot-Salvadore, Evelyne（dir.）, *Ambroise Paré (1510-1590). Pratique et écriture de la science à la Renaissance*, Paris, Champion, 2003.
———（dir.）, *Ambroise Paré, une vive mémoire*, Paris, De Boccard, 2012.
Le Paulmier, C. S., *Ambroise Paré, d'après de nouveaux documents découverts aux Archives nationales et des papiers de famille*, Paris, Perrin, 1887.
アンブロアズ･パレ没後400年祭記念会編『日本近代外科の源流』メディカル･コア，1992.〔パレ『弁明と旅行記』の翻訳を収載〕
［3］
プルタルコス『モラリア 11』三浦要訳，京都大学学術出版会，2004.
ヘリオドロス『エティオピア物語』下田立行訳，国土社，2003.
ハイナー・ベーンケ，ロルフ・ヨハンスマイアー編『放浪者の書――博打うち，娼

婦，ペテン師』永野藤夫訳，平凡社，1989.
モンテーニュ『旅行記』関根秀雄・斎藤広信訳，白水社，1992.
―――，『エセー 1』宮下志朗訳，白水社，2005.
伊藤進『怪物のルネサンス』河出書房新社，1998.

『サチール・メニッペ』

〔1〕

La Satyre Ménippée ou la vertu du catholicon, éd. Ch. Read, Paris, Librairie des Bibliophiles, 1876.〔底本〕
Satyre Ménippée de la vertu du catholicon d'Espagne, Ratisbonne, Mathias Kerner, 1699.〔後半部は注釈〕
Satyre Ménippée de la vertu du catholicon d'Espagne, Ratisbonne, les Héritiers de Mathias Kerner, 1712, 3 tomes.〔第 2 巻全体が注釈に充てられている〕
Satyre ménippée, éd. M. Martin, Saint-Etienne, Publications de l'Université de Saint-Etienne, 2010.

〔2〕

菅波和子「『サチール・メニッペ』研究―序―」，『仏語仏文学研究』5 号，東京大学仏語仏文学研究会，1990，127-139 頁.
―――，「サチール・メニッペ研究」(1)－(12)〔日本大学『国際関係研究』に 1991－1997 にかけて〈訳と注解〉という形で連載〕

〔3〕

Barnavi, E. et Descimon, R., *La Sainte Ligue, le juge et la potence*, Paris, Hachette, 1985.
Descimon, R., *Qui étaient les Seize ? Mythes et réalités de la Ligue parisienne (1585-1594)*, Paris, Fédération Paris et Ile de France, 1983.
Lénient, Ch., *La satire en France ou la littérature militante au XVIe siècle*, Genève, Slatkine Reprints, 1970 (1886), 2 tomes en 1 vol.